学术
刊集

福建省社会科学研究基地
福建师范大学
中华文学传承发展研究中心

中国英国文学研究史论

葛桂录◎著

人民出版社

责任编辑:詹素娟
装帧设计:东方天地

图书在版编目(CIP)数据

中国英国文学研究史论/葛桂录 著. —北京:人民出版社,2017.9
ISBN 978 - 7 - 01 - 018200 - 1

Ⅰ.①中… Ⅱ.①葛… Ⅲ.①英国文学-文学史研究 Ⅳ.①I561.09

中国版本图书馆 CIP 数据核字(2017)第 221513 号

中国英国文学研究史论

ZHONGGUO YINGGUO WENXUE YANJIU SHILUN

葛桂录 著

人民出版社 出版发行
(100706 北京市东城区隆福寺街 99 号)

北京中科印刷有限公司印刷 新华书店经销

2017 年 9 月第 1 版 2017 年 9 月北京第 1 次印刷
开本:710 毫米×1000 毫米 1/16 印张:30.25
字数:500 千字

ISBN 978 - 7 - 01 - 018200 - 1 定价:88.00 元

邮购地址 100706 北京市东城区隆福寺街 99 号
人民东方图书销售中心 电话 (010)65250042 65289539

总 序

2004年10月，福建师范大学文学院获批建设福建省高校人文社会科学研究基地——人文福建发展研究中心，并于2011年评为省高校优秀社科研究基地。在此基础上，学校于2014年4月成立了中华文学传承发展研究中心，聘任郑家建教授为研究中心主任，以更好地发挥文学院在中华文学传承发展方面的科研优势，为我国社会文化发展以及闽台文化合作交流提供智力支持和决策参考。该研究中心于2014年6月经过专家评审，成功晋升为福建省首批社会科学研究基地。

福建省社科研究基地是人文社会科学研究的高层次学术平台，担负着组织科研创新团队、产出重大研究成果、创新科研管理体制机制、提供社会咨询服务、培养优秀科研骨干、促进学科建设发展的重任。省社科基地实行"机构开放、人员流动、内外联合、竞争创新、产学研一体化"的运行机制，经过几年的建设，力争成为国家或省级高层次智库或教育部人文社科重点研究基地。

中华文学传承发展研究中心依托福建师范大学国家重点学科（中国现当代文学）、福建省特色重点学科（中国语言文学）和3个福建省重点学科（中国现当代文学、中国古代文学、汉语言文字学），以及中国语言文学一级学科博士学位点和博士后流动站、戏剧与影视学一级学科博士学位点和博士后流动站、艺术学理论一级学科博士学位点和博士后流动站，以学科发展与社会重大问题为导向,结合文学院的既有学术传统,确定中心的重大学术课题,围绕国家提高文化软实力与福建省社会文化发展的重大需求,在全球化语境中传承与创新中华文化。

中国语言文学是中华优秀传统文化的重要载体,具有深远的历史意义和现实意义。它不但成了联结全球华人共同家园的精神血脉,而且对中华文化在世界的流播也产生了积极的影响。中国语言文学在传承中华文明及促进闽台文化的合作交流方面具有其他学科无可替代的作用。福建师范大学中华文学传承发展研究中心的学术宗旨,是以历史和现实为基点,对涵盖古今的中国文学,尤其是闽台语言、文学及海外华文文学的渊源流变进行全方位的梳理,为当前建设繁荣和谐的社会文明提供可资借鉴的历史经验,加深两岸人民共同构建精神家园的情感联络,为促进闽台文化交流与中外文化交流作贡献。

研究中心聘任国内著名专家担任顾问和学术指导,对中心工作提供了强有力的指导。福建师范大学副校长汪文顶教授担任研究中心首席专家,副校长郑家建教授担任中心主任,研究中心的日常事务工作由常务副主任葛桂录教授负责。本中心的特色研究方向有四个:闽台语言文献与文学交流研究方向,负责人为林志强教授、郑家建教授;文体学研究方向,负责人为李小荣教授;中华文学域外传播研究方向,负责人为葛桂录教授;当代文学教育及语文教育研究方向,负责人为赖瑞云研究员。

研究中心将以国家社会文化发展的重大需求为导向,以研究项目为纽带,以研究方向组成的创新团队为载体,以出精品成果为目标,努力强化特色与优势。联系整合省内乃至国内相关高校、科研机构的学术资源,建立健全协同创新机制,造就一支高水平、结构合理和可持续发展的科研创新团队,打造一个在全球化语境中传承与创新中华文化的重点研究基地,成为全国有影响力的专门人才库和人才培养培训基地。

为促进研究中心建设目标的实施,我们在人民出版社的大力支持下,集中出版"福建省社会科学研究基地福建师范大学中华文学传承发展研究中心学术集刊"。该集刊主要收录研究中心同仁高质量的个人学术著作。列入研究中心学术集刊首批出版的十本著作,绝大多数是国家社科基金项目,如

《晋唐佛教文学史》（李小荣著）、《中国英国文学研究史论》（葛桂录著）、《冈仓天心研究：东西方文化冲突下的亚洲言说》（蔡春华著）、《明代建阳书坊之小说刊刻》（涂秀虹著，此项为阶段性成果）、《视域与诠释：明代的中古诗歌批评》（陈斌著，此项为阶段性成果）以及教育部人文社科研究项目，如《台湾诗钟社团及相关组织考略（1865—2014）》（黄乃江著）、《〈说文解字六书疏证〉研究》（李春晓著）、《阿瑟·韦利汉学研究策略考辨》（冀爱莲著）的结项成果。这些成果在课题结项评审专家审定意见的基础上，再次打磨修订，因此保证了较高水准的学术质量。研究中心成员承担的福建省社科研究基地重大项目的结项成果，也拟列入这套学术集刊出版。另外，本研究中心与文学院合作还搭建了两个学术平台《细读》、《圆桌》，研究成果亦由人民出版社刊行，为国内外学者诠释中华文学经典、探讨重大理论问题、思考中华文化的传承发展方向提供重要的学术阵地。

中华文学传承发展研究中心

2016 年 8 月

目 录
CONTENTS

导论　中国的英国文学研究史：视野、方法与路径

一、文献、学术、思想：学术史研究的重要话题

学术史研究——试以中国的英国文学研究史为例——离不开三个核心词:文献、学术、思想,也构成学术史研究的三个层面:(1)有史料的学术史;(2)有思想的学术史;(3)有学术的思想史。在此研究框架里,文献史料学、学术史与思想史形成一个交互作用的阐释网络,互为关联,目标是最大限度地发挥学术史研究的学术传承及现实启示价值。以史为鉴、他者之镜的意义才得以充分显现。

(一)有史料的学术史

学术史的基础是文献史料的搜罗考订与编年整理,即首先应在文献层面上予对象(学术成果、学术机构、学人,等等)的学术理论批评以整体性逻辑还原。遵循前辈学者与学界时贤所确立的学术规范,充分借鉴中西学术研究里的历史分析与"推源溯流"等传统研究方法,特别注重中国语境里英国文学研究的原典性文献的搜集、整理及评述。尽可能将这些研究成果放在它形成和演变的整个历史进程中动态地考察,分别其主次源流,辨明

其学术价值与理论空间。先进行研究成果的编年汇总,然后进行统计学意义上的分析论证,从发表数量与研究内容(可显示各阶段关注的热点与重点问题)、研究角度与理论方法的应用(可发现各时期主流学术风气的变化规律)等诸方面,系统客观地展示英国文学研究在中国文化语境中的演变历程。

也就是说,从百年英国文学研究的演化谱系出发,去陈述相关学者及其理论成果为学术研究贡献了什么,及其赖以贡献的知识学背景又是什么?这势必要求在文献学层面下苦功。这方面每一个学术史研究的从业者均能克己敬业,并出现了一批不错的成果。我们现在亟待推进的是采用文献学、历史、传记、接受研究方法,从事个案(作家、作品)的目录资源学研究实践。编撰一批外国作家读本、学习指南之类的著述,参照《剑桥文学指南》(上海外语教育出版社已引进英文版刊行 42 种)、《理解〈动物庄园〉:问题、来源和历史文献学生指南》(John Rodden 编著)等文献整理方式,对相关作家的最新成果作全面介绍,构成了解某作家作品研究的最新必读书目文献。这样的学术史成果以重要批评文献的编撰为基础,进而在政府重大科研项目经费的资助下,花费大精力编订某某作家全集,收录迄今所有被发现的作品,包括学术评价类文字,对照多个版本(原著、译著),对每个文本做详细的比对、校勘、注释,成为某外国作家研究最权威的文献资源。

有史料的学术史,解决的是学术史研究中"知其然"的问题,讨论的是学术的演进历程。如果说学术史研究追求的是史、论结合,那此层面在方法论意义上侧重于"史",构成了点(作家、作品研究)与线的学术史。

(二)有思想的学术史

从"有史料的学术史"到"有思想的学术史",要经过"同情之理解"与"批判之阅读"两个步骤。它展示的是一个面、一个时代的学术风貌。在方法论上是史论结合的阐释模式。所谓"同情之理解",就是要将他们的批评成果放置到具体的历史和思想语境去理解,理解的是"历史的要求"与"思想的认知"如何?"批判之阅读"就是要站在新的历史要求与思想认知层面,立足于社会发展与文化交流语境,审视他们文学批评的得失与利弊,揭示其包蕴在研究对象之上的思想附加值。这种思想附加值一是文学现象本身即存有,依靠研究深挖得以显现;一是研究者阐释立场的展示,是观念投射的结果。这就进入学术史研究"知其所以然"的层面,讨论的是思想(学术思想、社会思潮)的演进史。

(三)有学术的思想史

如果说,"有史料的学术史"主要采用的是文献学的方法,旨在陈述对象"是什么";"有思想的学术史"采用的则是发生学的方法,重在追问对象"为什么"。那么,"有学术的思想史"则采用的是思想史的方法。

学术史课题必须要放置到思想史语境才能得到有效和深入的阐释。思想史的方法能够帮助我们理解中国的英国文学研究所展示的思维方式、价值观念、想象逻辑及情感特质,如何凸显在人们的精神生活中,并思考在不同时代环境与文化氛围中,人们所作出的对英国文学经典及思潮观念的一系列选择。在具体研究中首先根据批评文本的论证逻辑归纳和分析批评的内容、策略、特征和意义,然后从文本语境拓展至思想史语境,由内到外,层层"深挖",以期揭示批评家对英国作家评述及"声望"利用的深层次原因,从而在思想史语境中深刻理解其学术史价值。这是一个从学术史到思想史再到学术史的阐释和认知过程。

这就形成了一个多面体(立体)的学术史研究层面。体现的更多是他山之石、他者之镜的功效。我们所提倡的英国文学学术史研究中的中国立场、中国观念,才得以突出体现。当然,中国立场、中国观念,并非仅仅是以中国之是非为是非的思维模式,而是在跨文化交流层面上,借助他者(英国文学)看自身文化发展的时空向度,以展示出我们自己的文化价值观念及其演变轨迹,关注点是中国当下的社会发展,以及与传统文化比较的参照系。借此建立一个学术史研究的公共文化空间,站在公共知识分子的学术视角与秉持的社会责任感基础上,提炼英国文学学术研究进程所展示出来的先进文化价值,增进对大众的启蒙功效。展示的是学术史研究的"知其所以不然"。在横向参照中,思考研究对象(英国文学)为何不是这样?或者反过来说中国文学为何不是那样？对其学术研究史的梳理，更在于让我们突破自身习以为常的思考方式，提供"别样地思考"的独到视角，更好地发掘英国文学及中国文化自身的有效价值资源，改变当代中国在自我建构上受挫的某些处境，在文化交流中，培植自身文化的繁殖力与适时性。正是在此碰撞反思、沟通交流中，思想观念得以传递，人类优秀文化精神的正能量得以扩散。冯友兰先生说过，历史的继承应体现为"抽象的继承"。中国的英国文学研究，并非是外国某些理论话语在中国的试验场，最终意义上是中英思想的碰撞交汇，以促成中英文学思想的交流互补。

二、英国文学研究史的学术思路与方法视野

在目前国内的外国文学领域，学术史研究已经成为关注热点。其中最重要的两个标志是中国社会科学院外国文学研究所所长陈众议研究员主持的"外国文学学术史研究大系"项目和国家社科基金重大课题"新中国外国文学研究 60 年"的立项研究。陈众议作为"外国文学学术史研究大系"的执行主编，在"总序"中指出"学术史研究也是一种过程学，而且是一种相对纯粹的过程学。不具备一定的学术史视野，哪怕是潜在的学术史视野，任何经典作家作品研究几乎都是不能想象的。"[①] 并特别提出了当前外国文学研究的主要问题：在后现代主义解构思潮下，绝对的相对性取代了相对的绝对性，许多人不屑于相对客观的学术史研究而热衷于空洞的理论。学术史研究则是对后现代主义颠覆的拨乱反正，是重构被解构的经典，重塑被抛弃的价值。2004 年由中国社会科学院外国文学研究所设计启动的"外国文学学术史研究工程"计划，"意味着我国的外国文学研究已开始对解构风潮之后的学术相对化、碎片化和虚无化进行较为系统的清算"[②]，这指出了外国文学学术史研究大的背景和意义所在。而且，学术史研究"也是一种行之有效的文学研究方法，更是一种切实可行的文化积累工程，同时还可以杜绝有关领域

①　陈众议：《塞万提斯学术史研究》总序，译林出版社 2011 年版，第 2 页。
②　同上书总序，第 2—3 页。

的低水平重复。每一部学术史研究著作通过尽可能竭泽而渔式的梳理,即使不能见人所未见、言人所未言,至少也能老老实实地将有关作家作品的研究成果（包括有关研究家的立场、观点和方法）公之于众,以裨来者考。"① 陈众议不仅十分明确地阐述了当前研究外国经典作家学术史的重要意义和价值,也提供了值得认真参考的研究方法。②

中国文化语境里的英国文学研究史,在概观其历史发展进程和学术得失的同时,重在讨论特定时期的中国文化因素（特别是政治意识形态、传统的解读方式）如何影响与制约英国文学研究的客观化及成果表述,造成了哪些误读、误释或创造性阐释? 立足于中英文学交流史的研究路径及展示出来的观念形态有何普遍价值? 根据学界认可的理解策略,异质文学之间的互读研究,基本上是以"不正确理解的形态"进行的。那么,英国文学在中国的研究历程,既折射出中国不同时期的特定文化需要与意识形态诉求,也显示出英国文学在异域文化背景中的接受变异特征。

当然,英国文学学术史课题研究的定位,并非只是英国文学研究成果的资料汇编、综述式的平面展示,而是力求在中外文学交流的宏大背景中,展示不同时期英国文学进入中国的历史现场,将该课题领域的学术研究史,与中国的英国文学学科发展史,以及中国人文思想界的观念史,还有传统学术研究的史料学等结合起来,在体现中国学者以自身的思想文化模子,"重演"（借用英国历史哲学家柯林武德的话语概念）英国文学的行行足迹的同时,拓展英国文学研究在中国的学术空间,使之不仅有学术史的参照意义,也启发研究主体要秉持有学科建构与人文关怀的自觉意识。

学术史研究的思路定位决定着研究的方法视野。中国自古以来就具有学术史研究的传统。梁启超《中国近三百年学术史》就论述了清代学术变迁与政治的影响、清初各学派建设及主要学者成就和清代学者整理旧学的总成绩这三个大问题。他提出编撰学术史的四个必要条件:"第一,叙一个时代的学术,须把那时代重要各学派全数网罗,不可以爱憎为去取。第二,叙某家

---

① 陈众议:《塞万提斯学术史研究》总序,译林出版社 2011 年版,第 5—6 页。
② 另外,经典作家学术史研究的写法还可以参考谈瀛洲:《莎评简史》,复旦大学出版社 2005 年版;何宁:《哈代研究史》,译林出版社 2011 年版。

学说,须将其特点提挈出来,令读者有很明晰的观念。第三,要忠实传写各家真相,勿以主观上下其手。第四,要把各人的时代和他一生经历大概叙述,看出那人的全人格。"① 该书以"论"说"史",以"史"证"论",史论结合的实证方法很值得我们借鉴。同时,还可以借鉴西方新史学的方法论和研究理念,综合运用接受传播学理论、文本发生学理论、比较文学跨文化研究、现代性观念、年鉴史学、观念史、微观史学、西方新文化史、文化传递中的误读、误释理论,试图对百年来中国的英国文学研究,作出比较详尽的历史考察和深度的文化阐释。

中国的英国文学学术史研究,希望能从学术转型与文化转型、传统学术与现代学术的关系角度,对英国文学研究的时代转型进行观照,阐释其动因、范式与内在机制。同时,针对研究中存在的问题,重点从方法论角度展开研究,包括主体意识与科学态度问题、理论资源的移植与误读误用问题、多学科交叉与学科素养培育问题、强调学术规范与活跃学术思维问题等。同时,从学科建设角度对英国文学研究进行定位,重点关注进入高校课堂的英国文学研究、专门人才的培养、专门的学术团体(全国英国文学研究会)、研究期刊和专门的研究机构等。也尝试从学理高度对新世纪的英国文学研究的发展趋势加以展望,对今后的英国文学研究(课题的设定、角度的选取、研究策略的设立)提供帮助,以引起研究界的关注讨论。

另外,关于英国文学的评介研究,对英国文学在中国的广泛传播有何影响? 对中国学术研究的现代转型有何推动? 对中英文学交流的持续开展有何启迪? 中国视角对英国文学研究的利弊问题? 英国文学研究的历程,对构建中国的英国文学学科史的意义价值,对英国文学研究的人才培养有何启示作用? 中国与英语国家的英国文学研究,在关注重点和角度、层面上有所不同之处,如何理解分析? 中国式的英国文学经典是如何造就的? 这其中经过了怎样的文化过滤和转换? 与中国的政治意识形态、主流文学传统,以及中国译介者和研究者的眼光和视野,有何具体联系? 这一连串的问题,也是英国文学学术史研究推进的路径。

---

① 梁启超:《中国近三百年学术史》,东方出版社 2004 年版,第 55 页。

同样,英国文学研究的主体意识、研究热点与研究者的个体生存、学术生态环境、学术评价机制、国家主管部门的项目资助导向等诸种因素的关系,也成为我们进一步考量的内容。借此思考中国的域外文学研究,其特有的身份属性如何妥善把握? 本土与他者的关系如何互动,才能获得一种互证互补的兼容态势? 而这些对研究者们设定选题、拓展研究空间、评述角度的取舍、学术心态以及成果出版诸问题,有何影响? 这些也是我们在客观梳理英国文学在中国研究的百年历程时,可以关注的重点与难点。

小而言之,立足于梳理中国的英国文学学术研究史,着重分析中国学界关于英国文学评述的经验成就、视野方法、问题模式及阐释立场。

其一,提出中国的英国文学评论史研究的总体框架,从整体角度勾勒英国文学研究在中国的百年进程,构建该领域研究的历史脉络与逻辑框架。

其二,拓展中国学者评论英国文学的研究领域。在知识史的视野里,特别关注那些为学界同仁所忽视的研究内容,并可讨论影响中国评述英国文学学术成果的其他环节,如大学教育、报刊书局、学位论文选题、学术团体及学术活动、课题立项指南等。

其三,转变中国学者涉及英国文学评述史的研究范型。在点、线、面式的涉及知识体系角度的综述评价基础上,增加中国语境、历史重演现场、文化交流、学科建构、跨文化比较、学术转型等诸多诠释维度,这是该领域研究进一步拓展的学术趋势,也是我们研究有待期望的目标。

其四,反思英国文学研究之中国视角与中国经验,以及中国研究者身份立场与研究对象的互动关系,提出中国研究英国文学必须有一种时间向度的研究观念,将中国的英国文学研究史理解为中国人文学界在社会变革和学术转型中实现世界性与现代性的过程,这应是学术史研究的最终目标所在。

总之,中国的英国文学学术史研究是一个亟待开垦的研究领域。这要求我们立足于中国的英国文学研究实践,在跨文化交流视野中,综合运用有效的实学研究方法,踏实地从事该课题的研究工作,总结中国的英国文学研究的特点及经验教训,以进一步促进中英文学与文化之间的相互理解和交流。

三、英国文学研究的实学视角与比较视域

实学,本指 17—18 世纪（明中叶至鸦片战争前）兴起于中国、日本、朝鲜等东亚国家的社会思潮。20 世纪 80 年代以来,中国学者在研究明清社会思潮时注意选取"实学"的研究角度,这是一种以"经世致用"为核心,以社会改革为手段,以反对程朱陆王末流空谈为学风,以调整社会矛盾为目的的一种学术思潮。也可以说,实学是在儒学经世传统的启迪下,在批判佛学的"空寂"、老庄的"虚无"的过程中,复归儒学元典精神——经世致用的实学风格,它既是一种求实的学风,也有特定的研究对象,是一种与理学相并行、相渗透,又在一定程度上相对立的学术走向。实学属于近代启蒙思想,是对经世传统的哲学扬弃,启迪着人们的近代意识。明清实学思潮中启蒙思想和科学精神这两个基本倾向正是中世纪文化走向近现代文化的突破口。实学理论家们根据时代的需要,创造性地综合发展了儒、道等诸家传统学说,使之具有了崭新的近代色彩。五四新文化运动中,先进思想家们的文化主张同明清实学思潮在精神实质上是一致的。

作为一种特定时代特定氛围里的社会及学术思潮,其研究方法值得我们认真借鉴。梁启超《清代学术概论》之第十二则,如此评述王氏父子（高邮王念孙及子引之）之著述:"吾尝研察其治学方法,第一曰注意。凡常人容易滑眼看过之处,彼善能注意观察,发现其应特别研究之点,所谓读书得间也。如自有天地以来,苹果落地能注意及之,惟奈端能注意及之。家家日日皆有沸水,惟瓦特能注意及之。《经义述闻》所厘正之各经文,吾辈自童时即诵习如流,惟王氏能注意及之。凡学问上能有发明者,其第一步工夫必恃此也。第二曰虚己。注意观察之后,既获有疑窦,最易以一时主观的感想,轻下判断,如此则所得之'间',行将失去。考证家决不然,先空明其心,绝不许有一毫先入之见存,惟取客观的资料,为极忠实的研究。第三曰立说。研究非散漫无纪也,先立一假定之说以为标准焉。第四曰搜证。既立一说,绝不遽信为定论,乃广集证据,务求按诸同类之事实而皆合。如动植物学家之日日搜集标本,如物理化学家之日日化验也。第五曰断案。第

六曰推论。经数番归纳研究之后,则可以得正确之断案矣。既得断案,则可以推论于同类之事项而无阂也。"① 这治学方法的六步法体现的就是一种典型的实学研究方法。

学术研究的切实推进有待于原创性成果的面世。学术原创不是灵光闪现,更非智力的机巧,而是需要有足够扎实的研究资料与学术基础作为支撑。马克思主义哲学的基础也是实学研究。马克思本人并不是先知,而是缜密而敏锐的研究者与思考者。他用四十年时间写《资本论》,大量时间都是泡在大英博物馆里收集、研究和考证各种历史的和现实的材料。在学术史意义上,没有质料层(包括研究资料、研究素材以及研究者的学术习得与积累)的所谓学术"原创"其实是空疏的,更经不起历史的检验,因为它本身就缺乏历史的维度。可见,坚实的学术积累(研究经验)、足够的资料占有(特别是独立的资料准备)与消化(这需要史识与视野),以及必要的田野考察(还有人生经验的积累),对于原创性学术是十分必要的。

当前,传统的文史研究似乎处于"瓶颈"状态,重复的复制与生产,越来越缺乏吸引力,缺乏引导公众话题的能力。二十多来年引进的新理论、新方法、新观念,好像吃压缩饼干,吞进太多,现在到了要喝一口水、喘一口气的时候了。运用实学研究方法,来消化吸收及修正补充这些来自于异域的理论观念,才能变成自身学术成长的真正动能。

海外汉学家的工作方法,往往以文献为基础。他们最重视的就是将中国和西方同一时代的文本文献,加以对照和分析,促使自己能够提出问题。若从先验的观点出发,注定只能讲些平庸的见解,或者从一开始就走上歧途。正如明末清初哲学家王夫之所言,有即事以穷理,无立理以限事。论文尽量讲有根据的话,古人所谓"无一字无来处",提倡的就是一种"实学"思维。

立根于原典性材料的掌握,从文学与文化具体现象以及具体事实出发,从个别课题切入,进行个案考察,佐之以相关的理论观照和文化透视,深入地探讨许多实存的、丰富复杂的文学和文化现象所内含的精神实质及其生

成轨迹,从而作出当有的评判,是外国文学研究者应该遵循的原则。只有善于通过每一个具体作家乃至一部部具体作品的过细研究,由此作出的判断和结论,才能摒弃凌空蹈虚、大而无当的弊端,而使我们的思考和探索确立在坚实可靠的科学基点上。因此,大力提倡对学术个案的细致考察,充分吸收中外古典学术资源、现当代文化资源,是未来研究者们持之以恒的工作目标。

美国学者杰弗里·迈耶斯在其《奥威尔的生活和艺术》(*Orwell:Life and Art,* 2010)一书中,特别提出他的文献学、历史和传记治学方法。他告诫我们,与其用抽象的理论去分析文本,不如脚踏实地地去收集和分析史料,然后从史料的内在关联中提炼出问题和观点。史料是基础,思想是提升,两者必须紧密结合。这些实证研究方法都值得我们认真汲取。

一般来说,在文史研究里面,非常讲究文献资料的提供。判定一部著述的学术意义,其中重要的一条就是看你是否给本领域、本学科提供了新资料、新文献。英国文学研究,特别是中英文学与文化关系研究,当然离不开原始文献资料的搜集、鉴辨、理解与运用。因此,严谨的治学者均将文献资料的搜罗、辨别,当作第一等的大事情。许多研究思路与设想就出之于那些看似零零星星的材料中。比如,英国文学作品在中国翻译的初版本、序跋、出版广告、据作品改编的电影海报,近现代报刊杂志登载的评论文章,作家的旅行日记、信函等第一手文献资料,对梳理英国文学在中国的接受,具有举足轻重的作用。因而,立足于原典资料的悉心笆梳及由此而作的切实思考和探索,就成为本领域研究的前提。

这方面,前辈学者为我们作出了榜样。比如,范存忠先生的治学在充分重视原始文献资料方面,给我们做了一个无懈可击的榜样。他的所有论述都是建立于大量的中外文原典资料基础上有感而发的。我们知道,范先生知识渊博,学贯中西。早在少年时代就喜欢中国古典诗文。在东南大学期间更是广泛涉猎中英文史著述。留美期间潜心钻研英国古典文学。与此同时,他在出国前即已学习的英、法语更臻于纯熟,另外他还学习了德语、拉丁语以及与现代英语有关的古英语、古法语、古德语和哥特语等。正是这样的中外文文史功底,才让范先生的学术研究左右逢源,举重若轻,得出一个又一个令人信服的结论。范先生的中文遗著《中国文化在启蒙时期的英国》由上海外语教育出版社刊行后,范先生的遗孀林凤藻(当时在美国)教授曾希望外交学院吴景荣教授、国际关系学院曹惇教授译成英文,由商务印书馆刊行。由于范先生遗著中有大量引文出自英、法、德文原著的汉译。如要获取确切的原文,势必要从国外收藏最丰富的图书馆书刊中搜索,工程之巨大可想而知,因此不得不忍痛放弃了英译的意图。这样一种遗憾也从侧面说明范先生著述对原始资料的占有与利用何其丰富,其著也才何其厚重。前辈学者极端重视钩沉材料的过硬工夫和严谨求实的科学态度,后学务必借鉴。这对匡正当下学界弥漫着的某些浮泛学风,显然有着深刻的现实意义。

比较视域也是我们从事英国文学研究所应该关注的思维路径。这里涉及我们为什么要研究英国文学的问题追问,当然是希望能够起到他山之石、他者之镜的功效,其中就隐含着一个广阔的比较视野。李约瑟曾任英中友好协会主席,对欧洲中心论的种种表现及其危害做了全面深刻的剖析,确实给我们以很大鼓舞和启发。他那"要以广阔的视野来思考问题"的呼吁,正是今天跨文化交流对话所迫切需要的。美国有个议员福尔布莱特在 1989 年出版的一本书《政治极权的代价》里说:"跨文化教育的核心在于获得一种移情能力——能够从他人的角度看世界,能够承认他人有可能看到我们不曾看到的东西,或者比我们看得更仔细。"确实,跨文化对话有一种镜子效应。把陌生文化当作一面镜子,可以更客观地认识自己,看到自己的不足。苏格兰诗人彭斯曾用诗句表达从他人的角度来审察自身的普遍愿望:"啊! 我多么希望有什么神明能赐我们一种才能,可使我们能以别人的眼光来审查自我! "也就是说,我们要习惯借助于某种外在的参照物,使其成为一面可以镜鉴本民族文学得失的"文化之镜"。法国汉学家弗朗索瓦·于连在《迂回与进入》里认为,研究他者,是认识自我的一种"迂回"方式。于连希望的是在对中国和中国文化的解读活动中,会引致回归到对自己的根于希腊的文化的研究。根据他的看法,他所以研究中国,并非因为对中国有特别兴趣,而是因为中国本身为西方人提供了一个与西方最相异的他者,给西方人提供了一个全然不同的角度来看西方自己。这就是说,研究中国,终极目的是为了更深切地了解西方本身。他说:"我最终接近的是希腊,事实上,我们越深入中国,越会导致回归希腊。""深入"中国是西方人回归希腊的一个有益的"迂回"。在此意义上,跨文化对话的目的,就是通过对方了解自己,经由迂回而进入自己。同样,我们中国学者研究外国(英国)文学亦应作如是观。

因而,比较视域则成为中国学者认知与研究英国文学的重要前提。2006年6月2—5日在南京大学召开的"当代英语国家文学研究的文化视角"学术研讨会上,陆建德研究员就希望能够把中国文化视角引入英语文学研究中,能够比较不同国别文化视角的差异,以探求文学作品背后隐藏的政治、思想和文化利益。殷企平教授主持的2012年度国家社科基金重大招标项目"文化观念流变中的英国文学典籍研究"中也提出经由文学研究和思想史研究的交互视角,该项目着重审视英国民族和英国社会建设公共文化的独特经验,探索英国公共文化思想形成与发展的源泉、脉络、形态和现实影响,提出一个新型的、旨在服务于中国文化建设的外国文学研究项目。同样非常重视英国文学研究对中国文化建设的借鉴作用。

或者说,提倡英国文学研究中的比较文学视野。所谓比较文学的视野,体现的是一种语境式分析问题的方法,也就是要把一个研究对象,放在一个坐标系中,加以纵横考察(历史演变及系统异同),在此过程中体会不同文化背景中相似文学现象的多种可能性,以达到既理解他人也认知自己,并合作共存的目标,在人格层面上则有利于培养理智包容的开阔襟怀,安身立命的博雅格局。

四、英国文学研究的课题思路有待开拓

学术研究的推进离不开诸多新课题的开拓探讨。可以说,论文选题(题目)是全文的眼、魂,不妨重点抓住差异化与特色化,因为这两点构成了选题的学术竞争力。

所谓差异化,就是:第一,避开常见选题,前提是熟悉课题的学术研究史。开拓性选题,会吸引注意力,并有良好的学术预期。这些论文选题,确实提出

了较新的问题，并有比较明确的解决思路，可以预期能够推进相关问题的评述。有两种情况：一是深挖——学界对某个问题有所了解（知其然），但不太知晓其"所以然"，更不清楚"所以不然"。二是拓展——学界对此问题知之甚少，关注较少（但确有价值与意义）。一深、一广，显示出选题的开拓性。第二，常见选题的新思路。如何出"新"？至少有三：拉大选题对象的时间联系。挖掘英国近现代文学作品的古典资源（希腊、罗马、圣经、中世纪）；综合选择适当的批评方法，未必单选一种方法，并讲究批评方法之间的配伍；搜集并利用别人不常用的材料，包括新发现的材料、不常引用的材料、对常引材料的修正与辨析；英国作家、作品（主题、母题、文类特征）的异域理解问题（中国、日本、西欧、俄罗斯、阿拉伯），涉及跨文化传播中的启示与变异话题。

　　所谓特色化，就是：第一，增强论文选题的文献学意识。如果研究没有依据第一手的原始文献或权威文献，其研究结果将大打折扣，甚至会犯下致命的错误。如国内研究乔治·奥威尔的文章，还没有人参考或引用（未列入参考文献）戴维森的20卷本《奥威尔全集》（这20卷本全集在中国国家图书馆就有收藏），这可能也是国内奥威尔研究现状令人担忧的重要原因，因为这些文献是研究的起点和质量保证。诸如目录、文集、论文和指南都具有很高的文献和学术价值，《批评遗产系列》（*the Critical Heritage Series*）的主编说道："本系列各卷把许多很难找到的文献汇集，既方便了文献的利用，也希望能帮助当代读者站在文献的基础之上（informed understanding）对文学的阅读方式和评价方式有更好的理解"；通过"批评遗产"，我们既能"厘清批评的总体情况，特别是对某一作家批评态度的发展脉络"，又能"洞察某一时期读者的趣味和文学思想"，从而能更加深入地理解"作家的历史背景，他的读者群的实时状态，以及他对这些压力的反应"。[1] 该主编所说的"站在文献的基础之上理解"也正是我们最为看重的学术规范。文献学意识还在表现在要考证所搜集史料的真伪问题。因为史料搜集及援引的真实性，乃学术研究的首要基础。这方面，史学界有所谓的"不确

---

[1]　Jeffrey Meyers, *George Orwell*：*Critical Heritage,* London：Routledge，1975，p. vii.

实之病":英国史学家弗劳德(J. A. Froude,1818—1894)曾游览过属于澳大利亚的一个小城镇爱戴雷特(Adelaide)。据他的记载:"吾所见者,平原当前,一河界之,此15万居民之城市,其中无一人之心中曾蓄有片刻之纷扰,但有宁静无欲,每日三餐而已。"但实际上,此小城建于山岭间的高地,无任何河流界之,人口不超过七万五千,而且弗劳德去那里游览的当儿,小城正困于饥馑。弗劳德是英国首位根据未刊与已刊的原始文献从事历史研究的人,在对爱戴雷特小城的描述上差错显然,难怪被斥为天性多误,即所谓"不确实之病"。此病乃因急遽求速与轻忽失慎所至。史学家杜维运引用了这一记载后,则指出:"历史的壮观,实建筑于坚实的细密考证工程上。数以千万计的历史考证学家,耗珍贵岁月于此考证专业,其有功于历史,实非远逊于撰写贯通性历史大著的少数史学家。"① 我们研究某一个问题,如果文献史料的占有不比别人多,理解问题又不如别人高强,则必然限制了研究成果的学术价值。对问题的研究假如没有独立而详备的资料准备,就会受制于别人的研究成果,加之自己的论证不足,难免产生一些主观片面的认识,最终无法解决实质问题。

第二,关注以往为我们所忽视的某些文学现象的文学性问题,或社会现象的文学表达问题。比如,学界对"宪章派诗歌"的评价不太高,认为它隐含着明显的意识形态性,这是将政治运动与文学简单捆绑的结果。并导致人们先入为主地认为它是服务于宪章运动的工具,回避其文学性。宪章派诗歌在其诞生后的一百年间,始终处于被遮蔽状态。近八十年来,尽管出现了不少研究,但看重的只是其中的政治内涵或文化内涵,并没有从文学角度审视它。事实上,它具有丰富的文学性。在属性上,它并不是宪章运动的附庸,而是具有自身发展逻辑与内在结构的文学运动。在思想内容上,它以内在于现代性的价值叙事参与了新世界的建构,体现出对人的自由本质的追求,具有重要的文学史价值。在艺术表现形式上,它具有"在场感"的新文学样态,和以政治生活为审美对象与创作目的新审美范式,在文学史上具有重要影响与划时代意义。文学性既指文本的文学性,也包括接受的文学性。对宪章派

---

① 杜维运:《史学方法论》,北京大学出版社 2006 年版,第 136 页。

诗歌接受史的梳理与反思,也是文学性考察的重要组成部分。

再如现有研究成果对维多利亚时期英国家庭道德观念的研究大部分是社会学和历史学的角度,侧重的是家庭关系的社会变迁和女性地位的变化,较少从文学的角度考察维多利亚时期的中产阶级家庭观。维多利亚时期是英国社会的转折期,人们享受着工业社会经济高速发展带来的成果同时,社会的繁荣背后也隐藏了道德危机。尤其是维多利亚中期,是整个维多利亚时期经济、社会、文化最为繁荣鼎盛的时期。随着社会大环境的变化,当时英国的家庭结构、家庭关系、家庭观念也而变化发展。在家庭结构上,由原来的世系大家庭彻底变成了现代小家庭,私人领域和公共领域完全分隔开来。在家庭关系上,家庭成员的角色定位也更加明显,对父亲和母亲的职责也有更加明确的要求。在家庭观念上,保持着英国的传统家庭观念但也随着时代发展而形成了具有维多利亚时代特色的中产阶级家庭观。维多利亚早中期的作家对中产阶级家庭观都是抱有矛盾的看法。无可置否,家庭是他们心中神圣、安宁之地。家庭的作用、家庭成员间的亲情是他们作品中常有体现。但对于维多利亚时期形成的家庭理想,他们没有完全认同。他们从不同的角度揭露了它表面体面完美的背后隐藏的阴暗面,并进行批判。但无论是怎样质疑、批判,他们最终的回归点依旧是建立一个理想的家园。我们可以从维多利亚早中期作家狄更斯、夏洛蒂·勃朗特、乔治·艾略特的小说文本出发,结合他们的传记、书信等资料分析他们对当时流行的中产阶级家庭观的看法。试从文学的角度研究和探讨英国转型期社会家庭的变迁和家庭成员地位关系的变化。中国现在也正处于社会转型期,希望能借鉴社会转型期的维多利亚时代的家庭观念来获得构建和谐家庭的启示。

第三,关注论文选题的当代价值与中国立场。比如,维多利亚时代英国作家对社会贫困问题的书写,就值得我们详尽探讨,因为此命题具有不可忽视的共时影响和历时意义。19世纪英国思想界流行着一股对社会分裂趋势的担忧。这种担忧具有其经济、政治和社会思想方面的深刻背景:严重贫富不均,政治民主化的推进,都使各个阶层之间的抗争态势更加明显,而宗教和道德对社会的思想凝聚力又有减弱的趋势。此时的文化精英大力提倡以教育达成对文化的追求,是意图在物质利益至上的社会风气中,重新使人们确认精神世界的重要性。他们希望使贵族精英思想通过普遍的教育传导到中下层社会,对其进行规约和驯化,以达成整个社会价值观的相对统一。而维多利亚小说部分地实践了这些文化精英的意图,本时期文学以其写实特征、娱乐性、互动性和道德感召力,通过广泛的社会传播,对社会心理和公共情绪产生了巨大的影响。而小说中对贫困的书写,对抗了自私冷酷的经济学功利主义,对消除不同人群之间的隔膜,弥合社会的分裂趋势起到了良性的作用。同时这些作品具有其独特的历史记录意义和高超的文学品质,既表现了人性的丰富侧面,又是对社会现实的个性化把握,凝聚了生命的智慧和激情。如今的中国也正处于一个社会转型期,我们所探索的这些维多利亚时期的作家和作品,对贫困问题有着深刻和广泛的思考和反映,十分值得异时异地的我们进行新的关注和解释。

我们从事学术研究所取何种阐释立场也值得思量。范存忠先生当年就特别重视治学的灵魂——"民族自豪感"。他关于中西文化相互渗透、相互影响的观点在民族虚无主义盛行的三、四十年代具有特殊意义,对于学术界那些妄自菲薄、盲目崇拜英美的人来说,也是一剂良药。特别是他就中国哲学、文化、艺术对欧洲文学思潮产生过的影响所做的发掘和论证,在我国比较文学史上具有开拓性质。他说,中国的思想文物对西方的影响很多。"那末,是什么东西在推动我的这项研究工作? 是仅仅因为个人对比较文学有所爱好? 不,这里还有工作中逐步发展起来的民族自豪感。"① 解放初期,在高级知识分子中进行思想改造运动,从西方进口的图书资料受到一定限制,而范先生五六十年如一日,始终不渝地研究英国语言文学,研究中国文化对英国文化的影响,广泛涉及中英历史、宗教、哲学、文学、艺术、戏剧、园艺、茶道、瓷器、市内装饰等各个方面,而且论证确凿,令人肃然起敬。范先生是难得的对中外文化有深邃思考与洞见的学者,尤其在那么多人崇洋媚外的风气之下,他早就具有远见卓识,傲然不群,从约翰逊对中国文化的仰慕谈起,谈到中国文化对西方文化的冲击,既给我们开阔的视野,又让我们对自己国家文化有

---

① 范存忠:《比较文学和民族自豪感》,《人民日报》1982 年 10 月 5 日。

傲骨的气概,既不盲目封闭又不自轻自贱。范先生的国学功底,独特的哲学、思想功底,让他既能深入第一手资料,又能生发出来,引出他真切的人文关怀。他在学术上花的是"慢"工作,对资料的掌握扎实、详细。在范存忠先生身上可见一个人文学者的精神气质:一种扎实、踏实的学风,一种为人的境界和气概。①

第四,切实关注作家作品研究中的语境问题,谨慎套用各色理论话语。

导论部分的下面一小节"思想史语境中的文学经典阐释:问题、路径与窗口",本是笔者在浙江大学召开的"世界文学经典与跨文化沟通国际学术研讨会"②上发表的大会主题演讲,其中曾说过:"文本细读是从事文学研究的重要基础,那我们凭借'什么'去对文本加以'细'读,并写出具有专业色彩的文章?可能首先想到的武器就是理论方法。"

理论方法特别是当代西方各种新理论新方法果真有放之四海而皆准的神奇功效吗?对那些擅长套用某种理论方法解读中外文本的著述,我们应慎重对待。陆建德先生《麻雀啁啾》③中有一篇《明智——非理论的智慧》,是关于亚里士多德《尼各马科伦理学》的书评,颇受启发,因为它有力支持了我们的疑虑,对笔者关于思想史语境解读文学经典的倡议也是一个鼓舞。

为何要关注理论话题? 我想:(1)并非仅仅为了写文章(伪功利主义意识);(2)更非为了吓唬人而搬用晦涩难懂的概念术语;(3)亦非为了赶时髦,加入"旷然大空"式的中国当代话语概念的大合唱。明智的做法是:了解认知某种理论批评方法的逻辑与历史的出发点、路径、目标,以及警惕在使用过程中极易出现的话语概念的泡沫化趋向。在此过程中:(1)训练自己的理解、认知与评判能力,即提高所谓"理论水平";(2)把握文学、历史、知识、信仰、思想之间的语境联系,逐步形成讨论问题的历史主义方法论;(3)达到

---

① 参见笔者为范存忠著《中国文化在启蒙时期的英国》一书所写的导读文字《范存忠先生的中英文学与文化关系研究》,曾刊于《中外比较文学名著导读》(浙江大学出版社2006年版),并收入拙著《含英咀华:葛桂录教授讲中英文学关系》(中央编译出版社2014年版)。

② 本次研讨会于2010年11月7—8日在浙江大学召开,会议成果编有论文集出版。

③ 陆建德:《麻雀啁啾》,三联书店1996年版。

知识、学问、人生伦理、世界观之间的互通关联,培养个体生存的经验主义立场;(4)获得参透人生的智慧:"有所为,有所不为","执着而不痴顽","成就自己,不伤害,不拖累别人",或者说"知识增进道德,学问滋养灵魂。"

17世纪上半叶,笛卡尔把几何学的推理与演绎法应用于哲学,在其独重方法的知识体系里,"明智"难有立足之地。文学批评、文学研究面临被贬为自然科学的奴婢的危险,征兆即是对理论和方法的极度尊崇。20世纪以来充斥着独尊方法的时代迷信。各种理论与方法的诱人之处不言而喻。英国批评家伊恩·瓦特曾抱怨,他的学生一心企盼一劳永逸地掌握一把理论或方法的钥匙,凭它开启一切文学作品的奥秘。这是唯科学主义(数学是科学的典范,数学的知识由抽象而来)的副产品。正因为相信的是科学的理论,不必有积极的个人投入,随风俯仰的墙上芦苇应运而生。

英国文学研究专家黄梅在《"反科学"的批评?》(这是关于D. H.劳伦斯文论选《灵与肉的剖白》的书评)一文中也说:"进入二十世纪以来,西方的文学批评似乎越来越像科学论文了。各种'主义'的文论不论其理论内容如何,大抵都渗透着某种令人肃然起敬的科学风格或精神,变成有一套术语(其中不少是从其他学科借来的),有自己的操作程序的专业化活动。局外人听专家们津津乐道地议论什么'语序轴'、'语谱轴'、'能指'、'所指',不免瞠目结舌,不知所云。近年来现当代西方文论的风云东渐,虽远未成排山倒海之势,也还是有点压力的。……我们仿佛偷食了'智慧'的禁果,都纷纷对自己早先赤身裸体的状况羞愧不已。"① 而劳伦斯则直言不讳地强调文学和人生的关系,旗帜鲜明地顽强抵制唯理主义和"科学化"。因为,批评所关心的正是科学所冷落的那些价值,衡量一部作品的标准是它对我们真挚而生机勃勃的情感产生何种影响而不是别的什么。黄梅说要特别珍重劳伦斯与种种科学化的"主义"唱反调的声音:"因为,如果太深地陷入貌似科学的术语的循环中而不能自拔,没有一点透视的眼光,忘记了这一切的本源和老根,恐怕难免会掘掉自身赖以存在的根基。就如太注意衣裳的样式加工,特别是邻居人家的新衣服,却忘记了自己衣服下那个血肉的身躯。"② 这

---

① 黄梅:《"反科学"的批评?》,收入其所著《不肯进取》,辽宁教育出版社1996年版,第51页。
② 同上书,第54页。

个"根基"其实对应的就是生活（创作、评论等）的常理。

非理论的智慧（明智），也就是要多一些常理之言。理论批评方法,存在有悖常理之处。所谓"常理",一是体现为"真知灼见"（历史语境里的真知）;二是有巨大的道德力量（人类社会里的伦理道德）。对后者（精神道德）的强调,更为必要,因为当前许多本不需要讨论的"常理",都成了"要,还是不要"的"问题"。爱因斯坦就深知科学的昌盛可能只会带来精神的贫乏和人伦的衰败。他说:"用专业知识教育人是不够的。通过专业教育,他可以成为一种有用的机器,但是不能成为一个和谐发展的人。要使学生对价值（社会伦理价值）有所理解并且产生热烈的感情,那是最基本的。他必须获得对美和道德上的善有鲜明的辨别力。否则,他——连同他的专业知识——就更像一只受过很好训练的狗,而不像一个和谐发展的人。为了获得对别人和对集体的适当关系,他必须学习去了解人们的动机、他们的幻想和他们的疾苦。"[1]

美国著名妇女学者帕格利亚也非常"痛恨批评理论:它是精英的心智游戏,扼杀了教授和学生的灵魂"。她说当今的文学理论大而无当,几乎到了可笑的地步,就像一只河马学跳舞,笨拙沉重,处处出错。理论家们使整整一代年轻人丧失了欣赏艺术的能力,面对这灾难性的局面,热爱艺术、尊重学术的人应该为捍卫理想敢作敢为。[2] 这也是回归"常理"的呼声。

王佐良先生在《伯克莱的势头》一文中提到一个以研究乔伊斯小说为专长的 20 世纪学者,也回到了 18 世纪约翰逊博士的传统的"常理"立场,并赞赏这种回归:"在各种新理论之风不断吹拂的当前,回到约翰逊的'常理'观是需要理论上的勇气的,但又是符合文学批评上的英国传统的。"这常理并非纯凭印象,而是掺和着人生经验和创作甘苦,掺和着每个人的道德感和历史观,因而这些批评具体而又不限于技术小节,有创见而又不故弄玄虚,看似着重欣赏,实则关心思想文化和社会上的大问题。[3]

---

①　爱因斯坦:《培养独立思考的教育》,收入《爱因斯坦文集》第三卷,许良英编译,商务印书馆 2010 年版。

②　参见陆建德:《麻雀啁啾》,三联书店 1996 年版,第 175 页。

③　王佐良:《心智的风景线》,三联书店 1991 年版,第 210—211 页。参见陆建德:《麻雀啁啾》,三联书店 1996 年版,第 166—167 页。

　　弗吉尼亚·伍尔夫在第一本《普通读者》的代序里,引用了约翰逊博士在《格雷传》中的这段话:"我很高兴能与普通读者产生共鸣,因为在所有那些高雅微妙、学究教条之后,一切诗人的荣誉最终要由未受文学偏见腐蚀的读者的常识来决定。"①普通读者的常理未被文学偏见败坏。当前,要尊重普通读者就必须抑制一下使批评术语"科学化"的冲动,少蹈空谈玄。伍尔夫的文学批评文字之所以耐读,就是因为她没有忽视普通读者的常理,仿佛是出于本能,得到什么收获就写出什么收获,把眼光定位于文学写作与文化事件,从阅读角度写评论,挖掘到的东西也就特别和"普通读者"这个称谓接近,普通读者喜爱,专家学者看重,因而具有鲜活的生命力。

　　法国作家缪塞有句名言:"我的杯很小,但我用我的杯喝水。"伍尔夫文学批评文字的切入点独特,是全盘衡量,反复掂量,由此及彼加以比较再比较之后的结果。这就形成了她喝水的杯子(文学评论的路径),也写成了英国文学批评史上最有特色的富有亲和力的文章。

　　伍尔夫在批评文字中展示出的就是"非理论的智慧"。在《我们应该怎样读书?》一文中,她说:"你要做的就是遵循自己的直觉,运用自己的判断,得出自己的结论。"这里,"直觉"来自于生活的丰富体验、文学的(创作或阅读)经验,也即形成自己的切入点、问题点、关注点。"判断"来自于逻辑思维能力(从杂乱理出头绪)、相关批评思路的涵养。"结论"是审慎而合于"常理"的,且是从阅读中获得的"最深刻、最广泛的欢愉"。②

　　文学批评要回到文本(并非新批评的"文本自足论")所展示的不同世界中去,以帮助读者恢复(历史的或现实的)常识与记忆,本质上行使的还是一种启蒙工作,而此工作正是后现代文化批评所要着力消解的。各种理论、概念术语的过度搬用,对文学批评而言,就会造成背离常识,抹杀记忆的"退步"的权力(理论自身的控制力)景观。以某种理论方法过度套用文本

---

　　①　弗吉尼亚·吴尔夫:《普通读者》(代序),《普通读者Ⅰ》,马爱新译,人民文学出版社2003年版,第1页。

　　②　弗吉尼亚·吴尔夫:《我们应该怎样读书?》,《普通读者Ⅱ》,石永礼、蓝仁哲等译,人民文学出版社2003年版,第246页。

的分析路径,可以说是学术研究上的虚假表达,也会导致对文学评论求真心态的丧失。

五、思想史语境中的文学经典阐释——问题、路径与窗口

2009 年 11 月 8 日,由北京大学外国语学院英语系主办的"思想史语境下的 19 世纪欧洲文学"研讨会在北京大学召开。参加会议的有来自国内有关高校和研究机构从事 19 世纪欧洲文学和思想文化研究的学者达二十多人。参加会议并在会上发言的有北京大学外国语学院韩敏中教授、高峰枫副教授、毛亮博士、谷裕副教授、田庆生教授,中国社会科学院外国文学研究所陆建德研究员、黄梅研究员、吕大年副研究员,浙江大学外国语学院殷企平教授,北京航空航天大学外国语学院德语系吴晓樵副教授等。在发言中,黄梅研究员提出了三个富有启发性的问题:第一,我们所接受的马克思主义教育在多大程度上使我们早已成为 19 世纪文学的儿女?第二,我们是否应该多加关注被传统经典忽视,但在当时文人界颇有影响的文本,如卡莱尔夫人的书信集这样重要的女性作品?第三,诸如《简·爱》这样的经典作品的生命力在哪里,是什么使它们一次次被续写?陆建德研究员对 19 世纪英国文学界、思想界的整体状况做了概述和评价,认为当时的知识界有一种坦诚而无顾忌的讨论氛围,思想界无所不谈,文学创作也参与其中,使各种话语达到相对的平衡,不仅促进了英国思想的创新,而且推动了社会变革,对英国的走向产生了重要影响。同时他也提出 19 世纪思想界的许多重要人物在现有的研究中没有得到足够重视,需要我们进一步的学习和借鉴。

这次会议讨论中大家普遍关注的主题有"思想史"在各个语种研究中的概念和发展史、维多利亚文本的复杂性及其成因、19 世纪英国社会的渐进式改革及其意义、19 世纪文学对诚实劳动和金融投机的叙述、欧洲各国文学中的他国人形象比较等等。其中,思想史语境里的文学经典阐释会成为我们重点关注的对象。

文学经典阐释的路径很多,但立足于思想史语境里的经典阐释问题,这

尚未引起大家的充分注意。对文学经典而言,知其然或许只是一种感觉,知其所以然就进入文学史的解释范畴,而知其所以不然则必然要闯进思想史的领域。钱锺书先生 29 岁当西南联大教授,讲文学尤其重视思想史。研究文学也必须重视思想史,如此才能训练青年人的分析和评论能力。思想史叙述各时期思想、知识、信仰的历史,处理的是较能代表时代特色或较有创造力与影响力的思想资源。文学史面对那些最能体现时代审美趋向,最有精神创造特色的作家作品。我们应该从更广阔的背景了解文学所依持的思维方式、想象逻辑及情感特质以及这些文学想象和情感方式如何在特定的历史语境中形成带普遍性的社会心理现象。

一个时代的哲学思潮如何通过人们的思想,作用于或反作用于"文学"？文学是基于反思所肯定的心灵事实。自然现象仅仅是现象,背后没有思想;文学现象不仅是现象,背后还有思想。英国历史哲学家柯林伍德说过,可能成其为历史知识的对象的,就只有思想,而不能是任何别的东西。人们必须历史地去思想,必须思想古人做某一件事时是怎么想的。对于各种历史现象和景观,历史学家不是在看着它们,而是要"看透"它们,以便识别其中的思想。由此,柯林伍德强调"一切历史都是思想史",也就是强调历史之成为历史就在于它的思想性,思想史的背后乃是思想的精华,即历史哲学。

联系到文学,文学创作及研究的哲学贫困或思想贫血症,则要引起我们关注。没有充分的"思想"风骨,永不会有经典解读的突破。在某种意义上说,文学史就是且只能是文学思想史,此处指的是,人们在进行文学活动(创作)时,他们头脑中所进行的思想,或他们是在怎么想的。过去所遗留给当下世界的,不仅有遗文、遗物,而且还有其思想方式,即人们迄今仍然借此进行思想的那种思想方式。

循着这样的思路要求,文学经典阐释的语境就要拓展到文学思想史的领域。关于这一问题,我的主要思考是:

第一,将文学经典置于思想史的场域中考察,或利用思想史的角度理解文学经典,不同于运用单一理论方法讨论文学文本的阐释策略。这是我们讨论问题的背景。

第二,思想史语境能够帮助我们理解传统的文学价值观念,如何凸显在我们现在的精神生活中以及我们思考这些价值观念的基本方式,并反思在不同时代、不同文化中,人们所作出的对文学经典的一系列选择。这标示着该论题的意义。

第三,从思想史视野切入文学经典阐释,便于揭示经典产生及传播过程中的精神价值,反思文学史上某些作品的"被经典化"问题及其意识形态功能,对照现有文学经典史,找寻文学思想史上的失踪者,并感知文学交流进程中那些思想史文本的独到价值。这是该命题关注的焦点之一。

第四,文学文本只有在思想史语境中才能更好地确认其价值与意义。这是我所论的主导观点之一。

第五,拓展经典阐释的学术思想空间,以思想史语境式的解读与分析,得出有益于当下社会及人生的启示价值,才能称得上是有生命力的学术研究。这是问题的关键,经典阐释的意义正基于此。

下面拟从五个方面讨论立足于思想史语境阐释文学经典的问题、路径与窗口。

(一)问题的提出:"理论 + 文本"阐释策略的弊端

我们往往被告知,文本细读是学好文学专业的重要基础。这当然无错。那我们凭借"什么"去对文本加以"细"读,并写出具有专业色彩的文章?可能首先想到的武器就是理论方法。

但是,理论方法的使用是一把双刃剑:(1)既能深入地解剖文本,将其隐含的意蕴挖掘出来;(2)又会不经意挑断(或粗暴砍断)遍布文本周身的血管,使之失去活力,变成活死人,像鲁迅警告的那样:"会把死人说得更死"。

自 20 世纪 80 年代以来,来自欧美的文学批评、文化理论,成为我们反思文学经典研究的重要武器,并在同西方进行比照的过程中发现了自身文学经验与方法的局限与差距。80 年代中期的方法热、90 年代的文化研究热。由于对西方文学文化尺度的自觉接纳,以及自身学术体制建构的客观需求(特别是外国文学研究与国际接轨心态),我们几乎用二三十年的时间共时地演绎了西方上百年的文学文化观念:从符号学到语言学,从结构主义到解构主义，各路"话语"英雄上阵；新名词、新概念、新"主义"、新"标签"纷至沓来，知识话语繁荣，理论话语膨胀——这种文学批评路径的最大特点就是从既定的概念或理论出发，抽象地演绎、思辨或推理。但渐渐地，人们明智地发现，我们自身思维话语的贫乏以及审美体验的抽离，使我们困惑：难道这种操作起来"方便且省力"的著述路径，其代价就是对文学经验、历史语境、中国立场的放逐？

中国立场、中国问题、中国关怀，这些中国学者在阐释经典（特别是域外文学经典）过程中难以绕开的文化心态，是学术研究充满生机的表现之一。于是，失语症的焦虑以及部分学者的质疑（不是中国传统诗学的失语，而是部分比较诗学研究者自身的失语），都值得我们从学理层面及现实角度上加以考量。就中国传统批评话语与域外文学理论方法而言，两者不能偏废。中国传统诗学方法是"显微镜"，外来的理论话语是"望远镜"。我们不主张：把西方理论当"凸透镜"使用，这样会把文学文本变形，有趣而乏力。更不主张：将西方理论当"哈哈镜"使用，把对文本的阐释，当成一种颠覆式的解构游戏，以吸引人的眼球。也就是说，不能把"理论的消费"（利用），只当作可供我们"消费的理论"看待，应该挖掘理论用之于文本解读而凸显的思想价值，高调体现人文学科的精神向度。重建学院批评的思想空间，提升人文思想的精神魅力，应该成为文学研究（批评）从业者义不容辞的责任。

学者梁海在《当代文坛》2010年第4期发表文章，指出了学院批评面临失语、失信的危机问题：除了来自社会经济意识形态的外在因素外，文学批评本身缺少原创力。看到的总是德里达、福柯、本雅明、杰姆逊、萨义德，读到的依然是"能指、所指、结构主义、镜像、后现代、后殖民"等众多词汇的繁复堆砌，使我们陷入审美疲劳，不再有撼动体验，震动心灵的感觉。

没有震动心灵的感觉，学术研究就失去了生命力。我们对用某个理论解读（套）文本的做法，都不太提倡。试想一想，如果不靠这些理论术语，你能否讲话？是否会失语？国内外都有一些作家解读文学作品（或在高校开设文学导读性的课程），值得关注。他们的评述或许不"全面"，但一定是有关"文学"的"内在"批评。文学批评、文学研究的目标，应该是以史为鉴,为当前的文学创作、理论建设或人们的精神需要提供资源与养分。如今还有作家在看学院式的文学批评论文吗? 文学论著成为学术界、教育界圈子里的智力游戏,难以发挥引领社会风尚的责任,边缘化的趋势难以避免。对此值得反思。

因此,我们希望文学研究能够:(1)紧贴历史(作品产生的氛围,学术研究史);(2)关注现实(立论选题的当下语境);(3)撼动人的心灵(深度及表述)。一句话,跳出"理论方法 + 文本批评"的解读框架。或者说,理想的学术研究状态在于:从问题点出发,关注细节,见微知著,以跨学科、语境式的解读与分析,得出有益于当下人生与社会的启示价值。

我们提倡:从文学现象(文本)而不是从模式(理论)着手工作。首先使用显微镜(对言语/parole、文本内容感兴趣),然后再使用望远镜(对语言/langue 规则、历史语境感兴趣)。用显微镜的方法更适合于进行广泛的比较,能够细读出诸文本之间的异同联系来,不至于让行为主体及其语言受某种特定模式的限制。

(二)思想史语境解读文学经典的意义

其实,学术研究的空间是逐次展开的,可以展示为以下几组三层次关系:

(1)视角问题:文本分析(借助于理论方法)——学术史研究——思想史视野研究;

(2)思路问题:知其然——知其所以"然"(加法:何以如此解释)——知其所以"不然"(减法:失落的是何种思想);

(3)史识问题:真(历史本相的追求,还原研究对象)——真、伪("伪"史料中有真历史,变"假"为真)——真/伪背后的思想意图(伪书中的历史观:福柯式的思想史研究);

(4)寓言问题:蝉(固定的焦"点":固定靶/经典文本)——螳螂(爬跳出的是一条"线")——黄雀(飞出的是一个"面")。

由此可见,思想史研究视野是目前文学研究路径的拓展与提升。在操作层面上,其研究对象的设定可以立足点一个"远"字(时间久远:古代;空间遥远:外国)。对文学历史现象背后思想观念的解读(知其所以"不然"),

某种程度上起的是一种解谜揭秘的作用,会对现存观念(意识形态、理论话语)产生一定程度的冲击。反过来说,必须跟后者保持一定距离,才有可能看得(讲得)清楚。

目前,古代中国文学的思想史研究,立足点多为哲学史(思想观念)的研究视角,着眼于学术(思想)史研究的路径。20世纪中国文学的思想史研究,因其跟民族意识形态与国家政权体制的纠结,要真正秉持某种批判立场,尚需假以时日。而对域外文学思想史的探讨,国内学界已有一些研讨会(如北京大学"思想史视野中的19世纪欧洲文学研究")、著作(陆建德、黄梅、胡家峦、殷企平等教授的相关著述)涉及,但总体上尚未有更大的学术群体介入,在研究理念方法上,尚未能有更自觉的认识(对大多数研究者而言),因而亟待需要推进。思想史视域的文学研究,是未来学术研究理念的新的更深层次的增长点。事实证明,用外来的文学理论批评方法,讨论文学现象,产生了这样那样的问题——这既有对外来理论的全面理解问题,也有对文学文本(本土/外国)的深入理解问题(指在历史维度上的解读)。

因而,把文学放到思想史的场域中考察,或利用思想史的方法角度理解文学现象,会发现许多往往为单纯的"理论方法+文学研究"遮蔽或忽略的现象。不从思想史的角度与高度切入,学术研究的含金量也会打折扣。但,思想史的功夫是深挖(如同新历史主义批评的"厚描")与提炼,基础是有深度的个案研究,并努力在个案深入的基础上"以点带线",对专题研究特别合适,对总体史的写作,会有很大挑战。

通过思想史视野我们可以看到什么?可以进一步拓展经典阐释的学术思想空间,揭示经典产生传播过程中的思想意义。某种程度上,文学经典在思想史价值上肯定会散发出无尽的光辉,成为衡量某文本能否成为经典的试金石;文学经典只有在思想史语境中,才能更好地确认其价值与意义。

对文学研究来说,思想史语境能够帮助我们理解传统的文学价值观念,如何凸显在我们现在的精神生活中以及我们思考这些价值观念的基本方式,并反思在不同时代、不同文化中,人们所作出的对文学经典的一系列选择。这种立足于思想史语境的理解,可以有助于我们从对这些文学价值观念的主导性解释的控制下解放出来,并对它们进行重新理解。

（三）文学经典文本解析的路径

对文学思想史历程的考察，首先要梳理并理解历史进程中文学经典形成的动因，借用福柯知识考古学的说法，不断地发掘经典化进程中权力话语和文本知识之间的关系，考证这些文学经典是怎样一步步被建构起来的。文学的思想史研究应该考证权力和知识的不断纠缠，及其如何产生了现在所认为的一些文学经典"常识"。

因而，福柯的"知识考古学"视角对文学思想史研究有启发作用。他的目的在于用考古学及系谱学的方法，揭示我们现在习惯接受的知识、历史、常识、思想等的合法性及合理性。基础如何建立起来的？凭什么得到这些合法性并拥有了合理性？话语建构了知识的"秩序"。福柯知识考古学最重要的启发，即如胡适所言"从不疑处有疑"（这就是问题意识的重要性，不断追问）。

按照福柯知识考古学的思路，思想（文学文本）的位置和重要性本身，并不是问题；但这种位置和重要性的变化过程，成了需要追问的问题。——何时因何因浮现或埋没？将这样的一个移动、变化、浮动的历史过程描述出来，就构成了新的（文学）思想史。

学术研究有一个重要目的，即所谓"去伪存真"？何为"真"？有两个层次：

其一，历史事实的"真"，所谓历史现象的客观实存性。

其二，建构者心理、思想观念（研究者）的"真"，阐释主体的"真"。这样，以往所谓"伪/假"的材料，倒反而能体现出思想史演进脉络的"真"来。我们在追溯文学史上的"伪/假"现象，重点是发掘建构者内在的心理"真相"。

那么，如何从思想史切入文学阐释？我想不妨从以下六个方面考虑：

第一，挖掘文学经典发生学意义上的思想价值。

第二，在文学史作品经典过程中，那些被遮蔽的文本（思想史上的失踪者），如何彰显其内在价值？

第三，文学史上某些作品的"被经典化"问题（如《牛虻》），如何在类似的文本中发掘其意义。

第四,吸纳异文化因素思考人类大问题的作品,可称为思想史文本对待。比如歌德、海涅的作品。

第五,文学的经典化过程在思想史上的意义——教育过程;出版发行;媒体宣传;评论著述(含学术讨论、争论)。那种对思想经典化、经典文本整理(选本、文集、全集)以厘定秩序的工作,思想史不能忽视。

第六,学术史的梳理引入思想史的语境,对历史上的研究成果做"同情性的理解"。

与此相关的是,考察文学经典化的过程,也是关于文学问题的评论史的话题。在此进程中可以揭示文学思想的演进轨迹——民族文化的思想、当时主流的思想、文人集团的思想、底层民众的思想——构建一个立体多元的思想史平台。这是人文科学研究的重要目标。"以史为鉴"是我们研究的重要出发点,这个"史"是:点(历史事件);线(历史事件的连续评价);面(历史事件的多时空多角度的评价史,即跨文化交流形成的文本空间)——要想使镜子的作用,越宽广越深透,必须立足于"线"与"面"的层面来考虑。如此,思想史的研究视域就会凸显。

冯友兰先生所谓学术研究要:(1)"跟着讲"——思想史意义上的"停滞",但不是"断裂";(2)"接着说"——思想史意义上的"赓续",形成关于某一论题的学术史链条。

问题是:文学里的思想史因素如何发掘? 以下这几个方面不妨充分关注:

(1)挖掘文本里的思想史价值,包括异文化因素对作家本人思想认识的转向和文化境界的提升,有何促进? 在作家的知识结构内(考察知识信息的来源:教育经历、游学经验、家庭背景、交游圈子等),哪些奠定了他的思想观念基础,哪些促进了他思想的转变? 作家的思想立场(历史动态的)如何(核心思想意识)? 怎样发生的?

(2)关注文学文本的产生语境(人文愿景、地域文化、时代氛围、作家心态、偶然因素)。

(3)思想史语境里,具体的文学如何产生? 文学文本又如何体现"特定"的思想史色彩? 有何变异及原因? 思想观念的(文学)形象化,或者说,通过文学形象展现思想观念的变异轨迹。所以特别是注意发掘一些够得上是"思想史文本"的文学作品。

（4）慎用"理论＋文本"的评述套路,首要提倡归纳推理法（那么多背景信息的归纳,展示文本生成的历程）,慎重认知演绎推理方法的优长及缺憾。

（5）文学作品的价值,有娱乐消闲的一面,但更重要的是有没有思想的内涵,这涉及作品能否传承的标准。因为,通过文学传达思想价值（采取的是文学的方式）,可能更具有穿透力与延展性。

（6）作家文本中,文本的诗性创造（作家的艺术敏感性）,如何与深刻的思想史力度相融? 找寻作家广博的文化史知识背景（特别是异域文化知识）,以及那些可遇不可求的机缘。

（四）激活经典精神内涵的窗口

思想史语境中的文本解读,可以最大限度地激活经典的精神内涵,以及经典的当下意义。

古今、中外对话,目的在探询经典著作解读的当代意义,才能如鲁迅所说"我们不应该把死人说得更死";或如法国哲学家雷蒙·阿隆（1905—1980）所说:"历史是由活着的人和为了活着的人而重建的死者的生活。"或如 20 世纪英国历史哲学家柯林伍德所说的"重演"历史:历史事实并不以一种纯粹的形式存在,而总是通过记载历史事实的人的头脑折射出来的;历史学家对于历史人物的见解,要对他们活动背后的思想有一种富于想象力的理解;历史学家须得通过现在的眼睛才能观察和理解过去。①

黑格尔也说:"这些历史的东西虽然存在,却是在过去存在的,如果它们和现代生活已经没有什么关联,它们就不是属于我们的,尽管我们对它们很熟悉;我们对于过去事物之所以发生兴趣,并不只是因为它们在一度存在过。历史的事物只有在属于我们自己的民族时,或是只有在我们可以把现在看作过去事件的结果,而所表现的人物或事迹在这些过去事件的联锁中,形成主

---

① R.G.科林伍德:《历史的观念》,何兆武、张文杰译,中国社会科学出版社 1986 年版。

要的一环时,只有在这种情况之下,历史的事物才是属于我们的。"①

　　以上所论历史与现实的互动关系,有助于我们思考文学文本精神内涵的现实语境。

　　英国剑桥学派思想史研究的代表人物斯金纳强调:"要将我们所要研究的文本放在一种思想的语境和话语的框架中,以便于我们识别那些文本的作者在写作这些文本时想做什么,用较为流行的话说,我强调文本的语言行动并将之放在语境中来考察。我的意图当然不是去完成进入考察已经逝去久远的思想家的思想这样一个不可能的任务,我只是运用历史研究最为通常的技术去抓住概念,追溯他们的差异,恢复他们的信仰以及尽可能地以思想家自己的方式来理解他们。"②

　　当然,如果先有一个明确的问题范围和历史观念,就会有限度地寻找历史资料。好比照相,把焦点放在一个地方时,其他的东西就会模糊起来。寻找文献的过程,实际上成了观念观照下的触摸。福柯试图寻找新的方法,称为"把文物变成文献,然后使文献说话"。他以为所有的资料背后,存在一种地层关系,首先把文献还原为文物,然后按照地层关系重新安置,使其成为一个知识的系谱。这里有一个怎样重新看待经典文献的问题,在福柯这里,历史资料不再是真伪在先,而是它处于哪一个地层最重要,知道它在哪一个地层,就等于确定了它在系谱里的位置。真、伪问题,都可以说出它那个时代的话来。在历史重建上可能不是很有用,但是在思想史研究中,却很有用。因为,历史学家把伪史本身当作一种史料看(陈寅恪名言"伪史料中有真历史"),只是要让它变成真的(陈作为历史学家,要想办法把伪史料放在合适的地方当真史料用,要"变假为真");而思想史家考察的是作伪的原因,不必把它当作真的,因为它背后,同样有当时的心理动机和思想观念,当时人对作伪东西的接受,也有思想观念的作用,这些观念吻合了当时的观念和心理,它就被接受了,好比人们对水货、假名牌的关注与使用。

---

　　①　黑格尔:《美学》第一卷,朱光潜译,商务印书馆 1991 年版,第 346 页。
　　②　昆廷·斯金纳:《政治的视界》三卷本总序,剑桥大学出版社 2002 年版,第 8 页。转引自《昆廷·斯金纳思想研究》(凯瑞·帕罗内著,李宏图、胡传胜译,华东师范大学出版社 2005 年版)中文版序言第 4 页。

对文学而言,一部文学作品(经典),把它放在何以会被炮制、被漠视、何以大加解释和赞扬、何以又再次被废弃的某某时代,就可以看出很多思想的变迁,看出话语被权力包装起来,或者被权力放逐到一边儿的历史。这就是学术研究史的思想史脉络。当我们把某些争论当作一个思想史事件,逐层考察,可以发现文学思想的很多有趣的背景。

(五)何为有生命力的学术研究?

所谓有生命力的学术研究,是能够在某课题学术史上留下重重痕迹的研究著述,更是刺激当代人神经,引发思考(反思自身文化处境)的著述。只要你的结论是"审慎而非武断"得出来的,就是有活力的学术研究。学者虽然不是立法者,但可能成为社会精神良知的提醒者。

著名历史学者杜维运在谈到历史研究中的归纳方法时说:"得出结论,是使用归纳方法所预期的目标,结论愈新颖,愈能满足心理上的欢欣。新颖以外,是否精确,则待商酌。大抵结论愈新颖,其精确的程度愈低。精确的结论,不在其新颖性,惟在其得出时的审慎性。不急于得出结论,不预期一定得出结论,随时修正既得出的结论,随时放弃既得出的结论,态度百般审慎,结论自然大致趋于精确。"[1] 国内英语文学研究界,陆建德、黄梅、胡家峦、丁宏为、殷企平、周小仪等人的著述值得认真琢磨。尤其是两本"推敲"英国小说的著述[2],其研究思路值得关注。

这些著述的研究路径有几个特点:

第一,以文本为出发点,显示了出色的解读文本和人物分析的功夫,特别是把文本的多层次含义一一展现,起到了经典赏析的示范作用。

第二,以中国立场为观念评述的内在参照系,起到了"他者之石"的功效,或者以史为鉴的作用。这种参照系是隐形的,说明中国学者之从事外国文学课题研究的当代(现实)意义。也就是说,把中国背景和中国关怀作为阅读外国文学作品的出发点和旨归,这是我国的英美文学研究领域在新世纪

---

[1] 杜维运:《史学方法论》,北京大学出版社 2006 年版,第 49 页。

[2] 黄梅:《推敲"自我":小说在 18 世纪的英国》,三联书店 2003 年版;殷企平:《推敲"进步"话语——新型小说在 19 世纪的英国》,商务印书馆 2009 年版。

出现了一种可喜的新气象。

正如陆建德在评述黄梅《推敲自我》一书时所说:"作者在这一新课题的研究中全面地论证了18世纪英国小说,并充分显示当时的文学作品在反映时代精神的同时也在不断地参与价值观念(不论是道德的还是美学的)建构。作者完全根据自己的阅读经验来展开叙述,概论后面总是有细致精到的文本阅读与分析。尤为难得的是,作者在著述时处处显示粗她对当下中国的关怀,并老练地将这种关怀自然融入全书,读了有'撒盐于水,化于无形'之感。"①

黄梅在该书"绪言"中说得很清楚:"18世纪是中国清王朝的康乾盛世;也是英国中产阶级新立宪政体巩固、商业社会初步定型和工业革命发端的时代。此后,这两个体制不同的国家经历了截然相反的命运。……历史的对比发人深思。不仅如此,对于正在快速转向市场经济的中国来说,那时的英国在很多方面都是一个极有意义的参照。18世纪英国人的经验和教训也就随着'走向未来'和'强国之路'等大型丛书走进我们的视野,当时英国的政治体制、经济运行方式和哲学思想探索对社会发展的促进,引起了中国人的注意和思索。遗憾的是,有关的讨论在相当程度上忽略了那个时代的英国人亲身经历的诸多思想危机和痛切感受到的困惑,以及他们对这些活生生的问题所做出的反应和思考。而这些问题,如国内近期不时出现的关于'现代化的陷阱'、关于'诚信为本'、'道德建设'以及所谓'简单主义生活'的讨论所提示的,乃是今天面对'现代'生存的中国人所无法避免的。因此,作者力图在介绍并评议18世纪英国小说的同时,把小说在彼时彼地的'兴起'与'现代社会'的出现联系起来考察,特别注意探究那些作品的意识形态功用,也就是它们与由社会转型引发的思想和情感危机的内在关系。20世纪末,由于诸多思想文化因素的共同作用,英美乃至整个西方对18世纪英国小说的学术兴趣也出现了引人注目的'爆炸'。本书与西方诸多研究18世纪文学文化的新论著有所不同,因为上述潜在的中国背景和中国关怀乃是笔者试图重读18世纪英国小说的出发点和指归。"②

---

①　黄梅:《推敲"自我":小说在18世纪的英国》封底推荐文字,三联书店2003年版。

②　同上书,第1—2页。

　　殷企平著"前言"里也说："如今的中国正处于社会转型时期，当然有必要参照当年英国在经济腾飞道路上的诸多经验，但是更有必要聆听许多英国有识之士在快速发展的旋涡中所发出的心声。聆听这种心声的最好场所莫过于在相应时代写就的小说——恰如怀特海所说，'如果我们希望发现某代人的内心思想，我们必须求助于文学'。"①

　　或者说，别人的问题，不是我们急迫所关注的问题点。立足于我们的现实背景，才能看出新问题，提出历史的新启示。这是中国学者研究外国文学应有的姿态，也是人文学者对当下社会应有的责任，参与当下的思想建设和文化反思，而非躲进小楼成一统，在狭窄的学术圈子里做道场。拿来主义，以史为鉴。这样的学术研究才见活力，并有持久的生命力。

　　第三，行文思路中以前人成果（海外名家定论）为对话的对象，有三种角度：印证、补充、质疑并修正。我们著文也会引用前人的成果，但多为我们的论文思路服务，还是比较被动的。他们这些著述直接参与学术对话，这就将自己的著述置于课题学术史的框架内讨论，而非无源之水、无本之木。

　　第四，重视文本的历史语境。挖掘文学作品中展现的当时人的思想情感结构，多为对正统思想的抵制、质疑，以及自身的困惑，矛盾，而这些思想史上的失踪者，他们的情感需要被正史遮蔽了，进不了社会史、政治史、经济史的范畴。所以，文学中的这些思想情感因子活化了当时的历史语境，使历史充满了质感，有福柯"知识与权力"的影子。由此可以思考文学的价值何在？应该是一种"苦闷的象征"。文学（作品）与历史（著述）的界限，它们之间的空隙，是我们所要关注的地方。这是思想史语境的文学研究所需要特别注意的地方。

　　殷企平著述讨论 19 世纪"进步"潮流冲击下的英国社会的情感结构如何？通过对几个小说家作品的阅读，他试图证明 19 世纪英国的老百姓对"进步"潮流的实际体验和感受，跟官方/主流话语对现实的解释大相径庭，也证明小说家们在捕捉社会情感结构方面的具体贡献。这些小说都渗透着一种共同的焦虑：一种对狂奔逐猎般的"进步"速度的疑虑，一种对豪气冲

---

①　殷企平：《推敲"进步"话语——新型小说在 19 世纪的英国》，商务印书馆 2009 年版，第 1—2 页。

天的"进步"话语的反感,一种对"进步"所需沉重代价的担忧……这就是弥漫于 19 世纪英国社会的情感结构。

第五,理论方法的"化"用,即各种理论方法为我所用,而非被某理论自身的预设所左右。

西方文学理论中,语言转向系列(新批评、结构主义、符号学)是文本解读的利器,但对研究者来说,对文本本身需要先有一个历史文化语境的认知。否则,见树不见林,推导及结论就有随意性,而不是审慎推导出来的。其他西方当代文论(精神分析、原型批评、新历史主义、女性主义、生态批评、后殖民主义),在使用过程容易出现夸大其词的说法,缺乏审慎的眼光,某些文章被人称为不动脑子的学术研究。

总之,立足于基本文献上的对文学经典的思想史考察,可以得出属于自己的独特而合理的解释,由此才能生发出有生命力的学术研究成果。思想史语境中的文学经典阐释,是朝着有生命力的学术研究进发的重要路标。

第一章
他者之镜:英国文学在
清末民初中国的评论与接受

第一节　西方传教士与中国近代之英国文学译介

西方传教士翻译与传播外国文学作家及其作品,主要依赖他们创办和出版的各类中文报刊,至清末民初才逐渐开始大规模借助于书籍的形式。比如,林乐知主编的《万国公报》上,来华传教士就在上面介绍过英国作家,包括诗人丁尼生、罗伯特·勃朗宁、彭斯等著名诗人。慕维廉1856年翻译并由上海墨海书院刊印的《大英国志》,也提及伊丽莎白时期包括莎士比亚在内的若干文人名士。1896年发表的林乐知的文章开头,有句引诗,源自蒲伯名诗《人论》,即为早期的英国诗歌的中译文。从晚清至清末,英国文学在中国的传播也包括戏剧演出的形式。鸦片战争以后,广州和上海等开埠较早的城市相继出现了西方人的业余戏剧场所,有些由传教士参与组织,由西方来华的官员、商人、军人、游客等以英文或者其他西文进行业余演出,自娱自乐,演出包括英国戏剧作品在内的世界名剧。19世纪50年代至90年代初期,是近代西方来华传教士译介外国文学的第一个阶段,也是译介英国文学的初始阶段。

一、英国诗人之最初介绍

1838年11月出版的《东西洋考每月统记传》所载《论诗》,以及此前刊载的《诗》（1837 年正月号）二文阐述了对中西诗作的看法,对两者的异趣有所比较。而且《诗》一文还介绍了欧罗巴诗词,称"诸诗之魁,为希腊国和马之诗词,并大英米里屯之诗"。和马即今译荷马;米里屯即英国大诗人弥尔顿。《诗》文称弥尔顿:"其词气壮,笔力绝不类,诗流转圜,美如弹丸,读之果可以使人兴起其为善之心乎,果可以使人兴观其甚美矣,可以得其要妙也。其义奥而深于道者,其意度宏也。"此为中文最早介绍弥尔顿之文字。

咸丰四年,即 1854 年,《遐迩贯珍》（*The Chinese Serial*）第 9 期上也刊载了弥尔顿（John Milton，1608—1674）十四行诗《论失明》（*On His Blindness*）的汉译文 [①]。这首汉译诗四字短句,形式整齐,语言凝练,显示出相当精湛的汉语功底。如其中几句:"世茫茫兮,我目已盲,静言思之,尚未半生。天赋两目,如耗千金,今我藏之,其责难任。嗟我目分,于我无用,虽则无用,我心珍重。忠以计会,虔以事主,恐主归时,纵刑无补。……"译诗前有"附记西国诗人语录一则" [②],简要回顾了弥尔顿的生平与创作,以及他在英国文学中的崇高地位。《遐迩贯珍》为英国伦敦会传教士麦都思于 1853 年8 月 1 日在香港创刊的一种中文月刊。该月刊由香港马礼逊教育协会出资,香港英华书院印刷和发行。[③] 弥尔顿《论失明》的汉译文,是作为 1854 年 9月号《遐迩贯珍》中所载长篇论说文《体性论》的附录形式发表的。[④]

由此可以推测,近代中国最早介绍的英国诗人,应该是 17 世纪的伟大诗人约翰·弥尔顿。而 18 世纪的英国古典主义大诗人亚历山大·蒲伯

---

①　这是一首四言译诗,题为《附记西国诗人语录一则 Notice of the poet Milton. And translation of the sonnet on his blindness》。译者究竟是谁目前尚无定论。

②　"万历年间,英国有著名诗人,名米里顿者崛起,一扫近代芜秽之习,少时从游名师颖悟异常,甫弱冠而学业成,一时为人所见重云。母死,后即遨游异国。曾到以大利逗留几载,与诸名士抗衡。后旅归,值本国大乱,乃设帐授徒。复力于学,多著诗书行世,不胜枚举。后以著书之故,过耗精神,遂获丧明之惨,时年四十。终无怨天尤人之心。然其目虽已盲,而其著书犹复不倦,其中有书名曰乐园之失者,诚前无古后无今之书也。且曰事吟咏以自为慰藉,其诗极多,难以悉译。兹祗择其自咏目盲一首,详译于左。"这是目前所见中文最早介绍弥尔顿的文字。

③　《遐迩贯珍》于 1856 年 5 月 1 日停刊,共出版 32 期（其中有两次出版二期合刊）。该刊先后由英国伦敦会传教士麦都思（Walter Henry Medhurst，1796—1857）、奚礼尔（Charles Batten Hillier，? —1856）与理雅各（James Legge，1815—1897）先后担任主编。《遐迩贯珍》刊有中英文对照目录,除少数传教文字外,所载多为介绍西方政治、历史、地理和科技等各个方面的文章,对西学东渐起到了一定的促进作用。

④　沈弘、郭晖:《最早的汉译英诗应是弥尔顿的"论失明"》,《国外文学》2005 年第 2 期。

（1688—1744）也比较早地得到了译介，尤其是诗人的长诗《人论》（*An Essay on Man*）反复被提及。比如，1896 年 12 月，《万国公报》第九十五卷所刊《重衰私议以广见公论》（五）一文，作者林荣章（乐知）以一句译诗（"除旧不容甘我后，布新未要占人先"）导引议论，此中译诗片段即源自蒲伯《人论》。1897 年 12 月，严复译赫胥黎《天演论》（*Evolution and Ethics*），于 1898 年 2 月以《天演论悬疏》为名在《国闻汇编》第 2、4—6 册刊载。其中亦有译自赫胥黎所引蒲伯《原人篇》（即《人论》）长诗中的几句诗。更值得注意的是，1898 年，英国传教士李提摩太（Timothy Richard）与任廷旭合译《天伦诗》，并以书的形式由上海美华书馆出版单行本，此为蒲伯《人论》（*An Essay on Man*）的中文全译本，也是迄今所见英国诗歌作品最早而完整的长篇汉语译本。译者李提摩太是当时西方传教士中主张以译介西方文学影响中国社会发展的重要人物。译介《天伦诗》是将预期影响的对象确定为更为广泛的知识阶层和信仰基督教的民众。通过译介西方诗歌传播以基督教教义为核心的"天人相关之妙理"，启示读者，改造人心与世道，所谓"因文见道，同心救世"。（《天伦诗·译序》）

1878 年（清德宗光绪四年），3 月 23 日（农历二月二十日）出版的《万国公报》第十年四百八十一卷上刊载了日本汉文学作家中村敬宇[①]（1832—1891）于明治八年（1875）[②] 节译的英国诗人"葛罗丝米德"（Oliver Goldsmith，1728 或 1730—1774；现一般译为"哥尔斯密"）诗作《僻村牧师歌》（*The Deserted Village*）。其后两年，光绪六年六月初五（1880 年 7 月 12 日）出版的《万国公报》第十二年五百九十七卷上又再次刊载了这首译诗，但几乎没有什么改动。

维多利亚时代桂冠诗人丁尼生的信息也进入中国读者视野之中。上述严复译赫胥黎《天演论》中，亦有译自赫胥黎所引丁尼生《尤利西斯》（*Ulyssess*）长诗中的几句。同年，即 1898 年 11 月，《万国公报》第十期刊

---

① 中村敬宇（1832—1891）名正直，幼名钏太郎，通称敬辅、敬太郎，号敬宇、鹤鸣、梧山。他曾于 1866—1868 年间留学英国，回国后从事翻译、教育工作，是日本著名的启蒙思想家、汉文学家，其主要译本包括《共和政治》《西洋品行论》《西国立志篇》《自由之理》，其诗作则结集为《敬宇诗集》。

② 参见高文汉：《日本近代汉文学》，宁夏人民出版社 2005 年版，第 165 页。

载主编林乐知所译《各国近事》里,我们也发现一段关于"忒业生"(Alfred Tennyson,丁尼生)的文字:"西廷向例,国家必择一善于吟咏之人养之以禄,盖道扬盛烈,鼓吹休明,亦不可少之事也。兹有英议院大臣忒业生者,素工词翰,生平作诗篇甚多,英之诗人举无驾乎其上。故知英之语言文字者,即知有此人,英廷与之岁俸,亦一著作才也。"另外,该刊本栏目还编译了"蒲老宁"(Robert Browing,罗伯特·勃朗宁)、"褒思"(Robert Burns,罗伯特·彭斯)等英国诗人的文字,尽管这些文字均摘引自西方报刊,大多为新闻性质的消息,一般不详细论及作品的内容或者艺术特色,但对晚清的中国读者了解英国作家作品及其在社会中存在的意义,颇有帮助。

同样,19世纪英国另一位桂冠诗人威廉·华兹华斯也进入人们的眼帘。1900年3月,《清议报》第37册刊载梁启超的题为《慧观》的文章,文中谈及"观滴水而知大海,观一指而知全身"的"善观者"时,即举"窝儿哲窝士"(华兹华斯)为例:"无名之野花,田夫刈之,牧童蹂之,而窝儿哲窝士于此中见造化之微妙焉。"并高度评价这些善观者"不以其所已知蔽其所未知,而常以其已知推其所未知。是之谓慧观。"这是威廉·华兹华斯的名字为我国读者所知的开始。

二、莎士比亚的最初引进

1853年,陈逢衡①记于道光二十一年(1841)的《英咭利纪略》于日本刊行。书中介绍英国的情况时说:"又有善作诗文者四人,曰沙士比阿,曰米尔顿,曰士边萨,曰待来顿。"此处提到莎士比亚、弥尔顿、斯宾塞、德莱顿等四位英国作家,可能取自林则徐组织辑译的《四洲志》。②

---

① 　陈逢衡(1778?—1855),江苏扬州人,字履长、穆堂。有《竹书纪年集证》《逸周书补注》《穆天子传注》《山海经纂说》《博物志考证》等著述。

② 　1840年(清宣宗道光二十年),林则徐派人将英国人慕瑞所著《世界地理大全》(The Encyclopaedia of Geography,1834年初版于伦敦)译成《四洲志》。《四洲志》是近代中国第一部有关世界史地的著述。对英国的山川大势、地理位置、行政区划、政府体制、军事组织、王位继承等情况,均有相当详尽的记述。《四洲志》记英吉利时称:"有沙士比亚,弥尔顿、士达萨、特弥顿四人,工诗文,富著述。"

上海墨海书院于 1856 年刻印了英国传教士慕维廉（William Muibead）译《大英国志》（英人托马斯·米尔纳著），凡二卷，为比较系统的关于英国历史的中文著作。其中在讲到伊丽莎白女王时代的英国文化盛况时，曾提到一批英国作家诗人，如锡的尼（今译锡德尼，下同）、斯本色（斯宾塞）、舌克斯毕（莎士比亚）、倍根（培根）等，称这些作家"皆知名之士"[①]。

1877 年 8 月 11 日，清末外交官郭嵩焘[②]（1818—1891）担任驻英公使时，应邀参观英国印刷机器展览会上，看到了展出的一些著名作品的刻印本。在本日日记中说："在这些印本中最著名者，一为舍克斯毕尔（Shakespeare），为英国二百年前善谱剧者，与希腊人何满（Homer）得齐名。……其时，有买田契一纸，舍克斯毕尔签名其上，亦装饰悬挂之。其所谱剧一帙，以赶此刻印五百本。一名毕尔庚（Bacon）亦二百年前人，与舍克斯毕尔同时，英国讲求实学自毕尔庚始。"这段文字中，"舍克斯毕尔"即莎士比亚；"毕尔庚"即培根。这是中国人第一次谈到莎士比亚和培根两位文艺复兴时期的英国著名作家。

清德宗光绪八年，即 1882 年，北通州公理会刻印了美国牧师谢卫楼所著《万国通鉴》，其中也提到莎士比亚："英国骚客沙斯皮耳者，善作戏文，哀乐罔不尽致，自侯美尔（即荷马）之后，无人几及也。"此系对莎翁创作特色及文学地位的最早介绍文字。

上文提到的严复所译赫胥黎著《天演论》中，将莎士比亚称为"词人狭斯丕尔"，在《进微篇》中说"词人狭斯丕尔之所写生，方今之人，不仅声言笑貌同也，凡相攻相感，不相得之情，又无以异"。在其小注中又介绍道："狭（指狭斯丕尔）万历年间英国词曲家，其传作大为各国所传译宝贵也。"由于《天演论》刊行后曾风行一时，莎翁之名亦随之播扬，而此前见诸中文的对莎

---

① 《大英国志》中说："当以利沙白时，所著诗文，美善俱尽，至今无以过之也。儒林中如锡的尼、斯本色、拉勒、舌克斯毕、倍根、呼该等，皆知名之士。"

② 郭嵩焘于 1876 年出任驻英公使，1878 年初又兼任驻法公使。1879 年 1 月 18 日的日记中说："是夕，马格里来邀赴莱西恩阿摩戏馆，观所演舍克斯毕尔（Shakespeare）戏文，专主装点情节，不尚炫耀。"此处"莱西恩阿摩戏馆"即著名的伦敦兰心剧院（Lyceum Theatre London），19 世纪英国著名的莎剧演员亨利·厄尔文（Henry Irving，1838—1905）在这里导演、演出莎剧直到 1902 年。郭嵩焘所观看的莎剧即是厄尔文演出的《哈姆雷特》。

翁的零星介绍均属教会人士著作,阅读对象有限。此为中国学者第一次对莎士比亚的评价。①另外,严复在 1897 年开始翻译的斯宾塞《群学肄言》中,也多次提到莎士比亚的名字,并以"丹麦王子罕谟勒"(指哈姆雷特)的话论证其观点。

1896 年,上海著易堂书局翻印一套英国传教士艾约瑟在 1885 年编译的《西学启蒙十六种》,在《西学略述》一书《近世词曲考》中亦介绍过莎士比亚:"英国一最著声称之词人,名曰筛斯比耳。凡所作词曲,于其人之喜怒哀乐,无一不口吻逼肖。加以阅历功深,遇分谱诸善恶尊卑,尤能各尽其态,辞不费而情形毕霸。"

三、英国小说的最初译介

英国文学在近代中国的译介和传播,与西方来华传教士关系密切。上面涉及的英国诗人、戏剧家在中国的最初引进,大多与传教士的著译或与他们主持的中文期刊有关。其中特别是鸦片战争之后,西方来华传教士更加致力于翻译和传播外国文学。但是,他们所肩负的宗教使命,制约着他们选译作家及其作品,同时也左右着他们对于作家与作品的解读方式,以及翻译策略和技巧。这种现象典型地体现在对 17 世纪清教徒作家约翰·班扬(1628—1688)讽喻小说《天路历程》(*The Pilgrim's Progress*)的译介上。

1851 年(清文宗咸丰元年),英国伦敦传道会的慕维廉(William Muirhead, 1822—1900)首次将《天路历程》节译成中文,译本冠名为《行客经历传》,篇幅共 13 页,成为这部讽喻小说最早的汉译本,也是英国小说的最初译介。两年后,即 1853 年(清文宗咸丰三年),《天路历程》第一个全译本("文语译本")由英格兰长老会来华的第一位牧师宾威廉(Rev. William Chalmers Burns, 1815—1868)与佚名中国士子合作,以浅近文言文形式译成中文,在厦门出版。此系《天路历程》第一部,全书 99 双页,分为

---

① 严复在《天演论》卷下《论五·天刑篇》中插入了哈姆雷特的故事:"罕木勒特,孝子也。乃以父仇之故,不得不杀其季父,辱其亲母,而自刃于胸,此皆历人生之至痛极苦,而非其罪也。"此为第一次将哈姆雷特的故事介绍给中国读者。

五卷。该译本译序陈述了译者选择该小说译介的原因："《天路历程》……将《圣经》之理，辑成一书，始终设以譬词，一理贯串至底。其曲折处，足令人观之而神悦；其精严处，尤足令人读之而魂惊，且教人如何信其神道，如何赖耶稣功，当如何着力，如何谨慎，是诚天路历程之捷径也。"此译作出版后的十余年间，"屡次刷印，各处分送。凡我教同人，或教外朋友，阅此书者，咸谓是书有益于人。"从中可看出，译者将《天路历程》视为主人公基督徒依据亲身经历撰写的宗教著作，并未将其视为虚构性的文学艺术作品。此为译成中文的第一部外国小说。这个译本于 1856 年在香港再版、1857 年在福州印行，后多次重印，附有前言和 10 幅插图，为苏格兰画家亚当斯（Adams）绘制，画中人物都是中国人的面孔和装束。

1865 年（清穆宗同治四年），宾威廉又以北京方言译成《天路历程》第一、二部（"官话译本"），这也是第一部较为完整的外国文学作品重译本。译者重译该小说的动机，是因为初译本以文言为译语，传播有限，有违于广泛传授"天路历程之捷径"的目的。因此，译者"缘此重按原文，译为官话，使有志于行天路者，无论士民，咸能通晓……诚以是书为人人当读之书，是路为人人当由之路"。重译本序中还说："初译无注，诚恐阅者不解，今于白文旁，加增小注，并注明见圣书某卷、几章、几节，以便考究。凡阅是书，务于案头置新、旧约，以备两相印证。依次而行，则《圣经》之义，自能融洽于胸中。"

时隔四年，即 1869 年（清穆宗同治八年），上海美华书馆又据咸丰三年（1853）版，印行了班扬的这部小说汉译本《天路历程》。后此书传入日本，由村上俊吉译成日文，在 1876—1878 年神户出版的基督教报纸《七一杂报》上连载。书名照搬中国译名，后出单行本。据芥川龙之介《骨董羹》说，书里数页铜版画的插图都是中国人画的，以中国风格描绘文中的人物风景，其中的英诗翻译，更是"汉味"十足。

1871 年（清穆宗同治九年），广州羊城惠师礼堂刊行的《天路历程土话》，现藏英国伦敦大学亚非学院图书馆。此为粤语本《天路历程》，包含 30 幅插图，用宣纸精心印制，单独装订，与其他五卷正文（各卷分别为 25 页、26 页、26 页、29 页、28 页）合成一函。此刊本除抄录咸丰三年的原刊本序外，还有一《天路历程土话序》，交代了该书的特色及来龙去脉。① 该书可以看作为最早介绍到中国的英国长篇小说。②《天路历程土话》30 幅插图,各有四字标题,联系起来便是完整的故事梗概③,读者从中可以大致领域到这部小说的精髓。陈平原教授指出:"在我看来,为《天路历程土话》插图的画家,明显是将此书作为'章回小说'来阅读,并按照'绣像小说'的传统,为其制作具有某种独立叙事功能的'系列图像'。"该刊本用"绣像小说"的传统来诠释及表现《天路历程》。"《天路历程土话》中的图像,从人物造型,到服饰、建筑、器具等,几乎全部中国化。除了十字架等个别细节,你基本上看不出所阐释的是一部中国小说。图像叙事的独立性,在这里得到更加充分的显示。"④

　　除了《天路历程》得到多次重译重印外,其他英国小说文本也不断进入近代中国人的视界。如, 1872 年(清穆宗同治十一年)5 月 21—24 日,上海出版的《申报》载一文,题作《谈瀛小录》,约五千字,经考实为《格列佛游记》(*Gulliver's Travels*)之小人国部分,此为斯威夫特这部名著介绍进中国之始。

　　英国作家利顿(Edward Bulwer Lytton)的小说《夜与晨》(*Night and*

---

　　① 该书序言为:"《天路历程》一书,英国宾先生,于咸丰三年译成中国文字,虽不能尽揭原文之妙义,而书中要理,悉已显明。后十余年,又在北京,重按原文,译为官话,使有志行天路者,无论士民妇孺,咸能通晓,较之初译,尤易解识。然是书自始至终,俱是喻言,初译无注,诚恐阅者难解。故白文之旁,加增小注,并注明见圣书某卷几章几节,以便考究,今仿其法,译为羊城土话。凡阅是书者,务于案头,置《新旧约》书,以备两相印证,则《圣经》之义,自能融洽胸中矣。是书诚为人人当读之书,是路诚为人人当由之路。苟能学基督徒,离将亡城,直进窄门,至十字架旁,脱去重任,不因艰难山而丧厥志,不为虚华市而动厥心,则究竟可到郇山,可获永生,斯人之幸,亦予之厚望也。爰为序。同治十年辛未季秋下旬书于羊城之惠师礼堂。"

　　② 周作人《欧洲文学史》(1919)第三卷第二篇中,评价道:"(班扬)狱中作《天路历程》(*Pilgrim's Progress*),用譬喻(Allegory)体,记超凡入圣之程。其文雄健简洁,而神思美妙,故宣扬教义,深入人心,又实为近代小说之权舆。盖体制虽与 Faerie Gueene 同,而所叙虚幻之梦境,即写真实之人间,于小说为益近。"

　　③ 30 幅画题为:一、指示窄门;二、救出泥中;三、将入窄门;四、洒扫尘埃;五、脱下罪任;六、唤醒痴人;七、上艰难山;八、美宫止步;九、身披甲胄;十、战胜魔王;十一、阴翳祈祷;十二、霸伯老王;十三、拒绝淫妇;十四、摩西执法;十五、唇徒骋论;十六、复遇传道;十七、市中受辱;十八、尽忠受死;十九、初遇美徒;二十、招进财山;二十一、同观盐柱;二十二、牵入疑寨;二十三、脱出疑寨;二十四、同游乐山;二十五、小信被劫;二十六、裂网救出;二十七、勿睡迷地;二十八、娶地畅怀;二十九、过无桥河;三十、将入天城。

　　④ 详细分析参见陈平原《作为"绣像小说"的〈天路历程〉》,见其所著《大英博物馆日记》附录二,山东画报出版社 2003 年版,第 126—139 页。

morning），也被蠡勺居士于 1873 年（清穆宗同治十二年）译述成《昕夕闲谈》，开始在我国最早的文学期刊《瀛寰琐记》① 上连载（1873 年 1 月第 3 期到 1875 年 1 月的第 28 期）。② 此系我国近代最早由中国人自己从外文译成中文的白话体长篇小说，分为上、下卷，共 50 回。蠡勺居士《昕夕闲谈序》云:"小说者，当以怡神悦魄为主，使人之碌碌此世者，咸弃其焦思繁虑，而暂迁其心于恬恬之境也。……其感人也必易，而其入人也必深矣。谁谓小说为小道哉?"1904 年印行的单行本，是经过删改的，署名则改为"吴县藜床卧读生"。书前有《重译外国小说序》，称翻译目的是要灌输民主思想云云，并认为中国不变更政体，则决无富强之路。据郭长海从当时《新闻报》、《申报》广告及刊出诗中考察，蠡勺居士本名蒋子让，藜床卧读生是该书重译者，名管子骏。③

1896 年七月初一日，汪康年等创《时务报》于上海。《时务报》第一册刊有梁启超所撰《论报馆有益于国事》:"去塞求通，厥道非一，而报馆其导端也。……阅报愈多者，其人愈智;报馆愈多者，其国愈强。"就在这第一册上刊载了《英国包探访喀迭医生案》，未署译者，后上海素隐书屋单行本署"丁杨杜译"。此为较早译入之侦探小说，后侦探小说流行于晚清，《时务报》开此风气。1896 年 8 月 1 日至 1897 年 5 月 21 日，《时务报》第 6—9、10—12、24—26、27—30 册刊登张坤德译的英国小说家柯南·道尔（Arther Conan Doyle，1859—1930）的四篇侦探小说，题为《歇洛克·呵尔唔斯笔记》，包括《英包探勘盗密约案》《记伛者复仇事》《继父诳女破案》《呵尔唔斯缉案被戕》。④ 此为中国早期所见的英国侦探小说译本。

①　1872 年 11 月 11 日，蠡勺居士主编《瀛寰琐记》月刊于上海创刊，出版者申报馆;1875 年 1 月停刊，共出 28 卷。为我国最早之文学专业刊物，以刊载诗词、散文为主，兼及小说、笔记、政论等。学者考证认为，蠡勺居士为杭州蒋子让，寓居上海，别署小吉罗庵主、小吉庵主人、蠡勺渔隐、西泠下士等。

②　韩南（Patrick Hanan）:《谈第一部汉译小说》，见陈平原等编《晚明与晚清:历史传承与文化创新》，湖北教育出版社 2002 年版，第 452—481 页。

③　1874 年（清穆宗同治十三年）12 月，申报馆出版《昕夕闲谈》二册上卷十八节下卷十三节，书首《昕夕闲谈小叙》，署"壬申腊月八日，蠡勺居士偶笔于海上寓斋之小吉罗庵";上卷总跋署"同治癸酉九月重九前五日蠡勺居士跋于螺浮阁"。

④　这几篇小说现分别通译为《海军协定》《驼背人》《分身案》《最后一案》。后译者另增《英国包探访客迭医生奇案》，共 5 篇，1899 年由素隐书屋出版单行本，改书名为《新译包探案》。

近代中国对英国小说的选择,但尼尔·笛福《鲁滨孙漂流记》的译介也颇具代表性。鲁滨孙那种顽强的冒险精神对近代中国人有着巨大吸引力。沈祖芬①于1898年(清德宗光绪二十四年)节译这部小说为《绝岛漂流记》。经师长的润饰与资助,于1902年始得刊布,由杭州惠兰学堂印刷,上海开明书店发行。有《译者志》称该小说"在西书中久已脍炙人口,莫不家置一编。……乃就英文译出,用以激励少年"。高梦旦在《绝岛漂流记序》(1902)中认为此书"以觉吾四万万之众"。宋教仁读了此书后也认为,鲁滨孙的"冒险性及忍耐性均可为顽懦者之药石"(《宋教仁日记》1906年12月31日)。1905、1906年,复有从龛译本《绝岛英雄》与林纾、曾宗巩译本《鲁滨孙漂流记》、《鲁滨孙漂流续记》。②

另外,1878年(清德宗光绪四年)9月7日,林乐知(Young John Allen,1836—1907)主编的《万国公报》(*Chinese Globe Magazine*)第五〇四卷刊登《大英文学武备论》;本月14日出版的第五〇五卷上刊《培根格致新法小序》。二文对英国文学及部分作家略有介绍。1897年(清德宗光绪二十三年)11月出版的《万国公报》第一〇六卷,刊载了林乐知、任延旭的《格致源流说》。该文称培根为"英国格致名家",同时在该文中穿插翻译了培根的一篇论述"格致之效"的数百字的小品文。这也是目前所见培根的文学作品最早的中译文。

---

①　沈祖芬,又名跛少年,杭州人,生卒年不详。3岁染足疾,行走不便。但意志坚强,日夜自习攻读英文,22岁时已发表译著多种。沈自小喜欢这本小说,早就有志于将它译成介绍给中国读者并希望借小说冒险进取之精神"以药吾国人"。

②　后来,笛福这部小说名著又出现多种译本或节译本。如严叔平译本(上海崇文书局1921年6月)、彭兆良译本(上海世界书局1931年12月)、李嫘译本(上海中华书局1932年12月)、顾均正、唐锡光译本(上海开明书店1934年10月)、张葆痒译本(上海启明书局1936年5月)、徐霞村译本(上海商务印书馆1937年3月)、吴鹤声译本(上海雨丝社1937年5月)、殷雄译本(上海大通图书社1937年6月),等等。其中,徐霞村译本后来较通行。

第二节　王国维对英国文学家的介绍

　　在近代中外文学交流史上，有一批文献值得我们充分关注，这就是王国维于 20 世纪初在其主编的《教育世界》杂志上为我们介绍的几位英国作家的传记材料。正是这批传记材料，让中国读者最先而且比较集中地了解和认识了英国的几位著名文学家，进而为 20 世纪中英文学交流史写下了精彩的第一页。这批重要文献包括以下几篇文学传记：

　　《英国小说家斯提逢孙传》，载 1907 年 5 月《教育世界》丁未第 7、8 期（总 149、150 号）"传记"栏；

　　《莎士比传》，载 1907 年 10 月《教育世界》丁未第 17 期（总 159 号）"传记"栏；

　　《倍根小传》，载 1907 年 10 月《教育世界》丁未第 18 期（总 160 号）"传记"栏；

　　《英国大诗人白衣龙小传》，载 1907 年 11 月《教育世界》丁未第 20 期（总 162 号）"传记"栏。

　　以上这些传记材料具有重要的历史文献价值和开拓性的学术价值，涉及四位英国作家，即莎士比（现通译为莎士比亚，下同）、倍根（培根）、白衣龙（拜伦）和斯提逢孙（斯蒂文森）。

一、"英国近代小说家中之最有特色者"斯蒂文森

在王国维 1907 年介绍斯蒂文森（Robert Louis Stevenson，1850—1894）之前，中国读者只有通过 1904 年佚名翻译的《金银岛》得以对这英国著名小说家有些了解。《金银岛》（又名《宝岛》）是斯蒂文森的第一部长篇小说，最初在杂志上连载，1883 年出了单行本。小说情节奇异，悬念迭出，扣人心弦，开创了以探宝为题材的先河，反响极大。这部小说翻译成中文后同样在我国读者中传诵一时。其后，也就是 1908 年，林纾、曾宗巩合译了斯蒂文森的另一部著名作品《新天方夜谭》（商务印书馆）。王国维的这篇《英国小说家斯提逢孙传》以相当大的篇幅介绍，即便在今天看来也极其详细到位。因而他为我们最早全面认知斯蒂文森，立有首创之功。

此传一开头就是一段美文，像一组电影镜头，引出了传主"斯提逢孙"：

> 过南洋极端之萨摩阿岛，有阿皮阿山，赫然高耸。登其顶，则远望太平洋之浩渺，水天一色之际，遥闻海潮之乐音；近而有椰子之深林，掩蔽天日，中藏一墓，华表尚新。呜呼！是为谁？是非罗巴脱·路易·斯提逢孙之永眠地耶？

出生于爱丁堡的斯蒂文森自幼身体羸弱，曾到意大利和德国等地疗养，并长期在法、美居住。最后定居于萨摩亚岛，因患脑溢血去世后即葬于该岛一座山丘上。斯氏一生从事过散文、游记、随笔、评论、小说、诗歌等多种写作活动，尤以冒险小说著称，但直到 20 世纪 50 年代才被推崇为具有独创性的作家，并确立其在文学史上的地位。

王国维早在 1907 年就在这篇传记中给予了斯蒂文森以极高的评价。传文中首先指出斯蒂文森是"英国近代小说家中之最有特色也"，说其"生而羸弱，病而濒死者屡"，"然每感物激情，耽艺术而厌俗事，慕古人之称雄于文坛，窃自期许"。又讲他"常多疾苦，无以自遣，乃从事漫游"，而且"每观事物，全用哲学者之眼，而以滑稽流出之，如山间之涌出清泉，毫无不自然之处也"。

传文中不断提及小说家斯蒂文森生活创作的诸多优长,如最得意描述少年恋情:"斯氏最注重之人生为少年时代,描写少年时爱情之真直,乃其最得意笔也。"有一股乐观积极的心态:"彼身体虽弱,然不健全之感情,于其诸作中,毫不现之。虽其书草于病床呻吟之间,然能快活有生气,笔无滞痕,娱生喜世之趣,到处见之,宁非一大奇耶? 盖彼为一种之乐天家,不独爱人生,且亦知处之之道,故其作品皆表出秀美,成一种之幻想福音,有娱人生之趣味焉。"作品中鲜明的浪漫式自由之风格:"斯氏之作小说时,有一定主义,其为彼之生命者,自由是也。彼之作品,形式极非一律,其描写之现象甚多,其构想极奔放,而置道德于度外,随其想象,而一无拘束。①故其所述,无非出海、说怪、行山、入岛、涉野、语仙、见鬼、逢蛮人而已。剑光闪处,必带血腥,美人来时,多成罪恶,或探宝于绝海之涯,或发见魔窟于五都之市,皆离其现实,而使之乘空想之云而去者也。而空想所至,不免荒唐不稽,遂置道德于度外矣。"王国维对此怀着一种欣赏态度,因为"小说家之爱自由者往往如此,盖不如此则易落恒蹊也。"

传文中介绍了斯蒂文森的诸多重要作品,称"*Treasure Islands*(即《金银岛》)为其得名之第一著作,青年之读物恐无出其右者",又说《黑箭》(*The Black Arrow*)"实其平生第一杰作也"。其后着重评论了斯蒂文森的文学创作特色:

> 斯氏行文,极奇拔,极巧妙,极清新,诚独创之才,不许他人模效者也。彼最重文体,不轻下笔,篇中无一朦胧之句,下笔必雄浑华丽,字字生动,读之未有不击节者。所尤难者,彼能不籍女性之事物以为点染。自来作家惟恐其书之枯燥无味,必籍言情之事实,绮靡之文句,以挑拨读者之热情。斯氏不然,其文之动人也,全由其文章自然势力使然,可谓尽脱恒蹊矣。
>
> 其每作一书,想象甚高,着眼极锐,尤善变化无复笔,其自言曰:"欲读者称快不绝,不勉试以种种之变化,不可得也。"故其所作,无不各有新性质。人方把卷时,皆作规则思想,及接读之,乃生例外,且例外之中

---

① 即如所谓"阅世愈浅,则性情愈真"的"主观之诗人"。

更有例外,令人应接不遑焉。如结茅于山巅,开轩四望,则有海有峰,有花有木,忽朝忽夜,忽雨忽岚。又如观影灯之戏,忽火忽水,忽人忽屋,忽化而为风,忽消而为烟,令见者茫然自失。

世之作者,有专饰文字而理想平凡者,斯氏异是。文字之鲜艳华美,虽其天才之要素,然只足鼓舞人之优美感情而已,其价值不全在此。盖彼更能观察人生之全面,于人世悲忧之情,体贴最至。其一度下笔,能深入人间之胸奥,故其文字不独外形之美,且能穷人生真相,以唤起读者之同情,正如深夜中蜡炬之光,可照彻目前之万象也。

以上文字从三个方面论及斯氏创作特色:(1)行文上的奇拔、巧妙、清新、雄浑和动人;(2)运思方面的"想象甚高,着眼极锐,尤善变化无复笔";(3)创作意图及效果方面,则能"观察人生之全面",体贴"人世悲忧之情","深入人间之胸奥","以唤起读者之同情"。

在文学史上,斯蒂文森被称为英国新浪漫主义作家。新浪漫主义产生于19世纪80年代,由于人们对于困扰他们的现实普遍产生不满和厌倦,读者也不满于反映平凡生活的老套小说,而把兴趣转向新奇浪漫的故事。于是,以斯氏为首的一批作家,开始采用浪漫传奇和哥特小说形式,创造出一批受读者欢迎的新浪漫作品。这些小说不仅文笔优美,故事动人,而且充满朝气,启发了读者的想象,使他们逃开平庸的日常生活,进入陌生而美妙的幻想天地。而斯蒂文森的创作中集中了两种很少同时并存于一个作家身上的素质,即既是一个追求艺术形式美的文学家,又是一个会讲故事的小说家,因而成为这一文学流派最重要的作家,奠定了他在文学史上的杰出地位。同样,王国维在这篇传文中也颇为精到地总结了斯蒂文森在文学史上的重要地位:

要之,斯氏实十九世纪罗曼派之骁将,近代自然派之所以隆盛者,皆彼之功也。氏虽传斯科特(即司各特)之脉,然较彼仍有更上一步者,……其性格之描写,为所享近代写实派影响之心理分析之笔……而在诸家之中,独放异彩者,则斯提逢孙是也。其文学性质,虽不敢曰推倒一世,然自为新罗曼派之第一人,其笔致之雄浑,思想之变幻,近世作者中实罕其匹。呜呼！谓非一代之奇才耶！

这里,传文由近代欧洲文学流派之嬗递发展,来论述斯氏"新罗曼派"的特色,曰"笔致之雄浑,思想之变幻",也颇可与《人间词话》的有关论说参照比析。

二、"描写客观之自然与客观之人间"的莎士比亚

介绍引进莎士比亚并不始于王国维。1840 年,林则徐派人将英国人慕瑞所著《世界地理大全》(*The Encyclopaedia of Geography*, 1834 年初版于伦敦),译成《四洲志》,这是近代中国最早介绍世界史地的著述之一。该书第十三节谈及英国的情况时,就讲到沙士比阿（即莎士比亚）等"工诗文、富著述"。后来,莎士比亚的名字就伴随着外国来华传教士的介绍而逐渐为中国读者所知。清咸丰六年（1856）,上海墨海书院刻印了英国传教士慕维廉所译《大英国志》,其中讲到伊丽莎白女王时代的英国文化盛况时也提到了儒林中"所著诗文,美善俱尽"的"舌克斯毕"（即莎士比亚）等"知名士"。光绪八年（1882）北通州公理会刻印的美国牧师谢卫楼所著《万国通鉴》中也提到"英国骚客沙斯皮耳者（即莎士比亚）,善作戏文,哀乐罔不尽致,自候美尔（现通译荷马）之后,无人几及也。"[1] 其他一些英国传教士编译的著作,以及清末中国驻外使节或旅外人士,如郭嵩焘、曾纪泽、张德彝、戴鸿池和康有为等,也都在有关著述中提到过莎士比亚。1904年出版的《大陆报》(*The Continent*) 第十号在"史传"栏刊载《英国大戏曲家希哀苦皮阿传》。同年,商务印书馆出版了林纾翻译的英国兰姆姐弟的《英国诗人吟边燕语》,该书序中说"莎氏之诗,直抗吾国之杜甫,乃立义遣词,往往托象于神怪"[2]。不过,以上这些关于莎士比亚的内容均极其简略,只有到了王国维笔下,莎士比亚就能较全面地为中国读者所了解和

---

① 　戈宝权:《莎士比亚在中国》,《莎士比亚研究》(创刊号),浙江人民出版社 1983 年版,第 332 页。

② 　陈平原、夏晓红编:《二十世纪中国小说理论资料》(第一卷),北京大学出版社 1997 年版,第 139 页。

认识。

王国维在《莎士比传》中详细交代了莎士比亚的婚姻家庭、伦敦岁月、创作过程等基本情况,并高度评价其"学识之博大","性情之温厚闲雅","不独为诸人所尊敬,且为诸人所深爱",还征引约翰逊的话来评价莎士比亚:"彼才既跌宕,又思想深微,想象浓郁,词藻温文,更助以敏妙之笔,于是其文遂如长江大河,一泻千里,不可抑制。盖彼之机才,实彼之性命,若稍加以抑制,与夺其性命无异。若以其所长补其所短,亦复充足而有余也。"

在介绍莎士比亚的创作情况方面,该传记载亦详。文中将莎氏创作分为四个时期,介绍其第一期"所作多主翻案改作,纯以轻妙胜"。因为传主"尚未谙世故","故与实际隔膜,偏于理想,而不甚自然"。而进入第二时期后,因"渐谙世故,知人情,其想象亦届实际",所以本时期"专作史剧,依其经验之结果,故不自理想界而自实际界,得许多剧诗之材料"。剧作风格则"大抵雄浑劲拔"。第三时期,"莎氏因自身之经验,人生之不幸,盖莎氏是时既失其儿,复丧其父,于是将胸中所郁,尽泄诸文字中,始离人生表面,而一探人生之究竟。故是时之作,均沉痛悲激。"而至第四时期,作者"经此波澜后,大有所悟,其胸襟更阔大而沉著。于是一面与世相接,一面超然世外,即自理想之光明,知世间哀欢之无别,又立于理想界之绝顶,以静观人海之荣辱波澜。"所以,本时期的作品"足觇作者之人生观":"诸作均诲人以养成坚忍不拔之精神,以保持心之平和,见人之过误则宽容之,恕宥之;于己之过误,则严责之,悔改之,更向圆满之境界中而精进不息。"因"含有一种不可思议之魔力",而"左右人世"。

传文中的这些解说,基本上展示了莎剧创作各时期之重要特征,且精炼到位,对中国读者全面把握莎剧创作特质大有助益。传文中还列出了莎士比亚所有剧诗(史剧、喜剧、悲剧)和叙事、抒情诗的英文篇名、年代,其中部分篇名按此前出版(1904 年商务版)的林纾、魏易合译的《英国诗人吟边燕语》里的中文译名标注。这同样让 20 世纪初的中国读者对莎氏作品先有了一个必要的概要了解,尽管此时尚无一篇莎剧的正式中文译本。

在列出莎氏全部作品篇名之后,传文中又提到了莎士比亚的"四大悲剧":《鬼诏》(即《哈姆雷特》)、《黑瞀》(即《奥赛罗》)、《蛊征》(即《麦克白》）、《女变》（即《李尔王》），指出"盖惟此四篇实不足以窥此大诗人之蕴奥"，表明认识莎士比亚，只有通过深入全面地阅读莎氏作品，才能真正体会其艺术魅力：

> 盖莎氏之文字，愈嘴嚼，则其味愈深，愈觉其幽微玄妙。又加拉儿氏①曰："人十岁而嗜莎士比，至七十岁而其趣味犹不衰。"盖莎士比文字，犹如江海，愈求之，愈觉深广。故凡自彼壮年所作之短歌集，以求其真意者，或据一二口碑以求莎氏之为人，或据一己之见以解释其著作，皆失败也。当知莎氏与彼主观的诗人不同，其所著作，皆描写客观之自然与客观之人间，以超绝之思，无我之笔，而写世界之一切事物者也。②所作虽仅三十余篇，然而世界中所有之离合悲欢，恐怖烦恼，以及种种性格等，殆无不包诸其中。故莎士比者，可谓为"第二之自然"、"第二之造物"也。

这段文字既指出了读莎翁文字"犹如江海，愈求之，愈觉深广"，那种常读常新，愈读愈深的感觉；也涉及如何正确赏鉴大诗人的作品问题；更提出要把"描写客观之自然与客观之人间"的莎士比亚，与那些"主观的诗人"区别开来，因而实开《人间词话》区分"主观之诗人"与"客观之诗人"之先河，构成王氏美学思想的重要内容。

"第二之自然"、"第二之造物"，亦即歌德所谓"拿一种第二自然奉还给自然"，"显得既是自然，又是超自然"。（歌德《〈希腊神庙的门楼〉发刊

---

　　①　即卡莱尔（Thomas Carlyle，1795—1881）。其第一部著作《席勒传》，更视歌德为圣人。他说"在歌德眼里就像莎士比亚眼里一样"，"现实界的自然之物即为超自然之物"，莎翁《哈姆雷特》等名剧，与歌德《浮士德》里的人物，都是"作者赐给我们"的"一切玄妙奥秘的揭示，人世物相的本来面目"。（韦勒克：《近代文学批评史》第三卷，上海译文出版社 1997 年版，第 120 页）这些论说，与王国维小传所说莎翁"以超绝之思，无我之笔"，"描写客观之自然与客观之人间"，相近。作为歌德的崇拜者，王国维从卡莱尔那里找到了认识莎翁的镜子。

　　②　王国维《人间嗜好之研究》（原刊《教育世界》第 146 号，丁未二月下旬［1907 年 4 月］）："若夫最高尚之嗜好，如文学、美术，亦不外势力之欲之发表。……若夫真正之大诗人，则又以人类之感情为其一己之感情。彼其势力充实不可已，遂不以发表自己之感情为满足，更进而欲发表人类全体之感情。彼之著作，实为人类全体之喉舌，而读者于此得闻其悲欢啼笑之声，遂觉自己之势力亦为之发扬而不能自已。"

词》）康德也曾言及"第二自然"之艺术表达方式。他说："想象力（作为创造性的认识功能）有很强大的力量，去根据现实自然所提供的材料，创造出仿佛是一种第二自然。"此"第二自然"的创造，既"要根据类比规律，却也要根据植根于理性中的更高原则。"（康德《判断力批判》）以此形成"超越自然"的审美意象。此亦即王国维后来所谓既"合乎自然"又"邻于理想"的"意境"（境界）。与"第二自然"说法相关的是"第二形式"说。王国维在《古雅之在美学上之位置》（1907）中首次区分"第一形式"与"第二形式"，并宣称"一切之美皆形式之美也。""而一切形式之美又不可无他形式以表之，惟经过此第二形式，斯美者愈增其美。""自然但经过第一形式，而艺术则必就自然中固有之某形式，或所自创造之新形式，而以第二形式表出之。""虽第一形式之本不美者，得由其第二形式之美（雅）而得一种独立之价值。"（《静安文集续编》）这里，"第二形式"与康德所谓"第二自然"的表达方式相当。[1]

在王国维看来，像莎士比亚之类的"客观之诗人"能"以超绝之思，无我之笔，而写世界之一切事物"，便可创造"第二之自然"、"第二之造物"。这里，王国维所谓的"无我"，即叔本华的"纯粹无欲之我"。对"无我之境"的追求缘起于王国维美学思想发生的最初阶段，与之相对应的"有我之境"则出现于《人间词话》之中。《人间词话》手定稿第三则有云："有有我之境，有无我之境。……有我之境，以我观物，物皆著我之色彩。无我之境，以物观物，故不知何者为我，何者为物。（此即主观诗与客观诗所由分也）。古人为词，写有我之境者为多，然未始不能写无我之境，此在豪杰之士能自树立耳。"后来，在定稿时王国维删除了"此即主观诗与客观诗所由分也"一句。可以看到，起初王国维相信"有我之境"、"无我之境"这对概念，与另一对概念"主观诗"、"客观诗"之间，可能存在着某种内在的本质联系，所以在手定稿中加以类比。定稿时删除了后一对概念，或许对两对概念间的联系有所疑虑。[2]

在《人间词话》中，"有我之境"、"无我之境"，亦与另一对概念"造

---

① 参见佛雏：《王国维诗学研究》，北京大学出版社 1999 年版，第 99—117 页。

② 同上。

境"（理想派）、"写境"（写实派）关系密切。这后一对概念之间的关系亦
难以分割。《人间词话》手定稿第二则即云："有造境，有写境，此理想与写实
二派所由分，然二者颇难分别，因大诗人所造之境必合于自然，所写之境必邻
于理想故也。"《人间词话》第五则亦强调"理想"与"自然"的相互制约
关系："自然中之物，互相关系，互相限制。然其写之于文学及美术中也，必遗
其关系、限制之处。故虽写实家，亦理想家也。又虽如何虚构之境，其材料必
求之于自然，而其构造，亦必从自然之法则。故虽理想家，亦写实家也。"

在王国维眼中，作为"大诗人"的莎士比亚，其一生的创作即印证了
"造境"与"写境"之融合特征。前引小传中莎翁创作四时期表现出来的艺
术历程，正好说明了"理想与写实二派"之"颇难分别"的关系。

三、"语语皆格言"的培根

英国散文大家培根（Francis Bacon，1561—1626）的名字最早为中国
人所知晓，大约也是始于 1856 年英国传教士慕维廉译的《大英国志》。其
中说"儒林中如锡的尼、斯本色、拉勒、舌克斯毕、倍根、呼格等，皆知名士"。
此后较早介绍培根的中国人是王韬。早在 19 世纪 70 年代，他就写了《英人
倍根》一文。文中写道："其为学也，不敢以古之言为尽善，而务在自有所发
明。其立言也，不欲取法于古人，而务极乎一己所独创……盖明泰昌元年，倍
根初著格物穷理新法，前此无有人言之者，其言务在实事求是，心考物以合
理，不造理以合物。"（王韬《瓮牖余谈》卷二）这篇短文准确地介绍了培根
的生平事迹，说明了他的哲学的重要特征，一是归纳逻辑为基础的唯物主义，
一是反对偶像崇拜，不为古人和古来载籍所囿。文章还具体说明了培根的
思想对各个学科发展所起的重大作用和在社会上的广泛影响。传教士办的
《万国公报》则从 1878 年起一连九期连载了慕维廉所撰《格物新法》，介绍
了培根的科学理论产生的时代背景、主要内容与时代价值，着重介绍了培根
代表作《格致新法》一书（今译《新工具》）。[①]

---

① 参见楼宇烈、张西平主编：《中外哲学交流史》，湖南教育出版社 1998 年版，第 418 页。

　　王国维在 1907 年刊载的《倍根小传》,也无疑是我国最早比较详细介绍英国这位科学哲学与散文大家的文字材料。这篇文字介绍了传主的出生、家庭、求学、入政界、罢官乡居、潜心著述及实验科学等,颇为简明扼要。比如,传文中介绍培根"惟以性好奢华,享用多逾分,故负债山积,进退维谷。幸受知于权门爱萨克伯"。培根所受于伯爵甚多。"后伯有异志,为倍根所觉,力谏不从,遂绝交。……时爱萨克伯国事犯事件起,女皇震怒,倍根虽为之斡旋无效,终处死刑。至宣告伯悖逆之文,亦成自倍根手,盖倍根受女皇之命而作者也。"爱萨克伯,即伊丽莎白女王的宠臣埃塞克斯伯爵。此传对培根的言行稍有袒护。论及培根之为人,其思想与人格比较复杂。诗人蒲伯称之为人类"最智慧,最聪敏,但最卑鄙的一个"。他曾为埃塞克斯伯爵的亲信。十年后伯爵失宠,最终走上断头台,据说培根对他的叛卖起了助纣为虐之效。

　　《倍根小传》也介绍了培根的巨著《学风革新论》(即《伟大的复兴》)共六篇,其中第二篇《新机关论》(即《新工具》)阐述尤详,特别对该篇所倡导的归纳法研究方法的实质有所评析:

> 倍根因始定归纳论法,乃倡导学风革新,故大博盛誉,且得若干实利。实则彼之说,太偏于实用,彼盖纯以厚生利用为诸学问之目的者也。彼之言曰:"知识者,实力也",是一语最能表其所持之意见。彼之意盖以为知自然(即造化)之理,即得利用之力者也。

传文进而指出:

> 倍根非大思想家也,乃大应用家也,大修辞家也。彼之论说,殆皆以绝妙之词,表白极大之常识者也。至其学识之博大精核,虽一代之巨子亦不能与之争。

培根虽被称为"大应用家",提倡实用价值的科学,但非常崇敬拉丁古文学,而对近代英语,以为"是等近世语,早晚必随书籍以共亡"。所以每写完一本书,"必译之为拉丁文,盖恐英语亡后,其书亦随之湮没也"。可惜他寄以希望的拉丁文著述,除了《新工具》外,后世人关注无多。

培根作为散文家在文学史上的成就主要在一本《随笔》,对此《倍根小传》亦有标示。不仅如此,小传还将之与我国的随笔做比较,来突出培根散文的独特风格,可谓开中外散文比较之先河:

> 要之,倍根之所以为后世俗人所重,皆由于彼之"Essays"之故,是书总计五十八篇,极有文章家之真价值,义即"随笔"是也。然与近世所谓之Essays(论文)迥异其趣,与我国所谓随笔,亦迥不相同。盖我国所谓随笔,乃随笔书之,无所谓秩序者也。是篇则字字精炼,语语圆熟,条理整然不紊,在在可称之为散文之诗。至其词藻之美,比喻之巧,无一字之冗,极简净之致,犹其次也。故有人曰:"倍根语语皆格言也,敷衍彼一句,即可成为一大篇。"是语诚然。倍根之文,可代表当时秾丽散文之极致,虽以彼之冷静圆熟,犹不免有几分美文之病,是可见当时诗的时世影响之大矣。

此段文字论及培根散文风格:"字字精炼,语语圆熟,条理整然不紊","词藻之美,比喻之巧,无一字之冗,极简净之致","语语皆格言"均为精到之论。

众所周知,培根是一个语言大师,他在文学史上以其清晰、准确又有雄辩力量的散文为新文风提供了范例。他在《新工具》中"市场偶像"一节就是谈语言不精确之弊,而且认为这个问题最为"麻烦"。

《学术的推进》(王国维译为《学问发达论》)中也多次论及语言问题,其中如是说:"人们猎取的与其说是内容,不如说是词藻,与其说是有分量的内容,有价值的问题,有道理的立论,有生命力的发明或深刻的见解,不如说是精美的文辞,完整干净的文句,委婉跌宕的章法,以修辞比喻来变化或美饰其文章。"[1]

同样我们也知道,随笔这一形式并不始于培根。它在欧洲文学中的创造人是法国的蒙田。蒙田每篇随笔都很长,培根则不同,几乎每篇均集中紧凑,言简意赅,甚至写得像一连串的名言警句,内容上也不尚空谈,对社会和人情世故体会颇深,形诸文字时,又以其科学头脑使随笔一律布局谨严,议论脉络

---

① 王佐良、何其莘:《英国文艺复兴时期文学史》,外语教学与研究出版社1995年版,第420页。

清楚可寻,既闪耀着智慧,又间带些诗情画意。① 以上这些关于培根散文的特质,我们现在可从任何一本文学史著述轻易获知,然而在 20 世纪初,王国维即在《倍根小传》中明确简练地提出,其先导意义不容忽视。

四、"主观之诗人"拜伦

据现有资料,梁启超是译介拜伦给中国读者的第一人。1902 年,梁启超在其创办的《新小说》第 2 号上,首次刊出英国拜伦（Lord Byron）的照片,称为"大文豪",并予以简要介绍。后又在其小说《新中国未来记》（《新小说》杂志连载）中译了拜伦《渣阿亚》（Giaour,即《异教徒》）片断和长诗《哀希腊》中的两节。继梁启超以后,拜伦后一首诗又有马君武（《哀希腊歌》）、苏曼殊（《哀希腊》）、胡适（《哀希腊歌》）等多种译本。此外,苏曼殊在 1906 年翻译、1909 年出版了国内第一部拜伦诗选,并在诗选的《自序》中描述了拜伦背井离乡的忧愤和帮助希腊独立的义举。当时拜伦的诗特别引人注目,是与中国近代民族危亡的社会现实有关系。梁启超就通过笔下人物黄克强之口说道:"摆伦最爱自由主义,兼以文学的精神,和希腊好像有夙缘一般。后来因为帮助希腊独立,竟自从军而死,真可称文界里头一位大豪杰。他这诗歌正是用来激励希腊人而作,但我们今日听来,倒好像有几分是为中国说法哩。"（《新中国未来记》第四回）这以后,鲁迅在 1907 年写下了著名的《摩罗诗力说》,对"立意在反抗,指归在动作"、"不克厥敌,战则不已"的摩罗诗派的领袖人物拜伦有比较系统的介绍与评述。同年,王国维在11 月出版的《教育世界》杂志 162 号上发表《英国大诗人白衣龙小传》,则对拜伦的生平及创作特征做了比较详细的介绍和评价,而成为当时引进介绍拜伦的先驱者之一。

王国维在这篇小传中首先交代了传主的幼年生活、家庭状况、初恋交游、欧陆漫游、客死希腊的整个生命历程。如叙述其母"执拗多感,爱憎无常,激

---

① 王佐良、何其莘:《英国文艺复兴时期文学史》,外语教学与研究出版社 1995 年版,第428—431 页。

之则若发狂,尝寸裂己之衣履"。拜伦"即育诸其母之手者,故其闲雅端丽之姿,与不羁多感之性,亦略似其母。又其母子间亦常不相能。其母盛怒时,不论何物,凡在手侧者,皆取以掷子。子愤极,每以小刀自拟其喉。故每当争论后,母子互相疑惧,均私走药肆中,问有来购毒药者否。其幼时之景况,盖如此也。"又叙传主"自幼性即亢傲,不肯居人下。故在小学中,一意读书,且好交游,不惜为友劳苦伤财。其后彼游意大利时,每岁用费四千镑,其中一千镑,专为友人费去。"通过这些早年生活细节,有助于凸显传主的独特个性。

这篇小传对传主的文学创作也有简要介绍。如称《查哀尔特·哈罗德漫游记》(即《恰尔德·哈洛尔德游记》)"为其一生中最鸿大之著作","罗哈德漫游中之主人,盖隐然一白衣龙之小影也"。也提到拜伦《东方叙事诗》《曼夫雷特》《唐璜》(文中译为《丹鸠恩》)等重要诗篇。传中还说拜伦"素不喜诗歌,轻视美文,诋毁文士,即于其己之所作亦然",而看重"作诗以外之本领",继而引出助希腊独立并病死他乡的结局。

王国维在小传中对拜伦的秉性为人、言谈举止、性格性情、情欲情感及创作特性等,还有一段精彩评论,特别值得关注:

> 白衣龙之为人,实一纯粹之抒情诗人,即所谓"主观之诗人"是也。其胸襟甚狭,无忍耐力自制力,每有所愤,辄将其所郁之于心者泄之于诗。故阿恼德 ① 评之曰:"白氏之诗非如他人之诗,先生种子于腹中,而渐渐成长,乃非成一全体而发生者也。故于此点尚缺美术家之资格。彼又素乏自制之能力,其诗皆为免胸中之苦痛而作者,故其郁勃之气,悲激之情,能栩栩于诗歌中。"此评实能得白衣龙之真像。盖白衣龙非文弱诗人,而热血男子也,既不慊于世,于是厌世怨世,继之以詈世;既詈世矣,世复报复之,于是愈激愈怒,愈怒愈激,以一身与世界战。夫强于情者,为主观诗人之常态,但若是之甚者,白衣龙一人而已。盖白衣龙处此

---

① 阿诺德(Arnold,1822—1888)是 19 世纪后期英国最重要的文学批评家。他赞同歌德所说"拜伦一旦思考就成了孩童"。他尊拜伦为"第二的大诗人",是继莎士比亚之后英国诗歌中"最大的自然力量,最大的原生能力"。韦勒克:《近代文学批评史》第四卷,上海译文出版社 1997 年版,第 208 页。

之时，欲笑不能，乃化为哭，欲哭不得，乃变为怒，愈怒愈滥，愈滥愈甚，此白衣龙强情过甚之所致也。实则其情为无智之情，其智复不足以统属其情而已耳。格代之言曰："彼愚殊甚，其反省力适如婴儿。"盖谓其无分别力也。彼与世之冲突非理想与实在之冲突，乃己意与世习之冲突。又其嗜好亦甚杂复。少年时喜圣书，不喜可信之《新约》，而爱怪诞之《旧约》。其多情不过为情欲之情，毫无高尚之审美情及宗教情。然其热诚则不可诬，故其言虽如狂如痴，实则皆自其心肺中流露出者也。又阿恼德之言曰："白衣龙无技术家连缀事件发展性格之技俩，惟能将其身历目睹者笔之于书耳。"是则极言其无创作力，惟能敷衍其见闻而已。观诸白衣龙自己之言则益信，其言曰："予若无经验为基础，则何物亦不能作。"故彼之著作中之人物，无论何人，皆同一性格，不能出其阅历之范围者也。

该段评论为我们勾画了大诗人拜伦作为"主观之诗人"的鲜明形象："胸襟甚狭，无忍耐力自制力"。此类"纯粹之抒情诗人"，"每有所愤，辄将其所郁之于心者泄之于诗"，故而"其诗皆为免胸中之苦痛而作者"。同样正因如此，诗人自身的"郁勃之气，悲激之情"，能栩栩如生地展示在诗作之中。此类诗人又具备一种特立独行的个性和热血男子的炽热情感，他们"不慊于世，……以一身与世界战"。同时也因为此类诗人"强情过甚"，而"其情为无智之情"，所以他们的心态类乎孩童，即如歌德所言"其反省力适如婴儿"。然而，正是这种特点造就了其诗作具有某种强烈的冲击力。王国维对此颇多欣赏："然其热诚则不可诬，故其言虽如狂如痴，实则皆自其心肺中流露出者也"。相对于"不可不多阅世"的"客观之诗人"来说，像拜伦这样的主观诗人并不以阅历丰富见长，所以"彼之著作中之人物，无论何人，皆同一性格，不能出其阅历之范围者也。"传中特别注意到了拜伦一生中对立互补的两个侧面：一方面独尊个性，情绪易于昂扬亢奋；另一方面又情感脆弱感伤而细腻。其实，这又何尝不是浪漫主义者常见的两个侧面。当然，王国维传文中的这些评价并非无懈可击，重要的是王氏通过拜伦阐述了其关于"主观之诗人"的美学思想。

《人间词话》第十七则云："客观之诗人，不可不多阅世。阅世愈深，则材料愈丰富，愈变化，《水浒传》、《红楼梦》之作者是也。主观之诗人，不必多阅世。阅世愈浅，则性情愈真，李后主是也。"《人间词话》中唯一被明确指出其为"主观之诗人"的是后主李煜，其"阅历愈少而性情愈真"。性情真莫如赤子。第十六则有云："词人者，不失其赤子之心者也。故生于深宫之中，长于妇人之手，是后主为人君所短处，亦即为词人所长处。"第十八则亦云："尼采谓'一切文学，余爱以血书者。'后主之词，真所谓血书者也。"可见作为"主观之诗人"的李煜，是王国维最为"倾倒喜爱"的词人之一。

王国维对所谓"赤子之心"的理解，接近于作为"纯粹之抒情诗人"的浪漫大诗人拜伦的情感特征。如上所述，此类诗人特点在强于感情，弱于理智。"其反省力适如婴儿"，但其诗歌"皆自其心肺中流露出"。王国维在其著作中明确称之为"主观诗人"的也只有拜伦和李煜二人。对"主观诗人"的强调，也促使王国维关注并提出了以主观感情的表现为特征的"有我之境"说。

五、"生百政治家，不如生一大文学家"

无法断定王国维是否有意为之，上述均刊于 1907 年《教育世界》的英国著名作家传记，在选择上恰好包括了诗人、散文家、戏剧家、小说家等四种文学家类型。这种对英国文学的关注早在 1904 年王国维接编《教育世界》后，即开辟"小说"专栏，以"家庭教育小说"为名，连载长篇作品《姊妹花》①。此小说为 18 世纪英国感伤主义作家奥立维·哥尔德斯密斯（1728—1774）的《威克菲尔德的牧师》，描写主人公穷牧师普里姆罗斯自述其家庭被乡村地主欺压的种种悲惨遭遇，有浓郁的感伤情怀的描写。连载前有一段编者的话："是书为英国哥德斯密所著。原名《威克特之僧正》（*The Vicar of Wakefield*），一千七百六十六年出版。文人词客，争相宝贵。今日本学校，多

---

① 连载于《教育世界》第 69—89 号，甲辰正月上旬至十一月上旬（1904 年 2 月—12 月）。

假为课习英语之用,其身价可想见。惟译本视原书章节略有变易,文字陋劣,不足传达真相,阅者谅焉。"①

在刊载小说最后一节的《教育世界》上,还附录了《葛德斯密事略》,其中有从哥尔德斯密斯的为人秉性说到行文风格:"葛德斯密之为人,志薄而行弱。尝厌尘世束缚之苦,而悲戚不已。静则思动,动则思静,故萨嘉烈(按即萨克雷)评之曰:葛德斯密,惟悬想明日,追悼往日,而忘却今日者也。其性质若此,故其为文也,哀怨悱恻,流丽优雅,能为当日后世所爱抚。"又"以毕世穷愁,阅历深透,故于世态人情之微,能发挥无遗"。而这部家庭教育小说《姊妹花》即"可谓善描人生之真相者矣"。

王国维在此欣赏小说要关注人情世态,揭示人生的真相,这与梁启超"小说改良社会"的文学观是相呼应的。确实因受梁启超鼓吹"小说界革命"的影响,王国维在其主编的《教育世界》上不断加强对西方小说的译介。后来,又通过《教育世界》"传记"栏译介了欧美诸领域代表人物传记,而尤使他倾心仰慕的,则是那些"足以代表全国民之精神"的西方大文学家,如古希腊的荷马、意大利的但丁,英国的莎士比亚、德国的歌德等。写于1904年的《教育偶感》,当中有一段话说得非常明白:

> 今之混混然输入我中国者,非泰西物质的文明乎? 政治家与教育家坎然自知其不彼若,毅然法之,法之诚是也。然回顾我国精神界则奚若? 试问我国之大文学家有足以代表全国民之精神,如希腊之鄂谟尔、英之狭斯丕尔、德之格代者乎? 吾人所不能答也。其所以不能答者,殆无其人欤? 抑有之而吾人不能举其人以实之欤? 二者必居一焉。由前之说,则我国之文学不如泰西;由后之说,则我国之重文学不如泰西。前说我所不知。至后说,则事实较然,无可讳也。

在王国维眼里,虽然无法肯定"我国之文学不如泰西",但"我国之重文学不如泰西"是不争的事实,而大文学家"足以代表全国民之精神"。因

---

① 据相关学者考察,此小说系"编者"(王国维)将日译"陋劣"的小说转译成中文,是因为原著文字"流丽优雅",日本学校多为英语课本范文;作者"毕世穷愁","阅历深透","善描人生之真相"。参见陈鸿祥:《王国维传》,人民出版社 2004 年版,第 195 页。

此,在同一则"偶感"中王国维进一步申言:

> 生百政治家,不如生一大文学家。何则? 政治家与国民以物质上之利益,而文学家与以精神上之利益。夫精神之于物质,二者孰重? 且物质上之利益,一时的也;精神上之利益,永久的也。前人政治上所经营者,后人得一旦而坏之;至古今之大著述,苟其著述一日存,则其遗泽且及于千百世而未沫,故希腊之有鄂谟尔也,意大利之有唐旦也,英吉利之有狭斯丕尔也,德意志之有格代也,皆其国人人之所尸而祝之,社而稷之者,而政治家无与焉。何则? 彼等诚与国民以精神上之慰藉,而国民之所恃以为生命者。若政治家之遗泽,决不能如此广且远也。[①]

王国维认为,政治是短暂的,物质上的利益是一时的,唯有精神上的利益才是永久的。那些流传千百世的文学经典及其作家,在西方那样被传颂,被崇拜,而我们却对此视而不见,漠然置之,还谈得上什么教育! 在《教育世界》"改章"之初推出的第一篇文学家传记《德国文豪格代希尔列尔合传》开头即大声疾呼:"呜呼! 活国民之思潮、新邦家之命运者,其文学乎!"结尾面对这两位"与星月争光"的德国作家,心生感慨:"胡为乎,文豪不诞生于我东邦!"

无独有偶,东渡日本的鲁迅,亦主张"别求新声于异邦"。1907年在所著《摩罗诗力说》的结尾也慨叹:"今索诸中国,为精神界之战士者安在?"1913年写成的《儗播布美术意见书》中,亦称美术(文学艺术)为"国魂之现象","若精神递变,美术辄从之以转移。此诸品物,长留人世,故虽武功文教,与时间同其灰灭,而赖有美术为之保存,俾在方来,有所考见"。[②]

《三十自序之二》中,王国维坦陈在1906年前后思想发生困惑时说自己"疲于哲学有日矣"。标明这是"此二三年中最大之烦闷,而近日之嗜好所以

---

① 《教育偶感》四则之四,《遗书》第5册,原刊《教育世界》第81号,甲辰七月上旬(1904年8月)。

② 鲁迅:《鲁迅全集》第八卷《集外集拾遗补编》,人民文学出版社2005年版,第52页。

由哲学而移于文学,而欲于其中求直接之慰藉者也"①。

王国维曾极力争取包括文学艺术在内的"纯粹美术"的独立地位与不朽价值。他甚至将文艺尤其是诗歌提到与哲学同等的高度,指出两者"所欲解释者皆宇宙人生上根本之问题,不过其解释之方法,一直观的,一思考的,一顿悟的,一合理的耳"(《奏定经学科大学文学科大学章程书后》,见《静安文集续编》)。因此,文学艺术作为"国魂之现象",能给"国民以精神上之慰藉",国民则"恃以为生命"。正是自觉地认识到了文学有"如此广且远"的生命力,西方文学家身上所体现出的那种精神力量与文学启示,王国维才大量绍介包括英国作家在内的西方文学家,因为他们可做中国精神界的良师益友。

---

① 　王国维:《王国维遗书·静安文集续编》第三册,上海古籍书店 1983 年版,第 611 页。

第三节　林纾与英国文学的译介

　　林纾（1852—1924）之所以在 20 世纪中国文学史上占有一席之地，主要是因为他与王寿昌、魏易、陈家麟、曾宗巩等人合作，先后翻译了 185 种[①]外国文学作品，属于小说的有 163 种，其中英国作品占大多数，史称"林译小说"，康有为就有"译才并世数严林"之誉。这样一个典型的传统旧式文人，目不识西文，足不出国门，在从事翻译事业之前对域外历史文化、风俗人情的了解极为有限。因此，林纾进行的翻译，是由一个通晓外语的口译者述说情节，他"耳受手追"，在作出记录的同时对作品加工润色，成为以"译述"为突出特色的"林译小说"。林纾能够凭借其深厚的传统文学修养和丰富的文学艺术想象力，自觉地将"笔录"与"创作"合二为一，为 20 世纪初的中国文坛提供了一份独特的滋养，这尤其明显体现在他所译介的英国小说作品中。下文主要以林译《迦茵小传》、《撒克逊劫后英雄略》和狄更斯小说，论析林纾在对英国文学译介的重要贡献。

---

　　①　关于林译作品统计，目前有三种说法：据马泰来考订，林译作品 185 种（见《读书》1982 年第 10 期《林纾翻译作品全目》）；据郑振铎 1924 年考订，成书共有 156 种，其中已出版的 132 种，刊载于《小说月报》（第 6 卷至第 11 卷）尚未出单行本 10 种，尚存于商务印书馆未付梓的 14 种（见郑振铎《林琴南先生》）；据《中国翻译家词典》，共 170 余部（271 册），其中英国作家作品最多（93 种），依次是法国（25 种）、美国（19 种）、俄国（6 种）。重要的世界名著占 40 多种，均出自莎士比亚、狄更斯、司各德、笛福、欧文、大仲马等世界著名作家。

一、林译《迦茵小传》的文学价值与影响

1905 年 3 月,林纾、魏易同译哈葛德原著《迦茵小传》(*Joan Haste*)① 由商务印书馆出版发行,并于同年引起关于爱情小说《迦因小传》两种译本的争论。

哈葛德(1856—1925)擅长写通俗小说,共著 57 部小说,林译 25 种,其中,这部《迦茵小传》的翻译最成功。哈葛德曾服务于南非的英国殖民政府,先后游历过荷兰、墨西哥、巴勒斯坦、埃及等地,每次归来均有新作面世。擅长写历史题材,充满异国情调的冒险、神秘、离奇与曲折的故事,颇吸引人。被译成中文的故事主要有《英孝子火山报仇录》(1893)、《斐洲烟水愁城录》(1887)、《雾中人》(1885)、《三千年艳尸记》(1886)、《鬼山狼侠传》(1892)、《蛮荒志异》(1900)、《古鬼遗金记》(1906)等。言情小说《迦茵小传》在一个偶然机会为上海虹口中西书院学生杨紫麟发现于旧书铺(杨如此声明,未必如此),从此开始了它在中国的“奇遇”。

1901 年(清德宗光绪二十七年),蟠溪子(杨紫麟)和天笑生(包公毅)合译《迦因小传》(*Joan Haste*),在上海《励学译编》② 第 1—12 册连载,1903 年上海文明书局出单行本。译者托言“惜残缺其上轶。而邮书欧美名都,思补其全,卒不可得。”只译了此书一半,实为保全迦茵之“贞操”,有意删节。③

① 《迦茵小传》讲述的是西方爱情小说中司空见惯的故事。女主人公迦茵与出身于贵族的“水师船主”亨利一见钟情,二人遂坠入爱河。迦茵“非名门闺秀”,故亨利母亲百般反对。迦茵忍痛离开亨利,与一直紧追她的村中地主洛克结婚。然后迦茵对亨利感情依旧,使洛克对亨利产生强烈嫉恨,遂试图暗杀亨利,迦茵毅然保护亨利而饮弹身亡。

② 《励学译编》(*The Translatory Magazine*)月刊,我国最早的翻译刊物之一。光绪二十七年二月(1901 年 4 月)创刊于苏州。励学译社编辑,“采东西政治,格致诸学”,各译全书,分期连载。

③ 寅半生(钟骏文,钟八铭)《读〈迦茵小传〉两译本书后》:“吾向读《迦茵小传》而深叹迦因之为人清洁娟好,不染污浊,甘牺牲生命以成人之美,实情界中之天仙也;吾今读《迦因小传》,而后知迦因之为人淫贱卑鄙,不知廉耻,弃人生义务而自殉所欢,实情界中之蟊贼也。此非吾思想之矛盾,以所见译本之不同故也。盖自有蟠溪子译本,而迦因之身价忽登九天;亦自有林畏庐译本,而迦因之身价忽坠九渊。……今蟠溪子所谓《迦因小传》者,传其品也,故于一切有累于品者皆删而不书。而林氏之所谓《迦因小传》者,传其淫也,传其贼也,传其耻也,迦因有知,又曷贵有此传哉!”

这个由杨紫麟节译、包天笑润饰的《迦因小传》的删节本引起林纾极大兴趣，认为"译笔丽赡，雅有辞况"，可惜未能译全。他在译哈葛德的小说无意中发现此书的全本，欲邮此书给蟠溪子，但不知"蟠溪子"为何人，只好与魏易于1904年重新翻译。并说了这样一番话"向秀犹生，郭象岂容窜稿；崔灏在上，李白奚用题诗。特吟书精美无伦，不忍听其沦没，遂以七旬之力译成。"①为显示与杨本不同，改"因"字为"茵"，取名《迦茵小传》，1905年上海商务印书馆出版。林不仅撰译序，而且作《调寄买陂塘》一首冠于书前，这在林译小说中不多见，可见林纾对此小说译介投入了大量心血。

《迦茵小传》原著的文笔平淡，语言平庸，情节结构等亦不甚谨严，属于流行作品。但经过林纾的翻译润色后，其文学价值大大提高。郭沫若曾回忆说："我最初读的是Haggard（哈葛德）的《迦茵小传》。这怕是我读过的西洋小说的第一种，这在世界文学史上没有甚么地位，但经林琴南的那种简洁的古文译出来，却增添了不少的光彩。"②

韩洪举③在文章中曾从人物塑造、结构、语言三方面阐述了林译《迦茵小传》的艺术成就，认为"这部二三流的原作竟成了一部当之无愧的名著"。因为林纾"采取'意译'的方式，对原著进行加工改造，完全是一种'再创作'"。而且林纾的翻译态度比较严肃，"若需要发感慨，则写于译序中，不在正文中塞进自己的'私货'"。林纾深厚的古文根底，也具有化腐朽为神奇的本领，因而，经过翻译的《迦茵小传》可谓"点铁成金"了。同时，这部小说具有了资产阶级民主自由思想，正是当时中国所需要的，与中国读者的心理产生共鸣，得以在中国流行。

译本于1905年3月由商务印书馆初版，至1906年9月已发行三版，1913、1914年再版，先后编入《说部丛书》、《林译小说丛书》等。病中的夏曾佑读罢此书，百感交集，题词："会得言情头已白，捻髭想见独沈吟。"④

《迦茵小传》也引起了封建卫道士的大肆攻击。金松岑在《论写情小说

　　① 林纾：《迦茵小传·小引》，《迦茵小传》，商务印书馆1905年版。
　　② 郭沫若：《郭沫若文集》第六卷，人民文学出版社1984年版，第113页。
　　③ 韩洪举：《林译〈迦茵小传〉的文学价值及其影响》，《浙江师范大学学报》2005年第1期。
　　④ 夏曾佑：《题词语〈积雨卧病读琴南迦茵小传有感〉》，《迦茵小传》，商务印书馆1981年版。

与新社会之关系》中就将当时社会青年男女伦理道德之败坏、西方思潮和生活方式的流行统统归罪于林译《迦茵小传》全译本的刊行:"曩者少年学生,粗识自由平等之名词,横流滔滔,已至今日,乃复为下多少文明之确证,使男子而狎妓,则曰:我亚猛着彭也,而父命可以或梗矣(《茶花女遗事》,今人谓之外国《红楼梦》),女子而怀春,则曰:我迦茵赫斯德也,而贞操可以立破矣(《迦茵》小说,吾友包公毅译。迦茵人格,向为吾所深爱,谓此半面妆文字,胜于足本)。今读林译,即此下半卷内,知尚有怀孕一节。西人临文不讳,然为中国社会计,正宜从包君节去为是。此次万千感情,正读此书而起。……欧化风行,如醒如寐,吾恐不数十年后,握手接吻之风,必公然施于中国之社会,而跳舞之俗且盛行,群弃职业学问而习此矣。"[1] 从反面说明本译本在传播资产阶级民主思想方面所起的作用。

　　两年后,即 1907 年,卫道者寅半生在其主编消遣性杂志《游戏世界》(杭州)第 11 期上发表文字《读迦因小传两译本书后》,指责林纾之全译本。他站在封建道德和教化的立场上,攻击林译。认为蟠溪子为迦茵"讳其短而显其长",使人为之神往;林译则"暴其行而贡其仇",使人为之鄙夷。蟠溪子为迎合传统礼教,译述中有意隐去迦茵与亨利邂逅登塔取雏的浪漫故事,删削了两人相爱私孕的情节,把亨利为爱情而不顾父母之命而与迦茵自由恋爱的内容删而不述。林译则完整译述,故被道学家们视为中国礼教的敌人。在林纾下,迦茵是资本主义社会中一位备受凌辱而富于反抗精神、热烈追求爱情幸福的女性,这位美丽善良,具有自我牺牲精神的女性,也展示了林纾的进步思想。近代中国人追求个性解放,渴望自由恋爱,婚姻自主,向往以爱情为唯一基础的浪漫型男女关系。但这种爱情理想受到封建道学家的扼杀与抨击。当时真正能揭示近代爱情心态的中国小说尚未诞生,于是这部英国二三流小说在中国轰动一时不足为奇了。它对当时人们的文学、思想观念产生很大影响,堪为"林译小说"的上乘之作。

　　鲁迅《上海文艺之一瞥》[2] 中评述这场争论:"然而才子 + 佳人的书,却又出了一本当时震动一时的小说,那就是从英文翻译过来的《迦茵小传》

---

① 松岑:《论写情小说与新社会之关系》,《新小说》第 17 号,1905 年 6 月。
② 鲁迅:《鲁迅全集》第四卷,人民文学出版社 1981 年版,第 294 页。

（H. R. Haggard: Joan Haste）。但只有上半本，据译者说，原本从旧书摊上得来，非常之好，可惜觅不到下册，无可奈何了。果然，这很打动了才子佳人们的芳心，流行得很广很广。后来还至于打动了林琴南先生，将全部译出，仍旧名为《迦茵小传》。而同时受了先译者的大骂，说他不该全译，使迦茵的价值降低，给读者以不快的。于是才知道先前之所以只有半部，实非原本残缺，乃是因为记着迦茵生了一个私生子，译者故意不译的。其实这样的一部并不很长的书，外国也不至于分印成两本。但是，即此一端，也很可以看出当时中国对于婚姻的见解了。"

1908 年（清德宗光绪三十四年）年初，自称自己是春柳社成员的任天知加入春阳社，对春阳社的活动起了重要作用。他排演的《迦茵小传》，让上海观众耳目一新。内容描写迦茵的爱情纠葛和生活遭遇，情节曲折，哀婉动人，戏剧性很强，是早期话剧的热门戏。不少新剧团各有改编本，春阳社是最早的一个。本剧的演出，摆脱了戏剧表演的格式，以至于使看惯了戏曲的人以为"不像戏，像真的事情"①。

二、林译《撒克逊劫后英雄略》②

林纾翻译司各特小说三种，均为第一次被介绍到中国来，它们是：《撒克逊劫后英雄略》（*Ivanhoe,* 现译为《艾凡赫》）上下卷，1905 年 11 月由上海商务印书馆出版）；《十字军英雄记》（*The Talisman*，1825）上下册，1907年 3 月由上海商务印书馆出版）；《剑底鸳鸯》（*The Betrothed*，1825，现译为《未婚妻》）上下卷，1907 年 11 月由上海商务印书馆出版。这三种都被认为是林译中较好的译本，其中尤其以《撒克逊劫后英雄略》（以下简称《撒略》）影响最大。有人认为："在那些可以称得较完美的四十余种翻译中，如西万提司的魔侠传，狄更司的贼史，孝女耐儿传等，史各德之撒克逊劫后英雄略等，都可以算得很好的译本。"③ "尤其劫后英雄略，是他（司各特）的小说

　　① 徐半梅：《话剧创始期回忆录》，中国戏剧出版社 1957 年版。

　　② 本部分关于林译《撒略》的讨论，笔者指导的硕士毕业生孙建忠参与其中，并提供了比较详尽的解读文字。

　　③ 郑振铎：《林琴南先生》，见钱锺书等《林纾的翻译》，商务印书馆 1981 年版，第 14 页。

中最流行的一种,在中国也最受欢迎。"等等。

林译此书,意在鼓励、增强青年人发奋进取,保家卫国的雄心,译本与原文出入并不太大。茅盾在商务印书馆编译所标点此书时,指出译者"文笔之跌宕多姿,也得原书风格之一二"。该译本对现代作家影响较大。①

《撒克逊劫后英雄略》被认为是林译小说里的佼佼者,应与以下三个方面原因相关:

首先,译本的好坏与林纾的工作态度密切相关。林纾译这三部作品分别在1905年和1907年,正是他翻译事业的黄金时期。钱锺书在《林纾的翻译》一文中,以民国二年(1913)译完的《离恨天》为界标把林纾的翻译分为两个时期。前期的作品是比较精美的,感情真切,文字生动,令人爱不释手。此阶段的译作绝大多数都有自序或旁人序,有跋、《小引》、《达旨》、《例言》、《译余剩语》、《短评数则》,有自己或旁人所题的诗、词,在译文里还时常附加按语和评语。以《撒略》为例,书首有译者自序,在序中林纾津津有味地谈到了本书的"八妙",又将作者司各特比附中国的史家司马迁与班固,使这篇序文成为研究林纾思想的重要论文。林纾在译述过程中,经常会忍不住技痒,用外国小说里的文字比较中国的传统文学。从这些评语和按语中可见译者对翻译工作的郑重和认真的态度。

其次,林纾对本书的改造和保留。林纾是一个不懂外文的翻译家,译文中误译、漏译、删改、增补的地方很多。尽管如此,他却能够从基本内容和整体风格上把握原作的特点。而且在"意译"的风气中,除了因据人口译而有差错和删改外,林纾一般都能将作者原名列出,书中人名地名绝不改动一音,连《撒略》中的"Lady"都被毫不必要地翻译成了"列底",后面加注"尊闺门之称也"。郑振铎提到沈雁冰先生曾对他说:"撒克逊劫后英雄略,除了几个小错处外,颇能保有原文的情调,译文中的人物也描写得与原文中的人

---

① 郭沫若就说过:"林译小说中对于我后来文学倾向上有一个决定的影响的,是Scott的 *Ivanhoe*,他译成《撒逊劫后英雄略》。这本书后来我读过英文,他的误译和省略处虽很不少,但那种浪漫主义的精神他是具象地提示给我了。我受Scott的影响很深,这差不多是我的一个秘密,我的朋友似乎还没有注意到这一点。我读Scott的著作也并不多,实际上怕只有 *Ivanhoe* 一种。我对于他并没有什么深刻的研究,然而在幼年时印入脑中的铭感,就好像车辙的古道一般,很不容易磨灭。"(《郭沫若文集》第六卷,第114页)

物一模一样，并无什么变更。"① 林纾对原著的最大改动是对文本持续的、零碎的缩减，这种小的省略到处都是，但翻译的语言基本上还是忠于原著的。译著的章节与原著一一对应，并没有进行增加和删节。至于原著中人物和地点的名称、比喻、笑话等也经常被直接翻译过来，有时加上注解便于中国读者理解。小说名 *Ivanhoe* 改为更有中国传统文化意味的《撒克逊劫后英雄略》。略、传、述等都是中国史家的笔法，林纾用中国的语调译述，比起生硬地直译为《艾凡赫》更能激起中国读者的阅读欲望。林纾在翻译《撒略》时随时对一些错综复杂的句式进行了压缩和改造，用尽量经济、直接的方法传递信息。

　　第三，《撒克逊劫后英雄略》的原著（*Ivanhoe*，《艾凡赫》）原本就是名著，这也是该译本获是成功的原因之一。中世纪是个遥远而古老的时代，留下的记载很少，人们心目中的中世纪是富于浪漫色彩的"尚武"时代，常常和骑士的冒险联系在一起，司各特正是通过《艾凡赫》把这样一个活生生的时代呈现在读者眼前，不只有中世纪人们生活的简陋质朴的环境，还有紧张激烈的骑士的比武、绿林好汉的林中聚会、惊心动魄的城堡围攻战，使读者目不暇接，获得了许多真实的感受。《艾凡赫》出版于 1819 年，是司各特生病期间完成的，也是他最著名的一部作品。这是他第一次撇开苏格兰背景，改用他最喜爱的英格兰历史和传统——"狮心王"理查德和罗宾汉，这两个人物在英格兰可谓家喻户晓。司各特通过他们以及他们辉煌而传奇的骑士生活，向读者展现了一个十分生动而又浪漫的故事。该书出版后，立即不胫而走，成了司各特最畅销的一本书，正如作者在本书的导言中所说，它"获得了极大的成功，可以说，自从作者得以在英国和苏格兰小说中运用他的虚构才智以来，他这才真正在这方面取得了游刃有余的支配能力"②。

三、文学因缘：林纾眼中的狄更斯

　　作为中国近代著名文学家和翻译家，大规模介绍西方文学到中国的第一人，林纾之真正认识西方文学的妙处，也是在接触狄更斯之后，因而在其

---

① 郑振铎：《林琴南先生》，见钱锺书等《林纾的翻译》，商务印书馆 1981 年版，第 14 页。
② 司各特：《英雄艾文荷》导言，上海译文出版社 1996 年版，第 14 页。

所有译作中,最重视的也正是狄更斯的小说。林纾在魏易的帮助下,从 1907 至 1909 年间共翻译了狄更斯的五部小说:《滑稽外史》(*Nicholas Nickleby*, 1839)、《孝女耐儿传》(*The Old Curiosity*, 1841)、《块肉余生述》(*David Copperfield*, 1850)、《贼史》(*Oliver Twist*, 1838)、《冰雪因缘》(*Dombey and Son*, 1848)。① 这几部译作被公认为林纾所有翻译作品中译得比较理想的小说。中国读者正是通过他的译品,才最早认识了英国这位久负盛名的伟大小说家。

人所共知,林纾是一个不懂外文的翻译家,他在对狄更斯作品的译介中,误意、漏译、删改、增补的地方很多。尽管如此,他却能够从基本内容和整体风格上把握原作的特点,特别是狄更斯小说中那漫画式的夸张和满含揶揄的幽默,能被他心领神会并出色地再现出来。不仅如此,林纾碰到他心目中认为是狄更斯原作的弱笔、败笔之处时还能对其适当改造、加工和润色。钱锺书先生也曾举《滑稽外史》中两段译文为例,指出林纾"往往是捐助自己的'谐谑',为迭更斯的幽默加油加酱"。"林纾认为原文美中不足,这里补充一下,那里润饰一下,因而语言更具体,情景更活泼,整个描述笔酣墨饱。"② 这样的添改从翻译角度看尽管有"讹"的一面,但另一方面也可以看出林纾对狄更斯作品译介的感情投入之多、用心体会之深。

我们从林纾为狄更斯译作而写的序跋中更可以清晰地看出,他对狄更斯小说的特点及其作用的理解是相当准确的,并且自觉或不自觉地以中国传统文学作品为理解的参照系。正是在这种比较中林纾发现了中西文学之间在文学观念、创作方法、结构技巧等方面存在着诸多差异;更为难得的是,他真诚地赞赏以狄更斯小说为代表的西方近代文学的许多优点,批评中国传统文学的一些不足;特别是这些序跋中所提出的现实主义小说理论,对五四时期小说理论和小说创作的现代化起过很大作用;还有在序跋中表现出的对狄更斯作品溢于言表的称许,也说明了狄更斯在林纾心目中的崇高地位。

首先,林纾从狄更斯作品中体会到小说的功用应该是揭露社会弊病,促

---

① 这些小说现在分别通译为《尼可拉斯·尼古尔贝》《老古玩店》《大卫·科波菲尔》《奥列佛·退斯特》《董贝父子》。

② 钱锺书:《林纾的翻译》,商务印书馆 1981 年版,第 25—26 页。

进社会改良。在《贼史·序》中他说："迭更司极力抉摘下等社会之积弊，作为小说，俾政府知而改之。……顾英之能强，能改革而从善也。吾华从而改之，亦正易易。所恨无迭更司其人，如有能举社会中积弊著为小说，用告当事，或庶几也。呜呼！李伯元已矣。今日健者，惟孟朴及老残二君。果能出其绪余，效吴道子之写地狱变相，社会之受益，宁有穷耶？"①

这里，林纾从文学与政治现实的密切关系出发，明确把小说视为改良社会的工具，认为社会的丑恶和政治的腐败可以改良，不必从根本上改革社会制度。这与梁启超"小说改良社会"的文学观是相呼应的。在《块肉余生述·序》中林纾也说："英伦半开化时民间弊俗，亦皎然揭诸眉睫之下。使吾中国人观之，但实力加以教育，则社会亦足改良，不必心醉西风，谓欧人尽胜于亚，似皆生知良能之彦，则鄙人之译是书，为不负矣。"② 由是观之，林纾译书的目的是很明确的。在《译林·序》中，林纾更明确地将著译同开启民智、维新改良结合。他说："吾谓欲开民智，必立学堂，学堂功缓，不如立会演说，演说又不易举，终之唯有译书。"③ 这种对小说与民智密切关系的看法也是当时知识阶层的一种共识。严复、夏曾佑在《本馆附印说部缘起》中就说："且闻欧、美、东瀛，其开化之时，往往得小说之助。"所以译小说的宗旨则"在乎使民开化，自以为亦愚公之一畚，精卫之一石也。"④

上文所引《贼史·序》中，林纾还把狄更斯这样的暴露社会积弊的小说家和中国的谴责小说家联系起来，由此也可看出林纾对狄更斯作品确有某些本质的认识。他真诚而急切地希望中国也能出现像狄更斯一样的揭发社会弊端，使政府和读者知而改之的小说家，这些都表明林纾自觉地从"救国"、"改良"的角度，充分肯定了小说的社会作用和时代使命，从而对当时及其后的文坛产生了不小的影响。

其次，林纾从狄更斯的小说创作中也看到了我国传统文学作品与西方近代小说的明显差异，认为小说的笔触应从传统的达官显贵、英雄豪杰、才子美

①　林纾：《贼史·序》，《贼史》，商务印书馆 1908 年版。
②　林纾：《块肉余生述》前编序，见《块肉余生述》前编，商务印书馆 1908 年版。
③　林纾：《译林》序，《译林》1901 年第 1 期。
④　几道、别士：《本馆附印说部缘起》，《国闻报》1897 年 10 月 16 日至 11 月 18 日。

人中,伸入下层社会的普通人中间去。这里也并不像梁启超那样要求小说只写政治,而是把小说的描写对象扩大到与政治未必直接有关的那些领域;也不像梁启超那样,把小说单纯地作为政治传声筒,而意识到小说是对社会人生的写照,尤其是对下等社会的写照,以使读者认识生活,受到启迪。

在《孝女耐儿传·序》中林纾把狄更斯小说的人物和题材与中国文学作品的人物、题材做了比较,并高度评价了狄更斯"扫荡名士美人之局,专为下等社会写照"的优点。他说:"中国说部,登峰造极者无若《石头记》。叙人间富贵,感人情盛衰,用笔缜密,著色繁丽,制局精严,观止矣。其间点染以清客,间杂以村姬,牵缀以小人,收束以败子,亦可谓善于体物;终竟雅多俗寡,人意不专属于是。若迭更司者,则扫荡名士、美人之局,专为下等社会写照。"并说:"余尝谓古文中序事,惟序家常平淡之事为最难著笔。""今迭更司则专意为家常之言,而又专写下等社会之事,用意著笔为尤难。"同时批评司马氏《史记》:"以史公之书,亦不专为家常之事发也。"① 应该说,林纾确实较为准确地把握了狄更斯小说的人物和题材特征。从这个角度出发,他对《红楼梦》《史记》的批评也是有道理的。同时,他对狄更斯的倾心折服也溢于言表。在《孝女耐儿传·序》中认为天下文章叙悲叙战以及宣述男女之情都比较容易,但"从未有刻划市井卑污龌龊之事,至于二三十万言之多,不重复,不支厉,如张明镜于空际,收纳五虫万怪,物物皆涵涤清光而出,见者如凭栏之观鱼鳖虾蟹焉;则迭更司者盖以至清之灵府,叙至浊之社会,令我增无数阅历,生无穷感喟矣。"② 林纾在此高度评价了狄更斯能以深刻而犀利的笔触揭示社会现实的阴暗面,而激起读者对小说中丑恶现实的愤慨和痛心。

林纾对狄更斯小说创作特点的总结和倡导,对我国传统的现实主义创作方法的革新具有启发意义,这也正是我国传统文学创作方法在外国文学影响下,在近代特定历史条件下即将开始革命的信号。

再次,林纾从狄更斯创作中还发现生活阅历对作家写好小说非常重要。他在译《滑稽外史》时,曾产生疑问,即狄更斯为何能于下等社会之人品刻画无复遗漏,笔舌所及情罪皆真呢?后来他阅读相关材料,才知狄更斯出身

① 林纾:《孝女耐儿传》序,见《孝女耐儿传》,商务印书馆1907年版。
② 同上。

贫贱，也是伤心之人，故对社会底层人物生活特别熟悉，因此作品中的善恶之人亦是生活中所有。林纾甚至认为，《滑稽外史》中的老而夫（现通译拉尔夫）或许狄更斯的亲属，只因凌蔑既深便将他写进书里，以报复对自己的虐待，而赤里伯尔兄弟（现通译奇里布尔兄弟）则为世间不多见之好善者，很有可能有恩于狄更斯之人，写其或为报恩。所以，称此书是阅历有得之作。

因此，林纾说："不过世有其人，则书中即有其事。犹之画师虚构一人状貌印证诸天下之人，必有一人与像相符者。故语言所能状之处，均人情所或有之处。"同时，林纾还认为小说创作可以社会生活真实素材为基础进行合理的想象和虚构，使之醒人耳目。他写短篇小说《庄豫》就是如此。自谓"生平不喜作妄语，乃一为小说，则妄语辄出。实则英之迭更与法之仲马皆然，宁独怪我？"所谓"妄语"，即想象与虚构之言。林纾此处论及了小说创作的一般特点。这里也表明林纾的文学创作也受到了狄更斯的不少影响。

最后，林纾对狄更斯小说的艺术手法，如人物性格描写、结构布局安排等，也给予很高的评价，并认为狄更斯小说等西方文学作品可与我国《左传》《汉书》《史记》和韩愈之文等媲美。

关于人物性格描写。我国古代小说虽也有以性格描写见长的不少作品，但更多则属于以故事情节曲折离奇取胜的所谓情节小说。林纾从狄更斯小说看到应以写人、写人物性格为主。《冰雪因缘·自序》说："此书情节无多，寥寥百余语可括东贝家事，而迭更斯先生叙致二十五万余言，谈诙间出，声泪俱下！言小人，则曲尽其毒螫；叙孝女则直揭其天性；至描写东贝之骄，层出不穷，恐吴道子之画'地狱变相'不能复过。"[①] 此处之意就是说，应该像狄更斯那样在人物性格安排上下功夫，不必过多注意故事情节的复杂曲折，这实际上为我国小说创作提出了一条更符合小说艺术特点的发展道路。

关于结构布局安排。林纾对狄更斯《块肉余生述》的小说结构安排颇为欣赏，认为此书"思力至此，臻绝顶矣。"并说"古所谓锁骨观音者，以骨节钩联，皮肤腐化后，揭而举之，则全具锵然，无一屑落者；方之是书，则固赫然其为锁骨也。"又说"迭更司他著，每到山穷水尽，辄发奇思，如孤峰突起，

---

① 林纾：《冰雪因缘》序，见《冰雪因缘》，商务印书馆 1909 年版。

见者耸目;终不如此书伏脉至细,一语必寓微旨,一事必种远因。手写是间,而全局应有之人,逐处涌现,随地关合;虽偶尔一见,观者几复忘怀,而闲闲著笔间,已近拾即是,读之令人斗然记忆。循编逐节以索,又一一有是人之行踪,得是事之来源。综言之,如善奕之著子,偶然一下,不知后来咸得其用,此所以成为国手也。"①《块肉余生述·续编识》亦称此书"前后关锁,起伏照应,涓滴不漏"②。林纾在此指出,《块肉余生述》在小说结构上属于"锁骨观音式",即小说情节环环相扣,主干与枝节相连,而又突出主线,成为贯串全书的动脉。这种结构方式显然与《儒林外史》式的结构不同。《儒林外史》的结构诚如鲁迅先生在《中国小说史略》中说:"全书无主干,仅驱使各种人物,行列而来,事与其来俱起,亦与其去俱讫,虽云长篇,颇同短制。"此种结构方式在近代"谴责小说"中比较普遍,如《官场现行记》《文明小史》《负曝闲谈》即为代表。从长篇结构艺术的角度看,这些小说的结构方式有待改进。林纾正是针对近代"谴责小说"结构普遍松散的特点,而大力推崇狄更斯小说的结构艺术,颇见用心。

　　林纾翻译的狄更斯小说,不仅感动了他自己,也感动了林译小说的读者们;不仅为他本人特别喜欢,也为我国现代作家爱不释手。

　　钱锺书先生曾说过翻译在文化交流里所起的是一种"媒"和"诱"的作用,"它是个居间者或联络员,介绍大家去认识外国作品,引诱大家去爱好外国作品,仿佛做媒似的,使国与国之间缔结了'文学因缘'"③。林纾所翻译的狄更斯小说正是中英文学之间的一种"文学因缘"。他对狄更斯小说艺术的深切体会及其高度评价,展现了在他心目中具有很高地位的狄更斯形象,这与他翻译的五部狄更斯作品一起,对我国新文学作家产生了不可忽视的影响。

---

① 林纾:《块肉余生述》前编序,见《块肉余生述》前编,商务印书馆 1908 年版。
② 林纾:《块肉余生述》续编识语,见《块肉余生述》后编,商务印书馆 1908 年版。
③ 钱锺书:《林纾的翻译》,商务印书馆 1981 年版,第 25—26 页。

第二章
交流利用:20 世纪 20 —
　40 年代英国文学在
　中国的评论与研究

第一节　中文报刊上的英国作家专号

关于英国文学在 20 世纪上半叶中国的译介与研究，笔者所著《中英文学关系编年史》①已做过初步的资料梳理编年，另著《中国近现代作家的英国文学资源》（待刊稿）对相关问题亦有较详尽的讨论。所以，本小节只以中文报刊上的多个英国作家纪念专号（包括专辑、特辑、丛谈）为线索，展示这半个世纪里中国之英国文学接受史的基本面貌。

一、孙毓修《欧美小说丛谈》最早集中介绍英国作家

1913 年 1 月至 1914 年 12 月，《小说月报》第 4 卷第 1 至 8 号（1913 年 1 月至 8 月）、第 5 卷第 9 至 12 号（1914 年 9 月至 12 月），陆续连载孙毓修《欧美小说丛谈》的系列文章，重点介绍了西方作家的生平，并结合生平分析了作家的小说作品，是我国第一部系统评价西方小说（包括戏曲）的专著。其中涉及多位英国作家：

第 4 卷第 1 号《孝素之名作》为我国介绍乔叟《坎特伯雷故事集》之始，并译其中两故事。第 2 号发表《英国十七世纪间之小说家》，涉及班扬、笛福、斯威夫特、理查逊、菲尔丁、哥尔斯密斯等作家的生平与创作，这是最早

---

① 葛桂录：《中英文学关系编年史》，上海三联书店 2004 年版。

集中介绍 18 世纪英国作家的文字。第 3 号发表的《司各德、迭更斯二家之批评》提及两作家的杰出地位："十九世纪之间，英之大小说家联翩而起，要以司各德、迭更斯为著，非独著于一国，抑亦闻于世界。"并指出二者创作特色："司各德之书主于历史，迭更司之书主于社会，各造其极，未易轩轾也。"将司各德称为"西方之太史公"。第 4 号发表《英国奇人约翰生 Samuel Johnson》。另外，第 7 号发表《英国戏曲之发源》；第 8 号发表《马洛之戏曲》《莎士比亚之戏曲》等文字。①

　　孙毓修十分重视介绍作家的生活经历，他在《欧美小说丛谈》的前言中说道："欧美小说，造如烟海。即就古今名作，昭然在人耳目者，卒业一过，已非易易。用述此编，钩玄提要，加以评断，要之皆有本原，非凭臆说。"从"皆有本原，非凭臆说"一句中可以看出，作者在写作的过程中参考了西方小说史的有关著作，因此喜欢结合作家生平来谈他们的创作。尽管《欧美小说丛谈》总体上显得述多于论、深度不够，特别是在后半部分，几乎都是关于作家生平和作品故事情节的介绍，但把作家的生活经历和创作特色结合起来，认为小说创作归根到底是来自于作家本人的生活经历，是作者的一个独特观点。

　　孙毓修在介绍作家生平时，他从司各特、狄更斯、笛福、约翰生等作家身上发现中西文学创作的一个共同规律："穷愁著书，中外一例，殆亦天地间一种之公例耶？"他认为只有处在生活的逆境之中时，作家才能激发出创作的潜能，也就是中国传统文化中所谓的"愤而著书"、"穷而后工"之意。所以他特别推崇司各特和狄更斯二人，认为前者幼年跛足中年破产却能发愤著书救穷，"此不厌不倦之健腕，无时不在眼中"，堪比中国之太史公。又感叹自己不如司氏著书之勤奋："天寒地冻，日得数行，其有愧于司各得之手多矣。"（孙毓修：《欧美小说丛谈·前言》）孙毓修把司氏比附太史公，走的还

---

① 1916 年 12 月，孙毓修《欧美小说丛谈》作为商务印书馆《文艺丛刻甲集》之一，结集出版单行本。各篇文字主要包括作家生平和创作活动、重要作品简介、对该作家及作品的评论。评论中多引述前人的观点，也不时阐发自己的见解。大多持论公允，能较为准确地抓住作家创作的基本特征。如对班扬《天路历程》的评述："此本箴俗说理之书，而托以比喻，杂以诙谐，劝一讽百，实小说之正宗。其文又平易简直，妇孺皆知，英人尊之，至目之为《圣经》之注脚。"对笛福《鲁滨孙漂流记》的评介："事本子虚，而惊心动魄，不肯身受，更以激人独立自治之心，故各国争译之。"对斯威夫特《格列佛游记》的评价："政见尽于此书，而其诙谐之资料，倘恍之奇情，实令人一读一赞赏。"该书是我国第一部研究欧美文学的著作。

是中国文人喜欢的"以中化西"的老路,就像他拿笛福与司马迁、约翰生与李卓吾比较一样,比较的意识是强烈的,但大多只是表面的比附,点到即止,并没有揭示出中西文学的普遍规律。

孙毓修在《欧美小说丛谈》中也并非一味摘译现成的西方论著,他在《司各德迭更斯二家之批评》一文中就经常通过有意识的比较来阐发自己的小说观。比如他将司各特与《三国志演义》《水浒传》《西游记》《红楼梦》比较后指出小说原不必处处与历史事实相符,而应该通过艺术夸张和虚构的手法来达到描写人物的最高境界。而更有价值的是他紧接着提出了中西小说观的根本不同,在中国,"吾国之人一言小说,则以为言不必雅驯,文不必高深。盖自《三国志演义》诸书行,而人人心目中以为凡小说者,皆如宋元语录之调,妇人稚子之所能解,而非通人之事也。"而在西方,"欧美各国,文言一致,故无此例耳。其小说文字,皆非浅陋者,而司各德之文,尤多僻字奥句。"孙毓修是一个中英文俱佳的翻译家,因此他可以发现中西方小说观的差异根源于"文言不一"和"文言一致",这比陈独秀在1917年提出"文言一致"还早了几年。

二、威廉·莎士比亚(1564—1616)

1937年6月5日,章泯、葛一虹主编的《新演剧》(上海)第1卷第1期刊登"莎士比亚特辑",发表11篇论文、3篇莎剧专论。

1937年8月1日,欧阳予倩、马彦祥主编的《戏剧时代》(上海)第1卷第3期刊登"莎士比亚特辑",发表3篇论文。

1940年11月1日,《戏剧春秋》月刊在桂林创刊,由田汉任主编兼发行人,这是反映和推进当时进步戏剧运动的主要刊物。该刊第1卷第5期(1941年10月10日)刊登"莎士比亚纪念辑",刊载的译著有宗玮译《莎士比亚新论》、焦菊隐译《哈姆雷特在法兰西剧院》,以纪念莎士比亚逝世325周年。

1948年4月1日,张契渠主编《文潮月刊》(上海)第4卷第6期刊登"莎翁专辑",发表2篇评论:《莎士比亚的墓志》(梁实秋)、《剧圣莎士比亚》(田禽)以及梁实秋的《仲夏夜梦序》。

追溯莎士比亚在中国的接受轨迹,值得关注的地方很多,比如:

1902 年 5 月号的《新民丛报》(梁启超主编)上发表《饮冰室诗话》,其中说:"近世诗家,如莎士比亚,弥儿敦,田尼逊等,其诗动亦数万言。伟哉! 勿论文藻,即其气魄固已夺人矣。"今之通用"莎士比亚"译名,出自此处。另外,本年,上海圣约翰大学外文系毕业班学生用英语演出《威尼斯商人》,这是莎士比亚戏剧第一次在中国上演。

1905 年 2 月 28 日,《大陆报》第三年第 1 号"文苑"栏刊有汪笑侬《题〈英国诗人吟边燕语〉廿首》,以七言绝句形式品评林译莎剧,为中国最早的莎剧评论。

1910 年,邓以蛰在纽约观赏歌剧《罗密欧与朱丽叶》,深为第二幕第二场的楼台会所动,归国后,即根据莎士比亚原著,以民谣体将该场译出,冠名为《若邈久嫋新弹词》,后于 1928 年出版。这是莎翁原剧见诸中译之始。

1913 年年初,上海城东女子中学演出《女律师》,全部由女子反串男角,此为中国人用汉语演出的第一部莎剧。

1917 年 7 月、8 月、11 月至 1918 年 1 月,东润 ① 分别在《太平洋》杂志一卷 5 号、6 号、8 号、9 号发表重要莎评《莎氏乐府谈》(一)、(二)、(三)、(四),这是中国第一篇完整的莎评。作者首先介绍了莎士比亚的成就:"非特英人崇视莎士比亚,恍如天神;即若法若德诸国人士,莫不倾倒于其文名之下。"然后介绍莎士比亚的生平创作、莎氏著作权问题、莎士比亚时代的剧场与演出情况,并比较了李白与莎翁的不同特点:"李氏诗歌全为自己写照,莎氏剧本则为剧中人物写照。" ②

1933 年,张沅长在武汉大学《文哲季刊》第 2 卷第 2 号上发表《莎学》一文,第一次提出"莎学"概念,与中国"红学"相提并论。梁实秋发表了《〈马克白〉的意义》《马克白的历史》《莎士比亚在 18 世纪》《"哈姆雷特问题"之研究》等。在后一篇文章中,第一次向中国读者介绍了"哈姆雷特问

---

①　东润即朱东润(1896—1988),中国当代著名传记文学家、文学史家、教育家、书法家。

②　朱东润文中特别强调莎剧人物塑造方面的成就:"读莎氏之乐府,于莎氏之为人,未能尽知;其所知者,此中无数之人物。人人具一面目,37 种剧本之中,即不啻有几百几十人之小照。在其行墨之间,而此几百几十者,又无一重复,无一模糊,斯可谓大观已已。"

题"。8月,茅盾以昧著的匿名在《文史》杂志第1卷第3期上发表《莎士比亚与现实主义》一文,第一次向中国读者介绍了马克思恩格斯对莎士比亚的评价,第一个介绍了"莎士比亚化"的重要命题。

1935年2月下旬,田汉被特务逮捕后,由公共租界临时法院引渡到国民党龙华监狱关押。3月,田汉被解往南京,关押在宪兵司令部看守所。在监狱中经常"用功"地"盘膝坐着,将莎士比亚的原文本摊在膝上,高声朗诵,一天读几个小时毫无倦容"①。

1942年3月28日,郭沫若给青年诗人徐迟复信名为《〈屈原〉与〈厘雅王〉》,信中比较了他自己创作的《屈原》与莎剧《李尔王》。此为中国第一篇以个人创作与莎翁剧作进行比较研究的论文。

1943年,梁宗岱于《民族文学》第1卷第2至第4期发表所译莎士比亚十四行诗30首,并发表《莎士比亚的商籁》,这是中国最早公开发表的莎士比亚十四行诗的翻译及评论。

1944年,杨晦译《雅典人台满》在重庆出版。杨晦为该译本所写的长序是中国第一篇马列主义式的莎评。

1946年4月27日,《申报·出版界》刊曹未风《莎士比亚全集的出版计划》。曹未风(1911—1963)翻译莎剧始于1931年。此后陆续译莎剧二十余部。曹未风是截止40年代后半期中国翻译出版莎剧最多者之一,也是我国第一位计划以白话诗体翻译莎剧全集的翻译家。

1947年4月,朱生豪翻译《莎士比亚戏剧全集》(三辑)由上海世界书局出版,收入其所译27种莎剧。

1948年1月,上海商务印书馆出版孙大雨译《黎琊王》(上下,《李尔王》),并为译作写长篇导言和注解。孙大雨这部莎剧译本中,第一次采用了以"音组"代"步"的传达方式,开创了莎剧诗体翻译的先河。

中国文艺舞台上的莎剧演出也值得关注。如:1902年,上海圣约翰大学外文系毕业班学生用英语演出《威尼斯商人》,这是莎士比亚戏剧第一次在中国上演。1913年年初,上海城东女子中学演出《女律师》,全部由女子反

---

① 陈同生:《不倒的红旗》,中国青年出版社1959年版。

串男角,此为中国人用汉语演出的第一部莎剧。1913 年 3 月,郑正秋领导的
文明职业剧团——上海新民社演出莎士比亚的《威尼斯商人》(剧名为《肉
券》)。此为幕表剧,即由演员按照演出大纲在舞台上即兴表演,可随意编造
台词,并不忠于原著。12 月 9 日至 23 日,吴我尊等人与湘春园汉调戏班在
长沙寿春园演出《驯悍》等莎剧。①1921 年,12 月 19 日至 20 日,燕京大
学女校学生青年会在北京协和医院礼堂连续两次演出《第十二夜》,角色均
由女生扮演。1930 年 5 月 17、18、24、25 日,上海戏剧协社举行第 14 次
公演,演出《威尼斯商人》②,应云卫导演。这是在中国舞台上按照现代话剧
要求,演出莎剧所作的最初一次较为严肃的正式公演。1937 年 6 月,上海实
验剧团在卡尔登戏院公演《罗密欧与朱丽叶》,采用田汉译本,章泯导演,赵
丹、俞佩珊主演。此为 30 年代中国戏剧舞台一次成功的莎剧演出。1937 年
6 月 18 日至 21 日,南京国立戏剧学校第一届毕业公演《威尼斯商人》,采用
梁实秋译本,余上沅、王家齐导演。③1938 年 5 月,上海新生活剧团于兰心
大戏院演出邢鹏飞根据《罗密欧与朱丽叶》改编的《铸情》。1942 年 6 月
2 日至 7 日,国立戏剧专科学校第 5 届毕业生在四川江安公演《哈姆雷特》,
采用梁实秋译本,焦菊隐导演,此为《哈姆雷特》在中国舞台上第一次正式
演出。1944 年 1 月 3 日,根据曹禺的译本《柔蜜欧与幽丽叶》(该译本后来
由文化生活出版社 1944 年 3 月刊行),易名为《铸情》,在重庆公演,神鹰社

---

①　1914 年开始,欧阳予倩主持由留日学生组成的上海春柳社,曾在两年内分别演出过《委塞
罗》《铸情》和《驯悍记》等著名的莎翁名剧。1916 年,由于袁世凯图谋窃国,改元称帝,郑正秋乃
改编莎剧《麦克白》为《窃国贼》一剧上演,一来讽刺袁氏,二则发挥社会批评的功效。民鸣社著
名演员顾无为在演出《窃国贼》时,借题发挥,大骂皇帝,观众亦报以热烈的掌声。袁世凯恼羞成
怒,以“借演剧为名煽动民心,扰乱地方治安”之罪名,判顾无为死刑,后来得以幸免。导社亦在乾
坤剧场公演根据《哈姆雷特》改编的《篡位窃嫂》(原名《乱世奸雄》)。

②　本剧由顾仲彝翻译,1930 年新月书店出版,1931 年商务印书馆再版。戏剧协社成立于
1922 年,原属蔡元培主持的中华职业教育社旗下的单位。先后加入此剧团的名人,有谷剑尘、顾仲
彝、洪深等。后来又推出过《哈姆雷特》《罗密欧与朱丽叶》等莎剧的演出。1932 年才完全停止
活动。

③　这次莎剧公演之后还出版了一本论文集《莎士比亚特刊》,收有论文 8 篇:梁实秋著《关
于〈威尼斯商人〉》、常任侠著《莎士比亚的作品及生平》、宗白华著《我所爱于莎士比亚的》、徐仲
年《莎士比亚的真面目》、李青崖著《泰国的几句和莎士比亚的有关的话》、袁昌英著《歇洛克》、余
上沅著《我们为什么公演莎氏剧》、王思曾著《介绍一位英国批评家对莎士比亚的看法》。此为中
国第一本莎士比亚研究文集。

演出，张骏祥导演，曹禺自译自编，金焰、白杨主演，盛况空前，被誉为中国舞台上最成功的一次莎剧演出。

三、约翰·弥尔顿（1608—1674）

1924 年，英国大诗人弥尔顿 250 周年忌。本年 11 月 8 日，《少年中国》《小说月报》《文学》等多家刊物发表了纪念文章。梁指南所撰《密尔顿逝世二百五十年纪念》（载 12 月 12 日《文学》第 153 期）一文，在介绍了密尔敦的生平作品后，着重指出纪念密尔敦的意义："我们纪念他，'不止追怀钦慕而已，我们还须自其遗留的作品，以重温我们冷漠的心血，奋厉我们颓疲的心态'。（樊仲云先生语）……他是个勤苦的学者，尽力为国的爱国者，爱慕自由的热心者。他把他在诗歌里面表现的思想和行为熔混一起，而将生命铸成一首'真的诗'，而存留。……现在中国的'诗人'呀，请别要'爱人儿呀'，'花呀……月呀'，无病而呻吟的高唱着这类颓唐的肉麻的假诗；把你的宝贵的生命铸成一道'真的诗'，以拯救沦亡垂死的人心罢！"

1933 年 8 月 12、19 日，天津《益世报·文学周刊》第 37 期刊登程淑《米尔顿的〈失乐园〉之研究》一文，包括《失乐园》的历史、《失乐园》的题材之处置、米尔顿的宇宙观。另，弥尔顿的这部史诗有朱维基译本《失乐园》（上海第一出版社 1934 年 6 月）和傅东华译本《失乐园》（1—3 册，上海商务印书馆 1937 年 3 月）。两种译本的比较可见朱维基的文章《评傅译半部"失乐园"》，载《诗篇》月刊第 1 期，1933 年 11 月 1 日出版。

四、奥立维·哥尔德斯密斯（1728—1774）

1904 年 2 月，《教育世界》杂志第 69 号"小说"栏开始连续刊登哥尔斯密（Oliver Goldsmith，1728—1774）的家庭教育小说《姊妹花》，至 12 月出版的第 89 号毕，署"（英）哥德斯密 著"，译者不详，附有《哥德斯密事略》。此为奥立维·哥尔斯密斯及其作品最早为中国读者知晓。

1928 年是哥尔德斯密斯诞生二百年纪念。该年 11 月 5 日、12 日，《英国诗人兼小说戏剧作者戈斯密诞生二百年纪念》连载于《大公报·文学副刊》。11 月 10 日出版的《新月》第 1 卷第 9 号刊登梁遇春的纪念文章《高鲁斯密斯的二百周年纪念》。文中说："十八世纪英国的文坛上，坐满了许多性格奇奇怪怪的文人。"有"曾经受过枷刑，尝过牢狱生活的记者先生"笛福、"对人刻毒万分，晚上用密码写信给情人却又旖旎温柔的主教"斯威夫特、"温文尔雅"的艾迪生、"倜傥磊落"的斯梯尔、"皱着眉头，露出冷笑的牙齿矮矮地站在旁边"的蒲伯、"有一位颈上现着麻绳的痕迹，一顶帽子戴得极古怪，后面还跟着一只白兔的，便是曾经上过吊没死后来却疯死"的柯珀、还有"面容憔悴而停在金鱼缸边，不停的对那一张写着 Elegy（哀歌）一个字的纸上吟哦的"格雷、又有"乡下佬打扮，低着头看耗子由面前跑过，城里人说他就是酒鬼"的彭斯。而高鲁斯密斯则"衣服穿得非常漂亮而相貌却可惜生得不大齐整；他一只手尽在袋里摸钱，然而总找不到一个便士，探出来的只是几张衣服店向他要钱的信；他刚要伸手到另一个衣袋里去找，忽然记起里面的钱一半是昨天给了贫妇，一半是在赌场里输了。"后来，范存忠写有《约翰逊、高尔斯密与中国文化》一文，刊于《金陵学报》第 1 卷第 2 期（1931）。

五、威廉·布莱克（1757—1827）

1927 年是英国浪漫主义诗人的先驱威廉·布莱克的百周年忌日，以此为契机，中国对布莱克的介绍也进入高潮期。1927 年的《小说月报》第 18 卷第 8 号刊有布莱克像，并发表了赵景深和徐霞村的两篇纪念文章。赵景深在其文章《英国大诗人勃莱克百年纪念》中简介了诗人的生平与创作情况，突出了他作为神秘诗人的一面，称他天生一双神秘的眼睛，能够看见别人所不能看见的东西，同时惟其有窥看幻象的天赋，他的诗歌才都穿上了幻想的衣裳。赵文还介绍了布莱克生前不为人所知的悲哀，以及诗人彼此了解，绝对自由的恋爱观，并在文中译了几首诗歌。① 徐霞村的文章《一个神秘的诗人的百年祭》也指出布莱克的诗和画充满了神秘的想象和异象，是英国第一个

---

① 赵景深：《英国大诗人勃莱克百年纪念》，《小说月报》第 18 卷第 8 号，1927 年。

象征派艺术家;作为一个喜欢创新的艺术家,他终能给予艺术以解放,给予艺术以无限。① 这一期《小说月报》还刊载了《关于勃莱克研究书目》,收录了 1863 年至 1927 年有关布莱克研究的重要英文书目 23 种,涉及作品集、传记、批评理论等,其中 1925—1927 年的研究著述就有 10 种,这在展示国外布莱克研究成果的同时,也为我国研究这位伟大的诗人提供了必要的参考书目。另外,赵景深除了在本期《小说月报》上发表纪念文章外,还在 1927 年的《北新半月刊》第 2 号上翻译了英国批评家富理曼(John Freeman)一篇纪念布莱克的文章,又在《文学周报》第 288 期上写了一篇《诗人勃莱克百年纪念》,此文主要论及布莱克的叙事诗歌《彭威廉》(William Bond)。这首诗写主人公同时爱着贵妇和贫女,因迟疑不决,极感烦闷,也使贫女晕倒致病,后良心发现,重新回到贫女身边,觉得婚姻当以爱情为准绳。文中对诗作的象征形象做了精到的分析,认为这首反映布莱克恋爱观的诗篇或许是诗人自己的写照。

为纪念布莱克,徐祖正也在 1927 年的《语丝》上分三期发表长文《骆驼草——纪念英国神秘诗人白雷克》。文中首先称布莱克"是富于独创精神深挖到真正浪漫精神源泉的神秘诗人",接着分析了英国的民族性和诗人出生前后英国动荡的社会政局,并联系诗人与时代精神的关系,指出诗歌艺术与道德宗教一样,实是国民觉醒运动真正的渊源。文章纪念诗人而先放谈政治,特别强调英国浪漫诗人不把全部精神投入政治运动不一定是轻视政治。在谈到纪念对象时,徐祖正着重从人道精神、崇尚自然和关心性爱问题三方面讨论了布莱克作为浪漫主义先驱者的成就,认为布莱克是人道精神真正的体会者,因为如果"革命不在人道主义上建立的只是自相残杀争权夺利,幻变无常的乱局面,宗教不从爱心上出发只有硬化的形骸徒然阻障人性自然的发达。这是 Blake 在诗中给我们的暗示"。又说布莱克成名的诗集《天真之歌》所展现的诗风,可以称为华兹华斯《〈抒情歌谣集〉序言》的序言,因为其中把"回到自然"这个观念表白得最明白。对于布莱克的性爱观,徐文认为这与他的神秘论思想有密切关系,追求的是不加束缚的创造的爱,反对占有欲的"自私之爱"。 徐祖正这篇纪念文章关注时局(比如文中

---

① 　徐霞村:《一个神秘的诗人的百年祭》,载《小说月报》第 18 卷第 8 号,1927 年。

提到孙中山为求中国之统一的努力），也具体述及了布莱克的思想观念和诗艺风格，对我们了解和把握布莱克颇有帮助。①

　　1927 年 9 月 5 日上海的《泰晤士报》也刊发一篇来自伦敦的电讯，报道了英国纪念布莱克的情况，称现在人人都承认他的作品是天才的产物，许多文学会社和智识团体研讨他的作品与生平，一些报章杂志把他的诗画文章当做作文的材料，为这位奇异的幻想者与艺术家建立的纪念碑也落成揭幕了。英伦对布莱克的纪念活动引起了中国文学家的注意。梁实秋读了《泰晤士报》这篇电讯后写了《诗人勃雷克——一百周年纪念》一文，着重对布莱克诗里的幻想和诗里的图画两个问题提出了自己的看法，可以说这是中国学者对布莱克第一次发表自己的保留意见。梁实秋首先批评了一些诗人与批评家对布莱克的趋炎附势的一味夸称，指出一般所谓诗人与批评家是不够力量对布莱克评头论足的，关于布莱克诗中的幻想，梁实秋认为："勃雷克的幻想总算是丰富强健极了。他的这种幻想的精神（Visionary Spirit）是很难能可贵的，但是说句唐突的话，勃雷克的想象的质地，不是纯正的冲和的，而是怪异的病态的。……勃雷克看见的东西，我们在生热病的时候也可以看得见。病态的幻想，新鲜是新鲜的，但究竟是病态的。"关于布莱克诗中的图画，梁实秋说："有诗才的人，同时兼擅绘事，永远是一件危险的事。危险，因为他容易把图画混到诗里去，生吞活剥的搬到诗里去。……勃雷克诗里的图画成分，不但是多，而且是怪的。……在这一点，真不愧是浪漫的先驱。"最后，梁实秋指出："我们五体投地的佩服他的天才，但是要十分的惋惜，他没能把他的不羁的幻想加以纪律，没能把他的繁丽怪僻的图画的成分，加以剪裁。在这百年的忌辰，我们赞美他的诗的完美之处，我们更愿在他的诗的不完美处体会出可以进而至于完美的法门。"②梁实秋对布莱克的这种评价，是符合他强调理性、秩序、节制的古典主义文学观的。他在《文学的纪律》文中曾

---

　　①　祖正：《骆驼草——纪念英国神秘诗人白雷克》（上、中、下），分别载 1927 年《语丝》第148、150、153 期。

　　②　梁实秋：《诗人勃雷克——百周年纪念》，《文学的纪律》，均见其所著《文学的纪律》，新月书店 1928 年初版。另外，对布莱克诗歌艺术颇有微词的不只是梁实秋一人。费监照在《新月》第 2 卷第 6—7 号合刊上一文也指出布莱克在诗里"创造神仙世界，拿影像欺骗读者的心灵，引诱他们到达蓬莱瀛洲里去"。

指出:"文学的研究,或创作或批评或欣赏,都不在满足我们的好奇的欲望,而在于表现出一个完美人性……文学的活动是有纪律的、有标准的、有节制的。……在理性指导下的人生是健康的常态的普遍的。在这种状态下所表现出的人性亦是最标准的;在这标准之下所创作出来的文学才是有永久价值的文学。所以在想象里,也隐隐然有一个纪律,其质地必须是伦理的常态的普遍的。"① 我们明白了梁实秋这些有关文学的观点后,也就容易理解他对布莱克接受过程中那些与众不同的看法了,他强调的是想象力的限度。

　　总之,借助于 1927 年布莱克的百年忌辰,我国学者发表的这些纪念文章在对英国和世界纪念布莱克活动作出较大反响的同时,也为布莱克在中国的接受造了声势。1928 年的中国文坛又有一场火药味甚浓的笔墨官司。这次论战的主题是:布莱克是浪漫主义者还是象征主义者? 论战的一方是哈娜,以《民国日报》副刊《文艺周刊》为阵地;另一方是博董,以文学研究会创办的《文学周报》为阵地。论战的起因是哈娜在《文艺周刊》第 4—8 期发表的长文《白莱克的象征主义》,引起博董的异议。博董在《文学周报》第 307 期发表文章《勃莱克是象征主义者么》,援引厨川白村《近代文学十讲》等三种著作,认定布莱克属于浪漫主义者,并区分了布莱克诗歌中的象征(即"本来的象征")与象征主义的象征(即"情调象征")两者之间的差异。此文得到了哈娜的回敬与辩驳。博董又写了《浅薄得可笑的哈娜》一文坚持己见。针对哈娜在《文艺周刊》上接连不断的反批评,博董也在《文学周报》上相继写了《三论勃莱克》《哈娜的译诗》《再抄一点书赠给哈娜》《勃莱克确是浪漫主义者——示可怜的哈娜》等文章②,提供了数种中外著作做例证,说明布莱克决非象征主义者。这一场两人之间拉锯式的论证,尽管现在看来并不值得,因为论题的是非再清楚不过,但在当时通过这好几个回合的笔战,至少让人们了解了作为修辞手法的"象征"与作为文学运动的"象征主义"之间的区别,弄清了所谓文学上的一种主义,有哪些必要的因素,同时也促使人们进一步去注意与了解威廉·布莱克。

---

　　① 　梁实秋:《诗人勃雷克——百周年纪念》,《文学的纪律》,均见其所著《文学的纪律》,新月书店 1928 年初版。

　　② 　博董这些文章发表在《文学周报》1928 年第 322—325 期上。

六、罗伯特·彭斯（1759—1796）

1926 年是彭斯逝世 130 周年纪念。是年 9 月，《学衡》杂志第 57 期载彭斯肖像，译诗 13 首和《彭士烈传》（吴芳吉撰）。吴芳吉在关于彭斯的传记中称其诗"质朴真诚，格近风雅，缠绵悱恻，神似离骚"。又说"彭士终身多在穷困失望之中，其诗则蓬勃豪爽，富有生气，从无悲愤自绝之词。彭士好酒任情，不知自节。其诗则结构谨严，无一字出之平易。""其诗端在现实人生，不尚空虚之道理，在继承前人正轨，而不卤莽狂妄，以为天才创作。"并希彭斯之类的诗人"生于中土，……使文章与道德并进，……以救此沉闷无条理之现代诗耶"。译诗 13 首中，吴芳吉翻译了 10 首，即《寄锦》（To Jean〈Of A' The Airts The Wind Can Blaw〉），《我爱似蔷薇》（A Red, Red Rose），《白头吟》（John Anderson, My Jo），《高原女》（Highland Mary），《久别离》（Auld Lang Syne），《将进酒》（Willie Brew'd a Peck o'Maut），《来来穿过麦林》（Coming Through The Rye），牧儿谣（Ca' The Yowes To The Knowes），《麦飞生之别》（MePherson's Farewell）与《自由战歌》（Scots Wha Hae）；而刘朴仅翻译两首，即《白头吟》（John Anderson, My Jo）与《高原操》（My Heart is in the Highlands），陈铨也只翻译了《我爱似蔷薇》（A Red, Red Rose）一首。在吴芳吉与陈铨所译《我爱似蔷薇》之后，还附有该诗的苏曼殊译文《颎颎赤墙靡》。

1928 年 3 月 6 号，自本日《晨报副刊》开始刊登鹤西《一朵红的红的玫瑰的序》，选译彭斯诗篇 25 首，并附有原诗。在序中作者比较全面的介绍和评介了彭斯的文学地位和诗歌特色。称彭斯是 18 世纪英国最伟大的诗人，"是在荒芜将尽的苏格兰草原上开出来的灿烂的花朵"，认为其诗歌创作的特色是他的真诚，及对一切的广博的同情。彭斯所吟唱的歌，"勇敢得好像情人们互相牺牲的精神，恳挚得好像他们辗转彻夜的相思，甜美得好像他们相遇时的微笑，温柔得好像他们临别的泪珠"。

1932 年正在青岛山东大学任教的梁实秋，受《益世报》主笔罗隆基的邀请，遥编副刊《文学周刊》，从 1932 年 11 月 5 日至 1933 年 12 月 30 日，共出 57 期。在《文学周刊》上梁翻译最多的是罗伯特·彭斯的诗，可以说贯穿刊物的始终。第2期译《威廉酿好一桶酒》,第7期译《邓肯·格雷》(刘惠钧译)。第12期译《张安得孙我的爱人》,第25期译《醉汉遇鬼记》(为叙事诗,余为抒情诗),第30期翻译《我有我自己的妻》(刘惠钧译),第43期译《风能吹到的各个方向》,第44期译《我若是有一个山洞》,第48期《人是生就的要苦恼》。用白话翻译彭斯的诗,梁实秋是较早的一个。梁译大多数以原诗题的直译为题,但也有根据原诗内容、主旨重新拟定题目的。彭诗音乐性强,梁译非常重视原诗的音韵特点。另在音乐、句式、用词上,尽量通俗,很多诗歌用民歌体,通俗易懂。梁实秋译文文词朴素、明快畅达,以朴实的白话为主。

1944年3月,《中原》第1卷第3期刊登袁水拍译《彭斯诗十首》,译出《朵朵绯红、绯红的玫瑰》等10首名诗。重庆美学出版社1944年3月出版袁水拍译彭斯诗集《我的心呀在高原》,收入译诗30首,有译者前记,简介作者创作,书末附有徐迟《一本已出版的译诗集·跋》。

七、瓦尔特·司各特(1771—1832)

早在1907年(清德宗光绪三十三年)4月,黄人(摩西)主编的《小说林》第3期就刊有小说家施葛德像并附小传。林译司各特小说也曾产生不小的影响。不过这个作家在中国接受的高潮却在他逝世一百周年的1932年。在中国,有数家文学期刊都发表了纪念文章。9月21日,《晨报》发表高克毅《司各脱百年纪念》。《新月》第4卷第4期有费鑑照《纪念司各脱》;《申报月刊》第1卷第4号有张露薇《施各德百年祭》;《微音月刊》第2卷第7、8期载陈易译《关于几本纪念斯各脱百年祭的出版物》。1933年元旦出版的《新时代》第3卷第5、6期合刊,发表了张月超的《纪念司各脱的百年祭》。

1932年11月24日《国闻周报》第9卷第42期刊黎君亮《斯各德》(百年忌纪念)。该文对司氏生活、诗歌、历史小说、非历史小说源流与影响,历代对司氏评论等几方面做了详细介绍。

《现代》1932年12月1日第2卷第2期特意编辑了"司各特逝世百年祭"特辑,编辑人(主编)施蛰存等,其中刊有凌昌言的纪念文章《司各特逝世百年祭》,另配有相关图片一组 7 帧,其中有:司各特长诗《马迷翁》(Marmion,即《玛密恩》)原稿手迹、英王子乔治在百年祭日亲至司氏雕像前瞻礼留影、司氏雅博斯福别墅内之藏书室、司各特墓、司各特以五万金镑购得的雅博斯福别墅外景、司各特破产后之敝居图片各一幅。凌昌言在《司各特逝世百年祭》一文中盛赞司各特是"全世界最伟大的历史小说家",这显然是太夸张了。之所以这样写,除了"百年祭"这种特殊的环境之外,更重要的原因恐怕还是因为作者认同司各特是中国人最早接触的外国小说家之一,在中国近代文学欧化的浪潮之中,司各特扮演的是一个启蒙者和引路人的角色,是"我们认识西洋文学的第一步",因此才被作者赋予了特殊的意义。

八、萨缪尔·柯勒律治(1772—1834)、查尔斯·兰姆(1775—1834)

1934 年是这两位英国浪漫主义作家的百年祭。本年 12 月,《文艺月刊》第 6 卷第 5、6 期合刊有"柯立奇、兰姆百年祭特辑"。刊有柳无忌的论文《柯立奇的诗》;柯勒律治的主要作品的译文《古舟子歌》(曹鸿昭译)、《克利司脱倍》(柳无非译)、《忽必烈汗》(苏芹荪译);巩思文的文章《兰姆与柯立奇的友谊》、梁遇春的《查理斯兰姆评传》、毛如升的《兰姆的伊里亚集》以及兰姆的几篇文章《伊里亚小品文续篇序》(张月超译)、《烧猪论》、《古瓷》(陈瘦竹译)、《初次观剧记》(陈瘦竹译)。另外,本特辑还有柯勒律治、兰姆的相关图片数幅。

1940 年,11 月 30 日,上海《文艺世界》第 5 期发表杜蘅之翻译《古舟子咏》(辜勒律己),并有小传、译者的话等。1941 年 1 月 1 日,《西洋文学》第 5 期发表周煦良翻译的柯勒律治名诗《老水手行》(1—3 章,汉英对照)。

九、乔治·戈登·拜伦(1788—1824)

1902 年 11 月 15 日,梁启超在其创办的《新小说》第 2 号上,首次刊出英国拜伦(Lord Byron)的照片,称为"大文豪",并予以简要介绍:"英国近世第一诗家也，其所长专在写情，所作曲本极多。至今曲界之最盛行者，犹为摆伦派云。每读其著作，如亲接其热情，感化力最大矣。摆伦又不特文家也，实为一大豪侠者。"后又在其小说《新中国未来记》（《新小说》杂志连载）中译了拜伦《渣阿亚》(Giaour，即《异教徒》）片断和长诗《哀希腊》中的两节。① 梁所译《哀希腊》中两节诗采用了《沉醉东风》和《如梦忆桃源》曲牌，并用了《端志安》(Don Juan) 的译名。这两节诗出自拜伦《唐·璜》第三章，原是作品所写的一个希腊爱国志士吟唱的一首歌。原诗共十二章，梁启超仅译一、三两部分。②

1924 年是这位英国大诗人逝世一百周年纪念。本年 4 月 10 日，《小说月报》第 15 卷第 4 号有"诗人拜伦的百年祭"专号，登载拜伦诗剧译文 8 篇，国外评论家的译文 6 篇，国内评述文章 13 篇。此外，鲁迅曾谈到过的拜伦花布缠头，助希腊独立的肖像《为希腊军司令时的拜伦》(T. Phillips 作)，也是在此第一次传入国内。译文中最引人注目的是傅东华翻译的诗剧《曼弗雷特》，是拜伦长篇作品在中国的第一部译作。该期专号编者在"卷头语"里说："我们爱天才的作家，尤其爱伟大的反抗者。""他实是一个近代极伟大的反抗者！""诗人的不朽，都在他们的作品，而拜伦则独破此例。"（西谛）所刊文字，有关于纪念拜伦百年祭的意义，如西谛《诗人拜伦的百年祭》、沈雁冰《拜伦的百年纪念》等；有关于拜伦的生平、著作介绍，如王统照《拜伦的思想及其诗歌的评论》等；有关于拜伦在文学史上的地位、影响，如耿济之《拜伦对于俄国文学的影响》；有关于拜伦作品的译介，共 8 篇，其中诗 7 首，诗剧 1 篇。

《晨报每年纪念增刊号》（1924）有"摆伦底百年纪念"专栏。另外，4 月 21 日，《晨报副刊》（文学旬刊）第 32 号刊登"摆伦纪念号"（上）：《摆仑》（徐志摩）、译诗一首（徐志摩）、《摆伦诗选译》（伍剑禅）、《别离》（欧阳兰）、《杂诗二首》（廖仲潜）、《摆伦传略的片段》（刘润生）。4 月 28 号。《晨报副刊》（文学旬刊）第 33 号刊登"摆伦纪念号"（下）：《摆仑在诗中

---

① 　梁启超在《新中国未来记》第四回通过黄克强的口就说道："摆伦最爱自由主义，兼以文学的精神，和希腊好像有夙缘一般。后来因为帮助希腊独立，竟自从军而死，真可称文界里头一位大豪杰。他这诗歌正是用来激励希腊人而作，但我们今日听来，倒好像有几分是为中国说法哩。"

② 　继梁启超以后，拜伦的这首诗又有马君武（《哀希腊歌》）、苏曼殊（《哀希腊》）、胡适（《哀希腊歌》）、刘半农（《哀希腊》）、胡寄尘（《哀希腊》）等多种译本。

的色觉》（王统照）、《译摆仑诗两首》（叶唯）、《赠克罗莱仁》（欧阳兰）、《怀念 Byron》（张友鸾）。以上这些文章及译诗对中国读者认识和接受英国诗人拜伦大有裨益。

1940 年 9 月 1 日，《西洋文学》第 1 期创刊特大号有"拜伦专栏"：《拜伦诗选》（宋悌芬译）、《拜伦诗钞》（吴兴华译）和《拜伦论》（J. A. Symonds 原著，徐诚斌译）。其中，宋悌芬所译《拜伦诗选》包括《诗为乐曲作》（Stanzas for Music）、《我看见你哭》、《写在纪念册上》、《这什么要哭呢？》与《黑暗》（Darkness）；吴兴华所译《拜伦诗钞》包括《那么我们就不要再去摇船》（So, We'll Go no More a Roving）、《诗为乐曲作》（Stanzas for Music）、《佛罗棱斯及比萨之间的大路上咏怀》（Stanzas Written On The Road Between Florence And Pisa）、《〈唐璜〉三节》（献词 i–iv，迷梦第一章 eexiv–eexvi，声名第一章 eexviii–eexix；译自 Don Juan）。

十、波西·比希·雪莱（1792—1822）

1906 年（清德宗光绪三十二年），《新小说》第二年第 2 号上刊有英国人斯利（Bysshe Shelley）像，并将他与歌德、席勒并称为欧洲大诗人。此为浪漫诗人雪莱之形象传入中国之始。

1922 年是雪莱逝世百年纪念。文学研究会主办的《诗》月刊、《小说月报》、《文学周报》以及与之相关的《晨报副刊》，发表文章、译作，纪念雪莱。

1922 年 2 月 15 日，新文学运动中诞生的《诗》刊第 1 卷第 2 期发表陈南士译雪莱短小作品《爱之哲理》（Love's Philosophy）及《小诗》（To--Music, when soft voices die），跋语（译后附记）称之为"英国诗人里面最超越的天才；他的诗里面的美，不是自然的美，也不是人生的美，乃是一种空幻的美，不可捉摸的"。其诗表现一种不可捉摸的空幻的美。

同年 10 月 10 日，《文学旬刊》第 52 期也发表了西谛所译的雪莱这首诗《给英国人》（Song：Men of England）。本诗在 19 世纪 40 年代宪章运动中被作为战斗的进行曲，而西谛译诗发表于辛亥革命纪念日，其意不言自明。同年 12 月 10 日出版的《小说月报》第 13 卷第 12 号上发表佩韦（沈雁冰）《今年纪念的几个文学家》,雪莱是重点,同期刊物上有《雪莱像》《雪莱纪念碑》等。以上文研会对雪莱诗作的译介,与该社为人生的写实主义文学观一致。

1923 年 9 月 10 日,《创造季刊》第 1 卷第 4 期刊登"雪莱纪念号",以空前规模与高质量推动雪莱纪念活动。其中收录了 8 首译诗包括《西风歌》《欢乐的精灵》《拿坡里湾畔书怀》《招"不幸"辞》《转徙》《死》《云鸟曲》和《哀歌》等,均为在中国首次译介,大多属于抒情和歌咏大自然的诗篇。正是凭借这些具有美感和浪漫情调的诗歌,雪莱受到了中国新文学浪漫一代诗人由衷的景仰。该期"雪莱纪念号"还发表 3 篇重要文章:(1)张定璜《Shelley》,高度赞赏雪莱,紧扣雪莱独特的浪漫反叛人格和反叛人生来进行评价,显示了作者代表的五四青年一代对雪莱精神的期待视野。张定璜抓住了雪莱无神论思想对黑暗社会制度的浪漫主义反叛精神,而这样的精神,对当时中国的思想启蒙运动和社会改造运动都是宝贵的精神资源。[①](2)徐祖正《英国浪漫派三诗人拜伦、雪莱、箕茨》,沿用鲁迅的"恶魔"派看法。(3)郭沫若译《雪莱的诗》,包括《小序》《西风歌》《欢乐的精灵》《拿波里湾畔书怀》《招"不幸"辞》《转徙》《死》;成仿吾译《哀歌》;郭沫若撰《雪莱年谱》(据日本学者内多精一的 *Shelley no Omokage* 一书编写)。这些文章和译诗向读者展示了雪莱的全貌。郭沫若《小序》说:"雪莱是我最敬爱的诗人中之一个。他是自然的宠子,泛神论的信者,革命思想的健儿。……译雪莱的诗,是要使我成为雪莱,是要使雪莱成为我自己。""我爱雪莱,我能听得他的心声,我能和他共鸣,我和他结婚了。——我和他合而为一了。他的诗便如像我自己的诗,我译他的诗,便如像我自己在创作的一样。"后来郭沫若将这些译诗及《雪莱年谱》合成《雪莱诗选》,由泰东书局于 1926 年 3 月出单行本,全书共 75 页,《雪莱年谱》占了 36 页。在《雪莱诗选》小序里他说:"雪莱的诗心如像一架钢琴,大扣之则大鸣,小扣之则小鸣。他有时雄浑倜傥,突兀排空,他有时幽抑清冲,如泣如诉。"又说:"风不是从天外来的,诗不是从心外来的,不是心坎中流露出来的诗,都不是真正的诗。"郭译雪莱诗得到了众多评论者的认可。

---

① 张静:《自西至东的云雀——中国文学界(1908—1937)对雪莱的译介与接受》,《中国现代文学研究丛刊》2006 年第 3 期。

《西风颂》是一首政治预言诗,深深激励处于迷茫中的中国青年,具有一种对未来的乐观理想精神,徐志摩于 1928 年 3 月为《新月》杂志撰写宣言时,也引证《西风颂》里最后名句来表达自己的理想。《云鸟曲》是雪莱诗中的名作,云鸟(云雀)形象几乎成了雪莱的象征。20 年代,《云雀曲》的知名度超过了《西风颂》,徐志摩 1924 年 3 月 10 日《小说月报》上写的《征译诗启》感叹:"谁不曾听过空中的鸟鸣,答案何以雪莱的《云雀歌》(即 To A Sky-lark)最享殊名?"《创造季刊》的集中译介,使这些抒情杰作在中国获得了浪漫诗歌的经典地位。

1924 年 3 月 5 日,《学灯》有周一夔《雪莱传略》;3 月 12—13 日《学灯》刊胡梦华《英国诗人雪莱的道德观》①;4 月 10—12 日《学灯》刊李任华《雪莱诗中的雪莱》。这几篇文章对英国浪漫主义诗人雪莱的生活经历与思想道德观介绍颇详。

对雪莱爱情诗的集中介绍是刘大杰在日本编辑的《雪莱的爱情诗》(Love Poems of Shelley),该集 1926 年由光华书局出版,第二年再版。本诗集是英文的,附有《雪莱小传》,收录 23 首爱情诗,有的已译成中文。《为诗一辩》(A Defends of Poetry)由甘师禹译,题为《诗之辩护》,刊于 1929 年 6 月 20 日《华严》第 1 卷第 6 期上。编者为于赓虞,对雪莱诗论极为推崇,他于 20 年代后期写了不少诗论,对雪莱诗学汲取颇多,为建立中国现代抒情诗学作出了不少努力。②

十一、约翰·济慈(1795—1821)

1921 年是济慈百年纪念祭。该年 4 月 25 日,《东方杂志》第 18 卷第 8 号上发表愈之的《英国诗人克次(现通译为济慈,笔者注)的百年纪念》,该文在题目后面紧跟着列出了文章四个层次的内容:唯美主义的先驱;一个短命的诗人;感情生活的唱("唱"应为"倡",笔者注)导;末期著作的特

---

① 文章开头就说:"雪莱的《云雀歌》,自然也是很甜美的音乐,然而读了他的《爱之哲学》,再翻翻他的生平略传,他的革命精神诚然到极顶,然而却没有一个不说他是不道德的。"在作者看来,这是雪莱的"百年沉冤",为之做热情洋溢的辩护。

② 参见解志熙、王文金编校:《于赓虞诗文辑存》(下卷),河南大学出版社 2004 年版,第749—750 页。

色。而且文中还配有济慈和其在罗马的墓地的照片。从作者所列举的四个层次，我们大体上也能了解到文章的主要内容，作者在文中说："在这昏黯的黑色的世界，沉闷的偃蹇的人生里，有什么东西好慰安并拯救我们的心灵呢？那自然只有'美'——诗的美，艺术的美——了。""美便是真；我们在世间所知的一切和所预知的一切，只是这个真美罢。"这是克次的著名短歌。他以为至高的美就是真理，真理就是至高的美。"他对于美是何等的赞美呵！以美为真，是克次的优点，自然也是克次的缺点。但是他的影响，却很是不小。后来成为欧洲文学上一派的唯美主义（Aesthetisicm）未始不是克次开辟？天地的。单就英国而言，像五六十年以前史文朋（Swinburne）莫理士（Morris）所唱导的艺术的生活观，和后来王尔德（Wilde）'为艺术的艺术'的极端的主张，都可以说，多少是渊源于克次的。但是最使我们诧异的，是这位泛美主义诗人，却是生长于偎贱贫穷的环境。克次的幼年是一个孤儿，父亲是在伦敦开马车行的，当克次幼年时父母都死了。"

1921 年 5 月，《小说月报》第 12 卷第 5 期刊登《百年纪念祭的济慈》（雁冰）；6 期刊登《伦敦纪念济慈百年纪念展览会》。本年国内多家刊物发表纪念济慈百年忌辰的文章，为这位英国浪漫诗人在中国的传播推波助澜。

1935 年是济慈诞辰 140 周年。该年 1 月 1 日，《文学》第 4 卷第 1 号（新年号）上专门出了一个专栏——世界文人生卒纪念特辑，其中刊登了傅冬华的《英国诗人济慈》。作者认为在读济慈的诗歌前要做如金圣叹教人读西厢记必须"扫地"、"焚香"、"沐手"之类的准备，认为唯有"妙悟"才是解读济慈最好的方法："这是由于济慈的短短二十六年的生活是纯粹的诗的生活，并没有什么可歌可泣的事迹可以追怀；他所遗留在文字里的是纯粹的诗，是纯然的艺术美，并不寄托什么有体系的学说或什么具体的主张。……我们唯有通过严羽所标的'妙悟'才能正确的认识济慈。"

1935 年 4 月 1 日，《文艺月刊》第 7 卷第 4 期发表费鉴照文《济慈的一生》，并有李微翻译的两首十四行诗《夏之黄昏》和《这日子去了》。5 月 1 日《文艺月刊》第 7 卷第 5 期刊费鉴照文《济慈美的观念》。① 费鉴照是

---

① 该文指出"济慈一生所爱的是美"。"他的美的出发点，我以为是艺术的形式，这个含作者情感的形式，引起看者的美感。""我们可以说济慈所谓美是受情感化的想象的颖悟。"

20世纪30年代集中研究济慈最突出的人。他为此写过多篇有深度有见识的文章。如1933年《国立武汉大学文哲季刊》第2卷第3号上刊发的《济慈心灵的发展》;1934年4月刊于《文艺月刊》第6卷第4期上的《济慈与莎士比亚》等。其中前者对济慈的心灵发展总结道:"最初济慈受自然的影响,纯粹的爱自然,中期官觉十分的旺盛,自然在背面仍是继续的活动。最后,官觉与精神结合达到一个想象的实际——美与真的合一。在这时候他又领悟到要完全达到这一步他应该有人生的知识与经验。这是济慈四年写诗生活里他的心灵发展的历程。"1935年5月1日费鉴照出版了《济慈美的观念》一书,该书也有三个值得注意的观点:首先作者指出情感是济慈美的观念的重要因素,情感热烈而紧张的时候才能发生美,并以济慈的《夜莺歌》和《希腊古翁颂》来说明这一观点;其次是认为济慈美的观念的出发点是艺术的形式,但是当美感发生的时候,形式便退去了,美则是永久存的,美是不依赖于外在的形式;最后作者得出结论说济慈美的观念大体上没有理智的成分,情感是占主体的。

　　1940年12月1日,《西洋文学》第4期有"济慈专栏",刊登吴兴华译诗5首、宋悌芬译诗4首和《济慈信札选》5封。本期亦刊有邢光祖《荒原》(赵罗蕤译)书评。称"艾略特的诗可以说是智慧的诗"。"在这类智慧的诗里,哲理早已脱胎换骨的在诗内消溶着。"还说"艾略特诗论是我国宋代诗说的缩影"。因为"我们只有披览一过宋代的诗和诗评,就可以瞥到艾略特诗说的影子"。文章称赞译者对原作的透彻理解与保存原著气息的直译风格,指出"译者和原作者已是化而为一,这种神奇的契合便是翻译的最高标准"。

十二、查尔斯·狄更斯（1812—1870）

　　20世纪30年代中国出现了翻译介绍狄更斯的高潮。1930年上海北新书局印行的林惠元译《英国文学史》中比较详细地介绍了狄更斯的生活经历、创作风格、重大功绩及其人道主义小说的显著影响等基本情况,书中称狄更斯作为英国文学史上最伟大和最独创的作家,用小说来唤醒人们提倡合于人道的对社会弊端的改革,因而他是文学中改革运动的领袖。1931年上海广学会翻译出版了美国清洁理女士所著的《迭更司著作中的男孩》一书。1933 年吕天石《欧洲近代文艺思潮》一书论及狄更斯时,也明确揭示出其作品中表现个人反抗社会的小说主题。① 1934 年《国闻周报》上发表一篇题为《英国文坛新发现不列颠博物院秘档记——小说名家狄更斯夫人之泪史》的译述文章,则非常及时地向中国读者介绍了狄更斯的情感经历、家庭生活中的不圆满状态以及在小说作品中的诸多表现,让人们得以知晓这位英国文坛巨子鲜为人知的活生生的另一面。② 1935 年《中学生》杂志第 55 号上刊登的一篇朱自清写的《文人宅》(伦敦杂记之四),则带着我们参观了伦敦的狄更斯故居。1936 年《文学》杂志第 6 卷第 4 号、第 6 号上也载文介绍了英美国家纪念狄更斯成名做《匹克威克先生外传》发表百年的盛况。另外还有不少著作对狄更斯及其小说艺术做了详细介绍,如 1935 年出版的《西洋文学讲座》(英国文学部分,曾虚白著)、1936 年出版的中译本《英国小说发展史》(Wilbur L. Cross 原著)、1937 年出版的《英国文学史纲》(金东雷著)等。这些书籍也为我们全面了解和接受狄更斯作品提供了很大帮助。

1937 年是狄更斯诞辰一百二十五周年纪念。这一年《译文》新 3 卷第 1 期为此刊发了"迭更司特辑",翻译介绍了三篇文章。第一篇是苏联批评家写的纪念文章《迭更司论——为人道而战的现实主义大师》。文章指出,狄更斯作为一个人道情感的提倡者,其小说描述了小人物的境遇,同时其作品也体现出了明显的思想矛盾性:"他要想除去资本主义制度所产生的社会罪恶,但并不去触动这制度本身,因此产生了他那拥护明确的缓和办法的创作活动,因此产生了他那希冀劳资妥协和贫富妥协的倾向。这产生了他那些和解的'圣诞故事',这些和解的倾向反映着作为一个中等阶层的人道主义者的迭更司的性格。"③ 作者认为此种和解的倾向正是狄更斯思想意识中的消极面。通过这篇译文,我们可以看出当时苏联学术界对包括狄更斯在内的西方人道主义作家的总体评价标准,进而也为建国以后我国学术界评论这些具有人道主义思想的西方作家奠定了一个基调。《译文》新 3 卷第 1 期发表

① 吕天石:《欧洲近代文艺思潮》,商务印书馆 1933 年版。
② 兆述译述:《英国文坛新发现不列颠博物院秘档记》,《国闻周报》第 11 卷第 26 期,1934 年。
③ 许天虹译:《迭更司论——为人道而战的现实主义大师》,《译文》新 3 卷第 1 期,1937 年。

的另一篇文章是克夫翻译的《年青的迭更司》一文,文章则向我们展示了狄更斯童年的苦难经历、青年的创业过程以及创作方面的独特才能。另外,该期《译文》还刊登了许天虹翻译的法国传记大师莫洛亚写的《迭更司与小说的艺术》。《译文》新 3 卷第 3、4 两期又连续译介了莫洛亚的《迭更司的生平及其作品》(上、下)。后来 1941 年的《现代文艺》第 2 卷第 6 期上也继续译介了莫洛亚的《迭更司的哲学》。以上四部分正是莫洛亚传记名作《狄更斯评传》一书的全部内容。后来又由重庆文化生活出版社出版了这本书的单行本(1943 年 7 月版)。莫洛亚虽是法国人,但对狄更斯的理解似乎比大多数英国批评家还要深刻,而且有许多见解异常新颖,启人心智。因此,译介莫洛亚这部评传对我国读者全面深刻细致地认识狄更斯是功不可没的。

　　《译文》新 3 卷第 3 期上还发表了美国女作家赛珍珠的文章《我对迭更司所负的债》。文中非常动情地追述了她在中国乡村中那种寂寞孤独的童年生活,终于在狄更斯那里找到了她的童年伙伴——即狄更斯笔下描写的儿童。由此作者清醒地认识到:"我对迭更司所体验到的感觉从不曾在一个活的人那里体验过,他要我张开眼睛看人,教导我爱一切的人,善的与恶的、富的与穷的,老年人与小孩子。他教我恨虚伪与好听的话,他使我相信,在外表的严厉中时常隐藏着良善。良善与诚恳高出于世上的一切。他教我痛恨吝啬,现在才认为,他在其性格上是天真的,感情作用的与孩子气的。"可见狄更斯给予赛珍珠的影响与帮助如此之大,正如她本人所说:"他的一生的创作成了我自己的一部分。"[①]另外,《译文》新 3 卷第 1 期配合出版"迭更司特辑",还刊发了有关狄更斯不同时期的肖像、生活、写作及住宅等方面的图片 10 幅。总之,《译文》杂志刊发的多篇译文及多幅图片为我们比较集中地了解狄更斯发挥了良好作用,也为 30 年代我国介绍狄更斯画上了一个完满的句号。

　　1941 年 4 月 25 日,王西彦等主持的《现代文艺》(福建永安)第 3 卷第 1 期,刊登"迭更司特辑",发表 2 篇译文。1942 年,杨白平主编的《金沙》(成都)刊登"狄更斯诞生一百三十周年纪念"专栏,发表评论译文 1 篇、小说译文 1 篇、童话译文 1 篇,并配有作家画像。

---

①　赛珍珠:《我对迭更司所负的债》,《译文》新 3 卷第 3 期,1937 年。

十三、马修·阿诺德（1822—1888）

1922 年是阿诺德诞辰百年纪念。1922 年 12 月 10 日，《东方杂志》第 19 卷第 23 号有阿诺德（1822—1888）诞辰百年纪念专号，刊登胡梦华《安诺德评传》、吕天鷁《安诺德之政治思想与社会思想》、胡梦华《安诺德和他的时代之关系》、华林一《安诺德文学批评原理》、顾挹香《安诺德的诗歌研究》等一组文章。此为最集中介绍这位英国著名文学批评家的文字。

1935 年 5 月，《吴宓诗集》由上海中华书局出版，卷末附有《论安诺德之诗》①。阿诺德是维多利亚时代著名诗人、批评家、教育家。吴宓非常推崇之，早年办《学衡》时，就介绍过，后来在一首旧体诗里说："我本东方阿诺德。"他还一再表明这位英国诗人和教育家对他一生的思想和感情起了巨大影响。吴宓爱憎分明，疾恶如仇，富于正义感，格外强调文学作品的社会意义、教育作用等，除了吸收中国古代优秀文化的精华外，与阿诺德的联系非常明显。因此，阿诺德是吴宓式人文主义的一个组成部分。

十四、但丁·罗赛蒂（1828—1892）和
克里斯蒂娜·罗赛蒂（1830—1894）

1923 年 12 月 25 日，《创造周刊》第 29 号刊载滕固《诗画家 D. Rossetti》一文，介绍英国唯美主义诗人、画家但丁·罗赛蒂（Dante Gabriel Rossetti，1828—1882）的生平与创作活动。

1926 年 1 月，《学衡》杂志第 49 期载吴宓、陈铨、张荫麟、贺麟、杨昌龄等译《罗色蒂女士"愿君常忆我"（Remember）》，译诗后吴宓有《论罗色蒂

---

① 文中称："世皆知安氏为十九世纪批评大家，而不知其诗亦极精美，且所关至重，有历史及哲理上之价值，盖以其能代表十九世纪之精神及其时重要之思潮故也。"其作诗时，"情不自制，忧思牢愁，倾泻以出。其诗之精妙动人处，正即在此。因之，欲知安诺德之为人及其思想学问之真际者，不可不合其诗与文而视之。"文章指出安诺德的诗歌有两个特性："一曰常多哀伤之旨，动辄厌世，以死为乐"；"二曰常深孤独之感，作者自以众醉独醒，众浊独清，孤寂寡俦"。而"安诺德之诗之佳处，即在其能兼取古学浪漫二派之长以奇美真挚之感情思想纳于完整精炼之格律艺术之中"。

女士之诗》等重要论述,其中说:"罗色蒂女士之诗,情旨深厚,音节凄惋,使读之者幽抑缠绵,低徊吟诵,而不忍舍去。……读其诗者,敬其高尚纯洁。喜其幽凄缠绵。而稔其一秉天真,发于至诚,则莫不爱之。"

　　1928 年 5 月,但丁·罗赛蒂百年诞辰纪念。对罗赛蒂及先拉斐尔派的介绍呈一时之盛。《小说月报》第 19 卷第 5 号刊登罗赛蒂的自画像、诗作及赵景深的纪念文章《诗人罗赛蒂百年纪念》。吴宓主持的《大公报·文学副刊》发表一系列纪念和介绍文章,并于稍后转载于《学衡》第 65 期。其中《英国大诗人兼画家罗色蒂诞生百年纪念》一文,较详细地介绍了罗赛蒂及先拉斐尔派;素痴译《幸福女郎诗》二十四首,则是对罗赛蒂诗作的最集中的译介,但译者用的是七古体,不易见出原作精神。最热心的介绍者是邵洵美和他的小圈子。7 月 16 日,邵洵美主持的《狮吼》半月刊复活号第 2 期刊《罗赛蒂专号》。其中,邵洵美发表《D. G. Rossetti》长篇专论来论述罗赛蒂;还有朱维基所译罗赛蒂小说《手与灵魂》;及张嘉铸所撰《〈胚胎〉与罗瑟蒂》(《胚胎》是先拉斐尔兄弟会的刊物,又译为《萌芽》)一文。

　　1930 年 12 月 16 日,《现代文学》第 1 卷第 6 期刊有袁嘉华的文章《女诗人罗赛谛百年纪念》。该文将 C. 罗赛谛与勃朗宁夫人并称为全部英国文学史上最伟大的诗人。指出 C. 罗赛谛"其抒情诗最显著特点即在情致的强烈与严肃联合着文字的素朴"。其诗里"深深地隐隐地流着温柔而且甜蜜的悲哀味,又淡淡地蒙了层神秘色彩。她就像个天真烂漫衣履朴素的女孩儿,轻盈活泼地跳舞着,嘴里唱着清晰婉转的歌词,歌词里却含着深沉的,忧郁的,严肃的,虔敬的思想"。同期还刊有 C. 罗赛谛长篇叙事诗《魔市》的译文(袁嘉华译)以及《罗赛谛女士诗钞》(袁嘉华、赵景深译)。

　　1944 年 6 月 15 日,《东方杂志》第 40 卷第 11 号刊登茅灵珊《英国女诗人葵称琴娜·罗色蒂的情诗》。

十五、托马斯·哈代（1840—1928）

　　1928 年 1 月 11 日,托马斯·哈代去世。我国不少报刊随之作出反应,刊载多篇文章,介绍这位刚去世的英国著名作家。如 1 月 18 日《世界日报》

载王森然《纪念汤姆斯哈提》;2月6日《大公报·文学副刊》载《最近逝世之英国大小说家兼诗人哈代评传 Thomas Hardy（1840—1928）》;2月1—3日《晨报》载许君远《纪念哈特》;2月16日《北新半月刊》第2卷第9号载赵景深《哈代逝世以后》《小说家哈代的八大著作》,等等。

袁昌英《妥玛斯·哈底》①是1928年哈代逝世后作为介绍兼纪念的。世人说哈代是悲观主义者,哈代两个字总与悲观相联结,但哈代否认,袁昌英也不赞成。本文有一段文章替哈代辩护,说哈代一面懔于宇宙昏愦力量之可畏,一面也尊仰人类向上奋斗之精神之伟大,所以他不能悲观到底。这样说,撰有《哈代的悲观》一文的诗人徐志摩,仅认识了哈代的一半,袁昌英则认识了哈代的全体,当然比徐志摩的话更值得注意。②

1938年7月,商务印书馆出版李田意著《哈代评传》,论及哈代的时代及其社会背景、哈代的生平、小说、诗剧、诗歌创作等。另,英国著名作家托马斯·哈代的小说曾出现多种译本。如《苔丝姑娘》（吕天石译,上海中华书局1934年10月）、《德伯家的苔丝》（张谷若译,上海商务印书馆1936年3月）、《黛丝姑娘》（严恩椿译,上海启明书局1936年5月）;《微贱的裘德》（吕天石译,重庆大时代书局1945年6月）、《玖德》（曾季肃译,上海生活书店1948年4月）、《玖德》（俞征译,上海潮锋出版社1948年4月）,等等。

十六、萧伯纳（1856—1950）

1933年2月17日,萧伯纳（1856—1950）抵达上海,在宋庆龄寓所会见蔡元培、鲁迅、林语堂、杨铨、史沫莱特等。同日,中国左翼戏剧家联盟刊物《艺术新闻》（周刊）创刊于上海,主要报道南北各地剧运情况,赵铭彝在该刊曾撰写《欢迎萧伯纳》等社论。

此前一天出版的《论语》第11期发表邵洵美的文章《萧伯纳》,向读

---

① 袁昌英:《妥玛斯·哈底》（文论）,《现代评论》第7卷第171期,1928年3月17日,收入《山》。

② 参见苏雪林《袁昌英文选·序》（台湾商务印书馆1986年版）,选入杨静远编《飞回的孔雀》一书,第181页。

者介绍了这位英国大文豪,称"他是一个常识丰富的平常人,一个热诚的政治家,一个诗人的哲学家"。 1933 年 3 月 1 日《论语》第 12 期出版《萧伯纳游华专号》,发表包括《谁的矛盾》(鲁迅)、《水乎水乎洋洋盈耳》(林语堂)、《我也总算见过他了》(邵洵美)等在内的文章 19 篇,另有译文 1 篇,谈话录 2 篇,传记节译 1 篇。与此同时,天津《益世报》刊有《关于肖伯纳来华》(2 月 17 日)、《肖伯纳略传》(2 月 22 日)、《肖伯纳的社会主义》(3 月 1 日);《晨报》载《欢迎肖伯纳先生》(2 月 21—22 日)、《欢迎肖伯纳》(2 月 19 日)。同样,该年 3 月 5 日《矛盾》第 1 卷第 5、6 期合刊,刊登"萧伯纳氏来华纪念特辑",发表告中国人民书 1 篇、评传 1 篇、报道 2 则、文论译文 1 篇。同日出版的《青年界》第 1 期,刊登"萧伯纳来华纪念"专栏,发表传记译文 1 篇、论文 2 篇、著作年表 1 份。另外,《新时代》第 4 卷第 3 期亦载有《肖伯纳在中国》等消息报道。

本年 3 月,《萧伯纳在上海》(乐雯剪贴翻译并编校,鲁迅序)由上海野草书屋出版。该书系萧伯纳来沪时,鲁迅与在他家避难的瞿秋白辑录当时中外报刊有关记载和评论而成。署名"乐雯"编译。本书真实地记录了萧伯纳在 2 月 17 日这一天的活动情况和各方面的反映。这是一本"未曾有过先例的书籍",是一本研究中英作家、文人交往、中英文学关系的"重要的文献"。它像一面镜子,从中"可以看看真正的萧伯纳和各种人物自己的原形"。

另外,萧伯纳作为一个戏剧家,其剧作在中国的演出及反响也颇值得关注。1920 年 10 月,由早期新剧改革家汪仲贤(优游)主持,并在上海新舞台一些著名戏曲演员夏月润、夏月珊、周凤文等人的通力合作下,演出了一部《新青年》所提倡的现代话剧——萧伯纳名作《华伦夫人的职业》(当时广告译作《华奶奶之职业》)。这次尝试以失败告终。[①] 本次演出的惨败也

---

① 汪仲贤《优游室剧谈》(《晨报》1920 年 11 月 1 日)中,详细谈到了这次演出失败的经过及其从中引发的思索、教训。他指出这次演出,既是"纯粹的写实派的西洋剧本第一次和中国社会接触",也是"新文化底戏剧一部分与中国社会第一次的接触。"尽管"新舞台向来没有花过这么多的广告费",但开演时,却是"要比平常最少的日子少卖四成座"。"等到闭幕的时候,约剩下了四分之三底看客。有几位坐在二三等座里的看客,是一路骂着一路出去的。"由这次失败,他明确了"以后底方针"是:"我们演出不能绝对的去迎合社会心理;也不能绝对的去求知识阶级看了适意。拿极浅近的新思想,混合入极有趣味的情节里面,编成功教大家要看底剧本,管教全剧场底看客都肯情情愿愿,从头到尾,不打哈欠看他一遍。"

引起整个戏剧界的强烈反响。陈大悲《爱美的戏剧》①一文里指出那次演出失败的原因之一,就是剧场的空气不好。认为上海新舞台是充满了锣鼓声音的剧场,而当晚去看戏的大多数观众都是习惯于《济公活佛》等胡闹空气的人,"无论你底发音术练得如何高深,你一人底喉音断不能抵敌千百人底喉音"。洪深说如果那次失败能够使后来者对于戏剧运动,采取更客观的态度,更能顾到现实的环境,那么他们这一次总算不是白"跌"了。宋春舫甚至劝人放弃西洋的"问题剧",而去采用脱离生活,曲折热闹,形式主义色彩较浓的"善构剧"。②总之,这次演出虽然失败了,但它在引进、介绍外来戏剧与促进话剧民族化上所提供的丰富经验和产生的积极影响,不可低估。另外,1944 年 4 月,西南联大外国文学系学生在民众教育馆演出英语话剧 Candida(萧伯纳著三幕剧《康蒂姐》)。

十七、威廉·勃特勒·叶芝(1865—1939)

1921 年 11 月 21 日,《文学旬刊》20 号刊腾固《爱尔兰诗人夏芝》。此为我国最早介绍爱尔兰大诗人叶芝生平与创作的文字之一。

1921 年 1 月,《小说月报》第 12 卷第 1 号刊登王剑三(统照)所译叶芝短篇小说《忍心》(An Enduring Heart)。王统照在译者附记里评价了叶芝的作品特色。③王统照是五四时期介绍叶芝(旧译夏芝)最勤的作家。短短几年之间,他译介叶芝多篇作品,如《微光集》选译载 1924 年 2 月 1 日北京《文学旬刊》第 25 期。同时又发表数篇评论文章,如《夏芝的诗》刊于 1923 年 5 月 15 日《诗》刊第 2 卷第 2 号,论述了叶芝的思想艺术特色,特别推重其"歌唱着祖国的光辉,由文学中表明出对于异族统治的反抗"的爱国主义思想和浪漫主义倾向。1924 年 1 月 25 日《东方杂志》第 21 卷第

---

① 陈大悲:《爱美的戏剧》,《晨报附刊》,1921 年 11 月 1 日。

② 宋春舫:《中国新剧剧本之商榷》,《宋春舫论剧》第 1 集,中华书局 1923 年版。

③ 译者称:"其作品,多带新浪漫主义的趣味,为近代爱尔兰新文学派巨子之一,其短篇小说,尤能于平凡的事物内,藏着很深长的背影,使人读着,自生幽秘的感想。既不同写实派的纯重客观,亦不同浪漫时代的作品,纯为兴奋的刺激。他能于静穆中,显出他热烈的情感,弯远的思想,实是现代作家不易达到的艺术。"

2 号又刊登其长篇论文《夏芝的生平与其作品》，从"夏芝的身世"、"伟大的诗人"、"夏芝的戏剧与散文"和"夏芝的特性与其思想的解剖"等几方面系统介绍了叶芝的生活经历、作品及其思想特性。指出"夏芝的思想，实是现代世界文学家中的一个异流"，但"也绝不是故蹈虚空，神游于鬼神妖异之境"。其著作"虽是有神话与民族的传说作材料，然而他那种高尚的思虑与热情的冲击，也全由此表征而出"。

1941 年 5 月，《西洋文学》第 9 期有"叶芝特辑"，刊发叶芝论现代英国文学、叶芝诗钞、叶芝自传选译、叶芝论等多篇文字。

1944 年 3 月 15 日，《时与潮文艺》第 3 卷第 1 期刊登叶芝特辑：叶芝的诗（论文，陈麟瑞）；叶芝诗选（朱光潜译）；叶芝诗两首（谢文通译）；叶芝诗四首（杨宪益译）。

十八、英国妇女与文学专号

1931 年 7 月 1 日，《妇女杂志》第 17 卷第 7 号"妇女与文学专号"有女诗人勃朗宁夫人，小说家白朗脱氏三姊妹、伍尔夫夫人肖像。仲华《英国文学史中的白朗脱氏姊妹》："在英国文学史上杰出女作家中，白朗脱氏姊妹很值得我们注意。""不仅要使读者听到一些动人的故事，而是要使读者认识几个女性的文学的天才，与他们从艰忍刻苦的写作中所达到的成功。"

1911 年 7 月 26 日，《妇女时报》第 2 期刊有周瘦鹃《英国女小说家乔治哀列奥脱女士传》。该文对乔治·艾略特（1819—1880）的生平、著述评述较详，是我国介绍英国女作家之始。

关于勃朗特姊妹的介绍。1930 年 10 月，上海华通书局出版伍光建译《狭路冤家》（*Wuthering Heights*）。[①]艾米莉·勃朗特的这部名著（现通译为《呼啸山庄》），其后在重庆商务馆出版梁实秋译《咆哮山庄》（1942 年 5 月）、

---

① 　1931 年 8 月出版的《中国新书月报》第 1 卷第 9 号刊有许珍儒《布纶忒和她的〈狭路冤家〉》，是伍译的书评。其中也谈到勃朗特三姊妹"替英国小说界开了一条新的路径。……她们底作品里没有'风花雪月'等美丽词句，也没有一般小说里面的'才子佳人'。她们的笔下，只是产生一些万恶而残忍的男子，和热情奔放的姑娘。"

重庆艺宫书店出版罗塞译《魂归离恨天》（1945 年 10 月）。

1932 年 11 月，上海商务印书馆出版伍光建译《洛雪小姐游学记》（*Villette*，夏罗德·布伦忒著）上下册。后商务馆又出版伍光建译《孤女飘零记》（*Jane Eyre*）上下册（1935 年 12 月）；1936 年 9 月上海生活书店《世界文库》（郑振铎主编）连载李霁野译《简爱自传》。

1935 年 8 月 20 日至 1936 年 4 月，李霁野译《简爱自传》连载于郑振铎主编《世界文库》第 4 册至第 12 册（生活书店，月出一册）。1945 年 7 月，重庆文化生活出版社印行该书时，作品名改为《简爱》。1937 年 1 月，《译文》新 2 卷第 5 期发表茅盾《真亚耳（Jeneeyre）的两个译本》，对伍光建译本《孤女飘零记》（1935 年 12 月商务印书馆版）和李霁野译本《简爱自传》做了比较分析。

1944 年，重庆商务印书馆出版梁实秋译《咆哮山庄》。赵清阁依据此译本故事改编为《此恨绵绵》五幕剧，由重庆新中华文艺社初版，后为正言文艺丛刊之四，由上海正言出版社 1946 年出版。

1945 年 11 月，《世界文艺季刊》（原《世界文学》）第 1 卷第 2 期刊登卢式《爱密莱·白朗代及其咆哮山庄》一文，详细介绍了作者艾米莉·勃朗特的家庭身世，评述了这部小说名作。认为《咆哮山庄》是一本"恋爱对十九世纪的报复"的书，而作品"整个幽暗般忧郁的节奏，来自作者内心的乐曲"。

1946 年 7 月 15 日，中华全国文艺协会重庆分会编发的《萌芽》月刊创刊号刊登聂绀弩的文章《谈〈简·爱〉》。作者称一口气看完两遍，但还是不喜欢这部小说。文章说，简爱小姐"她是一个有钱的地主家里的保姆，一和主人恋爱，就觉得幸福，光荣，而爆发着感激之情，在我，是不能不反感的"。而主人的地位与财产"眩惑了简·爱小姐，使他献出了处女的热爱"。因此，《简·爱》不过是世俗观念，市侩观念的表扬，作为艺术品，它不应该得到较高的评价"。

1948 年 8 月，《时与文》第 3 卷第 10 期发表林海《咆哮山庄及其作者》一文，称《咆哮山庄》在小说史上是一个"怪胎"，它不像小说，尤其不像女人笔下的小说。此小说"原是天、地、人三个因素的总和，它是作者先天的气质,加上所处地域的特性,再加上后天的人为环境的总结果。……这是一部天才之作。"

关于伍尔夫夫人的介绍。1932 年 9 月,《新月月刊》第 4 卷第 1 期刊载叶公超译弗吉尼亚·伍尔夫的意识流小说《墙上一点痕迹》。译者识里说伍尔夫夫人是"近十年来英国文坛上最轰动一时的作家","违背了传统的观念。她所注意的不是感情的争斗,也不是社会人生的问题,乃是极渺茫,极抽象,极灵敏的感觉,就是心理分析学所谓下意识的活动。……在描写个性方面,她可以说别开生面"。此为中国文坛最先介绍伍尔夫夫人的意识流创作方法的文字。11 月 19 日出版于天津的《益世报》载费鑑照《英国现代散文作家华尔孚佛琴尼亚》一文,则对伍尔夫夫人的生活经历与创作风格有所介绍。

1934 年 9 月 1 日,《文艺月刊》第 6 卷第 3 号刊《班乃脱先生与白朗夫人》(吴尔芙演讲,范存忠记)。此为伍尔夫夫人 1924 年在剑桥大学所做的演讲辞,也是展示其文学主张的重要文章。

1935 年 12 月,伍尔夫夫人的传记体小说《弗拉西》(*Flush*)由石璞翻译,作为"世界文学名著之一种"由上海商务印书馆出版。书前有译者序,《作者渥尔芙夫人传》及《勃朗宁夫人小传》。另,1934 年 4 月 20 日《人世间》第 2 期刊登彭生荃的书评《弗勒虚》。编者按说:"华尔甫夫人文笔极细腻温柔,作风又极怡然,自适。……其文体似议论而非议论,似演讲而非演讲,总在讲理中夹入追忆,议论中加入幻想,是现代小品文体之最成功者。"

1943 年 9 月 15 日,《时与潮文艺》第 2 卷第 1 期刊登谢庆垚《英国女小说家伍尔夫夫人》(介绍),吴景荣《吴尔芙夫人的〈岁月〉》(书评)。谢庆垚文中称伍尔夫夫人往往被人误认为一个不易了解的作家,这也许就是国人忽视她的作品的缘故。"从大处看来,吴尔芙夫人对文学的贡献是不可磨灭的",并说她的作品之不为人了解,乃因其风格与众不同,她并不是一个生活在象牙之塔的女性。9 月出版的《中原》第 1 卷第 2 期刊有冯亦代译伍尔芙作《论现代英国小说——"材料主义"的倾向及其前途》一文。

1945 年 11 月,重庆商务印书馆出版谢庆圭译述的伍尔夫夫人的《到灯塔去》,为"中英文化协会文艺丛书"之一种,书前有译者序,简介作者生平与创作。

1946年,《文讯》第6卷第10号刊登罗曼·罗兰《渥尔夫传》(白桦译),对英国女作家弗吉尼亚·伍尔夫的创作特色有深入评述。

1948年4月18日,上海《大公报·星期文艺》第78期发表萧乾的书评《吴尔芙夫人》。9月25日《新路》周刊第1卷第20期刊发萧乾的论文《V.吴尔芙与妇权主义》。

十九、约翰·高尔斯华绥（1867—1933）

1921年9月20日,高尔斯华绥的小说《觉悟》(Awakening)被译成中文后,王靖在该日出版的《文学旬刊》第14号第3版上,发表《高尔士委士的短篇小说〈觉悟〉的评赏》一文,其中说:"高尔士委士的戏剧文学比小说更有名;因为他是一个热心研究社会问题的人,每部的作品差不多都包含着一种急待改造的社会问题。……更加他用极优美的文词,激扬的音调,写得淋漓尽致,文字里深深含着愤世嫉俗,要想救济的呼声;所以有极强的力量足以感人。"可见作品拯救社会的功用,译者非常强调。

1932年,高尔斯华绥获本年度的诺贝尔文学奖。该年12月15—16日,《晨报》刊登季羡林的介绍文章《本年度诺贝尔文学奖金之获得者高尔斯华绥》。18日,载村彬《高尔斯华绥》。同样,《现代》第2卷第2期,即1932年12月号出专辑介绍他,刊载论文1篇、评论译文2篇、译作2篇、图片6帧、著作编目1份。

苏汶翻译高尔斯华绥的短剧《太阳》,撰写一篇《约翰·高尔斯华绥论》,他并未大加褒扬高氏,尽可能客观分析其写作特点,使其瑕瑜互见。他认为高尔斯华绥不是"天才的小说家与戏剧家",但是个"极端诚恳"的作家:"他并没有极高的感受力和组织力。感受力的薄弱,可从他的几部写热情的作品的失败上看出来;而每篇作品结构的不是混杂便是呆板也说明了他的组织力的缺少。然而他却有极可贵的分析问题和人物的才能。他一点也不肯放过地把整个故事的小部分都体会到,而把他所体会到的一点也不肯放过地在作品里表现出来。"这种分析显示了苏汶作为一个作家在进行批评时所特有的敏锐和深刻,还显示了苏汶开放的胸襟和气度,即在面对世界文学时的那种平等的不卑不亢的姿态,这种胸襟和气度也是他那个时代很多作家都具有的,这既来自于对本国文学的自信,也来自于对世界文学的了解。

二十、詹姆斯·乔伊斯（1882—1941）

1929 年 5 月,冯次行翻译的《詹姆斯·朱士的〈优力栖斯〉》（土居光知原著）由上海联合书店出版发行,卷首有乔伊斯画像及译者小引。书中对英国小说家乔伊斯《尤利西斯》的评述让我国读者初识了其独异的特色。后来,本书又以《现代文坛怪杰》为题于 1939 年 5 月由上海新安书局再版发行。

1933 年 7 月,《文艺月刊》第 3 卷第 7 号刊费鉴照《爱尔兰作家乔欧斯》一文。简介其重要作品多部,称“乔欧斯显示人类的下意识的世界与它神秘的美丽”。对《尤利西斯》评价是:“《游离散思》是一部包罗近代世界的一切——政治、宗教、希望、实际、人道主义等等的作品。”

1935 年 5 月 6 日,《申报·自由谈》刊周立波《詹姆斯乔易斯》:“他的代表作品《优力西斯》的出现,是现代文学史上一个奇异的现象;它确定了乔易士在文学中的最高的地位。”《优力西斯》是一部怪书。……它有名的猥亵的小说,也是有名难读的书。” 9 月 25 日,上海《读书生活》第 2 卷第 10 期,周立波《选择》一文将乔称为“现代市民作家”:“乔易斯的人物总是猥琐,怯懦,淫荡,犹疑。”市民作家主题的选择这种贫乏,无疑是没落阶层心理的必然反映。文章批评现代乔易斯式的写实主义,认为“心理描写的所谓‘内在的独白’是最烦琐的形式,而《优》则是一本怪模怪样的冗长难懂的书”。

1935 年 12 月 15 日,《质文》第 4 号刊凌鹤《关于新心理写实主义小说》,以《尤烈色士》为例,讲意识流。凌鹤对《尤》如此评价:“那是一部淫秽的作品,可是其中人物的心理变化,俗物们的利害打算的内心卑俗的欲念,作者是不厌烦琐的极细腻,用内心独白的方法绘画出来。”

1940 年 10 月 1 日《西洋文学》第 2 期刊有吴兴华写的书评《菲尼根的醒来》（1939）,其中说“乔氏文字虽难懂,但值得用心研究。它是苦思及苦作加上绝顶的天才的产生品”。本期还有吴兴华译《乔易士研究》（H. S. Gorman 原著,1939 年初版）,指出这本传记是主要的乔伊斯文献,“无论

Joyce 怎样为普通读者所不了解，他已成为现代精神的代表"。

1941 年 3 月，《西洋文学》第 7 期刊有"乔易士特辑"。听死耗，出特辑，纪念介绍作品。有《乔易士像及小传》、《乔易士诗选》（宋悌芬译）、《一件惨事》（郭蕊译）、《友律色斯插话三节》（吴兴华译）以及《乔易士论》（张芝联译），此为美国现代最有地位的批评家 Edmund Wilson 著 *Axel's Castle*（1931）中论乔伊斯的一部分。

二十一、*D. H. 劳伦斯*（*1885—1930*）

1922 年 2 月，《学衡》杂志第 2 期所载胡先骕《评〈尝试集〉》（续）一文中，提道："同一言情爱也，白朗宁夫人之 'Sonnets from Portugese' 乃纯洁高尚若冰雪；至 D. H. Lawrence 之 'Fireflies in the Corn' 则近似男女戏谑之辞矣"。"夫悼亡悲逝，诗人最易见好之题目也，……而 D. H. Lawrence 之 'A Women and her Dead Husband' 则品格尤为卑下。若一男女相爱，全在肉体，肉体已死，则可爱者已变为可恨可畏，夫岂真能笃于爱情者所宜出耶。"此为我国学者最早提及到劳伦斯及其作品的文字。

1928 年 3 月 19 日，《晨报副镌》第 78 期所载斐耶《英国新进的小说家》一文中提到劳伦斯（拉文斯）："拉文斯在他的小说中，有诗人热烈的情感，但从这时代的心轴所活动的种种现象，不能如他所愿，因而他常时在他作品里隐现出来他的痛苦。……如今他简直是现代重要的一个作家，所以一方面极受人称许，一方面又极受人指责。"这是我国最早概括评价劳伦斯作品特色的文字。

1929 年 7 月，上海水沫书店出版劳伦斯短篇小说集《二青鸟》，收有《二青鸟》《爱岛屿的人》《病了的煤矿夫》三篇小说，这是最早译成中文的劳伦斯小说作品。①

---

① 其后劳伦斯的作品陆续得以译介，如钱歌川译《热恋》（上海中华书局 1935 年 12 月）、唐锡如译《骑马而去的妇人》（上海良友图书公司 1936 年 10 月）、饶述一译《查泰莱夫人的情人》（上海北新书店 1936 年 8 月）、叔夜译《在爱情中》（重庆说文社 1945 年 3 月）。另外，1936 年出版的《天地人》（徐訏、孙成主编）半月刊也连载王孔嘉翻译的《贾泰来夫人之恋人》第 1—9 章。

《小说世界》第 18 卷第 4 期载《西洋名诗译意》(苏兆龙译),其中有劳伦斯的诗作《风琴》。这是最早被翻译成中文的劳伦斯诗歌作品。①

1930 年 3 月 24 日,《英国小说家兼诗人劳伦斯逝世 David Herbert Lawrence（1885—1930）》载《大公报·文学副刊》。与此同时,《现代文学》创刊号载杨昌溪《罗兰斯逝世》,对劳伦斯评价甚高,认为其作品有广泛的社会性,比乔伊斯、艾略特等更能把握住现实生活,因而也更能吸引读者。

1930 年 9 月,《小说月报》第 21 卷第 9 期载杜衡《罗兰斯》一文,称"罗兰斯正站在机械主义底游涡底中央,反抗着这一种对生活的亵渎,宣称在人类心目中的圣灵是本能的纯洁底唯一的泉源。他站在他底地方,向整个机械化的倾向挑战"。这是当时人们谈及劳伦斯最多的一种评价,即劳伦斯作品反对机械文明,崇尚回归人本性和自然的思想。

1934 年 10 月 20 日,《人间世》第 14 期刊郁达夫《读劳伦斯的小说 Lady Chatterley's Lover》,指出《查泰莱夫人的情人》是"一代的杰作","一口气读完,略嫌太短了些"。"这书的特点,是在写英国贵族社会的空疏、守旧、无为,而又假冒高尚,使人不得不对这特权阶级发生厌恶之情。"关于劳伦斯的思想,"我觉得他始终还是一个积极厌世的虚无主义者"。

1935 年《人间世》第 19 期刊载林语堂《谈劳伦斯》一文。这篇文章饶有风趣地借两位老人在灯下夜谈,话题便是《查泰莱夫人的爱人》。认为"劳伦斯写此书是骂英人,骂工业社会,骂机械文明,骂拜金主义,骂理智的。他要求人归返自然,艺术的,情感的生活。劳氏此书是看见欧战以后人类颓唐失了生气,所以发愤而作的"。同时还将这部小说与《金瓶梅》做了比较,肯定二者都有大胆的描写,但技巧不同,"金瓶梅是客观的写法,劳伦斯是主观的写法。金瓶梅以淫为淫,劳伦斯不以淫为淫"。而对书中具体的性描写,认为《金瓶梅》中为写性而写性,《查泰莱夫人的爱人》中力求灵肉一致,"性交是含蓄一种意义的"。

1935 年,上海施蛰存编《文饭小品》第 5 期刊登南星《谈劳伦斯的诗》

---

① 1935 年,施蛰存编的《文饭小品》第 5 期,刊载南星《谈劳伦斯的诗》及译诗《劳伦斯诗选》。指出"在当代英国诗人中,只有劳伦斯为最有热情最信任灵感的歌吟者"。同时译发的五首完整的劳伦斯诗作,翻译水平很高,文笔优美清新,富有浪漫情调。

及译诗《劳伦斯诗选》。指出:"在当代英国诗人中,只有劳伦斯为最有热情最信任灵感的歌吟者。"作者译引多首劳伦斯诗作,指出"他的诗之写法的特色在于先给读者一个微薄的印象,然后一层层地加重,直到造成一个不可磨灭的影子为止。"在题材方面则是"有感而动",有不少诗"缺乏深刻的含义"。同时译发的五首完整的劳伦斯诗作,翻译水平很高,文笔优美清新,富有浪漫情调。

二十二、英国文坛十杰专号

1935 年 6 月 1 日,由香港南国出版社出版的诗与散文月刊《红豆》(梁之盘主编)第 2 卷第 5 期,刊载"英国文坛十杰专号",发表 11 篇论文,详细介绍了 10 位英国作家:《英国文坛底漫游》(张宾树)、《十四世纪:乔叟》(无息)、《十五世纪:斯宾塞》(梅苏)、《十六世纪:莎士比亚》(韩罕明)、《十七世纪:密尔顿》(墨摩士)、《十八世纪:菲尔丁》(郑或)、《十九世纪:哈兹华斯》(汤舜禹)、《十九世纪:拜伦》(杨干苍)、《十九世纪:狄更斯》(彭是真)、《十九世纪:白朗宁》(陈演晖)、《二十世纪:乔也斯》(梁之盘)。

第二节 中国现代作家与英国文学的评介

在 20 世纪上半叶的中英文学交流史上，中国现代作家在大量翻译英国文学作品的同时，也对英国作家及其作品做了诸多精彩的评述，构成了英国文学在新中国成立以前评介与研究的重要组成部分。本小节选择其中的部分作家予以介绍。

一、周作人译介英国文学

1914 年 12 月，《若社丛刊》第 2 期发表周作人的文章《英国最古之诗歌》（署名启明）。介绍英国史诗《贝奥武甫》（*Beowulf*）："以时代论，在欧洲史诗中，舍希腊二诗外，此为最古，亦最有价值者也。""诗以古英文著作，即盎格鲁撒逊文也，其文章质朴古雅，为史诗所同。而其描写上古居民情状，尤至为有味。……又其图画物色，亦至佳妙，其图不施色彩，而阴湛深重，自具北方之特色。"此书"世称英国国民史诗，在英人视之，非特为文学之粹，抑亦民族之夸，故或名之曰英国之圣书，著英文学史者，悉以是为首最，盖文字转变，虽已殊形，而精神流传，实出一本，国人之宝重是书，盖有故也"。

或许英国浪漫诗人布莱克在天国也会感谢周作人的，因为是周作人第一个把他领到了中国。1919 年 12 月，周作人在《少年中国》第 10 卷第 8 期上发表了《英国诗人勃来克的思想》一文，首次介绍了布莱克诗歌艺术的特性及其艺术思想的核心。文中说，布莱克是诗人、画家，又是神秘的宗教家；他的艺术是以神秘思想为本，用了诗与画，作表现的器具；他特重想象（Imagination）和感兴（Inspiration），其神秘思想多发表在预言书中，尤以《天国与地狱的结婚》（*The Marriage of Heaven and Hell*）一篇为最重要，并第一次译出布莱克长诗《无知的占卜》的总序四句话，"一粒沙里看出世界，一朵野花里见天国，在你手掌里盛住无限，一时间里便是永远"，指出这"含着他思想的精英"。

这是我们现在一提起布莱克就首先会想到的名句警言。除此而外，周作人在文中还翻译出布莱克的一些短诗，如《迷失的小孩》、《我的桃金娘树》、《你有一兜的种子》、《无知的占卜》组诗第1—10节等，让中国读者初次领会到了这位神秘诗人作品的特质和魅力。[①] 周作人首次对布莱克思想的介绍，让当时人开了眼界。田汉在《新罗曼主义及其他》中说："周作人先生介绍英国神秘诗人勃雷克的思想，真是愉快。"并安排人写文章介绍布莱克诗歌艺术的一些继承者。同时田汉也译出了布莱克那四句意味深长的话："一沙一世界，一花一天国。君掌盛无边，刹那含永劫。"[②]

1922年7月18日，《晨报副镌》刊登周作人《诗人席烈的百年忌》（署名仲密）。着重介绍了英国浪漫诗人雪莱的社会思想方面的状况。并比较了雪莱与拜伦："席烈（Percy Bysshe Shelley）是英国十九世纪前半少数的革命诗人，与摆伦（Byron）并称，但其间有这样的一个差异：摆伦的革命是破坏的，目的在除去妨碍一己自由的实际的障碍；席烈是建设的，在提示适合理性的想象的社会，因为他是戈德文的弟子，所以他诗中的社会思想多半便是戈德文的哲学的无政府主义。"他强调："希烈心中最大的热情即在涸除人生的苦恶（据全集上希烈夫人序文），这实在是他全个心力之所灌注；他以政治的自由为造成人类幸福之直接的动原，所以每一个自由的新希望的发生，常使他感到非常的欣悦，比个人的利益为尤甚。但是他虽具这样强烈的情热，因其天性与学说的影响，并不直接去作政治的运动，却把他的精力都注在

---

① 周作人：《英国诗人勃来克的思想》，《少年中国》第1卷第8期，1919年12月。另外，周作人在《欧洲文学史》（1922年商务版）和《艺术与生活》（1926年群益版）中也曾论及布莱克。

② 田汉：《新罗曼主义及其他》，《少年中国》第1卷第12期，1920年6月。

文艺上面。"引证雪莱《解放了的普罗米修斯》序言里的话说明社会问题与文艺的关系,最后说:"社会问题以至阶级意识都可以放进文艺里去,只不要专作一种手段之用,丧失了文艺的自由与生命,那就好了。"由此可知周作人已意识到一些新文学家极力强化文艺的社会功用的偏颇。

此前(5月31日)在《晨报副刊》上刊登了周作人(仲密)译的雪莱名诗《与英国人》:"英国人,你们为甚耕种 / 为了那作践你们的贵族? / 又为甚么辛苦仔细的织, / 织那暴君的华美的衣服? / 你们为甚衣食救护, / 从摇篮直到归坟穴, / 养那些忘恩的雄蜂们, / 好吸你们的汗,——不,还有饮你们的血?"①

二、茅盾评述英国文学

梳理茅盾与英国文学的关系,发现他特别关注英国现代作家,比如威尔斯、萧伯纳、叶芝、乔伊斯、T. S. 艾略特等。

早在 1917 年 1 月,茅盾就译有英国作家威尔斯(H. G. Wells)所著《三百年后孵化之卵》(Aepyornis Island),刊于《学生杂志》第 4 卷 1—4 号,署名"雁冰"。这是茅盾使用文言文翻译的第一篇短篇小说。

1919 年 2—3 月,《学生杂志》第 6 卷第 2、3 号刊登雁冰《萧伯纳》。这是茅盾所写的第一篇外国作家论,也是新文学运动中最早专门评述萧伯纳的一篇分量很重的文章。该文详细介绍了萧伯纳的生平著作,并作相关评论,赞赏萧氏"思想之高超,直高出现世纪一世纪","在现存剧曲家中自为第一流人物",还分析"萧氏思想之变迁,及其剧本之分类",又介绍萧氏的戏剧观,概括萧氏剧作特点,称"萧氏心目中之剧曲,非娱乐的,非文学的,而实传布思想改造道德之器械也"。1921 年 5 月,沈雁冰、郑振铎、欧阳予倩等 13 人组织民众戏剧社,追随萧伯纳的"戏场是宣传主义的地方"的主张,认

---

① 雪莱本诗写于 1819 年,本年完成诗剧《解放了的普罗米修斯》,对胜利充满信心。《为诗一辩》中认为诗人是号召战斗的号角,对于人民的觉醒,诗是最忠实的先驱、伴侣与信徒,使舆论或制度起一种有利的变化。这首《与英国人》,以诗为武器,抗议英国政府暴行,号召人民起来反抗。这是一个鼓动民众反抗的革命战士形象。

为"当看戏是消闲的时代，现在已经过去了。戏院在现代社会中确是占着主要的地位，是推动社会前进的一个轮子，又是搜寻社会病根的 X 光镜；又是一块正直无私的反射镜。"

1919 年 10 月，萧伯纳的名剧《华伦夫人之职业》，由潘家洵翻译，刊于《新潮》第 2 卷第 1 期。该译本又列为文学研究会丛书之一种，于 1923 年由商务印书馆出版，茅盾著文《最近的出产》予以热情鼓吹。①

1920 年，3 月 25 日，雁冰（茅盾）所译夏脱（W. B. Yeats，叶芝）著《沙漏》（ *The Hour Glass* ），刊于《东方杂志》第 17 卷第 6 号。② 同期载有雁冰《近代文学的反流——爱尔兰的新文学》一文。

1922 年，11 月，《小说月报》第 13 卷第 11 号"海外文坛消息"专栏，茅盾撰短文介绍詹姆斯·乔伊斯的新作《尤利西斯》（1922 年巴黎问世）③：
"新近乔安司（James Joyce）的 'Ulysses' 单行本问世，又显示了两方面的不一致。乔安司是一个准'大大主义'的美国新作家。'Ulysses' 先在《小评论》上分期登过：那时就有些'流俗的'读者写信到这自号为'不求同于流俗之嗜好'的《小评论》编辑部责问，并且也有谩骂的话。然而同时有一部分的青年却热心地赞美这书。英国的青年对于乔安司亦有好感：这大概是威尔士赞 'A Portrait of the Artist as a Young Man' （亦乔氏著作，略早于 Ulysses ）的结果。可是大批评家培那（Arnold Bennett）新近做了一篇论文，对于 Ulysses 很不满意了。他请出传统的'小说规律'来，指责 Ulysses 里面的散漫的断句的写法为不合体裁了。虽然他也说：'此书最好的几节文字是不朽'，但贬多于褒，终不能说他是赞许这部'杰作'。"此为中国大陆对乔

---

① 五四时期的茅盾对萧伯纳是极为热心的。直到晚年，他还说："英国的，我最喜欢萧伯纳，我写过好多篇文章介绍萧伯纳。"（《茅盾全集》第 27 卷，人民文学出版社 1996 年版，第 402 页）

② 译者注里说"沙漏一篇，是表象主义的剧本。……夏脱主义是不要那诈伪的、人造的、科学的，可得见的世界，他是主张'绝圣弃智'的；他最反对怀疑，他说怀疑是理性的知识遮蔽了直觉的知识的结果。"

③ 乔伊斯《尤利西斯》被称为"20 世纪最伟大的英国文学著作"。在小说第六章（"哈得斯"）里，布卢姆在参加一个葬礼时想到人体腐烂后变为植物的肥料，在他的意识之流里，中国和鸦片是一对联体双胎："中国公墓里的罂粟花大极了，出的鸦片最好"；死亡之思又延伸到种族差别和对立："我在那本《中国游记》里看到，中国人说白种人身上的气味像死尸。"（金隄译，上卷，人民文学出版社 1994—1996 年版，第 164、173—174 页）

伊斯及《尤利西斯》的最早介绍。这段短文中的"大大主义"就是"达达主义",但把乔伊斯误为"美国新作家"。另外,本年(1922)7月6日在上海《时事新报》副刊上刊载的徐志摩《康桥西野暮色》一诗的前言中,亦对乔伊斯的《尤利西斯》发出由衷的赞美:他说那小说的最后一百页(指莫莉)的内心独白"那真是纯粹的'Prose',像牛酪一样润滑,像教堂里石坛一样光澄,非但大写字母没有,连,。……? ——:——! ( )""等可厌的符号一齐灭迹,也不分章句篇节,只有一大股清丽浩瀚的文章排傲而前,像一大匹白罗披泻,一大卷瀑布倒挂,丝毫不露痕迹,真大手笔。"此处表明徐志摩从文学创新的高度敏感地感觉到《尤利西斯》的重要价值。①

1923年8月27日,《文学周报》以玄(茅盾)署名的《几个消息》中,谈到英国新办的杂志《Adelphi》时,提到T. S. 艾略特为其撰稿人之一,此为艾略特之名最早由中国读者所知。

除了上述英国现代作家的介绍外,茅盾对英国历史小说家司各特也倾注了较大的注意力。

1924年3月,商务印书馆出版中学国语文科补充读本《撒克逊劫后英雄略》(司各德原著,林纾、魏易译述,沈德鸿校注)。当时在商务编译所的茅盾校注这部林译小说,阅读了司各特的全部著作,撰写了比较详尽的《司各德评传》。此传于传主生平、创作考订的翔实、叙述的贴切方面颇见功力,是茅盾关于司各德的最具系统的论述。

司各特对茅盾的影响是全面的。早在1913年,青年茅盾在北京大学读预科第一类(文科)时,外国文学所用的教材就是《艾凡赫》和笛福的《鲁滨孙漂流记》。茅盾回忆道:"至于外国文学,当时预科第一类读的是英国的历史小说家司各特的《艾凡赫》和狄福的《鲁滨孙漂流记》,两个外籍老师各教一本。教《艾凡赫》的外籍教师试用他所学来的北京话,弄得大家都莫明其妙,请他还是用英语解释,我们倒容易听懂。"②1923年,茅盾在上海商务

① 1923年10月23日,乔伊斯从巴黎写信给伦敦《自我主义者》杂志编辑哈丽特·肖·维弗(Harriet Shaw Weaver),告诉她说从朋友的朋友处得知,在远东的上海有一个俱乐部,那里"中国的(我还以为是美国的)女士们每周聚会两次讨论我那卷雌文(mistresspiece)"。(斯图尔特·吉尔伯特编:《詹姆斯·乔伊斯书信集》,伦敦:1957年,第206页)

② 茅盾:《我走过的道路》(上),人民文学出版社1981年版,第95页。

印书馆编译所任职,他自己择定的工作包括校注林译《撒克逊劫后英雄略》和伍光建译大仲马的《侠隐传》(即《三个火枪手》)以及《续侠隐传》(即《二十年后》)。茅盾校注的《撒克逊劫后英雄略》在 1924 年 3 月由上海商务印书馆出版,署名“沈德鸿校注”,收入“中学国语文科补充读本”,作为中学生的语文补充读物。该书卷首有茅盾撰写的十分详尽的《司各德评传》,署名“沈雁冰”。《评传》共分为 6 个章节,第 1 至 3 章是对司各特的生平和诗歌、小说创作的介绍;第 4 章主要是从司各特小说中的“配景”、“人物描写”、“历史事实”等入手具体分析了司各特的创作特色和不足;第 5 章专题考证了《撒克逊劫后英雄略》中撒克逊人与诺曼人关系的历史事实;第 6 章则是介绍近代一些国外批评家对于司各特的评价,其中穿插了许多作者自己的看法。

在《评传》的第一章,茅盾就探讨了 1798 年到 1831 年间,法国大革命后,英国诗坛不同文艺思潮之间的关系:“法国大革命的潮流,震撼当时人心,至极强烈,全欧文坛为之变色,我兹我斯、古勒律奇、苏塞等人都被大革命的潮流所冲激,高呼打倒专制魔王,人人平权;但是司各德对于那时候抉破旧思想藩篱的平民主义,非但一点也不热心,并且回过头来,赞慕那过去的帝王的黄金时代。”① 茅盾在介绍外国文学时,十分重视对背景的掌握,这也是“穷本溯源”的一个重要组成部分。早在 1920 年,他就在《现代文学家的责任》一文中指出:“所以我以为现在文学家的责任是在将西洋的东西一毫不变动的介绍过来;而在介绍之前,自己先得研究他们的思想史、他们的文艺史,也要研究到社会学、人生哲学,更易晓得各大名家的身世和主义。”(佩韦 [即茅盾]:《现代文学家的责任》)又说:“翻译某文学家的著作时,至少读过这位文学家所属之国的文学史,这位文学家的传,和关于这位文学家的批评文学。”(茅盾:《新文学研究者的责任与努力》)为了写好《评传》,茅盾花了整整半年的时间。在写作之前,他阅读了司各特的全部作品和三大卷的《司各特传》,同时还读了许多西方的文学史原著以为参考。仅在《评传》第 6 章中,茅盾就引用了《比较文学史》、《十九世纪文学史》(*A History of 19th Century Literature*)、《十九世纪文学主潮》(*Main Currents in 19th Century Literature*)卷 4《英国的自然主义》(*Naturalism in England*)、《英国文学》、

---

① 沈雁冰:《司各德评传》,商务印书馆 1924 年版,第 2 页。

《司各德论》等西方文学史著作的许多材料与作者的观点相互印证,涉及到的作家、批评家就有《比较文学史》的作者洛利安（Frederic Loliee）、英国的批评家珊茨蓓尔（Saintsbury）、丹麦的大批评家布兰兑斯（Branddes）、著名的批评家泰纳（Taine）、欧洲的批评家柯洛支（Croce）、意大利批评家支且（Emilio Cechi）等众多西方批评家。由于茅盾如此详备地占有资料,所以评传中无论对司各特还是对其以历史小说为主的创作的评述,都有立论的坚实基础,有很大的说服力。茅盾在此之后还写过类似的研究和介绍如《大仲马评传》《欧洲大战与文学》《匈牙利文学史略》和《希腊神话》等等。在写《大仲马评传》时,由于参加的政治活动渐多,所引用的材料就没有做《司各德评传》时那样多了。《司各德评传》是茅盾关于司各特的最具系统的论述,也是其穷本溯源的结果。

作为《司各德评传》的附录,茅盾还做了三件事:一是为司各特 25 部重要作品（叙事长诗、长篇小说）写了内容提要,即《司各德重要著作解题》;二是完成了《司各德著作编年录》;三是写了《司各德著作的版本》等。上述诸篇连同《司各德评传》都收录在 1924 年 3 月由上海商务印书馆出版的《撒克逊劫后英雄略》中。关于《司各德重要著作解题》,这是一件细致的工作,茅盾通读了司各特所有的作品,并为这些作品写了内容提要,自《苏格兰乐府本事》（叙事诗）起至《巴黎的洛勃忒伯爵》（小说）至,共 25 篇。像这种逐篇解读的工夫,以后似乎只在《西洋文学通论》一书中介绍左拉时做过。茅盾那时也是把左拉的《卢贡——马卡尔家族》（书中称为《罗贡马惹尔族》）的 20 部长篇逐一做了介绍。此外,他还在《世界文学名著杂谈》中专列一章《司各特的〈撒克逊劫后英雄略〉》,专门介绍评述了司各特的《艾凡赫》。司各特的这部名著也茅盾最早阅读到的外国文学作品。[①]

三、王统照评介英国作家

1921 年 1 月文学研究会的宣言说:"将文艺当作高兴时的游戏或失意时

---

① 　笔者指导的毕业研究生孙建忠参与了以上关于茅盾论司各特的讨论。

的消遣的时候,现在已过去了。我们相信文学是一种工作,而且又是于人生很切紧的一种工作。"这是周作人起草的,但曾经过鲁迅的修改与润色,代表了文学研究会作家的心声,得到他们的普遍认同。

王统照（1897—1957）认为真正的意识是人性的自由发挥,真正的艺术对人生是有利有益的。他说:"西方所说为艺术而作艺术,他们的作家,真能就特性的天才,尽力发挥,对于人生种种思想的表现,所以虽是为艺术而作艺术,然以其专力苦心,终必引起社会上多少的兴感,暗暗的移风易俗,于不知不觉。他们并不是作淫哇无谓的诗歌,打脸谱翻斤斗,野蛮优伶技艺的这等艺术,所以与社会上是有密切的关系。"①

出于对中国新文学的希望,王统照于1921年3月29日写《高士倭绥略传》,推荐介绍英国文学家高尔斯华绥（John Galswonthy）,说他是个改革社会的人,作品"几乎都是为平民抱不平,而与社会上恶劣、虚伪、偏颇的礼教、法律、制度相搏战"。并说"他的文学是社会主义的文学"②。"他的小说,全是实际生活上的注解与批评,批评及于经济与社会的状况,在人民的相互关联里。"他的著作"渗透沉浸在一种人生哲学（Philosophy Of Life）里,对于不满意的、虚伪的、无人道的生活,他便讥讽蔑视而攻击他们"③。他以高尔斯华绥的《银盒》《斗争》为例,论述其文学的巨大作用:表现了"贫富阶级的"斗争,"资本家苛待工人的卑鄙","字里行间,为贫者、弱者、无知识阶级者,鸣其不平,而抒其冤愤"。并说"高士倭绥以文学的艺术,描写这种令人深思的社会问题,无怪人家说他的文学上的创作,比社会党员的主张,更要锋利。因这样的刺激的、暗示的文学比较改造社会的论文,尤易动人兴感。"王统照评价高尔斯华绥为人生的文学的同时,不断提到其著作具有"文艺上的力量",就说而言,"都是有主义,而兼有文学上的兴感,与美的小说"。就戏剧说他是"最富有同情的艺术家",其戏剧"尤为人所佩仰,而富有同情的刺激,传布到人们的灵魂里"。多次提到他的思想连接着"艺术"、"美",

---

①　《王统照文集》第六卷,山东人民出版社1984年版,第347—348页。

②　同上书,第361页。

③　同上书,第362页。

"他的思想与观察本来高人一等,即他的艺术也非常卓越"①。

王统照的文艺观既是为人生的,也是为艺术的。② 这种合一的文艺观通过对叶芝的学习、评价、研究得到巩固与加深。考察王统照与英国文学的关系,明显发现他与叶芝的联系最为密切。

1921年1月10日,《小说月报》第12卷第1号刊登王剑三(统照)所译叶芝短篇小说《忍心》(*An Enduring Heart*)。王统照在译者附记里评价了叶芝的作品特色。③ 王统照是五四时期介绍叶芝(旧译夏芝)最勤的作家。④ 短短几年之间,他译介叶芝多篇作品,如《微光集》选译载1924年2月1日北京《文学旬刊》第25期。同时又发表数篇评论文章,如《夏芝的诗》刊于1923年5月15日《诗》刊第2卷第2号,论述了叶芝的思想艺术特色,特别推重其"歌唱着祖国的光辉,由文学中表明出对于异族统治的反抗"的爱国主义思想和浪漫主义倾向。1924年1月25日《东方杂志》第21卷第2号又刊登其长篇论文《夏芝的生平与其作品》,从"夏芝的身世"、"伟大的诗人"、"夏芝的戏剧与散文"和"夏芝的特性与其思想的解剖"等几方面系统介绍了叶芝的生活经历、作品及其思想特性。指出"夏芝的思想,实是现代世界文学家中的一个异流",但"也绝不是故蹈虚空,神游于鬼神妖异之境"。其著作"虽是有神话与民族的传说作材料,然而他那种高尚的思虑与热情的冲击,也全由此表征而出"。

在《夏芝的生平及其作品》中,王统照说叶芝与诗哲泰戈尔是最为契

---

① 《王统照文集》第六卷,山东人民出版社1984年版,第363—368页。

② 阎奇男:《为人生乎? 为艺术乎?——论王统照的文艺观》,见其所著《"爱"与"美"——王统照研究》,中国戏剧出版社2004年版,第42—58页。

③ 译者称"其作品,多带新浪漫主义的趣味,为近代爱尔兰新文学派巨子之一,其短篇小说,尤能于平凡的事物内,藏有很深长的背影,使人读着,自生幽秘的感想。既不同写实派的纯重客观,亦不同浪漫时代的作品,纯为兴奋的刺激。他能于静穆中,显出他热烈的情感,骛远的思想,实是现代作家不易达到的艺术。"

④ 1921年9月10日上海《时事新报》《文学旬刊》上翻译叶芝诗《玛丽亥耐》。1924年后,又翻译叶芝的《克尔底微光》中的小品文《三个奥薄伦人与邪魔》《古镇》《声音》等在上海《时事新报·文学周刊》上发表。同年,11月21日,《文学旬刊》20号刊腾固《爱尔兰诗人夏芝》。此为我国最早介绍爱尔兰大诗人叶芝生平与创作的文字之一。1924年2月21日《晨报副镌·文学旬刊》第26号刊登《夏芝思想的一斑》。1931年1月30日,南京《文艺月刊》第2卷第1期载费鑑照《夏芝》一文,详细介绍了爱尔兰大诗人叶芝的生平经历和创作特色。

合的朋友。① 认为叶芝的诗歌、戏剧、小说、散文都是其哲学的形象表现,而叶芝的哲学即"'生命的批评'主义(Criticism of Life)。生命是隐秘的,是普遍的,无尽的"②。说"他的诗的唯一的标准,即细致美与悲惨美(Melan Choly and Impalpokle Keanty)的唤起。所以说其作品中,感人的态度说,有时令人动半忘的愉快,有时令人有悲剧的兴奋,然而他的愉快,悲郁,爱与同情,缥缈的虚想,深重的灵感,都由他的真诚中渗出,绝非故作奇诡,亦非无病而呻。"说叶芝"相信美即真而真即美(Beauty is Truth, Truth Beauty)……真正的艺术的完成,即真的美的实现"③。他总结说,叶芝的意念,"是要在这个糊涂的社会与人生中,另创造出一个小世界来,这小世界,是什么? 便是美。然而如何方可使这个小世界,使人们感得快乐之兴趣呢? 须以调谐为目的,将人们的灵感,与爱力,使与大宇宙不可见的灵境的爱力相连合。"④ 这些表明,文艺观是为人生与为艺术的结合,其文学创造都是"爱"与"美"的文学与艺术;其美学特征审美心理都是为调谐为目的,调谐人与人、社会、自然的关系,最终目的是人与宇宙融为一体,使有限的人生存在于无限的宇宙之中。体现了泰戈尔、叶芝、王统照对人类的终极关怀。⑤

　　如上所述,对王统照"爱、美"思想的形成起突出作用的是诺贝尔文学奖获得者泰戈尔、叶芝。王统照在翻译叶芝《微光集》的过程中,体会到叶芝追求的"小世界"就是美与爱。他的长诗《独行者之歌》也明显受到叶芝的影响。

　　王统照对徐志摩具有挚爱深情和高度评价。爱与美让两人联系起来。在《悼志摩》中说"我只记得十二年的春日我到石虎胡同,他将新译的拜伦的'On Thus day Complete my Thirty Sixth Year'一首诗给我看,他自己很高兴地读给我听。想不到他也在三十六岁上死在党家庄的山下! 他的死比起英国的三个少年诗人都死得惨,死得突兀! 我回想那时光景不禁在胶扰的人生中感到生与死的无常!"⑥

　　① 《王统照文集》第六卷,山东人民出版社 1984 年版,第 470 页。

　　② 同上书,第 487 页。

　　③ 同上书,第 488 页。

　　④ 同上书,第 489 页。

　　⑤ 参见阎奇男:《"爱"与"美"——王照照研究》,中国戏剧出版社 2004 年版,第 53—54 页。

　　⑥ 《王统照文集》第五卷,山东人民出版社 1982 年版,第 274 页。

　　王统照从 1919 年起写的诗集《童心》开始就深受爱尔兰诗人叶芝的影响,与叶芝诗相似处颇多,不少小诗颇具叶芝诗的韵味与色彩。另从王统照对叶芝的翻译介绍和研究评论中,可见爱与美思想来源和艺术来源之一,也可找到王统照早期创作中的神秘性和象征性特点的原因。

　　王统照说叶芝 16 岁时的《窃童》(The Stolen Child)"其诗之美丽,如其他的弦歌是一样的活泼与爽利"。"虽是处女作,然而已是'仪态万方,亭亭玉立'的绝世美人了!"[①] 王统照详细分析了叶芝代表作叙事诗,独唱剧《奥廓的漂泊》(Wan dering of Oisin)。还列举了叶芝其他诗,认为叶芝的诗多采用爱尔兰古代神话的故事,多用草木、器具、景色来象征。他是爱尔兰新诗人中最富于神秘和浪漫色彩的人。

　　小而言之,王统照对叶芝思想的研究,可概括三点:(1)叶芝的哲学思想是"生命的批评"主义。生命的价值、人生的价值是爱与美,这是叶芝的人生理想也是社会思想。王统照强调叶芝"非颓废派所可比",而是"以美术,乃导人往乐园去的第一条光明之路",其著作中的沉郁,奇诞,细致,悲与爱,"都是美的精神所寄托处他对于人生所下之批评,不是直接的议论的,是隐秘的,则暗示的,是象征中包含的教训"[②]。(2)美是什么,或者艺术的标准是什么? 是调谐。王统照指出叶芝是最沉溺于艺术之渊的,他对于文字之形与意的美,则完全是以调谐(harmony)为美。[③] 而且叶芝以此为文学艺术甚至社会人生的美的唯一标准。(3)叶芝的性格特点及其思想渊源是本民族文化的孕育、大自然的孕育、外国文化的孕育。分析叶芝所属爱尔兰的色尔特族人的民族特性,认为"英人是一种实事求是壮重沉着的人们,而色尔特族人的性质,是奇幻的,不是平凡的,是象征的,不是写实的,是灵的,不是肉的,是情感的,不是理智的。……有独特的性质——浓厚的地方色彩和民族思想。……可谓异帜独标了。"[④]

　　另外,王统照于 1934 年 4 月在罗马游雪莱墓后,写有两首《雪莱墓上》

　　① 《王统照文集》第六卷,山东人民出版社 1984 年版,第 469—470 页。
　　② 同上书,第 489 页。
　　③ 同上书,第 489 页。
　　④ 同上书,第 468 页。

（七律和语体诗），抒发对这位英国浪漫诗人的钦佩与怅惘之情，后刊于《文学》第 7 卷第 2 号和《南风》第 2 卷第 4 期。

　　王统照的文学批评观是一种"真的批评"。他说"中国一切的现象，正是这样，而缺少批评精神的关系，一切事正与误的所在，不曾明白揭示。而所谓合于时代精神的价值、真理等，终无从表现得出。谈主义者，事业的实行者，创作的文艺，都急不可待的需要批评。"①这"真的批评"有一个标准就是"美、善、知"的统一。王统照引用英国 19 世纪桂冠诗人丁尼生《艺术之宫》的诗句来形象地说明："美、善、知，是互相启示的 / 姊妹三个，同友于人，/ 在同一屋顶下共同居住，/ 除非泪痕，是永不能有分裂。"

　　总之，王统照是五四文学革命和五四新文化运动的开创者先驱者之一。"爱"与"美"是其文学追求的主导思想。②他所宣扬的爱：异性、父母、童贞、人类之爱；美：人体、心灵、自然、艺术之美。其爱与美文学思想的形成，首先是我国传统文化哺育的结果，同时也是外国文学影响的结果。王统照于 1918 年考入北京中国大学英国文学系，一边学习和研究外国文学，一边翻译与创作。他曾参加五四游行，是文学研究会发起人之一。

四、徐志摩与英国文学

　　徐志摩对济慈的兴趣，最明显莫过于他其所写散文《济慈的夜莺歌》。1925 年 2 月，《小说月报》第 16 卷第 2 号发表徐志摩《济慈的夜莺歌》，用散文译意并解释。徐志摩对济慈的《夜莺歌》推崇备至，称它能够"永远在人类的记忆里存着"。尤其是"这歌里的音乐与夜莺的歌声一样的不可理解，同是宇宙间的一个奇迹，即使有那一天大英帝国破裂成无可记认的断片时，夜莺歌依旧保有他无比的价值"。对本来想象力就丰富的徐志摩而言，雪莱、济慈的启发起了推波助澜的作用。他的诗篇《杜鹃》模仿《夜莺颂》，并把杜鹃视为一种理想的象征。

---

①　《王统照文集》第六卷，山东人民出版社 1984 年版，第 394 页。
②　参见阎奇男：《论王统照文学的"爱"与"美"思想》，载其所著《"爱"与"美"——王照照研究》，中国戏剧出版社 2004 年版，第 151—161 页。

1924 年 1 月 25 日,《东方杂志》第 21 卷第 2 号刊登徐志摩《汤麦司哈代的诗》一文,其中说:"读哈代的诗,……仿佛看得见时间的大喙,凶狠的张着,人生里难得有刹那的断片的欢娱与安慰与光明,他总是不容情的吞了下去,只留下黑影似的记忆,在寂寞的风雨夜,在寂寞的睡梦里,刑苦你的心灵,嘲笑你的希望。"

徐志摩对哈代十分景仰。1927 年 7 月,徐志摩经狄更生介绍,在多切斯特哈代寓所拜访了 80 多岁高龄的作家。在中国文坛,徐志摩不仅是唯一见过哈代的人,而且也是哈代诗歌最早的译者。1923 年 11 月 10 日出版的《小说月报》第 14 卷第 11 号就刊登了徐志摩翻译的哈代的两首诗:《她的名字》《窥镜》,首次采用了"哈代"这个如今通用的译名。徐志摩还发表过《汤麦士哈代》《谒见哈代的一个下午》《哈代的著作略述》《哈代的悲观》等多篇探讨哈代及其作品的文章。

徐志摩在其著述中对一些英国作家进行了比较,认为哈代与华茨华士或满垒狄士(梅瑞狄斯)都是以自然为诗的灵感源泉,但哈代的自然概念是华茨华士的反面,他们的态度与方法是互辅的。他形象地比方道:"华茨华士与满垒狄士看着了阳光照着的山坡涧水,与林木花草都在暖风里散布他们的颜色与声音与香味——一个黄金的世界,日光普照着的世界;哈代见的却是山的那一面,一个深黝的山谷里。在这山冈的黑影里无声的息着,昏夜的气象,弥布着一切,威严,神秘,凶恶。"① 这一分析实际上指向着哈代引发徐志摩共鸣的另一个也是更深的一个层次,即对哈代思想上勇与悲的矛盾的理解。

当时的中国学者认为哈代是"定命论者",作品中笼罩着一种灰色的宿命论的空气。徐志摩的看法与众不同。他对哈代悲观的理解是两位诗人相遇的一个关键。他反对给哈代贴上"宿命论"、"悲观主义者"或"写实派"等标签。他认为,哈代只不过是在作品中自然地表达了自己对人生的态度而已,并未成心地去表现所谓的悲观主义。在徐志摩看来,哈代是一个强者,"哈代但求保存他的思想的自由,保存他灵魂永有的特权——保存他的倔强

---

① 　徐志摩:《汤麦士哈代的诗》,《徐志摩全集》第 8 卷(补编、散文集),上海书店出版社 1995 年版,第 188 页。

的疑问的特权"①。

徐志摩认为,"哈代不是一个武断的悲观论者,虽然他有时在表现上不能制止他的愤慨与抑郁","就在他最烦闷最黑暗的时刻他也不放弃他为他的思想寻求一条出路的决心——为人类前途寻求一条出路的决心",再没有人在思想上比他更严肃,更认真的了。徐志摩引用哈代在 1895 年写的诗句"If way to the Better there be it exacts a full look at the worst……"②(除非彻底地认清了丑陋的所在,我们就不容易走入改善的正道)证明哈代的写实,他的所谓悲观,正是他在思想上的忠实与勇敢。

从某种程度上说,徐志摩对哈代悲观的理解,与其说是仰慕老作家的勇敢,不如说是诗人在用自己的方式寻求心灵的光明。徐志摩生活创作的年代,社会动荡,生活暗淡。1924 年翻译了泰戈尔在清华的演讲后,徐志摩在《附述》中感愤地写道:"现在目前看得见的除了龌龊,与污秽,与苟且,与懦怯,与猥琐,与庸俗,与荒伧,与懒惰,与诞妄,与草率,与残忍,与一切的黑暗外,我不知道还有什么?"③ 这位吟咏着"沙扬娜拉"或"作别西天的云彩"的诗人,仿佛正是雪莱笔下那云雀的精灵,要在阴郁如哈代的荒原般的环境里渴望着一飞冲天!

在短暂的一生和尤其短暂的创作生涯中,徐志摩经常在哈代的作品中驻足流连。在他翻译的欧美诗人的近 70 首诗歌中,哈代一人的就达 20 首左右。有时他和朋友一起朗诵哈代的诗,有时一边创作自己的诗,一边翻译哈代的诗。哈代对徐志摩创作的影响是不容忽视的。

五、邵洵美与英国唯美主义

1924 年,邵洵美进剑桥大学依曼纽学院专攻英国文学。他从发现萨福而知道了史文朋(1837—1909),又因史文朋而熟知了前拉菲尔作家。邵洵

① 徐志摩:《汤麦士哈代的诗》,《徐志摩全集》第 8 卷(补编、散文集),上海书店出版社 1995 年版,第 184 页。

② 徐志摩:《汤麦士哈代》,载《新月》创刊号,上海书店 1985 年印行,第 71 页。

③ 徐志摩:《附述》,《徐志摩全集》第 4 卷(散文集丁),上海书店出版社 1995 年版,第 207 页。

美还结识了史文朋的一个最好的朋友魏斯（T. J. Wise）。他是史文朋一切稿件的管理人。后邵洵美回国，与他仍有书信往来。1928 年 10 月，魏斯在给邵洵美的信中热情洋溢地说："假使史文朋仍活着，知道中国有像你这样一个好友，他一定会快乐得不得了。"邵洵美在英国还与当代著名的信奉自然主义的七十多岁的爱尔兰作家乔治·摩尔（1852—1933）结成了忘年交。

邵洵美的《一朵朵玫瑰》（金屋书店 1928 年 3 月版）是本译诗集，译有罗赛蒂兄妹、史文朋、哈代等 9 位英美诗人的 25 首诗，并附有"原作者传略与小注"，这些评介扼要、简赅、精短。但丁·罗赛蒂是英国画家、诗人，拉斐尔前派创始人之一，该派最重要的中心人物。画风带有神秘主义和伤感气息。而他的诗歌词句典丽，描写入微，想象大胆。其诗集《生命之屋》则是珠宝的藏库。其妹的诗以浅明的词句、甜蜜的想象和富丽的表现，使她在英国女作家中占有了最高的位置。《鬼市》是拉斐尔前派诗人中在诗的创作上第一个成功作品。邵洵美以为在英国女作家中只有她才当得起"诗人"的称号。邵洵美还称哈代是第一流的诗人，也是第一流的小说家。对他的诗，邵洵美赞叹："太容易读，太难译，意思是何等的简单明了，文笔是何等的精干老当。"

邵洵美的论文集《火与肉》（金屋书店 1928 年 3 月版）里有篇题为《史文朋》的文章。该文写于 1926 年邵洵美在剑桥留学时期，倾注了他的崇敬与热诚。他如此评价史文朋："史文朋诗集里的吟唱，以火一般的情感，发挥思想、意见，反对一切专制政治，反对虚伪的道德。他的诗歌集一经发表，轰动全欧，名扬美洲。他的学问非平常人所能望其项背，他的天才更没有第二个人可以及到。文学界因了他这惊异的天才而原谅他的作品的狂放。这个饮酒无度，性格浪漫，终身未娶的大诗人的诗已达到一切的顶点、沸点、终点！啊，不能再好了，不能再好了！"在论文《日出前之歌》（史文朋后期一部诗集）里说："他以自由为生命，以为自由杀一切黑暗的光明，自由是至善的、万能的。他不但求肉体的自由，而且求灵魂的自由。他为穷困百姓、弱小国家、灭亡的种族、所有被压迫的鸣不平。他诅咒强凶的霸道者、暴虐的执政者、挟制一切礼教和拘囚万物的上帝。他崇拜革命。他的革命无国界，不但是家国的革命，而且是世界的革命。他以人类为本位，他是个大同主义者。"

文章结尾,邵洵美以诗般的语言,发出他的赞叹:"你这追求光明的灯蛾,你自身的血液比火焰热烈得多。你以自由为你唯一的光明,而自由竟以你而分外光明了。我的诗人,我的革命诗人!"

1928 年 7 月 1 日,《狮吼》半月刊复刊,称为"复活号"。每月 1、16 日出刊,发行者是邵洵美的金屋书店。复活号第 2 期是《罗赛蒂专号》。邵洵美不满足于在《一朵朵玫瑰》里对罗赛蒂所作的简短介绍和评论,因而又写一篇长篇专论论述罗赛蒂。题目就叫《D. G. Rossetti》。此前赵景深在《小说月报》,闻一多在《新月》月刊,都有关于罗赛蒂的介绍文章。邵洵美说"赵、闻大作都是介绍文字中很好的作品。"但又说:"我们需要新鲜与精澈些的东西",于是他在文章中写下了他所知道而为赵景深、闻一多所没有写出的内容。

邵洵美从画、诗、翻译三方面来评述罗赛蒂。他说"罗赛蒂是一位非特能画肉体并且能画灵魂的画家",他谈了罗赛蒂的《Beata Beatrix》一画,并盛赞说"这张大和谐的作品,是罗赛蒂生平最大的杰作,也便是世界画史上不朽名品"。他评介了罗赛蒂的诗集《生命之屋》,说"他的诗的志愿是何等的伟大,表现得何等深切精美,思想和情感的枝叶是何等丰富,他的那种甜蜜的光明的风格的急流把世界上所有的丑的恶的卑鄙的污浊的一切完全冲净了。而他的像金子般灿烂的萦想,珠宝般彩色的字儿,却从未将他的辞句的清高忠实来掩蔽。"《生命之屋》(House Of Life)分为两部共有十四行诗 101 首。上部《青春与变化》59 首,下部《变化与命运》42 首。"他们的性质便是说从青春的甜蜜而起了变化,受着命运的播弄而终于无穷的悲哀。这里面没有一首不是润着爱之仙露而同时显示着死之必至。"邵洵美还引入了史文朋对《生命之屋》的一段评介:"这《生命之屋》中有这许多广厦,华美的大厅,陶醉的内室,供神的礼堂,盛典的会场。无论哪一位贵客初进门来决不能讲出这里边的组织的秘密。灵与知,视觉听觉与思想,都被吸收在仅有欢乐所能辨别的音调的壮丽与色彩的灿烂之中。但这组织是坚固而和谐的。这里,天才的豪奢一些不虚霍,他的全体比他最美丽的一部分都来得美丽。……每一首都是(好像一个诗人形容百灵鸟在清晨高唱)一粒粒金珠滚下金阶。在英吉利是没有这一类诗的——恐怕 Dante(但丁)的意大利文中也找不到——如此地丰富而如此地纯洁。"邵洵美在这篇论文的末尾,说:"总之,他的一生,便是诗的与画的,他留给我们这许多热烈的情感丰富的色彩在他的诗与画里。他是一个伟大的诗人又是一个伟大的画家。他两件都成功了。意大利以为是他们的(骄傲),英吉利也以为是他们的无上光荣。啊,你这世界文坛的骄子,请受我的顶礼!"

六、老舍与康拉德

1935年11月10日,老舍在上海《文学时代》月刊创刊号上发表《一个近代最伟大的境界与人格的创造者——我最爱的作家——康拉德》一文。文中说:"对于别人的著作,我也是随读随忘;但忘记的程度是不同的,我记得康拉德的人物与境地比别的作家的都多一些,都比较的清楚一些。他不但使我闭上眼就看见那在风暴里的船,与南洋各色各样的人,而且因着他的影响我才想到南洋去。他的笔上魔术使我渴望闻到那咸的海,与从海岛上浮来的花香;使我渴望亲眼看到他所写的一切。别人的小说没能使我这样。……我的梦想是一种传染,由康拉德得来的。"又说:"可是康拉德在把我送到南洋以前,我已经想到从这位诗人偷学一些招数。……他的结构方法迷惑住了我。……康拉德使我明白了怎样先看到最后的一页,而后再动笔写最前的一页。在他自己的作品里,我们看到:每一个小小的细节都似乎是在事前准备好,所以他的叙述法虽然显得破碎,可是他不至陷在自己所设的迷阵里。……这种预备的工夫足以使作者对故事的全体能准确的把握住,不至于把力量全用在开首,而后半落了空。"这是老舍"老忘不了康拉德"的原因。①

老舍以他在伦敦和新加坡的生活经验来阅读康拉德的小说,康拉德的作品给老舍留下了深刻的印象,但同时老舍对康拉德的作品所体现的欧洲自我

---

① 在《二马》中,老舍企图颠覆康拉德的小说,把中国人与英国人放在同样重要的角色上去"比较中英两国国民性的不同"。在康拉德的热带丛林小说中,如《黑暗的心》《浅湖》《群岛流浪者》《阿尔迈耶的愚蠢》等小说,白人在原始热带丛林中,在土族生活中,容易引起精神、道德、意志上的堕落。在《二马》中,却让我们看见白人在他自己的国土中,也一样有道德败坏之思想行为。这是老舍对康拉德小说中的东方主义叙事的一种还击。为了颠覆康拉德小说以白人为主角,东方人为配角,《二马》把中国人与英国人放在至少同等重要的地位。

中心主义或白人优越感感到不满。在康拉德以东南亚为背景的热带丛林小说中"白人都是主角，东方人是配角，白人征服不了南洋的原始丛林，结果不是被原始环境锁住不得不堕落，就是被原始的风俗所吞噬"。于是，老舍为了颠覆西方文化优越霸权主义的语言，颠覆康拉德在其作品中所反映的种族主义思想模式，写一部以南洋为题材而东方人为主角的小说。老舍在《我怎样写〈小坡的生日〉》一文中说：

> 我想写这样的小说，可是以中国人为主角，康拉德有时候把南洋写成白人的毒物，征服不了自然就被吞噬，我要写的恰与此相反，事实在那儿明摆着呢：南洋的开发设若没有中国人行么？中国人能忍受最大的苦楚，中国人能抵抗一切疾痛：毒蟒猛虎所盘踞的荒林被中国人铲平，不毛之地被中国人种满了蔬菜。

到了新加坡之后，老舍就想写一部他原来计划写的、关于华人开辟南洋的小说。他认为"南洋之所以为南洋，显然大部分是中国人的成绩"。但是要反映新加坡华侨奋斗的历史，需要深入群众，去探索、去观察他们的生活。教书的生活把老舍栓在学校，时间与金钱方面都不允许老舍详谈南洋华人的光荣业绩，所以他放弃写南洋华侨史大书的计划，写每天熟悉的小孩，他"打了个大大的折扣，开始写《小坡的生日》，……注意小孩子们的行动……好吧，我以小人们作主人公来写出我所知道的南洋吧"。于是，一部许多评论家认为是"给儿童写的童话"的一部小说《小坡的生日》诞生了。这部中篇小说的主要角色都是小孩子，但《小坡的生日》并非童话。老舍采用了简单的叙述模式来涉及一些较复杂的问题。同时这部作品一直徘徊于小孩的幻想世界与成年人的现实世界之间。

在阅读康拉德作品时，老舍先肯定康拉德的作品有民族高下的偏见，为了颠覆康拉德小说中以白人为主角，东方人为配角，《二马》把中国人与英国人放在同等重要的地位。在《小坡的生日》一文中，老舍颠覆康拉德的手法，是用华人取代了白人，其他如马来人，印度人等仍然只是配角。阿拉伯人就更不用提了，似乎"只在那儿作点缀，以便增多一些颜色"。在作品中，小坡的爸爸妈妈是广东华侨。他们讨厌一切"非广东人"，对其他种族的人也有很大的偏见。他们的孤立态度,加深了与其他省籍的人和不同种族的人之间的差异。就连哥哥"一看见小坡和福建,马来,印度的孩子玩耍,便去告诉父亲,惹得父亲说小坡没出息"。这里,《小坡的生日》虽然也谈了一下非华人以及他们的生活,但其大部分篇幅还是用在描写华人和他们的事。

作品又塑造了小坡,一个在新加坡土生土长的华人小孩,代表第二代本土化的华人思想。老舍一个小故事构建了一个多元文化并存的社会:在沙文主义的父母不在时,小坡和妹妹决定打破种族的藩篱,邀请了马来的,印度的,福建的,和广东的小孩到屋子后面的花园进行游戏。他们就像一家人,说着同样的语言。这里的花园意向,与新加坡后来被称为"花园城市"相一致,足见老舍的眼光。在小说中,就是没有白人的出现。因为老舍认为南洋的开发是亚洲各民族人民的努力结果,不属于白人殖民者。用王润华教授的话来说,老舍是在"逆写"(write back)帝国历史。通过创作一本小说,纠正康拉德笔下的南洋的"毒物"意向,纠正"他者的世界"。小说中的预言,在花园里多元种族之时代,是本土被殖民地文化与帝国文化相冲突的思想火花。

在《我的创作经验》一文中,老舍说:"《二马》……因为已经读过许多小说了,所以这本书的结构与描写都长进一些。文字上也有了进步……写它的动机是在比较中英两国国民性的不同。"《二马》创作于老舍在伦敦的第五年,此时他已经阅读许多西方作品。在这些作家中,老舍承认开始学习康拉德的写小说技巧——倒叙(Flashback),这在作品《二马》中得到了反映和体现。

如果从后殖民文学角度来读《二马》,也就更明白老舍所说的只学了康拉德一点东西的内涵:主要指艺术结构,至于东方主义的论述与主题思想,老舍很显然是反殖民帝国主义的。他在《二马》中就企图颠覆康拉德的小说,把中国人与英国人放在同样重要的角色上去"比较中英两国国民性的不同"。小说中描写父子二人(二马指父亲马则仁与儿子马威)抵达伦敦去继承前者哥哥的古董店的生意。与改革开放中出洋留学、经商、打工的中国人不同,马则仁(老马)和马威(小马)父子,则是八十多年以前,在伦敦经营古玩铺子的异国漂泊者。牧师伊文思夫妇为二马找房子而四处奔跑,他心里大骂:"他妈的! 为两个破中国人。"伊文思安排二马来伦敦,为的是证明给教会看,他当年到中国传教是有影响力的,二马就是受他影响而信教的。可是伊牧师半夜睡不着的时候,也祷告上帝快把中国变成英国的属国,要不然也升不了天堂。小说借马氏父子在英国伦敦充满喜剧色彩的生活经历,特别是与房东太太温都母女令人啼笑皆非的婚恋纠葛,揭示了在中英文化冲撞中,旧时代某些中国人身上的丑陋习性和陈腐观念;也讽刺了英国社会的种族歧视和文化偏见。

老舍故意安排马威在新年早上,独自逛植物园,是由于洋妞玛力拒绝他的爱而伤心失恋,这又暗寓着西方资本主义国家叫人又爱又恨的意义。年轻的中国,走向现代化的中国拼命追求西化,可是最后发现西方文化并没想象中那样完美,更何况西方人始终难于改变对中国及其人民的偏见。他们爱抢夺中国或东方的东西,但不爱东方人。从这个角度去读《二马》,我们就明白老舍所说康拉德在把他送到南洋以前,所偷学到的招数,并不止于艺术表现技巧,更重要的,他反过来,把东方人放在殖民者的国土上,一起去呈现殖民者与被殖民者的种种现象。

我们读康拉德的热带丛林小说,如《黑暗的心》《浅湖》《前进的哨站》《群岛流浪者》及《阿尔迈耶的愚蠢》等,作品里的白人无论在原始热带丛林中,还是在土族生活中,很容易引起精神、道德与意志上的堕落。而在《二马》中,老舍却让我们看见白人在他自己的国度也一样有道德败坏的思想行为。这是老舍对康拉德小说中的东方主义叙事的一种还击。

如果说,后殖民文学是在帝国主义文化与本土文化互相碰击、排斥之下产生的,那么老舍的《小坡的生日》,《二马》就是世界华文文学最早期的一部分殖民文学作品。王润华教授在《中国最早的后殖民文学理论与文本:老舍对康拉德热带丛林小说的批评及其创作》中引用 *The Post-Colonial Studies Reader* 中的话,这样解释老舍的意图:"在殖民社会里,民族主义(Nationalism)是抵抗帝国控制的最重要的基础之一,它能使后殖民社会或人为去创造自我的意象,从而把自己从帝国主义压迫之下解救出来。"[1]

因此,关心本土文化、颠覆西方文学的主题,并与之抗衡,这些观念常常

---

[1] 王润华:《从后殖民文学理论解读老舍对康拉德热带丛林小说的批评与迷恋》,天津人民出版社 2000 年版。

出现在老舍对自己十分迷恋的康拉德的批评和自己的小说《小坡的生日》和《二马》文本之中。

七、吴宓论英国作家

关于吴宓与英国作家的关系,《吴宓诗集》卷首自识里就有如此表白:"吾于中国之诗人,所追摹者三家:一曰杜工部,二曰李义山,三曰吴梅村。""吾于西方诗人,所追摹者亦三家,皆英人。一曰摆伦或译拜伦 Lord Byron[①],二曰安诺德 Matthew Arnold,三曰罗色蒂女士 Christina Rossetti。(一)摆伦以雄奇俊伟之浪漫情感,写入精密整炼之古典艺术中。(二)安诺德谓诗人乃由痛苦之经验中取得智慧者。又谓诗中之意旨材料,必须以理智鉴别而归于中正。但诗人恒多悲苦孤独之情感,非藉诗畅为宣泄不可。又谓诗为今世之宗教,其功用将日益大。(三)罗色蒂女士女士纯洁敏慧,多情善感。以生涯境遇之推迁,遂渐移其人间之爱而为天帝之爱。笃信宗教,企向至美至真至善,夫西洋文明之真精神,在其积极之理想主义。盖合柏拉图之知与耶稣基督之行而一之。此诚为人之正鹄,亦即作诗之极诣矣。"[②]《诗集》收录了作者在 1908—1935 年间创作的诗词 1000 余首。作者自认为最可取的有四篇:《壬申岁暮述怀》四首;《海伦曲》;所译罗色蒂女士《愿君常忆我》及《古决绝辞》(自注)。《吴宓诗集》卷末附有《论安诺德之诗》。[③]

---

① 吴宓自述《西征杂诗》诸作受到拜伦《恰尔德·哈罗尔德游记》第三部的启发:"民国十五年秋冬,予在清华学校新旧各班,授英国浪漫诗人之所作。于摆伦之 Childe Harold's Pilgrimage 之第三曲,尤反复讲诵,有得于心。下笔之时,不揣冒昧,径仿效之。然所谓仿效者,仅略摹其全片之结构章法已耳。予诗之内容,乃予一身此日之感情经历,一主真切。……而首尾连贯,合为一体,则同。又此篇均系七律诗,以七律之体,与摆伦原作之 Spenserian Stanza 最为近似。"

② 吴宓:《吴宓诗集》,上海中华书局 1935 年 5 月初版,为大 16 开本,共 516 页。

③ 文中称"世皆知安氏为十九世纪批评大家,而不知其诗亦极精美,且所关至重,有历史及哲理上之价值,盖以其能代表十九世纪之精神及其重要之思潮故也"。其作诗时,"情不自制,忧思牢愁,倾泻而出。其诗之精妙动人处,正即在此。因之,欲知安诺德之为人及其思想学问之真际者,不可不合其诗与文而视之。"文章指出安诺德的诗歌有两个特性:"一曰常多哀伤之旨,动辄厌世,以死为乐";"二曰常深孤独之感,作者自以众醉独醒,众浊独清,孤寂寡俦"。而"安诺德之诗之佳处,即在其能兼取古学浪漫二派之长以奇美真挚之感情思想纳于完整精炼之格律艺术之中"。

（一）论罗塞蒂

在外国的翻译理论中,给予吴宓以很大影响的,是英国的德莱顿、德国的歌德和奥·施莱格尔。德莱顿（1631—1700）是英国诗人、翻译家,既有大量的译作,也有系统的翻译理论。如他将翻译分为三类:直译;意译;拟作。吴宓接受了这样的分类,并且对三者做了比较:"三者之中,直译窒碍难行,拟作并非翻译,过与不及,实两失之,惟意译最合中道,可以为法。"吴宓推崇意译,在翻译实践中主要用意译或译述。吴宓主张用中国传统格律诗的形式来翻译外国诗歌,并且一以贯之地将其付诸实施。罗塞蒂因其"纯洁敏慧,多情善感"（《吴宓诗集·卷首自识》）,是吴宓最为推崇的三位西方诗人之一。吴宓曾译罗塞蒂的诗为《愿君常忆我》。罗塞蒂这首诗为彼特拉克体十四行诗,格律十分严谨。吴宓用传统的中国五言古体来译,正是他以格律诗译格律诗的一贯主张。

吴宓这样解释:"夫艺术固可为象征,然象征以外,艺术作品中之事物材料,亦必取诸实际经验,而富有人生趣味。不可仅作象征之工具、譬喻之方法而已。予居恒好读罗色蒂女士 Christina Rossetti（1830—1894）诗。即以其中事虽无多而情极真挚,梦想天国而身寄尘寰。如湖光云影,月夜琴音。澄明而非空虚,美丽而绝涂饰。馥郁而少刺激,浓厚而无渣滓。此乃诗之极'纯粹'者,而仍是生人之诗。非彼十七世纪之玄学诗人所可及者已！又按中国诗人（自屈原《离骚》以下）常以男女喻君臣之际。西方诗人（如但丁,又如罗色蒂女士）则以男女喻天人直接引。其例至多。均以男女至情,可以深托思慕,其苦乐成败又极变化奇诡之致故也。"[1]

1930年9月,吴宓利用休假机会,赴欧洲进修、游学一年。先后在英国牛津大学、法国巴黎大学进修,又在意大利、瑞士、德国游历、游览名胜古迹,参观博物馆、纪念馆,访问著名作家诗人的故乡,感受颇深。作《欧游杂诗》50首,发表于《国闻周报》和《大公报·文学副刊》上。他在日记中写道:"尚未通览,深觉不到欧洲,不知西洋文学历史之真切。"

---

[1] 吴宓:《吴宓诗集》,商务印书馆2004年版,第275页。

（二）论阿诺德

阿诺德是维多利亚时代著名诗人、批评家、教育家。吴宓非常推崇之，早年办《学衡》时，就介绍过，后来在一首旧体诗里说："我本东方阿诺德。"他还一再表明这位英国诗人和教育家对他一生的思想和感情起了巨大影响。吴宓爱憎分明，疾恶如仇，富于正义感，格外强调文学作品的社会意义、教育作用等，除了吸收中国古代优秀文化的精华外，与阿诺德的联系是很明显的。因此，正如前文所述，阿诺德是吴宓式人文主义的一个组成部分。吴宓《挽阮玲玉》一诗这样说："盖棺世论本寻常，犹惜微名最可伤。志洁身甘一掷碎，情真艺使万人狂。繁华地狱厄鸾凤，血泪金钱饱虎狼。我本东方阿诺德，落花自忏吊秋娘。"[①] 另外，吴宓译有多首阿诺德诗篇，如《译安诺德挽歌》（Requiescat, 1853）："（一）采来桃李花，勿献松柏朵。羡渠得安息，劳生仍独我。（二）举世但追欢，强颜为歌舞。生前谁见怜，久矣渠心苦。（三）珠喉裂弦管，血汗逐香尘。孽债速偿了，黄土可栖身。（四）小鸟困樊笼，娇喘怨偏窄。今宵从所适，广漠此宧穸。"[②]

在哈佛大学就读期间，白璧德教授担任吴宓的导师。白璧德的学说远绍柏拉图、亚里士多德之精义微言，近宗文艺复兴诸贤及英国约翰生（S. Johnson）和阿诺德（M. Arnold）之遗绪，而所得阿诺德尤多，被视为现代保守主义与新人文主义美学的主要代表。其美学思想，主张以人性中较高之自我遏制本能冲动之自我，强调人性、理性、道德；而此种"较高之自我"的养成则有赖于从传统文化中求取立身行事之规范，即永恒而普遍之标准，以此集一切时代之智慧对抗当代崇尚功利物欲的"物的原则"。白璧德以为儒家的人文传统乃是中国文化的精萃，也是谋求东西文化融合，建立世界性新文化的基础。此新人文主义理论，直接成为学衡派的理论资源与文化思想基础。1921 年 5 月，东南大学拟聘吴宓为英国文学教授。9 月，任英语系教授，

---

① 作者原注：民国二十四年三月八日，电影明星阮玲玉在沪自杀。遗书谆谆以"人言可畏"为言，宓遂作《挽阮玲玉》诗一首。安诺德所作吊某歌妓舞女之《挽歌》，宓译于 1922 年。吴宓：《吴宓诗集》，商务印书馆 2004 年版，第 295—296 页。

② 吴宓：《吴宓诗集》，商务印书馆 2004 年版，第 108 页。

为二年级学生开设"英国文学史"、"英诗选读"、"英国小说"等课。1926
年任清华大学外文系教授。讲授"英国浪漫诗人""中西诗比较"、"文学
与人生"。《英国浪漫诗人》讲授精义为："取英国浪漫诗人（Wordsworth、
Coleridge、Byron、Shelley、Keats）之重要篇章,精研细读,由教员逐句讲解,
务求明显详确,不留疑义;兼附论英文诗之格律,诸诗人之生平,及浪漫文学
之特点。"①

　　吴宓公开反对"为艺术而艺术",他认为文学作品必须使人受到教育、
启迪。《文学与人生》第 11 章专谈"文学之功用"问题。他对文学作品要
求严肃认真,也正是他所钦佩的英国 19 世纪著名评论家兼诗人阿诺德所主
张的"high seriousness"。

（三）论雪莱

　　1936 年 3 月 1 日,吴宓《徐志摩与雪莱》一文,载《宇宙风》第 12 期。
文中说:"以志摩比拟雪莱,最为确当。……而志摩与我中间的关键枢纽,也
可以说介绍人,正是雪莱。"文章追述了自己与雪莱结的"甚深的因缘",事
因 1918 年至 1919 年间在哈佛大学选修洛斯教授讲授的"英国浪漫主义诗
人研究",而洛斯教授尤重雪莱研究。而"以此因缘,便造成我后来情感生
活中许多波折"。

　　吴宓曾作《挽徐志摩君》,借此表达了对但丁、雪莱的仰慕之心:"牛津
花国几经巡,檀德雪莱仰素因。殉道殉情完世业,依新依旧共诗神。曾逢琼
岛鸳鸯社,忍忆开山火焰尘。万古云宵留片影,欢愉潇洒性灵真。"②

　　吴宓十分推崇浪漫诗人雪莱其人其诗。他说在哈佛求学时,"沉酣于雪
莱诗集中"。在他的道德观中,不仅把人区分为道德的人和不道德的人,而且
还把道德的人（即善人）区分为真善者和伪善者。吴宓要求真诚,做到表里
如一。憎恨谎言和伪善,最喜欢中国小说《红楼梦》和英国小说《汤姆·琼

---

① 　王岷源回忆他讲授《英国浪漫诗人》课时说:"特别是'浪漫诗人'课,对二十来岁的青
年,一般都很有兴趣。在课程上听着讲述拜伦、雪莱、济慈的诗篇和他们富有浪漫色彩的生平,真是
一种享受。"（《忆念吴雨僧先生》）

② 　载民国二十年十二月十四《大公报·文学副刊》。

斯》。因为主人公汤姆是真诚、善良人格的化身,与此相对照的角色是一个极端自私、善于算计、坑害别人、彻头彻尾的伪君子布利菲尔。

（四）论萨克雷

1922 年出版的《学衡》杂志第 1—4,7—8 期刊载吴宓译萨克雷《小说名家:纽康氏家传 The Newcomes》。吴宓在译序中,对情感派与写实派作家作品作出了与其理性观念相违的评价。他称赞萨克雷和狄更斯同为英国19 世纪的大小说家。狄更斯的作品多叙市井卑鄙龌龊之事,痛快淋漓,成为情感派创作潮流之代表。萨克雷的作品,则专述豪门贵族奢侈,淫荡之情,隐微深曲,似褒似贬,半讥半讽,成为写实派创作潮流的代表。(《纽康氏家传·译序》,《学衡》第 1 期)①

1919 年 8 月 31 日的日记中,吴宓说读完《纽康氏家传》后,感觉绝佳,以为狄更斯远不如萨克雷:狄更斯的作品"似《水浒传》,多叙倡优仆隶,凶汉棍徒,往往纵情商气,刻画过度,至于失真,而俗人则崇拜之"。而萨克雷小说"则酷似《红楼梦》,多叙王公贵人,名媛才子,而社会中各种事物情景,亦莫不遍及,处处合窍。又常用含蓄,褒贬寓于言外,深微婉势,沉着高华,故上智之人独推尊之。"他认为萨克雷小说无一中译本,实为憾事。于是欲译《纽康氏家传》,"译笔当摹仿《红楼梦》体裁,于书中引用文学美术之自面,则详为考证,并书中之外国人名、地名、史事,均另加注解,以便吾国人之领悟。"

1926 年 7 月,《学衡》杂志第 55 期载吴宓译萨克雷《小说名家:名利场 Vanity Fair 楔子第一回》。译文以中国传统的章回体小说形式出现,第一回题曰"媚高门校长送尺牍,洩奇忿学生掷字典"。译者识交代了译名来由:"译书难,译书名尤难。此书名 Vanity Fair 直译应作虚荣市。但究嫌不典。且名利场三字,为吾国常用之词。而虚荣实则名利之义。故迳定《名利场》"。吴宓的译名亦为此小说的通行译名,遗憾的是只翻译了第一章(即第

---

① 吴宓《红楼梦新谈》(载 1920 年 3 月 27 日《民心周报》第 389 期)里说:"《石头记》(俗称《红楼梦》)为中国小说一杰作,其入人之深,构思之精,行文之妙,即求之西国之小说中,亦罕见其匹。……英小说中,惟 W. M. Thackeray 之 The Newcomes 最为近之。"又,1944 年 5 月 5 日《笔阵》革新第 1 号刊有洪钟的译文《论萨克莱的〈纽康门家〉》(车尔尼雪夫斯基原著)。

一回)。① 另,吴宓为清华大学外国文学系 1937 级学生高棣毕业论文《英国萨克莱著小说〈浮华世界〉》(A Study Of Thackeray's "Vanity Fair")所作评语,给分 88。

吴宓常说自己最欣赏古希腊人的两句格言"to know thyself"(贵自知)、"never too much"(勿过甚)。在西方小说家中,他最钦佩英国 18 世纪《汤姆·琼斯》的作者菲尔丁和 19 世纪《名利场》的作者萨克雷,因为在他们的作品中,深刻生动地描绘了时代社会,谴责了唯利是图、庸俗虚伪的世态,同时宣扬了善良和真诚的人物,崇高的精神境界。

(五)论其他英国作家

在吴宓日记中,也多有阅读英国作品的记载。如,吴宓在 1920 年 4 月 19 日日记中说:读完英国小说家及诗人乔治·梅瑞狄斯(George Meredith,1828—1902)的小说《理查德·弗维莱尔的苦难》。对梅瑞狄斯的评价是:"学富识高, Humanism(人文主义)。其所著小说,专藉以寓其怀抱宗旨。又刻意求工,不落俗套。故在十九世纪下半叶,写实派勃兴之时,如鹤立鸡群,卓然渊雅。"接着又说:"乃近倾国中各报,大倡'写实主义'。……今西洋之写实派小说,只描摹粗恶污秽之事,视人如兽,只有淫欲,毫无知识义理,读之欲呕。……今之倡'新文学'者,岂其有眼无珠,不能确察切视,乃取西洋之疮痂狗粪,以进于中国之人。"

吴宓在哈佛大学曾受教于 T. S. 艾略特的导师白璧德。而他与 T. S. 艾略特两人在伦敦亦有见面的记载。据吴宓日记 1930 年 10 月 10 日载:"正午时,与郭君(斌龢)一起至《标准》杂志社拜访艾略特,未遇。但见到了他的女书记以及接电话之女工,均美秀而文,极可爱,约后会。"1931 年 1 月 20 日又载:"下午 1—3(时)仿 T. S. Eliot(仍见其女秘书,伤其美而做工,未嫁)。邀宓至附近之 Cosmo Hotel 午餐,谈。Eliot 君自言与白璧德师主张相去较近,而与 G. K. Chesterton 较远。但以公布发表之文章观之,则似若适得其反云。"

---

① 萨克雷这部名著后来有伍光建的节译本《浮华世界》(上海商务印书馆 1931 年 10 月)和左登今的全译本《浮华世界》(正风出版社)。

应该说吴宓对 T. S. 艾略特的判断很确切。①

八、中国现代作家借鉴瑞恰慈的文学批评理论

瑞恰慈（I.A.Richards，1893—1979）是英国现代文论家、诗人、教育家。早年在剑桥大学攻读心理学，自 1922 年起，在剑桥大学教授英语文学，开始创造性地运用新的教学方法和批评立场。他在《文学批评原理》（*Principles of Literary Criticism*，1924），提出了把语义学和心理学引入文学理论的主张，认为诗歌的作用在于把人的各种复杂情感因素综合起来。《实用批评》（*Practical Criticism:A Study of Literary Judgment*，1929）一书则总结了他的诗歌教学实验方法，为新批评派的文本中心细读批评方法提供了依据。

他先后六次来华，在华时间共计四年半，从 20 世纪 20 年代末至 70 年代末，时间跨度上持续了半个多世纪，足迹遍及大半个中国，不愧为沟通中西文化交流的使者。与大多数欧美思想家、文学家、汉学家不尽相同，对瑞恰慈而言，中国不仅仅是个想象中的神秘国度，一个只适合于哲学冥想与浪漫暇思的遥远的乌托邦存在，如他自己所言，中国经历是"塑造我生命的事物之一"②。他的得意弟子燕卜逊也说瑞恰慈"辉煌的一生"的重要组成部分与中国密切相关。这也包括他生命的最后时刻。1979 年，86 岁高龄的瑞恰慈，不顾医

---

① 王辛笛在英国爱丁堡大学进修期间也见到过艾略特，后来在回忆文章中说他到爱丁堡大学第二年春天，学校为诗人艾略特举行授予博士称号的仪式。"请艾略特为学生开莎士比亚的专题讲座，我也有机会见到这位仰慕已久的现代诗人。听课时的舒畅感觉我记忆犹新。艾略特个子高高的，衣冠楚楚，举止优雅，叼着板烟斗，一副英国绅士模样（当时我不免有些看不惯）。一看到他，我立刻想起清华的叶公超，他俩有相似的名士派头，骨子里含有讥讽意味。"（叶公超在英国进修时，与艾略特相识，成为莫逆之交，回国后多次著文介绍艾略特的诗和诗论）创作上辛笛也受到艾略特诗风的影响。他在晚年总结自己的诗歌创作因缘时说："在叶公超的《英美现代诗》课上我接触到艾略特、叶芝、霍普斯金等人的诗作……后来我研究艾略特时，发现他爱在比喻中运用典故乃至以典来加强修辞，这种手法和我国古典诗歌实有异曲同工之处。我尤为欣赏艾略特的是，无论他的诗，还是批评文字，都是既尊重传统又充满英国社会的时代气息。"受艾略特《荒原》中"缥缈的城"的启发，1936 年辛笛在伦敦时曾写下一些诗句。而写于 1937 年的《门外》，一开始就采用了《普鲁弗洛克的情歌》关于"雾"与"猫"的著名意象："夜来了 / 使着猫的步子"。

② ［英］瑞恰慈：《我基本上是个发明家》，《哈佛大学杂志》第 76 卷（1973 年 9 月），第 52 页。转引自童庆生：《普遍主义的低潮：I. A. 理查兹及其基本英语》一文，载《社会·艺术·对话：人文新视野》第二辑，百花文艺出版社 2004 年版，第 276 页。

生警告，最后一次来到中国。访华期间，他病倒了，飞回英国不久去世。毫无疑问，瑞恰慈对中国的感情是真挚的 ①，中国永远是他心目中的理想国。

瑞恰慈在华讲学期间（1929—1931），他的文学批评思想就在中国得到译介与评述。比如，1929 年，华严书店就刊行了由伊人翻译的《科学与诗》。民国二十一年五月（1932 年 5 月），燕京大学文学院国文学系高庆赐（学号 28055）通过了其学士毕业论文《吕嘉慈底文学批评》（郭绍虞、周学章教授评阅）的答辩。该文论述了瑞恰慈文学批评在心理学、逻辑上的根据，具体分析了瑞恰慈文学批评的价值论、传达论、实用性等。这篇论文应该是最早专门而系统地评述瑞恰慈文学批评思想的一篇文章。从这篇学士论文的参考书目可见，作者对瑞恰慈的著述比较熟悉，主要包括：《文学批评原理》（伦敦 Kegan Paul，1925 年版）②、《意义的意义》（伦敦，1924 年）③、《美学基础》（Allen & WnWin，1922 年版）④、《实用批评》（伦敦 Kegan Paul，1929 年版）⑤、《科学与诗》（伦敦 Kegan Paul，1926 年版）⑥、《心理的意义》（伦敦 Kegan Paul，1926 年版）等。在该论文的序言中，作者说："吕嘉慈是哲学文学心理学兼通的学者，而在各方面又都有创见，都有发明。……在文学上，吕嘉慈先生建立了一个文学批评的基础。这新基础的建立便是根据他心理学上的创见。……吕嘉慈的学说，在中国并没有多少人介绍，尤其是对于他的文学批评，更没有系统的介绍过。……在中国介绍吕氏学说最多的，据我知

---

①　比如，他关注着中国的未来发展。在为李安宅《意义学》一书所写的序言中，瑞恰慈说："中国人将来对于西洋思想其他方面的进展，不管采取到怎样程度或利用到怎样程度，……反正有一点是不容怀疑的：即最少，西洋的科学这一方面为中国所必需。中国若没有西洋的科学，便不会支配自己将来的命运，而被科学更发达的国家所支配。中国若打算自由地作自己觉得上算的事，科学便是使中国获得这样自由的途径，而且是唯一的途径。……因为科学是一种思想的途径，能将事物与讨论事物所用的工具——即字眼加以思考。"（［英］瑞恰慈：《〈意义学〉：吕嘉慈教授弁言译文》，李安宅译，见徐葆耕编《瑞恰慈：科学与诗》，清华大学出版社 2003 年版，第 69—70 页）

②　关于此书内容的中文介绍文字，有黄子通《吕嘉慈教授的哲学》（天津《大公报·现代思潮》第 4 期）、李安宅《论艺术批评》两篇（《北晨评论》第 1 卷第 10 期、12 期、25 期以及《北晨学园》第 134—136 号）、西滢《一个文学批评的新基础》（《武大文哲季刊》第 1 卷第 1 期书评）。

③　关于此书的中文介绍文字，主要有李安宅的一组文章：《什么是意义》（载《大公报·现代思潮》）、《语言与思想》（载《现代思潮》第 4、5 期）、《语言的魔力》（载《社会问题》第 1 卷第 4 期）。

④　李安宅《论艺术批评》一文即取材于此书，亦即对此书之介绍。

⑤　此著有张沅长的介绍文字，见《文哲季刊》第 2 卷第 1 期书评栏。

⑥　此书有郭沫若的译本，见《沫若文选》。

道,要算是燕京大学的黄子通教授和李安宅先生。黄、李诸文,都是根据吕氏的哲学和文学批评而作的。"①

与此同时,即 1932 年 5 月,燕京大学外国文学系吴世昌(Wu Shih Chang,学号 28126)的学位论文 "Richard s'Theory of Literary Criticism"②,也剖析了瑞恰慈的文学批评理论。这篇英文学士论文后来以中文本《吕恰慈的批评学说述评》为题,刊于《中山文化教育馆季刊》1936 年 6 月号。文章结合中国古典诗词,从价值论、读诗的心理分析、艺术的传达诸方面综述了瑞恰慈的学说。文中也表明瑞恰慈是一位"以心理学作基础的文学批评理论家。……他的批评学说还没有好好地介绍过来,尤其是关于批评原理的这一部分"③。

1934 年 3 月,李安宅《意义学》④ 一书,由商务印书馆刊行。这是我国首部公开出版的研究瑞恰慈批评理论的专著,对国内文学批评实践产生了有益的效果。而瑞恰慈的重要著述《科学与诗》《诗的经验》《诗中的四种意义》《实用批评》等,则由曹葆华翻译成中文由商务印书馆于 1937 年刊行,对人们了解瑞恰慈的批评观念大有助益。叶公超、朱光潜、钱锺书等均曾受过瑞恰慈批评理论方法的影响与启发。叶公超《爱略特的诗》(原载 1934 年 4 月《清华学报》第 9 卷第 2 期)评述的是涉及 T. S. 爱略特的 3 本著述。其中所用的精细分析法,有瑞恰慈批评方法的明显影响。在为曹葆华译《科学与诗》写的序中,叶公超说:"瑞恰慈(I. A. Richards)在当下批评里的重要

---

① 高天赐这篇序言写于 1932 年 2 月 24 日。文中还说因为吕嘉慈的理论非常新颖,所用的名词又有别于普通流行的用法,故文章读起来很难懂,所以,他这篇学士论文的写作多得益于黄、李二先生的几篇介绍文字。

② 这篇英文学士论文包括六章:The Clearance of Fallacy in Criticism; On Value of Art; A Psychological Sketch; The Application of Richards' Theory to Literary Criticism; Of the Communication of Art; Truth, Belief and Poetry.

③ 吴世昌的其他文章,如《诗与语音》(《文学季刊》第 1 卷第 1 期, 1934 年 1 月)等,其思路出发点受到了瑞恰慈文学批评心理学说的启发。比如,他认为读诗的心理历程即可分为瑞恰慈所提到的六步:(1)视管的感觉,白纸上的黑字(visual sensation);(2)由视觉连带引起的"相关幻象"(Tied imagery);(3)比较自由的幻象(images relatively free);(4)所想到的各种事物(references);(5)情感(emotions);(6)意志的态度(attitudes)。

④ 该著系李安宅编译瑞恰慈著述并结合自己对中国古典思想的研究心得而成,内容以心理学为基础,着重讨论语言和思想的关系。

多半在他能看到许多细微问题，而不在他对于这些问题所提出的解决方法。本来文学里的问题，尤其是最扼要的，往往是不能有解决的，事实上也没有解决的需要，即便有解决的可能，各个人的方法也难得一致。"叶公超还希望译者继续翻译瑞恰慈的著作，"因为我相信国内现在最缺乏的，不是浪漫主义，不是写实主义，不是象征主义，而是这种分析文学作品的理论"①。可见，对文本细读分析方法的关注，正是作为文学批评家的叶公超所重视的，这从他的不少文章里都可看到这种影响的痕迹。

1983 年，朱光潜在接受香港中文大学校刊编辑的访问时说：留英期间，在文学批评方面他"还受过瑞恰慈的影响"。1936 年 1 月，朱光潜在天津《益世报·读书周刊》介绍的三十部"美学的最低限度的必读书籍"中，列举了瑞恰慈的三种著作：《美学基础》《文学批评原理》《柯勒律治论想象》。他也在《文艺心理学》中，批评克罗齐忽视"传达和价值"，而这个批评角度，明显取自瑞恰慈的文学批评原理。可以说，瑞恰慈对文学的价值意识的细致阐述，某种程度上解决了朱光潜文艺观内部文学与道德的矛盾。朱自清也在《语文学常谈》②中介绍了"意义学"一词，指出："'意义学'这个名字是李安宅先生新创的，他用来表示英国人瑞恰慈和奥格登一派的学说。他们说语言文字是多义的。"朱自清还明确指出瑞恰慈正是研究现代诗而悟到了多义的作用。瑞恰慈表明语言文字的四层意义，即字面文义、情感、口气、用意。而他"从现代诗下手，是因为现代诗号称难懂，而难懂的缘故就因为一般读者不能辨别这四层意义，不明白语言文字是多义的"。而在《诗多义举例》③中，朱自清对四首中国古诗的细读式分析，深得瑞恰慈批评思想的影响，以及瑞恰慈的弟子燕卜逊《多义七式》（*Seven Types of Ambiguity*）一书批评方法的启发。

钱锺书对瑞恰慈著作的最早引用，见于《美的生理学》（*The Physiology*

① 陈子善编：《叶公超批评文集》，珠海出版社 1998 年版，第 146、148 页。

② 朱自清：《语文学常谈》，原载北平《新生报》，1946 年。收入《朱自清全集》第 3 卷（江苏教育出版社），又可见徐葆耕编《瑞恰慈：科学与诗》，清华大学出版社 2003 年版，第 92—94 页。

③ 朱自清：《诗多义举例》，原载《中学生》杂志，1935 年 6 月。收入《朱自清全集》第 8 卷（江苏教育出版社），又可见徐葆耕编《瑞恰慈：科学与诗》，清华大学出版社 2003 年版，第 95—110 页。

of Beauty，By Arthur Sewell，1931）的一篇书评之中。① 他在《论不隔》一文中，借用了瑞恰慈的"传达"理论，阐释王国维的"不隔"论，认为王国维的"不隔"在艺术观上，"接近瑞恰慈（Richards）派而跟科罗采（Croce）派绝然相反的"。这就将王国维《人间词话》中的"不隔"说，与"伟大的美学绪论组织在一起，为它衬上了背景，把它放进了系统，使它发生了新关系，增添了新意义"②。在《论俗气》③ 一文中，钱锺书又两次运用瑞恰慈的理论，其中一处说："批评家对于他们认为'感伤主义'的作品，同声说'俗'，因为'感伤主义是对于一些事物过量的反应'（a response is sentimental if it is too great for the occasion）——这是瑞恰慈（I. A. Richards）先生的话，跟我们的理论不是一拍就合么？'"

萧乾在其毕业论文《书评研究》中，对于文学批评者的素质、文学批评的标准、文学方法的论述，同样深受瑞恰慈《文学批评原理》的影响。1937年4月，萧乾在主编上海《大公报·文艺副刊》时，办了两个专刊《作者论书评》和《书评家论书评》，大力倡导书评写作，并引发了一场探讨文学批评方法的热潮。其中叶公超《从印象到评价》④、常风《关于评价》⑤，对印象式批评方法和判断式的批评方法的关系，进行了非常精辟独到的理论辨析。二者均是以瑞恰慈《文学批评原理》为蓝本的。尤其是常风先生的《关于评价》一文，特别注意评价问题在整个文学批评进行中的重要性及其传达和欣赏的关系，明显可见瑞恰慈文学批评观念的影子。在中国现代文学批评家中，常风非常出色地把瑞恰慈的文学批评原理运用于中国现代文学批评实践。在其《弃余集》（1944年6月北平新民印书馆初版）所收的作品评论中，可见其对瑞恰慈"文学是最广泛的经验组织成的完美篇章"这一观

---

① 这篇书评原载《新月》月刊第4卷第5期，1932年12月1日。钱锺书在书评中说："瑞恰慈先生的《文学批评原理》确是在英美批评界中一本破天荒的书。它至少教我们知道，假使文学批评要有准确性的话，那末，决不是吟啸于书斋之中，一味'泛览乎诗书之典籍'可以了事的。我们在钻研故纸之余，对于日新又新的科学——尤其是心理学和生物学，应当有所藉重。换句话讲，文学批评家以后宜少在图书馆里埋头，而多在实验室中动手。"

② 钱锺书：《论不隔》，原载《学文月刊》第1卷第3期，1934年7月。

③ 钱锺书：《论俗气》，《大公报》1933年11月4日。

④ 原载《学文》第1卷第2期，1934年6月。

⑤ 原载常风先生的文艺评论集《窥天集》，上海正中书局1948年5月初版。

点的深刻理解：一方面倡导作家们从自我狭小的经验中走出来，努力扩大文学经验的范围；另一方面，又常敏锐地指出作家们在组织自己的经验时所存在的缺陷。循着瑞恰慈的文学批评原理，常风的这些书评，褒贬得当，有助于我们理解这些作品的艺术价值和确定它们在文学史上的位置。其中在为萧乾《书评研究》所写的评述文字中，常风提到："瑞恰慈教授的批评学说能以在今日占一优越的地位，他之所以成为著名的批评学者完全是因为他能比其他的学者追踪一个比较根本的问题，不让他的心灵尽在那神秘玄虚空洞的条规中游荡。"同样，常风自己的文学批评之所以独具慧眼，一针见血，也是因为他抓住了那"一个比较根本的问题"。另外，散文家李广田曾借鉴瑞恰慈《实用批评——文学批评的一种研究》第四章《伤感与禁忌》的观点，写出了《论伤感》一文，批判诗坛上的感伤主义倾向。

当然，袁可嘉更是瑞恰慈文学批评原理的最大受益者。自 1946 年起，他在天津《大公报·星期文艺》《文学杂志》《益世报·文学周刊》《诗创造》等报刊杂志发表了十余万字的系列文章，讨论新诗现代化的问题，其中都能看出瑞恰慈的影子：他对文坛上情绪感伤和政治感伤的批评，以及他综合各种文学批评方法的努力，都是建立在瑞恰慈"最大量意识状态"以及"各种经验冲突的组织调和"这一理论基点之上的。比如，《新诗现代化——新传统的寻求》①一文，袁可嘉在概括瑞恰慈的批评观念的基础上表明，"艺术作品的意义与作用全在它对人生经验的推广加深，及最大可能量意识活动的获致，而不在对舍此以外的任何虚幻的（如艺术为艺术的学说）或具体的（如以艺术为政争工具的说法）目的的服役，因此在心理分析的科学事实之下，一切来自不同方向但同样属于限制艺术活动的企图都立地粉碎。"由此强调了文学艺术本体独立的基本原则，呼吁"艺术与宗教、道德、科学、政治都重新建立平行的密切联系"，进而提出了新诗现代化的方向是"现实、象征、玄学的新的综合传统"，这样的新诗"不仅使我们有情绪上的感染震动，更刺激思想活力。"袁可嘉的其他诸多文章，特别是《谈戏剧主义——四论新诗现代化》《诗与民主——五论新诗现代化》《对于诗的迷信》《诗与意义》

---

① 原载天津《大公报·星期文艺》，1947 年 3 月 30 日。

《我的文学观》、《综合与混合——真假艺术底分野》等,多是在充分吸取了瑞恰慈诗学批评养料的基础上,构建其批评观念的,展示出中国现代诗歌理论的变革特征。

韦勒克说过,瑞恰慈是个热衷于一个中心思想——语言批评的专家,他把语言批评应用于许多论题,并由此写成了《基本英语》《如何阅读》《孟子论心》等论著。① 不管怎么说,瑞恰慈作为一个典范的实践批评家,其批评理念及操作方法,对中国现代文学批评实践体系的建构,提供了切实的帮助,直到今天,特别是在具体的文本批评实践中,仍然(而且更为必要)值得我们吸纳。这是瑞恰慈对中西文化交流的又一重要贡献。

---

① ［美］韦勒克:《现代文学批评史》(第五卷),章安祺等译,中国人民大学出版社 1991 年版,第 339 页。

第三节 中英文学与文化关系研究的
重要收获

中英文学与文化关系的研究领域是由我国一些学贯中西的前辈学者,如陈受颐、方重、范存忠、钱锺书等人开辟的。我们注意到,他们在国外著名学府攻读学位期间,大都不约而同地选择了中国文化在英国的影响或英国文学里的中国题材这样的研究课题。他们对 17、18 世纪英国文学里中国题材及中国形象的研究是我国早期比较文学研究的代表性作品,至今仍然是这一研究领域的经典之作。因而,我们在梳理 20 世纪 80 年代中英文学关系及比较研究的学术成果之前,先来浏览一下这几位前辈学者在该领域的学术创获。

陈受颐是我国最早研究中国文化在欧洲的传播与影响的著名学者之一。1928 年,他以《18 世纪英国文化中的中国影响》为学位论文而获得芝加哥大学的博士学位。回国后即在《岭南学报》发表一系列文章,如《十八世纪欧洲文学里的〈赵氏孤儿〉》(《岭南学报》第 1 卷第 1 期,1929 年12 月)、《鲁滨孙的中国文化观》(《岭南学报》第 1 卷第 3 期,1930 年 6月)、《〈好逑传〉之最早的欧译》(《岭南学报》第 1 卷第 4 期,1930 年 9月)、《十八世纪欧洲之中国园林》(《岭南学报》第 2 卷第 1 期,1931 年 7月)。后来又相继在《南开社会经济季刊》《中国社会政治科学评论》《天下月刊》等国内的英文刊物发表了多篇中英文学与文化关系方面的论文,如

《但尼尔·笛福对中国的严厉批评》〔"Daniel Defoe, China's Severe Critic." *Nankai Social and Economic Quarterly*, 8（1935），pp.511–550.〕、《约翰·韦伯：欧洲早期汉学史上被遗忘的一页》（"John Webb: A forgottenPage in the Early History of Sinology in Europe ." *The Chinese Social and Political Science Review*, 19（1935–36）, pp.295–330.）、《18 世纪英国的中国园林》〔"The Chinese Garden in Eighteen Century England." *T'ien Hsia Monthly*, 2（1936）, pp. 321–339.〕、《元杂剧〈赵氏孤儿〉对 18 世纪欧洲戏剧的影响》〔"The Chinese Orphan: A Yuan Play. Its Influence on European Drama of the Eighteen Century." *T'ien Hsia Monthly* , 4（1936）, pp.89–115.〕、《托马斯·珀西和他的中国研究》〔"Thomas Percy and His Chinese Studies." *The Chinese Social and Political Science Review*, 20（1936–37）, pp.202–230.〕、《哥尔斯密和他的中国人信札》〔"Oliver Goldsmith and His Chinese Letters." *T'ien Hsia Monthly* , 8（1939）, pp.34–52.〕等。陈受颐作为中英（中欧）文学与文化关系研究的主要开创者之一,其对原始资料的详尽占有与细致解析,以及丰富的研究成果和严谨的治学风格均给我们留下了深刻印象,为后学者从事本领域的研究工作起了示范和标杆作用。

方重在加利福尼亚大学伯克利分校的硕士学位论文是《十八世纪英国文学中的中国》（*China in Eighteenth Century English Literature,* 1927），后来该文的中文本在国立武汉大学的《文哲季刊》1931 年第 2 卷第 1—2 期上发表,并收入作者的《英国诗文研究集》（商务印书馆，1939）之中。这是继陈受颐之后我国学者研究中国文化对英国文学影响的有相当分量的文章。材料丰富,考证详实,分析透辟,富有说服力,是这篇长文的主导特色。该文详细记录了英国人对契丹（Cathay）的热忱幻想以及当时英国作家对中国题材的取舍利用。方重把 18 世纪英国文学对中国材料的运用分为三个时期：1740 年以前为准备期,有斯蒂尔、艾狄生为积极的提倡者;1740 至 1770 年为全盛期,运用中国材料的有谋飞、哥尔斯密、沃波尔等人,其中哥尔斯密的《世界公民》最值得注意;1770 年以后中国热逐渐降温,但还有约翰·司各特把中国材料写进诗歌。他认为,与 19 世纪英国对中国的批评不同,这个时期人们对中国基本上是"尊崇的,爱慕的"。文章特别详述了《赵氏孤儿》

在法国与英国的流传,以及哥尔斯密《世界公民》里的中国材料,体现了著者非常扎实的研究功力和以实证材料见长的影响研究特点。因此,方重的贡献在于第一次为我们勾画了18世纪英国作家借鉴中国题材的脉络,提供了一幅英国的中国观念图。

以博学睿智著称的钱锺书先生在中英文学与文化关系研究方面同样取得了令后学叹服的成绩。他从清华大学毕业后,作为庚款留学生,直接进入牛津大学。用了一年左右的时间,写出了一篇极见功力的长文《十七、十八世纪英国文学中的中国》,通过毕业考试,于1937年获得牛津大学的文学士(B. Litt.)学位。该文后来在《中国文献目录学季刊》(*Quarterly Bulletin of Chinese Bibliography*)1940年第1卷和1941年第2卷上发表。这篇洋洋数万言的长篇英文论文,一如钱锺书所有著述,旁征博引,左右逢源,通过书信、游记、回忆录、翻译、哲学思想史著作,以及文学作品等无数的材料,最翔实系统地梳理论述了至18世纪末为止英国文学里涉及的中国题材,并对其中的传播媒介、文化误读以及英国看中国的视角趣味的演变等都作出深入的剖析,而成为我国比较文学影响研究的经典个案。关于这两个世纪里英国作家涉及中国题材的材料,均被钱锺书先生搜罗殆尽,为我们继续深入研讨这一课题,提供了最详尽的英文文献资料来源线索。通过钱锺书先生的详辨细审,我们得以获知中英文学交流史上的一个个闪光点:最早提到中国文学的英文著述是乔治·普登汉姆(George Puttenham,1529—1591)的《英国诗歌艺术》(*The Arte of English Poesie*,1589);第一篇有意讽刺模仿中国风格(诏书)的英文作品是斯蒂尔(Richard Steele,1672—1729)刊于《旁观者》(The Spectator)第545期上的一封信,这封信是中国皇帝写给罗马教皇克莱门十一世的,建议中国与教会建立联盟;首部表现中国主题的英文作品是埃尔卡纳·塞特尔(Sir Elkanah Settle,1648—1724)的《中国之征服》(*The Conquest of China*,1674);哥尔斯密(Oliver Goldsmith,1730—1774)的《世界公民》则是最了不起的中国故事;威尔金逊(James Wilkinson)与珀西(Thomas Percy)合译的《好逑传,或快乐的故事》(*Hau Kiou Choaan or,The Pleasing History*,1761)是18世纪汉译英作品中最伟大的译作;英国比较研究中西文学的第一人是理查德·赫德(Richard Hurd);约翰·韦伯(John

Webb，1611—1672）是第一个强调中国的文化方面而不是对乱七八糟的伪劣中国古玩感兴趣的英国人，他在1669年出版的《论中华帝国之语言可能即为初始语言之历史论文》（*An Historical Essay Endeavoring a Probability that the Language of Empire of China is the Primitive Language*）是关于中国语言的第一篇论文；"牛津才子"托马斯·海德（Thomas Hyde，1673—1703）是首位似乎真正懂点中文的英国人；安东尼·伍德（Anthony Wood）在其《自传》中所记的南京人沈福宗（Michel Shen Fo-Tsoung, 米歇尔为其教名），是英文作品中所描绘的第一个真实的中国人；威廉·坦普尔爵士（Sir William Temple，1628—1699）是第一个比较研究中西哲学与论述中国园林的英国人，等等。如果说以上这众多的"首先、第一、之最"，展示的是著者博学的一面，那么以下这些结论提示的就是著者睿智的一面："人们常说18世纪的英国有一股中国热。但是如果我们的考察没有错的话，对中国表现出高度崇拜的应该是17世纪的英国。""有的作者受18世纪英国生活中崇尚中国事物的风气所误导，以为18世纪英国文学中一定也弥漫着同样的狂热。事实上，18世纪英国文学中表现出的对中国的态度与在生活中表现出来的正好相反。当英国生活中对中国的爱好增强时，英国文学中的亲华主义却减弱了。""18世纪的英国文学对总的中国文化尤其是对盛行的中国风充满了恶评。它似乎是对它所来自的社会环境的一种矫正而不是反映。"然而"如果说18世纪的英国人不像他们的17世纪前辈那么欣赏中国人，也不像他们同时代的法国人那么了解中国人的话，他们却比前两者更懂得中国人"①。可见，钱锺书先生在全面考察17、18世纪英国文学里中国题材后得出的这些令人信服的结论，更值得我们关注，因为它们揭示出了这两个世纪里中英文学关系最本质的特征。

在这些前辈学者中，范存忠先生对中英文学与文化关系研究用力最多，成果也最丰富。早在30年代初期，他就开始研究17、18世纪，特别是启蒙

---

① 参见冉利华：《钱锺书的〈17、18世纪英国文学中的中国〉简介》一文，载《国际汉学》第十一辑，大象出版社2004年版。同期刊载的尚有张隆溪的文章《〈17、18世纪英国文学中的中国〉中译本序》、冉利华的另一篇文章《论17、18世纪英国对中国的接受》。钱锺书先生的这部英文论文曾由冉利华女士译成中文，后来由于种种原因未能出版。

运动时期的英国文学及中英文化关系问题，其研究成果很快为中外学术界所瞩目。1931年在哈佛大学获得哲学博士学位，其博士学位论文题目为《中国文化在英国：从威廉·坦普尔到奥列佛·哥尔斯密斯》（*Chinese Culture in England from Sir William Temple to Oliver Goldsmith*）。其后在《金陵学报》第1卷第2期发表长篇论文《约翰生，高尔斯密与中国文化》（1931）以及其他文章，如《孔子与西洋文化》（《国风》第3期，1932）、《歌德与英国文学》（《歌德之认识》，宗白华编，1932）、《卡莱尔论英雄》（南京《文艺月刊》第4卷第1期，1933）、《一年来的英美传记文学》（南京《文艺月刊》第8卷第3期，1936）等等。40年代以后，他这方面的成果更是精彩纷呈。如《十七八世纪英国流行的中国戏》（《青年中国季刊》第2卷第2期，1940）和《十七八世纪英国流行的中国思想》上下篇（《中央大学文史哲季刊》第1卷第1—2期，1941），论17、18世纪中国戏剧对欧洲的影响和诸子百家等所代表的中国思想对欧洲的影响。另还发表有《鲍士韦尔的〈约翰逊传〉》（《时与潮文艺》第1卷第1期，1943）、《卡莱尔的〈英雄与英雄崇拜〉》（《时与潮文艺》第2卷第1期，1943）、《斯特莱奇的〈维多利亚女王传〉》（《时与潮文艺》第2卷第3期，1943）等精彩文章。1944年，范存忠先生应邀赴英国，在牛津大学讲学一年，提交论文多篇，系统地介绍了中国古代哲学、政治、经济、文化、艺术等对西方的影响。这些成果陆续在《中国文献目录学季刊》（*Quarterly Bulletin of Chinese Bibliography*）、《英国语言文学评论》（*The Review of English Studies*）等英文期刊以及《文史哲季刊》《青年中国季刊》《思想与时代》等刊物发表后，影响很大。如"Dr. Johnson and Chinese Culture"（《约翰逊博士与中国文化》，1944）是他在伦敦中国学会的演讲词，该文在《中国文献目录学季刊》发表后，即由伦敦《泰晤士报》文学副刊以及《札记与问题》（Notes and Queries）介绍评论。以往的学者往往只谈到约翰逊鄙视中国的一面，范先生当时搜集了一点材料，足以说明约翰逊对中国文物也有他向往的一面。其他还有"Percy and Du Halde"（《珀西与杜哈德》，载《英国语言文学评论》1945年10月号）、"Sir William Jone's Chinese Studies"（《威廉·琼斯爵士与中国文化》，载《英国语言文学评论》1946年10月号）、"Percy's Hau Kiou Chuaan"（《好逑传的英译本评论》,载《英国语言文学评论》1947 年 4 月号）、"Chinese Fables and Anti-Walpole Journalism"（《中国的寓言与 18 世纪初期反对沃尔波的报章文学》,载《英国语言文学评论》1949 年 4 月号）等文章,在英伦文学批评界引起很大反响。[1]

　　范存忠先生治学严谨,任何结论都是建立在对材料的具体分析的坚实基础上面。他后来在一篇文章里说道:"我认为在比较文学的研究中,历来谈两国文化的关系时,往往难于具体,是一个缺陷。因此,在上述这些论著中,探讨中英两国文化交流和互相影响的历史时,我力图作出明确而具体的阐述。"[2] 我们读范先生的那些著述,常常发现他从不孤立地去观察问题,而是将研究对象置于历史语境之中,由表及里,探究了特定的文学文化现象发生的原因,彻底理清楚了错综复杂的文学关系,这使他的比较文学研究很有深度。

　　毫无疑问,以上这些著述奠定了中英文学与文化关系研究的坚实基础,无论是文献发掘整理还是在文本分析探讨方面,都取得很高成就,许多方面是后来的研究者难以逾越的。特别是这些前辈学者的研究套路至今仍然是我们应当仿效的榜样。不过,我们也注意到,上述这些研究成果有一个共同点就是,其研究范围都设定在 18 世纪及其以前的中英文学与文化关系,至于19 世纪以来中英文学与文化之间更为丰富的撞击交流的史实却涉及甚少,甚至尚未触及,这就为后学研究留有了拓展的广阔空间。

---

　　[1]　新中国成立后,范存忠先生继续在中英文学与文化关系领域辛勤耕耘,先后发表了《〈赵氏孤儿〉杂剧在启蒙时期的英国》(《文学研究》1957 年第 3 期)和《中国的思想文物与哥尔斯密斯的〈世界公民〉》(《南京大学学报》1964 年第 1 期)两篇重要文章。文章在前人研究的基础上补充了新的材料,提出了一些具体事例,并结合当时的历史条件和思想倾向,从历史唯物主义观点出发对所论及的问题做出完整而具体的综合性论述。新时期以后,范先生又相继发表 "Chinese Poetry and English Translations"(《谈汉诗英译问题》,《外国语》1981 年第 5 期)、《中国的人文主义与英国的启蒙运动》(《文学遗产》1981 年第 4 期)、"The Beginnings of the Influence of Chinese Culture in England"(《中国文化影响英国之始》,《外国语》1982 年第 6 期)、《中国园林和十八世纪英国的艺术风尚》(《中国比较文学》1985 年第 1 期)、《中国的思想文化与约翰逊博士》(《文学遗产》1986 年第 2 期)、《威廉·琼斯爵士与中国文化》(《南京大学学报》1989 年第 1 期)、《珀西的〈好逑传及其他〉》(《外国语》1989 年第 5 期)等多篇重要文章。

　　[2]　范存忠:《我的自述》,《文献》1981 年第七辑。

第三章
批判继承:20 世纪 50—60 年代的英国文学研究

新中国成立"十七年"时期是我国的外国文学翻译和研究的新兴时期。广大文艺工作者团结在党的旗帜下,遵循党的文艺方针,发扬"五四"以来新文学运动的光荣传统,使外国文学和研究跨入了一个蓬勃发展的崭新阶段,取得了举世瞩目的成就。这段时间,英国文学得到了大量译介。根据孙致礼《1949—1966:我国英美文学翻译概论》①一书的整理,我国出版了245种英国文学译作,平均每年都有14种之多。在这两百余种译作中,英国文学史上的重要作家作品均有所展现。如乔叟、莎士比亚、弥尔顿、布莱克、彭斯、拜伦、雪莱、济慈、勃朗宁夫人等人的诗歌作品,笛福、斯威夫特、菲尔丁、司各特、奥斯丁、萨克雷、狄更斯、勃朗特三姐妹、哈代、高尔斯华绥等人的小说文本,以及莎士比亚、德莱顿、萧伯纳等人的戏剧等都得以翻译和介绍。在文本翻译的同时,我国外国文学工作者还在《译文》《文艺报》及各大学学报上发表众多学术论文,对英国文学的各个方面进行了卓有成效的研究和探讨。其中像卞之琳、王佐良、李赋宁、范存忠、杨周翰等老一辈学者对英国文学的研究深入透辟,不少研究成果至今仍有很高的参考价值。除此之外在《译文》(1959年改名为《世界文学》)等杂志还专门刊载了英国经典作家的纪念专号,集中介绍了包括弥尔顿、笛福、菲尔丁、布莱克、彭斯、狄更斯、萨克雷、萧伯纳和乔伊斯等在内的文学名家的重要成就。

但是在取得成绩的同时我们也应当看到时代给这段英国文学评述研究留下的鲜明烙印,也就是意识形态对英国文学译介和研究的显著影响问题。新中国成立后,由于当时世界局势复杂,加之我国社会主义制度与西方资本主义世界的对立,强调意识形态成为社会生活各个方面的主流思想。国家权力话语对中英文学交流不可避免地发生影响,甚至可以说这种影响全面而深刻,这就使得中英文学关系呈现出前所未有的特殊状态。事实上早在1940年毛泽东发表的《新民主主义论》中,就提出对西方"资本主义国家启蒙时代的文化……排泄其糟粕,吸收其精华",对其要批判地继承。1942年毛泽

---

① 孙致礼:《1949—1966 我国英美文学翻译概论》,译林出版社 1996 年版。

东《在延安文艺座谈会上的讲话》又批判了"为艺术而艺术"的文艺观点。
1949 年 7 月,中华全国文学艺术工作者代表大会通过《大会宣言》,号召作
家们"坚决站在以社会主义苏联为首的世界和平民主阵营里",发扬爱国主
义和国际主义精神,为争取世界和平和人民民主而斗争。同年 10 月,《人民
文学》"发刊词"要求"加强中国和世界各国人民的文学交流,发扬革命的
爱国主义和国际主义精神,参加以苏联为首的世界人民争取持久和平与人民
民主的运动"。1953 年,《译文》"发刊词"以两大阵营对峙为背景,要求加
强学习、借鉴苏联及人民民主国家的社会主义现实主义的文学作品。意识形
态、阶级性划分成为评价作家作品的重要依据也几乎是唯一依据。在这种
思想语境下关于英国文学文本翻译的选择不再是把艺术性当作第一考虑,而
以是否符合社会主义意识形态,是否具有政治进步意义为首要标准。于是这
一时期偏重的是英国现实主义文学作品,英国古典文学中的部分人道主义作
品,及所谓"积极浪漫主义"诗歌作品。而且当时人们研究的重点也大都放
在作品的政治意义和作家的政治态度上,甚至干脆给作品里的每个人物划分
"阶级成分"。如《德伯家的苔丝》里苔丝是农村雇工,《呼啸山庄》里的希
刺克厉夫是个体劳动者等等。显然这种偏执的角度和简单的研究方法使学
术研究变得肤浅而难以深入,同时对作品文本造成误读。女作家伏尼契的小
说《牛虻》在中国的走红直至变为"经典"以及英国宪章派诗歌在中国受
到的不同寻常的重视,都是这种误读的真实写照。而华兹华斯、柯勒律治、骚
塞等浪漫主义作家因对法国大革命持反对态度,加上作品里没有体现出劳动
人民反抗资本主义社会压迫而被划定为"消极浪漫主义",在此阶段少有提
及。另外颓废的唯美主义作家如王尔德的作品、T. S. 艾略特等人的"反动
的资本主义"作品和现代主义作品都被一概否定和抹杀,这类作品几乎不被
人重视,也成为研究的禁区或批判的对象。①

————————

① 笔者指导的硕士毕业生郑良参与过本章写成过程中的资料搜集及初步分析工作。

第一节　政治文化生态与英国文学评价标准的确立

一、意识形态影响下的文艺政策

英国著名文学理论家雷蒙德·威廉斯在谈及文化与社会问题时曾说："文化观念的发展中有一个基本的假设,认为一个时期的艺术与当时普遍盛行的'生活方式'有密切的必然的联系,而且还认为,作为上述联系的结果,美学、道德和社会判断之间密切地相互联系着。这样的假设现在已被普遍接受,成为一种思想习惯,人们因此往往不易记住它的根本原因是 19 世纪思想史的产物。这种假设的最重要形式之一,当然是马克思的学说……"① 用这段话来观照 20 世纪五六十年代的中国社会非常合适。作为继承了马克思主义的新中国,在新中国成立以后所奉行的文艺政策是和当时的国家意识形态紧密相连的。无论哪一个时代的文化文学交流都必须结合当时的时代特征来分析,这样才可能最大程度地接近真实,因为文学交流和时代特征是紧密相连密不可分的。"十七年"间英国文学在中国的译介及研究不可避免地受到中国文艺政策的影响。

---

① 　雷蒙德·威廉斯:《文化与社会》,吴松江、张文定译,北京大学出版社 1991 年版。

　　我国文艺政策的建立最早可以从 1940 年毛泽东发表的重要文章《新民主主义论》中看出端倪。毛泽东在这篇文章中谈及新民主主义文艺时说道:"一定的文化是一定社会的政治和经济在观念形态上的反映。"① "新的政治力量,新的经济力量,新的文化力量,都是中国的革命力量,它们是反对旧政治旧经济,旧文化的。"② 在这里毛泽东肯定了社会文化和社会政治经济的关系,并指出文化力量是革命力量的一部分并且应该为革命服务。同时在这篇文章中毛泽东也为中国接受外国文化指出了方向:"中国应该大量吸收外国的进步文化,作为自己文化食粮的原料,这种工作过去还做得很不够。这不但是当前的社会主义文化和新民主主义文化,还有外国的古代文化,例如各资本主义国家启蒙时代的文化,凡属我们今天用得着的东西,都应该吸收。但是一切外国的东西,如同我们对于食物一样,必须经过自己的口腔咀嚼和胃肠运动,送进唾液胃液肠液,把它分解为精华和糟粕两部分,然后排泄其糟粕,吸收其精华,才能对我们的身体有益,决不能生吞活剥毫无批判地吸收。"③ "取其精华去其糟粕""批判地吸收",这是毛泽东接受外国文化的基本思想,这种思想后来成为"十七年"间我国文学界对待外国文学的基本原则。

　　1942 年毛泽东"在延安文艺座谈会上的讲话"影响深远,直接指引了其后几十年的中国文艺工作,包括外国文学工作者对外国文学的翻译和研究工作。在文化继承和借鉴问题上,毛泽东重申了他在《新民主主义论》中的观点:"文学艺术中对于古人和外国人的毫无批判的硬搬和模仿,乃是最没出息的最害人的文学教条主义和艺术教条主义。"④ 毛泽东在"讲话"中还运用意识形态理论指明了艺术和政治的关系:"为艺术的艺术,超阶级的艺术,和政治并行或互相独立的艺术,实际上是不存在的。"⑤ 并否定了艺术的相对独立性,指出艺术都是带有阶级性的。正是基于这种思想,"十七年"间的外国文学翻译和研究均带有强烈的意识形态思想,和党的文艺政策分不开。另外"讲话"中还谈到文学批评的标准问题,虽然毛泽东提出"我们的要求

---

① 　毛泽东:《毛泽东选集》第二卷(第 2 版),人民出版社 1952 年版,第 688 页。
② 　同上书,第 688—689 页。
③ 　同上书,第 700 页。
④ 　同上书,第 862 页。
⑤ 　同上书,第 867 页。

是政治和艺术的统一,内容和形式的统一,革命的政治内容和尽可能完美的艺术形式的统一",但是同时他又强调,"任何阶级社会中的任何阶级,总是以政治标准放在第一位,以艺术标准放在第二位的"。①

1949 年 7 月 2 日,中华全国文学艺术工作者代表大会在北平隆重开幕。3 日,郭沫若作题为《为建设新中国的人民文艺而奋斗》的总报告,指出三十年来,中国文艺界的主要论争是存在于两条路线之间:一条是代表软弱的自由资产阶级的所谓为艺术而艺术的路线,一条是代表无产阶级和其他革命人民的为人民而艺术的路线。三十年来斗争的结果,就是在欧美没落资产阶级文艺影响之下的为艺术而艺术的文艺理论已经完全破产了,为艺术而艺术的文艺作品也已经丧失了群众。曾经在这种为艺术而艺术的资产阶级文艺思潮影响之下的许多文学家艺术家,也逐渐改变了他们的人生观和艺术观,接受了无产阶级文艺思想的领导。并提出要清除半殖民地半封建的旧文学旧艺术的残余势力,反对新文艺界内部的帝国主义国家资产阶级文艺和中国封建文艺的影响,批判地接受一切文学艺术遗产,发展一切优良进步的传统,并充分地吸收社会主义国家苏联的宝贵经验。②

7 月 5 日,周扬做了题为《新的人民的文艺》的报告,首先指出"毛主席的《文艺座谈会讲话》规定了新中国的文艺的方向,解放区文艺工作者自觉地坚决地实践了这个方向,并以自己的全部经验证明了这个方向的完全正确,深信除此之外再没有第二个方向了,如果有,那就是错误的方向"③。当提到文艺批评时,周扬指出要"建立科学的文艺批评,加强文艺工作的具体领导","批评必须是毛泽东文艺思想之具体应用,必须集中地表现广大工农群众及其干部的意见"。④ 茅盾也做了题为《在反动派压迫下斗争和发展的革命文艺》的报告,主要谈的是国统区文艺运动。茅盾在报告中列举了国统区文艺在创作方面的各种倾向,对文艺创作中的"主观主义"倾向、"人道

---

① 毛泽东:《毛泽东选集》第二卷(第 2 版),人民出版社 1952 年版,第 871 页。
② 中华全国文学艺术工作者代表大会宣传处编:《中华全国文学艺术工作者代表大会纪念文集》,北京新华书店 1950 年版,第 38—39 页。
③ 《中华全国文学艺术工作者代表大会纪念文集》,北京新华书店 1950 年版,第 70 页。
④ 张炯主编:《中国新文艺大系 1949—1966 理论史料集》,中国文联出版公司 1994 年版,第 93—106 页。

主义"倾向、"颓废主义"倾向,甚至以"恋爱故事"描述抗日战争题材等倾向进行了批判,认为他们都没抓住社会中的主要矛盾和主要斗争,不能做到与现实紧密结合。茅盾还谈到欧洲资产阶级古典文学的接受问题,他指出,"欧洲资产阶级的古典作品,其中本来也有的是包含着比较健全的现实主义的创作方法,和若干进步的思想因素,值得介绍,也值得学习。但介绍不能漫无标准,而学习也同时应加批评"。最后提到"关于文艺中的'主观'问题,实际上就是关于作家的立场、观点与态度的问题"。[①]

第一届文代会召开是新中国文艺建设的一个标志性事件,这次代表大会上郭沫若、周扬等人的发言后来都成为新中国文艺的指导思想,对接下来的文艺工作影响深远,包括对英国文学评述展开了另一观念取向。

1949 年 11 月 10 日,《文艺报》第 1 卷第 4 期发表卞之琳《开讲英国诗想到的一些体验》一文。该文对包括华兹华斯在内的英国浪漫诗人颇有微词,原因正在于他们走的是一条脱离现实的道路。卞之琳在北京大学西语系讲授二年级英诗课。该文回顾了 1929 年秋进北大英文系开始正式读英国诗以来二十年间读英国诗歌的历程,指出各大学英国诗一课的重点大多在 19 世纪,尤其是浪漫派。"这个现象看起来是偶然,实际上是必然,因为革命与逃避、憧憬与幻灭的交替无意中在浪漫派诗里表现得最显豁,因为从 1911 年以后中国在殖民地革命,资产阶级性革命,无产阶级性革命的复杂形象的影响下,知识分子,尤其是大学里的知识分子,把英国诗浅尝起来,不自觉地感到浪漫派诗最易上口了。""我们第一步且慢谈如何批判地接受,我们先得认清英国诗的真面目,在内容、形式、方法、技巧各方面的真相,而从这各方面找出社会意义、历史意义。"当然,该文也谈到自己的困惑:"受过西洋资产阶级诗影响而在本国有写诗训练的是否要完全抛弃过去各阶段发展下来的技巧才去为工农兵服务,纯从民间文学中长成的是否完全不要学会一点过去知识分子诗不断发展下来的技术?"

还有胡风,1950 年 6 月他在杭州浙江大学中文系发表演讲,谈及莎士比亚的理解与接受问题。指出"我们不能因为莎士比亚写了贵族资产阶级的

---

① 张炯主编:《中国新文艺大系 1949—1966 理论史料集》,中国文联出版公司 1994 年版,第 93—106 页。

社会,就说他是贵族资产阶级的作家;我们要注意的是,他到底肯定了资产阶级的什么? 怎样肯定法? 明白了这些我们才能理解问题,才不会上当。""学习莎士比亚,要从作品里理解一个作家的基本精神。应该理解他是怎样地反映了现实而又推动了现实,正是这些给我们以力量来对待今天的现实,帮助我们更成功地创造自己的东西。"

新中国成立初期的"十七年",中国社会经历了对旧社会体制的改造和新社会的初步建设两个阶段,社会政治、经济、文化各方面的规则和标准都被重新厘定,文艺界也不例外。尤其是新中国刚刚成立的十年,文艺界经历了几次重大事件:1951 年 5 月 20 日毛泽东发表文章《应当重视电影〈武训传〉的讨论》,掀起了对电影《武训传》所谓封建主义思想的批判;1954 年 10 月16 日,毛泽东又发表文章《关于〈红楼梦〉研究问题的信》,开展对"红学家"俞平伯的批判;到了 1955 年中国作协更是开会批评胡风所谓"反马列主义文艺思想",直接把文艺思想上升到政治高度,把胡风等一批作家定为"反党集团"进行批判、判刑入狱。这几次事件可说是国家领导人及权力机关对文艺的具体问题进行直接干预,一方面显示出中央对制订新的文艺政策的决心和迫切希望,另一方面也可以从中看出当时文艺工作与政治紧密相连,完全被纳入到意识形态领域之中。在这种大环境下外国文学工作者对外国文学的选择翻译和研究也势必会谨小慎微,所以这段时间的外国文学翻译研究基本上是以古典作家作品为主,在研究评论方面也都使用"阶级性"观点对作家立场和作品内容是否具有"进步性""革命性"等方面进行讨论。如徐述纶发表在 1955 年第 4 期《戏剧报》上的《消除莎士比亚介绍中的资产阶级思想》、陈嘉发表在 1956 年 4 月《南京大学学报》(人文科学版)上的《莎士比亚在"历史剧"中所流露的政治见解》、1956 年第 11 期《大众电影》上发表的李希凡的《燃烧着革命火焰的英雄形象——苏联影片〈牛虻〉观后》等。

1957 年 2 月,面对文艺界在政治重压下死气沉沉的局面,毛泽东又提出"百花齐放、百家争鸣"的"双百"方针,鼓励文艺界发挥聪明才智,对社会各方面事物进行表现和描写,创造出活泼多样的社会主义新文艺。这一方针提出以后我国文艺界一度显示出充满活力的一面,逐渐显现出繁荣,然而紧接着政治上的1957年"反右派"斗争的扩大化蔓延到文艺领域，许多作家、评论家被错划为"右派"。他们的创作激情受到打压，整个文艺界又开始陷入沉寂。之后1958年的"大跃进"运动、1959年的"反右倾"运动以及60年代初批判"现代修正主义"等政治运动，都对文艺界造成不同程度的影响，英国文学在中国的传播亦随着这些政治浪潮起伏跌宕。

二、苏联文艺思想对中国的影响

新中国建立之初我国与苏联的关系十分紧密。新中国成立后，苏联派遣大批专家来华支援我国的社会主义建设，文化领域也不例外。与苏联的亲密关系使得我国在外国文学接受方面由原来新中国建立之前多接受欧美文艺思潮影响转而偏向于受苏联文艺的影响。尤其是60年代中苏交恶以前，可以说苏联的文艺思想潜移默化地推动了新中国文艺思想的建立，苏联对待其他国家文学的态度也成了我国审视外国文学的标杆。根据《1949—1979翻译出版外国文学著作目录和提要》一书中提供的资料，从1949年至1965年我国翻译出版的各类苏联文艺理论多大150多种[①]，这些文艺理论涉及苏联的文艺政策文件、作家代表大会报告、创作方法论、作家专论等各个方面。除此之外，我国报刊上也经常转载来自苏联的文学评论文章，如《文史哲》1954年第4期刊载苏联人康特拉特耶夫写的《苏联关于英国文学史的论著》（黄嘉德译）、1956年总第41期上刊载伊瓦申科写的《十八世纪末十九世纪初英国浪漫主义文艺思潮》（金诗伯译），《译文》杂志1955年2月号也发表了文章《现代世界进步文学——在第二次全苏作家代表大会上作的副报告》（苏联尼·吉洪诺夫著，叶湘文译），以及1956年《文史论丛》创刊号上发表的长文《英国文学概要》也是吴志谦根据《苏联大百科全书》"大不列颠条"关于英国文学部分翻译整理的。中国文学界如此关注苏联就是力求我国文艺界与苏联保持同步。

---

① 中国版本图书馆编：《1949—1979翻译出版外国文学著作目录和提要》，江苏人民出版社1986年版，第898—930页。

　　中国学术界也在透过苏联的眼光来对英国文学进行审视和评价。据吴岩回忆说,"那个时候,苏联的影响是深远的,即使是西欧和其他国家的文学,介绍与否,也是一看苏联有没有译本,二看苏联怎么说。掌握的准绳除了马、恩、列、斯提到过的作家和作品外,那就不敢越日丹诺夫所规定的'雷池'一步了;宽一点的,无非是参考一下苏联评论家时常引证的别、车、杜的论点和论据,结果也就难免以俄国的美学趣味来衡量欧美的作品"①。我国对英国文学接受所受苏联影响的表现是多方面的。如在评价标准方面,苏联的社会主义现实主义原则受到推崇,柳鸣九先生认为这一原则"从产生之日起便主要是作为一种政策概念存在的。它并没有得到严格的科学解释,却又始终保持着规范和评价作品的意义"②。苏联的社会主义现实主义理论一经传入中国就被奉为中国文学的方向和准则,周扬还特意撰文《社会主义——中国文学前进的道路》③以强调其地位。1953年秋季召开的第二次文代会上,此一原则更"被正式确立为新中国文艺创作和批评的'基本方向'和'最高准则'"④。社会主义现实主义原则一度成为我国研究评价各类文学的标准,其中当然也包括英国文学。《文艺报》在1954年第19期上还刊载了英国作家保·荷加斯的文章《社会主义现实主义在英国》(吴志达译),让中国读者对社会主义现实主义与英国的文学关系进行更多的了解。而苏联文学界对浪漫主义进行"积极"和"消极"的划分也深刻地影响着中国对英国浪漫主义文学的接受。这个最早由高尔基提出来的划分标准机械地按照作家们对法国大革命态度的不同,把拜伦、雪莱、济慈等人划作"积极浪漫主义",对他们以及他们的作品大加赞扬,而对湖畔派诗人华兹华斯、柯勒律治、骚塞等人横加批判。"十七年"间的中国文学界完全接受了这种划分,并且在这期间对拜伦、雪莱等人的诗作进行了大量译介和研究,而对华兹华斯等一些浪漫主义作家只字不提。苏联的影响还通过它所编写的文学史表现出来。"十七

---

① 吴岩:《放出眼光来拿》,《读书》1979年第7期。

② 柳鸣九:《二十世纪现实主义》,中国社会科学出版社1992年版,第124页。

③ 本文最初是为苏联杂志《旗帜》所写,载《旗帜》1952年12月号。《人民日报》1953年1月11日转载。

④ 冯牧、王又平主编:《新文学大系1949—1976:文学理论卷·序》,上海文艺出版社1997年版,第15页。

年"间我国并没有编辑出版过任何英国文学史学专著，对英国文学史的了解基本来自苏联的几本文学史译著，影响最大的就是 1959 年 10 月人民文学出版社出版的苏联文学史家阿尼克斯特所著《英国文学史纲》。① 这部文学史完全按照阶级分析法对英国文学做了梳理评价，体现着马克思主义文论的机械化运用。该文学史前言里说"只有密切联系任何时期发生的阶级斗争和这个国家的社会政治历史，才可能了解英国文学的发展"。"甚至在最伟大的天才英国文学家的世界观和创作中有着种种矛盾，更不消说那些次一流的作家了。""我们的社会估价是根据某一作家的作品在人民的文化中所起的作用，并根据他的作品从该时代的社会矛盾这方面看来所具有的客观意义。"这里，人民性、阶级性等社会学观念的应用，对文学工具性社会功能的强调，以及建立在这一基础上的对英国作家作品的评价，均对我国的英国文学研究产生了重要影响。尤其该书对英国宪章派诗歌的经典化极大地影响了我国学者对英国文学史的看法。② 而对英国浪漫主义作家也分成"消极的、保守的或反动的"与"积极的、革命的或进步的"两种对立的类型。③ 更有甚者，对英国现代主义作家批评否定。④

　　张隆溪评价这本文学史时说，"这种庸俗社会学的方法把文学完全当成政治的附庸，把作品视为社会历史文献，它所能做的只是历史鉴定，而关于文学本身，却不能为我们提供任何新鲜的认识"⑤。而就是这样一部文学史，当年却成为我国对英国文学认识的窗口，并且对此期间英国文学在中国的传播与接受影响极大。张隆溪这样认为："因为独一无二，所以这部《史纲》影响颇大，不仅在一般读者中流传，而且被一些高等院校列为英美文学专业研究

---

① 阿尼克斯特：《英国文学史纲》，戴镏龄等译，人民文学出版社 1959 年版。

② 如对宪章派诗歌的一般评述："内容丰富，涉及社会问题，正是这种诗歌的无可怀疑的优点，因为来自工人阶级中的诗人在他们的诗歌中，自然接触到那些使人民群众最感兴趣的问题。"

③ 前者包括那些公开维护英国统治阶级的反动政策，对法国革命失望而投向反动阵营的"湖畔派"诗人；后者则指出拜伦、雪莱等"革命"诗人。

④ 如把詹姆斯·乔哀斯称为"二十世纪颓废文学的典型代表"，他的"创作方法把自然主义原则弄到近乎荒谬的极端程度。小说中琐屑细碎的描写竟到了破坏生活现象的真实比例的地步。"（第 620 页）劳伦斯的作品也反映了"二十世纪资产阶级文化的没落"。他"过分夸大了色情，这正适合具有颓废情绪的知识分子的口味"。而 T. S. 艾略特则被看作"当作反动文学的领袖"。他"竭力污蔑过去英国文学中一切进步和伟大的东西"。

⑤ 张隆溪：《评〈英国文学史纲〉》，《读书》1982 年第 9 期。

生的重要参考书,对教学和研究都起着指导作用。"① 杨仁敬在 2001 年 10 月 19—20 日于湖南湘潭师范学院召开的英国文学学会第三届年会暨学术讨论会上的发言提到中国英国文学研究中"人民性"概念的一个来源,即当时苏联阿尼克斯特这本《英国文学史纲》的影响。② 周小仪也认为"此书对英国宪章派诗歌的经典化极大地影响了我国学者对英国文学史的看法"③。另外苏联文学界对英国文学的翻译介绍也潜移默化地影响着中国。如前文所说,当时我国对英国文学的翻译介绍,"一看苏联有没有译本,二看苏联怎么说"。苏联对狄更斯评价很高,于是我国 50 年代初对狄更斯的作品进行了大量译介和研究;英国小说家伏尼契的小说《牛虻》在苏联广泛传播,于是我国也出版了《牛虻》,并且是李俍民参照俄译本译出;苏联出版《英国宪章派诗选》并对其进行很高的评价,于是我国也于 1960 年翻译出版该书,译者袁可嘉还将俄译本的序放在书中作为附录。

还有 2007 年诺贝尔文学奖获得者多丽丝·莱辛。20 世纪 50 年代初期,莱辛作品的苏联译本伴随着中苏之间的交流也被翻译成中文引进到了国内。1952 年,多丽丝·莱辛作为英国共产党的代表到苏联访问,苏联政府对莱辛的政治信仰颇为赞赏,很快就翻译了她的作品。作为"进步青年"的莱辛也使得她的作品在 50 年代国内的引进成为可能。1955 年 11 月解步武翻译了莱辛的中篇小说《渴望》(*Hunder*),由上海联合文艺出版社出版发行,是根据 1953 年的俄文译本转译的。在序言部分解步武摘录了苏联评论家维·弗拉第米耀夫对莱辛的介绍和评价,国内对莱辛长期的评价基本上也来源于此。1956 年王蕾翻译了莱辛的处女作《野草在歌唱》(*The Grass Is Sing*)由上海新文艺出版社出版发行,译者还参考 1954 年的《苏联文学》月刊写了题记,在题记中作者对莱辛的成长经历做了简单的介绍,还分析了她的几部作品都贯穿了"反对帝国主义在非洲所进行的贪婪无耻的殖民政策,反对种族歧视"④ 的主题,高度评价了莱辛笔下的非洲人民都有着和其他地方的

---

① 张隆溪:《评〈英国文学史纲〉》,《读书》1982 年第 9 期。

② 周小仪:《英国文学在中国的介绍、研究及影响》,《译林》2002 年第 4 期。

③ 同上。

④ 多丽丝·莱辛:《野草在歌唱》,王蕾译,新文艺出版社 1956 年版,第 1—2 页。

人民一样的真实生活。在这一年上海新文艺出版社也同时推出了解步武翻译的《渴望》,1958 年作家出版社校订出版了由董秋斯 ① 翻译的莱辛中篇小说《高原牛的家》。

以上种种事例表明苏联对英国文学的选择与接受对当时中国文学界产生过极其广泛而深刻的影响。

三、国家权力话语下的外国文学工作者的身份和立场

当外来文学进入到一个文化体系中时,最早接受的必然是这个文化体系中的精英分子。大众正是通过他们的翻译、介绍才逐渐对外来文化有所了解和接受,所以这些文化精英分子的态度很大程度上左右着外来文学在其文化体系中的传播与影响。文化精英以及由他们组成操控的文化团体、出版机构等,是外来文学进入一个文化体系的重要媒介。在英国文学的翻译介绍方面,建国以前从事这项工作的大部分是一些个体作家、翻译家,或是私营出版机构。如清末的林纾直至民国时翻译莎士比亚的朱生豪等人,他们都是根据个人或同仁对英国文学了解,按照个人的审美情趣,对其进行翻译;出版方面建国前颇为活跃的从事外国文学翻译出版的机构如平明出版社、文化生活出版社等都属私营机构,它们一般是遵照市场行情来决定译介与发行哪些作品;而在作家作品的研究方面,基本上都立足于评论者的文学背景、审美爱好等,有的人喜欢浪漫主义,有的人主张现实主义,还有人偏爱唯美主义。小而言之,对于英国文学,新中国成立之前从翻译、出版到研究大都是民间的私人或群体行为,相对自由而缺乏规划体系。这种情况在"十七年"间发生了根本性的转变。

首先,在出版方面,国家在 50 年代初期对新中国成立前的民营出版机构采用合并、公私合营等方式进行了"社会主义改造",而且对外国文学的出

---

① 董秋斯,男,1899 年 7 月—1969 年 12 月,原名绍明,文学翻译家,毕业于燕京大学哲学系,历任上海翻译工作者协会主席、《翻译》月刊主编、中国作协编审、《世界文学》副主编。翻译的主要作品有狄更斯《大卫·科波菲尔》、奥兹本《高原牛的家》、列夫·托尔斯泰《战争与和平》以及《杰克·伦敦传》等。

版权限进行了规定,只保留有限的几家出版社可以出版翻译文学。① 其次,在对英国文学的评价标准方面,作家们要按照中央的文件精神,对具有"人民性"、"革命性"的作家作品给予肯定和赞扬,反之对充满"资产阶级腐朽气息"的作家作品要坚决批判。最重要的是,此时我国的外国文学工作者的身份立场较之新中国成立前有了转变。在新中国成立以前,几乎所有的外国文学工作者都是以私人身份存在的,而新中国成立后,尤其是1953年至1956年"三大改造"完成之后,社会主义制度在我国真正建立,社会政治、经济、文化等都被纳入到社会主义体制中来。外国文学工作者在我国也都具有了"公家身份"。如卞之琳从英国牛津归国后先是在北大西语系任教,后调入中国社会科学院文学研究所做研究员;曹未风则担任过华东军政委员会教育部高教处副处长和上海市高等教育局副局长等职;袁可嘉更曾经是中共中央宣传部毛泽东选集英译室翻译。这些作家评论家自此依靠国家提供的资源工作生活,国家政权成为他们工作的"赞助人",同时也是监督者。自延安时期中央就着意于文艺工作者的思想建设工作,毛泽东的延安"讲话"深刻地体现了这一点。新中国成立后国家号召文艺工作者学习马克思主义,进行思想改造,提倡用马列主义文艺观进行文艺批评。于是在这种环境下外国文学工作者有意或无意地在思想上向组织靠拢,在对外国文学的评价上也自觉不自觉地体现出"人民性"和"革命性",站在"无产阶级"的立场上去评价自己熟悉的作家作品,而忽略掉它们的"文学性"和"艺术性"。

外国文学工作者作为英国文学在中国传播和接受的第一站,他们的身份和立场的转变对整个英国文学的传播接受过程起着极其重要的影响。可以说大众是通过这些人的眼、口、脑来接受英国文学的,所以"十七年"间英国文学在中国的传播和接受才会出现别样的状态。

以上从新中国成立前英国文学在中国的传播、我国"十七年"间的文艺政策、来自苏联的影响和外国文学工作者身份立场的转变四个方面,论述了"十七年"英国文学在中国传播的历史文化语境。正是由于多方面的复杂原因,才造就了这段时间英国文学在中国传播与评述的特殊性。

----

① 孙致礼:《1949—1966我国英美文学翻译概论》,译林出版社1996年版,第185—189页。

第二节 "批判资产阶级文学"氛围中的英国作家作品评价

一、十七年间受到热捧的"进步文学"

1949 年 10 月 1 日新中国成立,英国文学在我国的传播与接受也进入到一个崭新时期。相对于新中国成立前对英国文学的翻译介绍"遍地开花"的局面,新中国成立"十七年"间我国对英国文学艺术流派、作家作品的译介更具选择性和计划性,研究评价也有了一个更加统一的标准:即肯定现实主义作家作品,兼顾具有反抗精神的"积极浪漫主义"文学,而对于"消极浪漫主义"和现代主义等具有浓重资产阶级色彩的文学采取冷落的态度,极少介绍或者不介绍,其背后有着复杂的历史和现实原因。

(一)现实主义为何备受瞩目?

陈思和论及新中国成立前外国文学在中国的传播和影响时曾指出:"在接受外来文学的影响方面,'五四'初期真正呈现出一派前无古人的恢宏气象,现代主义、现实主义、浪漫主义成为三大主要流派,鼎足似的左右着'五四'新文学发展的总趋势。它们在中国'五四'新文学中各有所依:现代主义因为与中国现代文学同步而发生直接的横向影响;现实主义因为与中国本土的务实传统以及迫在眉睫的现实局势紧密相关而产生功利的效益;而浪漫主义则与中国知识分子处于新旧时代交替更新之际所特有的感伤、孤独或亢奋的情绪引起共鸣……"① 然而当时中国的动荡局势和残酷的社会现实打破了这种三足鼎立的"平衡"局面。20 世纪 20 年代文学研究会与创造社围绕文学"为人生"还是"为艺术"的大讨论已经预示着中国文坛对于文学的价值问题上的分歧和不安。30 年代左翼文学的兴起,尤其是马克思主义在中国得到越来越广泛的传播之后,马列主义文艺思想在这种文艺思想的选择竞争中逐渐占据了绝对性统治地位。最后历来有着"文以载道""诗言志、歌咏言"传统的中国文学选择了更贴近生活,更能介入社会现实的现实主义文学。正如卞之琳、叶水夫、袁可嘉、陈燊等人在 1959 年发表的《十年来的外国文学翻译和研究工作》一文中指出的那样:"事实上,轰轰烈烈的反帝反封建的'五四'运动之后,中国共产党于 1921 年成立,革命运动迅速展开;处在这样一个大转变的时代,一切都和反帝反封建的斗争密切联系着,外国文学介绍工作自然也不例外。因此,凡是符合这些斗争的需要的外国文学作品,就受到译者的重视、读者的欢迎。换句话说,外国文学作品的思想性是决定介绍与否的一个重要的条件。"② 毫无疑问,产生于 19 世纪资本主义社会的现实主义文学,以其尖锐的批判性和对资本主义社会存在的诸多不平等现象的无情揭露和控诉,深得当时我国文学界的喜爱。可以说,一定程度上现实主义描写和批判资本主义黑暗面的写作特点,与中国社会主义革命建设抵制资本主义的内在要求,在历史上形成了看似巧合实则必然的共鸣,这种共鸣使中国在社会主义建设时期自觉地选择了现实主义文学作为文学创作和评价的最佳形式和最高标准。于是"十七年"间中国对英国文学的接受也选择了以现实主义为主。

这段时间我国对英国现实主义文学的翻译介绍与评述研究可分为几个方面。其一是对一批比较著名的英国现实主义作家作品的翻译和介绍。这些作家包括狄更斯、菲尔丁、高尔斯华绥、哈代、伏尼契、萨克雷、萧伯纳、勃朗

---

① 陈思和:《中国新文学整体观》,上海文艺出版社 1987 年版,第 248 页。
② 卞之琳、叶水夫、袁可嘉、陈燊:《十年来的外国文学翻译和研究工作》,《文学评论》1959 年第 5 期。

特姐妹和笛福等。

中华人民共和国的成立，从此增强了以中国和苏联为代表的社会主义阵营和以英美为代表的帝国主义阵营之间的对抗性。这种国际政治斗争形势也影响到了狄更斯在中国的接受特点。加之50年代初期美国侵占朝鲜，我国人民兴起了抗美援朝、保家卫国声势浩大的爱国运动。文艺界也积极响应。《文艺报》第3卷第2期上由中华全国文艺界联合会发布《关于文艺界展开抗美援朝宣传工作的号召》，称美帝是中华人民共和国最危险的敌人，号召大家用文艺的有力武器来在中国人民中普遍建立起仇视美国、鄙视美国和蔑视美国的正确态度。① 这样，狄更斯作品中涉及美国问题的内容便得到充分重视，理所当然地拿来当作揭露美国的好材料。

建国以后涉及狄更斯的第一篇文章就是题为《狄更司笔下的美国》的译文。文中谈及狄更斯1842年美国之行及其《游美札记》，认为狄更斯的美国见闻激起了他的愤怒和责难，《游美札记》则是控告美国社会组织与一切生活方式的起诉书，暴露了美国奴隶主的原形。同时文章也指出，狄更斯该书在今天仍未失去真实性，它所暴露的社会和国家制度，也属于这个世纪的美国，它目前正在幻想把整个人民变成服服帖帖的奴隶。② 蒋天佐在1951年写的《匹克威克外传》译后记中也强调，书中对资本主义社会的批判有深刻的高度典型性，直到现在读来仍饶有意义。其中第13章关于竞选的描写，不仅是当时美国资产阶级政党丑恶面目的真实写照，而且是今天英美资本主义国家政治生活某一侧面的缩影。

我国对狄更斯的研究评价受到苏联学术观点的很大影响。苏联学术界在接受狄更斯时，特别强调其作品中的批判暴露性内容、民主主义和人道主义思想的两面性以及现实主义的创作方法，并且鲜明地反对英美批评界对狄更斯的认识评价。1956年《文史译丛》创刊号上刊载两篇译自苏联的文章，可以清晰地看出苏联学术界对狄更斯是如何评价的。《英国文学概要》一文谈及狄更斯时说，他是19世纪英国最伟大的现实主义者，他用深刻的现实主

① 载《文艺报》第3卷第2期，1950年11月10日。
② 载《文艺报》第2卷第4期，1950年5月10日。另外，《翻译》月刊第4卷第3期（1951年3月1日）也刊登了一篇译自苏联的文章《狄根斯的美国丑恶暴露》。

义手法描写了英国文学中前所未有的资本主义现实生活的现象;作者的民主主义最明显地表现在他对英国资产阶级的假"慈悲"和道德上的丑恶以及对自吹自擂的美国式的"民主"底讽刺的揭露上;狄更斯的软弱方面是他旨在调和资本主义世界阶级矛盾的劝善倾向,这反映出小资产阶级民主立场的两面性以及它在公开的阶级斗争面前的恐惧心理。[①] 另一篇是苏联学者伊瓦雪娃写的《关于狄更斯作品的评价问题》。该文更强调艺术家狄更斯的力量渊源于他的现实主义和对他那时代现实的认识,他的典型概括帮助我们认清资本主义美国的真正本质,认识它的假民主主义的腐化,它的梦想统治世界的事业家们可憎的自高自大及他们假慈悲政策的实质;而狄更斯的局限性在于,他一生都没有接受革命路线,而且谴责起来反对压迫的人民的代表。伊瓦雪娃还说英国反动的批评家完全丧尽民族自尊心,完全不懂得爱护自己民族的伟大艺术,对其伟大遗产闭口不谈,或故意贬低歪曲,压抑其暴露性作品的意义,贬低他创造形象的批判意义,并对批判现实主义的方法问题避而不谈,而把他称为浪漫主义作家。因此作者认为,西方资产阶级批评家无法揭示出狄更斯现实主义的真实内容及意义,只有用马克思列宁主义方法及19世纪俄国革命民主主义批评家的著作武装起来的苏联文艺学,才能给狄更斯创作以科学的评价。[②] 受苏联学术界这种研究思路的影响,我国学者评价狄更斯的出发点及基本内容也大致如此。

比如,全增嘏1954年写了《谈狄更斯》一文,其写作目的就是批驳英美批评家对狄更斯作品的弃绝态度。针对英美批评界认为狄更斯作品结构散漫、人物夸张、嘲笑露骨、感伤过分的看法,该文结合作品一一加以辩驳。同时针对英美国家认为狄更斯作品仅可当作消遣性的闲书来读而抹煞其作品思想性很强的特点,文章也通过具体作品做了维护性的阐述。文章最后也指出:"在今日之下来读狄更斯有重大意义。今天英美等国资本主义虽是在作垂死的挣扎,但仍然是很猖狂的。和资本主义做斗争,狄更斯仍然是我们的同盟军,仍然是一个坚强的战斗力量。"[③] 作为新中国成立以后我国学者第一

---

① 《英国文学概要》,中山大学编《文史译丛》1956年创刊号。
② 伊瓦雪娃:《关于狄更斯作品的评价问题》,《文史译丛》1956年创刊号。
③ 全增嘏:《谈狄更斯》,《复旦学报》1955年第2期。

篇比较全面介绍评价狄更斯作品的文章，可以说也代表了当时我们认识和接受狄更斯的层面和程度。紧接着以后的几年间，学术界读书界都非常重视对狄更斯的介绍与研究，特别是在 1957 年和 1962 年发表了大量文章，形成了两次高潮。

1957 年我国大量介绍狄更斯，是由几部根据狄更斯小说改编的电影《匹克威克外传》《孤星血泪》《雾都孤儿》等在中国上演所引起的。为满足观众对狄更斯及其作品了解的浓厚兴趣，学者们在《人民日报》《解放日报》《北京日报》《中国电影》《大众电影》等多种报刊上纷纷撰文介绍狄更斯及其相关作品。尽管这些介绍都是一般知识性、鉴赏性的，但却为我国普通读者认识狄更斯提供了一次难得的机会。值得一提的是这一年发表在《南大学报》上华林一写的《谈谈狄更斯的“劳苦世界”》①。该文分析了狄更斯的重要作品《艰难时世》，认为整部作品攻击的是整个社会制度和资产阶级思想潮流，从而激发读者对整个资本主义社会制度的痛恨，而狄更斯的软弱性在于他不可能指出工人群众解放的正确道路。该文所采用的社会政治历史批评方法，也是我国相当长的时期内人们评价西方作家的一种基本研究模式。

新中国成立以后“十七年”期间我国对狄更斯的评述，可以看出：第一，对狄更斯的认识和评价受前苏联学术界的影响很大。在思想观点与研究方法论上都以马克思主义和社会历史批评方法，去分析狄更斯作品的思想内容，特别强调的是其作品对资本主义社会的批判性、暴露性，对下层人民的人道主义同情以及现实主义创作方法的运用等等；同时也无不指出狄更斯的阶级局限性、宣扬阶级调和论、人道主义思想的两重性等内容，这由当时的政治气候与理论导向使然。第二，对狄更斯研究的一个重要出发点是反驳英美文学史家和文学批评家的相关评价，认为以此可以捍卫狄更斯在文学史上的杰出地位。而介绍与评价狄更斯的另一个重要出发点是古为今用，借此来认识看待现今英美资本主义国家的社会丑恶现实，着重看待的是狄更斯小说的认识价值和文献价值，对其审美价值多加忽视甚至排斥。其原因与当时中苏社会主义阵营与英美资本主义阵营相对抗的国际政治形势有关，也使得对狄更

---

① 　华林一：《谈谈狄更斯的“劳苦世界”》，《南京大学学报》1957 年第 1 期。

斯的评价和接受就成为反英抗美活动的一个重要方面,起到了一种武器的作用,因此这一段时期的研究打上了鲜明的历史时代烙印。

菲尔丁在"十七年"间的中国亦受到很大重视,从1954年10月起国内在此期间共译介出版过他的5部作品。高尔斯华绥也是"十七年"间重点翻译的作家之一,共出版了9个译本。而对哈代和萧伯纳的翻译除了数种单行本,更是专门出版了文集(《哈代短篇小说集》两册和《肖伯纳戏剧集》三册)。英国女作家伏尼契虽然只出版了一本著作《牛虻》,但这部作品共发行100多万册,成为"十七年"间最流行的英国小说。另外,萨克雷、勃朗特姐妹、司各特、笛福等人也都有代表作品在国内发行,并受到广大读者的喜爱。

相对于以上介绍的作家作品,还有一些现在看起来不是那么出名的作家和作品在"十七年"的中国受到了重视,比如有共产党员身份的英国作家和文论家杰克·林赛(Jack Lindsay,1900—1990)就受到很大关注,他的小说和文论也都是"站在人民的立场上"说话,具有很强的政治倾向性,因此其作品得到大量翻译。国内刊物也发表了和他有关的文章,如《西方语文》1957年第3期刊载了他的文学评论《三十年代之后:英国小说及其将来》(王佐良译);1958年第1期上发表林同奇的文章《一个英国小说家的重新估价(读杰克·林赛著〈乔治·梅里狄斯〉记)》;《外国学术资料》也于1964年第8期发表文章《英国文艺评论家杰克·林赛论"抽象艺术"》。

陈思和论及现实主义文学在20世纪中国的发展情况时指出:"(现实主义)作为一种创作理论和创作实践,在中国新文学发展过程中的历史性浮沉并不见得比现代主义幸运。从'五四'新文学到'文化大革命'结束为止,它大致经历了三个阶段:从'五四'到二十年代末是与自然主义混合不分的时期;从三十年代到五十年代。是与马克思主义共同发展的时期;从五十年代起到'文化大革命'的结束,是逐渐被伪现实主义所否定的时期。"①正如陈思和所说,"十七年"间现实主义文学的定义在中国出现了混乱:除了那些传统意义上的"正规"的现实主义,另一些作家作品也被当作"现实主义"来看待。韦勒克也说过:"在俄国,现实主义就是一切。在那里人们甚至

---

① 陈思和:《中国新文学整体观》,上海文艺出版社1987年版,第246页。

竭力寻找过去时期的现实主义。"① 这种情况在"十七年"的中国同样存在。查看当时的资料,我们可以看出,在中国对英国现实主义文学的接受中,不仅有狄更斯、菲尔丁、高尔斯华绥、哈代、萧伯纳等"标准"的现实主义作家,连古典主义的乔叟、弥尔顿、莎士比亚甚至其他一些明显不属于现实主义的作家作品也被贴上了"现实主义"的标签。

1950 年 9 月,广学会出版由朱维之翻译的弥尔顿名作《复乐园》(*Paradise Regained*,1671)。译者曾以此本参加广学会的翻译比赛,并荣获一等奖。此后,译者又将《复乐园》做了修订,附代序论文《弥尔顿和复乐园的战斗性》和部分短诗,由上海新文艺出版社于 1957 年 2 月再版。上海文艺出版社 1959 年 7 月出新 1 版。其中代序《弥尔顿和复乐园的战斗性》曾刊于《南开大学学报》1956 年第 1 期,包括(1)弥尔顿在革命的思想战线上;(2)弥尔顿:坚强的性格;(3)在《复乐园》中表现了诗人自己的形象;(4)《复乐园》的艺术性与局限性等四部分内容。该文指出"弥尔顿对人类历史的贡献是肯定的。他对资产阶级革命所作出的光辉的成绩,革命新道德,新品质的树立,是值得我们敬仰的。他的伟大的诗篇是世界文学中永远不可磨灭的。"

1955 年 11 月上海文艺联合出版社刊行英国浪漫主义作家史蒂文生的《诱拐》,译者侯浚吉就在前言中这样说道:"史蒂文生继承了现实主义的写作方法,他的作品所注重的主要是当时社会上的种种矛盾,贵族家庭的争权夺利、自相残杀,老百姓的穷困、痛苦,对特权阶级的反抗。"② 而王科一也在他翻译的《傲慢与偏见》(上海文艺联合出版社 1955 年版)的"译者前言"中一再强调这是一部"现实主义作品","作者用现实主义的笔调通过描写婚姻问题反映当时妇女的社会地位,并且把当时中产阶级的生活刻画得惟妙惟肖"。并且称奥斯丁(Jane Austen)为"十八世纪最后一个现实主义的古典作家"③。甚至 1955 年儿童读物出版社出版的神话故事《希腊英雄传》(金斯莱著,吕天石、黄衡一译)的前言中这样写道:"这些故事中出现了一些

---

① 勒内·韦勒克:《批评的概念》,张今言译,中国美术学院出版社 1999 年版,第 229 页。

② 史蒂文生:《诱拐》前言,侯浚吉译,上海文艺联合出版社 1955 年版,第 3 页。

③ 奥斯丁:《傲慢与偏见》前言,王科一译,上海文艺联合出版社 1955 年版,第 7 页。

古代的理想的英雄人物,为着人民和恶势力进行斗争……",并认为"人民的胜利和邪恶的灭亡只有在今天的社会主义社会中才能真正实现"。① 这种说法明显是要把神话故事与现实联系起来,无怪乎有人事后回忆这一段时期时说:"凡是好的东西都是现实主义,连神话都属于现实主义。"②

这段时期文论界发表的关于英国文学的文章多以介绍描述为主,或从作者的思想倾向及作品内容的历史政治特征来分析,这种社会政治历史的批评方法成为我国研究西方文学的基本方式。如《狄更斯的创作历程与思想特征》③、《萧伯纳戏剧创作的思想性和艺术特点》④、《亨利·菲尔丁的生平与著作》⑤ 等都是此类文章。

然而我国当时对英国现实主义文学也不是一味地全盘接受,而是按照毛泽东的指示"取其精华去其糟粕,批判地接受"。这种"批判"在 50 年代末以后尤为明显。结合新中国历史我们知道,自 1956 年苏共二十大召开之后我国与苏联的关系就日渐冷淡。这种两国政治上的交恶也反映在中国社会的方方面面。之前被苏联肯定的许多西方"人道主义"作家被拿来重新评估。这种势头伴随着 1957 年之后的"整风运动"和"反右派斗争"迅速开展起来。

1958 年 8 月,《西方语文》第 2 卷第 3 期发表题为《一定要把社会主义的红旗插在西语教学和研究的阵地上》的一组笔谈,目的是揭发西方语文教学与研究中的资产阶级思想。其中特别批判了文学研究中的厚古薄今问题,指出有的学者钻在故纸堆里,吃的是社会主义的饭,干的是资产阶级的事。他们或是把"古"当做防空洞,逃避现实,逃避斗争,尤其是逃避思想改造,对新社会可谓冷漠之至;或是以古非今,对古欣赏万分,对今则不屑一顾,甚至说今天没有文学,没有艺术。北京大学杨周翰教授就批评了《西方语文》编辑思想倾向于资产阶级办刊那一套,许多文章徒然炫耀资料和"才

---

① 　金斯莱:《希腊英雄传》前言,吕天石、黄衡一译,上海儿童读物出版社 1955 年版,第 2 页。
② 　陈琨:《从狄更斯死了谈起——当代外国文学评论问题杂感》,《外国文学研究集刊》(第一辑),中国社会科学出版社 1979 年版,第 39 页。
③ 　杨耀民:《狄更斯的创作历程与思想特征》,《文学评论》1962 年第 6 期。
④ 　蔡文显:《萧伯纳戏剧创作的思想性和艺术特点》,《中山大学学报》1956 年第 4 期。
⑤ 　顾仲彝:《亨利·菲尔丁的生平与著作》,《文艺杂志》1954 年第 8 期。

学",但不切合实际。杨周翰特别列举了李赋宁《乔叟诗中的形容词》一文来回答《西方语文》为谁服务的问题。认为这篇文章非常不切合实际,一般读者对此不感兴趣,通晓中世纪英语的人也没有从中得到什么新东西。通篇从头到尾是给已死的一个资产阶级学者偶尔说的一句话,做了详尽的注解。认为这是名副其实的为资产阶级服务,而追随资产阶级治学的老路,那只是死路一条。《西方语文》面临的问题是两条道路的问题。最后杨周翰衷心希望立即把红旗插在以后发表的每一篇文章上。①

1958 年人民文学出版社出版了四本论文集,分别为《论艾米莉·勃朗特的〈呼啸山庄〉》《论伏尼契的〈牛虻〉》《论夏绿蒂·勃朗特的〈简·爱〉》和《论哈代的〈苔丝〉、〈还乡〉和〈无名的裘德〉》。这四部论文集都是北京大学西语系的青年教师和同学们关于几部在中国红极一时的英国现实主义小说的讨论论文,旨在运用马克思主义文艺理论批判地接受外国古典主义文学遗产,分别对几个作品的局限性提出了批判。

其中,1958 年 9 月刊行的《论艾米莉·勃朗特的〈呼啸山庄〉》,印数 5000 册。② 该文集包括六篇文章:《论〈呼啸山庄〉中两种势力的斗争》(陈琨)、《怎样看待〈呼啸山庄〉里的个人复仇和爱情问题》(刘幅贞)、《关于凯撒琳这个人物》(朱文雄)、《凯特尔论〈呼啸山庄〉》(徐尔维著,陶洁译)、《关于〈凯特尔论"呼啸山庄"〉的几点商榷》(徐尔维)、《艾米莉·勃朗特简介》(陶洁)。陈琨《论〈呼啸山庄〉中两种势力的斗争》一

---

① 本年出版的《读书》杂志第 12 期上发表林明星的文章《脱离现实的〈文学研究〉》,同样也指出当时的重要刊物《文学研究》有着极其严重的"厚古薄今"的倾向。并指出文学是阶级斗争的武器,古典文学无论怎样进步,又能找出多少马列主义思想和反映大跃进、解放思想的这类生动的事例呢? 更甚的,古典文学还容易引诱青年们终日埋在故纸堆中去发怀古之幽思,脱离实际,脱离政治的危险,所以文学研究必须厚今。

② 该书的出版说明指出了特定历史条件下本书的写作意图:"整风运动和反右斗争中,有些右派分子在向党、向社会主义猖狂进攻的时候,曾经引用某些外国古典作品中的片言只句,企图颠倒黑白,混淆文艺作品的时代背景,宣扬一些有害的资产阶级思想,以达到他们的罪恶目的。这表明如何分析、研究和批判外国古典文学遗产,在今天仍然是我们的一个战斗任务。北京大学西语系的同学和青年教师们,为了贯彻党的'外为中用'、'古为今用'的方针,在整风后,利用暑假时间,以惊人的干劲,讨论和批判了一些外国古典作品。这本《论艾米莉·勃朗特的〈呼啸山庄〉》就是他们所获得的成果之一。这是外国古典文学研究工作中的一个'破除迷信''敢想敢说敢做'的创举,值得我们重视。"

文开头就说:"《呼啸山庄》是描写被压迫和压迫者之间的残酷斗争的小说。它的主题事围绕着爱情,描写对压迫者的反抗。小说揭示了被压迫者的强烈的爱和恨。……一打开《呼啸山庄》,凛冽的风暴,魔一般的山庄,人和人之间的深刻仇恨就向你袭来,你立刻就产生一种恐怖感觉。这种猛烈的风暴是全书的背景和基调,它的全部分量标志着这场社会冲突的残酷程度,极端强烈的爱和恨就是乘着这股风暴在全书呼啸。"刘帼贞的文章开头则说资产阶级的古典小说侵蚀青年,"使他们丧失革命意志,没有崇高伟大的社会理想,陷入猥琐、庸俗的个人的小天地而不能自拔,严重的甚至对今天社会现实不满,想把今天社会还拖回到昔日书中的时代,有些特别严重的后来就发展成为右派"。这篇文章最后说:"我们必须站在比我们的先人更高的地位上,用马克思列宁主义的思想和观点去看一切问题,去看古典文学作品,否则,我们就会迷失方向,走向歧途! "

　　1958 年 12 月刊行的《论夏绿蒂·勃朗特的〈简·爱〉》,印 6000 册。[①] 该文集收有张学信、张英伦、袁树仁、郑克鲁四人合写的三篇文章:《〈简·爱〉的社会意义和局限性》《怎样认识简·爱这个人物》《罗契司特尔到底是怎样一个人》,另还收有一篇苏联学者格拉日妲斯卡娅为《简·爱》(苏联 1958 年英文版)所写的序言,由杨传伟、张学信合译,题为《夏绿蒂·勃朗特和〈简·爱〉》。书中指出了夏绿蒂·勃朗特的小资产阶级局限性:"简·爱对现存社会制度的不满和反抗从未上升为真正的革命精神。作家向读者和女主人公推荐的唯一道路就是为自我完善、为内心的自由而奋斗。女主人公在最后为自己创造了家庭幸福的牧歌式的小天地,这个小天地虽然闪耀着为爱人作牺牲性的服务的光辉,但却把她同外界完全隔绝开来了。"

　　1960 年冯至就外国文学问题发表多篇文章,有《学习毛泽东思想,进一步明确外国文学研究的方向》(《世界文学》1960 年 2 月号)、《关于批判和

---

　　① 　这些文章的写作动机在《〈简·爱〉的社会意义和局限性》的开头说得很清楚:"《简·爱》——一直在我国拥有较多的读者,并且在读者中产生较大的影响。许多读者同情主人公的遭遇,甚至流下了眼泪,但却没有注意书中有害的部分,因而受到错误思想的影响。在大跃进的今天,在西方资产阶级文学研究领域内拔白旗、插红旗,正确接受其中有益的部分,消除其中的坏影响,让这些作品加强人物对资本主义制度的憎恨,鼓舞人物为争取实现人类最伟大的理想——共产主义而斗争,是文学批评战线上的一项重大的任务。"作者们就是本着这样的精神来写这些文章的。

继承欧洲批判的现实主义文学问题》(《文学评论》1960 年第 4 期)等。另外还有朱于敏的《欧洲十九世纪资产阶级文学中的个人反抗问题》(《文学评论》1960 年第 5 期)、柳鸣九的《正确评论欧洲十九世纪资产阶级文学中的个人形象》(《文学评论》1965 年第 6 期)等一些文章,也都讨论了西方文学作品的再评价问题。这些文章对一些"不够革命"的现实主义文学进行了批判,认为他们的写作视角过于狭窄,思想感情局限于个人,而没有反映更广大的社会阶级斗争和社会现实。这段时期的这些文章虽然仍是站在人民性和阶级性来考虑问题,但是也从一个侧面反映了中国文论界自我意识的觉醒。

综上所述,可以说"十七年"间中国对现实主义的接受与其说是对一种文学样式的认知,不如说是对这种文学样式中所包含的对社会现实存在的各种矛盾尤其是阶级矛盾进行揭露的文学创作思想的接受。

(二)何为"积极浪漫主义"的"积极"?

"十七年"间,英国文学中除了现实主义之外,还有一类文学也是备受推崇,那就是所谓的"积极浪漫主义"文学。虽说在范存忠编写的《英国文学史提纲》中说"浪漫主义绝非是一个统一的运动"①,但是按照韦勒克的话,欧洲浪漫主义是具有统一性的,即"就诗歌观来说是想象,就世界观来说是自然,就诗体风格来说是象征与神话"②。另外韦勒克认为英国浪漫主义文学同样具有统一性,他援引 T. B. 麦考莱(Macaulay, 1800—1859)的话说:"拜伦虽然总是瞧不起华兹华斯先生,然而他却也许是出乎无意地充当了华兹华斯先生与大众之间的说客。拜伦勋爵开创了一个可以称为通俗的湖畔诗派——拜伦勋爵以世俗的口气说出了华兹华斯先生以隐士口气所讲的话。"③ 在韦勒克看来,同为英国浪漫主义诗人的华兹华斯、柯勒律治、骚塞与拜伦、雪莱、济慈等人只是在政治观点上有所分歧,其他并没有什么不同。然

---

① 范存忠:《英国文学史提纲》,四川人民出版社 1983 年版,第 360 页。

② 勒内·韦勒克:《批评的概念》,张今言译,中国美术学院出版社 1999 年版,第 155 页。

③ 《爱丁堡评论》,1831 年 6 月。后收入《批评和历史论文集》(人人丛书版)第二卷,第 634—635 页。转引自韦勒克:《批评的概念》,张今言译,中国美术学院出版社 1999 年版,第 150 页。

而正是这政治上的分歧造成两组诗人于"十七年"间在中国的接受展现出截然不同的情况。

"十七年"间的中国把英国浪漫主义文学分为"积极浪漫主义"和"消极浪漫主义"两个不同的种类。这种分法来自苏联,据说最早由高尔基提出。划分的标准是作家对当时法国大革命持有的不同态度以及作品中是否流露出革命的、阶级斗争的思想。拜伦等具有反抗精神的作家被看作"积极"的代表加以颂扬,而华兹华斯等湖畔派诗人因遁世思想而被斥责为"消极"。这种划分通过苏联文论和文学史观在中国的翻译传播得到普及,并最终成为那个时代人们的共识。

1956年1月,中山大学编的《文史译丛》创刊号上刊载了译自《苏联大百科全书》的《英国文学概要》,其中对英国浪漫主义文学的评价反映了苏联学术界的基本观点,也构成了我国学术界相当长时期内评价浪漫主义诗人的指导思想。其中说到:"浪漫主义不久即表现出两种倾向,其一是决定于保守党贵族对资本主义的反抗和小资产阶级对反动家长宗法制度的向往",并认为"这一倾向同法国革命后反动政治力量加强有关";"浪漫主义另一倾向是人民大众对于法国革命的痛苦失望的回响,是正在萌芽的工人运动的反应"。① 在接下来的论述中,华兹华斯等人被说成"拿避开社会斗争的反动思想,拿追求个人道德完美的理想来和革命对立起来";"怪诞神秘的事物,感情的自发性对于自然'恩惠'的宗教崇拜成为他的美学创作原则"。② 而对拜伦则说,他"对十八世纪的革命保持着同情,自始至终是一个反抗反动势力的战士。他的抗议的尖锐性反映了英国社会矛盾的深刻";说到雪莱则说"革命诗人雪莱采取更彻底的立场",甚至提出"雪莱从革命的资产阶级民主主义走向社会主义思想"这种观点。③ 另外这篇文章把济慈、司各特等人也归为"积极浪漫主义"一类。

由上可见,这篇文章认为英国浪漫主义有两种对立的倾向,属于反动的浪漫主义流派的有诗人华兹华斯、柯勒律治、骚塞,他们起初都推崇法国革

---

① 《英国文学概要》,《文史译丛》1956年创刊号,第127—128页。
② 同上。
③ 同上。

命，但不久就拿逃避社会斗争的反动思想，拿追求个人道德完美的理想来和革命对立起来，而根据他们的意见，艺术和宗教是追求个人道德完美的主要工具。①

除了这篇文章，"十七年"间在中国影响甚大的苏联文学史家阿尼克斯特的《英国文学史纲》中也是把英国浪漫主义分为"积极"和"消极"两方面来论述。"就政治上讲，浪漫主义者可以分成两个相对立的阵营。第一个阵营……他们和封建反动势力相结合，支持着帝王所组织的'神圣同盟'。浪漫主义第二个派别是进步的，甚至是革命的。"② 由此，以当年中国对苏联文学的认同，苏联这种明显以阶级论对英国浪漫主义的粗暴划分在"十七年"的中国深入人心。

这一时期最早进入中国文学界视野的"积极浪漫主义"诗人是拜伦。早在 1949 年 12 月，建国伊始文化工作社就出版了拜伦的两部长诗《海盗》和《可林斯的围攻》。③ 之后至 1956 年 12 月，我国共出版了拜伦的 7 种作品，分别为《海盗》（1949）、《可林斯的围攻》（1949）、《该隐》（1950）、《曼弗雷德》（1955）、《拜伦抒情诗选》（1955）、《恰尔德·哈洛尔德游记》（1956）和《唐璜》（1956）。随着拜伦诗作的出版，国内关于拜伦的讨论也是不绝于耳。《北京大学学报》1956 年第 3 期上发表杜秉正的文章《革命浪漫主义诗人拜伦的诗》，文章把拜伦的诗与英国乃至整个欧洲的资本主义社会现状联系起来，称赞拜伦的反抗精神并援引苏联文论专家的话说拜伦的诗作是"几乎是全部英国文学史上第一篇这样鲜明地表达了断定资本主义生产方式和资产阶级剥削制度惨无人道的结论的作品"④。王佐良也在 1958 年第 4 期的《文艺报》上发表文章《读拜伦》，称拜伦是一个"反抗暴政，追求自由的英雄"⑤。然而我国对拜伦的肯定只持续到 50 年代中期，1957 年

---

① 苏联学术界的这些观点对我们的影响是明显的。《诗刊》1958 年 6 月号发表晴空的文章《我们需要浪漫主义》，矛头显然指向华兹华斯等诗人，认为他们站在与历史的发展相抗衡的立场上，迷恋过去的生活，发出悲哀的叹息，而这是一种消极的反动的浪漫主义。

② 阿尼克斯特：《英国文学史纲》，戴镏龄等译，人民文学出版社 1959 年版，第 277 页。

③ 这两本书都由杜秉正翻译，但 1952 年 4 月号《翻译通报》刊登李路的文章《评杜秉正译"拜伦诗集"》，点名批评他的译文语言生硬，译作粗制滥造。他本人后来也接受了批评。

④ 杜秉正：《革命浪漫主义诗人拜伦的诗》，《北京大学学报》1956 年第 3 期。

⑤ 王佐良：《读拜伦》，《文艺报》1958 年第 4 期。

之后国内文艺路线急剧转"左",拜伦也受到了相应的批判。1960 年发表在《世界文学》上的一篇文章对拜伦诗歌中人物的叛逆性格做了分析,认为"拜伦式英雄"的反抗精神,"用以和封建贵族及资产阶级丑恶社会对立的,不过是个人自由、个人解放、个人复仇……归根结底仍然不出资产阶级思想的范围;是用彼一种恶德恶行来反抗此一种恶德恶行;实质上是个人主义和无政府主义,与人民也是对立的"①。袁可嘉也在《光明日报》1964 年 7 月 12 号上发表文章《拜伦和拜伦式英雄》,批判"拜伦式英雄"的个人主义和虚无主义,并引起了一场不了了之的争论。这种争论在当时涉及怎样正确地、历史地评价遗产的热点问题。袁可嘉的观点是拜伦的叛逆性格从一开始就包含两种因素:资产阶级民主革命战士的进步思想与个人主义,并指出应该正确认识拜伦与其人物之间的联系与区别。而对此持有异议的观点认为,个人主义才是本质核心,否则便是不适当地夸大了资产阶级革命的民主性,歪曲了资产阶级的历史面貌。他们并提出怎样对待西方文学遗产的问题,认为其"民主性"精华已逐渐失去了它原来的积极意义,而资产阶级思想正往往通过它来腐蚀和毒害人民。所以必须对其思想体系,尤其是它的核心个人主义进行彻底的批判。②

在拜伦遭到批判的时候,另一个英国浪漫主义诗人进入中国文论界的视野,并迅速得到热捧,这就是被恩格斯誉为"天才预言家"的雪莱。国内对雪莱的介绍几乎是在拜伦受"冷遇"之后紧接着进行的, 1957 年至 1962 年间我国共出版了雪莱的 6 部作品,分别是《希腊》(1957)、《解放了的普罗米修斯》(1957)、《云雀》(1958)、《雪莱抒情诗选》(1958)、《伊斯兰的起义》(1962)和《钦契》(1962)。相对于后来对拜伦的批判,雪莱倒是一直都是得到肯定的。《世界文学》1956 年第 6、7、8 期上连载了苏联科学院出版的《英国文学史》中关于雪莱的章节 ③,文章论述了雪莱的思想成长经历及创作历程,并多次引用马克思恩格斯对雪莱的评价,认为"雪莱

① 安旗:《试论拜伦诗歌中的叛逆性格》,《世界文学》1960 年第 8 期。
② 参看叶子《究竟怎样看待"拜伦式英雄"——对〈拜伦和拜伦式英雄〉一文的质疑》(《光明日报》1964 年 12 月 6 日)、袁可嘉《对〈究竟怎样看待"拜伦式英雄"〉的答复》(《光明日报》1964 年 12 月 27 日)。
③ 杰米施甘:《雪莱评传》,杨周翰译,《世界文学》1956 年第 6—8 期。

从头到脚都是个革命者,他永远会站在社会主义的先锋队伍中的"①。这篇文章影响了我国对雪莱的评价,国内也纷纷发表文章肯定雪莱在英国文学史上的价值,并对他诗歌的革命性和战斗性提出赞扬。如周其勋的《试论雪莱的〈解放了的普罗米修斯〉》(《中山大学学报(社会科学版)》1956年第3期)、赵隆勷的《天才的预言诗人雪莱》(《读书月报》1957年第8期)、袁可嘉的《读雪莱的〈西风颂〉》(《文学知识》1960年第1期)等。

　　除了拜伦和雪莱,还有一位英国浪漫主义诗人布莱克也在中国得到了发现。建国初期,我们的外国文学研究在"学习苏联"的口号下翻译了苏联以及其他各国进步作家的文章和论著。对布莱克的介绍研究也不例外。1955年10号《译文》发表了英国评论家阿诺德·凯特尔的文摘《过去文学的进步价值》。文中谈及布莱克的名诗《伦敦》时说,该诗"是资产阶级社会的一幅丑恶图画,……它使我们更深刻了解资本主义的性质,引起我们的深切的愤怒,这样就把我们在精神方面组织起来,使我们更有力量参加摧毁资本主义的工作"。并认为布莱克著作博大精深,"只有在社会主义或共产主义实现若干年后,我们才能充分了解这位伟大诗人的全部遗产"②。1956年中山大学编的《文史译丛》创刊号上登载的译自苏联大百科全书的《英国文学概要》之中,也把布莱克看作是与反动势力对抗的民主作家。1959年10月翻译出版的苏联文学史家阿尼克斯特的《英国文学史纲》中同样认为布莱克借助象征手法来表现他深刻的进步民主思想。

　　这样,这位生活在第一次工业革命时期的英国诗人创作了许多反映当时资本主义社会生活的诗歌,被称为"英国革命浪漫主义诗人的伟大先驱"③。虽然"十七年"间我国只出版了他的一本诗集(《布莱克诗选》,查良铮等译,人民文学出版社1957年版),但是他在中国得到的重视却是不可忽视的。上文提到的《英国文学概要》(1956年《文史译丛》创刊号)以及阿尼克斯特的《英国文学史纲》也都把布莱克看作是进步作家。1957年是布莱克诞辰二百周年,同时他又是这一年的"世界文化名人",所以国内发表了大

———————————

①　杰米施甘:《雪莱评传》,杨周翰译,《世界文学》1956年第8期。

②　阿诺德·凯特尔:《过去文学的进步价值》,《译文》1955年10月号。

③　袁可嘉:《布莱克的诗——威廉·布莱克诞生二百周年纪念》,《文学研究》1957年第4期。

量关于布莱克的文章。如戴镏龄《论布莱克的〈伦敦〉》（《中山大学学报
（社会科学版）》1957 年第 3 期）、卞之琳《谈谈威廉·布莱克的几首诗》（《诗
刊》1957 年第 7 期）、赵萝蕤《能深爱亦能深恨的威廉·布莱克》（《文艺报》
1957 年第 6 期）、袁可嘉《布莱克的诗——威廉·布莱克诞生二百周年纪念》
（《文学研究》1957 年第 4 期）、《英国浪漫主义的先驱——威廉·布莱克》
（《江海学刊》1960 年第 1 期）等，均高度评价布莱克作为进步浪漫主义先
驱的成就，具体内容后文亦有详细说明。

（三）英国经典作家纪念专号

新中国成立"十七年"间，我国对英国文学的接受与传播过程中，除
了采取传统的翻译文本、发表评论文章之外，还使用了一种比较特别的形
式——对经典作家的纪念活动，即当某位作家诞辰或逝世周年纪念的时候，
国内就采取举行纪念会、出版该作家文集、作品评论集、在刊物上开辟专号
等形式集中介绍、评价该作家。根据谢天振、查明建两位学者的研究，1918
年《新青年》第 4 卷刊出的"易卜生号"，在中国翻译文学史第一次以专刊
的形式，有目的、有计划、比较全面系统地译介了一个外国作家的生平思想
和主要作品。[1] 新中国成立以后，中国参加了 1950 年成立的世界和平理事
会[2]。大会每年在世界范围内选取文化名人进行纪念，中国也加入纪念活动
中。从 1954 年开始，几乎每年都有英国经典作家入围"世界文化名人"，其
中有菲尔丁（1954）、萧伯纳（1956）、布莱克（1957）、弥尔顿（1958）、彭
斯（1959）、笛福（1960）。而相应的，在中国都会举办纪念这些经典作家的
活动。另外，在一些经典作家诞辰或者逝世周年时，我国也会举行相应纪念
活动，如 1954 年我国纪念莎士比亚诞辰 390 周年，1962 年纪念狄更斯诞辰

---

　　①　谢天振、查明建：《中国现代翻译文学史（1898—1949）》，上海外语教育出版社 2004 年版，
第 70 页。
　　②　二战后为反对战争再次发生，世界范围内开展了反对核军备竞赛和保卫和平的活动。自
1948 年起世界各国纷纷成立保卫和平的组织，中国人民保卫世界和平委员会于 1949 年 10 月成立，
郭沫若任主席。1950 年 11 月在华沙召开第二届世界保卫和平大会，有 81 个国家的代表参加，大会
决定成立世界和平理事会，主席是［法］F. 约里奥－居里，副主席是［意］P. 南尼、［苏］A . 法捷
耶夫、［英］J.b. 贝尔纳、［中］郭沫若等。

150 周年和 1963 年纪念萨克雷逝世 100 周年等。1959 年是苏格兰作家罗伯特·彭斯诞辰二百周年,本年 3 月上海文艺出版社出版了袁可嘉翻译的《彭斯诗钞》,5 月人民文学出版社出版王佐良翻译的《彭斯诗选》。当年 5 月 27 号,首都文化界举行了纪念会,中国人民对外文化协会副会长丁西林在大会上致开幕词,介绍了彭斯作品在中国的翻译传播情况。而北京外国语学院英文系主任王佐良则介绍了彭斯的生平和成就,并分析了他的几篇著名诗作《苏格兰人》《自由树》等。[①] 同年国内各大报纸杂志还发表了大量关于彭斯的文章,后文亦有详细介绍。

这样有组织有规划的作家纪念活动对英国文学在中国的传播起到了很大的推动作用。而此类纪念活动大多是半官方活动,能够得到纪念的作家都有着经典作家身份,属于"进步"作家行列,如以下几位作家纪念活动所示。

1. 菲尔丁

1954 年,菲尔丁逝世二百周年纪念。10 月 27 日晚,在北京首都青年宫隆重举行纪念会。纪念会由中国人民保卫世界和平委员会、中国人民对外文化协会、中国文学艺术界联合会、中国作家协会、中国戏剧家协会联合主办。纪念会由中国作家协会副主席老舍主持,并致开幕词,其中说"今天我们在这里聚会,就是为向这位伟大的先辈致敬,学习他的创作上的宝贵经验,学习他的热爱人民、勇于向人民的敌人进攻的战斗精神"。郑振铎接着做了"纪念英国伟大的现实主义作家菲尔丁"为题的报告,对菲尔丁的作品做了扼要的介绍和分析,称菲尔丁是属于人类历代所有的伟大的文学作家之列的。英国贝尔纳教授应邀讲话,对菲尔丁的生平事业做了精辟的介绍,受到热烈欢迎。会上还由中国文艺工作者朗诵了亨利·菲尔丁的作品。[②]

2. 萧伯纳

1956 年 7 月 28 日,中外戏剧界和其他各界人士一千多人,在北京集会纪

---

① 参见《人民日报》1959 年 5 月 28 日。

② 据《人民日报》1954 年 10 月 28 日报道。为纪念英国小说家亨利·菲尔丁,萧乾发表了一组文章:《关于亨利·菲尔丁》(随笔)载 6 月 7 日《人民文学》月刊第 6 期;《大伟人江奈生·魏尔德传》(译文,亨利·菲尔丁作)载 10 月 1 日《译文》月刊第 16 期;《亨利·菲尔丁》(随笔)载 10 月 10 日《新观察》半月刊第 20 期;《伟大的现实主义作家菲尔丁》(论文)载 12 月《新华月报》第 12 期。

念世界文化名人萧伯纳诞辰一百周年。中国文学艺术界联合会副主席、中国作家协会主席茅盾在纪念会上致开幕词说,萧伯纳是对世界文化有卓越贡献的剧作家,他所遗留下来的优秀的作品鼓舞人们热爱和平和自由,中国人民无比热爱萧伯纳笔锋尖锐的政论和幽默辛辣的喜剧,他在剧本中一再反对殖民主义者的侵略政策,对于争取自由解放的人民寄予同情,我们纪念萧伯纳应该扩大和平队伍,争取全世界各国人民持久的和平。田汉在会上以"向伟大的现实主义戏剧大师们学习"为题做了报告,介绍了戏剧家的伟大的艺术成就和当时所处的时代背景,介绍对中国话剧的成长壮大所给予的巨大精神影响,呼吁中国坚实的现实主义戏剧创作应该向现实主义大师们认真地再学习! 会后,还举行了世界文化名人萧伯纳诞生一百周年纪念晚会,由北京电影演员剧团和中央戏剧学院表演干部训练班分别演出了萧伯纳的名著《苹果车》第二幕中一段、《华伦夫人的职业》第二幕中和第三幕中各一段。①

本年 12 月,为了配合萧伯纳百年诞辰纪念,人民文学出版社出版了 3 卷《萧伯纳戏剧集》:第一集包括黄钟译《鳏夫的房产》(*Widower's Houses*, 1892)、潘家洵译《华伦夫人的职业》(*Mrs. Warren's Profession*, 1894)、陈瘦竹译《康蒂妲》(*Candida*, 1895)、杨宪益译《凯撒和克莉奥佩屈拉》(*Caesar and Cleopatra*, 1898)等 4 种剧本。第二集包括朱光潜译《英国佬的另一个岛》(*John Bull's Other Island*, 1904)、林浩庄译《巴巴拉少校》(*Major Barbara*, 1907)、杨宪益译《匹克梅梁》(*Pygmalion*, 1912)等 3 个剧本。第三集包括张谷若译《伤心之家》(*Heartbreak House*, 1917)、俞大缜译《奥古斯都尽了本分》(*Augustus Does His Bit*, 1916)、老舍译《苹果车》(*The Apple Cart*, 1930)、方安译《真相毕露》(*Too True to Be Good*, 1931)等 4 个剧本。

3. 布莱克

1956 年"双百"方针的提出,在外国文学研究领域内初步形成了一个欣欣向荣的局面。加之 1957 年又适逢布莱克诞生二百周年,世界和平理事会号召全世界人民纪念这位杰出的诗人兼画家,这样我国对布莱克的介绍

---

① 据《人民日报》1956 年 7 月 28 日。

和研究也受此影响,并进入第二个高潮时期。1957年发表了卞之琳《谈威廉·布莱克的几首诗》和袁可嘉的《布莱克的诗》这两篇文章,人民文学出版社也出版了《布莱克诗选》。布莱克于是作为一个杰出的进步诗人形象为我国读者广泛接受。

1957年5月4日,四百多位中外诗人在北京举行国际诗歌晚会,纪念世界文化名人威廉·布莱克。诗人萧三致开场白,对出席晚会的许多外国诗人表示感谢。晚会在多种语言的吟诵和轻松的笑声中进行。中国诗人们听到了用英文和中文朗诵的布莱克的名诗,外国诗人也听到诗人们吟诵中国古典诗词。应邀出席晚会的苏格兰著名诗人格里夫在会上介绍了布莱克,并且朗诵了《在贫民窟中的沉思》等三首诗。中国文学艺术界联合会主席、老诗人郭沫若热情洋溢地朗诵了他完成不久的新作《"五一"天安门情景》。①

卞之琳的文章发表于1957年7月号的《诗刊》杂志,同期发表的还有卞之琳翻译的布莱克的五首诗,即译自《天真之歌》的《欢乐笑》《扫烟囱孩子》和译自《经验之歌》的《扫烟囱孩子》《老虎》《一棵毒树》。卞之琳在文章中指出了作为进步诗人的布莱克创作的诸方面,可以作为当时我国接受布莱克的一个概括。文中说,布莱克"一贯站在人民一边,同情民主和自由的要求;同情民族解放、妇女解放;同情被压迫的国内劳苦大众,同情被作为奴隶贩卖的黑人;他一贯支持革命,拥护和平,反对战争——统治阶级野心家发动的侵略战争和为了镇压人民解放运动、民族解放运动而进行的血腥战争;他支持美国人民和法国人民的被迫进行的武装斗争;他反对专制暴政,反对一切'国王和教士',反对一切'吞食者',反对资本主义发展所带给劳动人民日益加重的剥削和压迫;他认为'人类的全部事业'应当是'文艺(文化)和一切公有'。虽然他没有脱出基督教精神的传统,可是他表现的主要是人道主义,他还表现了一种乌托邦式的社会主义倾向。……他明白表示过在'刀剑的战争'消灭以后的新社会里还应有'思考斗争'"②。文中分析布莱克作品时更在多处紧密联系我国当时的社会建设情况。比如在分析《老虎》一诗时说:"贯穿全诗,诗人用了他常爱用的铁匠的形象。开头(第

---

① 据《人民日报》1957年5月4日。
② 卞之琳:《谈威廉·布莱克的几首诗》,《诗刊》1957年7月号。

二节）讲怎样到海角天涯寻觅火种,制造老虎的眼睛以及其他,在我们今天也就令人想得起我们献身于社会主义建设的矿藏勘探队千山万水去探宝的壮举;到后来讲掌心里把握住'孩子的雷霆'也不由不令我们想起为了造福社会而控制原子能的气魄。而从诗里可以感觉到创造也就是一种斗争。"卞之琳最后指出,布莱克这些诗"直到今天,在我们建设社会主义,支持人民解放民族解放的斗争,保卫世界和平的努力当中,也还是能起它们的艺术教育作用、鼓舞作用"。而且认为那些诗之所以有长久价值,正是因为它们直接间接反映了自己时代的现实和理想,甚至还配合了自己时代的政治任务。①现在看来,卞之琳对布莱克诗篇的分析不免有附会之嫌,然而却充分展现了那个时代我国轰轰烈烈地进行社会主义建设,保卫世界和平的盛况,从中也可以看出布莱克为什么会在中国大受欢迎的原因。

　　1957 年 12 月,袁可嘉的长篇论文《布莱克的诗——威廉·布莱克诞生二百周年纪念》发表在 1957 年的《文学研究》第 4 期上,其基本观念与卞之琳一文相似,着重从思想性角度论述了布莱克诗歌作品的几个主要方面,如反对侵略战争;歌颂美国、法国革命;抨击统治阶级（资产阶级和贵族地主阶级）、教会和礼教;革命的人道主义;作为进步诗人的局限性等等。文章结合作品详细分析了布莱克诗中深刻的人民性和现实主义手法的特点,并特别强调了进步诗人的人道主义思想问题。袁可嘉认为布莱克的进步诗歌到《四天神》达到登峰造极的程度,最后指出布莱克不愧是英国革命浪漫主义诗歌的伟大先驱。②

　　1957 年 8 月,《布莱克诗选》由人民文学出版社出版,所选绝大部分是布莱克的一些抒情诗气味较浓的短诗。其中收入《诗的素描》（查良铮译）18 首、《天真之歌》（袁可嘉译）19 首、《经验之歌》（宋雪亭译）23 首、《杂诗选》（黄雨石、宋雪亭、查良铮译）27 首以及《断简残篇》《嘉言选》（黄雨石译）等。诗选中还有布莱克自己作包括"天真之歌"和"经验之歌"初版封面在内的插图七幅。袁可嘉在译序中同样强调了布莱克诗作画品表现出的人道主义精神和对现实社会批评的内容,指出布莱克《诗的素描》的

---

①　卞之琳:《谈威廉·布莱克的几首诗》,《诗刊》1957 年 7 月号。

②　袁可嘉:《布莱克的诗——威廉·布莱克诞生二百周年纪念》,《文学研究》1957 年第 4 期。

问世标志着要求干预生活的革命浪漫主义运动的兴起,而人道主义的博爱思想与信奉上帝的唯心思想在《天真之歌》中的结合,隐伏着布莱克思想中的长处和弱点,《经验之歌》中则正面表现出了对于英国社会的抨击,而《天使与魔鬼》这首诗则反映出深刻的革命性思想。袁译序也指出布莱克晚年倒退一步以革命人道主义回到一般人道主义的倾向,其标志是越来越多地宣传"忠恕之道",但这又并非其思想的主流。

1960 年《江海学刊》也发表了范存忠的重要文章《英国浪漫主义的先驱——威廉·布莱克》,这可以说是为中国介绍和研究布莱克的第二个高潮期画上了一个完满的句号。范文也是把布莱克作为英国进步浪漫主义作家看待的,指出布莱克在内容与形式方面都是最富于独创性的,其作品中出现的神话式的巨人形象以及人化的自然力量,实开欧洲文学史上"巨人主义"的先河,而作为一个"探索者",布莱克既探索资本主义社会的奥秘,也探索揭露这个社会的艺术,在他探索性的作品中,他引导读者背弃黑暗现实,为追求美好的理想而斗争,因而也就成为英国第一个进步浪漫主义者,与后来的拜伦、雪莱并驾齐驱。[①]

由上可见,与民国时期布莱克在中国的神秘诗人形象不同,新中国成立后的五六十年代,布莱克在读者心目中是作为一个杰出的进步诗人的形象出现的,这着重是从思想方面对布莱克的高度肯定,尤其重视诗人作品中深刻的人民性思想、人道主义思想特别是革命的人道主义思想以及现实主义的表现手法等等,且一致认为布莱克是英国进步浪漫主义的伟大先驱,同时对布莱克诗作在思想与艺术方面的所谓局限性做了批评。《布莱克诗选》的出版也是这位诗人进入中国的旅途中一件值得纪念的事情。当然,这一时期我们对布莱克作品的思想阐述并非无懈可击,从艺术性角度对其作品的深刻分析则远远不够,而这正是下一阶段布莱克研究中的重要内容。

4. 弥尔顿

新中国成立以后我国对弥尔顿的研究评价受到苏联学术观点的很大影响。苏联学术界在接受弥尔顿时,特别强调其作品的革命性内容和资产阶级

---

① 范存忠:《英国浪漫主义的先驱——威廉·布莱克》,《江海学刊》1960 年第 1 期。

民主思想,并且鲜明地反对英美批评界对弥尔顿的认识评价。1958年翻译出版了苏联文学史家阿尔泰莫诺夫和萨马林等合著的《十七世纪外国文学史》,书中谈及弥尔顿史诗《失乐园》时,极力反对西方"反动"的资产阶级文学研究者把该作看作是一首"宗教史诗"的观点,而赞同别林斯基的说法,强调这首长诗通过塑造撒旦形象而表现出的革命热情,并把长诗称为"对反抗权威的颂扬"①。1959年10月出版的苏联文学史家阿尼克斯特的《英国文学史纲》中,也把弥尔顿看作是"资产阶级清教徒革命诗人",并同样支持别林斯基关于《失乐园》的评价,认为这部杰作的革命内容表现在撒旦对上帝反抗的描写上。对于弥尔顿的另外两部长诗,该书也指出《复乐园》在政治思想方面与《失乐园》相近,诗人笔下的基督是理想的资产阶级革命家的形象;而《力士参孙》则充满了对战斗的号召、对斗争的热情向往,参孙形象使我们想起了弥尔顿本人。② 受苏联这种研究思路的影响,我国学者评价弥尔顿的出发点及基本内容也大致如此。

　　比如,朱维之在1956年写了《弥尔顿的〈复乐园〉的战斗性》一文,其写作目的就是批驳英美评论家认为"这时诗人与革命暂时脱节"的错误看法,指出"虽然这首长诗缺少复乐园第一首长诗《失乐园》的优秀章节所特有的那种雄伟的英雄气概和叛逆者的激情,这里没有'对反抗权威的颂扬',但长诗中多处特别明显的如耶稣在旷野中的自白,正反映了弥尔顿本人的为着革命事业反封建君主制的斗争形象……诗人总是站在革命者的一边,代表革命力量的。虽然诗人在《复乐园》中照者宗教故事的传统来处理人物,可以说是对宗教妥协,但他对革命并没有脱节。"③ 1957年刊登在《读书月报》第四期上殷宝书的论文《弥尔顿的〈力士参孙〉》中,同样指出"悲剧具有浓厚的政治倾向,表现了坚强的革命精神。主人公参孙很像作者的自况,参孙的形象集中表现了作者对革命忠贞不移和誓死战斗的高尚品德,同时也就是革命处于低潮时的无数坚强不屈的革命者的真实写照。"④ 这两篇文章代

①　丰陈宝等译:《十七世纪外国文学史》,阿尔泰莫诺夫·萨马林等著,上海译文出版社1984年版。

②　阿尼克斯特:《英国文学史纲》,蔡文显译,人民文学出版社1958年版。

③　朱维之:《弥尔顿的〈复乐园〉的战斗性》,《南开大学学报》1956年第1期。

④　殷宝书:《弥尔顿的〈力士参孙〉》,《读书月报》1957年第4期。

表了当时我们认识和接受弥尔顿的层面与程度。紧接着以后的几年间,学术界读书界都非常重视对弥尔顿的介绍和研究,特别是在 1958 年及其后几年中发表了大量文章,形成了一个高潮。

本时期,我国大量介绍弥尔顿,是由于 1956 年"双百"方针的提出,在外国文学研究领域内初步形成了一个欣欣向荣的局面,加之 1958 年又适逢弥尔顿诞辰三百五十周年纪念,这更成为我国学者集中评介弥尔顿的一个契机,各种报刊杂志发表了大批文章,形成建国以后介绍和研究弥尔顿的真正高潮。首先值得一提的是殷宝书写的两篇论文《密尔顿诞生 350 周年纪念》(《译文》1958 年第 7 期)和《诗人密尔顿的革命精神》(《文学研究》1958 年第 3 期)。前者评价了作为资产阶级革命诗人弥尔顿的生平及创作诸方面,可以作为当时我们接受弥尔顿的一个概括。后者的基本观点与前文相似,着重从思想性角度论述了弥尔顿诗歌创作中隐现的资产阶级革命精神。文章介绍了弥尔顿充满革命斗争性的一生,并充分肯定诗人热情参加革命的进步性,指出弥尔顿是 17 世纪英国伟大诗人,也是英国资产阶级革命时期的坚强战士。在革命之初,他把革命的理想与热情灌输给英国人民;在革命遭受威胁时他给敌人以无情反击,给人民以忘我支持;在革命遭受挫败后,他以愤怒的心情,大声疾呼地继续鼓吹着革命。但也指出"密尔顿的思想毕竟脱不出一般资产阶级的思想范畴,他的个人英雄主义思想很严重,他看不见人民,更看不出人民的力量,因此他对于革命如何胜利,是不够清楚的"[①]。作者在文章中还指出:"到了资本主义末日,反动力量作垂死挣扎的今天,回顾一下当初作为进步力量的资产阶级的革命斗争精神,对比就特别鲜明,因此纪念密尔顿也就有重要的现实意义,不仅仅局限于为了保卫文化而已。"

同年,《文汇报》刊载文章《资产阶级战士和诗人密尔顿》,《文艺报》1958 年第 24 期也发表了杨周翰《英国资产阶级革命诗人密尔顿》。两篇文章都侧重于思想内容的分析,而且又倾向于社会政治层面的探讨,其结论也就与上面提到的几篇文章大同小异。总之,这一时期的弥尔顿是作为一个具有清教主义思想的资产阶级革命诗人形象为我国读者广泛接受的。

---

① 殷宝书:《诗人密尔顿的革命精神》,《文学研究》1958 年第 3 期。

　　60 年代,随着对弥尔顿研究高潮的渐趋衰退,译介和评论文章很少。1962 年《英语学习》刊载了一篇李赋宁写的文章《密尔顿与华兹华斯》。认为弥尔顿是英国诗人当中最伟大的一位,他是诗人、学者、政论家,更是坚毅勇敢的革命家。与以往不同的是,本文从十四行诗入手,并结合华兹华斯对弥尔顿的评价来阐述其革命性及战斗精神。文章首先列举华兹华斯的两篇十四行诗,一篇称“密尔顿的十四行诗像军号一般振奋人心,激励士气”。另一篇则更激情洋溢地发出“密尔顿! 你应该活在今日,英国需要你”的高声疾呼。这可以说也是本文作者的心声,他眼中的弥尔顿俨然成为一位坚定的革命战士。该文还指出弥尔顿用十四行诗体创作的政治抒情诗“像文艺复兴时期那些爱情抒情诗一样热烈,一样富于感染力”①。 1964 年 1 月人民出版社出版了杨周翰等主编的《欧洲文学史》,其中谈及弥尔顿时,指出他是“革命和复辟时期最有成就的作家”。他的三部宏伟篇章之所以均用《圣经》故事为题材,是因为当时英国资产阶级在进行革命时利用清教运动,从《圣经》上借来响亮口号,以鼓起人民的革命情绪。

　　总之,新中国成立以后的五六十年代,我们在接受弥尔顿方面,其倾向性是一致的,这就是强调其作品对封建专制制度的批判性与暴露性以此体现资产阶级的革命性,同时也指出了弥尔顿的清教主义革命精神与人道主义的道德完善之间的矛盾性以及他的资产阶级两面性的阶级局限性,这当然是由其时的政治气候与理论导向使然。

　　5. 罗伯特·彭斯

　　1959 年 5 月 27 日,北京首都文化界举行了世界文化名人罗伯特·彭斯诞生二百周年纪念会。中国人民对外文化协会副会长丁西林致开幕词说,数十年前苏格兰著名农民诗人彭斯的作品被介绍到中国,近年来他的作品的中译本更多了,得到了中国人民的敬重。北京外语学院英文系主任王佐良介绍了彭斯的生平与成就,称罗伯特·彭斯是英国和世界文学史上最伟大的诗人之一,分析介绍了彭斯的名诗《苏格兰人》《不管那一套》《自由树》《大好年华》等名篇。会上朗诵和演唱了彭斯的作品和中国民歌。北京市图书馆为了纪念彭斯诞生二周年,今天起举办展览会,展出这位世界文化名人著作

---

①　李赋宁:《密尔顿与华兹华斯》,《英语学习》1962 年第 1 期。

的中外文版本。①

中国文艺界为纪念苏格兰著名诗人罗伯特·彭斯诞生二百周年，发表了一些文章②，出版了他的作品译本，这就是：

1959年3月，上海文艺出版社出版袁可嘉翻译的《彭斯诗钞》，据牛津大学版译出，收入作者的89首诗歌。袁可嘉撰写《彭斯与民间歌谣——罗伯特·彭斯诞生二百周年纪念》一文，发表于《文学评论》第2期，系统地介绍了彭斯与民间歌谣的关系。

1959年5月，人民文学出版社出版王佐良翻译的《彭斯诗选》，据1897年剑桥波士顿版《罗伯特·彭斯诗歌全集》译出，选译《一朵红红的玫瑰》《不管那一套》《银杯》《快活的乞丐》等长短诗37首。这些译作被公认为我国诗歌翻译中的上乘之作。王佐良在《世界文学》1959年第1期上发表《伟大的苏格兰人民诗人彭斯》一文高度评价了彭斯的诗歌成就。《诗刊》1959年第5期转载了王佐良译《彭斯诗选》的译者后记。

如上可见，新中国成立以后关于彭斯的译介与评述成绩最大的是袁可嘉、王佐良二人。他们在1959年期间发表了一系列研究文章，掀起研究的第一个高潮。其原因有两个方面，一是1959年适值彭斯诞辰二百周年，文艺界开了各种纪念活动，另一原因与50年代我国开展大规模的新民歌运动分不开。当时我国文艺界正在热烈讨论新诗与民歌的关系，而彭斯因其在这方面的特色而得到倍受重视。历史的车轮把彭斯推到了文艺的前沿。彭斯作为一个从民谣中成长起来的农民诗人，他的诗歌具有通俗性、大众化倾向，这深深吸引和影响着我国读者。他在吸收歌谣精华，丰富自己诗歌创作方面的卓越成就对当时的新民歌运动和诗歌工作者具有很大的鼓舞和借鉴作用。另外他在诗歌中对民主、自由、平等的向往和反封建的强烈性也符合当时时代氛围的要求，因而当时掀起这股研究热潮并不是偶然的，是与当时的政治因

---

① 据《人民日报》1959年5月28日报道。

② 如袁可嘉《彭斯的诗歌》(《文学知识》1959年第5期)、《匕首和竖琴——纪念世界文化名人罗伯特·彭斯》(《北京日报》1959年5月26日)、王佐良《伟大的苏格兰民族诗人彭斯》(《世界文学》1959年第1期)、杨子敏《罗伯特·彭斯——伟大的人民诗人》(《诗刊》1959年第5期)、范存忠《苏格兰人民诗人罗伯特·彭斯》(《南京大学学报》1959年第2期)、南星《略谈彭斯的诗歌技巧》(《新港》1959年第6期)、雨石：《苏格兰最大的诗人——罗伯特·彭斯》(《文学书籍评论丛刊》1959年第6期)等。

素密切相关,因为一切文艺为政治服务是当时的必然要求,不过这一高潮也大大促进了研究的深入开展。

6. 笛福

1960 年 12 月 23 日,中国人民保卫世界和平委员会、中国人民对外文化协会、中国文学艺术界联合会、中国作家协会举行世界文化名人英国作家笛福诞生三百周年纪念会。纪念会由中国人民保卫世界和平委员会常务委员、中国作家协会副主席老舍主持。在纪念会上,作家叶君健介绍和分析了笛福的作品。[①]

7. 詹姆斯·乔伊斯

1962 年 6 月 22 日,首都北京作家、学者、文艺界人士等 150 人,集会纪念爱尔兰著名作家詹姆斯·乔伊斯诞辰一百周年。对外友好协会副会长、中国文联副主席夏衍在会上致词说,今天我们在这里纪念驰名世界的爱尔兰作家、西方现代小说的主要代表之一詹姆斯·乔伊斯诞辰一百周年,欣逢中爱两国建交三周年,这就使它具有特殊意义。中国社会科学院外国文学研究所副研究员朱虹做了关于乔伊斯的生平和文学成就的报告。她说,由于乔伊斯运用了丰富的艺术手段里处理人的意识流,从而大大扩展了西方小说的表现力。乔伊斯试图从新的角度揭示人、掌握人的内心世界和人的潜意识。他的作品在当时的社会条件下,不是歌功颂德,不是奉命行事,也不是正统的,而是反映了资产阶级没落彷徨的情绪。爱尔兰驻华大使约翰·坎贝尔在纪念会上讲话。纪念会上,中央乐团青年男高音歌唱家于吉星演唱了乔伊斯生前最喜爱的歌曲《夏天最后的一朵玫瑰》和《溪水汇流》,并放映了有关乔伊斯时代的都柏林的纪录影片。[②]

8. 狄更斯

1962 年是狄更斯诞辰 150 周年纪念,这更成为我国学者集中介绍评价狄更斯的一个契机,国内各种报刊杂志发表了 20 多篇文章,其中包括一些重要研究论文,由此也便形成新中国成立后"十七年"中介绍和研究狄更斯的真正高潮。

首先值得介绍的是南京大学陈嘉、范存忠、姚永彩三位先生写的文章。

---

① 据《人民日报》1960 年 12 月 24 日。
② 据新华社新闻稿, 1962 年 6 月 23 日。

陈嘉的论文《论狄更斯的〈双城记〉》也是针对英美资产阶级文学史家和批评家在《双城记》理解与评价上的种种不正确、甚至故意歪曲的说法而写的。认为应首先肯定《双城记》的进步意义,尤其应肯定该小说对法国大革命的看法上进步的一面,小说除突出表现作者对革命的正义性和必然性的认识外,还反映了狄更斯对人民群众在斗争中巨大作用的看法,以此驳斥了不少资产阶级文艺批评家企图贬低狄更斯而说他诋毁法国大革命的谬论。当然,文章也指出由于狄更斯的阶级局限性和人道主义思想,他在《双城记》中便会对法国革命的历史过程才采取一系列不正确、甚至根本错误的态度,但他并未因此否定法国革命的正义性与必然性,这正是我们推崇这部小说的重要原因。① 范存忠的论文《狄更斯与美国问题》则综述了狄更斯作品对 19 世纪中叶美国情况的反映以及对若干美国社会问题的认识情况,认为对美国社会尽情刻画和揭露,他提供的材料在不少方面比传统历史家所贡献的更真实典型,有很大的进步意义。当然文中也指出狄更斯作为资产阶级激进主义者与人道主义者,对社会问题认识上的一些局限性。② 姚永彩的论文《从〈艰难时世〉看狄更斯》在指出狄更斯揭露社会罪恶同情贫苦人民的痛苦不幸的同时,也强调他由于阶级局限,不了解消灭社会罪恶,使贫苦人民获得幸福的真正有效办法即革命斗争。而他那种以情感与友爱作为改造社会现实的药方的做法,还会引导人们脱离正确的斗争道路。文中也指出狄更斯人道主义思想有害的一面,即以抽象的爱反对无产阶级革命运动,力图以阶级调和代替阶级斗争。③ 本时期全面分析狄更斯创作的一篇带有总结性的文章是杨耀民写的长达三万字的论文《狄更斯的创作历程与思想特征》。该文回顾了狄更斯三十多年创作生活,指出狄更斯对资本主义社会的现实主义揭露又被唯心主义的道德冲淡,由此形成他思想和作品中的一系列深刻矛盾,这些矛盾现象又有其统一的思想和阶级基础。他的立场是民主主义的小资产阶级的立场,他的指导思想是人道主义。④

---

① 陈嘉:《论狄更斯的〈双城记〉》,《江海学刊》1962 年第 2 期。
② 范存忠:《狄更斯与美国问题》,《文学评论》1962 年第 3 期。
③ 姚永彩:《从〈艰难时世〉看狄更斯》,《南京大学学报》1962 年第 4 期。
④ 杨耀民:《狄更斯的创作历程与思想特征》,《文学评论》1962 年第 6 期。

以上的一些评论文章都是侧重于思想内容分析的,而且又倾向于社会政治层面的探讨,由此得到的结论就显得大同小异。王佐良在 1962 年《光明日报》上发表的《狄更斯的特点及其他》[①],则是当时唯一的一篇侧重于狄更斯小说艺术分析的文章。该文篇幅不长,却紧紧抓住狄更斯的创作特点,指出在其小说艺术里,真实的细节与诗样的气氛的混合,具体情节与深远的社会意义的混合,幽默、风趣与悲剧性的基本人生处境的混合,正是这一切使狄更斯的作品丰富厚实,而且充满了戏剧性。人们常批评的狄更斯小说的"感伤化"倾向,在王佐良先生看来,其最大害处在于一种小资产阶级的感情泛滥,使他不能看得更清楚,不能在他本身条件的许可下,对于他所处的社会的本质认识得更深入,而这一认识的深入原是会导致他的艺术登达更高的峰巅的。同样的道理,新中国成立以后十七年间在狄更斯评论方面占统治地位的社会政治批评模式,尽管取得一定成绩,但其最大局限是阻碍了我们对狄更斯思想和创作的本质认识的深入,而这一认识的深入也原是会导致我国狄更斯研究水平达到一个更高峰的。

9. 萨克雷

1963 年是萨克雷逝世一百周年,国内学者撰文纪念这位英国杰出的现实主义小说家。在此以前《世界文学》已经介绍过他的《势利小人集》。朱虹的文章《论萨克雷的创作——纪念萨克雷逝世一百周年》(载《文学评论》1963 年第 5 期),系统地阐述了他的创作发展过程和思想艺术特色,并以萨克雷的创作为例,指出资产阶级现实主义文学就是这样一种复杂矛盾的现象,对于本阶级起了一种既反对又维护的作用,忽略了任何一面就不能对资产阶级现实主义文学作出全面、正确的评价。文章以《名利场》为重点对萨克雷的重要小说创作进行初步考察。同时,为了说明其思想和艺术的发展,也对次要作品进行综合叙述,通过这种考察试图对萨克雷现实主义创作给予总的评价。张健在《文史哲》1963 年第 3 期上发表的文章《论萨克雷的〈亨例·艾斯芒德的历史〉》,分析了作品的政治历史背景,萨克雷的人道主义观点和唯心主义思想方法。

---

① 王佐良:《狄更斯的特点及其他》,《光明日报》1962 年 12 月 20 日。

二、"反动的"资产阶级文学

（一）"消极浪漫主义"怎样消极？

相当于"积极浪漫主义"文学,所谓的"消极浪漫主义"在中国受到待遇可谓天壤之别。人们似乎完全忽视了新中国成立前华兹华斯、柯勒律治等英国浪漫诗人对中国新文学发展的贡献,尤其是创造社、学衡派和新月派的诗人们都对华兹华斯情有独钟。① 而且把他们作为一个批判的对象,纳入到读者的认识视野之中,由此他们的声誉也随之降到了迄今为止的最低点。当然这是由特定的历史时代造成的。

前文已提及,新中国成立以后,我国的外国文学研究受苏联一些学术观点和研究方法的影响颇大,比较注重作品的现实性和人民性,同时也片面强调政治标准,强调作家的政治态度和作家的政治意义、社会意义和历史意义。因此,像华兹华斯这样的诗人就被划为政治上反动的消极浪漫主义诗人,其艺术成就被全部抹杀,在很长一段时间出现了介绍与研究的空白点。这段时期国内没有出版过一本以华兹华斯、柯勒律治和骚塞等人为主的译作,他们的诗歌也不曾在各大期刊上刊载,国内很多读者根本无从对他们进行接触和了解。

1949 年《文艺报》第 1 卷第 4 期发表了卞之琳的文章《开讲英国诗想到的一些体验》,可以看作是新中国成立以后我国学术界对华兹华斯评价的开端。该文对包括华兹华斯在内的英国浪漫诗人颇有微词,原因正在于他们走的是一条脱离现实的道路。很显然,在工业革命之后的英国,在两个世纪之交替的复杂斗争的形势面前,华兹华斯没有像拜伦、雪莱那样参与斗争,发挥诗人的战斗作用,而是隐遁湖区,将注目的中心投向宗法制的生活及道德情感,政治上也由激进转向保守,并在晚年宣扬宗教思想。如果从这样一种政治革命的层面去看华兹华斯,将他划为消极逃避现实斗争的一派,也是可

---

① 参见笔者:《华兹华斯及其作品在中国的译介与接受（1900—1949）》,《四川外语学院学报》2001 年第 2 期。

以理解的,同时这也是新中国成立以前主张为人生派的文学研究会难以接受他的重要原因。可是,当时我们犯了一种机械片面形而上学的错误,其源头则在苏联学术界。

1956 年中山大学编的《文史译丛》创刊号上刊载了译自《苏联大百科全书》的《英国文学概要》,其中对英国浪漫主义文学的评价反映了苏联学术界的基本观点,也构成了我国学术界相当长时期内评价浪漫主义诗人的指导思想。文中认为英国浪漫主义有两种对立的倾向,属于反动的浪漫主义流派的有诗人华兹华斯、柯勒律治、骚塞,他们起初都推崇法国革命,但不久就拿逃避社会斗争的反动思想,拿追求个人道德完美的理想来和革命对立起来,而根据他们的意见,艺术和宗教是追求个人道德完美的主要工具。①

苏联学术界的这些观点对我们的影响是明显的。《诗刊》1958 年 6 月号发表晴空的文章《我们需要浪漫主义》,矛头显然指向华兹华斯等诗人,认为他们站在与历史的发展相抗衡的立场上,迷恋过去的生活,发出悲哀的叹息,而这是一种消极的反动的浪漫主义。1961 年,范存忠先生在一篇文章中谈及浪漫主义运动时,也认为像华兹华斯这样的诗人背弃了启蒙运动的理性主义理想与现实主义艺术手法,在那暴风雨袭击的年代,却在平静的乡村生活、落后的生产关系中找到安身之处,代表的是消极的或反动的浪漫主义。② 因此,独尊现实主义,或革命现实主义和革命浪漫主义相结合,批驳与18 世纪启蒙时期现实主义相排斥的消极浪漫主义,成为这一时期学术界对包括华兹华斯在内的"湖畔派"诗人评论的基本原则。

华兹华斯等人在另一个场合被略微提及。1961 年 6 月人民文学出版社出版《古典文艺理论译丛》(第 1 册),上面收录了华兹华斯《抒情歌谣集》1800 年版的"序言"和"附录"以及 1815 年版的"序言"(曹葆华译)。③另外这本书还收录了柯洛瑞奇(柯勒律治)的文章《渥兹华斯关于诗的词

---

① 《英国文学概要》,中山大学编《文史译丛》1956 年创刊号。
② 范存忠:《论拜伦和雪莱创作中现实主义和浪漫主义相结合的问题》,《文学评论》1962 年第 1 期。
③ 古典文艺理论译丛编辑委员会编:《古典文艺理论译丛》(第 1 册),人民文学出版社 1961 年版。

汇的理论》（刘若端译）。^①1964 年 10 月，上海人民出版社出版了一部《西文文论选》（上下卷）^②，在它的下卷里多少涉及华兹华斯和柯勒律治两人。本书转载了 1961 年版《古典文艺理论译丛》里关于华兹华斯的部分，同时还刊登了柯勒律治《文学传记》的第 4、13、14、15 章（林同济选译）。这里是把华兹华斯和柯勒律治两人看作英国浪漫主义文论家来介绍的，并且称他们为"反动的浪漫主义"作家。华兹华斯等人的诗歌作品具有太强的主观性和个人性，描写的题材也多是自然风景或乡村景观，跟"十七年"中国强调文学反映社会现实、体现阶级斗争及革命精神的文艺思想背道而驰，这也就成为他们在当时中国受到冷落的原因。

（二）"反动"的现代主义

新中国成立"十七年"间，当英国现实主义文学的翻译和介绍在中国大行其道，浪漫主义文学也适时而动的时候，有一种英国文学流派确是几乎"全军覆没"。它不仅从来不被重视，即使偶尔提及也都是作为"反动"文学被批判，这就是英国现代主义文学。西方现代主义文学产生于 19 世纪末 20 世纪初，并于 20 世纪上半期得到长足的发展。就英国来说，从早期的意象派诗人休姆（Thomas Ernest Hume，1883—1917）、庞德（Ezra Pound，1885—1972）到后来的象征主义作家叶芝（William Butler Yeats，1865—1939）和艾略特（Thomas Stearns Eliot，1888—1965），再有意识流小说家乔伊斯（James Joyce，1882—1941）、伍尔夫（Virginia Woolf，1882—1941），这些都可说是英国杰出的现代主义作家，他们的作品也都在当时的英美世界和后来的中国被视为杰作。然而当这种新兴的文学思潮在国外发展得如火如荼的时候，在"十七年"间的中国却遭到拒绝，甚至受到严厉的批判。

1960 年 12 月，袁可嘉所撰《托·史·艾略特——美英帝国主义的御用文阀》发表于《文学评论》第 6 期。该文指出艾略特是"第一次世界大战以来美英两国资产阶级反动颓废文学界一个极为嚣张跋扈的垄断集团的头

---

① 古典文艺理论译丛编辑委员会编：《古典文艺理论译丛》（第 1 册），人民文学出版社 1961 年版。

② 伍蠡甫主编：《西文文论选》（下），上海人民出版社 1964 年版，第 3—32 页。

目,一个死心塌地为美英资本帝国主义尽忠尽孝的御用文阀。从本世纪二十年代起,他在美国法西斯文人庞德,英国资产阶级理论批评家瑞恰慈等人的密切配合下,在美英资产阶级理论批评界和诗歌创作界建立了一个'现代主义'的魔窟。四十年来,他们盘踞着美英资产阶级文坛,一直散布着极其恶劣的政治影响、思想影响和文学影响。"[1] 其后,袁可嘉发表了一系列论文,如《"新批评派"述评》(《文学评论》1962 年第 2 期)认为"新批评派"是以艾略特、瑞恰慈为总代表的形式主义理论流派,是从垄断资本的腐朽基础上产生并为之服务的反动的文化逆流;《略论美英"现代派"诗歌》(《文学评论》1963 年第 3 期)认为现代派诗歌反映了五十年来西方资本主义社会所经历的深刻的精神危机和艺术危机;《美英意识流小说述评》(《文学研究集刊》1964 年第 1 期)指出英美意识流小说具有反社会、反现实、反理性三大特征,但对作品应取具体分析的态度;还有《腐朽的文明,糜烂的诗歌》(《文艺报》1963 年第 10 期)等。另外,王佐良也写有文章《艾略特何许人也?》(《文艺报》1962 年第 2 期)、《稻草人的黄昏——再论艾略特与英美现代派》(《文艺报》1962 年第 12 期)等等。这些文章认为艾略特的文化思想是打击社会主义,乞灵于"宗教复兴",他的诗歌颓废、庞杂、晦涩,他的文学理论是反现实主义,也是形式主义的。[2]

事实上在 20 世纪早期我国对英国现代主义文学就有所认识,也翻译出版过一些译文和评论文章。如 1945 年 5 月中流书店出版的《追念》一书里就收录乔伊斯的小说《复本》(傅东华译)和劳伦斯的作品《病了的煤矿夫》(杜衡译);当时朱光潜也曾翻译过《叶芝诗选》[3];而早在 1937 年国内

---

[1]　袁可嘉后来说:"由于在文化文学战线展开的'反资批修'的需要,我在 1960—1964 年间撰写了几篇批判英美现代派文学的文章:……这些文章是在'革命大批判'的旗号下写的,有批判得正确的部分(例如对他们政治倾向和意识形态的批判),但也有不少过'左'的东西,主要是政治上纲过高,混淆了学术与政治的界限,缺乏对作家和作品的具体分析和区别对待;盲目地全面否定他们反映现实的一面和艺术成就。这对我是一个深刻的历史教训。"(《袁可嘉自传》,《半个世纪的脚印——袁可嘉诗文选》,人民文学出版社 1994 年版)

[2]　1962 年 1 月,T. S. 艾略特的《托·史·艾略特论文选》由周煦良等翻译,上海文艺出版社出版,作内部发行。

[3]　载《时与潮文艺》1944 年第 1 期。

就出版过艾略特的《荒原》,赵萝蕤翻译,并由叶公超作序①。然而到了新中国成立之后,情况发生了很大变化。就像卞之琳等人所说:"解放前,我们译的资本主义国家的作品中,夹带有颓废主义的、低级趣味的、思想反动的东西。解放后由于社会性质的改变,这些货色失去了市场。"②

　　现代主义文学是西方社会进入垄断资本主义和现代工业社会时期的产物,是动荡不安的 20 世纪欧美社会时代精神的反映和表现。③ 袁可嘉曾这样总结西方现代主义文学的基本特征:"现代派在思想内容方面的典型特征是它在四种基本关系上所表现出来的全面扭曲和严重异化:在人与社会、人与人、人与自然(包括大自然、人性和物质世界)和人与自我四种关系上的尖锐矛盾和畸形脱节以及由此产生的精神创伤和变态心理,悲观绝望的情绪和虚无主义的思想。"④ 由此可见,现代主义文学是和 20 世纪上半期西方社会有着紧密联系的,而作为新生社会主义国家的中国,无论从国情还是社会意识形态,现代主义文学的理念都显得与之格格不入。再加上当时中国与西方国家意识形态上的对立,西方现代主义文学在我国被看作是西方世界腐朽文化的象征,是资本主义文化的毒蛇猛兽。因此英国现实主义文学在"十七年"间的中国遭到冷遇也就在情理之中了。

　　另一方面,苏联对英美现代主义文学的否定态度也直接影响了英国现代主义文学在中国的接受。1956 年国内根据莫斯科大学外国文学史教学大纲编写的《英国文学史教学大纲》在"现代英国文学"部分对英国作家劳伦斯和乔伊斯做了介绍,并认为"二、三十年代在英国文学中占统治地位的是颓废主义文学"⑤。"颓废主义文学"、"颓废派"是当时我国对西方现代主义文学的叫法,从这种称呼即可见我国文化界的认知导向。1959 年出版的苏联文学史家阿尼克斯特的《英国文学史纲》中把王尔德、劳伦斯、乔伊斯、赫

---

①　朱徽:《T. S. 艾略特与中国》,《外国文学评论》1997 年第 1 期。

②　卞之琳、叶水夫、袁可嘉、陈燊:《十年来的外国文学翻译和研究工作》,《文学研究》1959 年第 5 期。

③　曾艳兵主编:《西方现代主义文学概论》,北京大学出版社 2006 年版,第 1 页。

④　袁可嘉、董衡巽、郑克鲁选编:《外国现代派作品选》(第 1 册),上海文艺出版社 1980 年版,第 5 页。

⑤　中华人民共和国高等教育部审订:《英国文学史教学大纲(草案)》,高等教育出版社 1956 年版,第 41 页。

胥黎和艾略特等人都看作是"颓废派"。阿尼克斯特在评价他们时说"乔伊斯的创作方法把自然主义原则弄到近乎荒谬的极端程度";"劳伦斯过分夸大了色情,这正适合具有颓废情绪的知识分子的口味,因此他的作品在二十年代获得了远远超过它们应得的声誉";"艾略特是当代反动文学的领袖,他的诗歌表现出厚颜无耻的虚无主义"。① 有了苏联对英美现代主义文学的态度作标杆,我国对英国现代主义文学的接受在"十七年"间出现全面凋零的现象也就不足为怪了。

20 世纪 50—70 年代,由于受政治意识形态的影响②,乔治·奥威尔在国内被当作是"反苏反共作家"而遭受批判,他的作品也成为禁书,因此这个时期的奥威尔研究几乎是空白。不过,一些学术期刊在介绍当代英国文学时对他的创作有零星介绍与评论,但主旨则是批判。据现有资料来看,国内最早提及奥威尔及其创作的是 1956 年 7 月发表在《译文》杂志上的《谈谈英国文学》一文③。作者将奥威尔划入英国"反动作家"之列,并指出其"反共产主义"的"信仰"已经"发展成了严重的精神病",他的《动物庄园》与《1984》是仇视人类的病态幻想的产物。④ 1958 年《译文》6 月号上刊载的《五十年代的英国小说》一文中也提到了他的这两部代表作,并将它们看成是对整个进步人类充满憎恨的毁谤作品。⑤ 这两篇论文都译自苏

---

① 阿尼克斯特:《英国文学史纲》,戴镏龄等译,人民文学出版社 1959 年版,第 619—624 页。

② 1950 年奥威尔去世后,文学声望飙升,被誉为"奥威尔传奇",成为战后英国年轻知识分子的"英雄"和"榜样"。西方左右两翼知识团体都对奥威尔的声望加以利用,表达各自政治诉求。英国新左派代表人物威廉斯曾说奥威尔已成为一个"象征性人物":"同一个人,同一个作家,但是象征了不同的道路,受到互为敌对阵营的追捧和尊敬"。西方资本主义阵营利用奥威尔攻击社会主义是极权主义,而以苏联为首的社会主义阵营把奥威尔当作是"人民的公敌"和"资产阶级反动作家"。奥威尔成为两大敌对阵营的文化冷战工具,因此这个时期他的作品在社会主义国家成为禁书。

③ 这篇文章译自苏联的《外国文学》杂志 1956 年 4 月号,作者是英国马克思主义批评家阿诺德·凯特尔(Arnold Kettle)。

④ 从新中国成立到 70 年代,国际政治正处于冷战时期,西方资本主义阵营利用《动物庄园》作为文化冷战的宣传工具,美国中央情报局甚至秘密资助小说的电影改编和翻译,社会主义阵营的国家又将其列为"反苏反共"的禁书,因此这个时期小说不可能在国内得到翻译出版。香港学者白立平撰文认为当时在台湾任教的梁实秋曾翻译过奥威尔的《百兽图》(Animal Farm),译者的署名是李启纯,而李启纯就是梁实秋的笔名。白立平认为这可能与当时台湾推行的"反苏反共"政策有关。梁实秋是一位新人文主义者和自由主义者,他反对将文艺沦为意识形态的工具,因此不得已采用笔名。这本《百兽图》于 1956 年由台北的正中书局出版。

⑤ 弗·伊瓦谢娃:《五十年代的英国小说》,《译文》1958 年 6 月号。

联的文学杂志，代表了冷战时期苏联文学界对奥威尔的批判态度，极大地影响了国内早期学界对奥威尔的认知。

奥威尔的创作颇受赫胥黎的影响，《一九八四》和《美丽新世界》都被当作是 20 世纪"反乌托邦"小说的重要代表作。这一创作特质已经为当时的学界所认识，但是当时主流意识形态把"反乌托邦"作品描绘的世界当作是对社会主义国家的攻击而加以批判。1959 年，《现代外国哲学社会科学文摘》第 10 期上刊载了周煦良摘译自《伦敦杂志》1959 年 6 月号的文章《赫胥黎:〈美丽的新世界重游记〉》。文中将这两部"反乌托邦"小说进行了对比，认为"奥威尔的未来图景则是纯粹政治性质的"，"在《1984》里，宗教冲动被导致为一种官方制造的大哥信仰"。本文有一则"编者按"对这类"反乌托邦"小说进行了抨击:"帝国主义的宣传者总是污蔑社会主义国家为和法西斯一样的极权国家，而他们的政体是民主政体;这一套手法早已成为司空见惯了。A. 赫胥黎的毒箭其实已经是强弩之末，从这篇书评看来，连英国人对他的危言耸听也变得腻味了。"①《现代外国哲学社会科学文摘》(现名《国外社会科学文摘》) 主要是介绍现代资本主义国家的哲学社会科学的现状、思潮与流派。这则"编者按"典型地代表了当时国内主流意识形态把奥威尔当作是应该受到批判的反社会主义作家。

1965 年 7 月，爱尔兰小说家和剧作家萨缪尔·贝克特的名剧《等待戈多》(*Waiting for Godot*, 1953)，由施咸荣据伦敦费伯出版社 1960 年的版本翻译，中国戏剧出版社出版，作内部发行。该剧是西方荒诞派戏剧的代表作，通过两个人等待"戈多"拯救的荒诞故事，反映了没落阶级内心的空虚、苦闷、悲观以至心理变态和精神失常。在中译本的介绍文字中，说该剧"是当今资本主义剧坛荒诞派戏剧的代表作。描写两个衣衫褴褛、生活悲惨的老瘪三，他们整个生活只是无益地等待'戈多'的拯救。作品反映了没落阶级内心的空虚、苦闷、悲观、绝望以至心理变态和精神失常。"

但是在全国批判现代主义文学的同时，我们也必须看到还是有一些学者、评论家对其保持另一种观点。萧乾在 1954 年 8 月举行的全国翻译工作

---

①　详见布鲁克:《赫胥黎:〈美丽的新世界重游记〉》，周煦良译，《现代外国哲学社会科学文摘》1959 年第 10 期。

会议小组讨论时发言,认为对 D. H. 劳伦斯这样的作家不能因为写过一本《查泰莱夫人的情人》就把他看作是黄色作家,予以全盘否定。萧乾认为,劳伦斯作为一个英国矿工的儿子,早年写过以威尔斯矿工家庭为背景的小说,在文学史上应该给予一些肯定。不论从研究文学技巧还是从了解英国国情来说,都有必要考虑选择翻译他的一两本作品。① 萧乾还认为"西方的大师不一定就是我们的大师。然而人家既然把他作为一个大师来看待,我们就应该去加以研究分析,根据我们的文艺观点,对他们作出恰如其分的判断。"

杨周翰先生也曾指出:"在评价问题上,欧洲文学史研究界对总结过去欧洲进步作家的艺术成就方面还做得很不够……这种困难情况特别体现在对欧洲文学中颓废流派的评价问题上。"② 杨周翰在这篇文章中显示出他与当时其他人不一样的观点,他认为我国对颓废主义和自然主义的评价应该再次商榷,不能因为它们悲观颓废的思想倾向而忽略它们的艺术价值。1965 年7 月,中国戏剧出版社出版荒诞派作家萨缪尔·贝克特的名作《等待戈多》。虽然这部作品只作内部发行,但也能证明当时中国对英国现代主义文学的关注。只可惜这种关注在"文化大革命"开始后消失殆尽。

---

① 萧乾的这一发言在 1957 年反右派时成为他的"罪证",并有人在《光明日报》上发表文章批判他提倡色情文学。

② 杨周翰:《欧洲文学史研究工作中的一些问题》,《文学评论》1963 年第 1 期。

第三节 "文学艺术的春天"：英国文学研究的短暂辉煌

　　50 年代中期开始,政治运动与思想批评频繁出现,西方文学研究者承受沉重压力。1956 年中国曾出现"文学艺术的春天",包括西方文学研究在内的整个学术界在较为宽松的政治与文化气氛中慢慢活跃起来。当然这只是极其短暂的辉煌。1957 年反右及随之而来的意识形态领域"社会主义革命"的发展使形势很快发生变化。

　　1957 年 2 月 27 日,毛泽东在最高国务会议第十一次（扩大）会议上《关于正确处理人民内部矛盾的问题》的报告（后载 6 月 19 日《人民日报》）指出:"百花齐放、百家争鸣的方针,是促进艺术发展和科学进步的方针,是促进我国的社会主义文化繁荣的方针。"4 月 9 日,《文汇报》刊登《就"百花齐放、百家争鸣"问题周扬同志答〈文艺报〉记者问》,《人民日报》4 月 11 日转载。"由于提倡'百花齐放、百家争鸣'的方针,由于提倡'向科学进军',去年出版的学术著作比从 1950 到 1955 年六年内所出版的全部加起来还要多。""'百花齐放、百家争鸣'是党的长期政策,根本不发生是否放得够了和鸣得够了的问题,因为没有一天能说是够的时候。"10 日,《人民日报》发表社论《继续放手,贯彻"百花齐放、百家争鸣"的方针》。6 月 1 日,萧乾的文章《放心·容忍·人事工作》发表在《人民日报》。文中引用伏尔泰的名言:"我完全不同意你的看法,但是我情愿牺牲我的生命,来维护你说出这个看法的权利。"11 日,吴祖光《谈戏剧工作的领导问题》发表在《戏剧报》第 11 期上,如是说:"谈到领导,我所理解的文艺工作的领导是马列主义的党的思想领导。""但是在过去这些年的文艺工作中,我总感觉到所谓领导常常只是行政的、事务的、物质的、团结、统战一类的领导。假如是这样,对于文艺工作者的'领导'又有什么必要呢?谁能告诉我,过去是谁领导屈原的?谁领导李白、杜甫、关汉卿、曹雪芹、鲁迅?谁领导莎士比亚、托尔斯泰、贝多芬和莫里哀的?""最后要说的一句话就是:既然我们的领导屡次说到行政命令不能领导文艺工作,那就该明确行政命令不领导文艺工作。"

7 月 9 日,毛泽东在上海干部会议上做《打退资产阶级右派进攻》的报告。21 日,《文艺报》第 16 号发表社论《更坚决、更深入地开展反右派斗争!》。同时还以《文艺界右派的反动言行》为题,介绍了刘宾雁、萧乾等人鸣放时期的言论。28 日,《文艺报》第 17 号刊载臧克家的《从一篇文章看萧乾的反动思想立场——〈放心·容忍·人事工作〉批判》。流沙河作诗《宝鸡旅次题壁》:"被一个人误解了 / 这是烦恼 / 被许多人误解了 / 这是悲剧"。1958 年 6 月 11 日,《文艺报》第 11 号发表社论《插红旗,放百花》,冯至发表文章《略论欧洲资产阶级文学里的人道主义和个人主义》。

以上这些在意识形态领域的形势变化,深刻左右着外国文学批评的导向。

1957 年 5 月,威廉·萨克雷的代表作《名利场》(*Vanity Fair*, 1848)由杨必翻译,人民文学出版社出版。杨译本充分传达了原作的丰姿,充分展示了"艺术性翻译"的魅力,一直被外语界和翻译界视为译作的楷模。[①] 杨绛为该译本写的序,后刊于《文学评论》1959 年第 3 期。文中引用作家本人

---

① 这部 60 多万字的长篇巨著的翻译,最终拖垮了杨必的身体。1959 年,出版社准备再版《名利场》,问译者有什么要修改的,已经心力交瘁的杨必回答说:"一个字都不改。"

在《名利场》及其他作品、书信中的种种言论阐明他对社会的认识和写作的目的;进一步评论了小说在结构、语言、人物刻画上的长短得失,同时指出这部小说在文学史上的重要地位。①

1957 年 6 月,杨绛在《文学研究》1957 年第 2 期上发表长篇论文《斐尔丁在小说方面的理论和实践》,较早提出了文学史上艺术形式的继承性问题。文章摘引散见于菲尔丁作品中议论小说（即他所谓的"散文体的滑稽史诗"）创作的种种见解,并与古希腊史诗、亚里士多德、贺拉斯的理论等相对照、比较,从文学发展的源流来探讨菲尔丁在小说方面的贡献。并根据菲尔丁的小说进一步做了分析评价,指出他可以被称为"英国小说的鼻祖"。杨文指出,菲尔丁"不但创了一种小说体裁,还附带在小说里提供一些理论,说明他那种小说的性质、宗旨、题材、作法等等。凭他的理论,对他的作品可以了解更深切,而看了他的实践,对他的理论可以认识得更明确。"文章分三个小节:"斐尔丁关于小说创作的理论"、"斐尔丁在小说创作方面的实践"、"几点尝试性的探讨"。②

1957 年 6 月,《西方语文》创刊号发表三篇译作的评论文章:一是杨周翰评乔叟著、方重译《坎特伯雷故事集》和《特罗勒斯与克丽西德》;二是吴兴华评马洛著、戴镏龄译《浮士德博士的悲剧》;三是巫宁坤评莎士比亚著、卞之琳评《哈姆雷特》。文章作者对各自所批评的译作,在肯定其优点和成就的同时,指出其缺点和不足。如杨周翰充分肯定方译根据的是"最好的版本","探本求源,从中古英语直接译出",

---

① 杨绛序文说:"萨克雷用许许多多真实的细节,具体的描摹出一个社会的横切面和一个时代的片断。他为了描写真实,在写《名利场》是打破了许多旧小说的常规,创出一些新的方法,所以这部小说可以说在英国现实主义小说的发展史上揭开了新的一页。"

② 《文学研究》1958 年第 4 期（12 月 25 日出版）发表杨耀民的文章《批判杨绛先生的〈斐尔丁在小说方面的理论和实践〉》,称杨绛这篇文章是一面白旗。"这篇论文不但不能帮助读者正确理解斐尔丁这位现实主义作家的作品,反而歪曲、贬低了斐尔丁作品的意义,更重要的是介绍了大量资产阶级的文艺观点。论文的作者抹杀文学的社会意义,忽视典型人物的阶级内容,曲解现实主义。论文的作者不顾作品的思想内容用烦琐的考证、对比的方法孤立地而且舍本逐末地研究作品的形式和技巧问题,结果当然只有钻进了牛角尖。这样的论文会给我们的文学工作,带来有害的影响。"这是资产阶级文艺观点和治学方法的表现,指出应该"站在今天的高度,马克思列宁主义的高度,来分析和评价斐尔丁这样的一位古典作家的文学遗产"。

传达了原作所特有的古趣和幽默,译笔"总的说来极其忠实,而且能够达到'雅'的地步"。方重译本再版时,吸取了杨周翰的正确意见,对译文做了修订。

1957年6月,张月超所著《西欧经典作家与作品》由武汉长江文艺出版社刊行。本书论述到的英国作家有三个,即"英国讽刺小说家斯威福特""英国现实主义小说的奠基者菲尔丁""英国的革命的浪漫主义诗人拜伦"。此书为作者1952—1954年间在武汉大学讲授西欧文学的讲稿修订而成。运用马列主义观点、论述西欧几个经典作家,通过他们的代表作品的分析,来阐明他们的思想倾向、艺术特点和成就以及他们在西欧文学发展史上的意义。

1957年9月,杨耀民在《文学研究》1957年第3期上发表《〈格列佛游记〉论》。文章对原始材料进行分析后提出了自己的独立见解,认为尽管斯威夫特思想中充满种种矛盾,但总的说来,他主要的讽刺对象是统治集团,而不是全人类。文章指出《格列佛游记》是一部游记(幻想的)体的讽刺小说。它的现实主义在于它深刻地讽刺了英国资产阶级——地主阶级统治集团,并且揭露了资产阶级制度的某些本质特点,帮助我们认识资产阶级上升时期的资产阶级残酷、无耻的一方面。

1957年9月,《西方语文》第1卷第2期发表李赋宁的长篇论文《乔叟诗中的形容词》(上)。11月出版的第1卷第3期继续刊发的该文的下半部分。文章一开头说美国批评家楼衣勒(J. R. Lowell)在乔叟诗中发现"一种使人感到舒适、清爽的春天的性质"以及"一种纯粹是春季的气息"。认为这种春天和青春的气氛的产生,部分由于乔叟对于生活抱有一种新鲜而敏锐的喜爱,部分也由于他的美感使他艺术地选择、安排了一些字和句型,从而能够圆满地表达出他对生活的喜悦。"乔叟表现自然界的美主要是用描写的手段,而乔叟对于自然美的描写,在很大程度上,倚靠他对于形容词的巧妙的运用,尤其是对于感官形容词的运用。"文章结合乔叟的具体诗篇分析并总结了乔叟诗中形容词的种类、用法及其在他艺术表现中的地位,指出正是通过对这些形容词的巧妙的选择和艺术的安排,乔叟才有可能把楼衣勒赞美的那种"春天的"芳香灌注到他的诗行里去。由于这篇论文别具一格,侧重作品艺术特点和艺术成就的研究、品评,而在随后的文学研究领域中开展的所谓"拔白旗"运动中,受到激烈的批评。①

---

① 1958年《西方语文》第2卷第3期发表了张载梁的文章《西语研究中厚古薄今的倾向要彻底清除——评李赋宁:"乔叟诗中的形容词"》。文章指出西语研究的两条路线和方向不同,一是社会主义的,即理论联系实际,用马克思列宁主义的观点方法,首先是阶级斗争观点和阶级分析的方法进行研究;一是资产阶级的,这是引导人们脱离社会主义的实际,引导人们钻到故纸堆中去寻找个人的乐趣和"学术"。在这种方向指导下所进行的研究必然是繁琐的、形式主义的。李赋宁的文章正表现这种资产阶级厚古薄今的研究方向。在此篇中找不到任何满足社会主义实际需要的东西。作者想到的只是个人的兴趣爱好而不是当前社会主义事业的需要。在这篇长达21页的文章中,作者并没有分析乔叟作品中任何本质的东西,如乔叟诗的思想内容、现实主义、人民性等。他收集了乔叟诗中一些景物和人物外貌的描写,不厌其详地研究乔叟诗的形容词的运用。正是由于作者研究乔叟的途径是错误的,因而使整篇文章显得冗长空洞,脱离实际。张载梁还找到文中犯厚古薄今错误倾向的思想根源,即主要是由于他们对现实生活感到不习惯,转而到古人处寻找寄托。

第四节　莎士比亚译介与评论的新进展

英国文学在中国的译介与研究,莎士比亚一直是重点关注的对象,新中国成立以后"十七年"也不例外。本节以编年顺序初步展示莎士比亚在本阶段中国的命运,以体现在中国译介与评论的新进展轨迹。

1950 年 4 月 23 日,英国文化协会在上海召开纪念莎士比亚诞生 386 周年纪念会,会后由石挥、丹尼演出《乱世英雄》① 片段。同年 10 月,文化工作社出版屠岸译莎士比亚的《十四行诗》(Sonnets,1609),印刷两次,上海文艺联合出版社 1955 年 6 月出新 1 版,后由新文艺出版社多次印刷,书名均为《莎士比亚十四行诗集》。共 154 首,热情歌颂了友谊与爱情、青春和美,反映了当时的时代精神。这是莎士比亚 154 首十四行诗第一次全部译成中文问世。

1951 年,顾绶昌在《翻译通报》上相继发表《谈翻译莎士比亚》《评莎剧〈哈姆雷特〉的三种译本》《对〈黎琊王〉的一些意见》等文章,品评莎剧的翻译问题。②

1952 年 12 月,文化工作社出版方平译莎士比亚的叙事诗《维纳斯与阿童尼》(Venus and Adonis,1593),上海文艺联合出版社 1954 年 9 月再版,印刷两次。

---

① 1944 年,李健吾将《麦克白》改编成中国古装剧《王德明》,剧本分 4 期连载于《文章》杂志。1945 年,上海"苦干戏剧修养学馆"公演《王德明》,易名为《乱世英雄》,由黄佐临导演。

② 顾绶昌在北京大学英文系读书期间即酷爱莎士比亚,毕业后留学于英国伦敦大学,1939 年在四川大学主讲莎士比亚,曾在《学原》杂志发表 "A New Comment on a Passage in Hamlet"、《莎士比亚版本》等文章。

1953 年 4 月,在纪念莎士比亚诞辰会上,上海人民艺术剧院的陈奇、胡思庆表演《罗密欧与朱丽叶》的"阳台会"一场。

1954 年,为莎士比亚诞辰 390 周年纪念。作家出版社将朱生豪翻译的莎士比亚戏剧作品,改编成《莎士比亚戏剧集》,分为 12 卷出版。除新中国成立前世界书局已出的 27 种之外,又增加了他的遗译 4 种,共 31 种。1958、1962 年又由人民文学出版社再版过两次。国内出现了介绍和研究莎翁的高潮,发表了多篇文章。如曹未风《莎士比亚的生平及其作品》(《解放日报》4 月 23 日)、熊佛西《莎士比亚论演员的艺术》(《文汇报》4 月 23 日)、穆木天《莎士比亚和他的戏剧》(《文艺学习》1954 年 4 月创刊号)、《关于莎士比亚生平的传说——为纪念莎士比亚诞生三百九十周年而作》(《文汇报》4 月 23 日)、施咸荣《莎士比亚的时代与观众》(《文学书刊介绍》1954 年第 6 期)、张健《莎士比亚和他的四大悲剧》(《文史哲》1954 年第 4 期)、方平《介绍莎士比亚和他的戏剧》(《文艺学习》1954 年 4 月号)、曹未风《莎士比亚在中国——纪念莎士比亚诞生三百九十周年》(《文艺月报》1954 年 4 月号)等等。这些介绍文章的基调一致:莎士比亚是英国文艺复兴的最伟大的代表者,他是面向人民的戏剧家,他是伟大的现实主义者。并认为应根据马列主义观点与方法来认识莎士比亚,这是唯一正确的方法,只有这样,才能正确地认识莎士比亚的伟大成就。

1955 年,曹未风新译《第十二夜》由上海新文艺出版社出版,方平译《亨利五世》由平明出版社出版。

1956 年,萧乾翻译兰姆姊弟《莎士比亚戏剧故事集》由中国青年出版社出版。同年,中央戏剧学院表演干部训练班上演《罗密欧与朱丽叶》。苏联专家雷科夫与丹尼导演,采用朱生豪译本,嵇启明、田华主演。周恩来总理观看了演出。这是新中国成立后戏剧界献给首都人民的第一个完整的莎剧。

1956 年 1 月,卞之琳在北京大学文学研究所编的《文学研究集刊》第 2 册发表长篇论文《莎士比亚的悲剧〈哈姆雷特〉》。[①] 该文指出,《哈姆雷特》表

---

① 卞之琳毕生从事的最重要的学术工程是他的莎士比亚研究。从 1954 年开始,他投入主要精力从事莎士比亚研究及用诗体翻译莎士比亚四大悲剧。陆续发表的研究文章有:《莎士比亚的悲剧〈奥赛罗〉》(刊于《文学研究集刊》第 4 册, 1956 年 11 月)、《〈里亚王〉的社会意义和莎士比亚的人道主义》(《文学研究集刊》新 1 辑,1964 年 6 月)、《莎士比亚戏剧创作的发展》(《文学评论》1964 年 4 月号),这些极有分量的文章被看作是五六十年代中国莎评的代表。

现了人文主义理想与伊丽莎白时期英国现实的冲突,歌颂了为理想而奋斗的精神,也说明"代表人民的先进思想和脱离人民的斗争行动产生了悲剧"。卞文指出:"莎士比亚在这个剧本里,通过活生生的人物形象的塑造,非常集中的概括了一定社会历史的主要和本质的现象,非常集中地反映了社会生活中深刻的矛盾。……我们试用辩证唯物主义和历史唯物主义的立场、观点、方法来作研究,把作品放在作者写它的时代里、社会里,放在作者前后左右的作品当中。从全面看它,确定这部作品里的中心人物的全面轮廓是怎样,然后进一步分析这个形象的典型意义,这个典型形象的塑造所表现的人民性和现实主义艺术。"①

　　本年还发表了多篇研究莎士比亚的论文。吴兴华的《莎士比亚的〈亨利四世〉》(刊于《北京大学学报》1956年第1期)一文认为,福斯塔夫之所以成为受到英国人民热烈欢迎的不朽的喜剧形象,是因为他反映了广大人民模糊意识到的一种愿望,代表一定程度的反抗和解放,从而更深一层揭示了统治者和被统治者之间的矛盾。李赋宁的《莎士比亚的〈皆大欢喜〉》(刊于《北京大学学报》1956年第4期)认为该剧标志着莎士比亚创作道路的转变,即从对族长式的牧歌社会抱有幻想进入到对资本主义原始积累时期英国社会关系加以深刻分析和严厉批判。陈嘉的文章《莎士比亚在"历史剧"中所流露的政治见解》(载《南京大学学报》1956年第12期)也谈了自己的见解,是中国关于莎翁历史剧研究的最有分量的论文。

　　1956年8月,卞之琳的诗体译本《哈姆雷特》②由作家出版社出版,人民文学出版社又于1958年4月再版。卞先生本着"亦步亦趋"的原则,以相应诗体译出,在翻译界深受称道,是一部难得的佳译。③卞受师辈(孙大雨)

① 阳光在《学术论坛》1958年第2期刊登文章,就哈姆雷特的性格问题与卞之琳等同志商榷,认为苏联以及我国的一些学者片面强调哈姆雷特"踌躇"的原因是在思想中探索如何改变现实、实现理想,过于强调他坚强勇敢的一面,忽视了他性格中软弱成分的存在,未能恰当指出他的探索并不是高度自觉的。

② 1958年上海电影制片厂据卞之琳《哈姆雷特》"译本整理"配音,译制了1948年英国双城影业公司出品的《王子复仇记》(即《哈姆雷特》)。该影片由英国著名演员劳伦斯·奥里佛主演,孙道临为主角配音。该译制片1978年曾连续在全国各地放映并由电视转播。

③ 卞译的圆满成功,树起了"以汉语白话格律诗翻译英语格律诗"的旗帜。许多研究者认为卞之琳译本在内容与形式的结合上是最接近莎剧原貌的。卞的译本"译文中诗体与散文体的分配,都照原样"。周珏良认为"卞译莎士比亚悲剧试用'顿'的方法把英语素诗体移植到汉语中来是成功的,译文中诗的部分是能让读者感到一种节奏感"(《卞译莎士比亚悲剧与素体诗的移植》)。杨德豫也说,卞的译法"忠实再现了素体诗一气舒卷,吐纳自如的特色,不愧为素体诗汉译的成功范例"(《用什么形式翻译英语格律诗》)。

的启发,加上自己的匠心,用"汉语白话律诗"摹拟莎剧的素体无韵诗,取得了"形神皆似"的效果,不仅标志着译者的译艺达到巅峰境界,而且标志着我国的译诗艺术走向成熟。

1957 年,虞尔昌、朱生豪合译的《莎士比亚戏剧全集》在台北世界书局出版,这是《莎士比亚戏剧全集》的第一个中文译本,其中包括朱生豪译的 27 部莎剧,台湾大学教授虞尔昌翻译的 10 部历史剧,另包括"莎士比亚评论"、"莎士比亚年谱",分五大册精装出版。

1958 年,曹未风新译《奥赛罗》由新文艺出版社出版。同年,上海电影制片厂译制电影《王子复仇记》(即《哈姆雷特》),英国双城影片公司 1948 年摄制,劳伦斯·奥立佛主演哈姆雷特,孙道临配音,该译制片在全国播映。

1959 年,曹未风新译《安东尼与克柳巴》由上海文艺出版社出版。方重译《理查三世》由人民文学出版社出版。同年,上海电影演员剧团演出《第十二夜》。时逢中共八届七中全会在上海召开,许多中央领导同志观看了此剧。毛泽东、周恩来等接见了导演凌之浩,主演沙莉、卫禹平、秦怡等人。

1960 年 1 月,中央戏剧学院演出《汉姆雷特》,译者曹未风,导演焦菊隐。

1961 年,上海青年话剧院于 5 月 16 至 6 月 12 日、7 月 1 日至 9 日在上海艺术剧场公演《无事生非》,采用朱生豪译本,祝希娟、焦晃主演。7 月至 8 月,赴大连、沈阳巡回公演此剧,11 月 11 日至 16 日在上海第三次公演此剧。

1962 年人民文学出版社出版的《古典文艺理论译丛》第 3 辑刊登了一组著名的莎评文章:本·琼生《题威廉·莎士比亚先生的遗著,纪念吾敬爱的作者》(卞之琳译)、柯勒律治《关于莎士比亚的演讲(选)》(刘若端译)、布拉德雷《莎士比亚悲剧的实质》(曹葆华译)、歌德《说不尽的莎士比亚》、司汤达《拉辛与莎士比亚》(李健吾译)、雨果《莎士比亚的天才》(柳鸣九译)、莱辛《汉堡剧评(选)》(张君川译)、《别林斯基论莎士比亚》(李邦媛译)等等。

1964 年,为了纪念莎士比亚诞生 400 周年,人民文学出版社将朱生豪所译 31 种莎剧,请吴兴华、方重、方平等人进行校订增补,重排出版。并请方重译了《理查三世》、方平译了《亨利五世》、章益译了《亨利六世》(上、中、下篇)、杨周翰译了《亨利八世》。这样,全书分 10 卷,包括 37 个剧本,按牛津版《莎士比亚著作全集》的次序排列。此外,人民文学出版社还编辑了一套莎士比亚诗集,其中收有张谷若译《维纳斯与阿都尼》、杨德豫译《鲁克丽斯受辱记》、梁宗岱译《十四行诗》(154 首)、黄雨石译《情女怨》《爱情的礼赞》《乐曲杂咏》《凤凰和斑鸠》4 首杂诗,作为《莎士比亚全集》的第11 卷。由于"十年浩劫"的关系,这套全集直到 1978 年才出版。

本年,围绕莎士比亚的介绍评论文章以有数十篇之多。如王佐良《英国诗剧与莎士比亚》(《文学评论》1964 年第 2 期)、杨周翰《谈莎士比亚的诗》(《文学评论》1964 年第 2 期)、戈宝权《谈我国最早翻译的莎士比亚作品》(《光明日报》1964 年 4 月 23 日)、卞之琳《莎士比亚戏剧创作的发展》(《文学评论》1964 年第 4 期)、戈宝权《莎士比亚作品在中国》(《世界文学》1964 年 5 月号)、陈嘉 ① 《从〈哈姆雷特〉和〈奥赛罗〉的分析来看莎士比亚的评价问题》(《南京大学学报》1964 年第 2 期)、郭斌和《莎士比亚与希腊拉丁文学》(《南京大学学报》1964 年第 2 期)、王佐良《读莎士比亚随想录》(《世界文学》1964 年 5 月号)等等。这些文章对莎士比亚的研究从不同角度强调了他与时代的矛盾,他的资产阶级人道主义思想的破灭,即认为具有人文主义思想的莎士比亚能够突破某些资产阶级的局限性而高出于自己的时代。

1964 年 6 月,赵仲沅编著《莎士比亚》由商务印书馆出版发行。此书系吴晗主编"外国历史小丛书"之一种,包括莎士比亚早期生活、初到伦敦、走向成熟的道路、悲剧创作、晚年等内容,比较完整地介绍了莎士比亚的生活经历和创作概况。书末附有莎士比亚戏剧创作年表,并有插图 7 幅。

1966 年,台北国立编译馆刊行梁实秋主编的《莎士比亚诞辰四百周年纪念集》,网罗了台港及大陆有关莎士比亚介绍研究的诸多重要论文,并有不少译介文章,内容相当丰富,成为中国的莎翁研究与英美同类研究结合的起点。

----

① 　为纪念莎士比亚诞辰 400 周,南京大学陈嘉教授亲自登台并组织学生用英语演出 4 个莎剧片段,而这一活动成了陈嘉遭到批判的重要罪状之一。

第五节　中国式的英国文学"经典"作品的诞生及影响

文学作品在跨文化语境中发生误读和变异是一个非常普遍的现象。乐黛云说过:"由于文化的差异性,当两种文化接触时,就不可避免地会产生误读。所谓误读就是按照自己的文化传统,思维方式,自己所熟悉的一切去读解某种文化。"[①] 无论是误读和变异,它们都是接受者立足自身文化,对原文本作出的创造性改造。这种改造是为了使原文本更加适应自身政治意识形态、文化等方面的需要,使之能更好地被接受和利用。产生误读和变异的原因有很多种,从语言层面到意义层面不一而足,我们在此讨论的是中国"十七年"特殊语境中由于受意识形态影响所产生的对英国文学译介及评述的变异问题。

一、宪章派诗歌的走红

"十七年"间我国对英诗进行了大量译介,如乔叟的叙事诗《特罗勒斯与克丽西德》(方重译,新文艺出版社 1955 年 11 月版)、莎士比亚的《莎士比亚十四行诗集》(屠岸译,文化工作出版社 1950 年 10 月版)、弥尔顿的长

---

① 　乐黛云:《文化相对主义与跨文化文学研究》,《文学评论》1997 年第 4 期。

诗《复乐园》（朱维之译，广学会 1950 年 9 月）、诗剧《科马斯》（杨熙龄译，新文艺出版社 1958 年 7 月版）、《失乐园》（傅东华译，人民文学出版社 1958 年 8 月版）、《弥尔顿诗选》（殷宝书译，人民文学出版社 1958 年 9 月版）、诗人布莱克的《布莱克诗选》（查良铮等译，人民文学出版社 1957 年 8 月版）、彭斯的《彭斯诗抄》（袁可嘉译，上海文艺出版社 1959 年 3 月版）、《彭斯诗选》（王佐良译，人民文学出版社 1959 年 5 月版）、《我的心呀，在高原》（袁水拍译，人民文学出版社 1959 年 12 月版）、拜伦的长诗《海盗》（杜秉正译，文化工作出版社 1949 年 12 月版）、《恰尔德·哈罗尔德游记》（杨熙龄译，新文艺出版社 1956 年 7 月版）、《唐璜》（朱维基译，新文艺出版社 1956 年 12 月版）、《柯林斯的围攻》（杜秉正译，文化工作出版社 1949 年 12 月版）、《拜伦抒情诗选》（梁真译，平明出版社 1955 年 11 月版）、雪莱的《解放了的普罗米修斯》（邵洵美译，人民文学出版社 1957 年 8 月版）、《希腊》（杨熙龄译，新文艺出版社 1957 年 3 月版）、《钦契》（汤永宽译，上海文艺出版社 1962 年 12 月版）、《伊斯兰的起义》（王科一译，上海文艺出版社 1962 年 12 月版）、《云雀》（查良铮译，人民文学出版社 1958 年 9 月版）、《雪莱抒情诗选》（查良铮译，人民文学出版社 1958 年 10 月版）、济慈的《济慈诗选》（查良铮译，人民文学出版社 1958 年 4 月版）、勃朗宁夫人的《抒情十四行诗集》（方平译，上海文艺联合出版社 1955 年 7 月版）等。这些译作包含了大多数的英国古典主义和浪漫主义的诗歌作品，然而除此之外还有一部英国诗歌作品在这一时期闯入了中国的视野，那就是上海文艺出版社 1960 年 9 月出版的由袁可嘉翻译的《英国宪章派诗选》。相比莎士比亚的《十四行诗集》、拜伦的《唐璜》等著名诗作，《英国宪章派诗选》或许并不为中国读者所熟悉，但是由于意识形态的影响，这本诗集在"十七年"的中国语境中却颇受重视，中国文学评论界对它的评价甚至超过对济慈等著名诗人的作品。

英国宪章派诗歌产生于 19 世纪三四十年代的英国宪章运动，"宪章派诗歌"的名称也来源于此。1836 年英国爆发经济危机，造成大量工人失业。1836 年 6 月，伦敦工人成立工人联合会，次年工联向英国国会递交请愿书，要求拥有包括选举权等六项政治权利，这就是"人民宪章"。围绕着这个要求的斗争活动,包括罢工、起义等就被称为"宪章运动"。当时宪章派为了推进群众运动,进行宣传鼓动,四处举行讲演,创办报刊,撰写诗歌、小说和评论文章。这些就构成丰富的宪章派文学,其中以诗歌最为出色。① 我国1954年曾发行过一本小册子《英国工业革命和宪章运动》,由英国共产党编著,戴克光翻译。这本小册子对英国宪章运动做了专门地介绍。1959年商务印书馆出版《英国社会主义史》(下),德国的比尔著,何新舜翻译,这本书也有对英国宪章运动做了介绍。宪章派诗歌在50年代中国文学界的不同场合都有被提及。1956年《文史译丛》创刊号上曾发表一篇文章《英国文学概要》,由吴志谦译自《苏联大百科全书》大不列颠条关于英国文学的部分,文中第六节介绍了英国宪章派诗人及其作品特色。②

阿尼克斯特编著的《英国文学史纲》使英国宪章派诗歌真正走入了中国文学界的视野。这本文学史严格按照那个时代流行的阶级分析法对英国文学做了划分和评价,书中前言提到,"只有密切联系各个时期发生的阶级斗争和这个国家的社会主义政治史,才可能了解英国文学的发展"③。这本书在第六章"十九世纪现实主义"第一节"宪章运动时期的社会诗歌"中对英国宪章派诗歌做了集中介绍,称"它是工人阶级文学创作的初次尝试"。④这部文学史对当时中国文学界的影响显而易见。不久《南京大学学报(人文科学版)》就刊出一篇文章来介绍英国宪章派文学,即陈嘉的《宪章派文学在英国文学史中的地位问题》。作者在此文中对宪章派文学在英国文学史的地位问题进行了探讨,文章"探索了宪章派文学和其上下左右作家作品的关系,分析了它和当时英国政治斗争的关系和它的思想内容以及它的艺术成就",认为它"继承了英国文学的传统,在思想性和艺术性上都达到了很高的成就",应该"在十九世纪中期英国文学中取得其主导地位,在世界无产阶级文学中取得其作为奠基者的地位"。⑤

---

① 袁可嘉译:《英国宪章派诗选》,上海文艺出版社1960年版,第IV页。
② 吴志谦译:《英国文学概要》,《文史论丛》1956年创刊号。
③ 阿尼克斯特:《英国文学史纲》,戴镏龄等译,人民文学出版社1959年版,第1页。
④ 同上。
⑤ 陈嘉:《宪章派文学在英国文学史中的地位问题》,《南京大学学报(人文科学版)》1959年第2期。

　　《英国宪章派诗选》就是在这种环境下走到中国人的视野的。它的翻译者袁可嘉先生是我国著名的诗歌翻译家和英美文学研究专家,曾翻译过英国诗人布莱克和彭斯等人的诗,良好的语言功底使他的译诗质量颇高。在那个处处讲求政治的年代,许多作家自觉不自觉地受到时代大潮的影响,在文学创作和研究上体现了阶级斗争的思想。袁可嘉就曾在《文学评论》1960年第6期上发表文章《托·史·艾略特——美英帝国主义的余勇文阀》,将艾略特斥为美英帝国主义的走狗。这种带有强烈意识形态的文学观点也直接影响了他对《英国宪章派诗选》的翻译。他在本书"译后记"中直言"我着重选战斗性强和艺术上成熟的诗篇"。① 而事实上从这本《宪章派诗选》来看,"战斗性强"才是译者关注的重点,"艺术上的成熟"倒不是重点考虑的事情了。

　　《英国宪章派诗选》是我国第一次大量译介英国宪章派诗歌,诗选出版后在国内还是造成了很大影响的,评论界相继发表了数篇评介文章,袁可嘉在诗选中的序言《英国工人阶级的第一曲战歌(略谈英国宪章派诗歌)》就发表在《世界文学》1960年第3期上,另外《河南大学学报(社会科学版)》1962年第1期也刊载了牛庸懋的《英国宪章派文学述评》,《文汇报》1962年第27期上也刊有王治国的《人民的心声,战斗的号角——简介"英国宪章派诗选"》;之后的西方文论或外国文学作品选等书也都会对宪章派诗歌有所涉及,如1961年上海文艺出版社出版的周煦良主编《外国文学作品选·第三卷近代部分(下)》就把宪章派诗歌专门作一节,收录宪章派诗人米德的《蒸汽王》、山基的《致世界各国工人》、琼斯的《人民之歌》、《庞尼瓦》和林顿的《反对地主主义的真凭实据》,并为每个作者做了简要的介绍和评价。②1964年人民文学出版社上海分社出版的《西方文论选》(伍蠡甫等编译)中也把宪章派作为专门一节,收录了译自1956年苏联外国文书籍出版局出版的英文本《宪章运动著作选》上的两篇文章:《诗人们的政治》和《一个圣诞节的花环》。这两篇文章都是宪章派的文学评论,分别来

---

① 艾·琼斯等:《英国宪章派诗选》,袁可嘉译,上海译文出版社1984年版,第187页。

② 参见《外国文学作品选·第三卷近代部分(下)》,周煦良主编,上海文艺出版社1961年版,第168—177页。

自1840年7月11日的《宪章主义通报》和1844年12月28日的《北斗星》
(又译作《北辰》)。

"宪章派"诗歌在50年代末受到中国的特别关注,也与当时国内兴起的
"新民歌运动"有关。"新民歌运动"是以"大跃进"为背景,与毛泽东的文
艺思想相关联,由毛泽东提倡,各级党委政府组织、发动的一场群众性运动。
1958年3月22日,毛泽东在成都会议讲话中指出:"中国诗的出路,第一条
民歌,第二条古典,在这个基础上产生出新诗来,形式是民歌的,内容是现实
主义和浪漫主义的对立统一。"于是1958年,在"三面红旗"指引下,物质
生产大跃进、放卫星的同时,一场"新民歌运动"狂飙突起,横扫中国大地。
在这种政治宣传和行政要求下,当时全国人民都投入到"诗歌创作"当中,
一时间城乡全是"诗歌",人人都是"诗人"。"新民歌运动"所倡导的"现
实主义与浪漫主义的对立统一"的创作思想刚好与"宪章派诗歌"的特点
不谋而合,并且"宪章派"诗人们也都是劳动在生产第一线的工人们,其身
份也是"无产阶级文学"无可挑剔的创作主体。于是在这种形势下,"宪章
派诗歌"在中国的传播几乎可说是"应运而生"。

我们可以看出"宪章派诗歌"在"十七年"间中国的传播,从其被介
绍的初衷到中国文学界对其的接受评价,无不隐含着意识形态的因素。因为
苏联对它的高度评价我国翻译家开始对它产生重视,因为它的"无产阶级文
学"属性符合我国文艺思想,加上当时国内的"新民歌运动",它被轻易地
接受并被赋予积极的评价。这些都足以反映"宪章派诗歌"在"十七年"
中国传播时所受到的意识形态的影响。凡此种种,造成了"宪章派诗歌"在
"十七年"中国的走红。

二、中国式经典的形成——《牛虻》在中国的改写和经典化

"十七年"间我国翻译介绍了众多的英国文学作品,但是在这些作品中,
绝大多数的都无法成为那个时代的阅读主流。相对于苏联及其他国家的许
多社会主义作品而言,如奥斯特洛夫斯基的《钢铁是怎样炼成的》、高尔基的
《母亲》、科斯莫捷米扬斯卡娅的《卓亚和舒拉的故事》、法捷耶夫的《青年

近卫军》及捷克伏契克的《绞刑架下的报告》等,即使像莎士比亚戏剧这样在当今我们认为已经成为永恒经典的英国文学作品,在那个年代的广大读者中也无法成为阅读的中心,并且不可能成为可以任意赞美、品评的对象。然而,英国女小说家伏尼契的《牛虻》却是一个例外。《牛虻》在1953年7月由中国青年出版社出版,翻译者是李俍民。这本小说一经出版就受到广大读者的欢迎,供不应求。至1966年"文化大革命"前《牛虻》一共印刷了11次,发行了100多万册,是"十七年"间我国发行量最高的英国文学作品。①不仅如此,整个中国文学界对《牛虻》都给予了很高的评价。该小说出版之后国内许多主流媒体,如《人民日报》《光明日报》《文汇报》等都纷纷发表评论文章,溢美之词跃然纸上。可以说,《牛虻》是当时中国最畅销的外国小说之一,小说主人公牛虻也成为读者当中人尽皆知的英雄人物。这部小说在英国文坛及文学史上并没有什么地位,甚至可以说是默默无闻,无人问津,却俨然成为我国"十七年"间的文学经典,其背后的深层原因不得不引起我们的思考。

　　《牛虻》以19世纪30年代奥地利军队占领下的意大利为背景,讲述了一个原本是天主教教徒的青年亚瑟,后来因为看透了教会的阴暗和虚伪,转而化名"牛虻"投向意大利民族解放斗争的故事。书中对天主教教会的伪善和教士的残忍与贪婪进行了无情揭露,对牛虻的革命英雄主义和以暴力抗击强权的反抗精神大加赞扬。《牛虻》在伦敦出版后立刻惹来巨大的争议,英国文学主流批评界指责它是"渎神"的,视之为异端。"关于伏尼契的书一本也没有,连一篇文章也没有。她在自己的祖国是被遗忘了的。在卷帙浩繁、解释详尽的不列颠百科全书里,关于艾婕尔·丽莲·伏尼契,竟一行字也没有。在英国文学史的著作中,从来没有提过她的名字。她的作品也没有再版过。"②事实上作家伏尼契在1920年随身为波兰流亡革命者的丈夫移民去了美国,靠出售旧书籍度日。

----

　　①　据中国版本图书馆编:《1949—1979翻译出版外国文学著作目录和提要》,江苏人民出版社1986年版。

　　②　叶·塔拉都塔:《关于"牛虻"及其作者》,白祖芸译,《译文》1956年第(总)34期,第169页。

　　早在伦敦出版该书之前,《牛虻》已经在纽约面世。美国的开放性使得《牛虻》在其国内受到的评价和英国略有不同,伏尼契在谈到《牛虻》在美国的出版情况时说,"美国版是在上月出版并且显然已经获得成功,我已收到了美国方面的许多评论。其中有几篇虽然从文学观上很称赞这本书,但是叫嚷说,它具有'可恶'的和'可怕'的性质。一家大报警告读者说,它的内容充满'渎神'的言论"①。美国评论界对这部小说虽提出质疑,但由于天主教在美国的势力并没有英国那么大,加上出版商方面的商业运作,一定程度上弱化了《牛虻》的"异端"倾向。即便如此,《牛虻》在美国充其量也只能算是名噪一时的畅销书,很快即无人问津。

　　相对于在英美资本主义世界的遭遇,《牛虻》进入社会主义苏联时就显得如鱼得水得多了。"1897 年 9 月,《牛虻》在伦敦出版,三个月后,它的俄文译本就在俄国出现。"②"1897 年,在文学与通俗科学杂志《神的世界》12 月号上有一则启事,预告下一年杂志将要刊登些什么东西。它列举了许多作家的诗篇和散文,顺便也提到了温盖罗娃从英文翻译的长篇小说《牛虻》。"③ 根据塔拉都塔的另一篇介绍伏尼契的文章 ④,《牛虻》的俄文译者齐纳依达·阿芳纳西耶夫娜·温盖罗娃（1867—1941）"是当时最受欢迎的批评家和外国文学翻译家之一"。并且她与《牛虻》的作者伏尼契认识并且私交甚好。《牛虻》以其"革命性"思想赢得了俄国革命阶级及社会各界广泛的关注和喜爱,其发行量惊人,在苏维埃政权时代,这部小说已出版过74 次,成为在外国作家作品中占头等地位的作品之一。⑤《牛虻》的写作在情节安排和人物塑造方面都和俄国进步文学如法捷耶夫的《毁灭》、绥拉菲莫维奇的《铁流》、肖洛霍夫的《静静的顿河》等有许多相通之处。小说所塑造的青年革命者形象很具有"苏联色彩",而小说反抗外敌入侵的革命主题和反天主教思想同样符合"十月革命"后苏联文学创作的主流诗学。所有这

----

① 　叶·塔拉都塔:《关于"牛虻"及其作者》,白祖芸译,《译文》1956 年第（总）34 期,第174 页。

② 　同上书,第 172 页。

③ 　同上书,第 168 页。

④ 　同上书,第 173—176 页。

⑤ 　同上书,第 169 页。

一切都促成了它在苏联的成功,并且在苏联翻译文学中成为一部经典读物。

查明建在谈到 20 世纪中国翻译文学时指出,"20 世纪中国的文学翻译存在两种价值取向,一种是满足政治的诉求,另一种是满足文学发展的需要。这两种取向在大多数情况下并不能协调,因为能满足时代政治诉求的作品并不一定具有很高的文学价值,而能为文学创作提供借鉴的作品,其思想性又不一定符合时代主题的要求和意识形态的规范。文学翻译常常就处于这种两难选择中。从总体上看, 20 世纪中国的文学翻译基本上都是以满足时代政治的诉求为翻译价值取向。"①《牛虻》最初之所以被翻译被引进到中国,也是出于上述原因。

根据译者李俍民（1919—1991）回忆,《牛虻》最早进入到他的视野是源于苏联的两部文学作品。"《牛虻》这部反映意大利民族解放运动斗士的优秀作品,我就是从苏联小说《对马》和《钢铁是怎样炼成的》中发现的。"②后来李俍民又从《尼·奥斯特洛夫斯基传》中读到这样一则小故事:内战时期有一次奥斯特洛夫斯基和小伙伴们潜入逃亡律师家的阁楼上发现了大批图书,临走时他拿走了一本,正是《牛虻》。看到《牛虻》在苏联这么受重视,李俍民凭着翻译家的直觉认识到这是一部优秀的作品,于是决定把它翻译出来。后来他得到了两个《牛虻》的俄文译本,又在一家旧书店偶然发现了它的英文原版,正是结合着俄文与英文两个版本终于将《牛虻》译出。

美国翻译理论家勒弗菲尔的翻译理论标明,翻译不仅仅是原文与译本之间的文字转换这么简单,而是一种文化行为,它涉及的因素方方面面,比如译入语社会的文化、意识形态、政治、文学等。其中对翻译造成影响的最主要的有三个因素,即赞助人（Patronage）、意识形态（Ideology）和诗学（Poetics）。赞助人可以是人,也可能是宗教组织、政党、阶级、宫廷、出版社和大众传播机构等。意识形态一般是指在特定文化语境中占主导地位的思想系统,是某一阶级或社会集团的世界观和普遍观念,如 20 世纪 50 年代中国的政治意识形态。而诗学可理解为文学意义上的"诗学"（literary poetic）,即文学观念、创

①　查明建:《文化操纵与利用:意识形态与翻译文学经典的建构——以 20 世纪五六十年代中国的翻译文学为研究中心》,《中国比较文学》2004 年第 2 期。

②　李俍民:《探寻英雄人物的足迹——谈谈我的文学翻译选题》,《翻译通讯》1984 年第 4 期。

作原则和文学范式。以上三个因素虽然都对文学翻译进行操纵,但是当政治意识形态处于主导地位时其他两个因素也会受制于政治意识形态,成为它的附庸。意识形态通过对出版机构的控制,对翻译文学进行进一步把关。因此在 1953 年李俍民把翻译好的《牛虻》交给中国青年出版社准备印刷出版的时候,《牛虻》再次发生了变化。

1953 年 6 月 18 日,中国青年出版社(以下简称中青社)给《牛虻》译者李俍民先生的信中说到:"这本书的译文,基本上是正确的,但存在相当严重的缺点……我们曾请傅东华先生校对……他一时兴起,大动刀斧改动了许多……其中 30% 左右的字句已变成傅先生的东吴软语了。"① 在这里可以看出《牛虻》在中译本确定之前就已经受到了大幅改动,至少语言风格已从夹杂英语和北方寒冷地区的俄文变至"东吴软语"了。然而《牛虻》的归化翻译不仅仅体现在语言层面的处理,对原文有关宗教文化、"资产阶级腐朽思想"等意识形态较浓的部分进行删节才是重点。在 1953 年 6 月 18 日中青社的信中还提到:"在这种情况下,我们又经过两道校改整理,并按苏联青年近卫军出版的俄语版本加以删节。"② 在 1953 年 7 月《牛虻》中译本最终出版时,中青社对这一改动也直言不讳:"(《牛虻》)两种俄译本都把原文里一些宗教气氛过浓和一些跟主要情节无关的繁琐的描写删节了,只是删节的地方不尽相同。我们以为这种删节并不违背原作的精神,而且为了照顾读者的接受能力,是必要的。所以我们也根据青年近卫军出版局的俄译本,拿译文做了一些删节。"③ 在这里苏联的态度再一次成为当时中国对"进步"文学理解的标准。那么出版社对《牛虻》到底做了哪些删节呢?除了在 50 年代出版过那个声名赫赫的译本以外,中青社于 1995 年又对李俍民的译本进行了重印,这次补齐了当年被删去的许多内容。另外漓江出版社也于 1999 年出版过一次《牛虻》译本,由庆学先翻译。对照 50 年代的译本和 90 年代的译本我们会发现被删去的全部都是为当时意识形态所不容的内容。比如文中涉及歌颂基督的拉丁文圣歌,如"用你的舌赞颂吧,赞颂圣体之奥,赞颂

---

① 胡守华:《能不忆〈牛虻〉?》,《中华读书报》2000 年 8 月 30 日。
② 同上。
③ 伏尼契:《牛虻》,李俍民译,中国青年出版社 1953 年版,第 iv 页。

赎世宝血之妙,人类众生之王,脱胎降临人间了"[①]。"膜拜圣体吧,那是圣母玛利亚之子,为了拯救人类,他被钉在十字架上,钉子刺穿了他的躯体,任凭鲜血流淌。"[②] 但是与此同时出版社还保留了一部分引文未做删节,因为这些引文全是牛虻用来讥讽天主教的。由此看来,出版社对《牛虻》关于宗教内容的删节全都是为了体现中国当时反帝国主义宗教文化的立场态度,通过削弱或者规避《牛虻》中的宗教内容来把其对青年的"负面影响"减小到最低,同时也使《牛虻》变成更符合主流意识形态的"纯革命作品"。

《牛虻》在中国的变异并没有停止在翻译层面。在它出版后,中国文论界对它的再次描绘才最终使它完成了"中国化"的最后一步,成为一部不折不扣的革命文学经典。这种描绘首先体现在《牛虻》中译本的编辑话语上。《牛虻》出版时编辑们为了将之塑造成符合意识形主流话语,对其进行了颇有深意的"包装"。首先是扉页上引用了奥斯特洛夫斯基在《钢铁是怎样炼成的》一书中对《牛虻》的点评:"但就'牛虻'的本质,就他的刚毅、他那种受考验的无限力量,以及那种能受苦而毫不诉苦的人的典型而言,我是赞成的。我赞成那种认为个人的事情丝毫不能与全体的事业相比的革命者的典型。"[③] 奥斯特洛夫斯基《钢铁是怎样炼成的》对中国的影响有多深刻自不赘言,这里编辑们特意引用其中的话为《牛虻》做宣传,很显然是想借此确立《牛虻》的"正统"地位,让人们相信这是一部优秀的革命小说——因为有伟大的无产阶级革命者的楷模保尔·柯察金的肯定。其次在序言部分出版者删去了原作者伏尼契写的序,而用苏联儿童出版社俄译本耶·叶戈罗娃的序代替。叶戈罗娃的这篇序言采用的是苏联文论界流行的文学的社会历史反映论的批评方法,即从四个方面来评价《牛虻》这部小说:作者的生平、创作动机、小说的历史背景和价值。我们可以看出,这种批评方法强调的只是文学的外部因素,重点放在评判作品的"功用"价值,而对作品的内在因素和美学价值完全忽略。叶戈罗娃在这篇序里认为"伏尼契创作了一部渗透着革命英雄主义的作品……长篇小说《牛虻》将永远以它的爱国主

---

① 伏尼契:《牛虻》,李俍民译,中国青年出版社 1953 年版,第 331 页。
② 同上书,第 332 页。
③ 伏尼契:《牛虻》扉页,李俍民译,中国青年出版社 1953 年版。

义和革命热情的活力,紧紧攫住读者的心灵"①。叶戈罗娃的这篇序进一步给《牛虻》定下基调,给它贴上了"革命英雄主义"和"爱国主义"的标签。除此之外,本书出版时写的内容提要也紧随其后就上述两个标签浓妆重抹:"十九世纪的意大利民族解放运动曾产生了很多爱国志士,这本小说就是拿那些志士的故事作题材的。作者通过小说的主角'牛虻'这个形象把当时那些志士的爱国精神和革命热情深刻地表现了出来,使这部作品渗透着革命的英雄主义。"② 自此在《牛虻》面世前出版者已对它完成了精心"打扮",让它顶着"革命英雄主义"和"爱国主义"两大光环闪亮登场。

　　1953年《牛虻》在中国刚一面世就受到了中国评论界的极大关注,这种关注并不是完全出于自发,而是有组织的。李俍民后来曾这样回忆当时的情况:"《牛虻》等书出版时,读书界就像过节一般热闹,评论界也配合得很好……这些当然是同当时党中央和团中央的因势利导分不开的。我记得,《牛虻》就曾由团的组织向共青团员们推荐。当时的《人民日报》、《中国青年报》等报刊也纷纷发表有关《牛虻》的评介文章。就我记忆所及,执笔者有巴人、韦君宜、力扬等著名文学评论家、作者和编辑同志。"③ 事实也的确如此,《牛虻》出版后,全国各大主流报纸刊物推出了大量介绍《牛虻》的文章。如1953年8月1日《光明日报》叔静的《关于〈牛虻〉》、8月18日《中国青年报》力扬的《〈牛虻〉的历史背景和思想性》、8月21日《大公报》钟越的《小说〈牛虻〉的故事》、8月29日《文汇报》伊敏的《牛虻的性格》、9月12日《人民日报》韦君宜的《谈〈牛虻〉》、12月12日《群众日报》岐国英的《牛虻的精神鼓舞着我们前进》等等,《中国青年》也于1953年第16期刊登巴人的评介文章《关于〈牛虻〉》。1956年中国译制了苏联拍摄的《牛虻》同名电影,此电影在中国放映后又在国内掀起了对《牛虻》关注的高潮。《大众电影》杂志在1956年第11期上发表了数篇关于《牛虻》的评论文章,如李希凡的《燃烧着革命火焰的英雄形象——苏联电影〈牛虻〉观后》、张毕来的《谈谈牛虻和蒙泰里尼的关系——苏联电影

　①　耶·叶戈罗娃:《牛虻·"序"》(伏尼契著,李俍民译),中国青年出版社1953年版,第xii页。
　②　伏尼契:《牛虻》扉页,李俍民译,中国青年出版社1953年版。
　③　李俍民:《探寻英雄人物的足迹——谈谈我的文学翻译选题》,《翻译通讯》1984年第4期。

〈牛虻〉观后》、陈安京的《为了祖国为了人民! ——〈牛虻〉电影故事》，并且本期《大众电影》还刊载了晨光的散文诗《牛虻,我们爱你! 》及编辑部对小说作者的资料介绍《小说〈牛虻〉和它的作者》。《中国青年》1956年第4期还转载了苏联《真理报》的文章《〈牛虻〉作者伏尼契在纽约》，对《牛虻》作者伏尼契的生活近况做了介绍。《译文》杂志也于1956年第4期刊载了译自苏联的两篇重要文章《关于〈牛虻〉及其作者》和《伏尼契的三封信》。

这些文章多以介绍为主,而且论调基本一致:全都把《牛虻》看作是一部优秀的革命题材作品,对主人公牛虻高度的革命觉悟和刚强无畏的爱国者和革命英雄形象高度赞扬。

对于《牛虻》这样一部小说,它的主题到底是什么? 后世有许多讨论,有人认为它是一个"爱情故事";有人认为是"革命故事",如当初的大多数评论;还有人把它看作是一部"伦理故事",如刘小枫在《沉重的肉身》当中所讲。又是什么原因使得它能在"十七年"的中国成为一部为数不多的非苏联的翻译经典? 就像上文所说,《牛虻》在它出生的英国没有受到重视,在同样是资本主义文化的美国也没能持久流传,但是自从它被俄国无产阶级革命文学接纳并做了修改以后它的命运在社会主义的东方慢慢发生改变。在俄国以及后来的苏联受到无产阶级欢迎之后,《牛虻》又辗转来到新生的社会主义中国,通过译者、出版者和评论者的多重努力,《牛虻》悄然发生着更多的改变,它在社会主义意识形态的改造下已经变成宣扬革命思想的"蝴蝶",或者也可称之为充满斗争精神的"马蜂",总之再不是它的本来面目。这正是它能在"十七年"中国文坛"翩翩起舞、惹人喜爱"的原因。

第四章
兼收并蓄:20 世纪 80 年代的英国文学研究

第一节 "思想解放"运动与英国文学研究的学术化趋向

20世纪70年代末开始的对包括英国文学在内的外国文学的引进（译介）与研究，担负起了"思想解放"的重任。由于历史的重负，这个过程虽艰难推进，但不可阻挡，中国大陆终于迎来了一个文化转型期。特别是"文化大革命"十年对人性的扭曲，对文学本质的异化，促使了文学、文化界开始对"人"的反思和"文学"的反思。随着文学"人学"地位的进一步确立，作家们自然地把艺术的审视力由外部世界转向人的心灵，以恢复人的主体价值和对人的重新发现为变革机制的新手法小说，受到西方非理性主义，尤其是意识流小说的启发和影响。这改变了传统小说与客观世界保持同构式的创作思维特点，通过人物的意识和感觉，从纯粹个体的角度来暗示象征世界。① 这一时代要求驱使着中国的思想文化界将眼光再次投向域外文学文化的汲取工作。

当时对国外各个历史时期的理论、文学著作的翻译、介绍，最初是重印五六十年代的出版物，主要是19世纪以前的古典文学理论和文学创作。60年代前期，一些出版社（商务印书馆、中华书局、作家出版社、人民文学出版

---

① 杨志今、刘新风主编：《新时期文坛风云录（1978—1998）》，吉林人民出版社1999年版，第274页。

社、上海人民出版社等）出版的供"参考"或供"批判"的理论和文学著作,也大都重印发行,如"汉译世界学术名著丛书"、"现代外国资产阶级哲学资料选辑"等。专门发表外国文学翻译和文学研究的刊物激增。在五六十年代,这类刊物只有《译文》(后改为《世界文学》)一种。80 年代以来,除了老资格的《世界文学》外,又陆续创办了《外国文艺》《外国文学》《当代外国文学》《译林》《译海》《外国小说》《苏联文学》《俄苏文学》《日本文学》《外国文学研究》《外国文学报道》《外国文学动态》《外国文学研究集刊》等刊物。在 80 年代,文化界的译介重点,特别转移到 20 世纪的西方理论和文学创作上面,西方现代文论和"现代派文学"成为关注的焦点。原因在于,从 30 年代起,左翼文学界对"现代派"文学一直持不信任的态度,特别是 50 年代以来,"现代主义"或"现代派文学"成为排斥、批判的对象,相应的译介工作也基本停止,于是读者和作家存在了解的急迫心理。更重要的原因则在于,经历了"文化大革命"生活体验的中国作家,对西方现代作家的世界观和艺术方法,产生了内在响应的心理基础,也明白改变中国当代文学落后状况,开拓文学探索空间在文化准备上的紧迫性。[①]

当然,在"文化大革命"结束后的最初几年,极"左"意识形态依然导控着思想文化界,陈旧、僵化的文学观念和创作模式依然盛行。文学作品的政治思想性是否符合主流意识形态、作品是否运用的是现实主义创作手法,依然是制约译介与研究的规范范畴。刚刚复苏的外国文学研究界的研究领域还小心翼翼地局限在如莎士比亚这些经典作家的作品上。现当代文学,特别是现代主义、后现代主义作品,与中国读者仍然有文化心理和文学观念上的隔阂。特别是西方现当代文学中的现代意识、对传统价值观的怀疑、对人性黑暗面的揭示,以及"新、奇、怪"的"现代派"创作手法,不仅与创痛的审美习惯相背离,也与当时占据主导地位的"讲话"的现实主义文学观念相冲突。外国现当代文学的译者面临着意识形态和文学观念两方面的顾虑:一是如何避免不与当时还比较僵化的政治意识形态发生直接的冲突,以免遭政治上的险祸;二是采取何种手段来消解文学解读层面的审美距离,从而使现

---

① 洪子诚:《中国当代文学史》,北京大学出版社 1999 年版,第 228 页。

代主义、后现代主义文学进入读者的阅读视野。译者普遍采取了两种翻译策略，即在作品的社会认识价值层面，强调其对西方资本主义社会黑暗与腐朽的揭露和批判意义，突出其现实主义意蕴；在美学层面，突出"现代派"作品的创作手法对现实主义创作的借鉴意义。译者灵活采取这两种翻译策略以使翻译合法化，获得当时意识形态和诗学规范的认同。[①]

其中，以 1985 年为界，现代主义在新时期文坛的命运发生了重大转折。1985 年以前对现代主义文艺思潮的接受还是相当谨慎的，传统被看作是创新赖以发生的基础；而 1985 年以后，理论多元化的趋势客观上为现代主义独立生长培育了适当的环境，现代主义文艺思潮作为多元中的一元不仅迅速取得了独立的地位，而且急剧膨胀，大有以一代多，一统天下之势。[②] 新时期的小说创作对现代主义的借鉴和创新，就是以"意识流"这一西方现代派文艺广泛应用的表现手法为突破口的。

除了意识流小说技法的引介，20 世纪 80 年代还有女权主义思想随着英国小说家弗吉尼亚·伍尔夫更多作品的引进，也在中国社会文化意识中闪亮登场。伍尔夫在她的《一间自己的屋子》中揭示了历史上无数的具有潜在文学才能与雄心的女性被现实与文化所扼杀的结局，这种现实生活和文学文本中截然不同的女性命运在新的历史条件下给国内的广大读者留下了深刻的印象。1987 年黄梅曾在《读书》杂志连续发表了三篇文章：《女人与小说》《玛丽们的命运——"女人与小说"杂谈之二》《玛丽们的命运——"女人与小说"杂谈之三》。在伍尔夫《一间自己的屋子》的女性主义意识启发下，黄梅在这三篇文章中鲜明地传达了身为中国女性的读者对于欧美文学中诸多文学现象的感悟和共鸣。1989 年《上海文论》第 2 期推出了国内第一个女权主义文学评论专辑，其中林树明发表了《开拓者的艰难跋涉——弗·伍尔夫女权主义文学理论述评》一文，作者站在西方女权主义运动的背景中对伍尔夫《一间自己的屋子》进行了评述，说明了妇女在创作中所受到的父权意识的重压，以及在生活环境中受到的限制。林树明在文中也指出了

---

①　查明建、谢天振：《中国 20 世纪外国文学翻译史》，湖北教育出版社 2007 年版，第 766 页。

②　杨志今、刘新风主编：《新时期文坛风云录（1978—1998）》，吉林人民出版社 1999 年版，第 275 页。

伍尔夫思想存在的矛盾之处,一方面伍尔夫认为文学与生活存在着密切的联系,妇女之所以写不出《战争与和平》那样的巨著,是因为她们无法像男作家那样获得丰富的阅历;另一方面,她又认为作品的审美价值在于怎样表达,而不在于表达了什么,文学和生活之间可以是独立的。

这样,伴随着改革开放新时代中思想解放运动在中国大陆的风起云涌,以及高等教育人才培养体系的建立与正常发展,英国文学研究也迎来了科学的春天。

学术期刊是学术研究成果的主要载体之一,因此,外国文学研究刊物的创刊与英国文学研究的繁荣密切相关。1977 年 10 月,当时中国唯一一份翻译介绍外国文学的刊物《世界文学》在停刊十年后复刊。随之而来,《外国文艺》(1978)、《外国文学研究》(1979)、《外国文学》(1980)、《当代外国文学》(1980)、《国外文学》(1981)、《外国文学评论》(1987)等专业刊物相继创刊。为我国包括英国文学在内的外国文学研究提供了重要的学术科研平台,同时也为我国读者了解外国文学历史与现状提供了必要的窗口。这些专业刊物的编辑方针与预期目标,正如中国社会科学院外国文学研究所创办《外国文学评论》季刊时所公告的那样:将反映我国外国文学研究的最新成果和发展态势,开拓外国文学研究的新领域、新课题、新角度,及时评价外国文学中的新理论、新思潮、新动向,强调以新的观点方法去研究外国文学的创作和理论、历史和现状,并注意从宏观方面研究各学科的相互影响,向广大读者提供外国文学中可资借鉴的精华,它包括外国文学古典理论与历史,当代外国文学理论与批评流派,当代外国文学思潮,名作评析,新书评论,争鸣与探讨,中外文学关系,方法论研究,青年作者论坛、外国文学新动向等。同时它还将注重学术性,坚定不移地坚持"百花齐放、百家争鸣"的方针,积极创造宽容和谐的气氛,鼓励结合文学现实的学术讨论。①

除了上述外国文学专业期刊,其他时期创刊的外国文学刊物《英美文学研究论丛》(上海)、《英语研究》(重庆)以及外语院校学报、大学学报等,也是外国文学研究者们的学术平台。而人大报刊复印资料《外国文学研究》

---

① 据《外国文学》1986 年第 8 期简讯。

的编辑出版，为 80 年代学界及高校学生了解最新学术信息提供了难得的便利条件。

同时，中国社会科学院外国文学研究所于 70 年代末开始编辑出版的《外国文学研究集刊》，也为国内学界展示了外国文学研究的最新学术成果。如集刊中方平《论夏洛克》（第一辑）、朱虹《奥斯丁和她的代表作〈傲慢与偏见〉》（第五辑）、孙家琇《莎士比亚的〈哈姆雷特〉》（第六辑）、王佐良《英国浪漫主义诗歌的发展》（第六辑）、裘小龙《艾略特试论》（第八辑）、张艳华《自我的局限与人类的无限——评乔治·艾略特〈米德尔马契〉中的作者议论与小说的意义》（第十二辑）、吴兴华《马洛和他的无神论思想》（第十四辑）、沈弘《为何最虚弱的反显得最英勇——米尔顿的撒旦：人物分析》（第十五辑）等论文，对引领当时英国文学研究的学术化趋向，都起到了良好的示范作用。

值得一提的还有中国社科院外文所《外国文学研究资料丛书》共 67 册的编辑出版，为我国外国文学研究提供了宝贵的资料和营养，至今仍在学术界拥有重要影响。编辑出版这套《丛书》的出发点和基本宗旨，是为了借鉴外国同行的研究成果，促进我国文学艺术等学科的建设与发展。这套资料丛书涉及英国文学研究的著述主要包括：罗经国编选《狄更斯评论集》（上海译文出版社 1981 年版）、文美惠编选《司各特研究》（外语教学与研究出版社 1982 年版）、朱虹编选《奥斯丁研究》（中国文联出版公司 1985 年版）、瞿世镜编选《伍尔夫研究》（上海文艺出版社 1988 年版）、袁可嘉等编选《现代主义文学研究》（中国社会科学出版社 1989 年版）等，以及 90 年代陆续出版的杨周翰编选《莎士比亚评论汇编》（中国社会科学出版社 1991 年版）、陈焘宇编选《哈代创作论集》（中国社会科学出版社 1992 年版）、蒂里亚德等《弥尔顿评论集》（上海译文出版社 1992 年版）、杨静远编选《勃朗特姐妹研究》（中国社会科学出版社 1993 年版）、蒋炳贤编选《劳伦斯评论集》（上海文艺出版社 1995 年版）。这套研究资料集精选国外学者有代表性的评论文章，以材料的丰富和全面见长，各专题论集甫一面世即受到我国外国文学研究界、高校文科师生及广大文艺理论工作者的普遍欢迎与重视，特别是在当时全国大专院校和学术研究单位，一般外文藏书都较少，加上外语阅读上的不便,更感到这套由中文汇编的《外国文学研究资料丛书》之难能可贵。

总之,随着改革开放新时代的到来,英国文学作品引进的步伐加大,并在欧美学者关于英国文学研究优秀成果的启发下,借助于上述学术刊物,国内的英国文学研究领域学术论文的发表量显著增加,并取得了不俗的成绩。据河北教育学院与上海教育学院图书馆所编《外国文学研究论文资料索引(1978—1985)》(上海社会科学院出版社1986年版)的统计,涉及英国作家作品的研究论文700余篇,其中重要作家如莎士比亚268篇、狄更斯77篇、哈代32篇、拜伦30篇、夏绿蒂·勃朗特23篇、雪莱16篇、华兹华斯15篇、艾米莉·勃朗特14篇、王尔德、萧伯纳、伏尼契均为11篇、贝克特10篇、弥尔顿、彭斯、奥斯丁、济慈、康拉德、艾略特、格林、戈尔丁均为9篇、乔叟8篇、笛福、菲尔丁均为7篇、斯威夫特、司各特、高尔斯华绥、毛姆、曼斯菲尔德均6篇、斯蒂文森、乔伊斯均5篇、叶芝4篇。这基本上也反映了80年代我国英国文学研究界的关注重心,特别是莎士比亚、狄更斯、哈代、拜伦、勃朗特姐妹等作家作品的译介与研究,成果学术热点之一,乔伊斯、叶芝、康拉德等20世纪作家也开始成为学界的关注对象。

另一方面,本时期延续五四以后的文学传统,引进和研究英国文学、文论,与当时中国的文学创作活动有关联,特别是对现代派文学(限于当时的社会认识程度,主要是象征主义与意识流小说技法)而言。而且特别强调研究理论与方法的正当合法性。1987年4月17日,首都四十余位专家学者为改进外国文学的译介和研究工作召开讨论会。在这次研讨会上,时任中宣部副部长的著名诗人贺敬之提出"要运用马克思主义理论对外国文学进行科学的分析和鉴别","引进外国文学既要坚持马克思主义的指导,又要贯彻'双百'方针"。《文艺报》以《贺敬之提出引进外国文学要进行科学分析和鉴别》为题进行了报道。

第二节　英国经典作家研究的新收获

70 年代末至 80 年代,中国学者对英国经典作家的研究在前人成果的基础上,取得了新的成绩,并在不少领域有所开拓。主要涉及以下数位作家。

一、莎士比亚

莎士比亚研究一直是国内英国文学研究界的学术热点,本时期发表了一批高质量的研究论著,译介出版了莎士比亚作品集。

首先是《莎士比亚全集》分 11 卷于 1978 年由人民文学出版社刊行,这是中国出版的外国作家的第一部中译本全集。朱维之在《外国文学研究》创刊号上发表《论〈威尼斯商人〉》,为中国莎评间断十几年之后的第一篇莎评。据统计, 1978 年发表的比较重要的莎评就有 20 多篇。

而杨周翰主编《莎士比亚评论汇编》(上)于 1979 年在中国社会科学出版社的出版发行,也为中国的莎学研究提供了重要的域外参照系。这本评论汇编的"序言"即为自本·琼生至 19 世纪末的西方莎评史。本年,方平译《莎士比亚戏剧五种》由上海译文出版社刊行。4 月 21 日,上海青年话剧院公演《无事生非》,为莎士比亚在中国舞台上消失十几年后的第一次演出。10 月 30 日至 11 月 10 日,英国专演莎剧的"老维克"剧团访问我国,在北京、上海等地演出《哈姆雷特》,由北京人民艺术剧院同声译出,采用卞之琳译本。这是外国剧团第一次到中国演出莎剧。本年发表的莎评有 70 多篇,卞之琳、陈嘉、杨周翰、孙家琇、方平、朱维之、赵澧、贺祥麟等都发表了有分量的莎评文章。

1980 年 1 月,以曹禺为团长的中国戏剧家代表团访问斯特拉福,向莎士比亚中心赠送中译本《莎士比亚全集》和曹禺的译作《柔蜜欧与幽丽叶》。访问团一行观看英国皇家剧团演出的莎剧《奥赛罗》;在同演员见面的集会上英若诚分别用英语和汉语朗诵莎士比亚的第 119 首十四行诗。这是中国戏剧家第一次访问莎士比亚故乡,被认为是中国莎学走向世界的开端。本年 8 月,复旦大学林同济教授参加在斯特拉福举行的第 19 届国际莎士比亚会议,发表论文《应该是“被玷污”的这个词——〈哈姆雷特〉评论之一见》,引起很大反响,这是中国学者第一次参加国际莎学会议。会议结束后,林同济去美国访问,演讲“莎士比亚在中国”,心脏病猝发,逝世于异乡。9 月,中国青年艺术剧院在北京公演了采用方平译本的莎剧《威尼斯商人》,曹禺为艺术顾问,张奇虹导演。另外,上海人民艺术剧院为庆祝建院 30 周年,公演《罗密欧与朱丽叶》,采用曹禺译本,黄佐临导演。本年度发表重要莎评 50 多篇,邵天华选辑《莎士比亚隽语钞》也由上海书局刊行。

1981 年,孙家琇编《马克思恩格斯与莎士比亚戏剧》由中国戏剧出版社刊行。杨周翰主编《莎士比亚评论汇编》(下)由中国社会科学出版社出版,“序言”为 20 世纪莎评。本年出版关于莎士比亚的著、译有施咸荣编著《莎士比亚和他的戏剧》(北京出版社)、屠岸译《莎士比亚十四行诗集》(上海译本出版社)、温健译《莎士比亚笔下的女角》(海涅著,上海译文出版社)、汤真译《莎士比亚历史剧故事集》(英国 A. T. 奎勒 – 库奇改写,中国青年出版社)。本年度,裘克安参加了在斯特拉福举行的第三届世界莎士比亚大会。

1982 年,林同济遗译《丹麦王子哈姆雷的悲剧》由中国戏剧出版社刊行;贺祥麟等著《莎士比亚研究文集》由陕西人民出版社刊行;张可译《莎士比亚研究》(歌德等著)由上海译文出版社刊行。10 月,伦敦莎士比亚剧组一行 9 人,在北京、上海等地公演《第十二夜》。本年,杨周翰、陆谷孙参加第 20 届国际莎士比亚会议。

中国莎士比亚研究会编《莎士比亚研究》创刊号,于 1983 年由浙江人民出版社出版,曹禺撰写"发刊词",发表了我国一批著名莎评家的论文。而中国莎士比亚研究会也于 12 月 3—5 日在上海举行成立大会暨首届年会,选举曹禺为会长,巴金为基金会董事长,胡乔木为名誉会长。时任上海市市长的江泽民同志为中国莎士比亚研究会题词。本年出版了多部莎学著述,如方平的莎评文集《和莎士比亚交个朋友吧》由四川人民出版社刊行;梁宗岱译《莎士比亚十四行诗》(154 首)由四川人民出版社刊行;陆谷孙主编《莎士比亚专辑》由复旦大学出版社刊行;孟宪强辑注《马克思恩格斯与莎士比亚》由陕西人民出版社出版,扉页题词为"谨以此书纪念莎士比亚诞辰 420周年";安国梁译《莎士比亚传》(苏·阿尼克斯特著)由中国戏剧出版社刊行;赵仲沅著《英国伟大戏剧家莎士比亚》由商务印书馆刊行。另外,该年10 月,中央戏剧学院成立了孙家琇任主任的莎士比亚研究中心。值得一提的还有 1984 年出版的美国著名的《莎士比亚季刊》(Shakespeare Quarterly)第 35 期"1983 年世界莎士比亚目录注释"中第一次收入我国莎学学者、专家卞之琳、王佐良、顾绶昌、孙大雨、方平、贺祥麟等多位莎评论著 18 篇目录摘要。

1984 年出版的莎评著述包括陆谷孙主编《莎士比亚专辑》(复旦大学出版社)、中国莎士比亚研究会编《莎士比亚研究》(浙江文艺出版社)、贺祥麟著《莎士比亚 1564—1616》(辽宁人民出版社)等。1985 年是莎翁诞辰 421 周年,中国莎士比亚研究会、中央戏剧学院莎士比亚研究中心等,均举行莎士比亚诞辰纪念活动,集中展示莎士比亚的艺术成就。

1986 年 1 月 23 日,上海莎学界人士以及"越剧之友"共 500 人在上海越剧一团排练厅与该团《第十二夜》剧组共度迷人的"莎士比亚之夜"。4月 10—23 日,在北京、上海两地举行了首届中国莎士比亚戏剧节,盛况空前,震动国际莎坛,在中国出现"莎士比亚热"。6 月 10 日,胡耀邦总书记以及李鹏副总理一行访问莎士比亚故乡斯特拉福。胡耀邦说莎士比亚不仅属于英国,也属于全人类。10 月,文化部调黄梅戏《无事生非》剧组进京,在人民大会堂为来访的英国伊丽莎白二世女王演出。另外,张君川、索天章、任明耀、沈林等中国学者参加了本年在西柏林举行的每五年一届的第四届世界莎士比亚大会。索天章的论著《莎士比亚——他的作品及其时代》也由复旦大学出版社出版发行。

从 1987 年 5 月开始,吉林人民广播电台播出系列广播节目《莎士比亚戏剧故事与片断欣赏》共 37 集,并成为吉林人民广播电台的保留节目。本年夏天,上海昆剧团应邀参加爱丁堡国际艺术节,演出根据《麦克白》改编的昆剧《血手记》,引起轰动。

我国学者的几本重要莎学译著也于 1988 年问世,其中包括卞之琳译《莎士比亚悲剧四种》(《哈姆雷特》《里亚王》《马克白斯》《奥赛罗》)由人民文学出版社出版;孙家琇著《论莎士比亚四大悲剧》由中国戏剧出版社出版;裘克安编著中英文对照《莎士比亚年谱》由商务印书馆出版;张泗洋主编《莎士比亚的三重戏剧——研究、演出、教学》由东北师范大学出版社出版。本年 8 月,王佐良远赴英国斯特拉福参加了第 23 届国际莎士比亚会议。

1989 年也有多部莎学著述面世,如卞之琳著《莎士比亚悲剧论痕》由北京三联书店出版;张泗洋、徐斌、张晓阳著《莎士比亚引论》(上、下)由中国戏剧出版社出版;徐克勤编著《莎士比亚名剧创作欣赏丛书》(6 册)由陕西人民教育出版社出版;曹树钧、孙福良著《莎士比亚在中国舞台上》由哈尔滨出版社出版,该著填补了中国莎学史上的一个空白;吴洁敏、朱宏达著《朱生豪传》由上海外语教育出版社出版,出版后即成为“沪版畅销书”。

从上述莎士比亚研究的编年呈示中可见中国莎学在 20 世纪 80 年代即已非常兴盛,这是其他任何一个中国的英国作家研究无法比拟的。现撷取几部在本时期出版的莎学著述,做一些简要述评。

方平先生的《和莎士比亚交个朋友吧》一书收录了 17 篇关于莎剧的论文和札记,时间跨度自“文化大革命”之际至改革开放时期,显现了一个莎学者随着时代变迁而不断变化的思想轨迹。文章涉及对莎剧的思想主题、人物性格与艺术形象、舞台演出等多方面的探讨,集中关注莎士比亚的悲剧与喜剧两种戏剧体裁。在论述过程中,作者力图突破无形的论文框架,还莎士比亚喜剧艺术一方自由清新的空气。纵观全书,我们可以感受到作者由以政治概念渗透文本解读的写法,到逐渐有意识地规避从政治概念出发的评述脉络。《论夏洛克》一文作于“文化大革命”即将到来之际,就显示出明显的政治痕迹,而阐析《威尼斯商人》的《返朴归真》一文则对政治意识进行过滤,以莎剧本身为出发点,尊重剧作家的创作意图,结合具体文本还原历史语境,并探讨其作品的现实性意义。难能可贵的是,方平先生能够做到不被理论流派所绑架,拒斥断章取义式的解读而坚持以文本细读的方式透视莎士比亚。文集题目"和莎士比亚交个朋友吧"取自文集中收录的一篇同名文章,强调艺术修养对于一个国家与民族而言的重要意义。本书透过莎士比亚剧作的研究,昭显了我国自60年代以来社会政治的变迁对学术研究的影响。诚如方平先生所言,本文集所收录文章的创作过程犹如树木的年轮,从中可以窥探祖国气候的变化,这也是本书的一大价值所在。

孙家琇《论莎士比亚四大悲剧》一书,是她多年来研究莎翁四大悲剧的重要成果。作者力求以辩证唯物主义的观点来阐述各剧的思想内容与社会意义,分析矛盾冲突与人物性格,并探索各剧的改编过程与剧作结构等。作者在行文之间,介绍了西方的有关争论和看法,提供了评论背景,便于对各种论点进行分析比较。本书共收录七篇文章,以《论〈哈姆雷特〉》开篇,贯穿了《哈姆雷特》和复仇剧、哈姆雷特的典型意义、《哈姆雷特》的情节结构、哈姆雷特的艺术形象以及哈姆雷特与时代的关系等几个问题的讨论。作者从文本中透析当时的社会心理与时代精神,分析了哈姆雷特的典型意义。作为我国较早研究莎作的专家,孙家琇对哈姆雷特的人物形象给予全面分析,拒斥简单化、抽象化的理解,并从主人公对周围世界的深刻感受和憎恶的角度,深层体会哈姆雷特形象的思想内涵和人格魅力以及悲剧所包含的政治性。在对《奥赛罗》的艺术分析中,作者梳理了《奥赛罗》的特点、构思及其意义,以人物为依托分析了莎士比亚刻画悲剧人物的艺术技巧,同时概述了西方评论者的《奥赛罗》评论,在综述的基础上进行评价,体现了对已有研究成果的吸收和借鉴。关于《李尔王》的探讨中,孙家琇首先缕析了西方评论界关于《李尔王》的争论及看法,藉此阐释作者对于莎士比亚精神和艺术更新的独到见解。此外,作者还就《李尔王》的戏剧结构特点、"命题式"台词的深层含义及其悲剧氛围与情调几个问题展开论述。在关于《麦克白斯》的讨论中,作者强调其在环境塑造和氛围描绘方面的突出成就,揭示剧本于细节中显示出的人民的悲剧性。此外,对麦克白斯及其夫人以及几个正面人物进行形象分析,剖析莎士比亚的思想实质及过渡时期矛盾的复杂性。同时,作者还分析了该剧本的艺术风格,以"'不寻常'的世界"和"'不寻常'的戏剧诗"两个层面概括其艺术特色。该书内容丰富、语言朴实,论述层层相扣,体现了孙家琇作为我国早期莎学专家严谨、朴实的治学态度,值得后来者学习。

张泗洋、徐斌、张晓阳合著《莎士比亚引论》一书是国内学界全面介绍评述莎士比亚的第一本专著。本书上册侧重作品分析和研究,下册侧重各个专题的探讨和介绍。上册就莎氏时代、莎氏生平、作品版本、作品分类与分期、莎氏历史剧、喜剧、悲剧总论及这三类剧的重要剧作进行了专章论述。著者力图以中国学者的观点来介绍评述,其中不乏独见和创见;评介之中,或向上追溯,或作横向比较,广泛搜集各个时期论述莎士比亚的主要各家之言,资料丰富翔实。下册就莎氏的后期剧及其重要剧作、莎氏十四行诗、莎氏与"大学才子派"、莎氏思想、莎剧的文学与舞台艺术、莎剧演出史、莎评史、马克思与莎氏、莎作的其他艺术形式、莎作在世界与中国的翻译、演出与研究等做了专章论述。关于莎剧在中国,还辟有首届莎剧戏剧节的情况介绍一节。该论著最为显著的特点即为系统性。作者充分吸收国际莎士比亚研究的既有成果,以此为基础,彰显出中国莎学界的声音,不仅对莎士比亚及其创作做了系统论述,同时重视莎士比亚在戏剧发展史上的意义,在历史的坐标中对莎士比亚进行全面透视。全书既细致地阐析了具体文本,还对国内学界以往忽略的方面,如作品年代和版本、作品分类和创作分期等进行了梳理。更需指出的是,本书对莎士比亚的探讨既有纵向的探源、比较,也有横向的延伸,不仅缕析莎氏与"大学才子派"、马克思及文艺复兴时期的哲学思潮的关系,同时介绍了莎士比亚在世界以及在中国的接受与研究。不拘于理论批评方法的限制,以多层面、全方位的视角对莎士比亚进行透视,增强了国内读者对莎士比亚的整体感知,并对我国莎学研究逐步走向系统化作出了贡献。对于全面了解与研究莎士比亚,本书是比较理想的入门书,也是文科教学的首选参考书。

卞之琳《莎士比亚悲剧论痕》正如王佐良所言,是对其1988年出版《莎士比亚悲剧四种》译著的"注脚",展现了卞之琳先生对莎士比亚探索过程的历史留痕。文集中收录的文章创作时间跨度长,体现了自"文化大革命"至社会主义新时期的时代印记。文集共有九篇文章。前五篇是针对剧本的专论:三篇关于《哈姆雷特》,一篇论《奥赛罗》,一篇论《里亚王》。一篇谈莎士比亚戏剧创作的发展,是纵论。此外还收录了《莎士比亚悲剧四种》的译者引言、译本说明以及 1986 年中国莎士比亚戏剧节随感。作者在论述过程中采用了几个主要概念:阶级性与人民性;人文主义与人道主义,现实主义与浪漫主义。经过时代的冲刷,卞之琳先生所用的概念虽有变化,但主要论点,特别是阶级性和历史唯物主义,则显示出一致性。难能可贵的是,卞之琳在谈及对莎翁的写剧技巧、诗艺和语言的看法时,结合了自己的翻译经验。卞译莎士比亚作品的特点是"以诗译诗",翻译家在此书中分享了其翻译过程及经验,将"以诗译诗"的理念灌注其中,同时对作品中的曲折微妙之处有更深的体悟。例如,对于《哈姆雷特》,作者就着重分析了它的"艺术吸引力、艺术感动力、甚至不妨说艺术震动力",从主要人物的发展谈到情节上的呼应,透析"剧本语言的丰富多彩"。此外,卞之琳先生并非孤立地谈语言,而是结合人物性格的特征,兼及诗剧的特征来讨论,论述富有深度,充满思想的闪光点。卞之琳此书体现了作者三十多年翻译及评论莎士比亚的研究成果,其以诗人、翻译家的身份分析莎士比亚文本,其独到体悟往往为后学者所不及。

二、弥尔顿

80 年代以后,弥尔顿在中国的接受进入了一个新的历史阶段,介绍和研究的文章极多,并出现了新的研究趋向,具体表现在以下几个方面。

关于弥尔顿作品的思想倾向,涉及的文章相当多。石璞《欧洲文学史》[①]就指出,"弥尔顿早期诗歌创作,一方面承续着文艺复兴时期光辉、活跃、自由的人道主义思想,一方面接受他清教徒家庭环境所给予他的严格、肃穆的生活影响,这就形成了他思想上的二重性格。"书中引用马克思的观点,

---

① 石璞:《欧洲文学史》,四川人民出版社 1980 年版。

认为弥尔顿那部宏伟史诗《失乐园》正是借用《旧约圣经》中的词句,热情和幻想来反映英国资产阶级革命斗争的。因而决不能把他这一史诗当作单纯的宗教诗歌来看。据此,书中还批判了一些资产阶级评论家们脱离作者时代去作所谓"纯美学批评"的做法,认为只有用历史唯物主义的观点才能把社会、时代对于作家制约的诸现象弄清楚,得出合乎事实的结论。另外,书中还对有些评论家认为弥尔顿在写《复乐园》时"与时代脱节"的看法进行了有力的批驳,指出"诗人的革命激情是一贯高扬,革命立场是一贯坚定的"。于洪笙《试析作家的世界观对创作倾向的影响——从英国古典主义革命诗人弥尔顿谈起》[①] 和高嘉正《不衰的革命精神:从两首有关失明诗看弥尔顿》[②] 这两篇文章都是从诗人生平入手,结合诗作具体分析了弥尔顿作品中所体现的思想倾向,也同样强调其作品革命性的一面。由此可见,本时期论及弥尔顿作品革命思想性的文章基本继承了"文化大革命"前对他的总体评价。很明显,这种评价有其局限性,而且有的文章评论中的"左"的倾向还很明显,这表明我们对弥尔顿诗歌创作的这种主导思想还应该尽量客观深入地认识理解。

弥尔顿在人物塑造上的卓越成就是人所共知的,关于《失乐园》叛逆天使撒旦的形象一直是评论家们争论的中心。早在 19 世纪英国浪漫主义批评家笔下,就形成了一种唯撒旦论的观点,即认为弥尔顿是和撒旦一样的反叛者,撒旦是《失乐园》的真正英雄。"文化大革命"之前我国评论界也把撒旦与弥尔顿画上了"革命性"的等号,由此对《失乐园》的研究就因此带上了框框。这与阿尼克斯特《英国文学史纲》有关,因为多年来这本书是我国唯一的一部中文版的英国文学史。新时期以来,一些文章在论及《失乐园》作品中人物(撒旦)形象问题时,出现了新的看法。1984年《外国文学研究》第 1 期刊载了裘小龙的论文《论〈失乐园〉和撒旦的形象》,文章首先对以布莱克为代表的浪漫主义批评家们认为的" 弥尔顿是一个不自觉的撒旦党人"的观点加以否定,指出"这种观点至多是一种带片面性的深刻",因为

---

① 于洪笙:《试析作家的世界观对创作倾向的影响——从英国古典主义革命诗人弥尔顿谈起》,《国际政治学院学报》1984 年第 1 期。

② 高嘉正:《不衰的革命精神:从两首有关失明诗看弥尔顿》,《吉首大学学报》1984 年第 1 期。

他们与诗人所处的时期不同,其间意识思想形态起了很大的变化。据此,本文作者认为"撒旦的地位决够不上一个真正的英雄,不过他确实是个充满矛盾的形象。然而,这种矛盾仅仅是弥尔顿的创作的主观意图和客观效果之间的矛盾的反映,更是其自己身上的矛盾复杂的折射"。

　　《失乐园》作为欧洲文学史上的一座丰碑,又是一个曲径通幽的迷宫,三百多年来,各国文学评论家为探明它的内涵争论不休。其争论的焦点集中在《失乐园》的性质、主题、人物评价及人类堕落的内涵等问题上,可以分为三种派别,即"撒旦主义派"、正统派以及调和派。其中"撒旦主义派"是通行西方学术界的一个带有讽刺性的绰号,这一派评论家大都是进步的或是革命的,以雪莱、别林斯基为代表。我国以往的外国文学教材及评论文章大都采用这一派的观点。正统派批评家在西方目前的弥尔顿研究中居主导地位。他们强调史诗的宗教性质。调和派则认为前两派观点都有片面性,便试图将两派说法结合起来,而称弥尔顿是"一个不自觉的撒旦党人"。调和派的观点在我国有一定影响,如《失乐园创作思想浅析》(《外国文学研究》1983年第2期)一文就持这种观点。值得一提的是,1984年发表的梁一三《论失乐园的性质及其主题——兼述诗人的思想倾向》[①]一文对以上三种传统观点逐一加以否定,认为"《失乐园》是一部政治因素居主导地位的史诗,是一部披着宗教外衣的政治革命诗;史诗的主题包括三方面内容:歌颂革命者大义凛然、不屈不挠的精神,分析总结革命失败带来的教训及鼓舞人们的信心,指出未来历史前进的方向"。此外,关于弥尔顿对宗教抱何种态度这一问题,文章也进行了阐述,认为"弥尔顿宗教思想的最大特征是其非正统性"。最后,文章结尾处在充分肯定弥尔顿革命政治诗人的地位的同时,没有忽视其思想局限,并具体阐述了这些思想局限所造成的许多矛盾。

　　弥尔顿除写了众多诗歌之外,还于革命期间写了不少政论文。杨周翰先生在《十七世纪英国文学》[②]一书中讨论了《弥尔顿的教育观与演说术》。

---

　　① 　梁一三:《论失乐园的性质及其主题——兼述诗人的思想倾向》,《外国文学研究》1984年第4期。

　　② 　杨周翰:《十七世纪英国文学》,北京大学出版社1985年版。

而专门研讨弥尔顿政论文的文章则是陈革的《弥尔顿的政论文》①。文章指出，"这些政论文记载了英国宗教改革、资产阶级革命及其它重大历史事件，也表现了诗人弥尔顿的思想政治观点，这对我们研究诗人的后期三部史诗是很有帮助的。"接着文章具体从教育学风问题、社会婚姻问题、宗教信仰问题等诸方面逐一向我们评介了弥尔顿这时期的一些政论文。同时还特别指出，"在他所有的政论文中，最能说明他的思想，最能体现他的斗争精神，最富有理性与战斗性的是关于处决查理一世的三篇政论文：《论国王与官吏的职责》、《为英国人民声辩》、《再为英国人民声辩》"。

在翻译介绍弥尔顿的作品方面，本时期有不少成绩。1984 年上海译文出版社出版了朱维之翻译的《失乐园》《复乐园》《力士参孙》三部巨著。弥尔顿的一些十四行诗也有译介。1981 年出版的《外国诗歌选》选录了由殷宝书翻译的三首十四行诗《哀失明》《梦亡妻》《西克里·斯金纳》；1983 年10 月上海译文出版社出版的《译文丛刊·在大海边》收录了由屠岸译介的《致劳伦斯先生》《我的失明》及《最近的沛蒙推大屠杀》；1985 年山东人民出版社刊行的《外国情诗选》收录了方平译的《夏娃的爱情》（《失乐园》选段）、唐缇的《夜莺》及殷宝书的《梦亡妻》；1988 年《外国名诗三百首》选了朱维之译的《五月晨歌》《关于他的失明》《关于他的亡妻》。同年，《世界名诗鉴赏辞典》选录了飞白译的《我仿佛看见》（悼亡诗）。这些译作为我国读者了解欣赏和接受弥尔顿提供了一个窗口。

另外，梁一三所著《弥尔顿和他的失乐园》作为"世界知识丛书"之一种，1987 年由北京出版社出版。作者采用了传记研究与文本研究相结合的整体批评思路，如在论及 17 世纪 40 年代，弥尔顿关于出版自由及弑君辩护此二重大事件时，结合了弥尔顿的多部批评小册子，把弥尔顿的诗歌作品与其时论文章结合对照，值得肯定。全书的侧重点集中在对《失乐园》及《复乐园》的思想和艺术主题的评析这一章。作者分别从《失乐园》的主题、结构及诗人的思想和艺术成就几个方面切入分析，尤其对诗作的艺术成就分析中不乏卓见，加之附录部分的年谱及大事纪年等资料，此书对其后的弥尔顿研究多有启发之处。

---

① 陈革：《弥尔顿的政论文》，《松辽学刊》1987 年第 3 期。

三、18 世纪英国文学

1984 年 8 月,萧乾《菲尔丁——英国现实主义小说奠基人》由上海译文出版社出版。这是一部全面介绍英国批判现实主义作家菲尔丁生平经历和创作道路及艺术特色的专著,对学术研究具有很重要的参考价值。

苏维洲在《"我要烦扰世人"——谈谈斯威夫特的〈格列佛游记〉》[①] 一文中,从"劝世"的角度出发对《格列佛游记》进行解读,通过介绍斯威夫特体现出的"万物链"(the chain of Being)的宗教观,解析格列佛"自大"、"自负"的性格特征背后蕴含的精神实质,由此剖析斯威夫特的反唯理主义观点,并立足于历史语境,对斯威夫特与唯理主义作出了较为公允的评价。作者反对一些评论家对作品第四卷的忽视或误读,将作品四卷看作一个有机整体加以考察,并在分析中指出斯威夫特所表达的憎恨背后蕴藏的巨大而真挚的爱。王建开的文章《〈商弟传〉:十八世纪的"现代派"》[②] 对劳伦斯·斯特恩的《商弟传》赋予了较高的评价,称其"简直开'现代派'之先河"。作者在缕析 18 世纪英国小说逐渐囿于单一的形式与陷入"受欢迎的娱乐形式、劣质的艺术形式"的窘境之后,从新颖的书名、随意与混杂的叙述、奇特的情节与人物几个角度介入分析,指出《商弟传》对既定小说模式的挑战与突破。在论述过程中,作者发掘《商弟传》产生"不协调"的原因及其用意,条理清晰且逐层深入地对《商弟传》的特色加以分析,例如在剖解作品的叙述结构时,指出其注重对象为人物跳跃不定的观察印象,到关注叙述的随意性与时间观念的联系,再到"偏离叙述"的特色,并与菲尔丁的偏离叙述特点两相比较,突出《商弟传》在叙述上对流行小说定式的偏离,是为本文的亮点所在。

另外,韩敏中在《德莱顿和英国古典主义》[③] 中介绍了德莱顿的文学批评主张,认为德莱顿是古典主义的代表人物,并从英国社会历史背景、德莱顿

---

① 苏维洲:《"我要烦扰世人"——谈谈斯威夫特的〈格列佛游记〉》,《外国文学研究》1984 年第 1 期。

② 王建开:《〈商弟传〉:十八世纪的"现代派"》,《外国文学研究》1989 年第 3 期。

③ 韩敏中:《德莱顿和英国古典主义》,《国外文学》1987 年第 2 期。

的创作实践等方面,结合《悲剧批评的基础》《论剧体诗》两部具体作品作为论述依据。同时,在与其他理论家进行比较分析之中,廓清了德莱顿古典主义思想的独特之处。

四、英国浪漫诗人

80年代后,威廉·布莱克在中国的接受进入了一个新的历史阶段。人们更着重从艺术性的角度去展现布莱克诗作的独特魅力,并创造地运用多种现代批评方法,深刻剖析其诗歌中丰富的哲理内涵,特别是对其后期作品中的非理性因素以及神话体系的文化意蕴做了探讨,从而促进我们去关注和理解布莱克思想的复杂性、深刻性和超越性。

在这一时期,首先值得注意的是王佐良写的一篇长文《英国浪漫主义诗人的兴起》。作者着重细读原作,在论述时尽量从作品本身内容出发,努力将作品内容和艺术手法结合起来分析,并指出艺术手法不但不能不研究,而且研究了更可理解内容。这种对作品艺术形式的自觉重视,能让我们更清晰具体把握外国作家作品。文中论及布莱克时把他称为整部英国诗史上的第一流大诗人,认为20世纪西方的文学研究的重要成果之一,正是对于他的重新发现和阐释。作者还特别分析了布莱克诗中不同属性的形象与形象的连接迭嵌的"现代"手法,指出这正表现了布莱克想象力的飞腾。在总结布莱克创作进程时,王佐良指出,布莱克创作的中心思想仍是对法国革命的双重反映。一方面,他歌颂革命在摧毁旧制度时所表现出来的猛烈力量,把革命志士当作天国派来的使者加以欢迎;另一方面,他对于替这场革命铺平道路的以伏尔泰为代表的崇理性、重智慧的哲学思想却又深为厌恶,因此在诗中又特别强调本能、感情和想象力的重要性。最后文章对布莱克的评价也非常中肯:"无论就内容上的尖锐性和表现上的有力与美丽来说,他的短诗都是前无古人的,而他的长诗,连形式都是一种独创,其深刻的内容是在今后若干年内都会有人去发掘的。毫无疑问,布莱克是全部英语史上最重要的诗人之一。"①

---

① 王佐良:《英国浪漫主义诗歌的兴起》,《外国文学研究集刊》(第2辑),中国社会科学出版社1980年版。

　　王佐良这篇长文中对布莱克的切合实际的评价，为新时期的布莱克研究做了良好的铺垫。从 80 年代初期到中期的几篇文章，如牛庸懋的《略谈布莱克的两首诗》、冯国忠的《从〈天真之歌〉到〈经验之歌〉》、蔡汉敖的《介绍一位自学成才的诗人威廉·布莱克》等，① 对布莱克及其作品的评价多承续以往的学术观点，也为我国读者在时隔二十多年后再接受布莱克起了一种桥梁作用。而杨苡翻译的《天真与经验之歌》于 1988 年由湖南人民出版社出版，这也为我国了解与研究布莱克提供了帮助。

　　1988 年《读书》杂志刊载张德明的文章《魔鬼的智慧——谈"在地狱里采风"的布莱克》，可以说也是中国深入理解与接受布莱克的第三阶段到来的重要标志。文中指出布莱克的主要兴趣是想凭借一系列他自称为"先知书"的散文诗和长诗，把"宗教神秘主义、社会批评、感官的强度和哲学的思辨奇妙地熔于一炉"。他的一部预言式的奇书《天堂与地狱的婚姻》是其思想的"真正诞生地和秘密"，它为诗人构建神秘的象征主义体系奠定了思想基础。这部散文诗集的基本思想命脉就是从善恶观入手展开对传统的以理性为基础的价值观的批判。在他看来，衡量善恶唯一的标准是行动，有为即善，无为即恶。而这一基本思想在诗人创作的以《先知书》为总题的系列预言式长诗中，用象征符号的形式表达出来了。诗人在这些长诗中用象征的符号体系来阐释当代历史事件，努力找到其中隐含的个性结构，揭示出人类的命运前途。在《伐拉，或四天神》中，诗人则企图建立一个体系更完整的神话模式，对人类历史和个体心理史作一个更系统的描述。②

　　布莱克诗歌之所以难以理解，还有一个原因是诗中有浓厚的非理性因素，从这一点看来，布莱克的诗歌精神不自觉地预言了现代主义的诞生。张炽恒的文章《布莱克——现代主义的预言者》对这一问题做了很好的阐述。文中指出，现代主义诗人叶芝、艾略特以及黑色幽默小说家冯尼古特均受到过布莱克的深刻影响。他诗中的"非理性"虽然与现代主义主张的非理性不同，但其本质都是对以前的宗教、哲学和艺术的传统的背叛。《天真与经验

---

　　①　牛庸懋文载《河南师大学报》1982 年第 5 期；冯国忠文载《读书》1984 年第 5 期；蔡汉敖文载《山西师大学报》1986 年第 4 期。

　　②　张德明：《魔鬼的智慧——谈"在地狱中采风"的布莱克》，《读书》1988 年第 4 期。

之歌》就是布莱克显示出"非理性"特征和运用象征手法的代表作。《先知书》中的系列作品也有明显的非理性因素和异化现象。《四天神》中的一些诗行运用通感手法也颇合意象派追求追求直接性的原则。因而,"他为自己狂放不羁的天性所驱,为自己的非理性的宗教哲学观所驱,真诚地沉浸在自己的'神秘'的用象征的手法创造的天地里。正是这种非理性和真诚,使他的思维、情感经常陷入混乱之中;也正是这种非理性的真诚,使全体现代派诗人,在他那儿获得了启示和灵感。……他的创作实践,以其超越时代的精神,预言了现代主义的诞生。"①

关于20世纪80年代的华兹华斯研究,也取得诸多成绩。1978年11月全国外国文学研究工作规划会议在广州召开,会上杨周翰先生的发言标志着"文化大革命"结束后我国外国文学研究已开始进行实事求是的拨乱反正工作。杨先生的发言还特别提到了华兹华斯,认为对他要予以一分为二的评价。② 在具体研究实践方面,我们不能忘记两位学术界前辈王佐良先生和赵瑞蕻先生的文章。王佐良先生的长文《英国浪漫主义诗歌的兴起》③ 对华兹华斯的诗歌艺术成就做了细致深刻的高度评价,直到今天仍是一篇极有分量的著述。文中把华兹华斯称为英国诗史上的第一流大诗人,并在对其诗歌名篇的艺术分析中,让我们接受了一个活生生的华兹华斯形象。1981年赵瑞蕻先生的文章《读华兹华斯名作花鸟诗各一首》④,也是"文化大革命"结束不久后,在学术界、文艺界批判极"左"思潮和文化专制主义的过程中,较早重新评价华兹华斯的一次尝试。赵先生文中还特别把华氏关于自然的诗篇与我国古典诗歌,如李商隐和王维的诗句做了比较,探索异同,总结规律。用比较文学的观点和方法研究华兹华斯,赵先生此文可以说是开风气之先。

然而,以上两位学界前辈对华氏的高度评价,并没有及时得到其他研究者的积极响应,其中的原因是多方面的,而一个重要因素就是,在华氏诗作尚

---

① 张炽恒:《布莱克——现代主义的预言者》,《外国文学评论》1989年第4期。

② 杨周翰:《关于提高外国文学史编写质量的几个问题》,载《外国文学研究集刊》(第2辑),中国社会科学出版社1980年版。

③ 王佐良:《英国浪漫主义诗歌的兴起》,《外国文学研究集刊》(第2辑),中国社会科学出版社1980年版。

④ 赵瑞蕻:《读华兹华斯名作花鸟诗各一首》,《南京大学学报》1981年第4期。

未大量译介的情况下,一般研究者和读者对华氏的认识仍基本受当时我国出版的外国文学教材和教参内容所限。这些教材教参都把华兹华斯看作一个消极浪漫主义诗人,并成为那些积极浪漫主义诗人斗争的对象,因为他"用自己的诗作把读者引向神秘的世界,鼓吹宿命论,脱离实际,逃避斗争"[①]。这种在当时几乎成了定论的评价无疑左右了 80 年代初期一些研究者的观念。比如,曹国臣的文章《略论华兹华斯》(《外国文学研究》1982 年第 1 期)和王森龙的文章《谈谈华兹华斯及其〈抒情歌谣集〉序言》(《上海师院学报》1983 年第 2 期)虽未像以往那样全盘否定华兹华斯,但其基本观点仍是传统的、保守的,仍按积极和消极之分,并以现实主义与社会斗争为准绳,甚至批评王佐良先生对华兹华斯诗艺的正确看法。

不过,1984 年刘彪的论文《华兹华斯简论》(《徐州师院学报》1984 年第 1 期)则开始对华兹华斯做比较客观、切合实际的介绍。首先文中没有再给华氏戴上一顶"消极"的帽子,也没有那种任意贬低华氏的武断评价,而是通过其思想发展过程及当时历史社会状况做了比较合乎实际的分析评价,进而指出华氏作为英国浪漫主义诗歌开创者和 19 世纪杰出诗人之一当之无愧。同一年在《外国文学研究》杂志第四期上发表了林晨的论文《华兹华斯与〈抒情歌谣集〉》以及茅于美的文章《英国桂冠诗人》也对华兹华斯及其诗歌理论、创作实践做了客观正确地评价。这一时期的评论文章还有:王忠祥的《谈谈湖畔派诗人》(《中文自修》1985 年第 7 期)、汪剑鸣的《谈谈关于华兹华斯的评价问题》(《吉首大学学报》1983 年第 1 期)、王捷的《英国"湖畔派"诗人和华兹华斯》(《运城师专学报》1985 年第 1 期)、傅修延的《关于华兹华斯几种评价的思考》(《上饶师专学报》1985 年第 2 期)、刘庆璋的《评华兹华斯的诗歌理论》(《西北师院学报》1985 年第 2 期)等文章都不同程度上对澄清以往学术界在华氏评价过程中的"左"的倾向、机械唯物主义态度,让我们重新理解欣赏华氏诗论和创作,做了不少正本清源的努力。

在华氏诗作翻译方面,80 年代出版的各种外国抒情诗选集中都收入了华氏的不少优美诗篇,比较集中的是两本诗集。一是顾子欣翻译的《英国湖

---

① 《欧洲近代文学思潮简编》,安徽人民出版社 1980 年版,第 137 页。

畔三诗人选集》（湖南人民出版社 1986 年版），其中译了华氏诗作 75 篇，王佐良先生的序言更对华氏诗歌艺术成就做了很高评价；一是黄杲炘翻译的《华兹华斯抒情诗选》（上海译文出版社 1986 年版），收入译诗 140 首，译者的前言同样高度评价了华兹华斯的艺术成就。

对 80 年代的济慈研究而言，学界的推进也是有目共睹的，并集中在以下几个方面：

其一，对济慈美学历程的探讨。1982 年 10 月，傅修延发表《济慈美学思想初探》一文，粗疏地勾勒出济慈美学思想的发展轮廓，认为济慈只是一位浪漫主义诗人，不是"梦想家"，也不是唯美主义者。1987 年王佐良在《读书》上发表《华兹华斯·济慈·哈代》一文，作者也不赞成将济慈看作是"唯美"或是"颓废"，其实他追求的"美"，并不是表面的东西，也不是感官享受，而是有深刻含义的。用济慈自己的话说就是"美就是真，真就是美"，而所谓"真"又是人的"想象力所捕捉的美"。

其二，关于济慈的诗论。济慈不仅在诗歌创作上具有显著的成就，他也有许多精辟的诗论观点，更多地见之于他的书信里。1819 年 9 月 20 日济慈致其弟乔治夫妇的信中说："你谈到拜伦勋爵同我，其实我们两人大为不同，他描写他所看到的，——我描写我所想象的，我所做的是最难做的事，现在你该知道我们之间的大不同了"，在此济慈提出了诗歌创作过程中的想象力概念，并且济慈后来还发展了这个理论，"走到把想象力与真实等同起来的地步"（〈英国浪漫主义诗歌史〉），所以说："他的书信里蕴藏着对人生和文学的丰富见解，其中关于诗艺的见解，属于英国最富于启发性的文论之列。"①

在济慈诗论主张中，主要内容就是"消极感受力"问题，我国学术界对其诗论研究评价的焦点也就是如何理解这种"消极感受力"。按照济慈的观点，诗必须超越现实的利害计较和现实保持一定的距离，才能进入"美"的"永恒世界"。那么怎样才能做到这一点？济慈提出了"Negative Capacity"，王佐良先生将之译为消极感受力。Negative 是指诗人面对事物的态度，赵亚麟认为"大概有两层含义：一是'被动'的意思，就是要诗人将心掏空，二是

---

① 王佐良：《英国文学论文集》，外国文学出版社 1980 年版，第 56—130 页。

'忘我'的意思,即以被动的心态出现,安于一种含糊的,不确定的神秘境界,把自性隐藏起来,在中国人眼里这是诗的最高境界,从这里我们也可以看出济慈与中国传统诗论在精神上已经达到了何等的默契。"①1982 年刘启真在《济慈诗论概说》一文中认为济慈的诗人无"自我"无"本性"的主张与浪漫主义诗人强调表现"自我"表现"个性"是相对立的,但从这一主张的思想基础来说,作为具有进步思想的诗人,济慈之所以有这样的主张,是企想以创造性的想象在现实生活中寻求和享受美,寄托自己对未来美好世界的愿望和理想,并以此表示对当时庸俗丑恶社会现实的不满和抗议。

其三,关于济慈的作品分析。《教学与研究〈常德师专〉增刊（外国文学专刊）》总第 9 期上发表了万正方《从济慈的〈夜莺颂〉谈起》,这是新时期以来发表的第一篇分析济慈诗作的论文。其后《外国文学研究》1980年第 2 期发表赵瑞蕻《试说济慈三首十四行诗》。文中提到《蝈蝈与蛐蛐》《十四行诗——为憎恶流行的迷信而作》《有多少诗人把流逝的岁月镀上金》等三首诗的第一感觉,并把它们与《文心雕龙·物色篇》及自己对于人类漫长的诗歌传统的见识联系起来,也分析了三首诗歌的格律。同年,鲍屡平发表《济慈叙事诗〈伊莎贝拉〉的分析研究》,主要就作品内容与风格两方面谈了自己的感想。另外,如朱炯强《追求理想美的光辉诗篇:读〈夜莺颂〉和〈希腊古瓮颂〉》②一文中比较了两诗,形式基本相同,艺术效果耐人寻味,有异曲同工之妙,但两首诗的象征体一动一静,迥然不同,夜莺的魅力在与它婉转啼鸣的声音,而作为古代文明象征的古瓮,他的魅力则在于其静寂、肃穆的形体,出土的古瓮却只露其形,无声无息,一个是不见其形的声音,另一个是没有声音的形体,都激起了诗人非凡的想象力,通过巧妙的艺术构思,都成了诗人追求理想美的亘古绝唱。

《郑州大学学报》1983 年第 4 期发表竟鸣的《论济慈的抒情诗》,作者认为对丑的鞭挞和对美的追求构成了济慈抒情诗的基调,其最大的特点是强烈的可感性,另一个特点是意境的新奇性,作者在文中还指出济慈的抒情诗

---

① 赵亚麟:《诗化人生和美的结晶——济慈与他的〈秋颂〉》,《贵州大学学报》1997年第 1 期。
② 朱炯强:《追求理想美的光辉诗篇:读〈夜莺颂〉和〈希腊古瓮颂〉》,《名作欣赏》1985 年第 6 期。

具有的明朗乐观的风格与华兹华斯一样,对社会不满,在大自然中得到精神上的寄托和慰藉,但他笔下的自然却布满了绿叶和鲜花孕育着理想和希望,可使读者得到感官上的满足和心灵上的振奋,这正是济慈抒情诗乐观欢快的风格力量之所在。

其四,关于比较分析的文章主要表现在两个方面:(1)将济慈与其同时代的诗人进行比较,如《安庆师院学报》1985年第1期发表方达《英国三位浪漫主义年青诗人之比较》,认为济慈的诗歌不像拜伦与雪莱的诗那样尖锐,那样多方面地反映现实,更没有提出改造现实的问题,他没有把诗作为政治斗争的工具,并且有唯美主义的倾向,因而不能算是一位积极浪漫主义者,但是他又与“湖畔派”诗人不同,既不像华兹华斯那样怀念和向往昔日的封建社会,也不像柯勒律治那样热衷于神秘主义的缥缈的境界,因而不能把济慈看成是一个消极浪漫主义者,他特别强调“美”,热爱生活,在逆境中仍然保持坚毅乐观的精神,且在后期能接近于现实主义。接近了人民,如果活得长久一些,他很可能发展成为一为积极浪漫主义诗人。(2)将济慈与中国现代作家进行比较,如1984年魏嵩年《闻一多与济慈“想象美”的诗论比较》一文,认为闻一多在“美真”的理论上深受济慈影响,闻一多“以美为艺术之核心”的主张是直接受到济慈“美即是真”的艺术思想的影响,闻一多还接受了济慈“消极感受力”“想象美”的理论,又加以发挥和改造。但由于“消极感受力”“被动接受”理论影响,闻一多才表现出政治思想和诗歌创作原则问题上的自我矛盾。

五、19 世纪英国小说家

关于简·奥斯丁作品研究的文章不多,其中潘维新在《奥斯丁作品中的妇女群像》[①]一文中,将奥斯丁的六部小说看作是颇具特色的妇女文学,从解析女性形象的角度出发描摹奥斯丁作品中的妇女群像。以对待婚姻的不同态度为探讨对象,作者分析了重人品、纵情欲及仅以财产状况为依据的三种

---

① 潘维新:《奥斯丁作品中的妇女群像》,《西南师范大学学报》1989 年第 4 期。

女性类型,同时指出她们对精神、性感和物质的追求并非界限分明,而是相互融合或交替。以人品和气质为讨论中心,作者揭示了奥斯丁女性形象的强弱辩证关系,以及金钱、地位并不能代表人的真正价值的主题。从性格特征和心理追求出发,在分析了愚者和智者性格的深层结构后,进一步论证性格特征对心理追求的直接显现。通过对上述三个方面的分析,并以大量女性形象佐证,作者对奥斯丁作品中的妇女形象做出了大致的分类,启发我们对关于妇女的社会问题进行思考。

勃朗特姐妹研究在本时期形成一个热点。其中,为纪念夏洛蒂·勃朗特和艾米丽·勃朗特的《简·爱》和《呼啸山庄》问世 140 周年,中国社会科学院外国文学研究所、上海作家协会外国文学组、上海译文出版社、上海师大文学研究所四个单位于 1987 年 11 月 9—13 日在上海联合召开首届"《简·爱》《呼啸山庄》学术讨论会"。本次学术讨论会的主要特点包括:女代表占很大比重,青年代表发言踊跃,研究方法和角度新颖、多样,讨论气氛热烈、内容丰富。针对《简·爱》的讨论中,会议主要集中在如何看待简·爱的出走、如何评价罗切斯特、如何看待作品结局等几个方面;关于《呼啸山庄》的研讨,主要围绕小说主人公、作品主题以及如何看待希刺克厉夫的复仇几个方面展开。代表们采用多种研究方法与视角介入讨论,体现了治学思路上传统与现代方法的碰撞与结合,促进了学界关于勃朗特姐妹作品的深入思考。

还有一些论文侧重夏洛蒂的婚恋观,主要是从女性意识觉醒和对男女平等地位追求的角度出发,其中不少是采用女性批判的研究方法。杨静远《夏洛蒂·勃朗特小说中的爱情主题》(《文学评论》1980 年第 5 期)认为幸福的婚姻中,妻子不仅是丈夫生活上的伴侣也是事业上的伴侣。她思考了妇女的出路只能通过劳动获得自己经济地位进而获得精神的解放。朱虹《〈简·爱〉与妇女意识》[①]一文中把夏洛蒂的妇女意识分为三种:简·爱一生对四个男人给她不同方式压迫的反抗;和"家庭天使"模式的对立,塑造出女性强者的形象;描绘女性大胆流露自己的真实感情。

---

① 朱虹:《〈简·爱〉与妇女意识》,《河南大学学报》1987 年第 5 期。

另外,方平《爱和恨,都是生命在燃烧——试论〈呼啸山庄〉中的希克厉》① 一文,以解读《呼啸山庄》中的"斯芬克斯"希刺克厉夫这一人物形象为旨归。文章首先指出希刺克厉夫不可能被纳入道德体系,而存在于勃朗特突破了严肃文学的表现范围所创造的超出是非善恶的非道德、非理性世界之中,应以动态的观点看待希刺克厉夫变化中的形象。作者以感情领域的两极,即爱和恨作为审视的视角,以此立足来解析希刺克厉夫复杂的性格。方平始终关注人物性格、形象及所负载意义的转化与流动,并从作品主题思想、寓意化写作手法及叙述复调性几个角度出发,分析道德世界与非道德世界的紧张对立,同时结合作品结尾时复调的消失来窥探勃朗特对人生的信仰和人性的认识。该文跳出了在日常伦理中将希刺克厉夫的人格价值进行归位的研究套路,否定理性、道德及阶级等思考角度,剖析人物性格及价值的双重性。文章对希刺克厉夫人物的见解精辟独到,对《呼啸山庄》的深入研究颇具参考价值。于为民《爱和生的长歌——评〈呼啸山庄〉》② 则以赏析文本的方式表达了《呼啸山庄》是一曲爱情和人生价值哀歌这一观点,说明作品抒发了作者对生活与爱情执着的追求和理想。通过对凯瑟琳、希刺克厉夫性格及经历的分析,作者首先论证其"希、凯悲剧是屈从于'被恶势力操纵的旧时代'牺牲爱情和人生价值的结果"的看法,并通过缕析下一代人的命运表达爱与人性的胜利。作者将勃朗特置于19世纪三四十年代的社会背景中,从批判社会不合理的角度看待作品,认为弥漫全篇的感伤主义情调和绝望情绪是作品的局限之处,而作品中表达的对人生价值的肯定、对生活的热爱和理想才是作品永恒价值之所在。

本时期在对19世纪英国小说家的研究中,狄更斯研究无疑最为突出。"文化大革命"以后,伴随着文学界批判"四人帮"歪曲资产阶级古典文学,还历史以本来面目的行动,学术界对作为批判现实主义杰出代表的狄更斯的介绍与研究也出现新的高潮。1978 年《外国文学研究》创刊号发表了王忠祥的文章《论狄更斯的〈双城记〉》,其基本观念批驳了"文化大革命"中

---

① 方平:《爱和恨,都是生命在燃烧——试论〈呼啸山庄〉中的希克厉》,《外国文学研究》1989 年第 2 期。

② 于为民:《爱和生的长歌——评〈呼啸山庄〉》,《郑州大学学报》1989 年第 6 期。

对狄更斯等批判现实主义作家的歪曲,而回归了"文化大革命"以前我国学术界对狄更斯的基本评价。指出狄更斯作为一个资产阶级人道主义者,由于阶级和时代的局限,根本没有认识到下层人民对剥削阶级统治者的愤恨与报复是不可避免的,革命中的流血与残酷性也是不可避免的,只有通过人民暴力革命,才能解放人民自己。《双城记》实际上提供的关于阶级斗争的图画与尖锐的社会问题,比起它的主观唯心主义说教要重要得多,这是作者民主思想和现实主义积极作用的结果。① 赵萝蕤发表在《读书》1979年第2期上的《批判的现实主义杰出作家狄更斯》一文,也基本承续了"文化大革命"前对狄更斯的总体评价,并为新时期以后比较长的一段时期内我国学术界评论狄更斯奠定了基调。文章认为"批判的"和"现实主义的"两个艺术特点构成其作品的精华,有巨大的感染力和认识价值,但由于阶级局限性,所以推动现实主义创作方法的主要动力只能是追求个人幸福的人道主义和改良主义,而不可能是彻底的革命。因而小资产阶级的人道主义思想,既是作者的力量,也是他的弱点。②

进入80年代,介绍和研究狄更斯的文章极多,并出现新的研究趋向,具体表现在以下几个方面。 关于狄更斯作品中的人道主义思想,涉及的有关评论文章相当多。比如周中兴的文章认为狄更斯作为"穷人的诗人",其人道主义思想表现在同情受压迫剥削的下层人民和抨击批判资产阶级社会弊病,但这种人道主义思想具有民主性和保守性的两重性特点。③ 易漱泉的文章也指出,狄更斯的人道主义是建立在唯心主义的人性论基础之上的,他看到了人压迫人的不合理现象,看到了社会的矛盾,但又害怕暴力革命,于是主观主义地幻想用基督教的人类之爱和容忍妥协来解决阶级矛盾。他的人道主义思想的消极方面损害了他的作品,削弱了他的创作的现实主义力量。④由此可见,这时期谈及作品人道主义思想的文章都论及其两重性,而又特别指出了其消极意义。当然,对狄更斯作品人道主义思想的这种评价也有其局

---

① 王忠祥:《论狄更斯的〈双城记〉》,《外国文学研究》1978年创刊号。
② 赵萝蕤:《批判的现实主义杰出作家狄更斯》,《读书》1979年第2期。
③ 周中兴:《浅谈狄更斯作品中的人道主义思想》,《徐州师院学报》1983年第2期。
④ 易漱泉:《从〈双城记〉看狄更斯的人道主义思想》,《湖南师大学报》1985年第2期。

限性,而且有的文章评论中的"左"的倾向还很明显,这表明我们对狄更斯小说创作中的这种主导思想还应该尽量客观而深入地认识理解。

狄更斯在人物塑造上的卓越成就是人所共知的。这一时期就出现一些文章专门论及他作品中的人物形象问题。如任明耀探讨了狄更斯作品中别具一格的"怪人画像",并从性格方面将他们分为怪而不傻、怪而善良、怪而恶毒、怪而仁爱、怪而可怜等五种类型①;郭珊宝则认为狄更斯人道主义的一个突出特征,即注意塑造儿童形象,关心儿童命运,其作品真切地描写了他们在精神与肉体双重折磨下的孤独心情以及聊以自慰的梦的自由王国②。其他还有文章谈及了狄更斯笔下的劳动人民形象、女性形象和扁平人物形象等问题。

关于狄更斯作品艺术特色方面的内容得到重视,这方面的文章也很多。如潘耀泉的文章首先比较早的对此做了总体论述。③ 李肇星则以《游美札记》为例,阐述了狄更斯描写景物的几个特点。④ 以往的评论家对狄更斯的夸张手法颇有微词,认为这种漫画式描写倾向破坏了小说的真实性。郭珊宝在文章中则认为,狄更斯擅长的这种童心式的夸张,不仅使人有对 19 世纪伦敦惨不忍睹现状的切肤之痛,而且还从外部世界的夸张变形中打开了他那些不擅长自我描绘的人物的内心,使人能够接近、理解他们的心态。这种夸张是导致狄更斯笔下的形象充满生机、富有活力和人性深度的重要手段。⑤ 王力的文章更从狄更斯对欧洲传统小说叙述方式的创新角度,并与中国古典小说比较,指出了狄更斯小说叙述者的特点。文章还从美学角度对狄更斯小说视点做了详尽分析,并从狄更斯小说视点处理的得与失之中,总结出了一系列艺术美学原则的要求,很有启发意义。⑥

更值得我们加以注意的是,这时期评价狄更斯的作品,有些文章突破了传统定论,展示了更符合狄更斯小说创作实际情况的新的认识。比如,《圣

---

① 任明耀:《狄更斯作品中的"怪人"形象》,《外国文学研究》1981 年第 4 期。
② 郭珊宝:《狄更斯的儿童形象初探》,《外国文学研究》1982 年第 1 期。
③ 潘耀泉:《狄更斯创作的艺术特色》,《外国文学研究》1980 年第 2 期。
④ 李肇星:《狄更斯描写景物的几个特点——读〈游美札记〉》,《外国文学研究》1982 年第 1 期。
⑤ 郭珊宝:《狄更斯小说的夸张》,《外国文学研究》1987 年第 4 期。
⑥ 王力:《狄更斯小说的视点与小说叙述观念的衍化》,《天津社会科学》1986 年第 3 期。

诞欢歌》作为一部充满人道主义思想的优秀作品，以往大多数评论都认为它提倡的是调和阶级矛盾的思想，而受到一致的批评否定。这种沿袭"阶级论"的过于简单的评论，到 80 年代初期受到挑战。郭珊宝在其文章中就认为这部作品更重要的价值在于对人的性格的两重性的探索，是对人怎样丧失人性和怎样复归人性的探索。透过作品仿佛神秘荒诞的幻想的表现形式，可见作家多么严肃地正视生活现实和着重研究人的性格特征的两重性的艺术精神。狄更斯的深刻之处在于看到了资本主义社会的罪恶不仅在于阶级压迫与造成贫富对立，更在于摧残人性、摧残一切人的人性，而一切人性的沦丧，正是资本主义制度的主要弊端和更深重的创伤。一切人性的复归正是社会急需解决的主要问题。作为一个人道主义作家，狄更斯的同情不仅倾注在受苦受难的劳动人民身上，而且倾注于一切被迫丧失人性的人身上。①

　　与《圣诞欢歌》在以往得到的普遍否定性批评相比，狄更斯的另一部作品《游美札记》获得的则是一致的肯定性评论。人们只看到狄更斯在作品中对美国社会生活和制度各方面，特别是奴隶制的暴露批评的一面，而这与作品本身叙述的实际情况也有较大出入。张玲在为《游美札记》中译本所写的序言中就明确指出，狄更斯在作品中对美国一般社会生活各方面的报道瑕瑜皆录，褒贬并存，做到了真实客观。狄更斯访美时值资本主义发展初期，显得朝气蓬勃、蒸蒸日上，狄更斯笔下对当时美国社会某些进步方面所做的肯定，符合历史真实。而以往有些评论家只根据本人研究这部作品当时的国际形势和国际关系需要，对书中所反映的狄更斯的对美国的看法加以不确切的诠释，诸如把狄更斯对美国某些监狱管理制度的批评夸大为反映"监狱制度的惨无人道"，把狄更斯对于当时美国国民性和社会风尚以及日常生活的一般介绍或略试品评解释为强烈的贬斥和指责，也有的又由于肯定和赞美当时美国社会的某些长处和优点，而不分青红皂白地认为这是狄更斯思想局限性的表现，等等。② 张玲的这些看法对我们重新客观评价狄更斯作品应该是有启发意义的。

---

　　①　郭珊宝：《圣诞节的史克罗奇的两重性——读狄更斯〈圣诞欢歌〉札记》，《求是学刊》1982 年第 5 期。

　　②　张玲：《游美札记》序言，见张谷若译《游美札记》，上海译文出版社 1982 年版。

朱虹在 1982 年到 1984 年的《名作欣赏》杂志上发表了有关狄更斯小说的一组赏析文章,涉及狄更斯的绝大多数作品,具体介绍了每一部作品的情节故事及其突出特点,其中不乏精彩的评价。这些文章后来汇集出版了单行本《狄更斯小说欣赏》(山西人民出版社 1985 年版)。《名作欣赏》杂志还从 1984 年第 4 期起连载了朱延生翻译的莫洛亚所著《狄更斯评传》一书的内容,这些内容也汇以单行本由山西人民出版社于 1984 年 11 月出版。另外本时期出版的有关狄更斯的著述还有:罗经国所编《狄更斯评论集》(上海译文出版社 1981 年版)、张玲所著《英国伟大的小说家——狄更斯》(北京出版社 1983 年版)、伊瓦肖娃的《狄更斯评传》(广东人民出版社 1983 年版)、赫·皮尔逊的《狄更斯传》(浙江文艺出版社 1985 年版)等。这些著作大大促进了狄更斯及其作品在中国的广泛普及和深入研究的进程,为狄更斯在中国的接受创造了良好的条件。

本时期随着文学艺术领域的指导思想得到进一步解放,我国的乔治·艾略特研究开始复苏,集中翻译出版了其多部作品,出现了一些评论文章。如赵印翻译《失金记》(1981)、曹庸译《织工马南》(1982)、张玲译《牧师情史》(1983)、周定之译《亚当·贝德》(1984)、王兴杨译《织工马南》(1986)、项星耀译《米德尔马契》(1987)、张毕来译《亚当·比德》(1987)、王乐央译《情与仇》(1988)等小说译本相继出现。这些译本在 80 年代的集中出现为乔治·艾略特小说在国内的传播和研究提供了必要条件。在此期间,国内评论文章也间或出现,其中最具价值的是朱虹 1985 年为《米德尔马契》所作的译本序 ①。序言中,作者旗帜鲜明地提出艾略特与同时期勃朗特姐妹和盖斯凯尔夫人的小说创作不同。并提纲挈领地提出她不平凡、蔑视正统、独立不羁的生活经历,在大量考察、借鉴欧美学术界历代权威研究成果和走向的基础上,对《米德尔马契》进行整体性解读,介绍小说的西方接受情况、小说的历史社会背景、叙述方法、主题关注、创作意图,并对其小说的人物特征、信仰危机、道德评价、责任义务等各个方面进行深入全面地评述。该序言堪称一篇精彩的涉及乔治·艾略特的评论文章。

---

① 乔治·艾略特:《米德尔马契》序,项星耀译,人民文学出版社 1987 年版。

张毕来所译《亚当·比德》1987年再版时,译者加入"北戴河琐谈"一文作为另一篇后记①。用阶级的观点分析了由于所处的阶级和历史时代不同,读者和作者及作品中的人物存在距离,认为距离才能使读者阅读和评论文学作品时保持客观公允,译者对艾略特作品中的人物身份和性格也进行了评介。王乐央在《情与仇》译本出版前言中,说明了艾略特唯一的历史小说创作过程的艰辛,并介绍了西方对此小说评论的褒贬不一。译者认为,"艾略特是一位富有创造性的艺术家,但是她并不抱着为艺术而艺术的目的。她的小说都是有所为而创作的。她读书很多,思考很多,特别是对于人的天性和社会问题,宗教历史、以及道德和宗教教规的关系,十分关心。"并且,"她相信,高尚的思想和高尚的行为能够对周围的人起作用,所以,社会也将由于高尚的思想和高尚的行为的增强增多而逐步改善。"②这些译者的辛勤劳作使乔治·艾略特作品在国内得到初步接受和了解。为了满足读者的阅读期待, 1983年与1986年还分别出版了艾略特小说《弗洛斯河上的磨坊》和《织工马南》简写本的译本。

1988第1期《南京师大学报》上刊载了王晓英的一篇研究论文《"爱的宗教"与乔治·艾略特的早期创作》③。作者批判艾略特对费尔巴哈"爱的宗教"的信仰,而使其创作的人物,不论善恶都可以成为朋友,只要有爱就可以战胜一切的宗教思想。从批判宗教思想中"爱的普世性"出发,人物应该提倡爱的"阶级性"。并指出艾略特坚持创作时理性战胜情感,道德说教高于文学性,使小说枯燥无味。这是国内发表的首篇艾略特研究论文,具有重要的学术意义,但论文体现了作者明显的意识形态倾向和冷战思维作用下对西方宗教思想相对狭隘的理解。

另外,一部分西方艾略特研究资料也被译成中文介绍给中国读者,拓宽了外国文学研究视野,如1982年吴平、任筱萌翻译的《英国十大著名小说家》、1983年黄伟翻译的《重新解读伟大的传统》等。同期的西方艾略特研究进一步向纵深发展,并不断扩展跨学科研究领域。吉利安·比尔

---

① 乔治·艾略特:《亚当·比德》"北戴河琐谈",张毕来译,贵州人民出版社1987年版。
② 乔治·艾略特:《情与仇》前言,王乐央译,人民文学出版社1988年版。
③ 王晓英:《"爱的宗教"与乔治·艾略特的早期创作》,《南京师大学报》1988年第1期。

（Gillian Beer）的研究颇具代表性。她 1983 年出版了《达尔文情节：达尔文、乔治·艾略特和 19 世纪小说中的进化论叙事》①，集中探讨了艾略特小说中女性教育、婚姻、职业问题，特别提出法律剥夺女性财产继承权和离婚权利导致女性的从属地位。1986 年她出版了《乔治·艾略特》② 传记。另外，休·怀特迈尔（Hugh Whitemeyer）出版了专著《乔治·艾略特与视觉艺术》③，从文学与视觉艺术跨学科的角度研究艾略特小说文本。1980 年，乔治·艾略特逝世一百周年之际，安·史密斯（Anne Smith）编辑出版了《乔治·艾略特杂文和补遗：逝世一百周年纪念》④。同年，《十九世纪小说研究》纪念乔治·艾略特专号收入的文章包括了"艾略特与 18 世纪小说""艾略特与实证主义者"等，充分说明艾略特的作品具有"拒绝任何单一、封闭性解释的生命力"。我国艾略特研究直至新世纪第一个十年才涉及上述部分议题。

---

① Beer, Gillian. *Darwin's Plots:Evolutionary Narrative in Darwin,George Eliot,and Nineteenth-Century Fiction*. New York：Routledge & Kegan Paul，1983.

② Beer, Gillian. *George Eliot*. Hemel Hempstead：Harvester Wheatsheaf，1986.

③ Whitemeyer, Hugh. *George Eliot and the Visual Arts*. New Haven：Yale University Press，1979.

④ Smith, Anne, ed. *George Eliot:Centenary Essays and Unpublished Fragments*. London：Vision Press，1980.

第三节　20世纪英国文学研究的
　　　　全面启动

本时期涉及 20 世纪英国文学的研究成果在数量与质量方面均开始呈现上升的趋势,其中对萧伯纳、戈尔丁、福斯特、康拉德、乔治·奥威尔、乔伊斯、伍尔夫、艾利丝·默多克、伊丽莎白·鲍温等作家的研究均出现一批学术成果,现择其要者简述如下。

侯维瑞《从二十世纪英国文学发展的摆锤状运动看外国文学发展的走向》① 一文,引用戴维·洛奇在总结 20 世纪英国文学发展轨迹时提出的"摆锤状运动"这一说法,对同时存在于 20 世纪英国文学中的现实主义与现代主义两种文学倾向进行解读。文章以时间为标准将 20 世纪英国文学分为三个阶段,以介绍主要作家及思想流派为主,分别对 19 世纪末 20 世纪初到第一次世界大战结束,1918 年至 1945 年,第二次世界大战至世纪末三个时间段内文学发展此消彼长的现象加以叙述与解读,以摆动为线索简述了 20 世纪英国文学发展演变的整个过程。此外,作者还将现实主义与现代主义的三次交叉解读为与以经济为基础的社会发展紧密相关,从社会历史的角度看待文学现象,指出 20 世纪西方生活现实需要现实主义和现代主义的共同表现。

① 侯维瑞:《从二十世纪英国文学发展的摆锤状运动看外国文学发展的走向》,《外国文学评论》1988 年第 1 期。

　　黄嘉德先生的《萧伯纳研究》①一书是建国以来我国第一部比较全面、系统地研究萧伯纳的专著。全书重点论述了英国现代最伟大戏剧家萧伯纳的思想、著作、戏剧理论及其对西方现代戏剧的贡献,同时分析萧伯纳最重要的剧本 12 部,指出作品的思想特点、艺术成就、进步性和局限性。黄嘉德是国内第一批介绍和引入萧伯纳的著名学者,该书汇集了黄嘉德先生五十多年来翻译和研究萧伯纳的心得体会及重要研究成果,从介绍萧伯纳的生平和创作展开论述,对具体文本展开分析,并发掘了萧伯纳戏剧的特点及戏剧理论。此外,书中还探讨了萧伯纳的散文作品,收录了萧伯纳年谱,对介绍和研究萧伯纳具有极大的参考价值,也对新时期我国萧伯纳研究的深入开展作出了重要贡献。

　　江晓明《〈蝇王〉与戈尔丁的小说艺术》②一文旨在从戈尔丁的长篇小说出发,探索作者的宗教倾向、伦理观点及其作品的社会历史特征与艺术性。作者注重戈尔丁作品体现出的错综复杂甚或相互矛盾的层次特点,有意识地避免以偏概全,从上述几个方面对戈尔丁的长篇小说进行层层解剖。作者在叙述故事梗概及与巴兰坦的《珊瑚岛》进行对比之后,得出戈尔丁超出“神学公式”的宗教观,再由此分析其对“性恶”的西方伦理传统的继承。作者保有以马克思主义观解读作品的惯性,指出戈尔丁世界观的历史唯心主义倾向。值得指出的是,作者在将戈尔丁的小说置于社会历史背景下加以考察,指出其蕴含的现实关怀之后,同时强调作品的文学性,透析寓言体小说的艺术特色。本文以《蝇王》为主要分析对象,将戈尔丁的长篇小说串联起来解读,使读者对戈尔丁的小说艺术有了一个较为完整的概观。

　　阮炜在《〈霍华兹别墅〉的“连接”主题》③一文中对 E. M. 福斯特的创作意图进行了深入分析。文章由 20 世纪初知识分子对工商金融阶级的猛烈批判入手,指出福斯特的“不和谐”,即把从事工商金融活动的实业人士与知识分子看作相互之间既有严重分歧又有千丝万缕联系的同一阶级中的两种不同类型的人。文章分别以施勒格尔姐妹—威尔考克斯家族、施勒格尔姐

①　黄嘉德:《萧伯纳研究》,山东大学出版社 1989 年版。
②　江晓明:《〈蝇王〉与戈尔丁的小说艺术》,《外国文学》1984 年第 7 期。
③　阮炜:《〈霍华兹别墅〉的“连接”主题》,《四川师范大学学报》1988 年第 5 期。

妹—纳德·巴斯特的关系视角分析中产阶级上、中、下层的分歧及结合的可能,层层深入地表现福斯特的"连接"(only connect)的主题,指出作品"呼吁不同阶层、不同背景的人们交流思想、联络感情"的核心主题。同时,文章超越了仅在人际关系层面的分析,发掘"连接"主题在人与人、人与自然、乡村与城市、文化与实业的总体性涵义。作者同样关注到福斯特对"连接"主题的幻灭,及由此形成的小说悲观的基调,分析可谓切中肯綮。

刘新民《悲怆的生命之歌——评康拉德的主要作品》[①]一文以康拉德的主要作品为探究对象,对康拉德的创作主题及艺术风格做了简要介绍。作者首先概括叙述了康拉德的生平及其著述,解说作家敏锐的观察力和独特的心理感受能力之成因,指出他对20世纪现代主义小说发展和繁荣的开拓性意义。在进一步分析康拉德对现代文明社会的揭露和对现代人心理活动的解剖之时,将对康拉德的几部主要作品《黑暗的心脏》《吉姆老爷》《诺斯特罗莫》《特务》的具体阐析贯穿其中,从人物形象及其行动分析入手,透视作品的深层意蕴。文章最后陈述了对康拉德艺术价值的不同观点,肯定了康拉德作品揭示"现代社会环境和人之间的冲突"这一新时代的评价。

孙梁、宗白在《当代英国作家艾利丝·默多克》[②]一文中,对当代英国作家艾利丝·默多克进行介绍,从作家生平、文艺技巧、创作思想及风格等方面来概述艾利丝·默多克创作的基本特征。文章结合《网下》《钟》《断头》《黑王子》《布鲁诺的萝》几部作品,在对作品进行具体详尽的阐释的过程中,梳理与归纳作家的创作特色。最后,作者在指出艾利丝·默多克创作思想和作品具有矛盾复杂性的同时,对其基本特征进行缕析。

张中载的《"福利国家"时期的文学》[③]一文从小说、戏剧、诗歌三种文体形式入手对二战后英国"福利国家"时期的文学特征进行分析,以"愤怒的青年"作家为主要对象剖解随着时代的变迁英国创作与阅读旨趣的变化。以受到冷落的现代主义作品作为对照,指出50年代英国文学对现代主义的反动以及向18、19世纪传统写作靠近的趋势,表现出拒绝晦涩意象与宏达

① 刘新民:《悲怆的生命之歌——评康拉德的主要作品》,《外国文学》1986年第3期。
② 孙梁、宗白:《当代英国作家艾利丝·默多克》,《外国文学研究》1983年第2期。
③ 张中载:《"福利国家"时期的文学》,《外国文学》1987年第3期。

叙述的特点,用现实主义的写作手法反映"福利国家"的社会和道德问题。文章点明此时期文学出现的两股洪流的交叉——一面是人们对现代物质生活的狂热追求,一面是以知识分子为主的对旧传统文化的眷恋,以此缕析该时期文学在题材、语言、风格等方面的特征。文章结合战后英国的社会背景,增强了读者对此一时期英国文学的特色及其成因的整体感知。

殷企平的论文《〈心之死〉的主题和艺术特色》①主要针对当代英国女作家伊丽莎白·鲍温(Elizabeth Bowen)的小说《心之死》的主题和艺术特色所进行的探讨。在作品主题方面,殷企平指出小说以描写人与人之间的关系取胜,通过人物关系的剖白揭示作品的异化主题。在艺术特色方面,以"精细"二字概括全书的艺术特色,并从精雕细镂的人物、精心组合的意象以及精斟细酌的词句和段落结构几个方面将此观点作进一步的阐发。作者以文章具体情节为依托,从细节入手分析,根据上述几个层面揭示鲍温对异化主题的表现,分析切中肯綮。作者抓取主题与艺术特色两个角度对作品进行透视,并高度评价了其清新隽永及精裁密致的风格。

关于乔治·奥威尔的研究,由于在新中国成立以后的50—70年代,受国内外政治气候的影响,奥威尔在国内被当作是"反苏反共"作家,他的作品也成为禁书,自然无人涉足。本时期虽然开始"解冻",但仍受到"反苏反共"这一意识形态评价的影响。因此,国内期刊在译介奥威尔研究文章时都首先强调奥威尔是反社会主义和共产主义的资本主义作家。随着思想解放运动和改革开放进程的推进,不少学者开始注意到奥威尔对极权主义的揭示和"文化大革命"时期的经历有相似之处。1982年,《大百科全书》开始有介绍奥威尔的条目,由巫宁坤撰写。1985年,董乐山的《一九八四》译本作为"乌托邦三部曲"之一内部出版,并在1988年的第2版中取消了"内部发行"字样。董乐山翻译的《一九八四》是国内最有影响的译本,对当时的知识分子如王小波、王蒙等影响颇深。这时,小说《动物庄园》也逐渐解禁,一些经历过"文化大革命"的知识分子和读者对这部小说产生强烈的共鸣,因此在1988—1989年间小说连续有4个中译本发表和出版。

---

① 殷企平:《〈心之死〉的主题和艺术特色》,《外国文学研究》1989年第1期。

1984 年来临之际,西方掀起了奥威尔研究热潮。《国外社会科学》1984
年第 8 期发表了沃尔伯格《1984 年—当代西方文化研究》的译文。该文认
为奥威尔代表着"晚期资本主义的知识先锋",透露了"西方知识分子所处
的困境",因此他的著作成为"失望留下的遗产"。国内学界对当时西方奥
威尔研究热潮作出了一些积极反应,但是他们在译介过程中十分注意三点:
第一,坚持社会主义立场,对资本主义进行批判;第二,尽量选译马克思主义
观点的评论;第三,即使原文引进也要小心翼翼地加上作家具有"资产阶级"
身份的说明。这些基本原则和处理方式既反映了 1980 年美国总统里根上台
后美苏对抗加剧的冷战气氛,也表现了国内学界在"解冻"初期对奥威尔译
介的那种坎坷不安的真实心态。比如,董乐山 1983 年在美国康奈尔大学访
问时曾和西方的奥威尔研究学者进行交流,他十分清楚这场研究热潮的主题
是极权主义,所以他在 1985 年内部出版的《一九八四》译文说明中已经指
出极权主义对人性的摧残。但是,他同样也小心地加上了说明文字:"请读者
不要对号入座!"①

正是在这样的背景下,国内学者开始对奥威尔进行较为详细的研究,但
这时已经进入 80 年代中后期。这个时期的研究大致有五个特征:第一,研究
范围开始扩大,比如涉及到殖民主义、贫困和语言观等重要话题;第二,希望
对奥威尔进行全面和客观的评价;第三,受到董乐山译本出版的影响,开始涉
及反极权主义主题;第四,将小说与"文化大革命"经历进行联系;第五,仍
然强调奥威尔具有反社会主义观点。国内最早对奥威尔进行详细研究的当
属侯维瑞先生《现代英国小说史》和发表在《外国文学报道》1985 年第 6
期的论文《试论乔治·奥韦尔》。他认为奥威尔创作的两个基本主题是贫困
和政治,并率先提出国内外国文学界对奥威尔进行全面研究的重要性和必要
性。这个时期涉及奥威尔的研究论文还有三篇。第一篇是方汉泉的《二十
世纪英美政治小说初探》。文章认为《动物庄园》和《一九八四》是体现
"反共、反苏"政治观点和立场的姐妹篇;奥威尔所预言的极权现象如果与中
国"文化大革命"时期间相对比,就会不难发现"确有许多触目惊心的事不

① 乔治·奥威尔:《1984》,董乐山译,花城出版社 1985 年版。

幸被他言中了"①。第二篇是王蒙的《反面乌托邦的启示》。他对国内出版的"反乌托邦三部曲"《我们》、《美丽新世界》和《一九八四》做了介绍，并认为这些作品着重"从人文主义的、文化的、性灵的、有时是审美的观点来批判工业文明，批判'现代化'，批判城市文明与社会的高度组织化"。他总结说科学主义、技术主义一方面带来"无所不能"的成就，另一方面对人的精神世界"无能为力"，这些都是"反乌托邦"作品带来的启示。② 第三篇是吴景荣先生的《论语言的规范和变化》。他认为奥威尔关于英语衰败的言论"失之偏颇，由于证据不足，结论往往流于概括"。吴景荣认为好的语言是自由与制约斗争的结果，自由代表变化，制约是语言本身的规范，"像奥威尔那样危言耸听，都是一种歇斯底里"③。这已涉及对奥威尔语言观的讨论。

随着现代性观念的引进，我国对英国现代主义文学的译评也渐趋高潮。1980 年 10 月，袁可嘉等主编《外国现代派文学作品选》第 1 册（上下）由上海文艺出版社刊行，此后陆续出版第 2—4 册，其中涉及多位英国现代主义作家。现代派在思想方面的特征是对西方现代派文明的危机意识、变革意识，特别是它在四种基本关系上所表现出来的全面的扭曲和严重的异化：在人与社会、人与人、人与自然（包括大自然、人性和物质世界）和人与自我四种关系上的尖锐矛盾和畸形脱节以及由之产生的精神创伤和变态心理、悲观绝望的情绪和虚无主义的思想。蕴涵在现代主义文学中的这些特性，极大地冲击了中国读书界、研究界与创作界，并引发了不少争议。

1982 年 6 月 22 日，首都文艺界人士集会纪念乔伊斯诞辰一百周年。11月 7 日，《文艺报》第 11 期转载徐迟的《现代化与现代派》（原载《外国文学研究》1982 年第 1 期），指出"现代派文艺已是一个不可否认的存在，我们应当研究它。应当有马克思主义的现代主义，我们要用马克思主义来研究现代主义"。"可以说西方现代派文艺和批判的现实主义文艺差不多是同时诞生的，都是资本主义生产发展到了一定程度，而后产生意识形态的反映，并且还都是对资产阶级社会取批判的和否定的态度的反映。""西方现代派文

---

① 方汉泉：《二十世纪英美政治小说初探》，《暨南学报》1987 年第 1 期。
② 王蒙：《反面乌托邦的启示》，《读书》1989 年第 3 期。
③ 吴景荣：《论语言的规范和变化》，《外交学院学报》1988 年第 1 期。

艺在一定程度上满足了西方人士的精神需要。它的缺点主要是比较悲观失望;它不满现状,没有了信仰,还没有找到理想,但在不倦地寻找。"但是不管什么样,我们将实现社会主义的四个现代化,并且到时候将出现我们现代派思想感情的文学艺术。"同期还刊载理由的《〈现代化与现代派〉一文质疑》,就现代派文学问题展开讨论。

在研究方面,出现了一些新成果。如毛敏诸在《〈荒原〉浅析》①中针对评论界对《荒原》褒贬不一的现象及其成因,对《荒原》的中心思想做了一番探索。以"枯萎"一词对全篇思想予以概括,从自然景色、人际关系等内容方面以及失之零乱、互不连贯的结构层面来印证"枯萎"这一概念在文本中的渗透。同时,文章也从"死亡"的层面探讨,指出其不仅表现了对死亡的恐惧心理,更有从死亡中获得重生的希望之意,从而归纳出《荒原》中蕴含的"死亡"与"重生"的主题。文章最后简要梳理了作品所流露的情绪及其诗体形式,扩大了对作品的思考范围。以文本的具体内容为佐证,以关键词概括中心思想,为《荒原》提供了一种解读方式。

当然,特别值得一提的是瞿世镜先生在推出译著《论小说与小说家》、选编作品《伍尔夫研究》之后,创作了以伍尔夫传记研究为主的专著《意识流小说家伍尔夫》(上海文艺出版社 1989 年版)。这样,其译著、论著可以说从三个维度构成中国改革开放后伍尔夫研究的第一个高峰。而指出以往国内研究界对意识流小说的认识过于简单化这一弊病,亦是作者下笔的一个初衷,在书中作者也处处围绕伍尔夫意识流小说艺术发生的多元背景,既考虑到外部各类环境作用的多重因素,亦抓取文化艺术本身规律的多样性,采用了比较诗学的研究路径剖析了伍尔夫小说艺术与音乐、绘画、诗歌、戏剧、电影等各类艺术形式之间的关系。

纵观全书,瞿世镜此一研究的开拓性和独创性体现在以下几个方面:第一,调整了当时国内研究外国文学的苏俄思路,即一种用社会学及政治经济研究对文化艺术史研究的统帅思路,而力求从文化艺术内部探寻规律变化的原因,如其指出的,全书正是"把弗吉尼亚·伍尔夫的创作和理论方面的

---

① 毛敏诸:《〈荒原〉浅析》,《外国文学研究》1983 年第 3 期。

实验探索作为打破传统学术范式,建立新的学术规范的过程来考察的"①。第二,针对以往学界对意识流小说的研究,多停留在宏观描述及信息报道层面而缺乏深入细致的微观分析这一缺憾,作者力图正本清源,纠正"意识流小说家"与意识流技巧等概念上的混淆,更反对把此一艺术手段当作一个学术标签予以乱贴;作者通过分析,将伍尔夫创作阶段大致划分为四个时期,并指出意识流手法只是其中一个时期的主导创作手段。作者更指出,乔伊斯、伍尔夫、普鲁斯特三人之间并无直接联系,且在世界观及艺术观念上多有区分,因而笼统的"意识流小说家"这一标签并不适用。第三,作者的所有阐述及分析立足于厚实的原典阅读及资料分析之上,作者细读了伍尔夫的所有相关作品,包括国内外相关的所有论著与伍尔夫书信日记,因而其对伍尔夫创作的分期,对意识流手法差异的评述,对不同艺术门类交融的阐释,以及对形式背后的深层结构的探讨,均非标新立异之举,而是言之有据的学术创新。

具体而言,瞿世镜在这部著述中采用比较文艺学、微观分析和宏观考察三方面融合并命名为"综合性研究方法"。这在全书体例上可见一斑,全书分为上中下三编,上编主要论述伍尔夫的生平及其创作活动的社会历史背景,重点放在布卢姆斯伯里文艺圈的美学观念和伍尔夫本人的文学理想。中编集中于伍尔夫作品的微观分析上,得出了不少精到的见解。下编参考伍尔夫的日记书信,展开作者对伍尔夫艺术价值的评论,并将此一评判置于英国小说艺术发展过程之中审视。总之,瞿世镜这部伍尔夫研究专著以编年方法为主线,其对伍尔夫的评述是建立在极其扎实而深入的文献与文本分析之上的,可以说是我国伍尔夫研究绕不过去的一座丰碑。

另外,1989 年伍尔夫的被称为"女权主义"的作品《一间自己的屋子》(*A Room of One's own, 1929*)(三联书店出版,王环译)被引进国内,它深受中国知识女性读者的青睐,同时也成为后来中国女性文学研究者的重要理论源泉之一。随着伍尔夫更多作品的引进,伍尔夫的女性主义思想在这一阶段受到越来越多的关注。

---

① 瞿世镜:《意识流小说家伍尔夫》,上海文艺出版社 1989 年版,第 6 页。

第四节　高校英国文学教学与英国文学史著作的出版

　　随着 1977 年全国统一高考制度的恢复,我国的高等教育事业逐步走上正常发展的道路。为适应高校英国文学教学需要,几位著名英语文学研究专家编撰出版了一些英国文学史著述,为新时期以来中国的英国文学研究作出了显著贡献。这些著述主要有以下几种:

　　南京大学陈嘉教授所著《英国文学史》由商务印书馆出版,共 4 卷,100 余万字,是当时规模最大的英国文学史教材。4 册教材用了五年时间才得以全部出版:1981 年 10 月出版第二册,1982 年 7 月出版第一册,1986 年 1 月和 2 月出版第三、第四册。本书是陈嘉教授毕生研究英国文学的精华和结晶,从 1986 年开始一直作为我国高校英语专业英国文学史教材,已多次再版,声誉卓著、影响广泛。作者力图以历史唯物主义为指导思想,根据作家及其作品在社会和文学史的进程中所发挥的作用来确定其地位,科学地阐述、分析和评介英国文学发展的全部历史。该书采用编年史的结构和体例。第一册分为四章:盎格鲁－撒克逊时期英国文学、中世纪英国文学、文艺复兴时期英国文学、资产阶级革命与王朝复辟时期英国文学。第二册不作分章,标题为"18 世纪英国文学"。第三册分为三章:19 世纪初期英国文学、19 世纪中期英国文学、19 世纪后期英国文学。第四册也不作分章,标题为"20

世纪初英国文学"。从文学品种方面来看,该书涉及面较广,涵盖英国文学所包括的戏剧、诗歌、小说、散文各个领域,并详细记载各领域之间的相互关系以及独自构成的系统。作者在叙述和分析重要作家时,一般采用先综述时代背景,然后介绍生平,进而分析作品主题思想,最后略论艺术特征的顺序。值得注意的是,作者不是仅仅简述社会背景和创作经历、罗列作家作品,而是采用丰富的范例对作品的主题思想、艺术特色以及产生的影响进行全面介绍和分析。在一些历来颇有争议的问题上,作者并不盲目认同欧美或苏联评论家的观点,而是明确提出自己的见解,在某些方面可以说填补了英美出版的英国文学史中的空白。例如,作者联系古希腊、罗马悲喜剧的渊源、莎士比亚创作上所受以往戏剧家的影响、莎氏戏剧的独创性及其持久的生命力来讨论莎士比亚。又如关于英国宪章派文学,作者指出它在各流派中具有进步倾向和积极意义。该书因其完整的知识体系和严谨的分析方法,既是教材又可称为学术著作。陈嘉先生从历史大背景来考察英国文学的发展,重点论述大作家,兼顾一般作家,注意同一时期各种文学体裁的相互影响,给予民间文学一定的地位,并关注英国作家在中国的接受。他以学者的胆识,给予湖畔派诗人华兹华斯、现代派作家乔伊斯和艾略特应有的地位,摆脱了苏联学者教条主义的影响。全书用英语写成,语言流畅自如,是国内用英语写作的篇幅最长、质量最高的英国文学史,影响及于国内外。

南京大学范存忠教授所著《英国文学史提纲》,由四川人民出版社于1983年出版发行。全书用英文写成,主要面向中国读者,尤其是英语和文学专业的学生,目的在于扩大读者的文学视野,为以后进一步的研究打下基础。该书的出版为中国的大学生第一次系统地了解英国文学的发展提供了方便。书后附有张月超等人翻译的中文稿,这份中文附录在一定意义上可以说是建国后在大陆出版的中国学者撰写的第一部中文版英国文学史。全书共12章,在阐述英国文学史的过程中较为详细地介绍了各个时期的重要作家及其代表作品。该书出版后,被许多高校的英语专业用作教材,受到普遍欢迎。该书的特色在于:其一,以比较文学的大视角来审视英国文学,使读者拓展了视野,看到了英国文学对欧洲其他国家文学的影响,又了解了它们对英国文学的促进和接受。作者对各个时期的历史背景都做了概括的介绍,在叙述作家生平时往往联系当时英国发生的重大事件,从中分析作家的思想变化和作品的社会意义,给读者提供了一幅英国文学史的完整概貌。这是一般英国文学史鲜有的写法。其二,将英语发展史贯穿始终,使读者既了解英国文学的概况,又了解英语的演变。例如书中提及古英语与现代英语的区别,和 13、14 世纪英语在屈折变化、词汇方面的巨大变化。其三,在分析文学作品的主题思想时,均从当时的社会现实出发,实事求是,提出独到的精辟评论。例如,对《威尼斯商人》是一部反犹主义作品的说法,作者表示不认同,指出夏洛克是因为受到基督教商人的迫害而对他们产生仇恨,莎士比亚对受迫害的犹太民族持同情态度。同时,作者引用了丰富的原著材料,结合作品的思想倾向评述作家的语言风格,对所涉术语一一加以深入浅出的释义。对所分析的作品适当引用著名评论家的见解,让读者了解评论家的不同切入点,学会评论作家的方法。其四,语言方面,该书全部用现代英语写就,英文简洁、流畅、优美,极富表现力。总之,范存忠先生从欧洲文学的大格局来审视英国文学,重视历史、社会和作家的关系,将英国文学的发展与英语的变化密切联系起来,突出作家的语言风格,注意基本概念的释义,实事求是地评价作品的主题和作家的倾向,坚持唯物辩证法。

范存忠先生另一部著述《英国文学论集》, 1981 年由北京外国文学出版社出版。该书收录范存忠先生自建国后三十年来在《时与潮文艺》《英国语言文学评论》《文学研究》《文学评论》《江海学刊》《南京大学学报》等期刊陆续发表的十篇论文。前八篇为作家作品研究,包括讨论作品的《笛福的〈鲁滨孙漂流记〉》《菲尔丁的〈阿美丽亚〉》和《鲍士韦尔的〈约翰逊传〉》;纪念作家的《苏格兰诗人罗伯特·彭斯》和《英国浪漫主义的先驱——威廉·布莱克》;作家评论作家的《约翰逊论莎士比亚戏剧》;讨论创作问题的《论拜伦与雪莱创作中现实主义和浪漫主义相结合的问题》;作家评论美国社会问题的《狄更斯与美国问题》。后两篇是关于中英文学关系比较研究的《〈赵氏孤儿〉杂剧在启蒙时期的英国》和《中国的思想文物与哥尔斯密的〈世界公民〉》。对作家作品的研究,作者运用历史唯物主义的研究方法论述作家作品,对笛福、菲尔丁和鲍士韦尔、狄更斯等作家及其作品做了精辟的分析和评论。例如,在《菲尔丁的〈阿美丽亚〉》一文中,作者结合小说《阿美丽亚》出版后的情况、其时英国文学界的风气和菲尔丁的生活与活动情况,全面论述小说的内容和其中包含的社会问题,指出"彻底地揭露社会现实,深入地分析社会问题"是《阿美丽亚》的特征,这一特征也体现了菲尔丁现实主义创作的进一步发展。书中有关中英文学关系的两篇论文是我国比较文学影响研究的名篇。在《中国的思想文物与哥尔斯密的〈世界公民〉》一文中,作者着重讨论了中国思想文物与《世界公民》的关系,从新的角度对这部作品的价值做了重新考察。作者指出,《世界公民》中的中国的材料并不是欧美批评家所认为的可有可无的东西,而是 18 世纪中国思想文物在英国广泛传布的反映,也是作者借以批评英国社会的论据。

北京大学杨周翰教授所著《十七世纪英国文学》,1985 年由北京大学出版社刊行。全书 21 万字,除"小引"外包括 14 篇论文,书后附有"书目"和"索引"。杨周翰先生认为,英国 17 世纪的历史从世界史的范围来看是资产阶级革命第一次尝试和失败的历史,影响波及在当时处于世界领先地位的欧洲,因此具有世界性的历史意义。由于国内外通行的英国文学史对这一时期叙述得较为简略,最多只讲三个作家:弥尔顿、班扬和德莱顿,远不能满足英国文学专业学生的需要,所以该书的出版无疑填补了空白。该书以叙述作品为主,收录较多引文,对历史发展则作简要介绍,企图用"时代精神"把一批作家串联起来,用其作品说明这一时代的精神面貌。作者并不论述 17 世纪的所有作家,而是介绍一些主要作家。在介绍中国读者较熟悉的作家的时候不作全方位的论述,而是着意于介绍他们较不受关注的作品。例如论及弥尔顿,就有意不谈《失乐园》等主要作品。而对其他中国读者比较生疏的作家,则介绍得较为全面。该书试图从比较文学的角度叙述 17 世纪英国文学史,尝试从中国文学传统的立场去处理外国文学,分辨两者异同,探索其相互影响,以期对两种文学的理解有所助益。在"小引"中,杨周翰先生简要介绍了英国 17 世纪的社会历史情况和当时英国人所关心的问题,指出在这矛盾激化、风云变幻的时代,凡是有思考的人都提出并思考一些根本性问题,如生死、信仰、精神疾病和创伤。对"英国资产阶级革命是在宗教外衣下进行"的普遍看法,杨周翰先生指出在说"宗教论争实质上是政治斗争"的时候,不能忽略一个历史事实,即英国资产阶级革命中相当一部分当事人在主观意识里"真心诚意地把这场辩论或战争看成是宗教信仰问题"。该书以较大篇幅分析《圣经》，在全书收集的 14 篇论文中讨论《圣经》的一篇最长，达 36 页之多，为当时国内所罕见。作者对《圣经》有许多独到且深刻的见解。例如，作者认为《约伯记》的伟大之处不在它的结论，而在它惶惑、疑问、不解，因而不断探索的过程。这种由不解而怨而求解的精神是一切诸如《俄狄浦斯》《天问》《神曲》《哈姆雷特》等伟大作品所共有的，这种精神也在动荡的 17 世纪英国许多作品里有不同程度的体现。

王宁在题为《超越传统模式的国别文学研究——读杨周翰先生的〈十七世纪英国文学〉》（《北京大学学报》1987 年第 5 期）的书评中，高度评价此书的学术价值及对于国别文学研究的意义，指出其采用比较的视野和新的研究角度超越了传统模式的国别文学研究，具有填补空白的作用。同时缕析杨先生在具体研究方法上突破传统观念的束缚，把 17 世纪英国文学放在一个纵向与横向的宏大文化背景下进行考察，从而点明该书的一大特点即对时空的超越，并贯穿具体篇章分析加以论证。值得指出的是，王宁在分析杨先生选择 17 世纪英国文学为研究对象的深层原因的基础上，指出其突破了传统的社会历史方法，而运用了"超学科"（interdisciplinary）的比较研究法，体现了从多层次、多角度入手研究文学本体的尝试。此外，文章还在说明比较文学研究中语言界限存在的困境之后，以杨先生对培根的拉丁文本的关注及《圣经》英译本发展的缕析为例证，赞扬杨先生超越语言的界限，将语言风格与文学内容紧密相连的研究方法。从该书对时空、学科及语言的超越三个方面入手，王宁将杨周翰先生此书的优点与独特之处展露无遗，抓住了本书的精髓所在。

上海外国语大学侯维瑞教授所著《现代英国小说史》，1985 年由上海外语教育出版社刊行。全书近五十万字，编写结构以时间阶段为经、流派运动为纬，以现实主义和现代主义交替统治文坛作为线索，探讨从 19 世纪末至第二次世界大战结束这一时期英国小说的沿革，讨论现代小说创作和理论的发展。这是一本"文学发展史评述、作家评传、故事梗概和作品分析四位一体的指导读物"（前言）。作者从英国著名作家和评论家戴维·洛奇用以阐明英国现代小说流派发展变化特征的"摆锤运动"观点得到启发，揭示现代英国小说乃至整个现代英国文学发展过程中现实主义和现代主义的交替统治和相互交融的趋势。本书详尽介绍了二十多位代表作家的生平、创作和思想,在不同程度上详细叙述了现代英国小说中一百多部重要作品的主要内容、艺术价值和影响。对于一些通俗题材或颇有争议的作品,作者并不采取回避或武断态度,也做了适当介绍。在作品分析方面,作者着重从社会历史角度讨论作品的艺术价值,并引进了心理学、语言学、社会学、伦理学、哲学等成果用以评判文学作品,发掘其不同层次上丰富而又复杂的含义,展示各流派作品的艺术模式和语言风格。对诸如康拉德的《黑暗的心灵》、劳伦斯的《儿子与情人》、乔伊斯的《尤利西斯》等作品,作者不单从历史和政治角度予以揭示,而且善于从心理学和道德角度评价其短长,做出深刻分析。

河北师范大学吴伟仁教授所著《英国文学史及选读》,1988 年由外语教学与研究出版社刊行。本书是作者根据英国文学历史的发展顺序,结合作品选读所编写的一套适合我国高等院校英语专业使用的教材。这部"史"、"选"结合的教材分为两册:第一册是古代至 18 世纪英国文学,分为六章:盎格鲁－撒克逊时期、盎格鲁－诺曼时期、乔叟、文艺复兴时期、十七世纪、十八世纪。第二册是 19 世纪至 20 世纪英国文学,分为三章:浪漫主义时期、维多利亚时期、二十世纪文学。全书以历史时期为经,除第三章以作家乔叟为标题之外,其余各章均以历史阶段为标题。每章开头先简述该时期主要历史事件、社会经济状况,然后综述文学发展概况及主要文学流派。各章主体部分为作家与作品,选文丰富又具有代表性,内容包括:作者生平与创作道路介绍、作品内容提要、选文、注释。该书面向大学英语专业的学生,也可供中学英语教师、英语自学者和英国文学爱好者参考及进修之用。

以上这些英国文学史著述及专题研究论著,为普及英国文学史知识体系,拓宽国内读者的英国文史视野,与培养英国文学研究的后备人才作出了重要贡献。

第五节　中英文学关系与比较研究

国内学术界在系统梳理中国文学与英国文学双向交流的历程及比较研究方面,做了大量工作,出现了不少有分量的研究成果。这是立足于中国文化语境观照英国文学,而取得的一些富有中国特色的学术收获。其中诸如(1)中英双方早期文化交往史实;(2)中国文学(文化)在英国的流播与评价,英国文学在中国文化语境里的译介与重要评论;(3)英国作家笔下的中国题材及其中国形象的塑造,中国作家眼里的英国印象及其对英伦作家的题咏;(4)中英作家之间的交往,英国作家在中国(中国作家在英国)的生活工作、游历冒险等多方面的内容均可进入我们的研究视野。前辈学者与学界时贤在这些专题研究方面取得了比较丰硕的成果。正是通过这些著述,中英文学交流的桥梁被搭建,并在此基础上,进一步展开具有中国问题、中国立场、中国视野的英国文学研究工作。

当代学人在这些学术前辈所开辟道路的基础上,将中英文学与文化关系研究继续推进。截至 20 世纪 80 年代末主要有以下几方面的收获:

第一,对中英作家交往及中英文学关系的生动描画。如林以亮《毛姆与我的父亲》(台北《纯文学》1968 年第 3 卷第 1 期)、萧乾《以悲剧结束的一段中英文学友谊:记福斯特》(《世界文学》1988 年第 3 期)等,均有较高的阅读价值。

第二,就具体的英国作家在中国的接受而言,莎士比亚无疑是个重镇。

如戈宝权《莎士比亚的作品在中国》（《世界文学》1964 年第 5 期）和《莎学在中国》（《莎士比亚研究创刊号》，1983 年）、曹未风《莎士比亚在中国》（《文艺月报》1954 年第 4 期）、赵铭彝《莎士比亚在中国舞台上》（《上海戏剧学院学报》1957 年第 6 期）、台北的李奭学《莎士比亚入华百年》（《台湾当代》1989 年 9 月第 39 期）等，均为有分量的著述。其他如王列耀《王尔德及其作品在中国的译介情况概述》（《文教资料》1987 年第 3 期）和《王尔德在中国的评价与争论》（《文学研究参考》1987 年第 4 期）等，也揭示出唯美主义者王尔德在中国的命运。

第三，中国作家对英国文学的译介评论，英国文学对中国作家的影响与接受，也是研究者们乐于关注的课题。这方面的重要著述如李奭学《另一种浪漫主义——梁遇春与英法散文传统》（《中外文学》1989 年 12 月第 18 卷第 7 期）、林奇《梁遇春与英国的 Essay》（《福建师范大学学报》1989 年第 2 期）等。还有一些研究者则从英国作家与中国现代文学关系的角度探讨英国文学对 20 世纪中国文学的影响，如汪文顶《英国随笔对中国现代散文的影响》（《文学评论》1987 年第 4 期）、王列耀《王尔德与中国现代文学》（《黑龙江教育学院学报》1988 年第 3 期）等。

第四，关于英国文学家笔下的中国形象以及中国文人眼中的英国作家等课题的探讨，也出现了不少颇有分量的著述，如李奭学《傲慢与偏见——毛姆的中国印象记》（台湾《中外文学》1989 年 5 月第 17 卷第 12 期）和《从启示之镜到滑稽之雄——中国文人眼中的萧伯纳》（台湾《当代》1989 年 5 月第 37 期）、王列耀《五四前后中国人眼中的王尔德》（《云南师范大学学报》1987 年第 1 期）等。

第五，关于中英文学与文化关系史的研究文章主要是周珏良《数百年来的中英文化交流》（周一良主编《中外文化交流史》，河南人民出版社 1987 年版，第 583—629 页）。该文长达三万五千字，主要谈的是中英文学之间的交流历程，该文材料丰富，论述详尽，是我国学者所写的第一篇梳理中英文学与文化关系的长篇文章，至今仍具有重要参考价值，并不断被引用借鉴。

第五章
繁荣兴盛：20 世纪 90 年代
的英国文学研究

第一节　中国学者对英国诗歌的研究成就

　　20世纪90年代我国学者在英国诗歌研究领域取得了不少进展,首先是王佐良先生的《英诗的境界》(三联书店)和《英国浪漫主义诗歌史》(人民文学出版社)均在1991年出版发行。《英诗的境界》看似仅为王佐良先生译诗、读诗偶感所得的随笔,实则包含了大学问,如其所言,在译诗的时候讨论内容是相对简单的,而要在译诗的时候兼论诗艺,谈论诗歌的结构、句法、修辞、形象等问题就需要更进一步的功力。就《英诗的境界》一书内容而言,王佐良先生无疑很好地做到了点评诗人、翻译诗作的同时精要地点出诗艺。更难能可贵的是,王佐良先生在诗艺分析的同时,还处处闪露着诗作背后的思想光芒,做到了翻译诗歌与分析诗艺及结合思想三个层次的逐层深入。王佐良先生对诗人诗作的点评可谓字字珠玑,譬如对司各特叙事诗的戏剧动作与结构之间关联的剖析,虽寥寥数语,却为其后的司各特叙事诗研究指点了迷津;另对其他数家诗篇的点评,也多给人以一语道破之感,深见王佐良先生英诗研究造诣,对后世学者多有惠泽。

　　《英国浪漫主义诗歌史》这本断代诗歌史,是"第一部中国学者撰写的英国诗歌史",如其在序中所言,是"中国人写给中国读者看的",因而在立意上全书无疑有着鲜明的中国色彩,而此种中国色彩并不仅是体现在前言后记,亦非在论述编撰过程中加入中国古典诗学或者诗歌元素予以对观,而是研究主体自身采取的一种中国学者的视角,并以此视角来审视英国浪漫主义时期诗人诗作及其整个宏大的时代背景,因而其隐含着的中国立场与中国关怀可谓是"撒盐于水,化于无形"。

王佐良先生在序言中坦陈了此书在五个方面意欲实现突破。其一是"叙述性",在此方面,王佐良先生大量引用原文,并亲自迻译,把重要的事实交代与读者;第二点是"阐释性",在阐释彭斯以降至济慈的各时期各诗人诗作的同时,将主题扩大至诗艺与诗歌语言层面,并注重结合题材与技巧。例如在论述布莱克名作《老虎》、柯勒律治《古舟子咏》及雪莱《阿特拉斯的女巫》《敏感木》等诗篇时,王佐良先生在文本解读时实际上采用了"整体细读"方法,在文本层面进行了大量有益的细读尝试,提出了诸多宝贵观点和论断,对于之后的英国诗歌名篇剖析和论述,奠定了坚实基础,其很多解读在学界俨然成为定论,深见其文本细读功夫。第三点为"全局观",王佐良打破了以往断代史简单的诗人作品串联的模式,在众多的诗人和数量庞大的诗作中捏出一条线索,归纳出一个总体的"概观",牵连出英国18世纪后半段至19世纪浪漫主义诗歌的发展轨迹,李赋宁先生对此即曾经一语中的地指出:"它令人信服地说明了19世纪英国浪漫主义诗歌与20世纪英美现代主义诗歌之间的血缘继承关系。"

而在第四点"历史唯物主义观点"中,王佐良先生指出应该实事求是地把诗歌放在当时的社会环境中去看待,在认可诗人天才的同时,指出社会、经济、政治、思想潮流、国内外大事的不同程度的影响。尤其难能可贵的是,王佐良先生在各类批评理论,尤其新批评盛行国内的80年代后期,能提出此种注重社会历史语境与文学关联,跳出文本独立王国狭隘批评视野的方法,这无疑有我国古典批评思想影响的痕迹,其提出的"我们应该更加广泛阅读,不仅读文学作品本身,还要读有关的哲学、科技、政治制度、民间习俗种种有关的著作,甚至参考档案、小报、政府公告、戏院海报、争论小册、单篇歌谣等等,深入文化的内层"① 这种全局观念,实际上是与其时方兴起不久的"新历史主义"多类型文本对话观点有类似之处的。可见王佐良先生能够充分吸收利用国外最新理论话语的有益成果,结合中国学者的实际需求,并在阐释

---

① 王佐良:《英国浪漫主义诗歌史》序,人民文学出版社1991年版,第5页。

时予以化用。

在第五点"文学性"中,王佐良先生指出,文学史应具有的文学品质,就诗歌而言诗歌史不仅应该包括内容,还应当具有诗歌结构、手法等诗艺自身发展变化的体现;其次,讨论文学问题的文字本身亦应该就是文学作品,这一观点无疑是针对 20 世纪 80 年代以来,学术论文越发"学术",理论话语的堆砌,使得文章不忍卒读的现象,鲜明提出了中国文学史家应重振文采,回望刘勰至闻一多的批评传统,写出清晰、朴实,说明道理,却又不乏才智的,具有中国特色的批评文章来。

总而言之,王佐良先生此著奠定了我国英国浪漫主义诗歌批评的基本范式,可谓我国系统地进行英国浪漫主义诗歌批评的开山之作,其关于彭斯、布莱克、华兹华斯、柯勒律治、拜伦、雪莱、济慈、司各特诗文的分析与论断,对后学多有启发。而其亲译的数百节诗歌,不乏神笔,更成为人口称颂的名篇,有泽被后人之功绩。这本著作出版后,李赋宁先生曾发表书评《独到的见解,信服的分析——读〈英国浪漫主义诗歌史〉》①给予高度评价。

时隔两年,王佐良先生的另一部英诗专著《英国诗史》作为"英国文体文学史丛书"之一种,于 1993 年由译林出版社出版发行,该著详细介绍了英语诗歌的发展,包括古英语、中古英语、近代英语及三个时期的优秀诗人和佳作等。作者在序言中提出撰写外国文学史的"六要说",即要有中国观点;要以历史唯物主义为指导;要以叙述为主;要有一个总的骨架;要有可读性;要有鲜明个性等,亦为中国学者撰著外国文学史著述提供了方法指导。

除了王佐良先生的上述几种著述外,饶建华编著的《英诗概论》也于1990 年由国防科技大学出版社刊行。该著是国内较早且较为系统地介绍英国诗歌的专业论著。首先从诗歌与想象及情感的关系、诗歌的语言及诗歌的音乐性三个方面对诗歌本质进行了有益的界定和揭示,特别其对诗歌音步、用韵的说明对于英国诗歌爱好者了解诗歌较有帮助。在第二部分中,作者分别从意象、比喻、拟人、夸张、转喻、象征、用典等几个方面结合英国各个时期的经典篇目进行分析,展示了诗歌的此类特质。而在全书第三部分,作者按

---

① 见北京外国语大学研究所编:《王佐良纪念文集》,外语教学与研究出版社 2001 年版,第188 页。

题材对诗歌进行了抒情诗、歌谣及叙事诗的划分,并引用了各时期的名家名篇予以说明,其某些评析颇有深度。值得指出的是,在评述英国诗歌特征时,作者不忘引证中国古典诗歌作为观照、比较,还翻译了部分诗歌,对于其后的英国诗歌研究具有借鉴意义。

在具体的英国诗人研究中,以下诗人诗作得到较多关注。

一、英国古诗民谣及玄学诗研究

首先是陈才宇发表的几篇论文,如《试论〈贝奥武甫〉的思想与艺术》[①]、《盎格鲁·撒克逊时期的宗教诗》[②]、《论英国民间谣曲中的人文主义思想》[③] 等,对相关问题做了细密分析,颇有参考价值。关于《贝奥武甫》的研究论文还有如,张为民在《旧衣新裁——试述〈贝奥武甫〉诗中的哀伤情调》[④] 一文中,对《贝奥武甫》贯穿全诗的哀伤基调作出新的诠释。作者首先从自然历史背景追溯英国人忧郁民族性格的成因,说明中古英语诗歌哀婉的基调,进而具体分析《贝奥武甫》的情节和人物性格,指出《贝奥武甫》作为鸿篇巨著的史诗,充满的是阴郁凄婉的哀伤基调。王继辉的论文《萨坦湖船葬与〈贝奥武甫〉》[⑤] 介绍了英国萨坦湖船葬考古发掘的始末以及英国考古学家及历史学家对船葬年代的不断探讨与判定。作者详细论证说明了萨坦湖船葬对考证盎格鲁–撒克逊时期唯一史诗《贝奥武甫》的特殊意义,即为《贝奥武甫》的成诗年代提供重要依据。作者指出,萨坦湖船葬及文学和考古学的研究成果,使得后人能够深入了解英国早期的历史和当时唯一的史诗《贝奥武甫》。王继辉另一篇文章《〈贝奥武甫〉中的罗瑟迦王与他所代表的王权理念》[⑥] 着重对古英语史诗《贝奥武甫》中的丹麦王罗瑟迦展开

①　陈才宇:《试论〈贝奥武甫〉的思想与艺术》,《杭州大学学报》1992 年第 4 期。

②　陈才宇:《盎格鲁·撒克逊时期的宗教诗》,《外国文学评论》1992 年第 1 期。

③　陈才宇:《论英国民间谣曲中的人文主义思想》,《外国文学评论》1992 年第 3 期。

④　张为民:《旧衣新裁——试述〈贝奥武甫〉诗中的哀伤情调》,载 1992 年《北京大学学报(英语语言文学专刊(二)》。

⑤　王继辉:《萨坦湖船葬与〈贝奥武甫〉》,《国外文学》1995 年第 1 期。

⑥　王继辉:《〈贝奥武甫〉中的罗瑟迦王与他所代表的王权理念》,《国外文学》1996 年第 1 期。

分析,指出罗瑟迦这一人物集中反映了盎格鲁－萨克逊文化传统对理想中的王者形象以及他所代表的王权理念的理解。作者通过对诗人关于罗瑟迦形象所使用的形容词进行分析,结合人物建筑鹿厅这一事件的象征意味,剖析了贝奥武甫和罗瑟迦王之间的复杂权力关系,指出"丹麦王罗瑟迦是盎格鲁－萨克逊时期王权理想的真实化身"。王继辉此文对古英语诗歌及其时代权力制度关系的分析无疑有助于我们加深对该一时期英语史诗的理解。其他论文如沈建太《论英国十四行诗的题材拓展与格律衍变》(《河南师范大学学报》1990 年第 1 期)、衡孝军《试论玄学派诗歌在英国文学发展中的历史地位》(《外国文学评论》1991 年第 2 期)、章燕《蕴含在奇想·思考和矛盾中的真情——论约翰·多恩的爱情诗》(《外国文学评论》1991 年第 2 期)等,都对我们有较大的借鉴意义。

二、弥尔顿诗歌研究

进入 90 年代后,有关弥尔顿的传记也有面世,如英国学者马克·帕蒂森的《弥尔顿传略》(三联书店 1992 年版)得到翻译介绍。我国学者撰写的传记,如王佐良《英国诗史·密尔顿》(译林出版社 1993 年版)。而有关弥尔顿的评论文章不仅在数量上远远超过 80 年代,而且在研究深度和广度上都有很大提高。特别是不少文章尝试用新的研究方法,从新的阐释视角剖析了弥尔顿作品的丰富内涵,得出许多比较精辟的见解。比如,胡家峦的论文从诗体形式结构与表现主题关系的角度来解读《黎西达斯》,反驳了一些传统看法,"传统的牧歌形式由于若干'离题'诗段而遭到破坏",指出诗中的所谓"离题"诗段其实根本没有离题,正是通过这个主题的阐述,弥尔顿才全面而充分地刻画了自己心目中理想诗人的形象:牧师兼诗人,或基督教人文主义诗人。[1] 王雨玉的论文从人性论角度来读解《失乐园》,指出史诗在思想内容上的特色主要表现为:(1)史诗突出了理性原则,热烈地赞颂以理性对抗专制的顽强不屈的斗争精神;(2)史诗指出情欲的危害,分析总

---

[1]　胡家峦:《论弥尔顿的〈黎西达斯〉》,《北京大学学报》1990 年第 4 期。

结了革命失败的教训;(3)史诗鼓舞人们从挫折中站起来,用自己的力量创
造理想和幸福的人生。作为人文主义者的诗人,对人类始祖亚当和夏娃是取
赞美态度的,赋予他们以资产阶级的理性意识。① 孙宪倬在论述《失乐园》
时,则从精神分析批评的角度讨论了史诗中夏娃的双重性格,认为"在夏娃
身上,弥尔顿令人信服地塑造了人类之母之外,他还写出了作为女人和妻子
的夏娃的复杂性,使她成为一个有着分裂且自相矛盾的性格特点的人物"②。
徐莉华则从信仰角度,打破时序,重新组合因果关系,探析了弥尔顿创作史诗
的匠心所在,指出"《失乐园》中的撒旦形象是清教徒兼革命家斗士的弥尔
顿站在历史的高度,从宗教和政治双重角度把握和塑造的恶魔形象。换句话
说,撒旦形象主要是根据作者的宗教和政治观念而构成一个完整而生动的
统一体。"③ 此外,肖明翰的论文《〈失乐园〉的自由意志与人的堕落和再生》
从个人价值和信仰自由的思想角度来探讨《失乐园》的主题及人类堕落的
实质,指出弥尔顿的思想虽极为复杂,很难一概而论,但就本质而言,基督教
人文主义是他的思想核心,这最突出地表现在他关于人的自由的观点上,然
而,自由在弥尔顿那里说到底就是意的自由,他的伟大史诗《失乐园》中
几乎所有主要人物都谈到人的自由意志。与此无关,对于作品中人的堕落,
文章则根据圣奥斯丁的观点,指出"亚当只有进行自由选择时才成为真正意
义上的人"。因此,在这个意义上讲,"史诗中人类的堕落乃是'幸福的堕
落',它不仅使人成为真正意义上的人,而且还会最终为人类带来远比伊甸
园更为幸福的乐园。"④ 为证明史诗这一所谓"幸运的堕落"主题,胡家峦在
《金链:"万物的奇妙联结"——文艺复兴时期英国诗人宇宙观一瞥》中则从
对立统一的宇宙观来论述《失乐园》的,该文指出,"弥尔顿的《失乐园》
中描绘了一个充满多元对立的宇宙,这些对立面纵横交错,相互冲突,但却传
达出深层的精神内涵,反映出文艺复兴时期占主导地位的'堕落—再生'模

① 王雨玉:《理性·情欲·人生:简论弥尔顿长篇史诗〈失乐园〉》,《外国文学》1993年第4期。
② 孙宪倬:《独立的代价:试论〈失乐园〉中夏娃的双重人格》,《国外文学》1993年第4期。
③ 徐莉华:《〈失乐园〉的匠心》,《外国文学研究》1995年第1期。
④ 肖明翰:《〈失乐园〉的自由意志与人的堕落和再生》,《外国文学评论》1999年第1期。

式。"① 胡家峦的另一篇论文《论弥尔顿的〈黎西达斯〉》(《北京大学学报》1990 年第 4 期）也具有较大的参考价值。

对弥尔顿的另外两部杰作《复乐园》和《力士参孙》的专门评价文章不多。其中,王倜中写的论文《〈力士参孙〉的清教主义色彩与悲剧意义》冲破以往评论家专注于挖掘作品隐藏的革命性思想主题的传统,而从诗剧本身所体现出来的宗教信仰的角度来探析作品,强调了诗剧所传达的清教主义色彩,而关于本诗剧的悲剧意义,文章则认为,"弥尔顿写此剧的目的决不是为重复《圣经》里的故事,也不单纯为参孙立传……事实上,弥尔顿在参孙身上看到了自己的影子。"② 肖明翰的《试论弥尔顿的〈斗士参孙〉》则着眼于从诗剧的体裁方面进行论述,批评了 18 世纪著名诗人兼文学评论家塞缪尔·约翰生认为此剧"缺乏亚里士多德所说的'中间',也缺乏'发展'"的错误观点,指出《斗士参孙》"虽没有多少戏剧性情节,但它的'发展'主要不是故事情节的发展而是戏剧人物参孙的发展,即此剧就是关于参孙精神复生的发展过程"。此外,论文还提出了诗剧的基本主题之一是"忍耐"这一全新的观点,并指出"忍耐这一主题同时也是参孙精神复生过程中的核心和他获得精神复生的标志"③。

关于弥尔顿作品艺术特色方面。黄宗英《英国十四行诗艺术管窥——从华埃特到弥尔顿》一文,比较客观全面地评述了弥尔顿十四行诗的艺术特色。文章称弥尔顿是"英国第一位写独立的十四行诗而成名的伟大的十四行诗诗人。"他的"每一首十四行诗,内容自成一体,或谈论某个人,或就某一件事发表议论。就形式而言,弥尔顿也可算得上是个改革者,他没有秉承历代英国诗人所常用的十四行诗格律,而是追求源头,仿效意大利十四行诗的原型,寻求一种"更为纯正,更为规范的形式。"④ 王雨玉《理性·情欲·人生——简论弥尔顿史诗〈失乐园〉》认为作品表现了自己卓越的艺术才能,具体表现为"雄奇宏伟的艺术风格,细致入微的心理刻画,丰富的想象、新奇

---

① 胡家峦:《金链:"万物的奇妙联结":文艺复兴时期英国诗人宇宙观一瞥》,《国外文学》1999 年第 1 期。

② 王倜中:《〈力士参孙〉的清教主义色彩与悲剧意义》,《杭州大学学报》1992 年第 1 期。

③ 肖明翰:《试论弥尔顿的〈斗士参孙〉》,《外国文学评论》1996 年第 2 期。

④ 黄宗英:《英国十四行诗艺术管窥——从华尔埃特到弥尔顿》,《国外文学》1994 年第 4 期。

的比喻及铿锵有力的节奏"①。

以上这些文章都是我国学术界将弥尔顿研究引向深入的标志,也为今后我们更深入地理解和接受弥尔顿诗中那种"高尚的人格"积累了经验。

总之,回顾弥尔顿在中国近 80 年的接受历程,可以看出,建国初期乃至 80 年代,对于弥尔顿的介绍研究主要在于挖掘其诗作中隐射的革命性、战斗精神。这段时期,我国读者心目中弥尔顿是"坚强的资产阶级清教徒革命诗人",然而对于弥尔顿思想的其他方面及其作品艺术特色的研究比较薄弱。90 年代后,评论界出现了为数不少的,打破传统观念,站在一定的历史高度、采用多种批评模式,从全新的视角对弥尔顿生平及作品进行探析的评论文章,扭转了以往评论上一面倒的倾向,同时也为我们认识和接受真正的弥尔顿迈进了一大步。

三、浪漫主义诗歌研究

在英国诗歌研究领域,浪漫诗歌一直是个研究重点,前述王佐良的著述已作全面展示。除此以外,其他学者也发表大量论文,将英国浪漫诗人研究推向深入。现主要综述讨论威廉·布莱克、华兹华斯、济慈等诗人在 90 年代的研究概观。

关于威廉·布莱克研究。进入 90 年代后,有关布莱克的介绍与研究呈现出多方面拓展的趋势。1990 年,吴富恒主编《外国著名文学家评传》出版。在这套评传的第一卷里收入了老安撰著的《布莱克》。② 尽管其篇幅并不长,但却是除了 20 年代邢鹏举《勃莱克》以外,仅有的关于这位伟大诗人的评传。评传中对布莱克的生活经历、思想信念、创作实践及其创新突破等方面,均有比较详细的介绍,还认为我们研究布莱克时必须把诗人的思想放在他所处的历史、社会和文化背景中去考察;还必须把布莱克的诗歌视为一个整体,以相同的尺度加以衡量。

---

① 王雨玉:《理性·情欲·人生:简论弥尔顿长篇史诗〈失乐园〉》,《外国文学》1993 年第 4 期。
② 见吴富恒主编:《外国著名文学家评传》第一卷,山东教育出版社 1990 年版。

　　在阐释布莱克作品方面，《名作欣赏》1994 年第 1 期发表了题为《〈病玫瑰〉的创造性阅读》的译文。该文用形式主义、心理分析、原型和道德—哲学几种批评方法，阐释了布莱克名诗《病玫瑰》的不同侧面，提供了创造性阅读的多种可能性，从而对我们运用新方法研究传统作品在方法论上具有指导性意义。丁宏为的《重复与展示：布莱克的〈塞尔〉与〈幻视〉》涉及布莱克思想的深层面，论述也非常有深度。文章通过对诗人这两篇早期作品的细读分析，并联系诗人思想及其他作品，指出《幻视》应视为《塞尔》主题的接续与展开，从而否定了西方评论界有关这两首诗的流行观点。① 杨小洪的论文《布莱克〈伦敦〉探微》则用现代批评方法对这首诗做了详细剖析，着重从语言的歧义性与表现的多义性、语象的反逻辑性与潜在的阐释模型、性的觉醒及其挑战、血腥的割礼和生命的枯萎等几个方面揭示了《伦敦》一诗的深层意蕴。② 他在《布莱克〈经验之歌〉的系统结构》一文中，也借鉴系统论方法对布莱克诗作进行探讨，揭示出了这些诗篇中的意象——象征子系、叙事子系、社会角色子系等意蕴颇深的层面结构，并对《伦敦》中的历史场景也做了精到的剖析。③ 胡建华的文章《布莱克的“人类灵魂的两种对立状态”》也论述了布莱克心目中的“全人”形象。④ 以上这些文章都为我国的布莱克研究向纵深拓展做了许多有效的工作，也为今后我们更深刻地理解和接受布莱克诗中那种“魔鬼的智慧”积累了经验。

　　关于华兹华斯研究。在 80 年代纠正“左”倾偏向与全面介绍的基础上，90 年代华兹华斯的译介和研究进入一个新的阶段。1991 年出版了谢耀文译的《华兹华斯抒情诗选》（译林出版社），收入华氏诗作 232 首。另外杨德豫译的《湖畔诗魂》（人民文学出版社 1990 年版）以及其他很多抒情诗选集中都收了华氏不少诗作。这一时期研究华兹华斯作品的文章都有一定的深度，而且也主要集中在华氏自然诗歌的探讨上，由此凸现出诗人的哲学思想，人生观、自然观等等。

---

① 丁宏为：《重复与展示：布莱克的〈塞尔〉与〈幻视〉》，《外国文学评论》1993 年第 1 期。

② 杨小洪：《布莱克〈伦敦〉探微》，《杭州师院学报》1995 年第 4 期。

③ 杨小洪：《布莱克〈经验之歌〉的系统结构》，《外国文学评论》1996 年第 3 期。

④ 胡建华：《布莱克的“人类灵魂的两种对立状态”——从〈天真与经验之歌〉到〈天堂与地狱结婚〉》，《外国文学》1996 年第 3 期。

　　段孝洁的论文《从华兹华斯的诗歌创作看其哲学思想》①展示了华氏诗作背后的以"明智的消极"为核心的哲学思想,并追溯其复杂的历史社会根源和文化背景;章燕的论文《自然颂歌中的不和谐音》②指出华氏在回归自然的同时,内心深处却感受到万物以及整个世界的困惑,并为此始终焦灼不安,心灵承受着如基督教徒那种忍辱负重的精神重压,使其诗中那美丽的自然景象不时透露出一种不和谐的色调;王捷的论文《华兹华斯自然诗创作溯源》(《上海师大学报》1995年第3期)和孙靖的论文《华兹华斯对自然的诗意建构》(《齐齐哈尔师院学报》1995年第6期)也都是很有些深度的分析文章。另外,严忠志的文章《论华兹华斯的诗歌创作观》③则对华氏诗歌创作理论做了深刻全面地思考分析;聂珍钊的论文《华兹华斯论想象和幻想》④结合华兹华斯的诗歌理论与诗歌创作实践,主要介绍了华兹华斯有关想象和幻想的诗歌理论,具体论述了华兹华斯提出的想象力的三种功能:赋予、抽出和修改功能,造型或创造的功能,集聚、联合、唤起和合并的功能。作者指出,华兹华斯关于想象和幻想的观点与柯勒律治相左,却在想象和幻想内涵基本相同这一点上与马克思一致。最后指出华氏正是借了想象和幻想的力量,才使自己丰富的感情实现艺术升华,变成伟大的诗。

　　另外,王木春在《对英国湖畔派研究的误区》⑤一文中,指出了国内对英国湖畔派研究的五个误区:第一,认为湖畔派在法国大革命之后立场转为反对革命,就将其视为反动。第二,把拜伦和骚塞的笔墨之战上升为革命浪漫主义与反动浪漫主义的斗争。第三,将湖畔派歌颂善良朴实的村民、揭露城市资产阶级的罪恶,当做缅怀封建家长制,诅咒资本主义文明,因而贴上消极、落后、反动的标签。第四,把湖畔派诗歌中的梦境、想象、幻觉、神秘斥之为消极、反动的浪漫主义艺术手法。第五,把《抒情歌谣集序言》视作反动浪漫主义的宣言。作者对五个误区逐一做了有根有据的批驳,有助于打破研究湖畔派的思想禁锢。以上这些研究文章代表了90年代我们理解和接受华

①　段孝洁:《从华兹华斯的诗歌创作看其哲学思想》,《南京师大学报》1993年第1期。
②　章燕:《自然颂歌中的不和谐音》,《外国文学评论》1993年第2期。
③　严忠志:《论华兹华斯的诗歌创作观》,《四川外语学院学报》1996年第2期。
④　聂珍钊:《华兹华斯论想象和幻想》,《外国文学研究》1997年第4期。
⑤　王木春:《对英国湖畔派研究的误区》,《外国文学研究》1998年第8期。

兹华斯的程度和水平。

我们需要指出的是,新时期以来华兹华斯诗歌之所以能够较快地为我国读者接受,还与他的诗歌类似于我国古代田园诗有关系。80 年代以来把华兹华斯与我国古代诗人（尤其是田园诗人）相比较并找到其相同相异点,就成为华氏研究中的重要内容。其中把华兹华斯与陶渊明进行比较研究的文章有十篇之多。在这些文章中,有两篇写得很有深度,这就是曹辉东的《物化与移情——试论陶渊明与华兹华斯》①和兰菲的《华兹华斯与陶渊明》②。曹辉东的文章标志着我国研究者在对华兹华斯与陶渊明表面相似性认识的基础上,开始试图从中西文化背景角度去深入探讨两位诗人内在的相异之处。文章认为华氏诗中贯穿着诗人的哲学沉思,常作形而上抽象意义的追求,字里行间充满哲理的玄思,这与陶渊明代表的中国山水诗"欲辩已忘言"的审美特征与艺术风格完全不同;欧洲浪漫诗人注意自我感情的流露,强调自我意识和知性的探求,在对外物的"移情"中达到的只是"有我之境",而以陶渊明为首的中国山水田园诗却以"空灵"为最高审美原则,努力达到的是非个性的"无我之境"。兰菲的这篇很有理论深度和论述力度的论文不可多得,作者首先指出华氏自然观与审美观和陶渊明的美学观有极为相近的一面,接着通过"退隐田园与回归自然""自然之道与宇宙精神""天人合一与主体移转""哲学诗人及其艺术境界"四个方面做了深刻的比较分析。在文章"结语"中,作者总结认为,两位诗人都在寻求精神家园的过程中获得了人生的意义,并在多方面表现了二者的异中之同、同中之异。如在自然哲学观方面,陶受道家和玄学影响,所达境界是存在人世之中又超越人世和自然而与本体相通,去体验那自然之道,宇宙之心;而华氏从自然中看到了宇宙精神看到了上帝的呈现,与其代表的西方文化精神一脉相承。在人与自然的关系上,陶注意物我双向交流,通过"虚静"去体认生生不息的宇宙之"道",而在华氏那里,自然成为人观赏和神思的对象,可给客体染上主体的情思与色彩。另外二人审美境界的鲜明差异也使得陶可一直在田园中辛劳与怡乐逍遥,但华氏却终将从田园返身走向尘世,因为他必须拯救自己和他人。文

---

① 曹辉东:《物化与移情——试论陶渊明与华兹华斯》,《南京大学学报》1987 年第 1 期。
② 兰菲:《华兹华斯与陶渊明》,载《东西方文化评论》第三辑,北京大学出版社 1991 年版。

章如此的精辟分析真可以让一般读者豁然开朗,扫除了对华氏全面深刻接受过程中的一些关键性的难题。

除多篇探讨华兹华斯与陶渊明异同关系的文章之外,还有些研究者初步比较分析了李商隐与华兹华斯、王维与华兹华斯以及华兹华斯自然诗哲学思想与中国老庄道家思想的相似联系,等等。不少文章在比较分析时广泛而深刻地涉及中西文化传统的诸多差异,从而让我国读者接受华兹华斯时有了一个比较明确的坐标参照系。

当然,对华兹华斯这样一个伟大诗人,我们要想真正理解他的意义,还需要研究者们多方面的不懈努力,而真正接受这个与异域文化传统联系着的诗人的思想,则更不容易。这其中一个重要的沟通方法就是寻求他与中国诗人、哲人的异同联系。新时期以来我们在华兹华斯与陶渊明两位著名诗人的沟通上取得了可喜的成绩,而华氏与我国道家思想的沟通比较也是一个特别重要的方面,它对我们从另一个更深的角度去理解把握华氏创作思想帮助很大,甚至对未来人类文化建设也有重要启示意义。

1992 年是雪莱诞辰二百周年,我国学界召开了纪念会,发表了多篇论文,如袁可嘉《雪莱:矢志变革的伟大战士和诗人——纪念雪莱诞辰 200 周年》(《文艺报》1992 年 8 月)、郑敏《诗歌与科学——世纪末重读雪莱〈诗辨〉的震动与困惑》(《外国文学评论》1993 年第 1 期)、陆建德《雪莱的流云与枯叶——关于〈西风颂〉第二节的争论》(《外国文学评论》1993 年第 1 期)等,均对我们深入认知雪莱的现代意义颇有助益。

关于济慈研究。英国进步作家克里斯托弗·考德威尔曾称济慈为"浪漫主义复兴的旗手"。确实,济慈是个忠于艺术的诗人,他对诗歌具有无比的热情,他深知作为诗人的责任感,知道只有通过不懈的努力,才能登上艺术的高峰。"诗人有两种,一种是生为诗人而又不安于做诗人,如屈原、弥尔顿等,一种是生为诗来,死为诗去,不假外求,以诗为道,视诗如命,生为诗人而又安于做诗人,他们的人生是诗化的,济慈便是其中突出的一位。"[①] 只可惜病魔和抑郁困苦的生活使他过早离开了人间,然而就是在自己生命之火燃烧殆尽

---

① 赵亚麟:《诗化人生和没的结晶:济慈与他的〈秋颂〉》,《贵州大学学报》1997 年第 1 期。

之际,他还不忘对艺术的执着,对理想美与爱的追求。

在济慈诗歌的译介方面,查良铮编译的《济慈诗选》收辑了包括《夜莺颂》《希望腊古瓮颂》《蝈蝈和蛐蛐》等传世之作在内的 65 首诗,早在 1958 年 4 月即由人民文学出版社刊行。朱维基译《济慈诗选》也于 1983 年 1 月由上海译文出版社出版,收入除长诗《恩狄芒》《拉弥亚》《伊萨培拉》和未完稿《海壁朗》外,还有《夜莺颂》等短诗和十四行诗 20 首。1995 年是济慈诞辰二百周年,《世界文学》1995 年第 5 期也发表有屠岸注译的《济慈十四行诗七首》,都是与诗歌有关的篇章,其中写诗歌作品的有《初读查普曼译荷马史诗》《写在乔叟的故事〈花与叶〉的末页上》;论诗的有《"多少诗人把光阴镀成了黄金"》《"如果英诗必须受韵式制约"》;写诗人的有《致查特顿》《致拜伦》《写于李·亨特先生出狱之日》,译者希望从这些译篇中可以看到济慈怎样受到前代诗人的影响,对前人和同时代诗人的态度以及他有关诗歌的观点,可以看到他对诗艺的追求,领略这些诗篇的艺术魅力。

1991 年钱超英在他的《对浪漫主义的超越:约翰·济慈的美学历程》①一文中着重评述了济慈书信中体现的美学思考,认为这种思考始终贯穿着"美"与"真"的深刻矛盾,存在着一个主要倾向从"以美为真"到"以真为美"的转变过程,以及关于主体人格发展进程,关于"不如人意的因素"的处理,关于艺术家性格和关于审美心理特征等思想。而济慈的美学追求是对浪漫主义内在矛盾的探索。本文作者还提出在评价济慈的美学价值时,不能忽视它的某些本质的限定,尽管济慈常常努力突破这些限定。这就是:(1)济慈虽然重视美与真的统一,但对"真"常常局限于直观形态的理解,所谓生活现实真理等主要指个体经验所及的范围;(2)济慈在解决美与真的矛盾时,对"善"的问题比较忽略。同年作者又在《关于"美即是真,真即是美"——约翰·济慈〈希腊古瓮颂〉及其他》(《外国文学研究》1991 年第 1 期)一文中批判了把诗人向往希腊古瓮上"永恒的美",以此和现实生活的"不美"对立这种错误又肤浅的观点。作者从分析《希腊古瓮颂》入手,得出济慈在美学追求中为解决"美"与"真"、艺术境界与生活现实、主

---

① 钱超英:《对浪漫主义的超越:约翰·济慈的美学历程》,《深圳大学学报》1991 年第 1 期。

观与客观,这些困扰浪漫诗人的矛盾而作出的启示。作者认为在意绪的流动上,该诗经历了以美为真到以真为美的一个转折,在总体感受上,它包含了"以美为真"和"以真为美"两种暗示,而后一种暗示是主要的。作者指出济慈作为浪漫诗人值得重视,不仅在于某种富于魅力的艺术才气,尤其在于他通过一系列美学思考和美学实践探索所达到的深度。

奚晏平发表《济慈及其〈夜莺颂〉的美学魅力》(《外国文学评论》1993 年第 2 期)一文,通过对诗人及其《夜莺颂》特有艺术魅力的重审,以展示浪漫主义的历史性贡献和美学意义。作者具体从如何理解济慈所谓的"消极能力",如何理解济慈在诗歌创作中对想象力的重视,如何理解诗歌创作中对神话题材的选择,以及如何理解他对艺术美的不懈追求等四个角度详细阐述,颇有道理。

《秋颂》也体现了济慈对美的独特追求。赵亚麟在《诗化人生和美德结晶:济慈与他的〈秋颂〉》①一文中,指出济慈的人生理想是诗化的,其人生态度也就必然是审美的,认为《秋颂》在艺术上近乎完美无缺,完全达到了诗人审美追求的最高境界,内容上是济慈诗化人生的最真实写照,是诗人生命勃发的绝笔。因此,济慈开了西方意象派诗歌的先河,不过其意象创造带有典型的西方文化重分析、重描述的印记。同年,夏玉红的《济慈——美的赞美者》(《黑龙江大学学报》1997 年第 2 期)一文,也是对济慈的美学历程的探讨之作。

以上文章对济慈美学历程探讨的一个焦点就是如何理解济慈所谓的"美即是真,真即是美"。杨周翰等主编《欧洲文学史》就认为济慈诗歌常带有显著的唯美主义色彩,伍蠡甫著《欧洲文学简史》(古希腊罗马至十九世纪末)中认为济慈已逃到古希腊的"真美"之中,而王佐良在《英国浪漫主义诗歌史》中则认为济慈"吸收了从斯宾塞到莎士比亚到弥尔顿的几乎一切好的影响,并且又顺应自己诗艺的发展,他一方面是浪漫主义众多特点的体现者,有明显的十九世纪色彩,另一方面由于他所面对的环境和他所要解决的思想和创作问题,都是属于现代世界的,他又是我们的同时代人"②。

---

① 赵亚麟:《诗化人生和美德结晶:济慈与他的〈秋颂〉》,《贵州大学学报》1997 年第 1 期。
② 王佐良:《英国浪漫主义诗歌史》,人民文学出版社 1991 年版,第 158 页。

　　许德金的文章《济慈诗论暨〈秋颂〉赏析》①,认为济慈诗论主要涉及三方面的问题,即诗人应当写什么、怎样写和诗人应具有哪些素质。济慈认为诗人应当返回自然,讴歌自然,讴歌他对人类的情感,《忧郁颂》就是明证,归纳起来就是要讴歌"美",不仅指感官感受到的美,也包括由想象力捕捉到的"美"。诗人所作之诗,应当自然,不起眼,并且还要内容完整,如此才能体现诗之美,诗人最起码应具备消极接受力和忘掉自我溶入他物的能力(即现代美学中所谓"移情作用")两方面素质。文中对《秋颂》重新探析,认为他真正达到了济慈诗论的一贯主张,尤其在完整性这一点上表现得更为突出。

　　徐广联在《爱的大纛,诗的丰碑:济慈诗作的现代性简论》② 一文中提出"逃避"并不是唯美、沉湎更见出创造的观点。江晓梅《济慈诗中睡眠意象分析》③ 一文则分析了诗人诗中的睡眠意象,认为它是诗人的情意与客观景物的天然契合,是诗人独特的感受和情感的传达,它与其他多种独特的意象一起昭示着诗人的情感和心灵。此外还有刘新民《济慈诗歌艺术风格散论》④、刘治良《济慈诗歌创作成因探源》⑤ 和《济慈爱的困惑》⑥。前文认为在济慈诗歌灵感中存在着一个无比丰富的创造性的想象力和他第一流的批判性的智力;后文又针对济慈的"痛苦而甜蜜"论的内涵进行了阐述。

　　有些论文还将英国当时受到济慈影响的诗人及其作品与济慈诗作进行比较,如刘治良《生命之春在艺术,艺术之美在永恒:叶芝〈驶向拜占廷〉与济慈〈希腊古瓮颂〉主题之比较》(《贵州大学学报》1996 年第 3 期),认为叶芝是 19 世纪末 20 世纪初深受济慈影响的重要诗人之一,其中最大的影响是济慈对中世纪的理想化,文中比较两诗的思想内容,认为《驶向拜占廷》描写了"生命之春在艺术"的主旨,《希腊古瓮颂》唱出了"艺术之美在永恒"的基调。两诗所揭示的"生命——艺术"的不同主题在"永恒"中得到了统一,这是两诗人从悟解人生命运的角度做出的对生与死的态度,也是

---

①　许德金:《济慈诗论暨〈秋颂〉赏析》,《名作欣赏》1997 年第 2 期。
②　徐广联:《爱的大纛,诗的丰碑:济慈诗作的现代性简论》,《扬州师院学报》1993 年第 3 期。
③　江晓梅:《济慈诗中睡眠意象分析》,《湖北大学学报》1996 年第 4 期。
④　刘新民:《济慈诗歌艺术风格散论》,《外国文学评论》1997 年第 2 期。
⑤　刘治良:《济慈诗歌创作成因探源》,《贵州大学学报》1989 年第 4 期。
⑥　刘治良:《济慈爱的困惑》,《贵州大学学报》1995 年第 3 期。

诗人追求人生的自我完善之表现。

　　还有一些论文将济慈的诗意与中国古代诗人的诗意比较阐释。如唐建国的《济慈〈秋颂〉与王维〈山居秋暝〉诗意之比较》(《重庆教育学院学报》1991年第2期)、张玲霞的《济慈与朱湘,他们的名字写在水上,英美浪漫主义与新月派之一》(《烟台大学学报》1990年第4期)等。

四、20世纪英国诗人研究

　　本时期我国学界研究20世纪英国诗人诗作也取得了不少成绩,列举如下。

　　关于T. S. 艾略特的研究,就发表有多篇论文:陆建德《破碎思想体系的残片——艾略特·多恩和〈荒原〉》(《外国文学评论》1992年第1期)、张炽恒《智慧的映照——论T. S. 艾略特的〈四个四重奏〉》(《外国文学评论》1992年第1期)、叶世祥《论T. S. 艾略特的"情感逃避说"》(《温州师院学报》1992年第2期)、张剑《干枯的大脑的思索:T. S. 艾略特〈枯叟〉的拯救主题》(《外国文学》1997年第4期)等。李迎丰的论文《艾略特:从象征到结构》(《外国文学研究》1998年第3期)指出艾略特复杂的精神性格使得他越出具体的流派,涉及"意向派""玄学派""象征主义"、新批评等多种流派。作者认为,这种复杂的精神性格源于艾略特思想深处虚无主义与对历史传统的独特意识相碰撞的精神矛盾。这一矛盾是艾略特从直观描绘和批判现实走向转换与批判思维的原因。其诗歌创作以"象征"为起点,进一步深化为关于"结构"的思维方式和世界观,这一艺术思维的变革最终在他的文本中得到实现。

　　傅浩在《叶芝的象征主义》[①]一文中,认为叶芝受到法国象征主义影响的说法表示质疑,提出叶芝象征主义的来源主要有三个:神秘经验、文学阅读(包括传统文化)和民间口头传说。作者进一步论述象征主义在叶芝创作之中的体现在于重复使用和自加注释。作者指出,叶芝坚持一切从切身体验出发,对传统象征加以创造性的吸收,使普遍性与个人性结合。在这个意义上,

---

　　① 　傅浩:《叶芝的象征主义》,《国外文学》1999年第3期。

其创作系自出机杼,在文学史上具有上承浪漫主义,下启超现实主义的地位。傅浩关于英国运动派诗歌也发表了多篇文章,如《运动派的文学爱国主义》(《外国文学研究》1990 年第 4 期)、《英国"运动派"的诗歌审美观形式观和本体观》(《中国社会科学院研究生学报》1991 年第 2 期)等。傅浩的专著《英国运动派诗学》,于 1998 年由译林出版社刊行。

方杰在《劳伦斯诗歌散论》①一文中,介绍了劳伦斯的诗歌创作历程,分析了劳伦斯不同时期的诗歌作品及主题特征。作者指出,劳伦斯的早期诗歌以直觉取胜、重视诗歌的形式,表明了他对某种母性情感的依恋。劳伦斯与弗里达结婚后,突破了既往的艺术准则,倡导用自然得当的形式进行创作,诗歌创作走向成熟。劳伦斯晚年的诗歌致力于对生命的探讨,人类创造奇迹的能力成为此时期诗歌的基本主题。作者认为,劳伦斯以唯心主义世界观看待生死,必然决定了其作品中浓重的个人主义色彩和悲观倾向。

另外,爱尔兰诗人谢默斯·希尼(1939—2013)于 1995 年获诺贝尔文学奖之后,我国报刊相继发表了多篇译介与评论性文章。如李永彩《1995 年诺贝尔文学奖得主——爱尔兰诗人谢默斯·希尼》(《泰安师专学报》1995 年第 3 期)、周长才《千年恩怨:化作诗篇震寰宇——'95 获诺贝尔奖的爱尔兰诗人希尼导读》(《外国文学》1996 年第 1 期)、张剑《谢默斯·希尼的生平与创作》(《外国文学》1996 年第 1 期)、傅浩《谢默斯·希尼诗十五首》(《外国文学》1996 年第 1 期)、杨永泉《诺贝尔文学奖得主希尼》(《国际人才交流》1996 年第 5 期)、董洪川《希尼与爱尔兰诗歌传统》(《当代外国文学》1999 年第 4 期),以及丁振祺的系列文章《融谐中爱尔兰魂灿耀——希尼诗集〈一个生物学家之死〉评析》(《国外文学》1996 年第 3 期)、《希尼献给母亲的歌》(《外国文学评论》1997 年第 2 期)、《希尼诗歌创作的转折期——评诗集〈田间劳作〉》(《外国文学评论》1998 年第 2 期)等。这些文章为我国读者了解与欣赏希尼的诗歌艺术提供了必要的指导。

---

① 方杰:《劳伦斯诗歌散论》,《外国文学研究》1997 年第 2 期。

第二节　中国学者研究英国小说的成就

　　在我国的英国文学研究中,探讨英国小说艺术的成果最为丰富。首先值得一提的是中国社会科学院外国文学研究所的《英国小说研究》项目,由朱虹、文美惠、黄梅、陆建德组成编委会,每人负责主编一卷,1995—1997年由中国社会科学出版社刊行。包括朱虹主编的《英国小说的黄金时代》、文惠美主编的《超越传统的新起点》、黄梅主编的《现代主义浪潮下》和陆建德主编的《现代主义之后:写实与实验》等四卷,组成了有关英国小说研究的最重要的论文集,它们有合有分,按统一的构思围绕英国小说由传统到现代的发展,各自聚焦英国小说史上不同的重要阶段,以一组组论文从不同的角度、侧面深入剖析各个时期的文学精神、小说的艺术形态、重要作家作品的突出特点。这些著作,无论是文学史还是作家研究,都使中国的英国文学研究上升到一个新的水平。文惠美主编的《超越传统的新起点——英国小说研究 1875—1914》(中国社会科学出版社 1995 年版)收录 13 篇论文对1875—1914 年间英国小说界有影响的 12 位作家做了系统研究。本时期的英国小说,现实主义创作达到新的高峰,现代主义作家也登上历史舞台,传统的小说样式正在发生变化。本卷论文集在大量第一手资料的基础上按时间先后对每位作家逐一研究,弥补了我国对这一时期英国小说研究的不足。再如黄梅主编的《现代主义浪潮下:1914—1945》(中国社会科学出版社 1995年版)展示的是 20 世纪前半期英国小说的创作成就。在这一时期西方世界经历了两次世界大战及其间的经济危机,社会的政治经济和意识形态产生了激烈震荡,现代主义文艺应运而生。本卷收录的 20 篇论文,就精选了这一时期英国 15 位著名小说家及其代表作进行评介论析,如乔伊斯、伍尔夫和劳伦斯等是现代派大师,有的则是在西方颇具影响而我国广大读者尚未熟知的作家,以点带面,力求反映这一时期英国小说的全貌。每篇文章视角不同,旨在深刻剖析,因而多含精思,各备特色,对研讨英国现代派小说有较大的参考价值。

本节拟选择国内学界涉及 19 世纪及 20 世纪几个重要小说家的研究成果综述论之。

一、19 世纪英国小说家研究

这方面的学术成果主要以查尔斯·狄更斯的研究概况为例。进入 90 年代后,国内出版了不少有关狄更斯的传记,如埃德加·约翰逊的《狄更斯——他的悲剧与胜利》(天津人民出版社 1992 年版)和杰克逊的《查尔斯·狄更斯——一个激进人物的进程》(上海译文出版社 1993 年版)得到翻译介绍。我国学者撰写的传记,如谢天振的《深插底层的笔触——狄更斯传》(上海世界图书出版公司 1994 年版)和薛鸿时的《浪漫的现实主义——狄更斯传》(社科文献出版社 1996 年版),也得到出版发行。有关狄更斯的评论文章尽管在数量上远逊于 80 年代,但在研究深度和广度上均有很大提高。不少文章尝试用新的研究方法,从新的阐释视角深刻剖析了狄更斯作品的丰富内涵,得出了许多比较精辟的见解。比如,申家仁的文章就从精神分析批评的角度来解读《大卫·科波菲尔》,指出狄更斯成名后讳莫如深而又萦绕于怀的是他辛酸的童年经历,这促使其构思和写作《大卫·科波菲尔》。创作时,狄更斯以"我"为叙述主体倾注郁积的情愫,化合回忆与虚构,熔铸自我与非我,并不自觉地发挥潜意识和性心理的作用,成功进行自我的舒泄与补偿,用不到两年时间完成这部巨篇。① 张聪慧的文章论述的也

① 申家仁:《〈大卫·科波菲尔〉:自我的解脱与补偿》,《佛山大学佛山师专学报》1990 年第 1 期。

是《大卫·科波菲尔》。他从叙事学角度谈论了这部作品的双重叙述机制，认为小说家对叙述方式的选择，往往意味着一种叙述格局的确立，这关系到作者与读者之间的对话方式的形成。狄更斯在这部小说中对已有的两种叙述模式，即"笛福式"和"菲尔丁式"，进行了改造与重建，形成了比较完善的叙述机制，由此也充分显示了作者的创作才能。① 蒋承勇、郑达华的论文则从原型批评的角度出发，探析了狄更斯小说深层隐含着的童话模式，指出狄更斯崇尚儿童是与自身的童年经历、《圣经》传统以及19世纪初英国浪漫主义的影响分不开。儿童的纯真与善良、基督教精神和人道主义，构成狄更斯从精神意识到情感心理的三个层面和渊源关系，这既使狄更斯永久地依恋着自身的童年生活，又使其深层精神——心理上成了永远长不大的"精神侏儒"，其意识深处那种"剪不断、理还乱"的"儿童情结"，使其创作心理原型带上了儿童心理特征。他所描写的小说世界，是经由他那带有儿童心理特征的主体心理原型过滤和变形了的19世纪英国社会风貌。② 陶丹玉的论文《论〈双城记〉中的宗教倾向》（《外国文学研究》1997年第4期）里，讨论了《双城记》中为读者所忽视的宗教倾向，从小说标题、故事情节、场景描写、人物刻画几个方面论证了小说的宗教主题，指出《双城记》作为狄更斯后期的代表作品，除了真实反映人间疾苦之外，更旨在宣扬基督的仁爱和永生，小说的宗教主题和现实主义主题是共同支撑小说的两大支柱。宗教情感使得《双城记》充分表现了狄更斯的气质，成为最富有狄更斯特色的作品。以上这些文章都是我国学术界将狄更斯研究引向深入的标志。

我们特别提到的还有赵炎秋的学术专著《狄更斯长篇小说研究》（社科文献出版社1996年版）。这是我国学术界对狄更斯长篇小说研究的集大成著作，代表了到目前为止我国研究狄更斯作品的一流水平。赵炎秋此书在理清国内研究成果的基础上，重新解读狄更斯的长篇小说，论述颇多创见。全书采用了宏观和微观相结合的研究格局，从外部审视与文本解读两方面对狄更斯进行全方位观照。作者把狄更斯15部长篇小说看作有机的整体，从思

————————

①　张聪慧：《重塑与改造——浅析〈大卫·科波菲尔〉的双重叙述机制》，《河北师院学报》1996年第2期。

②　蒋承勇、郑达华：《狄更斯的心理原型与小说的童话模式》，《杭州师院学报》1995年第1期。

想、人物、艺术三个角度进行系统的分析,其研究深入到狄更斯小说的各个方面,显示出整体性、系统性的特点。同时在具体的论证中,作者规避了纯理论阐释的弊端,深入到狄更斯小说的文本中,分析具体入微。本书超越了此前相关著作以一般性介绍或欣赏的范畴,填补了国内狄更斯研究上缺少真正意义上研究专著的空白。全书分三大部分,系统地评析了狄更斯小说的思想、人物及其艺术特色。在思想研究中,作者提出了社会批评、道德弘扬、人性探索是狄更斯小说思想的三个基本侧面,并关注到这三个侧面的区别与联系之处,以复杂而又和谐的"三重奏"来形容小说思想内容三个方面的联系与配合。论述还涉及对小说所蕴含的家庭观念与男性意识的探讨,对狄更斯创作思想进行全方位地观照。在人物研究中,作者从人物与情节、主题、环境相互之间关系的角度,对人物的特点、类型、发展,作出了开拓性研究,尤其发掘了狄更斯对变态人物的塑造,富于新意。在艺术研究中,作者对狄更斯小说创作方法的基本特征、人物塑造的基本原则、小说中的叙事模式、长篇小说的结构特点、人物内心世界的揭示方式以及其小说魅力的重要源泉几个层面均有独到的见解和阐释。同时,作者对一己创见提供了具有说服力的论证,在文本分析与理论阐释的两相结合中寻找答案,显示出了深厚的学术功力。附录三"国内狄更斯研究论文索引",收录了自1937年至1995年的国内狄更斯研究论文,为了解那一时期的狄更斯研究提供了一份难得的文献资料。

　　综上所述,新时代以来狄更斯在中国的传播和接受,无论是作品译介,还是评论研究都取得很大成绩。狄更斯所有的小说都被翻译成中文,其中不少作品作为世界古典文学名著不断被重译、重印、重版,也赢得了广大读者的喜爱;有关狄更斯的介绍评论文章极多,在英国作家中,除了莎士比亚以外,无人能与之相比;狄更斯的各种传记、研究论著,包括翻译的和撰著的也有多部;并且,狄更斯也一直作为我国外国文学课教学的传统作家而得到充分重视。以上这些都为狄更斯在中国的广泛接受提供了不可多得的条件。同时也应该看到,新中国成立以来相当长一段时期,尤其是90年代以前,我国学者评论狄更斯时受苏联学术观点的影响很大,主要是把他作为一个"为人道而战的社会批判者"看待的,所以就把狄更斯定位为"批判现实主义的伟大代表"。与之相联系的是论及狄更斯作品中的人道主义思想,也在肯定其揭示社会罪恶,同情关心弱者的同时,多强调指出其调和阶级矛盾,缺乏斗争精神,相信善必能战胜恶的所谓"消极"的一面。其实,就狄更斯小说创作方法而言,它与按生活原貌摹仿生活的"完全逼真"的写法存在很大差别,因此它离开一般意义上的"现实主义"创作特点也很远。英国文学评论家乔治·吉辛(George Gissing,1857—1903)将狄更斯的创作方法称为"浪漫的现实主义",正是看到了其独到之处。狄更斯那天生具有的浪漫气质,那抑制不住的瑰丽想象,不时形成一股强劲的冲击力,总想突破对客观事物的忠实临摹。只要与他同时代的另一现实主义小说家萨克雷的创作相比,就能明显看到狄更斯的创作方法是一种独特的带有浓郁浪漫主义色彩的现实主义。

另外,狄更斯的全部作品都渗透着一种人道主义精神,即使对有些作恶多端的人,也让他们最后受到感化、良心发现、弃恶从善,这也就是一种"圣诞精神"。他始终抱着明确的道德意图去创作,毫不犹豫地攻击社会罪恶以及由此造成的人性沦丧,并确信大多数人都是善的,时刻站在他们一边,给他们以温暖、安慰、信心和希望。由此我们对狄更斯作品人道主义思想的所谓"消极"面也应该给以积极的评价。90年代以后我国学者的有关论著中已经注意到了以上论题,从而为我们认识和接受真正的狄更斯迈出了一大步。

本时期关于乔治·艾略特的研究论文主要是对艾略特生平和作品创作的介绍,如王晓英的《乔治·艾略特和她的小说》、张蓉燕的《妇女的自我界定——19世纪英国女小说家研究新视角》、陈聪聪的《简析乔治·艾略特作品特点及其在〈米德尔马契〉中的表现》、周韵的《论维多利亚时代女作家的小说创作》等等。另外,对艾略特作品的突出特点,如人物心理描写技巧和伦理道德关怀,梁辉的《试论乔治·艾略特前期长篇小说中的心理描写艺术》、董俊峰的《试论乔治·艾略特小说中的"人类宗教"道德观》、易德翔的《乔治·艾略特的认知选择——〈米德尔马契〉人物分析》等论文开始关注。此时,国内对西方20世纪文学理论的译介进一步展开,国内学者尝试了一些西方主流文学理论视角,如女性主义,对艾略特小说进行解读、评析,如刘晓文的《维多利亚女性文学探微》和《简论英国维多利亚女性文学"主体意识"的失落》、张蓉燕《妇女的自我界定——19世纪英国女小说家研究新视角》等论文,通过对艾略特生平与小说中的女性主义意识进行剖析,表现了我国学术界改革开放后接收西方经典和先进理论的尝试以及对女性主体性建构意识的关注。

更值得一提的是,罗晓芳在《外国文学动态》中,第一时间介绍了罗斯玛丽·艾什顿及她的《乔治·艾略特传》,这本新传记出版的消息,认为乔治·艾略特"是一个生活在维多利亚时代被解放的女性,她弃绝了基督教,混迹于她那个时代激进的思想家中,她独自走上了文学道路"。同时,作者特别强调,"对众多的知识分子来说,基督教崩陷所造成的情感、文化空洞是任何别的东西无法弥补的。艾略特、阿诺德、克勒夫、哈代都是属于这类固执的犹疑者"①。这一时期国内的艾略特研究开始放眼世界并积极参与。

相比而下,西方艾略特研究在前期研究基础上,表现出愈加成熟的综合性研究态势。期间连续出版了大量学术论文和五部传记,其中包括伊纳·泰勒（Ina Taylor）的《乔治·爱略特:矛盾的女人》②、维拉瑞·多德（Valerie A. Dodd）的《乔治·爱略特:智性生活》③、弗莱德瑞克·卡尔（Frederick Karl）的《乔治·爱略特:一个世纪的声音》④、罗斯玛丽·艾什顿（Rosemary Ashton）的《乔治·爱略特传》⑤和卡瑟琳·休斯（Kathryn Hughes）的《乔治·爱略特:最后的维多利亚人》⑥。泰勒将爱略特放入历史维度中考察,认为爱略特的早期生活经历对其性格起决定作用,她认为小说是其后期对性和金钱"双重向往愿望"的最佳诠释。多德在维多利亚时代哲学思潮的语境中关注爱略特的生活和文学创作,提出爱略特写作的出发点主要是哲学上的怀疑论。卡尔指出,爱略特虽然塑造了叛逆强势的女主人公,但在政治立场上却持保守姿态,这是她最大的模糊性和矛盾性所在。艾什顿强调:在维多利亚时代,爱略特生活在背叛传统和渴望社会承认的夹缝中。作者探讨在宗教影响力日渐衰微、科学、哲学浪潮不断涌现的历史背景

---

①　罗晓芳:《乔治·艾略特的新传记出版》,《外国文学动态》1998 年第 1 期。

②　Taylor, Ina. *George Eliot:Woman of Contradictions*. London：Weidenfeld and Nicolson, 1989.

③　Dodd, Valerie A. *George Eliot:An Intellectual Life*. Basingstoke：The Macmillan Press Ltd., 1990.

④　Karl. Frederick R. *George Eliot:Voice of a Century*. New York：W. W. Norton, 1995.

⑤　Ashton, Rosemary. *George Eliot:A Life*. Oxford and New York：Oxford University Press, 1996.

⑥　Hughes, Kathryn. *George Eliot:The Last Victorian*. New York：Farrar, Straus& Giroux, 1999.

下,艾略特等一批知识分子对信仰的探索,对道德和责任的坚守。休斯对艾略特赋予极大的同情,认为她的矛盾性是一种生存策略,使女性的自我建构成为可能。由此可见,西方研究对艾略特创作的社会背景、宗教哲学反思、人生经历与艺术追求进行全方位、多层次的研究,代表了当时研究的高峰。我国的艾略特研究随着 2006 年第一部研究专著出现,才开始进行相对全面和细致的考察阶段。

其他关于 19 世纪英国小说家研究的重要论文还有:张介明《〈傲慢与偏见〉的戏剧叙述》(《外国文学评论》1992 年第 2 期)、范文彬《论〈简爱〉的经久性魅力》(《上海师大学报》1991 年第 1 期)、方平《读者是享有特权的隐身人——谈〈简爱〉的自叙手法》(《上海师大学报》1991 年第 1 期)、范文彬《也谈〈简爱〉中的疯女人的艺术形象》(《外国文学评论》1991 年第 4 期)、韩敏中《坐在窗台上的简爱》(《外国文学评论》1991 年第 1 期)、范文彬《对〈简爱〉中罗切斯特形象的再审视》(《外国文学研究》1991 年第 3 期)、方平《希腊神话和〈简爱〉的解读》(《外国文学评论》1992 年第 1 期)、何朝阳《永恒的激情——〈呼啸山庄〉的现代心理学阐释》(《上海师大学报》1991 年第 3 期)、韩敏中《无穷无尽的符号游戏——20 世纪的〈呼啸山庄〉阐释》(《外国文学评论》1992 年第 1 期)、赵红英《〈呼啸山庄〉的艺术魅力和语言特色》(《武汉大学学报》1996 年第 4 期)、周小仪《唯美主义与消费文化:王尔德的矛盾性及其社会意义》(《外国文学评论》1994 年第 3 期)、薛家宝《论王尔德文艺思想与其作品内容的矛盾性》(《扬州大学学报》1999 年第 6 期)、夏腊初《似非而是 妙趣横生——析王尔德文学创作中的反论》(《外国文学研究》1997 年第 4 期)等,均对相关问题展开了深入探讨。

二、20 世纪英国小说家研究

关于托马斯·哈代研究。梁工在《〈卡斯特桥市长〉的"圣经"原型》[①] 一文中指出,长期以来学术界认为《卡斯特桥市长》的主题是表现人

---

① 梁工:《〈卡斯特桥市长〉的"圣经"原型》,《河南大学学报》1993 年第 5 期。

与命运的冲突,对此,文章变换角度从"圣经"原型出发重新解读这部小说,指出"卡斯特桥市长"具有二重指向,既指前任市长亨察尔,也指后来的取代者伐尔伏雷,这两个人物在圣经中的原型是《旧约·撒母耳记》中的扫罗和大卫,两组人物在出场方式、外貌、交往、性格诸方面都有许多相似之处。作者认为,若从"圣经"原型的角度考察,小说的主题是表现历史变革时期新旧两代人之间的冲突,说明年轻人战胜年长者的规律不可逆转。易季鹃在《清远、哀婉的田园牧歌——沈从文湘西小说与哈代威塞克斯小说比较》①中,认为沈从文和哈代都以自己的故乡为小说的主要场景,在描写原始封闭的世界、浓郁抒情风格、擅长写悲剧等方面具有相似的特征,文章主要对沈从文和哈代小说中的悲剧风格进行比较研究。在批判力度方面,沈从文对湘西悲剧的批判因其曲折隐晦而缺乏力度,而哈代对传统道德及现代文明则具有较为彻底的批判态度。在刻画小人物方面,沈从文着重刻画湘西小文物的人性和人情,哈代则强调人物性格与环境的冲突。沈从文与哈代之间最本质的区别在于作品批判精神的彻底性,这由两位作者不同的世界观、美学理想和思维方式导致。陈庆勋的文章《论哈代的乡土精神》②从地域及哈代的个人经历讨论哈代小说中的乡土精神。作者指出,地域对理解哈代的小说至关重要,应把威塞克斯看成一个精神上的客体,即哈代精神活动的产物。相比于哈代所处的时代环境,哈代的个人经历和感受对他的创作及其乡土精神的形成来说更为重要。同时,哈代的乡土精神又是特定文化的产物,本质上可视为一种文化精神。这种乡土精神使得哈代的作品在语言文体、人物塑造和情节结构上都与经典的现实主义作品存在明显差异。廖超慧在题为《轩轾声中悟〈苔丝〉》③的文章中,考察并梳理劳伦斯、伍尔夫、凯特尔、威廉斯等西方评论家对《苔丝》的评论,指出《苔丝》蕴含的真正价值在于,它揭示了英国在维多利亚时期从资本主义走向帝国主义的深刻危机,强烈抨击了当时社会丑恶的伦理道德和虚伪的法律。作者由此勘定了《苔丝》在世界文学

---

① 易季鹃:《清远、哀婉的田园牧歌——沈从文湘西小说与哈代威塞克斯小说比较》,《外国文学研究》1996 年第 4 期。

② 陈庆勋:《论哈代的乡土精神》,《外国文学评论》1998 年第 3 期。

③ 廖超慧:《轩轾声中悟〈苔丝〉》,《外国文学研究》1999 年第 4 期。

名著坐标系中的位置,即纵坐标轴在批判现实主义部分,与《战争与和平》《红与黑》《双城记》并列;在作品思想艺术的横坐标轴上,处于《奥赛罗》《罗密欧与朱丽叶》《约翰·克里斯朵夫》之间。

其他重要论文还有吴锡民《论哈代悲剧小说中的艺术对比》(《南京师大学报》1990 年第 4 期)、樊启帆《哈代小说中的现代意识》(《贵州大学学报》1990 年第 2 期)、王守仁《试论哈代的史诗剧〈列王〉》(《外国文学评论》1990 年第 3 期)、林之鹤《苔丝的魅力》(《外国文学研究》1993 年第 1 期)、殷企平《〈无名的裘德〉的异化主题》(《杭州大学学报》1993 年第 4 期)等。

关于劳伦斯研究。首先是刘宪之等主编《劳伦斯研究》于 1991 年由山东友谊出版社刊行。该书收入了 26 位国内外劳伦斯研究专家的研究论文,其中中国研究者论文 9 篇,既包含对劳伦斯创作的社会背景展开外围研究的如顾明栋的《阶级·生活·艺术——论劳伦斯的社会背景和艺术》,亦有采取各类理论话语予以深度阐释的如漆以凯的《从倾斜到平衡——劳伦斯小说中的女性形象》、李乃坤的《评劳伦斯笔下的现代女性》、蒋承勇的《〈儿子与情人〉的现代主义倾向》等颇具深度的各类解读。值得特别指出的是,选入其中的何善强《论劳伦斯的散文》一文较早地注意到了国内劳伦斯研究中非小说文类研究的空白,对其后的劳伦斯研究提供了有益的启示,而刘宪之先生《劳伦斯会议日记》一文,则为国内后学提供了详实的劳伦斯史料。1995 年 5 月,蒋炳贤编选《劳伦斯评论集》作为“外国文学研究资料丛书”之一种,由上海文艺出版社出版。同年 12 月,冯季庆《劳伦斯评传》由上海文艺出版社出版,拉开了国内研究者撰著劳伦斯传记的序幕。

本时期还发表了不少研究劳伦斯的论文,如周方珠《试析 D. H. 劳伦斯的作品与表现主义的关系》[①] 一文在书信等材料的基础上,将劳伦斯的小说及美术作品与同时期表现派艺术家的作品相对照,指出劳伦斯不论是小说还是绘画均与表现主义密切相关。作者认为,在创作理念上,劳伦斯在与现实主义决裂、表现人物自然本性、把艺术视为心灵的产物、风格感情强烈四个方面与表现派艺术家具有相同特征。不同之处在于,劳伦斯没有纯形式主义

---

① 　周方珠:《试析 D. H. 劳伦斯的作品与表现主义的关系》,《河南大学学报》1992 年第 2 期。

的倾向,也反对追求晦涩的艺术形式。在劳伦斯的小说中,两性关系的讨论与表现主义的关联最为密切。劳伦斯的绘画作品具有强烈的色彩和鲜明的节奏,带有不受自然束缚、自由表达情感的表现主义艺术家的标志。其他重要论文还有:刘洪涛《荒原启示录——劳伦斯思想寻踪》(《贵州民族学院学报》1990 年第 2 期)、蒋承勇《论劳伦斯小说艺术的现代主义倾向》(《上海师大学报》1990 年第 3 期)、李乃坤《评劳伦斯的现代女性》(《山东大学学报》1990 年第 1 期)、黄汉平《劳伦斯的小说艺术技巧散论》(《广东社会科学》1990 年第 2 期)、徐崇亮《彩虹的艺术魅力——论 D. H. 劳伦斯的〈虹〉》(《外国文学研究》1990 年第 2 期)、张洁《劳伦斯作品中的女性自我意识发展初探》(《杭州大学学报》1992 年第 3 期)、屈长江、赵晓丽《蹭向混沌（劳伦斯三题)》(《读书》1992 年第 11 期)、周方珠《试析 D. H. 劳伦斯的作品与表现主义的关系》(《河南大学学报》1992 年第 2 期)、蒋承勇《论劳伦斯小说艺术的现代主义倾向》(《国外文学》1993 年第 1 期)、刘须明《是恶魔还是天使? ——从劳伦斯研究中的女权主义论争谈起》(《当代外国文学》1999 年第 1 期)等。

关于伍尔夫研究。1995 年世界妇女大会在北京召开,在这一年,大批以"女性主义"和"女权主义"为关键词的学术论文发表,伍尔夫的名字也在论文中频频出现,伍尔夫曾关注的妇女和文学关系问题也成为中国"女性年"中备受关注的核心议题。本时期发表了多篇论文,如陈凯的论文《〈达罗卫夫人〉语言风格浅析》①主要讨论《达罗卫夫人》的语言风格及其与这部作品写作特点的关联。作者引用多个小说原文的段落,首先从语音和语法的角度进行分析,指出《达罗卫夫人》叙述语言简洁流畅和表现方式灵活多样的特点。进而讨论小说中的小刀、波浪、大本钟钟声三个不断再现的意象,以及语句词汇的重复这一伍尔夫作品中的常用手法。最后肯定了伍尔夫的创作在推动英语发展方面的重要作用。其他论文还有:林之鹤《沃尔芙和他的〈到灯塔去〉》(《安徽大学学报》1990 年第 3 期)、韩世轶《弗·伍尔夫小说叙事角度与话语模式初探》(《外国文学研究》1994 年第 1 期)等。

---

① 陈凯:《〈达罗卫夫人〉语言风格浅析》,《外国语》1990 年第 6 期。

　　关于康拉德研究。高继海的文章《马洛的"寻觅"与库尔茨的"恐怖"——康拉德〈黑暗的心〉主题初探》[①]结合康拉德个人经历及其写作《黑暗的心》时所处的时代背景,分析《黑暗的心》包含的四个层次主题。作者认为,《黑暗的心》首先是一部具有浪漫主义色彩的异域历险故事;其次,用现实主义的手法对帝国主义殖民政策进行了批判;再次,在揭示文明与原始的对立方面采用印象主义的方法;最后,使用象征主义表现人心的黑暗。其他论文还有:赖干坚《论约瑟夫·康德拉小说的特色》(《外国文学研究》1991 年第 3 期)、詹树魁《〈吉姆爷〉与康拉德的艺术追求和道德探索》(《厦门大学学报》1991 年第 3 期)等。

　　关于戈尔丁研究。行远在《〈蝇王〉的主题、人物和结构特征》[②]一文中,首先讨论了《蝇王》的主题,将它归入欧洲文学中描述人性固有罪恶的传统,与希腊神话中的美狄亚、欧里庇得斯的《酒神》、莎士比亚的《李尔王》、弥尔顿的《失乐园》、陀思妥耶夫斯基的《罪与罚》等作品一脉相承。其次,文章分析了《蝇王》中几个主要人物的象征性,指出拉尔夫是常识的象征,猪崽子是理性的象征,杰克象征专制和野蛮,西蒙则是圣哲的代表。在作品结构上,文章提出《蝇王》使用精致的寓言结构把冒险故事、消遣作品、儿童读物有机结合,使得作品雅俗共赏。其他重要论文还有:葛夕娘《〈蝇王〉:一部探索人性的小说》(《南京师大学报》1992 年第 4 期)、张鄂民《半个世纪的呼唤——谈威廉·戈尔丁小说作品的主题》(《当代外国文学》1999 年第 3 期)等。

　　关于乔治·奥威尔研究。90 年代的奥威尔研究虽然还受到"反苏反共"作家这一评价的影响,但是更多学者主张应该对奥威尔进行全面客观的评价。另外,受到董乐山观点的影响,更多学者开始把奥威尔当作是反极权主义的作家。董乐山在 1998 年的译本序言中认为奥威尔"不是一般概念中的所谓反共作家",《一九八四》"与其说是一部影射苏联的反共小说,毋宁更透彻地说是反极权主义的预言",而他反极权主义的动力来自"对于社会

---

　　① 　高继海:《马洛的"寻觅"与库尔茨的"恐怖"——康拉德〈黑暗的心〉主题初探》,《河南大学学报》1992 年第 2 期。

　　② 　行远:《〈蝇王〉的主题、人物和结构特征》,《北京师范大学学报》1994 年第 5 期。

主义的坚定信念"。①对奥威尔有了一个新的定性后,孙宏的《论阿里斯托芬的〈鸟〉和奥威尔的〈兽园〉对人类社会的讽喻》和刘象愚的《奥威尔和反面乌托邦小说》等都认为在新的历史时期,国内学界应该对奥威尔及其作品进行客观公正的评价,避免简单贴上政治标签的做法。另外还有两篇论文影响较大,一是张中载的《十年后再读〈1984〉———评乔治·奥威尔的〈1984〉》,二是朱望的《乔治·奥韦尔的〈一九八四〉与张贤亮系列中篇小说之比较》。张中载认为奥威尔是用绝望的心态写出这样的反乌托邦小说;朱望非常有新意地以张贤亮系列为参照来分析奥威尔及其作品的思想价值,并认为奥威尔研究应该考察奥威尔的思想史意义,特别是他的反极权主义政治思想。

　　90年代初,《读书》杂志有三篇文章谈到奥威尔,都与极权主义有关。李辉在《乔治·奥维尔与中国》一文中根据韦斯特的《战时广播》和《战时评论》梳理了奥威尔与遥远的中国之间的关系。该文认为从奥威尔与萧乾的通信和对中国抗战的报道可以看出他对中国的态度是理解、同情和支持。②冯亦代发表了对谢尔登《奥威尔传》的书评。他认为奥威尔首先是个人道主义者,然后才是政治理论家。他的《动物庄园》和《一九八四》写的是全能主义者以文字和生活所造成的一切,即"有害的政治恶化了语言,恶劣的语言赋予政治以有害的权力。如果我们要反对恶劣的政府,我们就得开始说平淡的语言,而不是装腔作势"③。作家赵健雄在《读〈一九八四〉一得》一文中感觉到小说与他自己曾经有过的生活"彼此真是太逼真了","现代科技如果与独裁苟合,真是何其可怕!"④第一篇文章是对"反苏反共作家"之说的有力反驳;第二篇文章看到奥威尔的反极权主义是基于他的人道主义思想,语言的滥用是极权主义的表征;第三篇文章谈到科技与极权主义的关系。

　　90年代中期,随着奥威尔研究的深入,一些学者提出应该对奥威尔及其作品进行客观公正的评价,避免以往贴政治标签的简单做法。例如,孙宏在

---

　　①　详见董乐山:《奥威尔和他的〈一九八四〉》,乔治·奥威尔著:《一九八四》,董乐山译,辽宁教育出版社1998年版。该文为译文序,原文没有页码。

　　②　李辉:《乔治·奥尔尔与中国》,《读书》1991年第11期。

　　③　冯亦代:《奥威尔传》,《读书》1992年第7期。

　　④　赵健雄:《读〈一九八四〉一得》,《读书》1993年第3期。

《论阿里斯托芬的〈鸟〉和奥威尔的〈兽园〉对人类社会的讽喻》一文中认为"把《兽园》这部小说比成一支用巴松管吹奏的乐曲似乎更为中肯,而原子弹式的比喻同冷战时代对文学作品的其他种种对号入座式的评论一样,都早已过时"。他通过《鸟》与《兽园》的比较表明:"奥威尔的现代寓言,继承和发展了阿里斯托芬的田园风格,这两部文学名著都是针对人类社会从古至今普遍存在的弊病所作的讽喻,而绝非讨伐某个特定国家、某一个别社会的政治檄文。"① 这就是说,作者把《动物庄园》当作是旨在讽刺人类社会弊病的田园牧歌,而不是像冷战时期把这部小说当作是攻击苏联的"原子弹"。刘象愚在《奥威尔和反面乌托邦小说》一文中也反对给作家贴标签的做法。他认为博大的人道主义是奥威尔的感情内核,"与其说他是一个写政治的作家,莫若说他是一个写人的作家";《一九八四》这部反乌托邦小说讽刺的是当时普遍存在的极权主义思潮以及高度集中的经济体制必然导致的极权政治。② 两位学者同样分析的是奥威尔作品的反极权主义主题,但又有所发展。孙宏更多强调的是一种田园眷念,而刘象愚则和冯亦代一样强调奥威尔的人道主义精神。

90 年代中后期,《外国文学》刊发了两篇奥威尔论文,都与反极权主义主题有关,但结论却不一样,一个是"绝望",另一个是"毫不留情面的批判"。第一篇是张中载《十年后再读〈1984〉——评乔治·奥威尔的〈1984〉》。该文认为奥威尔对资本主义、极权主义的憎恨使他幻想一个乌托邦式的社会出现,幻想破灭,于是迷茫、彷徨,陷入了政治信仰的真空,并用绝望的心态写出《1984》这样的反乌托邦小说。③ 把《一九八四》看作是奥威尔生命最后时刻的悲观绝望之作,这在西方奥威尔研究中具有一定的代表性。这篇文章被引频次较高,对国内奥威尔研究影响较大。另一篇是朱望的《乔治·奥韦尔的〈一九八四〉与张贤亮系列中篇小说之比较》。该文以张

---

① 孙宏:《论阿里斯托芬的〈鸟〉和奥威尔的〈兽园〉对人类社会的讽喻》,《西北大学学报》1996 年第 3 期。

② 刘象愚:《奥威尔和反面乌托邦小说》,黄梅主编《现代主义浪潮下:1914—1945》,中国社会科学出版社 1995 年版。

③ 张中载:《十年后再读〈1984〉——评乔治·奥威尔的〈1984〉》,《外国文学》1996 年第 1 期。

贤亮系列中篇小说《绿化树》《土牢情话》《男人的一半是女人》和《习惯死亡》为参照来分析奥威尔及其作品的思想价值。① 朱望认为奥威尔研究的重要价值是要考察奥威尔的思想史意义，特别是他反极权主义的政治思想，这可以说是把国内奥威尔研究带向了一个新的高度。特别是她将奥威尔与张贤亮作对比，在当时的条件下不仅方法新颖而且隐含的思想十分前沿。

从以上论文可见，90 年代的国内奥威尔研究已经走出了意识形态的樊篱，对奥威尔的反极权主义思想有了较为深入的分析。另外，1998 年《外国文学评论》刊有盛宁先生撰写的一则"动态"，及时介绍了戴维森在这一年出版的 20 卷《奥威尔全集》，并提到了一篇涉及《全集》的书评。该评论认为奥威尔在"平实"的风格之下，掩藏着一种"自负"和"纤巧"；奥威尔还是一位"独具只眼的文学批评家"，率先开创了英国的对大众文化的批评。B 这个书评已经提出了奥威尔的文学思想价值和他对英国文化研究的开拓性贡献这两个重要话题。《外国文学评论》对《奥威尔全集》的及时报道说明奥威尔在 90 年代末的文学地位比以前已经有所提高，虽然奥威尔作为经典作家地位的确立是在研究呈现繁荣局面的新世纪头十年。

其他 20 世纪英国作家（如乔伊斯）的研究论文有：江宁康《论乔伊斯小说的艺术创新》（《外国文学评论》1991 年第 2 期）、刘文斌《伊阿奴斯之神——试论乔伊斯〈都柏林人〉的文化动因和麻痹主题》（《求是学刊》1991 年第 1 期）和《试论乔伊斯〈尤利西斯〉的文化起因及现代主题》（《学术交流》1992 年第 3 期）等。1995 年 4 月 19—20 日，中国社科院外文所与译林出版社共同举办第一届"乔伊斯与《尤利西斯》国际研讨会"，为我国乔学研究走向世界打开了大门。不少论著涉及生平与创作关系、小说艺术、代表作、主题人物形象、与现代主义及意识流小说流派的关系以及国内外研究现状等。不少研究成果在进入新世纪之后相继发表，如李维屏《乔伊斯的美学思想与小说艺术》（上海外语教育出版社 2000 年版）；张弘《试论

---

① 　朱望：《乔治·奥韦尔的〈一九八四〉与张贤亮系列中篇小说之比较》，《外国文学》1999 年第 2 期。参见朱望的另一篇论文《论乔治·奥韦尔〈一九八四〉的创作思想》，《中外文学》1998 年第 12 期。

② 　盛宁：《动态》，《外国文学评论》1998 年第 4 期。

〈尤利西斯〉的父与子主题与文化兼性》(《外国文学评论》2001 年第 4 期);
王友贵《杂沓的现代音响:乔伊斯的〈尤利西斯〉》(《外国文学》2003 年第
3 期)等。

　　也有涉及英国当代女作家的研究论文,如刘凯芳的《安吉拉·卡特作品
论》① 一文结合英国当代女作家安吉拉·卡特的《虐待狂的妇女》《马戏团
之夜》《老虎的新娘》等主要作品,讨论安吉拉·卡特作品中强烈的现代气
息。安吉拉·卡特在作品中深入探讨两性关系的问题,对西方文化中以男子
为中心的传统以及各种现存的体制进行了毫不留情的批判,表达了男女之
间应该能在互相包容,保持独立的同时相互依存,相互支持的信念。在艺术
上,卡特以描绘幻想中的世界见长,常以崭新的观念来改写童话或民间故事,
其作品具有哥特式小说的风格,哲理意味发人深省。

　　另外,本时期还有一些论文综述讨论英国小说创作的特征。如高万隆在
《女权主义与英国小说家》② 一文中,以时间为线索,讨论从维多利亚后期到
20 世纪 20 年代之间女权主义的发展、女权主义运动与作家的关系以及女权
主义运动在文学作品中的反应。19 世纪女权运动的成果在英国小说中得到
不同程度的反应,但这些成果在实施过程中对妇女的歧视则没有反应。19 世
纪末哈代和亨利·詹姆斯的某些小说成功表现了独身这一女权主义的倾向。
19 世纪 90 年代到 20 世纪 20 年代,哈代和劳伦斯在小说中表现的妇女婚姻
解放等问题引起了人们争论,由此英国小说与当时的英国女权主义发生了最
直接、最紧密的联系。殷企平的论文《小说的用处———19 世纪中叶英国
小说理论的主旋律》③ 指出,英国早在 19 世纪中叶就已经对小说本身技巧方
面的重大理论问题做了相当充分的讨论。作者的观点是:"小说的用处"是
19 世纪中叶英国小说理论的主旋律。作者认为,这一主旋律的形成涉及三
个因素:捍卫小说地位的需要、功利主义思潮对强调小说实用功能的助益、传
统英国文艺批评理论的实用主义倾向。此外,作者还探讨了"小说体裁的特

---

①　刘凯芳:《安吉拉·卡特作品论》,《外国文学评论》1997 年第 3 期。
②　高万隆:《女权主义与英国小说家》,《外国文学评论》1997 年第 3 期。
③　殷企平:《小说的用处——19 世纪中叶英国小说理论的主旋律》,《外国文学评论》1998
年第 1 期。

性""作者的引退""叙述视点"等由这一主旋律引发的一些相关理论。作者对主旋律的准确把握,使得 19 世纪中叶前后英国小说理论的发展脉络得到清晰的呈现。吴谨的论文《小说成熟在于互文手段——回顾 18—19 世纪英国小说的成长》[①],运用雅柯布森文学作品"言语行为"相互作用的理论,对 18 至 19 世纪英国主要小说的对话体"互文"关系写作手段进行异同比较,展示小说的成熟在于其特有的交际手段即互文手段的成熟,试图说明小说如何冲破文艺复兴时期文学体和非文学体之间势均力敌的局面。在此基础上,作者讨论了能否以"互文"来衡量小说成熟的问题。作者指出,文本的"自然性"存在于小说本身主客体对话的交流中,所以"互文"可作为理解和确定小说成熟的一种模式。

　　殷企平在《克莫德小说观探幽》[②]一文中,鉴于国内对英国文学理论家和批评家弗兰科·克莫德小说理论的系统介绍较少,作者在文章中从终极的意义、小说的特性、秘密的产生与发现、人物和情节等四个方面归纳了弗兰科·克莫德的小说理论。殷企平指出:第一,克莫德最具独创性的观点是:小说的结局能够使原本混沌、毫无意义的世界变得和谐有序又充满意义,可以与史学中的终极关怀以及神学家们对世界末日的预测及其研究相类比。第二,克莫德对小说特性进行了多角度和多方面的描述,认为小说的现代性体现于它的多义性,必须在具体文本和基本范式之间的关系中来研究小说的特性,小说必须形成真实和虚构之间的张力,还应具备教育功能、批判和改造社会功能。第三,克莫德一个重要理论观点是:每一部小说都具有潜在的意义。第四,克莫德对人物和情节之间的探讨不仅点明了小说情节和人物互为驱动力的原因,而且在研究方法上独树一帜。

　　童燕萍的文章《语言分析与文学批评——戴维·洛奇的小说理论》[③]联系新批评、法国结构主义、俄国形式主义理论、巴赫金的对话理论探讨戴维·洛奇的小说理论,包含三方面内容:第一,戴维·洛奇坚持语言是小说的

　　①　吴谨:《小说成熟在于互文手段——回顾 18—19 世纪英国小说的成长》,《外国语》2000年第 6 期。

　　②　殷企平:《克莫德小说观探幽》,《外国文学评论》1999 年第 1 期。

　　③　童燕萍:《语言分析与文学批评——戴维·洛奇的小说理论》,《国外文学》1999 年第 2 期。

根本,小说情节是语言的情节,只有发现重复的语言细节和意象才能读懂作品。第二,隐喻和转喻反映了两种基本的小说语言模式。对隐喻和转喻模式的分析可以帮助读者从语言结构上梳理多样的文学样式,分析不同作家的写作风格。第三,小说的独特性在于它是一种对话的复合性文体,解读一部文学作品应从文本与社会的关系、文本中的对话、文本间的对话、文本与读者之间的对话入手。作者指出,戴维·洛奇以上三种不同而又相互关联的批评方法反映了其文学批评理念的变化,同时也是西方当代小说批评理论发展史的缩影。

徐颖果的文章《中、英女性文学及其女权主义文学之比较》A 则针对"什么是女性文学?""什么是女性主义文学?""什么是女权主义文学?""中国有没有女权主义文学?"的问题,把中国的女性文学和英国女权主义文学及其女性文学做了划阶段对比和比较,说明女权主义和女权文学在不同历史发展阶段具有不同的表现形式和发展特点,女权主义并非一成不变的简单概念。作者提出:第一,应当按照女权主义的发展历史,把女权主义文学划分为政治女权主义文学和文化女权主义文学;第二,中国在 20 世纪初曾经有过政治女权主义文学,新时期以来又产生了文化女权主义文学;第三,"女性主义"一词语焉不详,不足以说明中国女权主义的发展及特点。

进入 90 年代,英国当代女作家多丽丝·莱辛于 1993 年访问中国进行交流,随着作品翻译的推进,论文数量迅速增长,90 年代共有 10 篇研究文章。李福祥先后发表了 3 篇研究莱辛的论文,他首先认为:"莱辛是一位坦诚的现实主义小说家,她的全部作品都生动地展示了她对于时代、社会、妇女等等当代一系列重大政治问题和社会问题的独特见解和深沉思考,她是以鲜明的主题来赢得读者、震撼世界的。"② 李福祥首次对莱辛笔下的政治和妇女问题进行了分析和探讨。此后又发表了《从动情写实到理性陈述——论莱辛文学创作的发展阶段及其基本特征》和《试论多丽丝·莱辛的"太空小说"》等论文,把莱辛的创作从主体和风格方面划分为三个创作阶段,风格虽然不同,但每一时期的创作都是"以社会重大问题为中心题材的现实主义创作的延

---

① 徐颖果:《中、英女性文学及其女权主义文学之比较》,《北京大学学报》1997 年第 2 期。
② 李福祥:《多丽丝·莱辛笔下的政治和妇女问题》,《外国文学评论》1993 年第 4 期。

伸和继续"①。此外,刘雪岚、徐燕、陈才宇发表了三篇文章,对《金色笔记》进行了评述,刘雪岚论述了《金色笔记》的主题和结构,徐燕从"间离效果"进行分析,陈才宇作为《金色笔记》的译者对作品进行了释读,使国内的读者对这位独具创新精神作家的代表作品有了更深的了解。另外代表性的论文还有张中载的《多丽丝·莱辛与〈第五个孩子〉》。张中载在文中提到了莱辛 1993 年随丈夫的访华经历,对于莱辛的创作,作者认为:"她以激进的现实主义作家在英国文坛初露锋芒,几十年来始终用现实主义的手法进行创作。"②但他把莱辛的后期科幻作品看作是写作的倒退,稍欠公允。莱辛的科幻创作不是单纯的幻想,而是新的探索,用新的形式来表现对人的命运的关注。

　　另外,关于 20 世纪英国小说研究的优秀成果还有瞿世镜《当代英国小说》(外语教学与研究出版社 1998 年版)、阮炜《社会语境中的文本——二战后英国小说研究》(社会科学文献出版社 1998 年版)等。其中,阮炜的这本著作对第二次世界大战后英国较为突出的小说作家及做品做了评介和研究。结构上按时期分为 1945 年至 1959 年"新现实主义"时期、1960 年至 1979 年"实验主义"时期、1980 年至 1994 年"新潮实验"时期三部分,各部分又按内容分为"时代背景"、"作品评介"和"文体分析"三大块。本书注重从考察社会历史内涵入手,阐述英国小说各种背景观、形式、流派何以应运而生。

---

　　①　李福祥:《从动情写实到理性陈述——论莱辛文学创作的发展阶段及其基本特征》,《四川外语学院学报》1994 年第 1 期。
　　②　张中载:《多丽丝莱辛与〈第五个孩子〉》,《外国文学》1993 年第 6 期。

第三节　中国学者研究英国散文戏剧的重要收获

一、英国散文研究

20 世纪 90 年代英国散文研究成就是由王佐良先生奠定的,主要体现在他于 1994 年出版的《英国散文的流变》(商务印书馆)之中。该著是我国第一部系统地研究英国散文发展流变的著作。众所周知,中西一百多年来的文学、文化交流中,我国读者和学术界重视的英国文学品种主要是小说、戏剧、诗歌。尽管在高校英语课程中,散文讲授与散文经典文本教学仍占一席之地,但在专门研究领域中,英国散文却一直不是"显学"。王佐良先生的这一筚路蓝缕的工作功不可没,该书对英国散文发展流程的描述,对各种风格的总结,对各重要作家的评价,对散文艺术发展的得失和各种关系的相互影响的讨论,均极有意义。由此观之,王佐良先生此书所显示的英国散文史的丰富内容足以表明它的独创性和开拓性价值。

王佐良先生在英国文学研究中,不仅重视对具体的作家、作品作洞隐烛微式分析,更关注文学现象之间及文学与社会诸因素之间的互动关系,以及文学思潮的流变轨迹。这种对文学史评述的宏观把握,不仅体现在他的几种英国文学史当中,也贯穿在这部研究英国散文的发展脉络的专著中。作者从英国散文的发轫起步，逐一评述各个阶段、时期散文的文体、风格、主题的变化与联系，又从纵向上勾勒出英国散文发展的主干及支流、作家及作品。值得指出的是，王佐良先生评述英国散文史所体现出来的无与伦比的丰富性和准确性显然是建立在其对英国散文乃至整个英国文学体系的深入观察与研究这一基础之上。《英国散文的流变》正是在文学史的大背景下，突出每一个时期的重要散文现象及其代表性作家与作品，突出主导风格和时代主题的承传和变化。如对英国散文的平易传统——从摩尔、德莱顿、班扬、笛福、斯威夫特、科贝特，到萧伯纳、奥威尔——进行了细致的描述和深刻的分析。在分析了英国散文的"文质之争"，及科学家的介入之后，王佐良指出 17 世纪英国散文的一些特殊品种，如人物、性格特写（Character）、教士布道文、"闲谈录（table talk）"、论战文等品类，分别列举了韦伯斯特（John Webster）的《一个快乐的挤奶女》、多恩的布道文节选、沃尔顿（Izaak Walton）的《垂钓全书》及弥尔顿的《论出版自由》，在引文及其译文之后的精到分析中，王佐良都指出英国散文走向"平易"的总趋势。

同时，《英国散文史》的另一个特点是作者对散文定义的扩展，将其他文学品类如小说、学术著作、文学评论、政论、新闻通讯、书信、日记等非韵文的作品也视为散文。这一观念受到中国传统与韵文相对的大散文概念的影响，有助于更为准确地反映英国散文的发展面貌。该著将 18 世纪历史学家吉本的《罗马帝国衰亡史》、科学家达尔文的《物种起源》、经济学家凯恩斯的经济学著作、政治家丘吉尔的传记，甚至口述历史、电视广播文案等均纳入其散文史的撰述视野，从而使英国散文的流变有了一个广阔的历史文化背景。

王佐良在论述英国散文流变时，能够三言两语勾勒出英国散文家文风背后的气质，对作家的个性、思想倾向描摹得栩栩如生。同时，"散文史与名篇选读的结合"，也是王佐良撰述文学史的一个重要特点，有助于读者领会英国各时期诸名家的散文奥义。总之，《英国散文的流变》是我国英国文学研究界对英国散文研究里程碑式的著述，影响深厚。

二、英国戏剧研究

本时期中国学界的英国戏剧探讨,仍然以莎士比亚评论为重镇,形成了新的莎学研究热潮。

进入 90 年代,涂淦和编《简明莎士比亚辞典》由农村读物出版社于1990 年出版发行,这是中国第一部由个人编写的莎士比亚辞典。

为纪念莎士比亚诞生 427 年,《外国文学》1991 年第 2 期编发"莎士比亚作品及研究"专辑,其中有王佐良的文章《莎士比亚在中国的时辰》,认为莎士比亚同中国的偶合是一件世界文化史上的头等大事:来者是西欧诗剧传统辉煌的代表者,而中国是一个蕴含多种艺术形式戏剧的古老文化之邦,这两者的碰面应该触发重大的反响。作者从"接触之初""翻译:从片段到整剧""诗体译本的尝试""演出的势头""1986 年:中国第一届莎士比亚戏剧节""莎学展望"等几方面,带领我们沿着莎士比亚在中国的足迹漫游,并对中国莎学今后发展方向提出建议与希望,继续搞莎学基本建设,出更多的新译本,更多了解国外莎学近况,总结莎剧在中国舞台上的经验,建立中国莎学学派。同年 4 月,王佐良《莎士比亚绪论兼及中国莎学》由重庆出版社"科学学术著作出版基金"资助出版。5 月,张泗洋、孟宪强主编《莎士比亚在我们的时代》由吉林大学出版社出版,该文集吉林省莎士比亚协会的第 2本学刊。6 月,赵澧著《莎士比亚传论》由中国人民大学出版社出版。11 月,亢西民、薛迪之等编写的《莎士比亚戏剧欣赏辞典》由山西教育出版社出版。同年刊行的还有杜茗编著《新编莎士比亚故事集》(中国国际广播出版社)、阮珅主编《莎评辑录》(武汉大学出版社)、孟宪强编《中国莎士比亚评论》(吉林教育出版社)。还是在这一年,即 1991 年 4 月,中国莎士比亚研究会常务副秘书长、上海戏剧学院副院长孙福良,受曹禺委托参加了苏联全苏戏剧家协会、全苏莎士比亚学会主办的苏联国际莎士比亚学术讨论会,在大会上做了《华夏文化与莎士比亚演出》的报告,受到各国莎学专家的热烈欢迎。

1992 年是我国最有影响的莎剧翻译家朱生豪诞辰 80 周年纪念。本年 4

月18—19日,中国莎士比亚研究会在上海举行朱生豪诞辰学术报告会,台湾英美文学学会会长、莎学家朱立民教授专程参加会议,第一次向大陆学者介绍了台湾莎学的情况,中国莎士比亚研究会聘请他为名誉理事。3月,孙家琇主编《莎士比亚辞典》由河北人民出版社出版。4月,朱雯、张君川主编《莎士比亚辞典》也由安徽文艺出版社出版发行。

1993年5月14—16日,由武汉大学英文系与武汉莎士比亚中心在武汉举行了"武汉国际莎学研讨会",来自美国、香港地区和大陆的学者60多人参加会议。5月22日,浙江省成立莎士比亚学会,张君川为会长。6月,北京大学莎士比亚研究中心成立,辜正坤为主任。该年出版了翁燕珩主编《莎士比亚》(北京理工大学出版社)、冬原编《莎士比亚箴言集》(东北朝鲜民族教育出版社)、张书立《莎士比亚戏剧论》(黑龙江教育出版社)等几本莎学著作。

1994年1月,国家新闻出版署评奖办公室宣布了"第一届国家图书奖名单",人民文学出版社刊行的11卷本《莎士比亚全集》,荣获首届"国家图书奖"。9月20—26日,上海国际莎剧节举行,参演莎剧11台,其中外国剧团演5台,中国剧团演出6台。该年也出版了多部莎学著述,如孙家琇《莎士比亚与现代西方戏剧》(四川教育出版社)、阮珅主编《莎士比亚新论——武汉国际莎学研讨会论文集》(武汉大学出版社)、孟宪强《中国莎学简史》(东北师范大学出版社)、薛迪之《莎剧论纲》(西北大学出版社)等。

本时期我国莎学研究的一个特点是出现了多部普及性传记,如1996年出版的许庆龙、劳斌主编《莎士比亚》(团结出版社)、陈隐编著《莎士比亚》(中国和平出版社);1997年出版的黄乔生编著《莎士比亚》(海南出版社)、王大江编著《莎士比亚》(四川少年儿童出版社)、张建安编著《莎士比亚传》(沈阳出版社)、王孝雯编著《莎士比亚小传》(广东旅游出版社)、陈伯通编著《莎士比亚1564—1616》(海天出版社)等;1998年出版的许海燕编著《莎士比亚》(辽海出版社)、王敦勇《莎士比亚》(中国人事出版社)等;1999年出版的施康强编《戏剧人生:莎士比亚的一生》(重庆出版社)、王虹、张春编著《莎士比亚的青少年时代》(山西人民出版社)、刘丽霞《艾汶河畔的天鹅:莎士比亚传》(河北人民出版社)等。这些莎士比亚传记有助于普通读者全面认知这位英国戏剧大师的伟大成就。

除此以外,还有一些研究性论著如黄龙《莎士比亚新观》(江苏人民出版社 1995 年版)、周骏章《莎士比亚散论》(陕西人民出版社 1999 年版)、王维昌《莎士比亚研究》(安徽大学出版社 1999 年版)以及孟宪强主编《中国莎学年鉴 1994》(东北师范大学出版社 1995 年版)等。而特别值得一提的是以下三本均出版于 1991 年的著述。

1991 年 4 月,王佐良著《莎士比亚绪论——兼及中国莎学》由重庆出版社刊行。本书共收录文章 12 篇、诗一组及附录两篇英文稿。所收录文章可分四类。第一类是关于莎士比亚的总论,包括前三篇文章。其中《一个总体观》一文是总论中的总论,意在向我国读者扼要介绍有关莎士比亚的主要事实,论述中体现了作者本人的精到解读。第二篇论述 16 世纪英国诗剧的整体情况和莎士比亚在其中的地位,对于其他重要剧作家也有较多介绍,并且对这种诗剧的发展变化及其衰落提出了一个理论性的归纳。该文写于 60 年代,反映了新中国成立初中国莎士比亚批评的特点。第三篇则用随笔的形式,漫谈作者对若干莎剧内容和艺术的一些印象。第二类即四、五、六等三篇讨论莎士比亚的语言运用。作者不囿于单纯的罗列词汇,而是从莎剧中的素体诗入手,分析其韵律,观察其发展变化,探索其兴衰与莎士比亚本人世界观变化的关系,将语言与思想相结合。第三类即第七、八两篇文章,涉及莎士比亚的诗歌创作。作者有鉴于莎士比亚十四行诗作为莎作重要的一部分,对其十四行诗,尤其是《凤凰与斑鸠》进行了文本细读及特点分析。第九至第十二篇合成第四类,简介中国莎学,包括它的历史与现状。最后一组诗则是以诗的形式的剧评。附录两篇为上述第六、九篇的英文原稿,以便同国外的莎学同行交流。

王佐良先生此书展现了一个中国学者的莎士比亚观。作者凝结了自 40 年代以来对莎作的思考,以中国立场和中国关怀为其旨归,凸显中国莎学者的立场和贡献。该文集将莎士比亚置于英国诗剧的大语境下整体全面地论述其地位,同时,对莎氏运用的"素体诗"及其语言艺术在戏剧中的重大作用做了深入研究。王佐良先生以渊博的学识、丰厚的学养、广阔的学术视野,体现了我国早期莎学者的风貌,为国内莎学研究的纵深发展夯实了基础。同时,作者强调其中国研究者的身份，凸显莎士比亚研究在中国语境下的价值与意义，增加了莎士比亚研究的维度，开阔了国内莎学研究的学术视野。

张泗洋、徐斌、张晓阳合著的《莎士比亚戏剧研究》①一书，是继三人合著的《莎士比亚引论》之后，系统介绍莎士比亚戏剧的又一本厚重的专著。全书从介绍莎士比亚的广泛影响与接受开始，依次陈述莎士比亚的生平、创作道路、题材来源，同时还分类剖析了莎士比亚的历史剧、喜剧、悲剧、传奇剧，对其戏剧创作做了整体概观。该著还涵盖了对莎翁非戏剧诗、其与同时代戏剧的对比、与中国古典悲剧的比较等几个问题的讨论。最后以时间为界限详细阐述了不同时期莎士比亚的艺术声誉。对莎士比亚舞台生涯的透视，是该著作的一大亮点。作者回顾了莎翁与舞台演出的关系，从戏剧舞台的角度出发，增进了对莎士比亚戏剧事业发展进程的了解，也增加了对莎士比亚戏剧创作的参考维度。全书在文本细读并对人物形象与艺术特色进行归纳的基础上，从世界戏剧史的角度讨论莎剧的丰富内涵，成为本时期国内莎士比亚研究又一部佳作。

赵澧《莎士比亚传论》②是一部知识性与学术性并重的全面介绍莎士比亚及其剧作的著作。全书以马克思主义的历史唯物论和唯物辩证法为指导，既从宏观上纵览了莎士比亚全貌，又在微观上分析各剧的人物、思想和写作技巧，公允不偏地综合学界多个分歧点。同时，作者在宏观的考察中结合了微观的分析和综合，把不同时期各剧种的发展、人物与思想的变迁、人物塑造的发展历程，作为专题研讨，以深入展示莎剧的创作成就，以微观研究来揭示宏观奥秘。同时，作者还将莎士比亚与同时代作家进行比较，以便于从中发现启发性的思想闪光。

具体而言，该著分三部分，从三个层次对莎士比亚及其创作进行阐述。第一部分即第一章，简述莎翁生平及创作历程。作者把作为诗人与剧作家的莎士比亚放在欧洲文艺复兴时代的历史背景中加以考察，管窥孕育这位伟大作家的社会条件和家庭环境，是对莎士比亚及其创作的宏观认识。同时作者就本·琼生认为莎士比亚是"时代的灵魂"又"不属于一个时代而属于所

① 张泗洋、徐斌、张晓阳：《莎士比亚戏剧研究》，时代文艺出版社 1991 年版。
② 赵澧：《莎士比亚传论》，中国人民大学出版社 1991 年版。

有的世纪"这一观点,提出了个人的见解。第二部分包括二至四章,按戏剧体裁划分,分别从历史剧、喜剧、悲剧三种类型分别对 37 部莎剧进行思想和艺术的分析,从文本解读的角度发掘莎士比亚剧作的魅力,是对莎士比亚作品的微观认识。五、六、七等三章作为第三部分试图对莎士比亚的思想及其发展、莎剧中的人物和人物塑造、莎剧的情节与结构三个方面概观与总结,以挖掘莎剧的特点和可供借鉴之处,使用的是宏观与微观相结合的方法。最后一章"莎学 400 年"简要叙述了莎剧产生后四百多年来的评论和研究状况,同时就莎剧在中国的流传和研究现状提出自己的独特看法。此书是国内较早全面介绍与分析莎士比亚的研究专著,既总结了国内莎学界的既有成果,也为莎学研究提供借鉴,具有承上启下的作用。

另外,本时期重要的莎学文章有:傅惠生《莎士比亚罗马题材戏剧比较谈——兼谈〈克利奥兰纳斯〉之写作技巧》(《武汉大学学报》1990 年第 4 期)、叶长春《怪诞与现实——莎士比亚戏剧怪因素探幽》(《外国文学研究》1990 年第 3 期)、方平《一个诗的时代——谈莎士比亚和他的剧中人物、他的观众语言观》(《外国文学研究》1990 年第 4 期)、黄满生《论莎剧的时空结构的基本模式与功能》(《外国文学研究》1991 年第 1 期)、陈惇《化无形为有形——莎士比亚〈麦克白斯〉的心理刻画》(《北京师大学报》1991 年第 4 期)、张冲《当代西方莎士比亚变奏二十年》(《外国文学评论》1992 年第 1 期)、梁伟联《论莎士比亚戏剧中的男丑角形象》(《国外文学》1992 年第 3 期)、武跃进《乐园·失乐园·复乐园——莎士比亚新论》(《文艺理论研究》1992 年第 5 期)、何其莘《复仇悲剧还是道德说教?——〈哈姆雷特〉再议》(《外国文学评论》1992 年第 4 期)、沈建青《一个"灰姑娘"的童话——对〈李尔王〉故事原型的心理透视》(《外国文学研究》1992 年第 4 期)等,均各有建树,总体上代表了这时期中国莎学研究的学术水平。

英国戏剧研究除了莎学述评取得了很高成绩,还有涉及萧伯纳的研究成果。如何成洲在《女权主义的发展:从易卜生到萧伯纳》①一文中,从女权主义文学批评的角度比较分析易卜生和萧伯纳剧作中的女权思想,讨论萧伯纳

---

① 何成洲:《女权主义的发展:从易卜生到萧伯纳》,《外国文学研究》1997 年第 2 期。

对易卜生的继承与发展及两位戏剧大师的艺术特色,以此管窥西方女权主义的发展。易卜生在剧作中提倡妇女为实现自由应摆脱传统观念的束缚,而萧伯纳不仅提出了妇女寻求独立的问题,还进一步为妇女独立寻找自我奋斗、正当谋生等具体的实现途径。与易卜生相比,萧伯纳的女权主义思想更为明确,其笔下的女性形象充满了"生命力"精神,冲击了男尊女卑的固有观念,推动了西方女权主义的发展。秦文在《创造进化论——萧伯纳戏剧创作的普遍主题》①一文中,结合萧伯纳的主要作品对他的创造进化学说进行了探讨,指出萧伯纳作品中有关社会改革的题材均为创造进化学说指导下的产物,而这一点为大多数评论家所忽略。作者指出,萧伯纳的创造进化论为他作品的各种主题提供了支撑并贯穿作品始终,这一理论虽具有神秘主义的外表,其内核却含有积极的因素,"生命力"是其创造进化论的核心观念。易晓明的文章《从问题剧看萧伯纳的思想倾向》②则选取《华伦夫人的职业》、《鳏夫的房产》与《巴巴拉少校》三个剧本分析萧伯纳的价值取向。作者认为,萧伯纳像传统戏剧那样从伦理关系进入冲突,然而冲突的终结却舍弃了伦理关系,只是客观再现了历史现状,不作直接的历史评价和道德评判,这对资本主义社会本质的批判达到了前所未有的程度。作者由此得出结论:萧伯纳在整个社会与人类历史中关注个人的处境及生存现状,其真正的艺术视角与思想倾向是历史理性。其他论文还有袁洪庚《积极"入世"的戏剧家——评伯纳德·肖》(《外国文学研究》1991 年第 2 期)等。

另外,值得一提的是李醒通过专著《二十世纪的英国戏剧》③详细介绍了 20 世纪的英国戏剧,对英国戏剧发展的历史语境、戏剧特征、流派运动等方面进行细致地梳理,旨在为发展和繁荣我国的戏剧事业提供一些可资借鉴的资料和参照。作者对改革开放以来各种纷至沓来的外国文艺思潮和流派进行了系统的、历史的分析,力图对 20 世纪英国戏剧提供一个全景式的观照框架。在梳理过程中,作者从戏剧美学观、戏剧理论和技巧及所体现的哲学思想等几个方面透视 20 世纪陆续登上英国戏剧舞台的流派和运动,结合具

---

①　秦文:《创造进化论——萧伯纳戏剧创作的普遍主题》,《外国文学研究》1998 年第 3 期。

②　易晓明:《从问题剧看萧伯纳的思想倾向》,《外国文学评论》1999 年第 2 期。

③　李醒:《二十世纪的英国戏剧》,文化艺术出版社 1994 年版。

体作家作品进行阐析,同时指出资产阶级戏剧史家忽略与歪曲工人演剧运动和左翼剧作家的现象,体现出明显的时代印记。作者充分考虑到潜在的读者群体,采用编年的顺序分门别类进行纵向论述,或以流派为脉络,或以作家为中轴,按其作品问世的先后或依作品的题材、主题、体裁、风格为标志进行论述,发掘具体作家作品产生的历史背景和纵向联系及其发展演变,凸显其历史地位和影响,使英国戏剧在 20 世纪发展变化的整体轮廓和各个重要阶段的鲜明特征尽览无余,避免了因忽视作家作品的复杂性而产生可能的偏颇。

总之,该著纵观英国戏剧从 20 世纪初到 80 年代末的整个发展演变,并将其与英国的社会、政治、经济等发展演变结合探讨,按照英国 20 世纪社会政治历史发展的主要阶段对戏剧发展进行划分,重点描述在各个阶段中不同阶层戏剧和戏剧运动之间的相互斗争和影响。可以说此书是国内首次对 20 世纪英国戏剧进行整体论述的专著,对英国戏剧研究提供了有益的借鉴。

第四节　中国学者著述英国文学史的视角及方法

1988 年 7 月 20 日,王晓明、陈思和在《上海文论》第 4 期开辟"重写文学史"专栏。该专栏到 1989 年第 6 期结束,共编了 9 期。这个专栏引起评论界对于"重写文学史"问题的争鸣。

这种重写文学史的思想,也催生了国内学者对英国文学史的撰著工作。对于如何撰写,王佐良先生在《英国二十世纪文学史》(1994)的"序"中提出建立具有中国特色的外国文学史编撰模式的五条原则:(1)历史唯物主义观点;(2)叙述体;(3)生动具体,有文采;(4)准确无误,符合历史事实和真相;(5)文笔简练。李赋宁先生正确地指出:这几条原则"对我们今后编写外国文学史具有可贵的参考价值。"

王佐良的另一部文学史著述《英国文学史》由商务印书馆于 1996 年出版发行。该书的出版在中国学者叙述和研究英国文学史的学术史上具有划时代的意义,标志着叙述与研究英国文学史的中国学派开始形成。[①] 该书较早以中国学者的视角纵观英国文学的发展,吸收了中国传统文论、诗话和史书的叙述方式,采用编年史的体例,以文学品种的演化为经,以文学潮流为纬,以重要作家为特写镜头,同时联系社会、政治、经济的变化来讨论文学现

---

① 段汉武:《百年流变——中国视野下的英国文学史书写》,海洋出版社 2009 年版,第 5 页。

象。该书设定的对象是中国的文学爱好者,所以著者以叙述为主,清楚叙述有关文学的事实,同时适当通过译文引用原作,将原作与作家评论相结合。

全书共分20章,除了第一章"引论"、第二章"中古文学"、第二十章"英国文学与世界文学"以外,从第三章"文艺复兴时期文学:诗与戏剧"到第十九章"二十世纪散文"均遵循各个文学品种的大线条分别叙述,各章标题均为文学品种。文艺复兴时期的文学分为"诗与诗剧"和"散文"两章叙述,以马洛、莎士比亚、培根为特写镜头。第五章叙述17世纪诗歌,重点介绍弥尔顿。18世纪的小说、诗歌、散文分别放在第六章、第七章、第八章叙述,其中18世纪小说的崛起作为亮点在第八章以较大篇幅重点叙述。浪漫主义时期主要叙述诗歌和散文两类,诗歌分为两章(第九章和第十章)叙述,重点介绍彭斯、华兹华斯、拜伦、雪莱、济兹等著名诗人,散文则放在第十一章叙述。第十二、十三、十四章分别叙述19世纪的小说、散文、诗歌,特写镜头推向司各特、狄更斯、奥斯丁、萨克雷、哈代、丁尼生等作家。第十六章叙述20世纪诗歌,第十七章叙述爱尔兰、苏格兰、威尔士地区的诗歌。第十八章、第十九章叙述20世纪小说和散文,著者用相当的篇幅评介了詹姆斯、康拉德、乔伊斯、伍尔夫等现代主义小说家,并以《尤利西斯》为例,充分肯定了乔伊斯的贡献。作者指出,乔伊斯的最终功绩在于扩大了小说艺术的领域,把小说从传统的模式里解放出来。

侯维瑞主编的《英国文学通史》(插图本)也于1999年由上海外语教育出版社刊行。该书系国家教委博士点基金项目。全书用汉语编写,时间跨度长达十二、三个世纪,上自盎格鲁–撒克逊时代下迄20世纪末。全书结构上以历史进程为顺序,以文学体裁演变为框架,以流派运动转换为线索,依照欧洲文学发展的同步性与英国文学发展的特殊性编为十一章:第一、二章讨论古英语时期和中古英语时期的文学;第三、四五章为文艺复兴、十七世纪和十八世纪;十九世纪用第六、七两章讨论;二十世纪用四章篇幅分别讨论小说(第八、十一两章)、戏剧(第九章)和诗歌(第十章)。每章内容主要以流派运动的更迭和文学体裁的演变为线索,论述该时期的文学发展及主要作家和作品。总体而言,该书采用史实、叙述、评价融为一体的原则,以叙述为主、评论为辅的方式追溯英国文学的沿革、文学体裁的发展和流派运动的更迭,史料翔实,文笔流畅。作者结合作品创作时的历史观念,融入当今的现代意识,从新的视角评价作家作品风格技巧上的艺术成就,发掘其内容意义上的认识价值。该书注重学术性、知识性、趣味性相结合,是具有较大参考价值的英国文学通史著作。

1996 年 6 月,张中载《当代英国文学论文集》由外语教学与研究出版社出版发行。该书汇集的 27 篇文章涉及小说、戏剧、诗歌和文学理论,评介战后 50 年来当代英国著名作家的佳作。其中《传统与反传统》《福利国家时期的文学》《30 年后的回顾——评"愤怒的青年"》《跨入 80 年代的英国文学》这四篇文章综述战后 50 年英国文学的发展沿革,揭示当代英国文学发展的轨迹。另外,阮炜、徐文博、曹亚军合著《20 世纪英国文学史》也于 1998 年由青岛出版社刊行,同样对 20 世纪英国文学的发展历程做了详细陈述,便于读者认知这百年的英国文学地图。

为配合高校英国文学史教学需要,本时期出版了一批英国文学史与作品导读类教材。如王佩兰、马茜、黄际英编著的《英国文学史及作品选读》(北京师范大学出版社 1992 年版)。该教材将英国文学的发展分为六个阶段:中世纪、文艺复兴时期、王政复辟时期及十八世纪、浪漫主义时期、维多利亚时期、二十世纪。每一阶段编为一个部分,每部分的内容由"导言"和"选文"两部分组成。每部分的导言先综述该时期英国的政治、社会、文化背景及文学的主要成就和特征,其下再按文学发展阶段或文学流派分章叙述该时期文学的发展状况和主要作家。在讨论重要作家及其作品时,作者重视介绍不同时代尤其是当代评论家的不同看法,注意吸收各家观点。选文的编排顺序与导言部分的叙述顺序基本一致,有助于读者把对作家作品的分析与文学史上相应时期的思潮和流派结合起来,以加深理解作家作品在文学史上的地位和作用。

当然,在英国文学史著述中,更值得一提的是王佐良、周珏良主编的五卷本《英国文学史》(外语教学与研究出版社),包括李赋宁著《英国中古时期文学史》(第一卷)、王佐良、何其莘著《英国文艺复兴时期文学史》(第二卷);吴景荣、刘意青主编《英国十八世纪文学史》(第三卷);钱青主编《英国十九世纪文学史》(第四卷)、王佐良、周珏良主编《英国二十世纪文学史》

（第五卷）。这五卷构成中国第一部比较完备的英国文学史,以大学生和文学爱好者为对象,代表着中国学者叙述与研究英国文学史的最高成就。每卷独立成书,各有重点,但又互相连贯,合起来组成整个英国文学从古到今的发展全景图。本套丛书以叙述文学事实为主,包括所有重要流派、作家、作品。尽量利用了国内外新资料,表述上注意可读性,结合形式分析内容,附有大量引文和译文。各卷的编撰人都是长期从事英国文学研究的学者,资料掌握详尽,研究透彻到位,这使本丛书成为大学生和文学爱好者扩展文学视野、加深文学理解的良师益友。

这套文学史各卷开章之篇,大都以"绪论"、"概论"、"总图景"、"社会景象"等为名称的社会背景,意在让读者对这一时期文学产生、演化与发展的社会经济文化有所了解,从而阐明文学与时代之间的关系。与以往中国学者编撰的英国文学史著述相比,这套著述对社会背景的篇幅明显减少,社会背景的描述与文学事实的描述融为一体,并且在文学史发展描述中,直接指向了文学事实（包括作家、作品和文论等）本身,突出了文学史的"文学性"色彩。中国学者以往所叙述的英国文学史,社会背景描述要么过于繁杂,要么脱离了文学本身,把文学史等同于政治史、社会史,要么就是偏重于作品的阶级性和思想性。但这五卷本英国文学史著述,这一现象得到彻底改变。这套书另一个鲜明特色就是文学史叙述中的总体意识或宏观意识。不仅把文学置于社会、政治、宗教、哲学、科学等背景中,而且把某一个时期的文学史实（作家、作品、文论）置于整个英国文学发展的历史进程之中,甚至把其置于整个欧洲乃至世界文学的长河中进行考察。①

从五卷本英国文学史对英国文学历史发展的勾勒与描述可见,著者确立了英国文学史总的骨架和大的阶段,这就是把英国历史的演变尤其是把历史大事件与"文学本身的历史叙述"结合在一起。既注重文学史的总体性,又关注文学史的阶段性,提出英国文学史的"五阶段论"（中古时期、文艺复兴时期、18 世纪、19 世纪、20 世纪）。而其中各个阶段内部的划分,采用的分期标准并非单一,而是多种因素的综合,同时也充分考虑到了文学现象

---

① 参见段汉武:《百年流变——中国视野下的英国文学史书写》,海洋出版社 2009 年版,第 28—29 页。

的复杂性与特殊性。如《英国 19 世纪文学史》不是简单地从 1800 年开始,《英国 20 世纪文学史》也不是简单地从 1900 年开始。同时,五卷本文学史在文学史料的选择、叙述以及评判等方面都有不少突破,而被认为是"中国学者推出具有创见和中国特色的研究成果,也是中国评论界、学术界对世界文坛做出的最大贡献"①。

另外, 90 年代起,国家社科规划办、教育部社科司等开始设立研究基金项目,资助全国高校及科研机构的教研人员从事专题研究工作。仅初步统计, 90 年代获得国家社科基金、教育部规划项目及博士点基金项目的英国文学研究课题有:

1993 年度国家社科基金立项的课题有:孙致礼(中国人民解放军洛阳外国语学院)《我国建国后十七年英美文学翻译概论》、刘炳善(河南大学)《英国散文史》。

1994 年度国家社科基金立项的课题有:吴元迈(中国社会科学院)《外国文学研究现状与发展趋势》(重大项目)、张剑(北京外语大学)《T. S. 艾略特研究》。

1995 年,本年度国家社科基金立项的课题有:胡全生(江西师范大学)《英美后现代主义小说叙述结构研究》、周小仪(北京大学)《奥斯卡·王尔德的生活、思想和艺术》。教育部人文社科研究立项课题有:殷企平(杭州大学)《英国小说理论批评史》。博士点基金一般项目有:李维屏(上海外语大学)《乔伊斯的美学思想和小说艺术》、张冲(南京大学)《文艺复兴时期英国戏剧主题》。

1996 年度国家社科基金立项的课题有:黄梅(中国社会科学院)《十八世纪英国小说研究》、陆谷孙(复旦大学)《五四以来我国英语文学作品翻译史》、杨林贵(东北师大)《莎士比亚的跨文化阐释——莎士比亚与中国文化的互渐研究》、郭军(华中师范大学)《詹姆斯·乔伊斯小说创作思想和艺术手法研究》。

1997 年度国家社科基金立项的课题有:吴元迈、陶洁、王守仁(中国社

---

① 何其莘、钱青、刘意青:《英国文学史·总序》五卷本,外语教学与研究出版社 2006 年版。

会科学院、北京大学、南京大学)《二十世纪外国文学史》(重大项目)、蒋洪新(湖南师范大学)《T. S. 艾略特诗歌艺术研究》。

1998 年度国家社科基金立项的课题有:付德根(广西师范大学)《20 世纪英国马克思主义文论研究》、张舒予(安徽师大)《英国著名作家勃朗特三姐妹综合研究与比较研究之系列论文、专著、多媒体软件》、沈弘(北京大学)《中古英语文学研究》、苏文菁(福建师范大学)《华兹华斯的诗学思想及其在中国的影响》。博士点基金一般项目:胡家峦(北京大学)《英国诗歌与基督教传统》。

1999 年度国家社科基金立项的课题有:聂珍钊(华中师范大学)《英美诗歌的形式、技巧和批评理论研究》、黄晋凯(中国人民大学)《荒诞派戏剧研究》。

以上这些重要科研项目既显示了本时期我国英国文学研究界关注的重点与热点,也通过项目研究,培养了不少科研骨干,出版发表过一批优秀科研成果,为国内英国文学研究的全面深入拓展作出了显著贡献。

第五节　中英文学关系与比较研究

在中英文学与文化关系研究方面,首先值得一提的是,范存忠先生所著《中国文化在启蒙时期的英国》于由 1991 年 4 月由上海外语教育出版社出版发行。本书是我国比较文学影响研究的经典著述,充分体现了他"明确而具体"的研究风格。

作为我国中英文学与文化关系研究的主要开拓者,范存忠先生在比较文学影响研究方面,为我们树立了治学研究的范本。其代表性著作《中国文化在启蒙时期的英国》系统地论述了孔子学说、中国科举制度、宗教、园林、文物,尤其是元曲《赵氏孤儿》对启蒙时期英国社会政治和文化生活的影响,具有显著的学术价值和思想意义,深受海内外同行的好评。全书共十章。第一章"认识中国的开始,坦普尔爵士与中国",梳理了从 14 世纪乔叟时期到 17 世纪坦普尔时期,乔叟、弥尔顿、莎士比亚等著名作家与中国的文学因缘,并重点介绍了坦普尔对孔子学说的喜爱与推崇。第二章"孔子学说与中国的自然神论",介绍了 17 世纪末 18 世纪初,围绕"中国人事件",欧洲展开的有关中国宗教信仰问题的激烈争论。西方自然神论学者,如柯林斯、博林布鲁克、蒲伯、伏尔泰等正是以此为契机展开了对基督教的猛烈抨击,开始了思想启蒙的步伐。第三章"揄扬声中驳论与嘲讪",展现了 17 世纪末到 18 世纪中期西方关于中国的不同声音。其中笛福、安逊最为突出。他们分别在《鲁滨孙漂流记续编》、《环球旅行记》里对中国大肆批评、猛烈攻击。笛福笔下的中国人"贫穷与骄傲合在一起,构成所谓的苦难",他还大谈中国的宗教迷信、科学落后,总之,"中国没有一样东西是值得称道的"。第四章"杜赫德的《中国通志》",介绍了《中国通志》在英国的译本与传播、约翰逊与《中国通志》的接触和对中国的评价以及英国人如何在政党斗争中运用"来自中国人的议论"的。第五章"室内装饰与园林布置",简要介绍了英国人对中国茶、瓷器、室内装饰的爱好,重点讨论了中国园林对英国的影响。艾迪生、蒲伯、钱伯斯等都极为欣赏中国园林艺术,推崇不规则的造园风格,中国园林在英国兴盛一时。第六、七章"中国戏剧(上、下)",详尽地疏证了《赵氏孤儿》传入欧洲的情况、英法文艺界的反应以及哈切特、谋飞、伏尔泰等英法剧作家对其的改编、创作。18世纪后期《中国孤儿》在英国舞台继续上演,不久又走上了爱尔兰、美国的舞台,中国文化对欧美的影响更广泛了。第八章"珀西的《好逑传》及其它",讨论了《好逑传》英译本的资料来源、珀西对《好逑传》的改写和对中国文化的认识等问题。第九章"哥尔斯密的《世界公民》",围绕《世界公民》里的中国人形象和"中国人的议论",讨论哥尔斯密对中国思想文物的认识以及藉此产生的对英国社会的批评。范先生认为,从中国思想文物与英国启蒙运动的关系来看,《世界公民》应该说是一个值得注意的里程碑。最后一章"威廉·琼斯爵士与中国文化",介绍了18世纪英国第一位研究汉学者——威廉·琼斯学习汉语,翻译《诗经》的情况。作者认为,虽然琼斯关于中国民族起源问题的研究结论是荒谬的,但其研究的热忱,开朗的胸襟还是值得佩服的。

《中国文化在启蒙时期的英国》一书每个章节均值得我们细致深入地研读。比如,书中论述"坦普尔爵士与孔子学说"一节,范存忠先生在原典文献的基础上,着重探讨了坦普尔思想与孔子学说的契合以及坦普尔对孔子学说的推崇问题。指出坦普尔与当时一般英国人不同,具有世界的眼光,他较早地接触到中国儒家经典《大学》《中庸》《论语》(拉丁版),欣赏孔子学说,钦佩孔子为人,将孔子与希腊思想家相提并论,称赞孔子是"极其杰出的天才"。坦普尔称颂中国文化,赞叹"中国好比是一个伟大的蓄水池或湖泊,是知识的总汇"。更为可贵的是,坦普尔在政府学说等方面与孔子思想达成了共识。在《政府的起源及其性质》中,坦普尔提倡政府起源"父权说",

主张"凡是由最好的人管理的政府是最好的政府",这些观点都与孔子学说十分相似,可在儒家经典中找到充分的表现。虽然坦普尔对中国文化并无多少独到的见解,但正是由于他开阔的胸襟和远大的眼光,正是通过其轻松、流畅的散文,18 世纪,越来越多的人开始关注中国,他的名言"从中国到秘鲁",成了文人的口头禅。再如,在讨论"哥尔斯密与中国的思想文物"关系时,范存忠先生着重探讨了哥尔斯密对中国思想文物的了解与认识问题。指出哥尔斯密与启蒙思想家一样,赞扬中国的政治与道德。在哥尔斯密看来,中国是一个泱泱大国,有悠久的历史、完整的传统、高度发达的文化,而没有欧洲历史上绵延不断的战争,字里行间充满了对中国的理想化描述。在《世界公民》中存在着大量"中国人的议论"。但由于哥尔斯密选用的不是一手资料,而是第二手、第三手资料,不少批评家认为系凭空杜撰,否定其与中国思想文物的联系。范存忠先生考证、推断了"中国人的议论"的中文来源,指出哥尔斯密的材料尽管混乱、破碎,但还保持着原有的轮廓与中国气氛。《世界公民》中既有儒家的材料,又有墨家、道家的材料;既有出自历史事件的,又有来自民间传闻的,还有完全虚构想象的。总的来说,哥尔斯密对于中国文化的了解是极其浅薄、极其不完整的。但哥尔斯密仍然据此对当时西欧歪曲中国文化提出批评,这是非常难能可贵的。

范先生对中国哲学、文化、艺术对英国文艺思潮和文学创作产生的影响所做的发掘和论证,为比较文学影响研究作出了成功的范例。《中国文化在启蒙时期的英国》是我国比较文学界一部划时代的学术著作,已故南京大学名誉校长匡亚明教授称该书为"研究中英两国文化交流的不朽之作",因而本书一直是目前国内学者继续本课题研究的必备参考书。该书于 1995 年获得国家教委首届全国高校人文社会科学研究优秀成果一等奖。

20 世纪 90 年代,学界时贤在中英文学关系及比较研究方面有新的拓展,主要包括以下几个方面:

第一,关于中英作家交往及中英文学关系的生动描画。其中赵毅衡写了一系列关于中英文学交流的文章,后收入其散文集《西出阳关》(中国电影出版社 1998 年)和《伦敦浪了起来》(人民文学出版社 2002 年)之中。如《老舍:伦敦逼成的作家》《邵洵美:中国最后一个唯美主义者》《徐志摩:

最适应西方生活的中国文人》《朱利安与凌叔华》《萧乾在战时英国》《组织成的距离:卞之琳与英国文学家的交往》,以及《艾克顿:北京胡同里的贵族》《毛姆与持枪华侨女侠》《迪金森:英国新儒家》《瑞恰慈:镜子两边的中国梦》《燕卜荪:某种复杂意义》《奥顿:走出战地的诗人》《轮回非幽途:韦利之死》等等。这些文章均以轻松自如的散文笔调,对中英作家之间的交往,将生活游历在英国(或中国)的中国作家(或英国作家)的趣闻轶事以及所引发的文化碰撞、困惑与交融,刻画得生动细致,惟妙惟肖,展示了中英文学交流的大量鲜活个案,可读性强,令人耳目一新。其他的文章如李振杰《老舍在伦敦》(《新文学史料》1990 年第 1 期)、赵友斌《曼斯菲尔德与徐志摩》(《四川师范学院学报》1995 年第 1 期)、徐鲁《徐志摩与曼斯菲尔德》(《名人》1995 年第 4 期)、童新《萧伯纳的中国之行》(《外交学院学报》1995 年第 1 期)等等,均有较高的阅读价值。

　　第二,有关英国文学在中国的译介与研究是中英文学关系研究的一个重要领域。这方面著述很丰富,多以材料翔实、评价公允、史论结合见长。其中,孙致礼《1949—1966:我国英美文学翻译概论》(译林出版社 1996 年版)、王建开《五四以来我国英美文学作品译介史(1919—1949)》(上海外语教育出版社 2003 年 1 月版)等成果均为国家社科基金规划项目。其他如杨国斌《英国诗歌翻译在中国》(《外语与翻译》1994 年第 2 期)、刘炳善《英国随笔翻译在中国》(《外语与翻译》1994 年第 2 期)、徐剑《初期英诗汉译述评》(《中国翻译》1995 年第 4 期)、朱徽《20 世纪初叶英诗在中国的传播与影响》(《外国语》1996 年第 3 期)、解志熙《英国唯美主义文学在现代中国的传播》(《外国文学评论》1998 年第 1 期)、屠国元、范思金《英国早期诗歌翻译在中国》(《外语与翻译》1998 年第 2 期)、张旭等《英国散文翻译在中国》(《外语与翻译》2000 年第 3 期)等文章,均为我们从总体上了解与把握英国文学在中国的传播与影响提供了重要信息。

　　关于英国作家在中国的接受状况,莎士比亚一直受到学者们的持续关注。如王佐良《莎士比亚在中国的时辰》(《外国文学》1991 年第 2 期)、张蓉燕《儒学:中国接受〈简·爱〉的伦理思想基础》(《求是学刊》1992 年第 3 期)、任明耀《哈姆雷特在中国》(《宁波大学学报》1994 年第 1 期)、许祖华《梁实秋对莎士比亚的翻译与研究》(《外国文学研究》1995年第2期)、刘炳善《莎士比亚的春天将在中国出现:上海国际莎剧节述评》(《河南戏剧》1995年第1期)、曹树钧《二十世纪莎士比亚戏剧的奇葩:中国戏剧莎剧》(《戏曲艺术》1996年第1期)等。而孟宪强与李伟民在这方面的研究最为突出。孟宪强的《中国莎学简史》(东北师范大学出版社1994年8月版)和《中国莎学年鉴》(东北师范大学出版社1995年)是这方面的重要著作;李伟民写有系列论文,如《抗日战争时代莎士比亚在中国》(《新文学研究》1993年第3—4期)、《中国:莎士比亚情结——为纪念莎士比亚诞辰430周年而作》(《伊犁师范学院学报》1995年第1期)、《1993—94年中国莎学研究综述》(《国外文学》1996年第2期)、《中国莎士比亚及其戏剧研究综述》(《四川戏剧》1997年第4期)等等。其他如杨金才《艾略特在中国》(《山东外语教学》1992年第1—2期)、杨国斌《英国诗歌翻译在中国》(《外语与翻译》1994年第2期)、刘炳善《英国随笔翻译在中国》(《外语与翻译》1994年第2期)、童新《萧伯纳的中国之行》(《外交学院学报》1995年第1期)、朱徽《20世纪初叶英诗在中国的传播与影响》(《外国语》1996年第3期)和《T. S. 艾略特与中国》(《外国文学评论》1997年第1期),刘树森《〈天伦诗〉与中译英国诗歌的发轫》(《翻译学报》(香港)1998年第1期)、屠国元、范思金《英国早期诗歌翻译在中国》(《外语与翻译》1998年第2期)、陈国华《王佐良先生的彭斯翻译》(《外国文学》1998年第2期)、王友贵《世纪之译:细读〈尤利西斯〉的两个中译本》(《中国比较文学》1998年第4期)、何宁《哈代与中国》(《外国文学评论》1999年第1期)、苏文菁《华兹华斯在中国》(《中国比较文学》1999年第3期)、赵文书《W. H. 奥登与中国的抗日战争》(《当代外国文学》1999年第4期)、余杰《狂飙中的拜伦之歌:以梁启超、苏曼殊、鲁迅为中心探讨清末民初文人的拜伦观》(《鲁迅研究月刊》1999年第9期)等等,均是有分量的文章。比如,朱徽《T. S. 艾略特与中国》一文,梳理了从20世纪20年代到新时期中国对T. S. 艾略特的接受,包括翻译、出版、创作各个方面,涉及的地域不仅仅限于大陆地区,还介绍了港台地区对艾略特的研究及现代主义诗歌运动。作者以较大篇幅讨论了40年代"九叶诗派"受到的以艾略特为代表的西方现代主义诗歌的影响,并详细论述了这种影响在"九叶诗派"的诗歌理论和创作中具体而又鲜明的体现。论及艾略特对中国新时期诗人的影响,作者认为中国新时期的诗人直接或间接地吸收和运用了西方现代派诗歌的许多手法,如审美视角的多元化、逻辑上的悖论无理、时间空间的错动、叙述话语上的内心独白、意象的跳跃、语言上的无序、语意上的复义等,从而促进了中国现代诗走向现代化。

第三,关于中国文学在英国译介与流播情况的探讨,也是中英文学关系研究的重要收获。张弘所著《中国文学在英国》(广州花城出版社 1992 年12 月版)就是这方面的新成果。该书为乐黛云、钱林森主编《中国文学在国外丛书》之一种,叙述了近代随着中西交通的恢复发展及汉学的兴起,中国文学传入英国并得到翻译、评介与接受的情况。书中既勾勒了这一漫长、曲折、时有起伏的历史过程,说明了传播的各种媒介,介绍了贡献突出的著名学者,探讨了英国在译介中国文学方面不同于其他欧美国家的特点,分别评述了从古典诗歌、小说、剧本直到现当代文学在英国得到译介的各类成果,也注意分析文学接受过程中必然表现出来的阐释反差,探究了在此背后的趣味与传统的不同。读者在对接受过程中各种意蕴丰富的现象产生兴趣的同时,不仅可以获得有关中国文学在英国的传播情况的清晰全貌,并且也令中西文化之同异留下更新鲜具体的印象。全书最后附录"中国文学传入英国大事年表",使得整个历史线索格外突出鲜明,而详尽的历史资料的"英文参考书目",则使从事进一步研究者必不可少的资料。另外,黄鸣奋《英语世界中国古典文学之传播》(上海学林出版社 1997 年版)以及此前出版的王丽娜编著《中国古典小说戏曲名著在国外》(上海学林出版社 1988 年版)等著述,也介绍了中国文学作品在英国的传播情况。

第四,中国作家对英国文学的译介评论,英国文学对中国作家的影响与接受,也是研究者们乐于关注的课题。这方面的重要论文有辜也平《巴金与英国文学》(《巴金研究》1996 年第 2 期)、袁荻涌《郭沫若与英国文学》(《郭沫若学刊》1991 年第 1 期)和《苏曼殊与英国浪漫主义文学》(《昭通师专学报》1993 年第 2 期)、许正林《新月诗派与维多利亚诗》(《中国现代文学研究丛刊》1993 年第 2 期)。王锦厚所著《五四新文学与外国文学》(四川大学出版社 1996 年版)之《"五四"新文学与英国文学》一章,则全面系

统地探讨了我国"五四"时期新文学产生发展与英国文学的关系。著者在
具体分析英国文学对五四新文学的影响时，标出了三个值得注意的动向，即
"注意了选择""注意了研究"和"注意了模仿"，特意提示"几个值得纪念
的纪念"，更从"文学观念的更新""体制的输入和试验""理论与艺术的探
讨"等几个方面做了详细分析，让我们初步明白了英国文学在哪些方面影响
着中国的新诗人和中国的读者。这些论述均在大量史实中抓住了关键的问
题，很能触发读者的进一步深思。还有一些研究者则从英国作家与中国现代
文学关系的角度探讨英国文学对20世纪中国文学的影响，如周国珍《罗伯
特·彭斯及其中国读者》（《中国比较文学》1991年第2期）、赵砾坚《哈代
与沈从文的逃避主义》（《中国比较文学》1991年第2期）、赵文书《奥登与
九叶诗人》（《外国文学评论》1992年第2期）、杨金才《扬弃·再造：艾略
特与中国现代诗坛》（《镇江师专学报》1992年第2期）、魏洪丘《狄更斯和
老舍》（《四川外语学院学报》1992年第2期）、许正林《新月诗派与维多利
亚诗》（《中国现代文学研究丛刊》1993年第2期）、杨静远《袁昌英和莎士
比亚》（《外国文学研究》1994年第4期）、袁荻涌《苏曼殊与英国浪漫主义
文学》（《岭南文史》1995年第1期）、张振远《"中国的爱利亚"：梁遇春》
（《中国比较文学》1995年第1期）、曹树钧《二十世纪莎士比亚戏剧的奇葩：
中国戏剧莎剧》（《戏曲艺术》1996年第1期）、谢昭新《论老舍与康拉德》
（《安庆师范学院学报》1996年第4期）、沈绍镛《郁达夫与王尔德》（《文艺
理论与批评》1996年第4期）、解志熙《英国唯美主义文学在现代中国的传
播》（《外国文学评论》1997年第1期）、赵玫《乔伊斯与中国小说创作》（《外
国文学》1997年第5期）、耿宁《郁达夫·王尔德·唯美主义》（《外国文学
研究》1998年第1期）、宋炳辉《徐志摩在接受西方文学中的错位现象辨析》
（《中国比较文学》1999年第3期）、张健《论丁西林与萧伯纳》（《西南师范
大学学报》1999年第6期）、黄岚《梁遇春和英国小品文的影响》（《云南师
范大学学报》2000年第5期）等均值得我们借鉴。比如，赵文书在《奥登
与九叶诗人》一文中，提到九叶诗人积极干预时代生活的人生态度和"左"
倾的思想观点与其说是奥登的影响，倒不如说是时代使中国诗人和奥登产生
了共鸣。也许正是这种共鸣使几位中国诗人对奥登产生了亲近感，从而在自

己的诗歌创作中有意识地学习、模仿他。耿宁的论文《郁达夫·王尔德·唯美主义》(《外国文学研究》1998 年第 1 期) 总结出郁达夫的文学思想和艺术风格是在多种外来因素的影响下形成的,而他那主情的创作方法、怪异的审美情趣、浓重的感伤情绪以及某些消极颓废的色彩,除了其深刻的社会根源和他个人的独特生活经历之外,很大程度上受到西方 19 世纪末颓废主义思潮,特别是以王尔德为代表的英国唯美主义作家影响的结果。

第五,关于英国文学家笔下的中国形象或东方因素,也出现了一些有参考价值的文章。如《外国文学评论》1995 年第 3 期刊登傅浩的文章《叶芝诗中的东方因素》,论及叶芝与东方文化的因缘。该文谈到,叶芝很早就接受了东方神秘主义的某些观念,并且把它们融入了毕生的创作之中。他早期和晚期的诗歌题材都不时涉及东方事物,作品中所表达的哲理有许多都是基于源自印度、埃及、日本、美索不达米亚乃至中国的东方智慧之上的。凭着对神秘东方文明的浓厚兴趣和一知半解,这位爱尔兰诗人居然在 20 世纪初的西方文坛上傲然称雄,这不能不令人惊叹深思。叶芝与东方的关系相当微妙,远非数千字就能梳理清楚,故本文拟仅就叶芝的几篇直接涉及印度、日本和中国的具体作品进行分析解读,以初步探讨东方因素在其创作中所起的作用。《外国文学研究》1998 年第 1 期,也刊载了童银银《跨文化的吸收——论毛姆小说中的东方文化》一文,从毛姆小说中的异国情调来源于东方文化对他的吸引,泛文化或者超文化审集的可能性,跨越文化的尝试三个方面来论述毛姆作品的东方情结,给人以启发意义。

第六,本时期出版关于中英文学关系与比较的著述,除了上述已分析过的范存忠著《中国文化在启蒙时期的英国》以外,尚有狄兆俊《中英比较诗学》① 和高旭东《鲁迅与英国文学》② 两部著述。其中,《中英比较诗学》从宏观出发,选取西方诸种文艺理论中的实用理论和表现理论,与我国历代儒家提倡的功用理论和体现在道家审美观念中的表现理论相对应,作为进行中英两国诗学比较研究的理论框架,构造起自己的概念体系——功用诗学和表现诗学。该书对两者的起源、衍变和在作品中的体现等做了比较研究,以辨

---

① 狄兆俊:《中英比较诗学》,上海外语教育出版社 1992 年版。

② 高旭东:《鲁迅与英国文学》,陕西人民教育出版社 1995 年版。

其异同、得失、长短、优劣、成败等,揭示出中英诗学的二重性内涵。本著对于如何以更开放地目光吸收外来文论养料、运用新的方法从事国别诗学的比较研究,提供了一个良好的借鉴。《鲁迅与英国文学》在鲁迅与英国文学、英国诸作家的比较研究中,揭示鲁迅的特质以及这种特质之所以形成的英国文学资源。作者还运用比较文学、接受美学的许多理论、概念与方法,对鲁迅与英国文学关系中的难点进行了破译,字里行间流溢出对鲁迅、对民族的激情,理借情深化,情以理升华。

同样,笔者围绕中英文学与文化关系课题,发表了多篇学术论文,如《威廉·布莱克在中国的接受》(《淮阴师范学院学报》1998年第2期,人大复印资料《外国文学研究》1998年第5期全文转载)、《建国以后华兹华斯在中国的接受》(《宁夏大学学报》1999年第1期)、《道与真的追寻:〈老子〉与华兹华斯诗歌中的"复归婴孩"观念比较》(《南京大学学报》1999年第2期,人大复印资料《外国文学研究》1999年第8期全文转载)、《文学翻译中的文化传承:华兹华斯八首译诗论析》(《外语教学》1999年第4期)、《文学因缘:林纾眼中的狄更斯》(《淮阴师范学院学报》1999年第1期)、《民国时期狄更斯在中国的接受》(《淮阴师范学院学报》1999年第4期)、《20世纪下半叶狄更斯在中国的接受》(《西北师范大学学报(社会科学版专辑)》1999年10月出版)等等。其中,《威廉·布莱克在中国的接受》一文,通过史料分析,认为布莱克先是主要以一个神秘诗人的形象为民国时期的中国读者所崇拜和接受;新中国成立后的五六十年代,他在读者心目中以杰出的进步诗人形象出现;80年代以后,人们更着重从艺术性角度或者创造性运用多种现代批评方法,深刻剖析其诗作的哲理内涵、非理性因素和神话体系的文化意蕴,以引导我们顾及诗人思想中的深层范畴,认识和接受其作品中那无处不在的"魔鬼的智慧"。《道与真的追寻——〈老子〉与华兹华斯诗歌中的"复归婴孩"观念比较》一文指出,老子和华兹华斯在人类文明进程的历史阶段上,从至高无上的"理性"或从凌驾一切的"科学"之下,试图恢复人的本初天性,不约而同地把婴孩作为人生的最佳状态和最高的人格理想。他们于不同时空中,在对既有价值体系普遍怀疑的前提下,作出了同样理想化的选择,这看似荒谬与倒退的背后,实质上是被忽略了的对人类摆脱困境可能性前景的构想。由此反映出的返始归根心态和精神家园意识,以及所确立的人与自然的亲和关系,对今天面临文明困境的人类来说更富有拯救色彩。

　　关于中英文学比较的论文,如魏善浩《世界文学中悲剧性格的两极和两座高峰——哈姆雷特与阿Q的比较研究》(《外国文学研究》1990年第1期)、张晓阳《莎士比亚与中国古典悲剧》(《外国文学研究》1990年第4期)、朱徽《中英诗歌中的"意识流"》(《外国文学研究》1991年第2期)、朱徽《中英诗歌中的"变异"与"突出"》(《四川大学学报》1991年第3期)、钟翔《〈威尼斯商人〉与〈看钱奴〉——题材、主题、人物、技巧》(《外国文学研究》1991年第2期)、马焯荣《中西爱情美学——笠翁莎翁比较》(《文艺研究》1992年第1期)、单世联《叛逆的爱情——〈红楼梦〉与〈呼啸山庄〉之比较》(《广东社会科学》1992年第1期)、苏晖《超越者的悲剧——〈哈姆雷特〉与〈狂人日记〉》(《外国文学研究》1992年第1期)、胡文新《时代的壮丽画卷,艺术的瑰丽珍品——〈红楼梦〉与〈傲慢与偏见〉比较》(《陕西师范大学学报》1994年第5期)、王兆阳《潘金莲与查泰莱夫人形象的比较》(《西北大学学报》1997年第3期)、张梦阳《鲁迅杂文与英国随笔的比较研究——兼论鲁迅杂文在世界散文史上的地位》(《鲁迅研究月刊》1997年第3期)等等,也值得关注,代表了本时期该领域研究的学术水平。

　　另外,《中国比较文学》1999年第3期刊发了"杨周翰先生逝世10周年纪念专辑",登载乐黛云《重读杨周翰先生的〈欧洲中心主义〉》、王宁《杨周翰的文化批评思想探幽》、张隆溪《忆周翰师》、[美]杰拉尔德·吉列斯比《杨周翰和比较文学在中国的复兴》等系列文章。其中,乐黛云从阐释杨先生生前最后一篇英文论文入手,揭示出他对在国际比较文学界袭来已久的欧洲中心主义观念的分析批判。作为杨先生生前培养出的两位研究生,张隆溪的文章以对往事的感人回忆再现了先师的音容笑貌;而王宁的论文则从杨先生用比较的方法研究国别文学中发掘出他的文化批评思想,进而推断,杨周翰是一位从研究外国文学入手预示文化批评在当代中国崛起的先行者。这组文章对于我们从不同的角度研究这位当代中国比较文学事业的开拓者有着重要的启迪意义。

第六章
多元拓展：新世纪第一个十年的英国文学研究

第一节　英国文学研究的学术总结与综合研究

进入新世纪以来,学术界的一大亮点是对学术研究的回顾总结与分析展望热潮。2004 年 6 月 5—8 日,由江西师范大学外国语学院、《外国文学研究》杂志社、江西省外国文学学会联合主办的"中国的英美文学研究:回顾与展望"全国学术研讨会在江西师范大学隆重举行,来自全国各高等院校、研究所和出版社的代表出席本次大会。与会代表着重围绕"文学理论与文学(文本)批评问题"、"英美文学研究的本土化问题"展开深入探讨。吴元迈先生首先以"从另一个角度走进英美文学研究的回顾与展望"的发言为研讨会定下学术基调。吴元迈以老一辈学者的眼光和胆识,阐述了文学理论与文学批评的关系,拓宽了英美文学研究者的学术视野,对英美文学研究者的素质提出了高要求,并特别指出我国外国文学研究当前需要重视的一些问题,如文学理论脱离文学和文本的倾向,这对我国整个学术研究具有重要指导意义。陆建德先生则以"如何看待英美文学研究中的本土意识"为题,就文学批评的本土化问题提出了发人深思的见解。

本阶段关于我国英国文学研究的总结性方式及成果包括:

第一,百年总结(20 世纪),如作为"二十世纪中国人文学科学术研

究史丛书·文学专辑"之一种的《西方文学研究》①（龚翰熊著），其中上编
（1949 年以前的西方文学研究）第四章涉及英国文学研究，重点评述了曾虚
白《英国文学》、金东雷《英国文学史纲》、梁实秋的莎士比亚研究、中国的
拜伦热、雪莱研究、王尔德研究以及萧伯纳研究等；下编（1949 年以后的西方
文学研究）第十二章涉及新时期以来英国文学研究的繁荣景象，并详细介绍
了王佐良《英国浪漫主义诗歌史》和《英国二十世纪文学史》所取得的重
要成绩。另外，周小仪的文章《英国文学在中国的介绍、研究及影响》（《译
林》2002 年第 4 期），将英国文学在中国的译介研究及影响分为四个阶段：
即 20 世纪上半叶、20 世纪下半叶、20 世纪晚期和当代，勾勒出不同阶段特
定的研究内容与范围、学科对象与学术兴趣，并按西方现代性与反现代性、殖
民化与非殖民化等价值概念为标准分为两组。作者认为英国文学的翻译和
介绍从来不是纯粹、中性的学术研究，相反，它是社会改造运动、意识形态运
动的有机组成部分，从中可以看出英国文学研究与社会历史的关系。周小仪
该文对我们深入理解英国文学在中国的接受史颇有启发。

　　第二，新中国 60 年、改革开放 30 年（1978—2008）学术总结。前者如
陈众议主编《当代中国外国文学研究（1949—2009）》②。该书指出：综观 60
年外国文学研究，可认知两个主要事实：一、最初"十七年"基本上沿袭苏联
模式，却对西方文学及文化传统有所偏废；二是后三十年"乾坤倒转"，西方
文学的大量涌入不仅空前地撞击了中国文坛，而且为解放思想、拨乱反正提
供了某种先导作用：（1）没有外国文学井喷式地出现在我们面前，中国文学
就不可能迅速告别"伤痕文学"，衍生出"寻根文学"和"先锋文学"。而
我国学者关于西方现代派的界定（如"深刻的片面性"和"片面的深刻性"
等观点）不可谓不深刻。（2）没有外国文学理论狂飙式地出现在我们身边，
中国文学就不可能迅速穿越传统政治与美学，实现多重转型，并率先进入
"全球化"与后现代的狂欢，演化出目下无比繁杂的多元色彩。而我国学者
关于后现代文学及文化思想的批评（如"绝对的相对性取代相对的绝对性"
等观点）不可谓不精辟。但是，这一时期的外国文学研究明显改用了西方模

---

①　龚翰熊：《西方文学研究》，福建人民出版社 2005 年版。

②　陈众议主编：《当代中国外国文学研究（1949—2009）》，中国社会科学出版社 2011 年版。

式，从而多少放弃了一些本该坚持的优良传统与学术范式；饥不择食，囫囵吞枣，盲目照搬．泥沙俱下的状况所在皆是。

后者如教育部社会科学委员会主编的《中国高校哲学社会科学发展报告：1978—2008》（广西师范大学出版社 2008 年版），其中《文学卷》由丁帆、徐兴无主编，"比较文学与世界文学"部分由肖锦龙负责，涉及 20 世纪 80 年代（第一章）、90 年代（第二章）、21 世纪以来（第三章）的关于英国文学研究的主要学术成果和理论创新。

第三，近五年、十年、二十年等的英国文学研究的学术总结。如李刚、刘剑锋的《近五年来我国英国文学研究述评》（《外国文学研究》2002 年第 4 期）、王松林、王晓兰、熊卉《中国"十·五"期间英国小说研究》（《外国文学研究》2005 年第 3 期）；梁晓冬《中国"十·五"期间英国诗歌研究》（《外国文学研究》2005 年第 3 期）；李纲、郭晶晶、李怡《中国"十一五"期间的英国文论研究》（《外国文学研究》2010 年第 6 期）。2011 年第 1 期《外国文学研究》杂志又以"十一五期间中国的外国文学研究"专栏形式，刊载王松林、王晓兰《中国"十一五"期间英国小说研究》、刘红卫《中国"十一五"期间英国戏剧研究》、陈晞《中国"十一五"期间英国诗歌研究》等一组综述文章。

其中，《中国"十·五"期间英国小说研究》一文对"十·五"期间我国英国小说研究的主要成果进行了数据收集、整理和分析，并在此基础上提出了目前国内英国小说研究存在的问题与建议。调研报告由成果的数据分析、存在的问题和相关建议三部分组成。作者指出，"十·五"期间我国英国小说研究呈现出视角多元化的态势，充分反映了当代文学理论与批评的研究成果；同时也存在着诸多弊端，如理论与批评的脱节问题、批评的"失语症"问题、小说（文学）理论的译介质量问题、研究对象的"堵塞""盲点"问题等。据此，作者提出了若干建设性的意见。《中国"十·五"期间英国诗歌研究》一文则主要基于在"十五"期间（2000—2004）我国英国诗歌研究基本状况的了解，归纳了国内五年间研究的大致走向和主要特点，归纳出现多元化批评倾向，注重主题、意象、音韵、语言、艺术特色的研究，注重诗人的诗学理念的研究，当代诗歌研究的升温等几个特点，并根据英国诗歌研究领域存在的问题提出相应的建议性意见，从而为我国未来的英国诗歌研究与发展提供一些参考。总之,这两篇文章分别就小说和诗歌研究主要成果进行了收集整理和统计分析,归纳了学界在五年内（2000—2004）的总体研究走向和特点,作者用统计学的方法对"十·五"期间最受关注的前 10 位英国小说家研究论文进行了统计分析,其中劳伦斯研究、乔伊斯研究、伍尔夫研究和哈代研究位居核心论文数量前四,这些都为我们从整体上把握前十年的英国文学传播研究提供了参考。

这一时期对单个作家进行传播研究的代表性论文有:刘茂生的《近 20 年国内哈代小说研究述评》(《外国文学研究》2004 年第 6 期)、杨建的《中国乔伊斯研究 20 年》(《外国文学研究》2005 年第 2 期)、高奋、鲁彦的《近 20 年国内弗吉尼亚·伍尔夫研究述评》(《外国文学研究》2004 年第 5 期)、王晓兰、王松林《康拉德在中国:回顾与展望》(《外国文学研究》2004 年第 5 期)、姜淑琴的《哈利·波特研究综述》(《内蒙古大学学报》2008 年第 1 期)、胡勤《多丽丝·莱辛在中国的译介和研究》(《贵州大学学报》2007 年第 5 期)、卢婧的《20 世代 80 年代以来国内多丽丝·莱辛研究述评》(《当代外国文学》2008 年第 4 期)、胡强的《康拉德研究在中国》(《湘潭大学学报》2008 年第 1 期)、魏少敏的《近八十年来中国乔伊斯研究简述》(《郑州大学学报》2009 年第 4 期)等。

这一阶段研究者们不仅对 21 世纪前的传播做了概述和评价,而且对新世纪初期的传播也有整理论述。从中我们可以看出, 20 世纪的英国作家仍然是重点关注的对象,然而在新的历史时期,新的社会背景下,学者关注的对象也发生了一定的变化,对英国女性作家的关注相比以前任何时期都要突出。从 2000 年哈利·波特引进中国开始,尤其随着英国作家罗琳的《哈利·波特》电影版在全球热映,《哈利·波特》系列图书也受到国内读者的热烈欢迎,随之学界纷纷开始评述研究;另外作为当今英国泰斗级的女作家多丽丝·莱辛也备受学界关注, 2007 年诺贝尔文学奖的获得更让她在中国学术研究界耀眼夺目。

新世纪以来的英国文学研究视角走向综合,也出现了一些有参考价值的文章。如张平功《文化研究语境中的英国文学研究》① 一文,从文化研究

---

① 张平功:《文化研究语境中的英国文学研究》,《社会科学战线》2003 年第 6 期。

的视角介入分析跨学科视阈中的英国文学研究,将英国文学研究现时定位为
在当代科技的昌明、后殖民运动、传媒革命以及英语教育普及的背景下加以
审视,并对英国文学研究讨论范围进行归纳,突出英国文学在全球范围内的
变体、英国文学在高等教育过程中的作用、英国文学研究与文化研究的冲突
与联系、信息传播和互联网对英国文学研究的影响、英国文学研究与文化批
评的关系以及文学理论的创新几个重点问题,缕析英国文学研究与"英语专
业""文学欣赏""文化研究""文学理论""大众文化""影视传媒"等共同
构建新的英语文学研究的教学模式和批评话语,从而指出英国文学研究已由
传统的单一的语言学科向跨学科或多学科的方向转变这一发展趋势。邓文
华的论文《文学的"虚灵"价值与近代英国的宗教文化精神》① 则以诗与宗
教为对象深入探讨二者的内在关联,首先指出二者"持续的含混性"背后透
露的对永恒超越的"虚灵价值"的追寻。在为"虚灵价值"作出定义之后,
贯穿了英国近代文化史上马修·阿诺德对"完美"的追求、瓦尔特·佩特的
"艺术至上主义"思想、T. S. 艾略特"文学与神学的双重标准"以及英国新
批评派代表人物 I. A. 瑞恰慈对"诗歌真理"的倡导等分析,从不同侧面彰
显了宗教与诗对虚灵价值的不断趋近。作者指出上述学者重新构建文学与
宗教关系的冲动以及借这一冲动而实现的对虚灵价值的祈盼。

　　还有一些论文涉及英国文学批评传统的价值及当代意义,如陆扬《利维
斯主义与文化批判》② 主要讨论 F. R. 利维斯与其妻子 Q. D. 利维斯的文化批
判思想,指出利维斯对传统价值受到"大众文明"的冲击深感忧虑、坚持少
数文化精英传承优秀传统的重要作用和在社会的中心地位。作者说明,利维
斯夫妇居高临下的贵族意识与阿诺德如出一辙,虽然为抵制大众文化的全面
冲击而努力确立文学批评的崇高和核心地位,但是这种重建某种古典公共领
域的企图无力改变现有的文化秩序,而且显得时过境迁,不会引起现代批评
家的兴味。曹莉、陈越《鲜活的源泉——再论剑桥批评传统及其意义》③ 则

---

① 邓文华:《文学的"虚灵"价值与近代英国的宗教文化精神》,《河北学刊》2006 年第 6 期。

② 陆扬:《利维斯主义与文化批判》,《外国文学研究》2002 年第 1 期。

③ 曹莉、陈越:《鲜活的源泉——再论剑桥批评传统及其意义》,《清华大学学报》2006 年第
5 期。

从中西文化交流影响的宏观视野和语境出发,重温瑞恰慈、燕卜荪、利维斯和威廉斯等人形成和发展的剑桥批评传统,分析其对 20 世纪的文学批评和文学教学产生巨大影响的"实用批评"的现实品格和"文化批评"的价值关怀,考察其所形成的时代背景、丰富内涵以及在中西方接受与传播的具体过程,并从文学批评史、学术史、教育史的多重视角深入研究和阐明剑桥批评的"伟大传统"无论是在过去还是在当下都具有的深刻意义,以期对当今中国文学批评界及学术界普遍存在的理论的焦虑、批评的式微、学术的浮躁、想象力的缺乏等问题产生一定的纠偏作用。同时建基于理性地反思剑桥的批评传统及其当下意义,将反观中国的大学教育特别是人文教育和文学批评及其学科发展的现实和问题,作为研究的旨归和目的。

特别值得一提的还有殷企平、高奋、童燕萍合著《英国小说批评史》①。该书在大量一手材料的基础上,系统考察了从 18 世纪的笛福至 20 世纪末小说批评理论的发展历程,是一部对英国小说批评史的概括和论述。该书把整个英国小说批评史分为四个时期,即萌芽时期、成熟时期、繁荣时期和反思创新时期。该书没有用诸如"现代主义"之类的"标签"来划分历史时期,但不乏对一些主要思想观点的产生及演变进行追踪。例如,作者指出,英国小说批评肇始于 18 世纪,但它的源头却可以上溯至古希腊和古罗马的文艺批评理论。亚里士多德的"摹仿说"一直主导 18 世纪以前的英国古典文论,它所形成的批评传统对英国 18 世纪和 19 世纪的小说批评具有深刻的影响,到了 20 世纪仍然显示出强大的生命力。长期以来,在西方文学批评领域中,美国和欧洲大陆一些国家的小说批评受到较多关注,而英国小说批评一直受到忽视,该书的问世可以说填补了国内外同领域研究中的空白。

---

① 殷企平、高奋、童燕萍:《英国小说批评史》,上海外语教育出版社 2001 年版。

第二节　英国文学史、专题著述的
　　　　丰硕成果

进入新世纪以来,我国的英国文学研究进入一个持续快速发展的新阶段,成果丰硕,许多新的学术课题进入学者研究视野之中。本节主要涉及英国文学史及专题研究著述的总体概况。

一、英国文学史著述

20 世纪文学是本时期英国文学研究界特别关注的重点之一,这在文学史著述上也有所体现,出版了 3 部涉及该时段英国文学史的著述:王丽丽《二十世纪英国文学史》(山东大学出版社 2001 年版)、阮伟、徐文博、曹亚军《20 世纪英国文学史》(青岛出版社 2004 年版)和王守仁、何宁《20 世纪英国文学史》(北京大学出版社 2006 年版)。

王丽丽《二十世纪英国文学史》出版之时,为中国学生系统论述 20 世纪英国文学史的英文著作还极为鲜见,该书的出版从某种意义上可以说填补了这方面的空白。该书叙述从 19 世纪末到 20 世纪 90 年代的英国文学。该书编排上有别于以往编撰文学史的传统,将英国文学的各个发展阶段与其历史背景和相关术语解释结合在一起,对作家作品提出一些独到见解,为读者提供一幅 20 世纪英国文学的清晰图景,有助于读者结合特定历史环境深入理解其中的作家与作品,颇有实用价值。阮炜、徐文博、曹亚军《20 世纪英国文学史》作为吴元迈主编的"20 世纪外国国别文学史丛书"之一卷,清晰勾勒了 20 世纪英国文学发展的脉络,准确描述了其中的基本事件,对主要作家作品也作出公允评述。该书特别全面深入地介绍了第二次世界大战以后英国的主要作家,尤其是朱利安·巴恩斯、伊恩·麦克尤恩、彼得·艾克罗伊德、安妮塔·布鲁克娜等以往文学史少有介绍的作家。该书的独特之处在于将 20 世纪英国文学的发展放在整个欧洲的社会变革与思想变迁当中进行考察,联系不同学科领域讨论英国文学的生成和发展。如论及英国现代主义小说的兴起,即指出除了英国本土的社会变革之外,法国的包括文学、绘画和音乐在内的整个文艺界向印象主义转变的趋势对英国文学走向现代主义亦起到重大影响。王守仁、何宁合著的《20 世纪英国文学史》一书,也全面勾勒了 20 世纪英国文学的基本走向与主要特征,对具体作家作品的思想内涵和艺术特色进行了深入分析。该书以第二次世界大战结束的 1945 年为界分为两编。每章均构成一个相对独立的整体,并突出重点。作者指出,20 世纪英国文学形态的变化有三个方面值得注意:一是现代主义文学的勃兴,终结了现实主义文学主导文坛的局面,并对随后的英国文学产生了深远的影响。二是女性作家群的壮大,她们或从女性视角表现女性自我意识的觉醒及生存困境,或以中性的视角观察和思考社会问题。三是少数族裔作家的崛起,在其创作中表现出寻求自身文化身份与社会地位的努力,表明英国的文化格局已逐渐由单一走向多元。

其次是关于简述英国文学发展史的四本著述,包括英文著述三本:刘炳善《英国文学简史》(新增订本)(河南人民出版社 2006 年版)、高继海《简明英国文学史》(河南大学出版社 2006 年版)和常耀信《英国文学简史》(南开大学出版社 2006 年版);中文著述一本:王守仁、方杰《英国文学简史》(上海外语教育出版社 2006 年版)。

刘炳善出版的新增订本《英国文学简史》原为河南大学外语系英语专业自编英文教材,是目前国内高校使用最广的教材之一。2006 年出版新增订版,在新修订本(八编,1993)的基础上,根据国内外研究新成果,增加"二战前和二战后的英国诗人和小说家"一编,并补充插图。该书与国内以往的英国文学史相比,较为重视英国随笔散文,重要随笔作家如艾狄生、斯梯尔、兰姆、赫兹利特部都列有专章。全书运用马克思主义的历史唯物主义理论阐述英国文学发展进程,比较全面地介绍了英国文学的发展过程,为初学者提供英国文学基础知识和英国文学作品阅读指南,颇有助益。

高继海《简明英国文学史》也是一部面向英语爱好者和大学英语专业学生的英文教材,配有《英国文学选读》。著者以时间为主线,依厚今薄古原则将英国文学划分为八个时期,分章叙述。每章之下按文学品种分为几类,每个文学种类依学界共识和个人取舍选取作家分别叙述。全书叙述的重心在于文学流派的介绍和重要作家的代表作品的艺术分析。与之配套的《英国文学选读》选取名篇佳作详细注释,包括作者简介、作品题解、选文、注释、思考题五个部分,为简史的有益补充。

常耀信《英国文学简史》是作者继《美国文学简史》之后推出的一部包含丰富文学史料和深层学术观点的优秀著作。全书涵盖了英国文学从公元五世纪至 20 世纪 90 年代的漫长历史。该书大部分章节采用以重要作家人名为标题的形式,充分体现了作者对作家地位的重视。该书在章节设计编排上既考虑到了文学的演变,又考虑到了积极参与演变的作家,将历史脉络与历史人物结合起来;在叙述和评论的关系方面,自始至终坚持史评结合、重在评论的原则,增强了文学史的可读性和趣味性,提升了该书的学术价值;在作品分析方面,综合大量国内外评论成果,从主题到形式对作品进行全面的分析和透视,亦结合各种现代批评理论提出自己的观点。另外,对文本的细致分析和书后的"注释与参考文献"也为读者提供了不同的批评作品的方法。

王守仁、方杰《英国文学简史》也属于展示英国文学发展历程的中文普及性读物,简明扼要、浅显好读。它简要介绍了英国文学发端、沿革、嬗变的历史轨迹、重要流派、主要作家及其代表作品等,以纵向梳理和横向比较相结合的方式呈现英国文学的历史全貌。每一编均以概况起始,介绍该时期的文学概貌和时代特征,此为"面";下属的章和节分别介绍流派和作家,是为"点",如此达到点面结合。每一节的叙述以作家介绍、作品分析为主线,通常按"作家生平—创作成果—作品分析—成就地位"的顺序进行介绍,在分析诗歌和散文等作品时则适当穿插作品部分译文。

二、几本英国小说史著述

本阶段在英国小说史研究方面取得很多成绩,包括英国小说通史两部,专论 19 世纪及当代英国小说史的各一部,还有一本讨论英国小说人物演变史的著述。

侯维瑞、李维屏《英国小说史》[1] 一书旨在追溯英国小说的历史概貌与发展轨迹,论述其艺术形式和创作风格的演化与变革,并揭示其社会意义与历史价值。这部小说史的叙述方式和编排体系体现了历史唯物主义的文学史观。从叙述方式来看,作者结合英国小说发展的经济、社会、文化等历史背景,系统介绍英国历代著名小说家的创作思想,评价其艺术成就。全书采用叙述为主、评论为辅的方式,有选择地深入分析被视为经典的作品。综观英国小说的发展历程,作者指出英国小说的三个引人注目之处:精彩纷呈的艺术门类、现实主义的垄断地位和发展道路上的单独走向。该书一方面以历史唯物主义观点为指导,叙述英国小说的发展轨迹。另一方面在文学批评史上的传统标准和当今最新批评理论之间取得平衡,具有长远的参考价值。

蒋承勇《英国小说发展史》[2] 以 60 余万字的篇幅,全面系统地展示了英国小说的发展轨迹与基本规律,深入探讨了英国小说的艺术价值,以及在世界文学史上的地位和影响。作者将英国小说发展置于欧洲文学及文化的大背景之下,分析阐述小说发展中不同风格流派的历史文化成因,揭示出小说与政治、经济、哲学、美学、宗教以及其他文学形式之间复杂的内在联系。从英国小说的审美态度、叙事艺术、结构模式、表现技巧等角度,描述各个时期英国小说艺术传承流变的脉络和线索,有较高的理论价值和意义。论及主要作家时,作者不把作家框定在某个流派之中,而以历史发展的眼光,结合不同

---

[1]　侯维瑞、李维屏:《英国小说史》,译林出版社 2005 年版。

[2]　蒋承勇:《英国小说发展史》,浙江大学出版社 2006 年版。

作家的创作实际,描述主要作家在文学史上的地位,体现了史的意识。在论及重要作品时,该书不仅兼顾思想内容的阐释与艺术特色的分析,而且同时参照了文学批评史上的传统定论与新近的批评理论,综合了社会历史学、神话学、阐释学、结构主义、后结构主义等分析方法与研究成果。

刘文荣《19世纪英国小说史》[①]为分体断代史,除绪论外共分为三编:"19世纪初期:1800—1831""19世纪中期:1832—1880"和"19世纪后期:1881—1900"。每编开头先用一章概述该时期的文化思潮背景与小说创作的基本情况,然后分章叙述重要作家、主要流派或作家群体。在介绍重要作家的专章中,作者通常先用一节简要介绍作家的生平与创作,然后用大量篇幅重点论述其创作思想与创作风格,最后阐述这种创作风格在英国小说发展史上的成就与影响。该书将19世纪英国小说作为一门艺术加以研究,把论述的重点放在作家的创作风格上面,并介绍了相当一部分在英国小说发展史上占有重要地位,至今仍被英国学术界重视,却不被中国读者所知的次要小说家。

瞿世镜、任一鸣《当代英国小说史》[②]运用历史唯物主义观点,在社会历史变迁的宏观背景中对不同风格和流派的小说进行微观分析,探讨当代英国小说创作的发展规律。作者以小说类型及流派为主体框架,将当代英国小说划分为不同的风格流派,叙述当代英国数百位作家的生活经历、主要作品、文学观念和艺术风格。在作家作品定位和作家分类问题的处理上,作者采用了灵活多样的分类标准,依据实际情况或从题材、风格、手法着眼,或从地域分布、作家身份、文化方面考虑。作者在占有最新一手资料的基础上,梳理当代英国小说流派,剖析小说的题材、风格与手法,对小说的地域特色进行区分,探究作家文化身份,概括出当代英国小说的主要格局与创作特征。从写作模式上看,该书虽然参照了英国学者的相关论著,仍然显现出中国探讨文学演变及文学体裁兴衰、品评古今作家作品的深远传统,具有鲜明的中国特色,体现了中国学人的不懈努力。

---

① 刘文荣:《19世纪英国小说史》,中国社会科学出版社2002年版。
② 瞿世镜、任一鸣:《当代英国小说史》,上海译文出版社2008年版。

　　李维屏《英国小说人物史》① 的出版填补了国内系统研究英国小说人物
的空白。其宗旨在于全方位追溯英国小说人物的发展轨迹,联系社会环境、
经济关系和文化思潮,介绍不同历史时期英国小说人物的基本类型和主要
特征,进而揭示人物所隐含的道德观念、价值取向和文化特性。全书以英国
小说历史为线索,讨论四百多年来英国小说人物发展经历的"四个演变过
程":从"高贵"转向"平凡"、在浪漫主义和现实主义之间往复、从概念化
到复杂化、从单一角色转向多种角色。作者认为,这四个演变过程不仅标志
着英国小说艺术的成熟与发展,也与各个时期英国的社会风貌、文化观念、价
值取向、文学趣味和民族心理的变化密切相关。

三、英国文学专题研究著述

　　除了上述英国文学史、英国小说史著述以外,本时期还有多部英国文学
专题研究的著述,特别是涉及英国文学思想、古代及中古英语文学、英国文学
中的城市及印度题材、英国生态文学以及英语文学教育等,均为在以往英国
文学研究基础上的新垦拓,在研究方法上给人以诸多启迪价值。

　　陆建德《破碎思想体系的残编:英美文学与思想史论稿》② 一书中收录
的论文,篇篇精彩纷呈,启人深思。陆建德先生的英国文学研究,如戴从容发
表于 2012 年第 4 期《当代作家评论》上《不屈不挠的博学——陆建德学术
研究的社会关怀和历史拷问》一文所述,有一种"他山之石攻中国之玉"的
殷殷可鉴之心。其似乎过于学术的思想研究背后,其实包含着对中国问题、
中国立场的深切思考与持续关注。该著在研究方法论上给国内学人以莫大
启迪。

　　陈才宇《古英语与中古英语文学通论》③ 是一部厚重之作。全书以语言
为划分标准,分为上下两卷:古英语文学和中古英语文学,叙述五世纪至十二
世纪初的英国文学。每卷开头均用一篇"概述"简要介绍该时期的重要历

---

①　李维屏:《英国小说人物史》,上海外语教育出版社 2008 年版。
②　陆建德:《破碎思想体系的残编:英美文学与思想史论稿》,北京大学出版社 2001 年版。
③　陈才宇:《古英语与中古英语文学通论》,商务印书馆 2007 年版。

史事件、文学的基本特征以及语言和诗律。该书以文本为中心,综合比较文学、民俗学、神话学等研究方法,在有限的文献资料中从不同的考察视角发掘文本的历史认识价值和文化认识价值。例如,作者借助民俗学的方法讨论史诗《贝奥武甫》,指出其体现出神话性的叙述程式其实还具有童话性。又如,作者利用神话学的方法分析莱歌《奥菲奥爵士》中的"死而复生"母题,认为初民的巫术、神话、宗教都是人类用以对抗死亡的宿命、延续生命的策略。对某些文学术语的汉译不统一的问题,作者认真考证了各种文学体裁的渊源,注意早期英语文学中的词义演变,选取了较为合适的译名并应用于全书的描述。

张中载《二十世纪英国文学:小说研究》① 出版于世纪之初,较早地填补了 20 世纪英国小说教学和时段研究领域上的空白,描绘了 20 世纪英国小说的基本状况。该书为作者发表于重要学术期刊上的几十篇论文合辑而成,是作者学术水平和观点的体现。书的内容分为两大部分:第一部分介绍 20 世纪前 30 年的英国现代主义小说,第二部分介绍第二次世界大战后的英国当代小说。该书将文学史与评论相结合,在梳理 20 世纪英国名家名作的同时显示出较为深厚的理论功底,广征博引,深入浅出,语言清新晓畅。在叙述英国文学沿革及进行作品分析时,作者避免了大量时髦理论、概念术语的堆砌,语言简练,活泼有趣。

刘文荣《英国文学论集》② 有两个特点:一是论题范围较广。几乎涉及了从 16 世纪的"前小说"到 20 世纪的"超小说"其间各个时期的作家作品。二是论述视角集中而且新颖。无论是讨论小说、散文,还是戏剧,作者都集中论述作家的创作风格和技巧,真正从文学的角度来把握和理解文学。该书在中外文化交流日益频繁、对外国文学的译介与研究水平日益提高的当今时代,能够随时代变迁重新审视英国文学,是一种认知"自我"和"他者"的有益尝试。

陈晓兰《城市意象:英国文学中的城市》③ 一书在英国现代化、都市化的

---

① 张中载:《二十世纪英国文学:小说研究》,河南大学出版社 2001 年版。
② 刘文荣:《英国文学论集》,上海文艺出版社 2008 年版。
③ 陈晓兰:《城市意象:英国文学中的城市》,广西师范大学出版社 2005 年版。

语境中考察文学领域对都市化、现代化的独特反应和表现,选取了18、19世纪表现伦敦或以伦敦为背景的文学作品,兼及表现其他外省城市生活的作品,其中还涉及了19世纪远离主流社会,甚至从未涉足过大都市、工业城市生活的女作家作品中的城市形态。作者将19世纪的英国文学置于英国现代早期及工业革命时期城市发展的历史背景中,从文学与城市的关系这一视角,考察作为英国政治乃至世界性经济、文化中心的伦敦,其地理、空间和人文景观对于英国人的民族想象、地理意识、城乡观念的影响;伦敦的发展对现代文人团体的形成、对新的文学类型的产生所形成的重要影响;并勾勒文艺复兴晚期至19世纪各个历史时期英国文学对于伦敦的表现以及18、19世纪英国文学中的反都市主义倾向。这些分析不仅精到地揭示了文学家的都市体验、文学中的地方感、环境意识,还呈示了人的城市化、文明化问题。

尹锡南《英国文学中的印度》[①]一书在中国的语境下探讨英印文学比较,突破了惯常的"中西中心主义"研究范式。作者在探讨英国作家的印度书写时,不仅对不同时期的英国作家的印度形象建构进行跨时代比较,而且将英国作家笔下的中国题材和印度叙事进行跨文化的审视,从而拓展新的分析维度和学术空间。此外,作者尝试着以中国文论和印度梵语诗学来阐释这些印度书写,具有较高的学术水平和学术价值。该书打通了中西、中印、英印这三个知识维度,系统地审视19世纪以来英国作家对印度的形象建构,并充分吸收后殖民理论、女性主义和新历史主义等研究方法,实现了史论结合。本书是国内(后殖民)英语文学研究领域内的一部新见之作,获得学界的好评。

李美华《英国生态文学》[②]以生态文学批评方法为切口重新解读英国文学作品,从生态批评的角度解读和研究历代作家作品中人与自然的关系。全书话题范围囊括了人与自然的关系;作家如何体现人与自然的关系;自然除了为人类提供赖以生存的物质食粮外,对人类的精神和心理带来怎样的影响;人与非人类的动植物的关系;人类在自身的发展过程中对大自然造成了怎样的破坏;以及在展示人与自然的关系过程中,文本体现了作家怎样的生态思想和生态意识。全书从细处着手,整体研究和评述研究相结合,从生态

---

① 尹锡南:《英国文学中的印度》,巴蜀书社2008年版。
② 李美华:《英国生态文学》,学林出版社2008年版。

文学角度对各个时期的英国文学进行再读,以文学作品为透视媒介进行思想文化批判。

孙建主编的《英国文学辞典·作家与作品》① 是一本较为系统地介绍英国作家与作品的辞典。该辞典选取了英国文学历史中的经典名人名作。作为学习英国文学的参考书,辞典为英语专业的学生和英国文学爱好者提供了一个重要平台,有助于促进学生和普通大众学生素养的提高,同时对英国文学的教学和研究的发展大有裨益。在编纂过程中,编者们对辞典的系统性予以充分地重视,力求给英国文学一个全景式构图。

除了以上著述以外,涉及英国文学研究的文集还有:石坚、王欣《似是故人来——新历史主义视角下的 20 世纪英美文学》(重庆大学出版社 2008 年版)、丁芸《英美文学研究新视野》(浙江大学出版社 2005 年版)、申富英《英美现代主义文学新视野》(山东大学出版社 2007 年版)、易晓明《意义与形式——英美作家作品风格生成论》(吉林人民出版社 2005 年版)等。

林燕平、董俊峰合著的《英美文学教育研究》② 一书则强调英美文学教育在拓展学生素质和提升学生人生境界方面不可估量的影响和不可替代的作用,并关注"文学教育"如何在"文学教学"的过程中通过教学的手段来实现,讨论了英美文学研究如何与文学教育相结合的问题。

① 孙建主编:《英国文学辞典·作家与作品》,复旦大学出版社 2005 年版。
② 林燕平、董俊峰:《英美文学教育研究》,上海外语教育出版社 2006 年版。

第三节 中国学者研究英国小说的新收获

英国小说研究一直是国内英国文学研究的重要领域,研究人员最多,成果也最丰富。除了上述第二节所概观的英国小说史研究成果以外,尚在以下几个方面呈现较多收获。

一、关于 18 世纪英国小说的研究

与西方 20 世纪 90 年代出现的 18 世纪英国小说研究热遥相呼应,国内研究 18 世纪英国小说的热潮出现于世纪之交。相对于 19 世纪、20 世纪英国文学,国内学者对 18 世纪英国文学的研究相对薄弱,近二十年来国内研究 18 世纪英国小说的文章约百余篇。其中不少文章从伦理道德阐述该时期英国小说的特性,这颇有道理。因为 18 世纪是现代社会建构初期,英国人面临着巨大的思想考验,因此 18 世纪文学家们出于同一目的而在作品中积极进行道德说教,“德行”问题跃然纸上。学术界对 18 世纪小说研究的重点放在道德方面的论文有:胡振明《18 世纪英国小说兴起中的道德因素》[①] 阐析了 18 世纪道德说教之所以广受重视一方面是由于社会矛盾所引发的道德危机所导致,同时也是由于中产阶级新力量崛起而引发。王珏《中产阶级的新

---

① 胡振明:《18 世纪英国小说兴起中的道德因素》,《四川外语学院学报》2007 年第 1 期。

绅士理想与道德改良——论 18、19 世纪英国小说中绅士人物形象的嬗变及其成因》① 讨论了中产阶级如何以"美德"为精神武器,通过一系列体现中产阶级价值观的绅士人物具象,提出新的绅士标准及 18、19 世纪英国小说中的绅士人物如何成为中产阶级与贵族进行意识形态论争和对话的重要对象,在道德改良运动中发挥了重要的作用。

本时期对 18 世纪小说家简·奥斯丁的研究,不少著述也从绅士道德主题角度立论。其中,从文本分析的角度分析奥斯丁作品中绅士形象的有:谭雪霏的硕士学位论文《奥斯丁小说的绅士道德观研究》(2005 年 6 月),围绕"绅士"这一概念对其道德内涵及特点展开论述。张香萍的硕士学位论文《女性视域中的绅士和骑士们——论奥斯丁笔下的男角》(2008 年 8 月),从女性的视角分析小说中的人物形象,突出女性视野中的男角应该具有良好的形象和道德修养。蒋琼的硕士学位论文《绅士淑女们的象牙小品——简·奥斯丁作品的结构主义解读》(2010 年 5 月)运用了结构主义、符号学等理论对小说文本进行分析并结合文化历史背景,探讨有关女性地位、婚姻与政治关系及道德哲学等问题。

还有一些论文选取某个视角讨论 18 世纪英国小说的社会文化背景。如贺宁杉《十八世纪英国小说的文化解读》② 将 18 世纪英国小说所描述的生活场景,所塑造的人物形象,所表达的审美理念都视为彼时特定文化模式下人们的生产方式、生存方式、情感体验以及对生命意义的探索。韩加明《〈蜜蜂的寓言〉与 18 世纪英国文学》③ 一文联系彼时文坛巨擘如斯威夫特、蒲柏、理查逊、菲尔丁和约翰逊等 18 世纪英国重要作家的著作,探讨曼德维尔那本曾经掀起滔天巨浪的私利主义著作《蜜蜂的寓言》产生的影响或引起的反应,从中考察现代资本主义兴起时期文学作品中围绕自由思想和道德问题的讨论,透析了整个 18 世纪中产阶层文学作品与道德伦理建构之间的复杂关系,对于我们了解 18 世纪英国文学及社会思想环境大有裨益。朱卫红《〈多

---

① 王珏:《中产阶级的新绅士理想与道德改良——论 18、19 世纪英国小说中绅士人物形象的嬗变及其成因》,《英美文学研究论丛》2008 年第 1 期。

② 贺宁杉:《十八世纪英国小说的文化解读》,《学术界》2007 年第 5 期。

③ 韩加明:《〈蜜蜂的寓言〉与 18 世纪英国文学》,《国外文学》2005 年第 2 期。

情客游记〉与感伤主义小说的伦理价值》① 一文则指出,以往学界对肇始于英国 18 世纪 40 年代的"感伤主义文学"这一文类存在一些低估和误读现象。此文结合对英国 18 世纪的社会文化、伦理哲学等方面的考察,以斯特恩的《多情客游记》为例,揭示英国 18 世纪感伤主义小说的情感表现及其伦理价值,指出"感伤主义文学"所谓的"怪异"完全契合当时英国(乃至欧洲)的社会文化氛围。

　　值得欣喜的是,本时期国内学术界对 18 世纪英国小说进行较全面研究的著作出版了好几部:黄梅《推敲"自我"——小说在 18 世纪的英国》(三联书店 2003 年版)、赖骞宇《18 世纪英国小说的叙事艺术》(中国社会科学出版社 2009 年版)、胡振明《对话中的道德建构——十八世纪英国小说中的对话性》(对外经济贸易大学出版社 2007 年版)、曹波《人性的推求:18 世纪英国小说研究》(光明日报出版社 2009 年版)等。

　　黄梅《推敲"自我"——小说在 18 世纪的英国》以对 18 世纪英国小说"个人"和"自我"的思考为主,着重讨论小说中人物的自我塑造,以及作者和作者本身所代表的社会势力如何通过这样的人物形象参与更广泛的文化对话从而影响受众的自我塑造。本书注重探究作品的意识形态功用,即研究小说与由社会转型引发的思想和情感危机的内在关系,涉及了有关个人行为的伦理原则和行为规范及新绅士淑女理想的讨论。

　　赖骞宇《18 世纪英国小说的叙事艺术》,针对晚近学界出现的 18 世纪文学、文化研究热潮中对小说艺术形式及其特征研究尚未充分展开这一问题所做的及时回应。作者从叙述学的角度入手,通过对英国 18 世纪较具代表性的作家文本的叙事艺术进行分析,较为系统地考察了这一时期的小说面貌,并探究其形式的发展历程,发掘其初期阶段特有的叙述方式和表现原则及其基本的审美特征,为我们把握 19、20 世纪小说的流变、发展规律提供了一条清晰的线索。该书以小说叙事艺术为切入点,对 18 世纪的重要小说文本充分展阐述,与学界既有的偏重与小说文化批评的论著形成互补,无疑能够推进我国 18 世纪英国小说研究的发展。

---

① 朱卫红:《〈多情客游记〉与感伤主义小说的伦理价值》,《外国文学研究》2007 年第 5 期。

　　胡振明《对话中的道德建构——十八世纪英国小说中的对话性》，是国内学界第一部用巴赫金对话理论从道德建构角度论述 18 世纪英国小说的专著，以对对话性的强调来消弭以往道德批判中出现的审美规律简单化这一弊病，研究模式上的创新之处就在于将文化批评、思想史批评与理论批评的良好结合，其结合点又恰到好处地选取了中产阶层“道德建构”这一敏感点上，有助于国内学界对 18 世纪英国小说研究的思路拓展。

　　曹波《人性的推求：18 世纪英国小说研究》，可以看作为黄梅《推敲“自我”》、胡振明《对话中的道德建构》之后国内 18 世纪英国小说研究的又一力作。作者在充分借鉴黄梅先生的《推敲“自我”》体例和书写模式及研究思路的基础上，力图对黄梅先生的扛鼎之作充当“助攻”。全书采用（后）现代批评理论对 18 世纪英国小说进行具体而又宏观的系统研究，其基本重心在于从18 世纪的思潮如理性主义、道德改良运动及至文学上主导的新古典主义出发，从主体的社会性和稳定性为历史线索，对英国现代早期现实主义小说的形成过程予以论述，并在这一基础上挖掘出同类小说的哲学基础、必然规律及其与之前的宗教故事与之后的 19 世纪经典现实主义小说的内在联系。另一方面作者又力图解释 18 世纪现实主义小说批评所忽略的“第二脉络”，即主体稳定性与理性主义背后隐含着的对理性的怀疑、主体的异化、解构主义的萌芽、情感主义的滥觞。并把此一线索作为 19 世纪浪漫主义小说及 20 世纪现代主义小说的源头，从而拎出两条几乎是并行不悖的线索，冲击了 18 世纪经典作品阐释的僵局。

　　对 18 世纪英国小说家及其作品的个案研究，主要是涉及理查森和菲尔丁的两本研究著述。

　　关于塞缪尔·理查森作品的研究，集中在他的那部反映 18 世纪英国道德理想追求的重要小说《克拉丽莎》之上。《克拉丽莎，或一位年轻女士的生平》（*Clarissa or, The History of a Young Lady*，1747）是 18 世纪英国杰出的小说家塞缪尔·理查逊的书信体小说代表作，该作品反映了 18 世纪英国深刻的社会、阶级矛盾和性别矛盾，亦是欧洲“感伤主义”的滥觞。李小鹿所著《〈克拉丽莎〉的狂欢话特点研究》[①] 是国内学界第一部研究《克拉

_____

① 李小鹿：《〈克拉丽莎〉的狂欢话特点研究》，北京大学出版社 2007 年版。

丽莎》的专著,具有开拓性价值。作者使用"狂欢化文学"这一角度,统筹了小说悲剧基调中包含的闹剧、死亡关注等因素,并运用巴赫金狂欢理论把《克拉丽莎》中的狂欢化文学特点归总为四个部分:主题意义上的"脱冕与加冕"、悲剧人物性格及命运的复杂性、"喜剧性"的狂欢化因素,并探讨了小说体裁形式上的狂欢化特点。论著在探讨《克拉丽莎》之前所做的对欧洲书信体小说的发展历程的概述,使读者能够全面地了解理查逊所开创发扬的书信体小说所具有的历史地位及价值。

亨利·菲尔丁作为 18 世纪最杰出的英国小说家,其作品中都表达了当时社会中产阶级及上层阶级对自己身份的迷茫。在经济快速发展和社会转变的过程中,人们不仅仅对传统的留恋,对现实挑战的思考,还充满着追求自己理想的信念,以及在个人品质发展与培养过程中的思索。菲尔丁把握了人性中的美与丑,向读者展现了一幅完整的绅士全景画。韩加明的《菲尔丁研究》①一书是我国第一部全面而系统地对亨利·菲尔丁进行整体研究的专著。作者运用大量的第一手资料,在国内第一次全面地推出了菲尔丁的全部 26 部戏剧作品的研究,具有明显的学术创新价值。书中对菲尔丁生涯中极为重要的另外一项工作——杂志创办与杂文写作研究比较重视,更开辟专章论述了菲尔丁后期的两篇重要的社会论文详细研究,并敏锐地把握住了菲尔丁所处的时代变革意义,并将之与中国目前所面临的极为相似的环境相联系,其研究中对道德建构态度的凸显,无疑有助于国人面临社会巨变时抓取一个历史参照,能够获取前车之鉴,这种念兹在兹的中国立场与中国关怀一直贯穿于全书。

二、关于 19 世纪英国小说的研究

(一)对 19 世纪英国小说中"进步"话语的研究

殷企平的著述《推敲"进步"话语——新型小说在 19 世纪的英国》②,如作者所言可视为黄梅教授《推敲"自我"——小说在 18 世纪的英国》一

---

① 韩加明:《菲尔丁研究》,北京大学出版社 2009 年版。
② 殷企平:《推敲"进步"话语——新型小说在 19 世纪的英国》,商务印书馆 2009 年版。

书的续写或者呼应。作者敏锐地指出了我国英美文学研究在新世纪以来，所出现的一种"可喜的新气象"，即把中国背景和中国关怀隐含在英美文学、思想批评之中，并作为其旨归。值得指出的是，殷企平在国外 19 世纪研究专家的研究成果之上提出了自己的独立见解，该书另辟蹊径地把对"进步"话语的质疑和解构作为研究重心，在此基础上，更选取了被国外同类研究者所排除却又能典型地体现"反思进步"的"英国状况小说"如萨克雷的《名利场》和《纽克姆一家》，专设两章分别探讨。该书梳理了 19 世纪英国所出现的关于"进步"作为社会主流话语所引发的思想争鸣。作者通览 20 世纪以来英国小说家的"进步话语"之争，得出了"'进步'话语不死"而"'推敲'之灵犹在"的"喜忧参半"的结果，不难看出作者既言于此又意在彼的中国立场与中国关怀。

在文学研究领域，殷企平等学者以他们卓有建树的研究成果推动了国内对英国 19 世纪小说质疑"进步"的时代主题研究。殷企平在这部论著中揭示了 19 世纪英国主要小说家对主流"进步"话语的共同焦虑，彰显了被主流话语遮蔽的社会情感结构。全书突显了与国外学术界对话的意识，对当下中国社会具有强烈的现实关怀，而重拾文学研究的意识形态视角并将之与文本细读紧密结合，则代表了当代英国小说研究的新风气，是一部研究 19 世纪英国小说的扛鼎之作。其论点及行文较多地从文本细部出发，主要通过仔细分析小说文本中的只言片语，来深入探究其背后所潜藏的追求"进步"的狂热精神对整体社会氛围的影响，然后再结合历史背景事件加以阐释和说明。殷企平该著的创新之处还在于运用雷蒙·威廉斯（Raymond Williams）小说书写历史的理论来观照文本，看到这些小说表现了一种"与占据正统地位的进步史观"截然不同的历史。

殷企平发表的几篇文章也是用文本细读的方式解读作品中存在的"进步"话语以及作家的忧虑与思考。例如分析《艰难时世》的文章《对所谓〈艰难时世〉中"败笔"的思考》[1] 一文颇具代表性。文章主要针对伊格尔顿所提出关涉《艰难时世》小说的批评做出反驳。他认为《艰难时世》对于"阶级情结"和"工业主题"的处理并不如伊格尔顿所说是小说的一大

---

[1]　殷企平：《对所谓〈艰难时世〉中"败笔"的思考》，《外国文学研究》2003 年第 1 期。

败笔,无论是书中的银行失窃事件,还是露易莎与赫德豪斯之间的纠葛都是"阶级情结"的一种延续,也与小说的"工业主题"有着千丝万缕的联系,并且这两条情节主线始终都有良好互动,在艺术结构布局上也颇为匀称。另一篇文章《"进步"浪潮中的商品泡沫——〈名利场〉的启示》① 主要从与西方研究者对话入手,对《名利场》中的商品文化和消费主义倾向加以批判,质疑追求速度的"进步"话语,对小说中诸多人物被物化的症状作出诊断,以期较为全面地评价《名利场》所展现的商品文化图景。《〈谢莉〉:"进步"话语的解构和"通天塔"意象的建构》② 一文主要区别了小说叙述者的声音与叙述者戏仿的"进步"话语,反驳了西方批评者从艺术角度和从意识形态角度对小说的批评。殷企平通过文本细读,认为小说中"巴比伦通天塔"及其相关意象强烈地暗示了夏洛蒂·勃朗特笔下的时代是一个"进步"话语甚嚣尘上的时代,并特别注意到了代表叙述者立场的话语跟官方的"进步"话语之间的距离和差异。

另外,与之相关的,国内也有著述对小说中的功利主义主题进行了深度探讨。比如管南异的《进退之间:本杰明·狄斯累利的"青年英格兰"三部曲研究》③ 一书,主要对狄斯累利的三部小说仔细阅读和分析,表明小说作为虚构文学作品的复杂、含混之处是超越了政治文献的内涵丰富的文学作品:该书不仅揭示了在维多利亚时期打着"进步大旗"的功利主义观念在其时所造成的一些负面影响,批评了对功利主义的片面理解,对英国政治、经济、社会等各个领域所造成的危害。该书对文本的细致分析,对功利主义的批判揭示得十分到位,给读者很大的启发。

(二)对19世纪英国小说作品中家庭道德问题的关注

通过对英国19世纪小说文本的考察来展示维多利亚时期的家庭道德

---

① 殷企平:《"进步"浪潮中的商品泡沫——〈名利场〉的启示》,《外国文学研究》2005年第3期。

② 殷企平:《〈谢莉〉:"进步"话语的解构和"通天塔"意象的建构》,《外国文学研究》2006年第2期。

③ 管南异:《进退之间:本杰明·狄斯累利的"青年英格兰"三部曲研究》,浙江大学出版社2010年版。

观念问题,是本时期小说研究的重要话题。杨金才《再现单身女子心路历程的英国维多利亚小说》[①] 研究了勃朗特姐妹、乔治·艾略特、盖斯凯尔夫人等女性作家笔下的单身女子在家庭、婚姻、工作上遭遇的挫折和精神追求。张静波的《维多利亚女性——"房中天使"的宗教起源和状况》[②] 从宗教起源方面考察了英国社会男尊女卑的宗教背景,并以夏洛蒂·勃朗特与骚赛的书信和《教师》《雪莉》等小说论证了维多利亚女性不能从事理想职业,生活中处于孤独困境的状况。李增、龙瑞翠的文章《"黄金时代"道德风尚之流变——英国维多利亚社会阶级与道德关系流变探论》[③] 从马克思主义视角重新审视和阐释维多利亚时期的道德观及其流变,结合了作家对社会道德的思考和展示。在社会遗风贵族道德观念、功利主义支配的维多利亚风尚之外,还有进化论、弱势群体的无奈和愤怒、女性作家对"家庭天使"和"恶魔"两种极端形象的反拨等主流之外的强音,共同构成了维多利亚时期的道德风尚流变,这些流变在维多利亚时期的作家作品里有不同的体现。

　　国内对夏洛蒂的家庭观研究也很少从亲情角度出发。从亲情角度出发研究的只有李华彪的硕士学位论文《生死爱恨:夏洛蒂·勃朗特的家庭情结分析》,该文从心理学角度分析了夏洛蒂小说中手足不合、甚至相互仇恨为何与现实中夏洛蒂重视亲情、手足情深的实际状况相悖。姜晓燕的硕士学位论文《奥斯丁和勃朗特创作中的灰姑娘情结》(山东师范大学, 2000)研究了夏洛蒂对灰姑娘题材、童话叙事结构模式的继承、反讽和超越。史汝波的博士学位论文《夏洛蒂·勃朗特研究》(山东大学, 2004)中认为夏洛蒂在面临选择时,往往疏淡了母子之情与同性友谊,而重视两性之爱、夫妻之爱,这是爱的无意识选择的体现。吕睿中的硕士学位论文《论夏洛蒂·勃朗特的妇女观》(华中师范大学, 2004)从女性批评角度出发,总结夏洛蒂人格平等、经济独立的妇女观和自由个性的婚恋观。张素侠的硕士学位论文《激进与保守的对立与平衡——从〈谢利〉论夏洛蒂·勃朗特创作的双重性》

　　① 杨金才:《再现单身女子心路历程的英国维多利亚小说》,《妇女研究论丛》2002 年第 4 期。
　　② 张静波:《维多利亚女性——"房中天使"的宗教起源和状况》,《山花》2011 年第 4 期。
　　③ 李增、龙瑞翠:《"黄金时代"道德风尚之流变——英国维多利亚社会阶级与道德关系流变探论》,《东北师范大学学报》2008 年第 6 期。

（郑州大学，2007）从《谢利》的文本出发分析夏洛蒂在女性独立思想上的激进与保守。张静波的硕士论文《女性主义视角下的宗教人格与创作：勃朗特姐妹研究》（南开大学，2010）则从女性宗教度角度解读了"房中天使"的抗争之路。

国内有关狄更斯家庭观方面的研究有包含家庭主题和家庭类型的研究、家庭关系研究、婚姻和女性研究、儿童研究等。探讨狄更斯家庭主题、家庭类型的研究有：袁玉梅的硕士学位论文《道德的承载者与心灵的捍卫者——论狄更斯长篇小说中的家庭世界》（华中师范大学，2006）、谌小莉的《狄更斯小说中家庭伦理观的来源探析》（《安徽文学》2007 年第 2 期）、刘海霞的硕士学位论文《狄更斯小说中的家庭观念》（河南大学，2008）、陈智平的博士学位论文《论狄更斯小说的和谐家庭主题》（华中师范大学，2009）。探讨家庭关系研究的文章有：殷企平的《〈董贝父子〉，还是〈董贝父女〉？——狄更斯笔下的"进步"和异化》（《杭州电子科技大学学报（社会科学版）》2006 年第 1 期）、袁玉梅的《人伦的困惑与反思——对〈董贝父子〉中"家庭怪状"的思考》（《"文学伦理学批评：文学研究方法新探讨"学术研讨会论文集》，2005）。有关婚姻和女性研究的文章有：白岸杨的《完美的女性——"仙女"和"天使"的结合——评狄更斯的〈大卫·科波菲尔〉中的女主人公形象》（《高等教育与学术研究》2006 年第 1 期）、吴彬的硕士学位论文《狄更斯的女性观与他笔下的女性形象》（南昌大学，2006）、邓铝的硕士学位论文《女性主义视角下的狄更斯婚恋观》（湖南师范大学，2011）、黎欢的硕士学位论文《狄更斯四部主要小说中的不和谐婚姻研究》（上海师范大学，2012）、有关儿童问题的研究有：朱挺柳的硕士学位论文《狄更斯笔下的儿童形象》（上海师范大学，2003）和马瑾、隋晓蕾的《狄更斯作品中的儿童教育》（《沈阳教育学院学报》2009 第 2 期）等。

（三）关于乔治·艾略特小说研究

新世纪开始的乔治·艾略特研究也逐渐拓展深度和广度，研究议题主要集中在三个方面：宗教道德伦理、形式主题研究、女性主义研究。

其一，宗教道德伦理。乔治·艾略特的宗教道德伦理研究一直是学术界的研究重点。崔东①、杜隽②、袁英③等一批华中师大的教师和学生在聂珍钊教授"伦理学批评"理论指导下,对艾略特小说创作进行了道德伦理方面的深入分析、探讨。他们分别介绍了斯宾诺莎的道德伦理体系、阐述了艾略特伦理观念形成的时代语境和特定历史的伦理语境、并结合女主人公的同情、大善之心在故事中的展现、艾略特婚姻与女主人公婚姻选择的契合进行论述。杜隽的研究专著《乔治·艾略特小说的伦理批评》(学林出版社2006年版),成为这方面研究成果的标志。该著有意识地把文学伦理学批评方法运用于艾略特研究,自始至终把艾略特的小说作为一个伦理系统加以考察,对艾略特小说表达的伦理主题和伦理观点进行细致的分析和深入阐释。同时借由对艾略特小说伦理思想的内在逻辑进行细致的梳理,论者归纳出宗教道德、女性伦理、爱情婚姻道德、家庭伦理、政治道德、利己主义与利他主义等一系列重要的伦理问题并展开深入研究。殷企平教授④从西方评论家伯纳德·塞默尔(Bernard Semmel)、内尔·罗伯茨(Neil Roberts)和特里·伊格尔顿(Terry Eagleton)的论述出发,将西方著名学者的论述作为自己考察的起点,通过文本细读和哲学思考反驳他们的观点,提出自己的创见。乔修峰的《乔治·艾略特与维多利亚时代的责任观念》⑤一文在19世纪卡莱尔、恩格斯等哲学思想基础上,通过对乔治·艾略特多篇小说的综合考量并与狄更斯、奥斯汀等其他小说家作品进行对比,指出艾略特"将责任视为挽救社会分裂的力量"这一思想是维多利亚时代一种极有代表性的思想。学界宗教伦理道德等问题的态度变化反映了我国社会思想开放性、包容性与多元化发展的总趋势。

其二,形式主题研究。新世纪以来,中国学界对西方语言学、叙事学、文体学和符号学的研究开始系统展开,引进和翻译了许多西方理论研究专著,相关成果日益增多,对艾略特作品形式主题研究借鉴了上述理论,出现了一

---

① 崔东:《从〈织工马南传〉看艾略特的宗教思想》,《外国文学评论》2000年第1期。
② 杜隽:《论〈牧师情史〉的"人本宗教"道德》,《外国文学研究》2004年第2期。
③ 袁英:《〈米德尔马契〉:伦理关怀与道德寓言》,《外国文学研究》2012年第1期。
④ 殷企平:《过去是一面镜子:〈亚当·比德〉中的社会伦理问题》,《外国文学研究》2007年第1期。
⑤ 乔修峰:《〈罗慕拉〉:出走的重复与责任概念的重建》,《外国文学评论》2005年第2期。

些有价值的研究成果,其中比较突出的包括殷企平、廖昌胤和朱桃香。2004年殷企平发表文章《互文和"鬼魂":多萝西娅的选择——再访〈米德尔马契〉》①。文中,作者先是介绍了西方专家对女主人公多萝茜娅的评析,他们或认为她和威尔是不成功的角色塑造,或认为她们的婚姻是女主人公的"任性选择",持此观点的包括米勒、詹姆斯、李维斯等艾略特研究的知名学者。接下去作者从互文性角度阐述自己的见解,他提出了不仅应如米勒那样研究文本的纵向互文性,而且对横向互文性,如卡莱尔思想影响进行深入研究。论文阐述卡莱尔对进步、文明、经济飞速发展、遗弃传统的担忧、分析小说中引用华兹华斯诗作相互关照的横向互文,殷企平认为女主人公多萝茜娅的第二次婚姻是对卡莱尔所批判的"旧福音"的摈弃,是对卡莱尔所提倡的"新福音"的拥抱,因此,通过横向互文性分析,作者读出了多莉西亚婚姻选择的深意。2005年殷企平的《小说〈激进党人菲利克斯·霍尔特〉解读》②是我国第一次出现对该部小说的评论。殷企平用叙事学的方法,重新解读作品人物形象和叙事特点,在西方学者学术成果的基础上,展开自己的进一步思考,扩大了研究的广度和深度,将艾略特巧妙的叙事策略和内容上对"进步""速度"和主人公的成长等主题展现在读者面前。

2007年廖昌胤的研究专著《悖论叙事——乔治·爱略特后期三部小说中的政治现代化悖论》(中国社会科学出版社)敏锐地觉察了国内外学界现有的乔治·爱略特研究对英国现代化过程中所出现的"政治现代化悖论"思考的忽略,指出乔治·爱略特的小说,尤其是后期小说有一种从早期小说主张道德情感诉求、宗教反思走向政治探索的转移,体现了一种"政治主题"的集中化,因而能够较为深刻地体现了英国现代化过程中出现的文化、政治悖论。论者将文本细读与文化批评、历史批评方法结合,提出政治现代化悖论这一新问题,厘清了小说所折射的乔治·爱略特对现代化问题研究与反思的发展轨迹,揭示了这种轨迹后背的其他制约因素,探究了这一文化悖论。其用权力关系分析文学文本所体现的政治人格复杂性这一跨学科批判方法

---

① 殷企平:《互文和'鬼魂':多萝西娅的选择——再访〈米德尔马契〉》,《外国文学评论》2004年第1期。

② 殷企平:《小说〈激进党人菲利克斯·霍尔特〉解读》,《外语与外语教学》2005年第11期。

对深化乔治·爱略特小说研究具有积极的推动意义。2009 年暨南大学朱桃香的博士学位论文《叙事理论视野中的迷宫文本研究:以乔治·艾略特与翁伯托·艾柯为例》[①],则从叙事学角度对艾略特的经典之作《米德尔马契》进行了深入细致解读。作者在后结构主义叙事理论视野观照下,从叙事形式结构入手,切入《米德尔马契》的迷宫文本研究。认为艾略特用网状叙事在人群中研究某一个人或某一种现象,借人物和叙述者之口发表网状诗话和迷宫诗话,进而确立迷宫文本身份和叙事合法性,并强调当时特殊的出版形式迫使艾略特选择网状叙事来组织千头万绪,创作了英美文学史上第一部网状小说。

其三,女性主义研究。学者们从多个角度梳理、阐释艾略特的女性主义思想。刘晓文在《简论英国维多利亚女性文学"主体意识"的失落》[②] 中分析了 19 世纪英国维多利亚女性作家以勃朗特姊妹与乔治·艾略特等人为代表。其作品虽已显示了"主体意识",但由于时代与自身等综合因素,亦具有潜在的悲剧性,并导致了主体意识的失落。陈明明在《乔治·艾略特的妇女观及其渊源》[③] 一文中,分析艾略特对维多利亚时代的妇女观充满了质疑和鄙视,在其作品中虽然表明了自己独特的妇女观,但是其女性观又因为宗教信仰、美学思想和个人生活经历等因素而表现出一定的局限性。金琼兰在《乔治·艾略特矛盾的女性主义观及其背景渊源》[④] 一文中阐述了乔治·艾略特女性主义态度的矛盾性:她一面支持女性在婚姻、教育和职业上争取权益;另一方面却高度赞扬女性的克己、屈从和自我牺牲等品质。女性主义理论为学者阐释艾略特小说提供了新的思路、有利于揭示艾略特小说的女性主义主题内涵,进而剖析小说中反应的艾略特女性主义思想。朱桃香在《试论乔治·艾略特女性意识的独特性——对〈米德尔马契〉的重新解读》[⑤] 中,认为艾略特阐述了独特的女性主义思想:把女性边缘化的缘由归咎于男权的无

---

① 朱桃香:《叙事理论视野中的迷宫文本研究:以乔治·艾略特与翁伯托·艾柯为例》,暨南大学 2009 年博士学位论文。

② 刘晓文:《简论英国维多利亚女性文学"主体意识"的失落》,《苏州大学学报》1997 第 4 期。

③ 陈明明:《乔治·艾略特的妇女观及其渊源》,《江南大学学报》2006 年第 5 期。

④ 金琼兰:《乔治·艾略特矛盾的女性主义观及其背景渊源》,《内蒙古民族大学学报》2009 年第 3 期。

⑤ 朱桃香:《试论乔治·艾略特女性意识的独特性 ——对《米德尔马契》的重新解读》,《暨南学报》2002 年第 6 期。

情压制,还把矛头直接指向女性群体本身,即对女性自身的弱点与不足进行剖析和展示。在董淑铭的《乔治·艾略特女性主义观在〈米德尔马契〉中的体现》①和《多萝西娅的悲剧〈米德尔马契〉中的女主人公形象解析》②文章中,从教育和职业选择角度分析 19 世纪女性所受教育对其婚姻、家庭以及社会的影响,展示女主人公的远大抱负以及她们因缺乏正规教育和社会习俗的限制所造成的矛盾,这种矛盾使女性无法彻底投身社会,她们的奋斗也只能以失败告终,最后还是回到了传统的角色中。张金凤的《从分裂走向统一的自我——对〈弗洛斯河上的磨房〉中女性形象的精神分析解读》③运用弗洛伊德的理论阐释《弗洛斯河上的磨房》女主人公形象塑造的成功之处,认为这是有别于男性作家笔下分裂的女性形象,乔治·艾略特为完整女性形象的文学再现功不可没。

另外,新世纪第一个十年内涉及乔治·艾略特研究的著述还有三部。其中马建军 ④ 对艾略特的文学作品做了全景式扫描,从历史与社会观、人文宗教观、道德现实主义艺术和女性观论述艾略特创作思想与艺术,对《米德尔马契》进行了科学历史观、叙事特征等方面的研究。张金凤 ⑤ 研究艾略特后三部小说所体现的理想主义,包括理想主义的人生观和艺术模式,揭示艾略特在公开声明其现实主义立场的同时,在作品中却暴露其理想主义倾向的原因,并据此对作品中的情节主观臆想化和人物理想化进行系统的重新解读。高晓玲 ⑥ 从爱略特“情感——知识”观念切入,介绍爱略特认识论中的“情感”分为三个层面:感受力、同情和直觉。分析了斯宾诺莎、费尔巴哈、浪漫主义和实证主义等欧洲思潮对爱略特情感概念的影响。

---

① 董淑铭:《乔治·艾略特女性主义观在〈米德尔马契〉中的体现》,《浙江社会科学》2004 年第 6 期。

② 董淑铭:《多萝西娅的悲剧〈米德尔马契〉中的女主人公形象解析》,《重庆三峡学院学报》2006 年第 2 期。

③ 张金凤:《从分裂走向统一的自我——对〈弗洛斯河上的磨房〉中女性形象的精神分析解读》,《解放军外国语学院学报》2004 年第 5 期。

④ 马建军:《乔治·艾略特研究》,武汉大学出版社 2007 年版。

⑤ 张金凤:《乔治·艾略特:理想主义与现实主义的“调和”》(英文版),河南大学出版社 2006 年版。

⑥ 高晓玲:《情感也是一种知识:乔治·爱略特的情感认识论》,外语教学与研究出版社 2008 年版。

四、关于英国哥特小说与小说叙事理论的研究

关于英国哥特小说的研究,本时期也已进入研究者的视野,李伟昉的《黑色经典——英国哥特小说论》① 是其中的代表论著。作者对哥特小说的生成背景与学术研究史进行了较为细致的梳理,指出英国哥特小说在竭力渲染、暴露社会罪恶,赤裸裸地展示人性的阴暗与丑陋的另一面,始终将善作为一股道义力量与恶冲突搏斗,透露出积极的道德探索诉求。在哥特小说所谓的"恐怖黑暗"的背后,作者发掘出其所蕴含的向善向美、惩恶扬善的思想要素,点明其自身不容忽视的审美意蕴和独特的"净化"功能。此书意在为哥特小说正名,并深入探析其特有的渗透性与影响力的基础上,填补了国内尚未出版过英国哥特小说研究专著的空白。

另外,苏耕欣的两篇论文对英国哥特小说的意识特征也有所探讨。其中《自然与文明、城市与乡村——评英国哥特小说中的浪漫主义意识形态》② 一文在认同哥特小说是一种浪漫主义文学的体裁这一分类的基础上,在意识形态的层面上对英国哥特小说进行剖析,指出其与浪漫主义诗歌同为那个时代的文学对工业革命和资本主义的反应,两者拥有相同或极为相似的意识形态。本文从浪漫主义意识形态视角入手,解读哥特小说18世纪社会历史现实的反应,角度较为独特。他的《自我、欲望与叛逆——哥特小说中的潜意识投射》③ 一文则从精神分析法角度分析哥特小说中的正面主人公及其反面恶棍,以此探究英国哥特小说中的恶棍与中产阶级之间的关系,并对哥特小说中恶棍这一人物类型进行了深层解剖。

另外,李会芳《沃波尔的〈奥特朗托城堡〉及其文化意味》④ 一文把沃波尔《奥特朗托城堡》的文本特征与文化语境紧密结合,剖析了文本所体

---

① 李伟昉:《黑色经典——英国哥特小说论》,中国社会科学出版社2005年版。

② 苏耕欣:《自然与文明、城市与乡村——评英国哥特小说中的浪漫主义意识形态》,《国外文学》2003年第4期。

③ 苏耕欣:《自我、欲望与叛逆——哥特小说中的潜意识投射》,《国外文学》2005年第4期。

④ 李会芳:《沃波尔的〈奥特朗托城堡〉及其文化意味》,《外国文学评论》2007年第4期。

现出来的鲜明的非现实主义特征,即其鲜明的哥特特色;进而指出时人从对"启蒙主义盛期"对理性的一味追捧到此时的理性反思这一社会风潮的变动。王腊宝、沈韬《重读〈吕蓓卡〉》①一文以 20 世纪英国女性哥特文学的经典代表达夫妮·杜莫里埃的小说《吕蓓卡》为讨论对象,从当代女权批评关于女性哥特文学的理论立场出发对这部现代女性文学的经典之作进行重读。

申丹、韩加明、王丽亚《英美小说叙事理论研究》②作为国内第一部将后经典叙事与传统、现代叙事理论结合起来阐释的专著,在弥补了国内学界对叙事理论发展新状况关注不够的同时,引入了新的发展视角。全书采用理论建构和批评分析并重的原则,着力于剖析相关理论,结合小说家的实践,廓清现代叙事理论的发展脉络。尤其上篇对传统小说叙事理论的追溯,论及了 18 世纪三大小说家笛福、理查逊、菲尔丁分别对第一人称叙述、书信体和第三人称叙述的探索,指出三者奠定了后来小说叙事的基本规范,还将这种对小说家自身与小说理论的关系研究推进至 19 世纪,剖析了司各特及奥斯丁对传统小说理论发展的贡献,并把现代小说理论奠基人——亨利·詹姆斯作为上篇的论述结点。该书对传统、现代和后经典英美小说叙事理论所做的进一步探讨,对欧美小说批判研究、欣赏和创作起了铺路搭桥的作用。申丹的另一本著述《叙事、文体与潜文本——重读英美经典短篇小说》③则选取有代表性的英美经典短篇小说进行文内、文外、文间的"整体细读",挖掘其中的潜藏文本或深层意义。作者在将叙事学和文体学有机结合为一种跨学科的互补的批评方法、提出"整体细读"(overall-Extended close reading)的方法方面,具有相当的创新意义和独特的理论建树,并由此方法挖掘出其分析对象的潜文本和深层含义,对于国内的英国文学研究起了积极的推动作用。

五、英国现代小说研究

2001 年,阮炜《二十世纪英国小说评论》由中国社会科学出版社出版

---

① 王腊宝、沈韬:《重读〈吕蓓卡〉》,《外国文学》2002 年第 3 期。
② 申丹、韩加明、王丽亚:《英美小说叙事理论研究》,北京大学出版社 2005 年版。
③ 申丹:《叙事、文体与潜文本——重读英美经典短篇小说》,北京大学出版社 2009 年版。

发行。该书包括 18 篇相关论文,在 20 世纪 90 年代"后理论"和"新—"研究热潮在中国文学批评界勃兴这一大背景下,采用了新的批评理论,新的研究视角,审视了 20 世纪英国小说。其中许多评论文章有很强的"推陈出新"意向,特别是对国内学界较为陌生的作家作品及对已研究过的作家的陌生作品的引介与批评,有利于我们整体地把握英国现当代小说发展的全貌,了解某一作家的整体创作思想和技巧。

关于托马斯·哈代小说研究,丁世忠的论著《哈代小说伦理思想研究》[①] 值得关注。该书以文学伦理学批评为理论批评方法,在分析哈代小说的婚恋伦理、家庭伦理、宗教伦理和生态伦理的基础上,作者比较具体与深入地探讨了这些伦理观念背后的成因,其探讨深度已经超越了 80 年代及 90 年代中国文学批评与研究所形成的种种研究范式。全书通过对哈代小说文本进行文学伦理学批评解读,还原了在英国社会新旧伦理道德秩序夹缝中挣扎的哈代小说创作,所包孕的丰富驳杂的伦理思想意涵。

关于毛姆小说研究。从 2000 至 2009 年,国内已经发表毛姆长篇小说研究论文 70 余篇,研究者从不同的角度进行了分析,取得了丰厚的研究成果。有关毛姆长篇小说的研究首先集中在对作品中的人物形象及作品表达的思想研究上。刘超在《不可逆的神谕孤独中的自由——评毛姆〈月亮和六便士〉中思特里克兰德形象》中指出,生命的孤独与荒诞成为这个时代人类心灵最痛彻的精神体验。[②] 随着国内叙事学研究的发展,从叙事学的角度对毛姆的长篇小说进行研究成为毛姆作品研究的另一个中心。这方面代表性的论文有:古渐的《"锲入观察"与"隔离观察"的有机交合——毛姆长篇小说叙述艺术论》、陈文华先后发表了《毛姆长篇小说叙事艺术二题》以及《毛姆后期长篇小说的叙述方式》、陈静的《毛姆小说的叙事方式》、王丽丽的《天才的说谎者——论毛姆〈刀锋〉的叙述形式》、曹小英的《试析毛姆小说中的作者与叙述者之间的距离艺术》等。其他研究成果还有申利锋《论毛姆长篇小说中的三种爱情悲剧类型》概括了毛姆长篇小说中的三种爱

---

① 丁世忠:《哈代小说伦理思想研究》,巴蜀书社 2008 年版。
② 刘超:《不可逆的神谕孤独中的自由——评毛姆〈月亮和六便士〉中思特里克兰德形象》,《小说评论》2007 年第 1 期。

情悲剧："家庭破裂型的爱情悲剧、本能冲动型的爱情悲剧和貌合神离型的爱情悲剧"①，并且分析了其中的原因。韩玲、展红梅的《从〈人性的枷锁〉的女性形象看毛姆的女性观》通过对毛姆笔下四位女形象的分析探讨了毛姆的女性观。这些都体现了新世纪以来国内学界对毛姆新的解读和阐释。

关于劳伦斯小说研究。蒋家国《重建人类的伊甸园——劳伦斯长篇小说研究》②选择了劳伦斯10部长篇小说，在整体研究与评述研究相结合的基础上，对研究对象进行问题探讨。即对每一部小说集中选取一个问题展开论证，这种分析方法为我国劳伦斯研究提供了一些有益的启示。2007年，刘洪涛《荒原与拯救——现代主义语境中的劳伦斯小说》由中国社会科学出版社出版发行。作者把20世纪最有争议的英国小说家劳伦斯放在现代主义的语境中加以考察。全书在论述劳伦斯对工业文明批评的基础上展开，进一步剖析了劳伦斯的两性观、对非理性世界的探索以及对原始性的迷恋，系统、深刻地揭示了劳伦斯小说中的现代主义倾向及其意义，使论著富有立体感和整体性。论者不仅广泛吸收了国内外劳伦斯研究的既有成果，更是站在一个较高的立足点上，对劳伦斯小说中的男权主义、心理神秘主义、极端原始主义和过度性描写等错误倾向进行了反思和批评。作者旁征博引，摒弃了单一维度的文本分析或纯然学理阐发的研究思路，把一个较为合理的理论框架置于具体作品文本阐释的基础上，给人以坚实感、深度感。

关于康拉德小说研究。2007年，祝远德《他者的呼唤——康拉德小说他者建构研究》由人民出版社出版发行。该书以"他者"作为切入点研究康拉德小说中的文化建构。论者首先厘清了国内外学界对康拉德小说的两种主要观点：后殖民主义研究的贬抑与帝国罗曼司研究的褒扬；并指出正是这两种研究在使用"他者"话语时各取一边的偏颇姿态，以致忽略了康拉德小说中的"双重话语"，论者正是以对这种"双重话语"忽略的关注作为其研究切口，以文化研究手段，通过外部研究和文本研究之结合，探寻了康拉德小说他者建构的"双重性质"及其文化、意识形态、历史成因。胡强《康拉

---

① 申利锋：《论毛姆长篇小说中的三种爱情悲剧类型》，《文学评论》2006年第1期。
② 蒋家国：《重建人类的伊甸园——劳伦斯长篇小说研究》，湖南大学出版社2003年版。

德政治三部曲研究》① 将康拉德的政治三部曲：《诺斯托罗莫》《间谍》《在西方的注视下》作为一个整体来研究，在系统探讨它们共性的同时，悉心分辨其间的细微差异，探究文学文本与其背后文化语境的互动关系。全书以"焦虑、政治、道德"为核心视角，采用政治阅读和形式分析相结合的方法，把康拉德内心深处的心理结构、爱德华时代的道德价值观以及当时更大的历史语境联系在一起，同时采取新历史主义的厚描手法，使用后结构主义的权力话语理论，试图勾勒出一幅 20 世纪初期英国社会文化的广阔图景。作者在多维视角下，对康拉德政治三部曲的文学、政治与道德内涵进行了饶有趣味的文化梳理、阐释和细致的发掘，对其文化精神和伦理取向进行纵深探讨，凸显其思想史意义。张和龙的一篇论文《理论与批评的是是非非———〈黑暗的心脏〉争鸣之管见》② 也值得关注。该文肯定了殷企平与王丽亚对《黑暗的心脏》的争鸣是当时外国文学研究界不可多得的亮点之一，认为两位学者都从各自的角度出发进行了可贵的探索。针对两位学者在争鸣中的观点，作者指出，理论与批评紧密相连、不可分割，但它们分属于学术研究中两个不同的层面。一方面，理论先行而再用文本的例子印证理论，是一种重理论、轻实践的做法。另一方面，文学批评活动又不可能没有理论的参与，批评家在批评具体作品时不可避免地包含某种理论前提和批评话语。同时，批评家因其自身的价值立场和情感态度，对作品的解读确实存在高下优劣之分，阐释的"误区"或"错误"也在所难免。之所以读者能够多层次、多维度阐释《黑暗的心脏》，是因为这一经典文本本身含有多重复杂的主题含义。

　　关于福斯特小说研究。陶家俊《文化身份的嬗变——E. M. 福斯特小说和思想研究》③ 一书从文化批评的角度解读福斯特小说艺术中文化身份的嬗变，并通过对其作品的分析，阐述了文化批评理论。论者跳出以往对福斯特文本的后殖民、女性主义等批评范式，把福斯特小说文本所体现的思想与身

---

① 胡强：《康拉德政治三部曲研究》，中国社会科学出版社 2008 年版。

② 张和龙：《理论与批评的是是非非———〈黑暗的心脏〉争鸣之管见》，《外国文学》2003年第 1 期。

③ 陶家俊：《文化身份的嬗变——E. M. 福斯特小说和思想研究》，中国社会科学出版社 2003年版。

份变动作为透视西方思想的断裂／变动的平台,在融汇文学与文化,呈示批判精神背后的终极关怀方面不失为一种积极的尝试。

关于福尔斯小说研究。王卫新《福尔斯小说的艺术自由主题》[①] 主要研究英国 20 世纪 60 年代开始创作的著名小说家约翰·福尔斯的《收藏家》(*Collector*,又译《捕蝶者》)、《魔法师》、《法国中尉的女人》和《尾数》四部小说中的艺术自由主题。在选题背景中,作者即明确指出,国内外学界以往的研究主要指向福尔斯小说与法国存在主义哲学之间的关联,在阐发其小说的自由主题时着眼于个人主义自由与存在主义自由关系的探讨。通过四个小说文本的缝合论述,作者指出艺术自由乃是福尔斯小说创作的基本主题之一,并非简单地只是一种文学技巧。该书将学界关涉福尔斯小说自由主题研究的焦点转移至艺术自由层面,着重揭示了福尔斯小说中艺术家形象追寻艺术自由的心路历程,并对福尔斯小说艺术自由主题结合四部小说文本进行了较为缜密的剖析和梳理,推进了福尔斯小说自由主题研究的深度。

关于乔伊斯小说研究。2000 年,上海外语教育出版社出版发行了李维屏的《乔伊斯的美学思想和小说艺术》。此书注重将乔伊斯的作品置于当时的历史氛围、社会背景和文化思潮中加以考察,力图揭示其文本的艺术特征与发展轨迹,并设法从乔伊斯的作品、文论和书信中理出一条可供研究的清晰脉络。在此基础上,论者探讨乔伊斯的美学思想和小说艺术,展示其从早年仰承文学传统到追求革新而最终走向极端的创作过程及其错综复杂的原因与动机。全书高屋建瓴,条分缕析,是一本国内较早介绍与研究乔伊斯的重要著作。

戴从容于 2005 年出版的《乔伊斯小说的形式实验》[②] 尝试从语言学角度切入进行文本探析,把乔伊斯四部小说作品即短篇小说集《都柏林人》和长篇小说《一个青年艺术家的画像》《尤利西斯》《芬尼根的守灵》看作统一的整体予以语言学的解读。论者从考察乔伊斯的形式观入手,其后逐一剖析乔伊斯作品中的词语运用、叙述方法、结构形式和文体特征,最后论析乔伊斯的形式实验同文学传统的关系,进一步阐明这种实验的意义。此书将理论阐释与文本分析相结合,是我国学界第一次对乔伊斯小说形式进行如此深入的探讨。

---

① 王卫新:《福尔斯小说的艺术自由主题》,复旦大学出版社 2009 年版。

② 戴从容:《乔伊斯小说的形式实验》,中国戏剧出版社 2005 年版。

戴从容的另一部专著《自由之书:〈芬尼根的守灵〉解读》于 2007 年由华东师范大学出版社出版发行。作者从解读有着"天书"之称的《芬尼根的守灵》的叙述形式入手,试图破解乔伊斯于 20 世纪初布下的重重迷局。本书延续了《乔伊斯小说的形式实验》的叙述脉络,分别从乔伊斯的词语运用、叙述方法、结构形式和文体特征等方面来详细解读《芬尼根的守灵》,同时更进一步探索作品所表达的自由观及其与自由美学的关系。作者在多维视角下,对乔伊斯作品形式上的特征进行深层透析,填补了国内早前缺少系统介绍与研究《芬尼根的守灵》这一空白。论者采取文本细读的方法,同时借鉴词源学、叙述学、文体学等多种当代理论成果,对文本的形式领域进行细读,剖析其神秘的文本构造,并在此基础上提出了整部作品的美学原则。本书提出的《芬尼根的守灵》所蕴含的自由美学及对此的论证,推动了国内乔伊斯研究的纵深发展,丰富了国际乔学研究对《芬尼根的守灵》乃至乔伊斯整个创作的理解。

关于新世纪以来的奥威尔研究。西方奥威尔研究虽然在 20 世纪 90 年代经历了一段沉寂,但在进入新世纪以后很快出现了新的高潮。其标志是,2003 年迎来奥威尔 100 周年诞辰,世界许多地方举行了纪念活动或研讨会。在西方奥威尔研究热的推动下,国内的奥威尔研究在进入新世纪以后也得到快速地发展,呈现出多姿多彩的繁荣局面。这个时期的奥威尔研究有三个主要特征:第一,国内学术界和思想界更加关注对奥威尔的知识分子品质和价值的研究,这推动了奥威尔在国内的接受由"反苏反共作家""反极权主义作家"向"公共知识分子"转变;第二,国内学者在研究和解读奥威尔作品方面,视野不断拓展,方法趋向多元;第三,国内学者已经开始积极探索奥威尔研究的一些新领域。以上对奥威尔思想价值的新认识、研究方法的多元化和研究范围的扩展共同促进了国内奥威尔研究的繁荣发展。

其一,奥威尔作为"公共知识分子"的思想价值得到深入地探讨。2003年,著名奥威尔研究专家迈耶斯(Jeffrey Meyers)根据《奥威尔全集》材料所著的《奥威尔传》[①]被译介到中国,这部以"一代人的冷峻良心"(wintry

---

① 参见杰弗里·迈耶斯:《奥威尔传》,孙仲旭译,东方出版社 2003 年版。Jeffrey Meyers. *Orwell:Wintry Conscience of a Generation*. New York:W.W. Norton & Company,2000. 另一部被译介的传记是 D．J．泰勒:《奥威尔传》,吴远恒、王治琴、刘彦娟译,文汇出版社 2007 年版。D．J．Taylor *Orwell:The Life*. New York:Henry Holt and Company,2003.

conscience of a generation）为副标题的传记具有较大的影响力,国内学术界和思想界开始对奥威尔作为公共知识分子的思想价值进行了深入的探讨。国内学术界的专家,而且还包括文化研究者、作家或书评人。他们围绕"一代人冷峻的良心"这一中心话题深入地探讨了奥威尔作为"公共知识分子"的思想内涵和价值,使奥威尔这一新形象逐渐被国内学界接受。

其二,奥威尔作品的研究视角和解读方法呈现多元化。国内学界对奥威尔"公共知识分子"特征的研究引起了更多研究者对奥威尔的关注。他们尝试运用多元的研究视角和方法对奥威尔的作品进行了较为深入地解读。这些研究视角除了传统的主题思想研究以外,还有西方文学理论视角（女性主义、生态主义、后殖民主义、权力理论、叙事学理论、空间理论）、跨学科视角（思想史、政治学、语言学）和比较文学视角。

其三,一些新的研究领域开始进行探索。首先,国内学者对奥威尔的语言观进行了初步探讨。《关键词》一书的作者威廉斯虽然对奥威尔的社会主义观提出严厉批评,但是他对奥威尔《政治与英语》和"新话"（Newspeak）等对语言的论述十分推崇。在国内,翁路的论文较早讨论了《一九八四》中极权主义权力的秘密在于对语言的操纵。[①] 另外一些论者涉及"奥威尔问题"。尤泽顺认为乔姆斯基用于解决"柏拉图问题"的语言研究和解决"奥威尔问题"的政治研究之间存在一种非直接的联系,它们是关于人的本质研究的前后两个组成部分。[②] 单波等认为媒体研究是乔姆斯基研究"奥威尔问题"的一个重要步骤。公众逃避自由与媒介控制的关系和媒介话语的社会控制机制是这个问题进一步开拓的两个层面。[③] 刘晓东认为"奥威尔问题"揭示了政治和文化对人性自然的压迫。任何国家都具有"奥威尔问题",直面中国的"奥威尔问题"其核心是个人的解放,这要从解放个人的童年做起,因为"解放天性,其实就是守护童心"。[④] 国内学者有必要深入研

---

① 《语言的囚笼——〈一九八四〉中极权主义的语言力量》,《乐山师范学院学报》2002年第6期。

② 尤泽顺:《乔姆斯基语言研究和政治研究的关系》,《外国语言文学》2004年第1期。

③ 单波、李加莉:《奥威尔问题统摄下的媒介控制及其核心问题》,《上海大学学报》2008年第4期。

④ 刘晓东:《论"奥威尔问题"》,《学术界》2010年第11期。

究奥威尔关于语言的论述,分析他在语言思想史的贡献。

关于新世纪国内文坛对伍尔夫的研究。据中国期刊网和万方数据库中以"伍尔夫"为主题和关键词进行搜索,从 2000 年到 2009 年,国内共发表伍尔夫研究的期刊论文 595 篇。此外,有关伍尔夫的专题研究也成为这一时期国内高校博士、硕士的论文选题热点,根据万方硕博论文数据库和中国期刊网硕博论文库以"伍尔夫"和"吴尔芙"为主题和关键词进行检索,从2000 至 2009 年,国内高校以伍尔夫为选题的博士学位论文有 5 篇,硕士学位论文达 179 篇。比起期刊论文对伍尔夫的介绍研究,伍尔夫研究专著更加成熟深入,也更为全面。学界对于伍尔夫的研究主要集中在以下几个方面:对伍尔夫意识流创作及"现代小说理论"的研究、作为女性主义文化先驱的伍尔夫研究,伍尔夫散文以及传记研究也开始进入研究者的视野,以及伍尔夫在中国的传播和接受研究等。同样,关于以下三个方面的讨论亦值得关注。

其一,伍尔夫的"现实观"。早在 1982 年,瞿世镜在《论小说与小说家》一书中,就将伍尔夫的小说理论概括为七个方面:时代变迁论、主观真实论、人物中心论、突破传统框子论、论实验主义、论未来小说和对文学理想的见解等。进入新世纪以来,殷企平在瞿世镜研究的基础上,"对伍尔夫的小说理论做了进一步的梳理和分析,并对瞿世镜论文中的个别定性词提出质疑"①,并且殷企平在文章中指出,伍尔夫的所有理论都可以归结为她的生活决定论。盛宁从历史、社会、文化艺术等方面对伍尔夫的名言"1910 年的 12 月人性发生了变化"进行了全方位的解读和分析,对传统的解读进行了有力的反驳,论证了其实是人物形象发生了变化。② 高奋《小说:记录生命的艺术形式》一文,在整合了国内外现有伍尔夫小说理论研究成果的基础上,对伍尔夫的小说理论进行了全面的详细的论证,最后用"小说是记录生命的唯一艺术形式"对伍尔夫的小说理论进行了艺术哲学的总结。③2009 年高奋的"弗吉尼亚·伍尔夫小说理论研究"获批国家社科基金项目立项,高奋又从东西方诗学的对比关照下对伍尔夫的小说理论进行深入的研究,并于《外

① 殷企平:《伍尔夫小说观补论》,《杭州师范学院学报》2000 年第 4 期。
② 盛宁:《关于伍尔夫的 1910 年的 12 月》,《外国文学评论》2003 年第 3 期。
③ 高奋:《小说:记录生命的艺术形式》,《外国文学评论》2008 年第 2 期。

国文学》2009 年第 5 期发表《中西诗学关照下的伍尔夫"现实观"》一文。高奋的研究使得国内的伍尔夫小说理论研究更加走向深入。

　　其二,"意识流小说创作"论。这方面的研究集中在伍尔夫的意识流创作手法及作品结构还有创作思想特征的研究。2000 年李森在《外国文学评论》的"二十世纪文学"栏目下,发表了《评弗·伍尔夫〈到灯塔去〉的意识流技巧》一文。这篇论文从伍尔夫"描写内在真实"的文学见解出发,从间接内心独白、自由联想、象征手法、时间蒙太奇、多视角叙述方式等五个方面对伍尔夫的意识流技巧进行了辨析。武跃速的论文《宇宙人生的诉说——解读伍尔夫的诗小说〈海浪〉》,作者"试图从作家、作品中人物的叙述视角介入,把握伍尔夫在海浪中倾力表达的体验和思考"①。通过细致的文本解读,作者最后得出"作品从大自然到人类、从瞬间到永恒、从个人到人际之间、从混乱到和谐、从时间到空间等,诉说着心智对宇宙人生意识的追寻"②。此外,甄艳华的《伍尔夫创作思想形成轨迹略探》(《学术交流》2003年第 8 期)论述了伍尔夫的创作思想中受到传统作家和现代作家的影响。程倩论述了伍尔夫小说的美学机制,认为伍尔夫在创作中创造了一系列全新的结构,比如,自然循环、立体辐射、多点聚光、双重复式等。③张薇探讨了伍尔夫小说的诗化特点,指出伍尔夫在创作中大量采用了诗歌的透视法、象征性、比喻、联想、音乐性,因此诗意才是伍尔夫创作的核心。④项风靖分析了伍尔夫小说中的印象主义艺术手法,认为印象派绘画对伍尔夫的重要影响是使她致力于在作品中表现对生活的瞬间印象。何亚惠通过联系社会现实对伍尔夫具体作品的解读和分析,认为伍尔夫悲剧意识促成了她在写作中追求超越悲剧的精神。⑤2006 年甄艳华出版《伍尔夫的小说理念》,这部著述通过对伍尔夫意识流小说的研究,着重阐述了伍尔夫现代小说理论的形成过

---

① 武跃速:《宇宙人生的诉说—解读伍尔夫的诗小说〈海浪〉》,《国外文学》2003 年第 1 期。
② 同上。
③ 程倩:《伍尔夫小说结构的美学机制》,《四川外语学院学报》2001 年第 6 期。
④ 张薇:《论伍尔夫小说的诗化》,《上海师范大学学报》2003 年第 3 期。
⑤ 何亚惠:《伍尔夫的悲剧意识》,《厦门大学学报》2005 年第 3 期。

程及实践,对伍尔夫的文学创作特点进行了深入而全面的分析。① 李红梅的《伍尔夫小说的叙事艺术》(中国言实出版社 2007 年版)围绕伍尔夫的小说创作,明晰了伍尔夫的多种文化身份与多样文学创新之间的关系,并且首次将伍尔夫的诗性小说叙事艺术作为一个独立的课题进行研究,填补了国内伍尔夫小说叙事研究的空白。

其三,"双性同体"观。这方面的研究主要集中于伍尔夫的"双性同体"理论和女性批判意识。何亚惠分析了伍尔夫带有自传色彩的小说《奥兰多》,认为奥兰多的成功正是表达了作者的女性创作思想——"双性同体"理论。② 潘建发表在《外国文学评论》(2008 年第 3 期)中的《伍尔夫对父权中心体制的批判》论述了伍尔夫通过对父权中心体制下两性二元对立关系的揭露和批判,"为以后的妇女解放事业指明了方向"③。2002 年南京大学吴庆宏提交答辩的博士学位论文《弗吉尼亚·伍尔夫与女权主义》,后由中国社会科学出版社于 2005 年出版发行。作者优秀的史学功底使她自然地将伍尔夫的女权主义思想放在历史中考察和分析评价,探讨了伍尔夫的心路发展史。钱乘旦教授称她"在中国学术界第一次明确提出:伍尔夫的女权主义先驱者的身份高于她的作家身份,并系统的追溯了她'女性话语'发展历程"④。

除以上三个方面的主要研究之外,还有伍尔夫和其他小说家的比较研究、伍尔夫散文、日记研究以及传播接受研究。这方面代表性的论文有柴平的《心理小说的实验家:萧红与伍尔夫》,从心理小说创作的角度,进行艺术手法的对比分析,揭示了她们在自身的创作中女性意识在艺术技巧中的鲜明体现。⑤ 王丽丽的《追寻传统母亲的记忆:伍尔夫和莱辛比较研究》(《外国文学》2008 年第 1 期)从女性主义文学传统的角度切入,探讨了她们对缺失的女性文学传统的追寻,伍尔夫在小说形式的创新中表达了自己的美好理想——"双性同体",而莱辛在追寻传统价值的过程中给绝望的人类以警示。⑥

---

① 甄艳华:《伍尔夫的小说理念》,黑龙江人民出版社 2006 年版,第 5 页。
② 何亚惠:《"双性同体"——伍尔夫的女性创作意识》,《徐州师范大学学报》2007 年第 1 期。
③ 潘建:《伍尔夫对父权中心体制的批判》,《外国文学评论》2008 年第 3 期。
④ 钱乘旦:《弗吉尼亚·伍尔夫与女权主义》序,中国社会科学出版社 2005 年版,第 3 页。
⑤ 柴平:《心理小说的实验家:萧红与伍尔夫》,《伊犁师范学院学报》2001 年第 1 期。
⑥ 王丽丽:《追寻传统母亲的记忆:伍尔夫和莱辛比较研究》,《外国文学》2008 年第 1 期。

易晓明的传记类著作《优美与疯癫——弗吉尼亚·伍尔夫传》2002 年由中国文联出版公司出版。2007 年吕洪灵的《情感与理性——论弗吉尼亚·伍尔夫的妇女写作观》由南京师范大学出版社出版,作者结合伍尔夫的小说创作、大量的散文和日记,从情感与理性的角度切入,论述了伍尔夫有关妇女创作思想形成的过程,作者认为:"'情感与理性'的关系是伍尔夫文学创作以及妇女创作的思想核心。"[①] 这本论著是国内学者撰写的第一部伍尔夫研究英文专著,此外,吕洪灵还发表了多篇论文,对伍尔夫进行专题研究,从一个独特的角度为国内的伍尔夫研究作出了贡献。

此外,上海外国语大学李维屏的《弗吉尼亚·伍尔夫》(上海外语教育出版社 2008 年版),是国内学者撰写的第二部伍尔夫研究英文专著,由作者生平、创作背景、文学作品和接受情况四个部分组成,全面系统地介绍了弗吉尼亚·伍尔夫的创作经历、美学思想、艺术特征和文学成就。2009 年南京师范大学杨莉馨的《20 世纪文坛上的英伦百合——弗吉尼亚·伍尔夫在中国》由人民出版社刊行,上编通过详细的资料收集,论述伍尔夫在中国现代文坛的翻译介绍和接受,下编结合国内的现实文化语境,论述伍尔夫在中国当代文坛的译介和接受。这部著述对伍尔夫在中国近百年的传播与接收情况做了详尽的梳理和分析,勾勒出了伍尔夫在中国近百年的"足迹"。

六、当代英国小说研究

杨金才在《当代英国小说的核心主题与研究视角》[②] 一文中,指出科技时代、网络时代中文学艺术受到商业化的全面"侵袭",而当代英国小说某种程度而言是对当代英国的历史现实和文化病症的回应。论者继而讨论了当代英国小说四个方面的核心主题:跨世纪焦虑、世纪末身份的渲染与刻画、历史题材拟写、地理空间叙事。此文对于我们把握英国小说的时代脉搏和多元特质,具有指导意义。曹莉《历史尚未终结——论当代英国历史小说的走

---

① 吕洪灵:《情感与理性 论弗吉尼亚·伍尔夫的妇女写作观》,南京师范大学出版社 2007 年版,第 1 页。

② 杨金才:《当代英国小说的核心主题与研究视角》,《外国文学》2009 年第 6 期。

向》①主要针对英国文坛自 20 世纪 80 年代兴起的新一轮历史小说热潮，提出历史元小说和后殖民历史重写是当代英国历史小说走向的两条突出主线。论及当代英国历史小说形成和发展的条件和契机问题，文章指出第二次世界大战之后英帝国的衰落及全球后现代和后殖民的进程是社会历史原因，而知识界关于历史的文本性和文本的历史性的争论则是思想理论背景。

张和龙《战后英国小说》②以宏观视角历史性地概述了英国第二次世界大战后的小说面貌。作者在对战后英国作家文本分析研究中，体现了与英美学界同侪研究成果对话的意识。该著对我们加深对这一时段的英国文学，特别是小说发展的基本面貌的认识是大有裨益的。2007 年，张和龙的另一本专著《后现代语境中的自我——约翰·福尔斯小说研究》由上海外语教育出版社出版发行。该书将福尔斯的小说置于后现代的语境中，探讨了有关人与自我的幽闭、精神分裂、破碎、神秘与不确定、女性自我的遮蔽与反抗、"非我性"、虚空和异化等主题内涵。通过对福尔斯的处女作《捕蝶者》的阐发，作者撷取出一种"晚期资本主义"幽闭症候，用以形容作者在后现代语境下通过对福尔斯小说文本中所展示的人与自我本质各类关系的剖析，展现了约翰·福尔斯小说所蕴含的丰富艺术思想，其将福尔斯小说文本的剖析与福尔斯的非虚构文类并置研究，起到了较好的统揽效果，亦有助于我们加深对这一当代英国作家作品的认知与理解。

岳国法《类型修辞学与伦理叙事：艾丽丝·默多克小说研究》③一书在对英国小说家默多克小说文本研究进行批评性整合的基础上，以"类型研究和伦理叙事"为切入点，再紧扣默多克小说所体现柏拉图"洞穴之喻"意义的同时，还分别从主题修辞、叙事特色、文体流变等角度对默多克小说进行了较为宽泛、深入的剖析，对于我们全面理解默多克小说的类型价值具有较高的借鉴价值。

孙妮《V. S. 奈保尔小说研究》④一书是国内第一部全面研究奈保尔小

① 曹莉：《历史尚未终结——论当代英国历史小说的走向》，《外国文学评论》2005 年第 3 期。
② 张和龙：《战后英国小说》，上海外语教育出版社 2004 年版。
③ 岳国法：《类型修辞学与伦理叙事：艾丽丝·默多克小说研究》，黑龙江人民出版社 2008 年版。
④ 孙妮：《V. S. 奈保尔小说研究》，安徽人民出版社 2007 年版。

说的专著,主要以奈保尔的《米格尔大街》《神秘的按摩师》《毕斯沃斯先生的房子》《河湾》《在一个自由的国度》等十部有关第三世界的小说作为研究对象,在较为细致的文本分析基础上,运用了后殖民主义相关理论,探讨了作品的主题思想和艺术风格,旨在揭示作品的社会现实意义。该著对奈保尔小说的文本细读及其见解不乏新意,推进了我国奈保尔研究的步伐。

程倩《历史的叙述与叙述的历史——拜厄特〈占有〉之历史性的多维研究》① 也是我国第一部讨论当代英国女作家安·苏·拜厄特的研究专著。作者选取拜厄特小说创作的巅峰之作《占有》为研究对象,采用叙事学、神话原型、女性主义文论及巴赫金的对话主义等多种批评理论,对《占有》之故事与话语的双重历史性展开多维研究,以揭示文本中的丰富历史内容和多元叙述手法之间的内在联系和交互作用为其旨归。作者通过多维度、多视角的研究来解释作品,特别是对叙事历史、文本历史、人类历史和女性历史的多重叙述,凸现了拜厄特之历史叙事的独创性。

关于拜厄特《占有》的讨论文章还有:曹莉《〈占有〉:历史的真实与文本的愉悦》② 一文以分析拜厄特的长篇小说《占有》的"充盈饱满"为出发点,旨在探讨小说所表现的历史真实与文学虚构之间的距离和张力。刘爱琴、王丽丽《〈占有〉之叙事策略》③ 一文主要从叙事学理论出发,分析了拜厄特的长篇小说《占有》在叙事结构、叙事手段和叙事语言等方面的特点。

格雷厄姆·斯威夫特(Graham Swift)是英国20世纪80年代以来具有独特创作风格且艺术成就不凡的作家之一。苏忱《再现创伤的历史:格雷厄姆·斯威夫特小说研究》于2009年由苏州大学出版社出版发行。该书是国内首次对格雷厄姆·斯威夫特进行的系统学术性研究著述。该书通过文本研究强调了创伤事件在小说历史叙事中的意义,揭示了斯威夫特文学创作中一直延续着的叙事模式,并通过创伤研究与文学研究两相结合,透视其与历史叙事之间的关系,某种意义上思考和弥补了上述激进历史主义理论的缺陷和不

---

① 程倩:《历史的叙述与叙述的历史——拜厄特〈占有〉之历史性的多维研究》,人民文学出版社2007年版。

② 曹莉:《〈占有〉:历史的真实与文本的愉悦》,《外国文学研究》2005年第6期。

③ 刘爱琴、王丽丽:《〈占有〉之叙事策略》,《贵州社会科学》2006年第6期。

足。该著进一步发掘了格雷厄姆·斯威夫特作品的深层结构和思想主题,这一方法论关注了格雷厄姆·斯威夫特小说研究的空白点,因而具有较积极的推进意义。

2007 年 10 月 11 日晚,本年度诺贝尔文学奖桂冠授予 87 岁的英国老太太多丽丝·莱辛,中国各大媒体编发了大量的"莱辛专题"报道,香港科技大学人文学部教授郑树森以"多丽丝·莱辛得奖是迟来的正义"为题赞扬了莱辛的人品及创作。国内学界掀起一轮译介与研究莱辛作品的热潮。2008 年《英美文学研究论丛》春季号刊登了一组文章,其中包括瑞典学院的"颁奖演说"、莱辛的"受奖演说"、莱辛的 3 篇访谈、3 篇中国学者的研究论文,作为本期的多丽丝·莱辛特辑。

与 90 年代的数篇研究论文相比,进入 21 世纪的近十年来国内发表了大量的研究莱辛的论文,据中国期刊网发文检索,从 2000 至 2009 年国内共发表莱辛研究论文 314 篇,其中在 2007 年多丽丝·莱辛获得诺贝尔文学奖至 2009 年底,大约两年多时间发表研究论文达 234 篇,虽然质量参差不齐,但数量可观,足见国内莱辛研究的进展之快。新世纪以来国内学者围绕莱辛的研究重心主要表现在几个方面:

其一,莱辛的"苏菲主义思想"研究。在 20 世纪 60 年代,莱辛曾经接触了伊斯兰教的神秘主义哲学苏菲主义。莱辛曾经坦言好像她的一生都是在等待它的出现一样。2000 年司空草在《外国文学评论》第 1 期上发表《莱辛小说中的苏菲主义》一文。作者对穆格·加林的莱辛研究给予了介绍和认同,"莱辛的苏菲主义主要是从伊斯兰教神秘主义中所感悟出来的人生哲学,并不同于传统的苏菲主义"[1]。随后又有学者就莱辛的苏菲主义思想展开了探讨。2001 年陈东风《多丽丝·莱辛与苏菲思想》一文认为《四门城》是莱辛从现实主义转向神秘主义的标志,但是莱辛对苏菲主义宿命思想局限的超越有着现实的启示意义。[2] 随后苏枕在《多丽丝·莱辛与当代伊德里斯·沙赫的苏菲主义哲学》中,从《幸存者回忆录》,解释莱辛与当代伊德里

---

[1] 司空草:《莱辛小说中的苏菲主义》,《外国文学评论》2000 第 1 期。

[2] 陈东风:《多丽丝·莱辛与苏菲思想》,《牡丹江师范学院学报》2001 年第 4 期。

斯·沙赫的苏菲主义哲学的关系。① 但是这种单纯的撇开文化背景的解读很快就遭到了质疑,胡勤先后在《贵州大学学报》和《外国语文》发表了两篇文章,对苏枕的结论进行了反驳,胡勤认为:"莱辛接受的苏菲主义是西方语境下的苏菲主义。……就莱辛而言,苏菲思想是她借以表达对世间事的看法的方法,也可以说她的作品是用苏菲思想看世事,用苏菲智慧提高个人。"②相比而言,胡勤的解释更加客观,更能让人接受。

　　其二,女性主义思想研究。20 世纪 80 年代以来的国内研究者纯粹把莱辛看作是女权运动的斗士。进入新世纪以来,性别问题依然是热点问题之一,国内不少学者从女性视角对莱辛的作品进行了不断的阐释。近十年来学界就莱辛的女性主义思想展开了深入的讨论,其中对《金色笔记》的女性主义思想研究成为讨论的热点。2001 年施旻的《〈金色笔记〉是女性主义文本吗?——关于多丽斯·莱辛及其〈金色笔记〉的论争》一文,论述了作品分析的女权主义和反女权主义之争,结合莱辛本人的言论,认为莱辛是"以一种超性别的姿态,表现出对人类普遍价值的关怀"③,莱辛的超文本写作其实是在破碎的生活中探求生命的完整性。黎会华干脆直接用女性主义批评解读《金色笔记》,作品从多角度揭露男权文化对女性的统治与压抑,"采取颠覆性策略,解构控制人的思想意识的父权制男女两性二元对立体系"④。白艾贤的文章从女性的视角对莱辛 1962 年发表的《金色笔记》进行分析论述,认为莱辛通过对女性命运的关注,表达了女性独立、自由、不过分依附男性的愿望,但是在男权文化中心的社会中,要想获取和男性一样的生活是异常困难的,然而莱辛又"从不把男人作为女人的假想敌人,从不认为男女

---

① 苏枕:《多丽丝·莱辛与当代伊德里斯·沙赫的苏菲主义哲学》,《四川外语学院学报》2007 年第 4 期。

② 胡勤:《多重的苏菲主义:对"多丽丝·莱辛与伊德里斯·沙赫的苏菲主义哲学"——与苏枕商榷》,《贵州大学学报》2008 年第 5 期。

③ 施旻:《〈金色笔记〉是女性主义文本吗?——关于多丽斯·莱辛及其〈金色笔记〉的论争》,《东岳论丛》2001 年第 5 期。

④ 黎会华:《解构菲勒斯中心:构建新型女性主义主体——〈金色笔记〉的女性主义阅读》,《浙江师范大学学报》2004 年第 3 期。

间是对立的关系"①。而华羽泉从西方女性文学的传统出发进行论述，认为"多丽丝·莱辛及她的文学创作，才是全面意义上的女性主义文学"，莱辛及其创作在西方女性创作史上具有丰碑式的意义。此外，夏琼、桂彬也从女性主义视角来分析《金色笔记》。2005 年苏枕发表《多丽丝·莱辛的女性观点新探》一文，通过对莱辛四部作品的分析，作者得出："虽然莱辛的作品主题内容丰富多样，在其不同的时代的众多小说中，总会存在着一种非正常的男女关系模式。"② 这种关系模式是 "女性为获得爱情，自愿为爱而忍受痛苦，甚至走向毁灭，而男性却表现出冷漠、若即若离的态度"③ 的女性受虐模式，这种互文性的解释为人们从纵向探讨莱辛笔下的女性形象提供了有益的借鉴。从总体上而言，国内学者对《金色笔记》的女性主义解读集中在两个方面，作家对作品中女性生存状况的揭示和思考，揭示了作者对人类整体生存状况的思考；另一方面的研究力求探究莱辛的女权主义思想，表达作者对于女性自由的追求。除此之外，学界对于《金色笔记》的艺术形式研究，也日渐增多，成为《金色笔记》研究的一个重心。

其三，研究专著及学术研讨会对莱辛的集中探讨。截至 2009 年年末，国内学者撰写的多丽丝·研究专著有 4 本，即王丽丽撰写的《多丽丝莱辛的艺术和哲学思想研究》（社会科学文献出版社 2007 年版）、陈璟霞的《多丽斯·莱辛的殖民模糊性——对莱辛作品中的殖民比喻的研究》（中国人民大学出版社 2007 年版）、肖庆华的《都市空间与文学空间：多丽丝·莱辛小说研究》（四川辞书出版社 2008 年版）以及蒋花撰写的《压抑的自我，异化的人生：多丽斯·莱辛非洲小说研究》（上海外语教育出版社 2009 年版）。

王丽丽《多丽丝莱辛的艺术和哲学思想研究》是国内第一本莱辛研究的英文著作，从哲学的角度对作品进行了详细的分析，探讨了莱辛的生命哲学理念和作品艺术形式之间的关系。指出多丽丝·莱辛从历史和文化的角度，通过精心设计的小说的结构，创造了一个特别的小说世界，奠定了莱辛整

---

① 白艾贤：《〈金色笔记〉与莱辛的女权主义思想》，《南京航空航天大学学报》（社会科学版）2005 年第 3 期。

② 苏枕：《多丽丝·莱辛的女性观点新探》，《江淮论坛》2005 年第 5 期。

③ 同上。

体哲学思想的基调。莱辛通过互文和独特的象征与意象所构筑了一个比喻的世界,认为莱辛在作品中利用互文、借用经典,特别是 T. S. 艾略特的诗歌来进一步引证她的生命哲学思想。作者对莱辛提出的漩涡与喷泉、"双性同体的人"和"大家人物"、流动的时间、比喻的世界和苏菲主义所进行了精辟的分析,填补了国内莱辛哲学思想研究的学术空白。

陈璟霞撰写的《多丽斯·莱辛的殖民模糊性——对莱辛作品中的殖民比喻的研究》一书从殖民主义和后殖民主义的视角来解读多丽斯·莱辛。肖庆华的著述《都市空间与文学空间:多丽丝·莱辛小说研究》通过探寻莱辛都市空间书写的各方面特征,对伦敦的都市空间、差异空间、性别空间和内外视角,做了全方位、多层次的研究和描述,从而对莱辛的小说提供了一种新的理解,亦是拓展推进莱辛研究领域的有益尝试。

莱辛在 1949 年之前均在非洲度过,非洲生活对作家的影响巨大,以非洲为题材,莱辛创作了一系列小说。蒋花撰写的专著《压抑的自我,异化的人生:多丽斯·莱辛非洲小说研究》尝试在后殖民主义、女性主义、心理学、叙事学等理论背景下,紧扣"个人和集体关系"的主题,全面系统地分析了多丽斯·莱辛关于非洲的六部小说和一部短篇小说集,揭示了英属非洲殖民地的人生异化问题。

在莱辛丰厚的创作中,科幻小说无疑是不容忽略的重要组成部分。2007年译林出版社出版了莱辛的科幻作品《玛拉和丹恩历险记》,这是国内第一次引进莱辛科幻题材的作品。为了促进国内对莱辛科幻创作的理论关注,讨论莱辛科幻创作的特征,进一步激发国内文学界科幻创作的热情,2008 年 3月 16 日,由北京师范大学中国儿童文学研究中心和天津理工大学外国语学院主办,《外国文学》杂志社、《中华读书报》、北京科普作家协会协办的多丽丝·莱辛科幻小说学术研讨会在北京举行,来自文学界的三十余位专家学者参加了会议。中国社会科学院外国文学研究所研究员王逢振把莱辛获奖看作是"科幻文学的一次胜利"。国内作家专家齐聚热议莱辛的科幻创作,进一步拓宽了国内学者对莱辛的关注视野,对于带动广大文学爱好者关注国内的幻想文学,尤其是科幻文学创作,有着积极的意义。

第四节 中国学者研究英国诗歌的成绩

一、中世纪英语文学

乔叟作为英语及英国文学发展史上一个举足轻重的人物,作为溯源英语文学传统时不可或缺的一座丰碑,在国外俨然是一门显学。肖明翰《英语文学之父:杰弗里·乔叟》于2005年由社会科学文献出版社出版发行,是近年来我国学界较为系统而深入地全面开展乔叟研究的学术专著。作者把乔叟放在英国社会、民族、语言及英语文学传统整个大的历史脉络去审视其"英语文学之父"的地位,指出乔叟的文学创作与英语语言地位上升之间的微妙关联。纵观全书,作者以乔叟的生活经历及文学创作为经,以乔叟所处时代的社会、政治、经济、文化、宗教和文学状况为纬,并且把乔叟的7部主要著作作为坐标,探析了乔叟的创作发展同他的生活阅历及其时物质文明之间的内在关联。在此基础上,作者把论述重点放置在乔叟的文学成就和创作思想上。该著是我国乔叟研究的力作,其翔实的文献资料呈示,精到的文本评析及对乔叟生平的细致梳理,对于其后的乔叟研究有很大推动作用。

肖明翰的另一部著述《英语文学传统之形成:中世纪英语文学研究》(上、下)于2009年由社会科学文献出版社出版发行。该书是国内第一部系统深入研究中世纪英语文学(7世纪至15世纪)并论述英语文学传统之起源过程的专著。其关注点如著者指出主要是研究中世纪英语文学所取得的成就,揭除以往贴在中世纪身上"黑暗世纪"这一笼统且不负责任的标签。而在论述过程中,著者并没有落入传统文学史写法的窠臼,并没有走一条"时段加流派加作家作品"的按历史时期全面叙述中世纪英语文学发展的道路,而是着力研析那些取得了卓越成就,且最能体现中世纪英语文学成就并对英语文学未来的发展产生不可移易的影响的文学流派、文学类型和作家作品。该书有效地填补了国内英语文学古典学研究方面的缺陷,其把文学缝合进整个中世纪英国的社会、政治、宗教、哲学、文化、艺术等层面的基本制度、思想和传统之中,通过宏观统领与微观剖析相结合,有效地厘清了英语文学传统,为我们理解近代、现当代英语文学打牢了基础,可谓有正本清源之效,更为学界进一步深入英国中世纪文学研究打开了一扇通道,可有谓嘉惠后人之功。

二、文艺复兴时期英国诗歌

2001 年,胡家峦《历史的星空:文艺复兴时期英国诗歌与西方传统宇宙论》由北京大学出版社出版发行。该书在各种现代学、后现代学理论蜂拥而入文学批评领域之际可谓是独树一帜。作者受到艾布拉姆斯的"作品—宇宙—作家—读者"四维关系研究的启发,创造性地把西方传统宇宙论研究与文艺复兴时期的英国诗歌批评相结合,回望西方古典思想资源,抓取了宇宙论这一在西方思想传统体系中极为重要的命题,并结合诗歌这一西方古典文学的主要文类进行批评,探寻了宇宙论思想蕴藏在文艺复兴时期英国诗歌中的特殊表现,无疑有助于我们透彻地领会其时英国诗人所采用的宇宙意象的内涵,准确地把握作品的内容和形式,深入地挖掘作品的主题和结构。

胡家峦先生的另一本著述《文艺复兴时期英国诗歌与园林传统》[①] 则创造性地将西方文学园林与现实园林两大历史传统结合在一起,并以其为切入点,研究文艺复兴时期英国园林诗歌的渊源与发展。作者开宗明义对"园林诗歌"这一易于混淆的文学亚类型做出了较为严格的界定,并对文艺复兴时期英国诗歌里古典园林意象的来源和范围做了大致介绍,指出其与宇宙论

---

① 胡家峦:《文艺复兴时期英国诗歌与园林传统》,北京大学出版社 2008 年版。

"存在之链"层级多元性对应关系之间的微妙关联,并以这种极为复杂的关系研究为主贯穿全书,打开了一座文艺复兴时期英国诗歌研究的富矿,并展示其也可以值得深入研究的丰富内涵。

三、17世纪英国诗歌研究

2005年,晏奎《生命的礼赞:多恩"灵魂三部曲"研究》由北京大学出版社出版发行。作者针对国内外学界几百年来形成的关于多恩"才"与"象"研究的"庄严的空洞传统"这一似乎难以逾越的研究窠臼,从以往研究中被忽略的,陷入所谓"归属的真空"的"灵魂三部曲"入手,将《灵的进程》、《第一周年》及《第二周年》这三首最长的作品视为一个具有多层次共性的,首尾相连、自成一体的整体,通过条分缕析,从文本中试图采撷出对于"灵魂从天国到人间,经过对尘世的体验之后又回归天国"这样一种"完整的生命体验"的表现主题。作者更分别从纵向研究、横向研究和背景研究等三个不同的侧面,对三部曲的结构、主题和作品所包含的哲学与科学思想分别做了细致的梳理论证。论者通过将多恩及其作品置于宽广的思想底层予以考察,并辅之以大量的实证和旁证,跳出了传统多恩研究的批评范式,为多恩早期"言情诗"与后期"神学诗"之间架设了一道桥梁,完成了困扰学界多年的学术难点工程。作者通过对国内外四百年多恩研究的系统爬梳和总结,得出了在历史意识、审美意识、理论意识、文化意识和互动意识基础上,结合多恩全部作品进行深入系统研究,方能揭开多恩这只"凤凰"的神秘面纱这一宝贵认识。

四、英国浪漫诗歌研究

袁洪庚、乐美儿及蒋海鹰的《影响的焦虑与焦虑的影响:对布莱克小诗〈飞虻〉的三层阐释》[①]一文从重估英国诗人威廉·布莱克的小诗《飞虻》

---

①　袁洪庚、乐美儿、蒋海鹰:《影响的焦虑与焦虑的影响:对布莱克小诗〈飞虻〉的阐释》,《兰州大学学报》2007年第5期。

入手,在三个阐释层面上审视作为强者诗人的布莱克所表现出的"影响的焦虑",以及他的"焦虑"对后代作家的再度影响。文章站在跨文化、跨时空的语境中,以互文性研究为基础对布莱克小诗《飞虹》做了细致透彻的分析,能够与前人充分地展开对话,提出了新颖的见地,有助于我们加深布莱克诗学观念的了解。

2000 年,苏文菁《华兹华斯诗学》由社会科学文献出版社出版发行。该书选取华兹华斯诗学中的"自然观"、"情理观"、"语言观"及"想象观"四个方面,用历史与逻辑相结合的方式,对华兹华斯诗学进行了深入的分析。论者通过华兹华斯诗学中对现代性及人与自然关系的反思,归纳出华兹华斯诗学的"人性—理性—神性"系统,并处处指向同处于现代化门槛上的中国,饱含了本土立场和中国意识。陈清芳《论华兹华斯的"快乐"诗学及其伦理内涵》[1] 一文讨论了华兹华斯诗学理念中的伦理要素,指出其诗歌的情感、题材、语言和创作目的都具备"快乐"哲学因子。作者对华兹华斯"快乐"诗学观念的理解与阐释,以及其背后丰厚的诗学意义和伦理价值的阐释,有助于我们将华兹华斯诗学观置于彼时英国的历史文化语境下予以观照。

丁宏为的论文《使命的重负·疲惫感·落下———英国 19 世纪诗歌中一个持续而变化的主题》[2],主要讨论 19 世纪英国诗歌的一个主题——不堪某种使命的重负及其所产生的疲惫感,试图寻求更接近本质的开阔精神空间。此类主题在 19 世纪英国文学中形成一个文思网络,与同时期英国文学的其他主题保持了平衡。这一主题的变化反映出了艺术家的思维方式在英国文学现代性演化过程中的转变。作者分析了华兹华斯、丁尼生、济慈、勃朗宁等诗人的著名诗篇之后,指出这些诗人从较单一的道德理念转向较复杂的艺术思维,关注人类个体生命的复杂性体现了他们思维重点的转移,转移的背后则是对复杂、宏大、模糊的感情与精神境界的重视。作者的另一篇论文《模糊的境界———关于浪漫文思中的自然与心灵图谱》[3] 则指出现代思想

---

[1]　陈清芳:《论华兹华斯的"快乐"诗学及其伦理内涵》,《湖北大学学报》2009 年第 5 期。

[2]　丁宏为:《使命的重负·疲惫感·落下——英国 19 世纪诗歌中一个持续而变化的主题》,《国外文学》2004 年第 4 期。

[3]　丁宏为:《模糊的境界———关于浪漫文思中的自然与心灵图谱》,《国外文学》2003 年第 3 期。

领域存在的一种张力关系：一方面，主观世界存在不同的思维和认知模式，心灵有必要在不同区域漫步或远游，所到之处也不必都具有清晰的逻辑，这是一种需要保护的"模糊"的心灵地带。另一方面，那种强调经验、科学和理性的思维虽十分重要，但有时被曲解或被夸大了重要性，好像成了心灵唯一的认知方式。文章就在这种张力背景下，重新解读英国诗人华兹华斯的自然观，探讨浪漫主义文学家对诸种机械思维的抵御和对模糊境界的保护。作者认为，华兹华斯最终关心的并不是具体的自然景物，而是诗意思维本身的作用和地位，写诗行为本身就是一种宣示生命力的生态行为。

李增、王云《论华兹华斯〈塌毁的茅舍〉的主题与叙事技巧的统一》①则从叙事理论的维度讨论华兹华斯《塌毁的茅舍》一诗的叙事技巧和叙事效果。作者认为华兹华斯的自然观是其诗学思想的基础，只有通过对叙事技巧的揭示才能在真正意义上理解这一自然观。华兹华斯综合运用了指涉主题的叙事行动以及控制读者情感发展的叙事节奏，有序引导读者经历"心灵之旅"，最终与诗人本人受到同样的启迪。

江舒桦的《〈丁登寺〉与自然的再现》②一文在英美方兴未艾的生态批评理论和实践的启发下，从一个新的角度解读了华兹华斯的名诗《丁登寺》，以此作为对自然与人的命题的一次反思。文章重点抓取自然再现中"宗教的自然"、"女性的自然"及"再现的自然"三种自然观念并展开论述，对于我们从生态批评角度了解华兹华斯诗歌多有启发意义。

五、T.S.艾略特诗歌研究

蒋洪新所著《英诗新方向——庞德、艾略特诗学理论与文化批评研究》③的书名无疑取自20世纪英国著名批评家F.R.利维斯的同名文章。

---

①　李增、王云：《论华兹华斯〈塌毁的茅舍〉的主题与叙事技巧的统一》，《外国文学评论》2003年第4期。

②　江舒桦：《〈丁登寺〉与自然的再现》，《清华大学学报》2004年（增）第1期。

③　蒋洪新：《英诗新方向——庞德、艾略特诗学理论与文化批评研究》，湖南教育出版社2001年版。

作者在大量阅读和梳理国内外关于庞德和艾略特研究资料的基础上,采用比较研究方法,对庞德和艾略特的学术渊源、诗学理论及文化政治态度做了综合对比分析。该书下部涉及艾略特部分,对于我国的艾略特研究而言是一项较新颖且具有创见的学术成果。作者采用文化批评的角度,对艾略特的政治文化观、宗教观所展开的阐述,把艾略特各类观念的形成置放于个人背景中,再将个人背景贴合在时代背景中加以审视,同时结合艾略特的杂文时评及批评文章,全面梳理了艾略特作为批评家的"道德的标准"、"宗教的标准"及"文学的标准"等三个标准在文化批评和时政批评中的复杂关联。

陈庆勋所著《艾略特诗歌隐喻研究》①也是近年来我国学界研究 T. S. 艾略特的新成果。作者选择隐喻学角度,从亚里士多德修辞学中的隐喻观念出发,结合 20 世纪 30 年代理查兹和布莱克的"互动隐喻学",勾连 80 年代莱考夫及约翰逊提出的"经验隐喻学",在此基础上糅合福可尼埃的"概念合成论",并结合艾略特的相关诗歌隐喻特征,撷取出一种较为新颖的"经验—隐喻诗学"批评思路。该思路如论者所言,是对既有隐喻学理论进行"压缩"、修正及选取后形成的针对艾略特诗歌的批评模式,对我国艾略特诗歌研究有重要启迪意义。

关于《荒原》的宗教思想主线问题,目前主要有两种观点,即"骑士寻找圣杯"和"个人精神世界的崩溃与重组过程"。洪增流、于元元《〈荒原〉的宗教思想主线的重新探讨》②一文从艾略特创作《荒原》时作为一个非基督徒的基督教视角入手,以修辞学等手段揭示《荒原》各部分的基督教思想内涵,并以此主线解决现存两种解读观点各自存在的弊端。文章还讨论了《荒原》的宗教影响及其所蕴含的宗教思想的局限性,对于我们全面了解艾略特《荒原》一诗的宗教思想特色多有启示。蔡玉辉、李培培《〈荒原〉中的诗化"我"及其诗学蕴涵》③一文着重分析了艾略特《荒原》一文中的诗化"我"多义、复杂、矛盾现象,指出这个渗透了作者的历史传统观和"非个人化"诗学观的"我"兼有深化主题、串联结构、变革表现方式、诠释诗歌理

---

①　陈庆勋:《艾略特诗歌隐喻研究》,上海人民出版社 2008 年版。

②　洪增流、于元元:《〈荒原〉的宗教思想主线的重新探讨》,《外国文学》2004 年第 5 期。

③　蔡玉辉、李培培:《〈荒原〉中的诗化"我"及其诗学蕴涵》,《外国文学》2009 年第 5 期。

论等多重功能。虞又铭在《艾略特诗学观中的个人化取向》[①]一文中精辟地指出了用"非个人化"这一话语标签笼统地概括艾略特诗学观念,很可能流于片面,而艾略特的中后期诗学思考则体现出了鲜明的个人化价值取向。作者指出艾略特在后期的文学创作、文学本质和文学阅读三方面均极力强调个性因素、个人视角的重要性。

邓艳艳《从批评到诗歌——艾略特与但丁的关系研究》[②]一书则以艾略特的诗学为主要研究对象,把艾略特的诗歌创作作为其理论观点的实践产物予以分析,而尝试把但丁在艾略特整个诗歌批评、创作、文学观念体系中的影响勾勒出来。该书展示了我国艾略特研究所达到的新高度:由一般性评介到整体批评,从理论阐释到综合性研究的一种提升,已经把艾略特放置在西方文学、文化传统之中予以考量,可以说将我国T. S.艾略特批评提升了一个高度。

六、英国现当代诗歌研究

2008 年,章燕的论著《多元·融合·跨越——英国现当代诗歌及其研究》由人民文学出版社出版发行。该书系统地论述了英国现当代诗歌的总体发展脉络,通过大致的时段梳理,对英国 12 世纪初以来的"乔治诗歌"、"现代主义诗歌"、"新神启派诗歌及新浪潮诗歌"、"运动派诗歌"等较大的诗歌流派和诗歌运动的产生背景,它们之间的交替与传承做了一个详细概述。在研究各时期流派及代表诗人特征的同时,作者一以贯之地把英国诗歌传统对各时期诗歌运动 / 潮流的影响作为研究的整体背景,指出即便在第二次世界大战前后整个英国诗歌领域遭受外在影响的时候,英诗的传统仍作为其多元融合景观中最有力的色调。因而,传统性与创新性的对话及其表现,便成了英国诗歌在整个 20 世纪发展的重要特色。

空草的《屋里屋外:关于当代英国诗歌的一个话题》[③]一文则从"家"和"房子"的角度来解读当代英国诗歌,探讨作家的家园和文化认同问题,

---

① 虞又铭:《艾略特诗学观中的个人化取向》,《华东师范大学学报》2009 年第 5 期。
② 邓艳艳:《从批评到诗歌——艾略特与但丁的关系研究》,中国社会科学出版社 2009 年版。
③ 空草:《屋里屋外:关于当代英国诗歌的一个话题》,《外国文学评论》2004 年第 3 期。

通过具体诗篇分析,指出当代英国诗人在错位、破裂的感觉中对家这一概念的内涵与外延感知的变化。文章篇幅虽然短小,但切入视野较为独特,抓住了当代英国诗人感受到文化与身份认同焦虑的关键症候所在。梁晓冬的《托尼·哈里森:一个分裂的自我,两种叙事的声音》[①]一文以英国当代大众诗歌的代表诗人之一托尼·哈里森为主要研究对象,在具体的文本分析基础上指出其诗歌典型的双声性,体现了不同阶级的意识形态与价值观念在语言层面上的对立和交锋。另一方面,作者还分析了托尼·哈里森诗歌语言高雅与粗俗的双重狂欢话语,指出这一形态反映了诗人对精英文化、教育、文学传统接受且又颠覆的矛盾态度,以及诗人从平民子弟到精英诗人自我裂变的心路历程。

---

①　梁晓冬:《托尼·哈里森:一个分裂的自我,两种叙事的声音》,《河南师范大学学报》2009年第6期。

第五节　中国学者研究英国戏剧的收获

新世纪以来关于英国戏剧的研究也有一些推进,特别是莎士比亚研究出现了不少新成果。

王岚、陈红薇著《当代英国戏剧史》作为 21 世纪外国文学系列教材之一,由北京大学出版社于 2007 年出版发行。本书力图在英国戏剧传统的背景下向读者全面介绍 1956 年以来当代英国戏剧发展的流向和主要戏剧家,尤其是像约翰·奥斯本、哈罗德·品特、汤姆'斯托帕特、卡里尔·丘吉尔这样的当代戏剧大家,以及介绍了 50—60 年代左翼戏剧、一批女性剧作家,并展示了 20 世纪 90 年代后英国戏剧的新动向。本书中最后一章还论及电影屏幕上的英国戏剧,是当代英国戏剧较好的入门读物。何其莘的《英国戏剧史》也由译林出版社于 2008 年重印再版。肖明翰的《中世纪英语戏剧的早期发展》[①]一文则从英语戏剧文学这一文学样式发展史的角度,着力探讨了中世纪英语戏剧发展与教会的密切关联,并指出其体现的中世纪宗教和文学艺术之间的复杂关系。值得指出的是,作者在对中世纪英语戏剧的起源和早期发展做条分缕析之时所援引的文本在国内都是较少或从未涉及过的,因而此文不仅起了提纲挈领的史学价值,更有填补学界相关空白的积极意义。

陈红薇《〈虚无乡〉:品特式"威胁主题"的演变》[②]一文以哈罗德·品

---

① 肖明翰:《中世纪英语戏剧的早期发展》,《四川师范大学学报》2009 年第 4 期。
② 陈红薇:《〈虚无乡〉:品特式"威胁主题"的演变》,《外国文学评论》2003 年第 1 期。

特 70 年代"记忆戏剧"的主要代表作《虚无乡》为主要研究文本,重点剖析该文本中对品特早期作品"威胁主题"的延伸与演变关系,指出《虚无乡》的戏剧焦点仍旧是对个人"领地"争夺和由此引发的冲突,然而在指出文本对以往理念延续的同时,作者仍指出《虚无乡》中人物争夺的不仅是生存意义上的空间,更是由"过去记忆"所掩盖着的内心世界和"私人领地"。

何其莘在《品特的探索真相之旅》[①]一文中,分析了西方对 2005 年诺贝尔文学奖得主英国剧作家哈罗德·品特的评论褒贬不一的现象,指出品特对美国外交政策的抨击激怒了美国的右翼势力,但其创作在文学界和戏剧界则受到高度好评。作者简要分析了"荒诞"一词的含义和"荒诞派戏剧"的主要特征,结合对品特戏剧理念的分析,说明品特虽然曾被称作是荒诞派戏剧的领军人物,但其剧作因着重塑造现实生活而与表现超现实梦境的荒诞派戏剧存在差异,品特本人也反对他的剧作被贴上任何流派的标签。文章通过分析品特的早期剧作《看房人》,详细说明品特剧作含有大量模棱两可的因素这一重要特点,指出品特的意图在于引导读者观众在不可捉摸、自相矛盾的话语中,与复杂多变的人物一起探索真相,这种探索也真实反映了品特五十多年的戏剧生涯。

《外国文艺》2006 年第 1 期推出了 2005 年诺贝尔文学奖获得者英国戏剧家品特专辑,既有品特的戏剧翻译节选,也有诗歌译介,另刊登了邓中良、成志珍译的回忆录《学生时代的品特》以及学者谈瀛洲对品特的评论《品特——拒绝抽象的作家》等文章。

刘秋《"房间"在品特戏剧中的象征意义》[②]一文指出品特戏剧作品中"房间"意象的三种类型与其戏剧哲学架构之间的关联,指出"房间"物理空间意义之外的一种精神内涵,其如"避难所"、"面具"和"归属感"等象征意义在贯穿文本时所起的一种哲学主题意义,即揭示生活常态中的危机与对封闭空间的开放意义。

胡开奇的《恐惧与暴力 的世界——卡萝尔·邱吉尔的〈远方〉》[③]一文,

---

① 何其莘:《品特的探索真相之旅》,《外国文学》2006 年第 2 期。

② 刘秋:《"房间"在品特戏剧中的象征意义》,《戏剧文学》2009 年第 10 期。

③ 胡开奇:《恐惧与暴力 的世界——卡萝尔·邱吉尔的〈远方〉》,《上海戏剧学院学报》2009 年第 5 期。

介绍了英国当代戏剧家卡萝尔·邱吉尔的生平和主要著作,并以其近作《远方》为主要论述对象,揭示了丘吉尔作品中对人类的贪欲及失责造成自我毁灭主题的揭露。此文有利于我们加深对英国当代戏剧作家,尤其是对卡萝尔·邱吉尔的了解。

邱佳岭、杨海丽的《汤姆·斯多帕德戏剧的后现代性》① 一文则探讨了英国当代戏剧家汤姆·斯多帕德戏剧创作中的后现代意识形态特征,通过对斯多帕德早期和中期如《罗森克兰和吉登斯丹死了》《戏谑》和《真悄》等剧作文本的分析,从主体的消解、对历史叙事和二元对立逻辑思维的解构等三个方面阐明了汤姆·斯多帕德剧作中后现代性特征的呈现。该文对于增进我们对英国当代喜剧家汤姆·斯多帕德创作活动及其创作理念的了解大有裨益。

叶红在《走出女性自身的樊笼——从〈天之骄女〉看西方女性主义文学的第二浪潮》② 一文中,以英国当代女性主义剧作家凯丽尔·丘吉尔的代表作《天之骄女》为透视媒介,对西方女性主义文学的第二浪潮及女性主义文学的发展趋势进行了探讨。作者指出《天之骄女》对理解女性主义文学发展进程的重要意义,从戏剧创作手法、女性形象重塑、思潮转变因等三个方面结合具体文本分析,指出女性主义作家将目光转向女性和男性共同面临的社会痼疾,以促进包括男人和女人在内的全人类走向完善为目标的进步性。

本时期涉及莎士比亚的研究成果最为丰富,主要有以下一些著述。

2005 年,陆谷孙《莎士比亚研究十讲》由复旦大学出版社出版发行。该书收录了作者近半个世纪来关于莎士比亚剧作教学、演出观摩和研究的心得之作。全书分为十个专题,选文时也注意避开一些读者耳熟能详的莎剧,意在开拓鲜有关注的领域,以探视更为完整的莎士比亚。作者在此书中提倡精读莎剧文本,背诵名句名段,强调感悟,并提出了书斋与舞台沟通、勿过分强化"中国化"而致莎剧精髓失落等观点。作者在注重感悟文本的同时,广泛涉及莎学研究的各个方面,拓展了莎士比亚研究的视野,对理解莎士比亚

---

① 邱佳岭、杨海丽:《汤姆·斯多帕德戏剧的后现代性》,《戏剧文学》2007 年第 10 期。
② 叶红:《走出女性自身的樊笼——从〈天之骄女〉看西方女性主义文学的第二浪潮》,《当代外国文学》2003 年第 2 期。

原著的情趣与魂魄,颇有助益。

张冲编著《莎士比亚专题研究》①为国内大专院校英语语言文学专业、外国文学专业或世界文学专业有关硕士学位课程提供了一部教材。该书涉及莎士比亚的9部戏剧,以及莎士比亚翻译、研究和电影改编等课题,以满足课堂教学与研讨的需要。该书对新世纪研究生课程教材建设作出了贡献,推动我国新世纪英语语言文学专业研究生教育事业的发展。

张冲主编的另一本著作《同时代的莎士比亚:语境、互文、多种视域》由复旦大学出版社于2005年出版发行。此书是2004年12月16—19日于复旦大学举行的"莎士比亚在中国:回顾与展望"全国研讨会的会议论文集。收录文章三十余篇,针对莎士比亚的适时性和实用性,提供了视阈广阔的现代性思考。这部论文集在一定程度上反映了目前中国莎士比亚研究的成绩和现状,向国际莎学界昭示了中国莎学的声音,体现了中国莎学研究对当今改革和开放的社会大语境的回应。

谈瀛洲在《莎评简史》②一书中,以现代的视角对不同时代相异甚或矛盾的莎评观点进行梳理、比较和重新评价。本书深入批评家的审美精神、所处的批评与文化氛围等历史语境,试图勾勒欧美古今莎评的概貌,并对各时期主要流派及莎评家的观点逐一评析。作者将四百年莎评史按新古典主义、浪漫主义、维多利亚时代和20世纪分段,以时序为论述主线,依次介绍了四百年来英、德、法、俄、美等国最具代表性的五十余位莎评家的主要观点。

李伟昉《说不尽的莎士比亚》于2004年由中国社会科学出版社出版发行。该书涉及莎士比亚十四行诗、戏剧精彩独白、西方莎评史略三方面内容,以这几个层面来展示"说不尽的莎士比亚"的真实内涵。附录《莎士比亚与〈圣经〉》从比较文学影响研究的角度,探讨莎士比亚的戏剧创作与宗教的关系,体现了作者对莎士比亚的多层面思考。

李艳梅《莎士比亚历史剧研究》于2009年由中国社会科学出版社出版发行。该书以莎士比亚的历史剧为研究对象,弥补了国内尚无整体探析莎翁历史剧研究成果的缺憾。作者采用文学史的写法对莎士比亚的历史剧进行

---

① 张冲编著:《莎士比亚专题研究》,上海外语教育出版社2004年版。

② 谈瀛洲:《莎评简史》,复旦大学出版社2005年版。

了全面分析:首先以时间为线索综合述评国内外莎士比亚历史剧的研究,分析莎士比亚历史剧的界定和产生背景,在此基础上深入剖析其历史剧的思想内容和人物特征,理清莎士比亚历史剧与他的喜剧和悲剧的关系,最后探究莎士比亚历史剧对欧洲历史文学以及对我国现当代历史剧的影响。作者将研究重点放在莎士比亚历史剧的思想价值和人物塑造的研究上,整个论述相当充分而完整。

张丽《莎士比亚分类研究》[①] 则采用分类为主、分期为辅的研究方式对莎士比亚戏剧展开探讨,将莎士比亚戏剧分成历史剧、喜剧、悲喜剧、悲剧、传奇剧五个类型进行研究,把每部莎士比亚戏剧放到它所属的类型中,与同类型的其他戏剧作品进行比较,从而探讨其独特性。作者充分重视莎士比亚戏剧的整体性,强调其全部戏剧创作之间的联系,将单部剧作置于莎剧的整体中进行探讨和透析,在共性中寻求个性。在分类研究的过程中,作者尝试挖掘莎士比亚多部剧作的独特价值和特殊地位,阐发了其新颖的见解。

田民《莎士比亚与现代戏剧——从亨利克·易卜生到海纳·米勒》[②] 缕析了莎士比亚在现代戏剧中的影响与接受,采用了典型的比较文学影响研究方法,讨论莎士比亚与现代戏剧的关系。作者一方面把莎剧置于现代戏剧的结构系统中,通过比较研究,发掘莎剧与现代戏剧相亲合之处,重释莎剧的现代性,对莎剧作出新的解释,有助于莎剧研究和演出的推陈出新,亦能从现代戏剧美学的高度更好地欣赏和理解莎剧。另一方面,作者通过研究莎剧在现代戏剧发展中所产生的深远影响,分析现代戏剧中的莎士比亚传统,更好地估价莎剧在戏剧史上的地位和作用。并总结现代戏剧利用、借鉴和吸收莎士比亚资源的历史经验,为当代戏剧处理莎士比亚的存在和影响、历史而辩证地学习莎士比亚的戏剧艺术提供借镜。

2006 年,梁工主编《莎士比亚与圣经》由商务印书馆出版发行。该书在国内外学术积淀的基础上展开研究,力求立足于中国当下的汉语学术语境,在细读两部经典——莎剧和圣经——的前提下,寻幽探奥,去伪存真,在

---

① 张丽:《莎士比亚分类研究》,中国社会科学出版社 2009 年版。

② 田民:《莎士比亚与现代戏剧——从亨利克·易卜生到海纳·米勒》,中国社会科学出版社 2006 年版。

莎学和圣经文学研究的交叉领域为推动中国比较文学的深入发展做出了贡献。该书规模宏伟、条目繁多、解析缜密,有较多方面的学术创新,深化了对莎士比亚与宗教关系这一问题的探讨。

肖四新《莎士比亚戏剧与基督教文化》[①] 一书试图通过莎士比亚戏剧与基督教文化关系的考察,进一步理解莎士比亚人文主义的丰富性,以及莎士比亚对传统文化的继承与发展。本书在借鉴前人成果的基础上提出不少创见,清晰地把握莎士比亚戏剧与基督教文化在精神上的联系,同时亦不忽略其人文主义内涵,全面完整地透视莎士比亚的思想内核。在论述过程中,作者不仅沿用了影响比较的方法进行外部与文化研究,更注重对作品的具体分析与论述,采取审美批评的角度进行内部研究。论者充分注重莎士比亚与基督教文化关系的研究价值,从这一角度切入研究,填补了国内尚无系统研究这一课题的空白。

---

① 肖四新:《莎士比亚戏剧与基督教文化》,巴蜀书社 2007 年版。

第六节　中英文学关系与比较研究

进入新世纪以来,关于中英文学关系及比较阐述的研究在已有成果基础上,又有新的开掘。主要表现在以下三个方面:

一、关于英国作家在中国的传播与影响, 成果比较丰硕

比如涉及莎士比亚在中国的命运,李伟民继续发表系列论文,如《抗日战争时代莎士比亚在中国》(《新文学研究》1993 年第 3—4 期)、《中国:莎士比亚情结——为纪念莎士比亚诞辰 430 周年而作》(《伊犁师范学院学报》1995 年第 1 期)、《1993—1994 年中国莎学研究综述》(《国外文学》1996 年第 2 期)、《中国莎士比亚及其戏剧研究综述》(《四川戏剧》1997年第 4 期)、《阶级、阶级斗争与莎学研究:莎士比亚在二十世纪五六十年代的中国》(《四川戏剧》2000 年第 3 期)、《莎士比亚与清华大学:兼谈中国莎学研究中的 "清华学派"》(《四川戏剧》2000 年第 5 期)、《中国莎士比亚研究论文的统计与分析》(《浙江树人大学学报》2002 年第 5 期)、《莎士比亚在中国政治环境中的变脸》(《国外文学》2004 年第 3 期)、《莎士比亚传奇剧研究在中国》(《外语研究》2005 年第 3 期)等等。这些论文连同他

的论著《光荣与梦想:莎士比亚在中国》[①] 和《中国莎士比亚批评史》[②],将中国的莎学研究进一步推向深入作出了显著贡献。其中,《中国莎士比亚批评史》一书以宏阔的文化视野,丰富的文献资料,清新的理论阐述,赢得了学界的一致好评。该著涉及莎学研究的多个维度,史论结合,以中国当代莎学研究发展史为线索,论述不乏创见。著述在中国语境下对莎学研究进行全景式解读,尤其是蕴涵其中的莎士比亚批评,显示了我们中国学者的立场及视野,构成了中国莎学研究的最鲜明之处,形成了莎士比亚批评的中国特色。作者以中西文化交流史为起点,梳理了莎士比亚在中国的传入、接受和影响的历史流变。全书从《哈姆雷特》着手,全面剖析了哈姆雷特在中国形象批评的演进历程。值得指出的是,作者从哈姆雷特强烈的自杀意识、极端利己主义思想以及对女性的看法和行为等几个方面,深入细致地论述了哈姆雷特不是一个人文主义者,颠覆了哈姆雷特在中国的固有形象,并主张从人民性、人文主义者、非人文主义者进行研究,开阔了研究视野。在该著第二章中,作者从莎翁四大悲剧出发,探讨了中国文化语境里文本与舞台的莎学批评演进,重点论述了作为舞台演出的莎翁戏剧在进入中国后对中国本土戏剧的影响以及对莎翁戏剧的改编接受情况。第三、四章作者分别以喜剧、历史剧、传奇剧与诗歌几种莎作类型为主,进一步探究了莎士比亚批评在中国语境下的接受与认识。全书的第五、六两章是一大亮点,深入探讨了莎士比亚翻译批评和莎氏戏剧在中国特定政治环境下的还原与变形。作者最后对中国莎学的未来发展方向进行了展望,殷切期盼中国莎学的光明未来,显示了作者的中国立场与中国关怀。该著以多重角度介入研究,采用了文本解读、比较研究、辞书研究、文献计量学、莎学传记研究、莎学批评研究以及莎学家的研究等多种方法,做到了史论结合,充分显示了新时期我国富有创见的莎学学者思想的活跃和视野的开阔。

李伟民的另一本比较莎学著述《中西文化语境里的莎士比亚》也于2009 年由上海外语教育出版社刊行,进一步将莎士比亚批评置于中西文化的语境中加以考察。书中对世界莎学研究中莎评思想和莎评特点进行了梳

---

① 李伟民:《光荣与梦想:莎士比亚在中国》,香港天马图书有限公司 2002 年版。
② 李伟民:《中国莎士比亚批评史》,中国戏剧出版社 2006 年版。

理和总结,从后现代主义理论、女性主义、历史主义等西方的一些文学理论对莎士比亚作品特征进行了带有针对性的阐释,并概观了中国莎学研究的状况。全书由六个部分组成。第一部分主要对浪漫主义作家的莎评思想进行了梳理,串联了柯勒律治、赫兹列特、莱辛、雨果、施莱格尔兄弟与司汤达的莎评思想和莎评特点,清晰地勾勒出 19 世纪浪漫主义莎评发展的轨迹。作者在对国内疏于研究的浪漫主义文学家的莎学评论予以重视,高度评价其取得的成绩与影响。第二部分主要从基督教的角度探讨了若干莎士比亚文本,发掘莎作中蕴含的基督教思想和精神隐喻,指出莎剧中基督教思想和人文主义思想杂糅的两重性,而非与"人文主义精神"和"人民性"概念简单的二元对立,体现了对更为广阔、更加多元的阐释空间和角度的积极探索。本书的第三章至第六章,李伟民力图从后现代主义理论、女性主义、马克思主义莎学和莎士比亚与现代中国的角度对莎士比亚进行深入阐释。作者有意识地规避国内莎学研究存在的固有思维模式和惯有提法,以新的理论方法与视角介入莎学研究,做出自己的阐释。另需指出的是,作者在"莎士比亚在当下中国"一章中不仅缕析了莎士比亚在中国的传播历程,更收录了对台湾莎学的论述,从台湾莎学略述、研究和教学、舞台演出几个角度提供一些新的材料,内容更为完善,弥补了对台湾莎学关注的缺失。李伟民此书从中西文化的双重语境探讨莎士比亚,具有较高的学术价值,对中国莎学研究的发展大有助益。

另外,王建开的论文《艺术与宣传:莎剧译介与 20 世纪前半中国社会进程》(《中外文学》第 33 卷 2005 年 11 期)将莎剧译介置于 20 世纪上半叶中国社会发展进程考察,展示了两者之间的互动关系。

英国浪漫主义诗歌在中国译介与影响的著述,值得关注。笔者围绕华兹华斯在中国的接受与影响发表过系列论文:《华兹华斯及其作品在中国的译介与接受(1900—1949)》(《四川外语学院学报》2001 年第 2 期)、《建国以后华兹华斯在中国的接受》(《宁夏大学学报》1999 年第 1 期)、《文学翻译中的文化传承:华兹华斯八首译诗论析》(《外语教学》1999 年第 4 期)、《道与真的追寻:〈老子〉与华兹华斯诗歌中的"复归婴儿"观念比较》(《南京大学学报》1999 年第 2 期)、《华兹华斯在中国的接受史》(《淮阴师范学院学报》2000 年第 2 期)等,为国内较全面深入探讨这位英国浪漫诗人在中国文化语境中命运沉浮的一批文章。张静《自西至东的云雀——中国文学界（1908—1937）对雪莱的译介与接受》（《中国现代文学研究丛刊》2006年第3期），通过对1908—1937年中国文学界对英国诗人雪莱的译介活动的梳理，力图比较全面清晰地勾勒出雪莱在现代中国的传播与接受状况。作者抓取主要人物和主要观点，以时代为界限进行梳理，指出"五四"前中国文坛对雪莱的译介与理解以鲁迅和苏曼殊为代表，他们分别看重的是雪莱其人其诗的"摩罗"或"温柔"。20世纪20年代初期适逢雪莱逝世百年，以文学研究会和创造社为主掀起了译介雪莱的高潮，它们的译介分别侧重雪莱的社会批判意识或浪漫情怀；20年代中后期新格律派诗人主导了对雪莱的译介，而雪莱的爱情诗和哀歌等抒情诗成为译介的重点，译者们更看重雪莱精湛的诗艺而非其先进的思想，有意通过雪莱诗的翻译探索白话的诗性潜能。浪漫主义热潮消退的30年代，新文坛对雪莱的译介渐趋冷寂。另外，刘久明的文章《郁达夫与英国感伤主义文学》（《中国文学研究》2001年第2期）与《浪漫主义的"云游"：徐志摩诗艺的英国文学背景》（《西南民族学院学报》2000年第4期）等，均对中国现代作家的英国文学资源做了较深入的分析，有较好的参考价值。

关于19世纪英国小说家与中国的关系，也有一些论文、论著值得一提。其中，李淑玲、吴格非《萨克雷及其小说在二十世纪中国的传播与接受》（《外语与翻译》2005年第2期），笔者发表的关于狄更斯在中国接受的系列论文：《文学因缘：林纾眼中的狄更斯》（《淮阴师范学院学报》1999年第1期）、《"善状社会之情态的迭更司"：民国时期狄更斯在中国的接受》（《淮阴师范学院学报》1999年第4期）、《20世纪下半叶狄更斯在中国的接受》（《西北师范大学学报》1999年社会科学专辑）、《狄更斯：打开老舍小说殿堂的第一把钥匙》（《宁夏大学学报》2001年第3期）、《狄更斯及其小说在20世纪中国的传播与接受》（《苏东学刊》2000年第2期），均为这方面的学术成果。

童真所著《狄更斯与中国》① 则运用了比较文学研究中的译介、影响和

----

① 童真：《狄更斯与中国》，湘潭大学出版社2008年版。

接受的研究视角,探讨了狄更斯在中国的传播和接受。作者选取了一个典型的比较文学中影响研究的课题,从比较的视角,综合运用文本分析、社会批评、实证研究、文化研究等批评方法,对狄更斯及其在中国的译介、影响和研究等方面进行全面深入的考察和研究。论著系统梳理了狄更斯在中国的接受情况,也是国内较早对 1949 年以来狄更斯作品在中国大陆的翻译出版情况的整理。作者系统地分析和阐释了狄更斯在中国广泛接受的缘由,对以往国内的狄更斯研究中所忽视的狄更斯小说的大众化特征及创作的大众化手段进行了较为详细的论述。此外,还从翻译、研究、接受等方面考察了狄更斯在中国的变异。值得指出的是,论者将以往影响和接受研究中所忽视的文学传播的中介——出版者纳入研究视野,体现了其创新之处。全书分四章。第一章从狄更斯入手进入正题,全面了解狄更斯这一接受客体。作者首先将狄更斯置于维多利亚时期的社会文化大背景中加以考察,详细分析了狄更斯小说现实主义与大众化相结合的特征。第二章中作者详细梳理了狄更斯在中国的译介出版情况。在还原狄更斯传入中国时的中国文化语境下,系统梳理了狄更斯作品在中国的翻译出版情况,着重分析了其长篇小说的翻译出版。其对推进狄更斯在中国传播的译者和出版者的工作实绩所做的概述和总结,是全书的一大亮点。同时,作者对《大卫·科波菲尔》的三个中译本进行研究和比较,论述文学翻译中文化过滤的强大作用,并通过对不同时期的译者心态及翻译策略的比较,探讨我国在外国文学交流和接受中思想和意识的变迁轨迹。第三章论述狄更斯在中国的影响和接受。童真寻找到狄更斯的现实主义品质和人道主义思想与 20 世纪的中国产生的契合以及狄更斯作品的大众化特征与中国传统的吻合,借此论述其对中国文学产生的影响,尤其强调了老舍和张天翼创作对狄更斯的接受与变异。第四章对狄更斯传入中国近百年来的研究状况进行梳理,并在此基础上,对中国与英美的狄更斯研究进行异同比较,分析中国狄更斯研究的成绩、存在的问题,探讨中国狄更斯研究中因与英国文化的差异而出现的变异。童真通过该著全面整理和研究狄更斯在中国的译介、研究、影响和接受,挖掘了隐含在狄更斯作品更深文化层面的内涵和原因,拓展和深化了狄更斯在中国的研究,不仅对国内的影响和接受研究有一定层面的突破,对于当代狄更斯研究也颇有启示。

　　冯茜《英国的石楠花在中国:勃朗特姐妹作品在中国的流布及影响》①一书主要运用比较文学和接受美学的理论,对 20 世纪以来勃朗特姐妹作品在中国的接受与影响进行纵向的、分阶段的梳理、考察,观照各个不同时期所呈现的特点,并探究其历史、文化、心理原因。同时,还对两个世纪以来英国学术界对勃朗特姐妹的评价进行梳理和廓清。该著运用叙事学的理论对勃朗特姐妹的小说进行了文本细读和研究,并通过研究勃朗特姐妹与张爱玲和王安忆等中国女作家的文学关系,探寻中英两国女作家在文学创作、美学诉求、女性意识等方面的异同。

　　关于托马斯·哈代、T. S. 艾略特、乔伊斯、伍尔夫、奥登等 20 世纪英国作家在中国的传播接受与比较研究,亦出现一些有分量的研究成果。何宁《中西哈代研究的比较与思考》②通过对近百年来西方和中国哈代研究的回顾与分析,梳理与勾勒了中西哈代研究进程和发展态势,文章以极其详尽的文献材料呈示出了我国哈代研究的总体脉络,对各阶段我国的哈代研究亦多有总结性的概括与评述。此文对中西哈代研究的比较与思考的总括性评述,无疑能够加深我们对西方文学、批评与社会文化、思潮之间复杂互动的认识,更有助于我国哈代批评的长期发展。陶家俊、张中载《论英中跨文化转化场中的哈代与徐志摩》③一文立足跨文化转化诗学视角,分析 20 世纪 20 年代独特的英国文化现代主义与后五四时期的中国文化现代性构成的跨文化转化场中徐志摩对哈代诗艺和哲思的跨文化书写,借此探讨了跨文化转化诗学涉及的文学边界、文化想象与文化移情等理论命题,反思徐志摩的哈代跨文化书写、新月文化精神及中国文化现代性三者之间的关系。这种渊源梳理无疑具有较显著的研究价值和学术意义。

　　刘燕在《T. S. 艾略特与中国现代诗学》④一文中,考察了现代主义诗人及批评家 T. S. 艾略特对 20 世纪上半叶中国现代诗学(20—40 年代)

　　①　冯茜:《英国的石楠花在中国:勃朗特姐妹作品在中国的流布及影响》,中国社会科学出版社 2008 年版。

　　②　何宁:《中西哈代研究的比较与思考》,《中国比较文学》2009 年第 4 期。

　　③　陶家俊、张中载:《论英中跨文化转化场中的哈代与徐志摩》,《外国文学研究》2009 年第 5 期。

　　④　刘燕:《T. S. 艾略特与中国现代诗学》,《外国文学研究》2000 年第 2 期。

的影响，一方面是通过译介、阅读艾略特的诗歌文本来接纳现代主义诗歌，这从新月派、现代派和九叶派等诗人的诗作或创作谈中可见一斑；另一方面是通过对艾略特具有影响力的诗学论文的译介和阐述来了解现代主义诗学观，这从许多翻译家和批评家的文学实践中不难看出。由此可以看出中国新诗从发展到成熟同以 T.S.艾略特为先导的西方现代主义诗歌运动密切相关。董洪川、邓仕伦《历史的关联："九叶"诗派接受艾略特探源》[①] 一文则梳理和阐释了"九叶"诗派在理论及创作两方面深受 T.S.艾略特影响这一重要文学交流现象的历史渊源，主要以两方面的内容说明这一表象背后的历史关联：一是影响产生的渊源及路径。新月派、现代派诗人对艾略特的译介、阐释、模仿和创造性接受以及燕卜荪在西南联大直接向部分"九叶"诗人讲授艾略特，成为"九叶"诗人理解、认同和接受艾略特的知识背景。二是影响产生与接受语境的历史诉求。时代的压迫使有些诗缺乏生命与现实的本质，成为口号式的叫喊。九叶诗派希望通过引进西洋诗艺来达到中国"新诗现代化"的目标。中国新诗在 40 年代发展的这种内在逻辑使得九叶诗人深度接受艾略特成为可能。董洪川的专著《"荒原"之风：T.S.艾略特在中国》于 2004 年 12 月由北京大学出版社刊行。本书是在作者博士学位论文基础上修改扩充完成，将英美现代派大师艾略特置于西方历史文化、现代派文学观念发展及中西文化交流史的语境中加以考察，系统整理、分析和阐释了艾略特在中国的译介、传播、影响和研究，不仅对艾略特在中国的广泛影响提出了科学理据和解释，纠正了我国翻译艾略特及释读艾略特中的若干问题，评析了我国不同时期研究艾略特的成果，归纳了艾略特对中国新诗发展的主要贡献，分析了中国诗人对艾略特的创造行接受，并借此个案对文化语境与文学接受的辩证关系给予了充分的阐述。书末附录"T.S.艾略特作品中译本及国内艾略特研究主要论著目录"亦有参考价值。

王友贵《乔伊斯在中国：1922—1999》[②] 一文追索和描述了乔伊斯在 20 世纪中国的译介和研究状况。1922—1977 年为第一阶段，1978—1999 为

---

① 董洪川、邓仕伦：《历史的关联："九叶"诗派接受艾略特探源》，《外国文学研究》2005 年第 1 期。

② 王友贵：《乔伊斯在中国：1922—1999》，《中国比较文学》2000 年第 2 期。

第二阶段。第一阶段大抵上是一片荒芜,到 90 年代在翻译上真正有大面积收获,但研究缺少有分量有独创性的成果。《外国文学评论》2002 年第 3 期刊载江弱水《伪奥登风与非中国性:重估穆旦》一文,该文以翔实的具体例证,分析穆旦如何受现代英语诗人的影响,尤其是对奥登的过度倚重。其诗歌原创性的严重不足,与他对中国古典文学传统的竭力规避是分不开的。穆旦未能借助本民族的文化传统以建筑起自己的主体,这使得他面对外来的影响无法作出创造性的转化。

罗婷等《伍尔夫在中国文坛的接受与影响》[①] 一文梳理了伍尔夫在中国文学舞台上的接受轨迹。作者的另一篇论文《中英女权思想与女性文学之比较》[②] 则从中、英女权思想的发展脉络入手,概括其以争取妇女权利为主旨,反对性别歧视,肯定女性自我价值与经验的特点,并指出以其独特的形式影响两国的女性文学,理清女性文学女权—女性—女人的发展趋向。作者以比较文学平行研究的方法介入讨论,在缕析中英女权思想与女性文学发展轨迹的同时,指出二者由于社会、文化、民族等方面的差异而各具特色。

另外,关于英国文学(英国作家)在中国的接受影响课题,也成为不少比较文学与世界文学专业研究生的毕业论文选题。这些研究成果不容忽视,可惜许多未有机会公开发表。

二、关于英国文学中的中国题材及中国形象的探讨, 成为新世纪以来研究者们开拓的一个新课题

笔者所著《雾外的远音——英国作家与中国文化》[③],在大量文献材料的基础上,考察了中国文化对英国作家的多重影响。具体介绍与评述了自 1357 年以来数百年间英国作家对中国文化的想象、认知、理解以及拒受两难的文化心态。通过英国作家与中国文化关系的梳理,展现了中英文学与文化

---

①　罗婷等:《伍尔夫在中国文坛的接受与影响》,《湘潭大学学报》2002 年第 5 期。

②　罗婷:《中英女权思想与女性文学之比较》,《西南民族学院学报》2001 年第 4 期。

③　葛桂录:《雾外的远音——英国作家与中国文化》,宁夏人民出版社 2002 年版。该书的增订本由福建教育出版社于 2015 年刊行,收入"比较文学名家经典文库"(杨乃乔主编)。

交流的历程，在跨文化对话中，把握了中英文化相互碰撞与交融的精神实质。该书全面地考察英国作家与中国文化的多重关系。第一部分为英国作家感知中国文化之始，论述了《曼德维尔游记》里的历史与传奇、英国作家笔下的契丹和契丹人形象；第二部分阐述了英国作家的两种中国文化观，具体分述了 17 世纪英国作家对中国文化的"解剖"、威廉·坦普尔对孔子学说与园林艺术的推崇、笛福眼里的中国形象、英国作家对中国文化的嘲讽与批评；第三部分介绍了英国作家与中国文化热，包括英国作家与中国园林艺术，约翰逊眼里的中国文化，艾狄生、斯蒂尔对中国文化的利用，英国作家对"中国戏"的改塑等；第四部分阐述了英国作家浪漫之梦里的中国文化，如柯勒律治残篇里的神奇国土、兰姆美文里的中国景观、德·昆西笔下的梦魇中国等；第五部分介绍了英国作家"中国梦"的实现与回味，如迪金森对中国文化的理想信念、毛姆的傲慢与偏见等；第六部分阐述了英国作家跨文化对话的理念与尝试，具体介绍了罗素对中国文化的忧思与期望以及李约瑟试图重塑西方人关于中国的信念。全书目标在于通过英国作家与中国文化关系的梳理，试图展现中英文学与文化双向交流的历程，在跨文化对话中，把握中英文化相互碰撞与交融的精神实质。在英国作家与中国文化关系史的回溯中，这本书展示出不同时代、不同作家，或一个作家的不同阶段，在不同场合都有可能对中国文化说出不尽相同的看法。英国作家对中国文化的理解、接受或排拒，所展示的是他们对异国的想象、认知以及对自身欲望的体认、维护。本书沿着前辈学者陈受颐、方重、范存忠、钱锺书等开拓的道路上，力求拓展与推进该课题的研究领域，成为当时国内学界有关中英文学关系课题研究涉及面最广，内容最丰富的一部学术性著述。

　　笔者另一部著作《他者的眼光——中英文学关系论稿》[①] 中的上编部分，重点研讨了"英国文化视域里的中国形象"，其中从总体上评述了数百年间英国作家心目中的中国形象，结合典型个案具体评价了奥斯卡·王尔德对道家学说的借鉴；托马斯·柏克的中国城小说及中国人形象；萨克斯·罗默笔下的中国佬傅满楚形象；哈罗德·阿克顿小说里的东方救助主题。通过

---

　　① 　葛桂录：《他者的眼光——中英文学关系论稿》，宁夏人民教育出版社 2003 年版。

这些研究,我们可以发现在英国作家笔下,中国有时是魅力无穷的东方乐土,有时是尚待开化的蛮荒之地,有时是世上唯一的文明之邦,有时是毫无生机的停滞帝国……中国像个变色龙,但变化的却不是中国,而是英国作家的自我之梦。其中,涉及王尔德对道家学说借鉴的内容,后来以《奥斯卡·王尔德与中国文化》为题刊载于《外国文学研究》2004 年第 4 期,指出 19 世纪后期王尔德对庄子思想的吸纳是一件值得注意的事情,它标志着庄子思想与西方知识阶层开始在精神深处进行对话。王尔德没有停留于对庄子思想的表面认同,而是心契于庄子"无为"思想这一精髓,将之运用于社会批评与文艺批评,成为一种新的思想准的。正是依循庄子对人类文明以及社会批评的思路,王尔德自己的价值判断才变得更加清晰坚定。

其他的文章如周宁《鸦片帝国:浪漫主义时代的一种东方想象》(《外国文学研究》2003 年第 5 期)、倪正芳《浪漫地行走在想象的异邦——拜伦笔下的中国》(《中华读书报·国际文化》2003 年 11 月 5 日)以及叶向阳自2003 年 10 月起在《中华读书报·国际文化版》连载的关于英国早期游记里中国形象的系列文章,均有很好的参考价值。其中叶向阳的系列文章,以英国旅行者塑造的中国形象为基点,介绍了鸦片战争前英国一些重要的中国游记。这些文章以勾勒"形象是什么样的"为主,进而针对作者中国形象塑造的内在逻辑做了必要的分析。让我们不仅能够看到英国的中国观演变历程的缩影,而且还可以体会到东西两大文明之间首次碰撞和适应的有趣现象。作者通过对这些原著文本的细致考察和深刻解读,为中英文学关系研究进一步走向深入提供了可资借鉴的经验。

三、关于中英文学与文化关系史的研究

此类文章有傅勇林《中英文学关系》(曹顺庆主编《世界比较文学史》下编,北京师范大学出版社 2000 年版,第 117—131 页)、周小仪《英国文学在中国的介绍、研究及影响》(《译林》2002 年第 4 期)、葛桂录《中英文学关系研究的历史进程及阐释策略》(《四川外语学院学报》2006 年第 4 期)等。

傅勇林的《中英文学关系》系为《世界比较文学史》(曹顺庆主编)一

书写的一节内容，基本勾勒了自乔叟以来中英文学关系的发展变化轨迹，包括中英双方早期文学上的交互投射与衍用、中期的文学接触及交互影响、近现代中学西渐、西学东渐中的中英文学关系，具有重要参考价值。王向远所著《中国比较文学研究二十年》（江西教育出版社 2003 年 7 月）第七章专门介绍了"中英文学关系研究"的状况。分中国文学在英国的传播与影响、英国文学在中国的传播与影响两小节，重点评述范存忠、张弘对中国文学在英国的传播研究，曹树钧、孙福良、孟宪强等对中国的莎士比亚接受史的研究，也有一定的参考作用。笔者所作《中英文学关系研究的历史进程及阐释策略》一文，从学术史的角度出发，梳理了前辈学者对中英文学与文化研究的奠基，廓清了当代学人的主要拓展方向，即主要在描画中英作家交往的生动图景、英国文学在中国的译介与研究、中国文学在英国的译介与流播、中国作家与英国文学的联系、英国文学家笔下的中国形象以及中国文人眼中的英国作家等方面拓展了这一研究领域。同时指出在文化交流史、哲学精神与人类心灵交流史的叙述层面上，当代学人呈现出的四种阐释模式，即现代性视角、他者形象模式、译介学模式、编年史模式。此外，在回顾的同时进行了反思，指出我们仍然需要在文献资料的发掘整理、文学关系原理与方法的研究及推广、具体学术研究个案的深入考察等诸方面不断推进本领域的学术研究。

　　另外，笔者所著《中英文学关系编年史》[①] 作为国内第一部国别文学关系编年史，对中英早期接触至 20 世纪中叶长达六百余年的文学与文化交流史，做了系统的资料整理，以年代先后加以编排，使大量纷乱繁杂的文学交流史实，有了一个清晰的线索，为研究者深入探讨这一时段的文学与文化交流问题搭建了一方宽阔的时空平台。

---

　　① 　葛桂录：《中英文学关系编年史》，上海三联书店 2004 年版。

附录一：中国的英国文学研究论著要目
（截至 2009 年）

孙毓修：《欧美小说丛谈》，上海：商务印书馆 1916 年版。

王靖：《英国文学史》，上海：泰东书局 1920 年版。

沈雁冰：《司各德评传》，上海：商务印书馆 1924 年版。

郭沫若：《雪莱诗选》，上海：泰东书局 1926 年版。

孙俍工编：《世界文学家列传》，上海：中华书局 1926 年版。

欧阳兰编译：《英国文学史》，北京：京师大学文科出版部 1927 年版。

腾固：《唯美派的文学》，上海：光华书局出版 1927 年版。

曾虚白：《英国文学 ABC》（上、下），上海：世界书局 1928 年版。

孙席珍编：《雪莱生活》，上海：世界书局 1929 年版。

周越然：《莎士比亚》，上海：商务印书馆 1929 年版。

费鉴照：《现代英国诗人》，上海：新月书店 1933 年版。

吕天石：《欧洲近代文艺思潮》，上海：商务印书馆 1933 年版。

徐名骥：《英吉利文学》，上海：商务印书馆 1933 年版。

乐雯辑译：《萧伯纳在上海》，上海：野草书屋 1933 年版。

李安宅：《意义学》，上海：商务印书馆 1934 年版。

肖石君：《世纪末英国文艺运动》，上海：中华书局 1934 年版。

金东雷：《英国文学史纲》，上海：商务印书馆 1937 年版。

李田意：《哈代评传》，上海：商务印书馆 1938 年版。

方重：《英国诗文研究集》，上海：商务印书馆 1939 年版。

王希稣：《英诗研究入门》，昆明：中华书局 1939 年版。

李祁：《华茨华斯及其序曲》，上海：商务印书馆 1947 年版。

李祁：《英国文学》，上海：华夏图书出版公司 1948 年版。

梁实秋主编：《莎士比亚诞辰四百周年纪念集》，北京：中华书局 1966 年版。

张沉长等：《英国小品文的演进与艺术》，台北：学生书局 1971 年版。

范存忠：《英国语言文学论集》，南京：南京大学学报编辑部 1979 年版。

杨周翰等主编：《欧洲文学史》，北京：人民文学出版社 1979 年版。

王佐良：《英国文学论文集》，北京：外国文学出版社 1980 年版。

范存忠：《英国文学论集》，北京：外国文学出版社 1981 年版。

钱锺书等：《林纾的翻译》，北京：商务印书馆 1981 年版。

孙家琇编：《马克思恩格斯与莎士比亚戏剧》，北京：中国戏剧出版社 1981 年版。

施咸荣编：《莎士比亚和他的戏剧》，北京：北京出版社 1981 年版。

周兆祥：《汉译哈姆雷特研究》，香港：香港中文大学出版社 1981 年版。

贺祥麟等：《莎士比亚研究文集》，西安：陕西人民出版社 1982 年版。

文美惠编：《司各特研究》，北京：外语教学与研究出版社 1982 年版。

范存忠：《英国文学史提纲》（中英文本），成都：四川人民出版社 1983 年版。

方平：《和莎士比亚交个朋友吧》，成都：四川人民出版社 1983 年版。

杨静远编选：《勃朗特姐妹研究》，北京：中国社会科学出版社 1983 年版。

中国莎士比亚研究会编：《莎士比亚研究》创刊号，杭州：浙江人民出版社 1983 年版。

孟宪强辑注：《马克思恩格斯与莎士比亚》，西安：陕西人民出版社 1984 年版。

陆谷孙主编：《莎士比亚专辑》，上海：复旦大学出版社 1984 年版。

萧乾：《菲尔丁——英国现实主义小说奠基人》，上海：上海译文出版社

1984 年版。

侯维瑞:《现代英国小说史》,上海:上海外语教育出版社 1985 年版。

杨周翰:《十七世纪英国文学》,北京:北京大学出版社 1985 年版。

朱虹编选:《奥斯丁研究》,北京:中国文联出版公司 1985 年版。

索天章:《莎士比亚——他的作品及其时代》,上海:复旦大学出版社 1986 年版。

梁一三:《弥尔顿和他的失乐园》,北京:北京出版社 1987 年版。

中国莎士比亚研究会编:《莎士比亚在中国》,上海:上海文艺出版社 1987 年版。

张中载:《托马斯·哈代——思想和创作》,北京:外语教学与研究出版社 1987 年版。

裘克安编:《莎士比亚年谱》,北京:商务印书馆 1988 年版。

瞿世镜编译:《伍尔夫研究》,上海:上海文艺出版社 1988 年版。

孙家琇:《论莎士比亚四大悲剧》,北京:中国戏剧出版社 1988 年版。

张泗洋主编:《莎士比亚的三重戏剧——研究、演出、教学》,长春:东北师范大学出版社 1988 年版。

卞之琳:《莎士比亚悲剧论痕》,北京:三联书店 1989 年版。

曹树钧、孙福良:《莎士比亚在中国舞台上》,哈尔滨:哈尔滨出版社 1989 年版。

黄嘉德:《萧伯纳研究》,济南:山东大学出版社 1989 年版。

瞿世镜:《意识流小说家伍尔夫》,上海:上海文艺出版社 1989 年版。

吴洁敏、朱宏达:《朱生豪传》,上海:上海外语教育出版社 1989 年版。

袁可嘉等编:《现代主义文学研究》,北京:中国社会科学出版社 1989 年版。

张泗洋、徐斌、张晓阳:《莎士比亚引论》(上、下册),北京:中国戏剧出版社 1989 年版。

饶建华编:《英诗概论》,长沙:国防科技大学出版社 1990 年版。

涂淦和编:《简明莎士比亚辞典》,北京:农村读物出版社 1990 年版。

范存忠:《中国文化在启蒙时期的英国》,上海:上海外语教育出版社 1991 年版。

亢西民、薛迪之等编：《莎士比亚戏剧欣赏辞典》，太原：山西教育出版社 1991 年版。

刘宪之等主编：《劳伦斯研究》，济南：山东友谊出版社 1991 年版。

黎舟、阙国虬：《茅盾与外国文学》，厦门：厦门大学出版社 1991 年版。

王佐良：《莎士比亚绪论——兼及中国莎学》，重庆：重庆出版社 1991 年版。

王佐良：《英诗的境界》，北京：三联书店 1991 年版。

王佐良：《英国浪漫主义诗歌史》，北京：人民文学出版社 1991 年版。

赵澧：《莎士比亚传论》，北京：中国人民大学出版社 1991 年版。

张泗洋、孟宪强主编：《莎士比亚在我们的时代》，长春：吉林大学出版社 1991 年版。

张泗洋、徐斌、张晓阳：《莎士比亚戏剧研究》，长春：时代文艺出版社 1991 年版。

陈焘宇编：《哈代创作论集》，北京：中国社会科学出版社 1992 年版。

孙家琇主编：《莎士比亚辞典》，石家庄：河北人民出版社 1992 年版。

朱雯、张君川主编：《莎士比亚辞典》，合肥：安徽文艺出版社 1992 年版。

王佐良：《英国诗史》，南京：译林出版社 1993 年版。

李醒：《二十世纪的英国戏剧》，北京：文化艺术出版社 1994 年版。

孟宪强：《中国莎学简史》，长春：东北师范大学出版社 1994 年版。

王佐良、周珏良主编：《英国二十世纪文学史》，北京：外语教学与研究出版社 1994 年版。

周珏良：《周珏良文集》，北京：外语教学与研究出版社 1994 年版。

冯季庆：《劳伦斯评传》，上海：上海文艺出版社 1995 年版。

黄梅主编：《现代主义浪潮下：英国小说研究 1914—1945》，北京：中国社会科学出版社 1995 年版。

蒋炳贤编选：《劳伦斯评论集》，上海：上海文艺出版社 1995 年版。

文美惠主编：《超越传统的新起点：英国小说研究 1875—1914》，北京：中国社会科学出版社 1995 年版。

王佐良、何其莘：《英国文艺复兴时期文学史》，北京：外语教学与研究出版社 1995 年版。

　　高旭东:《鲁迅与英国文学》,西安:陕西人民教育出版社 1996 年版。

　　王佐良:《英国文学史》,北京:商务印书馆 1996 年版。

　　朱徽编著:《中英比较诗艺》,成都:四川大学出版社 1996 年版。

　　周小仪:《超越唯美主义:王尔德和消费社会》,北京:北京大学出版社 1996 年版。

　　赵炎秋:《狄更斯长篇小说研究》,北京:社会科学文献出版社 1996 年版。

　　张中载:《当代英国文学论文集》,北京:外语教学与研究出版社 1996 年版。

　　陆建德主编:《现代主义之后:写实与实验》,北京:中国社会科学出版社 1997 年版。

　　朱虹主编:《英国小说的黄金时代 1813—1873》,北京:中国社会科学出版社 1997 年版。

　　傅浩:《英国运动派诗学》,南京:译林出版社 1998 年版。

　　瞿世镜:《当代英国小说》,北京:外语教学与研究出版社 1998 年版。

　　阮炜:《社会语境中的文本——二战后英国小说研究》,北京:社会科学文献出版社 1998 年版。

　　阮炜、徐文博、曹亚军:《20 世纪英国文学史》,青岛:青岛出版社 1998 年版。

　　王佐良:《英国散文的流变》,北京:商务印书馆 1998 年版。

　　侯维瑞主编:《英国文学通史》,上海:上海外语教育出版社 1999 年版。

　　李维屏:《乔伊斯的美学思想与小说艺术》,上海:上海外语教育出版社 2000 年版。

　　苏文菁:《华兹华斯诗学》,北京:社会科学文献出版社 2000 年版。

　　吴景荣、刘意青主编:《英国十八世纪文学史》,北京:外语教学与研究出版社 2000 年版。

　　胡家峦:《历史的星空:文艺复兴时期英国诗歌与西方传统宇宙论》,北京:北京大学出版 2001 年版。

　　蒋洪新:《英诗新方向——庞德、艾略特诗学理论与文化批评研究》,长沙：湖南教育出版社 2001 年版。

罗良功编：《英诗概论》，武汉：武汉大学出版社 2001 年版。

陆建德：《破碎思想体系的残编：英美文学与思想史论稿》，北京：北京大学出版社 2001 年版。

倪平编著：《萧伯纳与中国》，石家庄：河北人民出版社 2001 年版。

阮炜：《二十世纪英国小说评论》，北京：中国社会科学出版社 2001 年版。

殷企平、高奋、童燕萍：《英国小说批评史》，上海：上海外语教育出版社 2001 年版。

张中载：《二十世纪英国文学：小说研究》，开封：河南大学出版社 2001 年版。

葛桂录：《雾外的远音：英国作家与中国文化》，银川：宁夏人民出版社 2002 年版。

李伟民：《光荣与梦想——莎士比亚研究在中国》，香港：天马图书有限公司 2002 年版。

刘文荣：《19 世纪英国小说史》，北京：中国社会科学出版社 2002 年版。

吴笛：《比较视野中的欧美诗歌》，北京：作家出版社 2002 年版。

王守仁等编：《雪村樵夫论中西——英语语言文学教育家范存忠》，南京：南京大学出版社 2002 年版。

周小仪：《唯美主义与消费文化》，北京：北京大学出版社 2002 年版。

葛桂录：《他者的眼光：中英文学关系论稿》，银川：宁夏人民教育出版社 2003 年版。

何功杰编：《英美诗歌》，合肥：安徽教育出版社 2003 年版。

黄梅：《推敲"自我"——小说在 18 世纪的英国》，北京：三联书店 2003 年版。

蒋家国：《重建人类的伊甸园——劳伦斯长篇小说研究》，长沙：湖南大学出版社 2003 年版。

陶家俊：《文化身份的嬗变——E.M. 福斯特小说和思想研究》，北京：中国社会科学出版社 2003 年版。

王建开：《五四以来我国英美文学作品译介史（1919—1949）》，上海：

上海外语教育出版社 2003 年版。

　　葛桂录:《中英文学关系编年史》,上海:上海三联书店 2004 年版。

　　董洪川:《"荒原"之风:T. S. 艾略特在中国》,北京:北京大学出版社
2004 年版。

　　李伟昉:《说不尽的莎士比亚》,北京:中国社会科学出版社 2004 年版。

　　张冲编:《莎士比亚专题研究》,上海:上海外语教育出版社 2004 年版。

　　张和龙:《战后英国小说》,上海:上海外语教育出版社 2004 年版。

　　陈晓兰:《城市意象:英国文学中的城市》,桂林:广西师范大学出版社
2005 年版。

　　戴从容:《乔伊斯小说的形式实验》,北京:中国戏剧出版社 2005 年版。

　　韩洪举:《林译小说研究——兼论林纾自撰小说与传奇》,北京:中国社
会科学出版社 2005 年版。

　　侯维瑞、李维屏:《英国小说史》,南京:译林出版社 2005 年版。

　　陆谷孙:《莎士比亚研究十讲》,上海:复旦大学出版社 2005 年版。

　　李伟昉:《黑色经典——英国哥特小说论》,北京:中国社会科学出版社
2005 年版。

　　申丹、韩加明、王丽亚:《英美小说叙事理论研究》,北京:北京大学出版
社 2005 年版。

　　孙建主编:《英国文学辞典·作家与作品》,上海:复旦大学出版社 2005
年版。

　　谈瀛洲:《莎评简史》,上海:复旦大学出版社 2005 年版。

　　肖明翰:《英语文学之父:杰弗里·乔叟》,北京:社会科学文献出版社
2005 年版。

　　晏奎:《生命的礼赞:多恩"灵魂三部曲"研究》,北京:北京大学出版社
2005 年版。

　　易晓明:《意义与形式——英美作家作品风格生成论》,长春:吉林人民
出版社 2005 年版。

　　张冲主编:《同时代的莎士比亚:语境、互文、多种视域》,上海:复旦大学
出版社 2005 年版。

张介明：《唯美叙事：王尔德新论》，上海：上海社会科学院出版社 2005年版。

常耀信：《英国文学简史》，天津：南开大学出版社 2006 年版。

杜隽：《乔治·艾略特小说的伦理批评》，上海：学林出版社 2006 年版。

高继海：《简明英国文学史》，开封：河南大学出版社 2006 年版。

蒋承勇：《英国小说发展史》，杭州：浙江大学出版社 2006 年版。

刘炳善：《英国文学简史》（新增订本），郑州：河南人民出版社 2006 年版。

梁工主编：《莎士比亚与圣经》，北京：商务印书馆 2006 年版。

李伟民：《中国莎士比亚批评史》，北京：中国戏剧出版社 2006 年版。

田民：《莎士比亚与现代戏剧——从亨利克·易卜生到海纳·米勒》，北京：中国社会科学出版社 2006 年版。

王守仁、方杰《英国文学简史》，上海：上海外语教育出版社 2006 年版。

王守仁、何宁：《20 世纪英国文学史》，北京：北京大学出版社 2006 年版。

陈才宇：《古英语与中古英语文学通论》，北京：商务印书馆 2007 年版。

程倩：《历史的叙述与叙述的历史——拜厄特〈占有〉之历史性的多维研究》，北京：人民文学出版社 2007 年版。

戴从容：《自由之书：〈芬尼根的守灵〉解读》，上海：华东师范大学出版社 2007 年版。

杜平：《想象东方：英国文学的异国情调和东方形象》，上海：上海外语教育出版社 2007 年版。

胡振明：《对话中的道德建构——十八世纪英国小说中的对话性》，北京：对外经济贸易大学出版社 2007 年版。

廖昌胤：《悖论叙事：乔治·爱略特后期三部小说中的政治现代化悖论》，北京：中国社会科学出版社 2007 年版。

李小鹿：《〈克拉丽莎〉的狂欢话特点研究》，北京：北京大学出版社 2007年版。

刘洪涛：《荒原与拯救——现代主义语境中的劳伦斯小说》，北京：中国社会科学出版社 2007 年版。

马建军：《乔治·艾略特研究》，武汉：武汉大学出版社 2007 年版。

聂珍钊:《英语诗歌形式导论》,北京:中国社会科学出版社 2007 年版。

聂珍钊等:《英国文学的伦理学批评》,武汉:华中师范大学出版社 2007 年版。

孙妮:《V.S. 奈保尔小说研究》,合肥:安徽人民出版社 2007 年版。

徐晗:《凯瑟琳·曼斯菲尔德短篇小说现代主义特征研究》,昆明:云南大学出版社 2007 年版。

肖四新:《莎士比亚戏剧与基督教文化》,成都:巴蜀书社 2007 年版。

张和龙:《后现代语境中的自我——约翰·福尔斯小说研究》,上海:上海外语教育出版社 2007 年版。

祝远德:《他者的呼唤——康拉德小说他者建构研究》,北京:人民出版社 2007 年版。

陈庆勋:《艾略特诗歌隐喻研究》,上海:上海人民出版社 2008 年版。

丁世忠:《哈代小说伦理思想研究》,成都:巴蜀书社 2008 年版。

冯茜:《英国的石楠花在中国:勃朗特姐妹作品在中国的流布及影响》,北京:中国社会科学出版社 2008 年版。

胡家峦:《文艺复兴时期英国诗歌与园林传统》,北京:北京大学出版社 2008 年版。

胡强:《康拉德政治三部曲研究》,北京:中国社会科学出版社 2008 年版。

李美华:《英国生态文学》,上海:学林出版社 2008 年版。

李维屏:《英国小说人物史》,上海:上海外语教育出版社 2008 年版。

刘文荣:《英国文学论集》,上海:上海文艺出版社 2008 年版。

倪正芳:《拜伦与中国》,西宁:青海人民出版社 2008 年版。

瞿世镜、任一鸣:《当代英国小说史》,上海:上海译文出版社 2008 年版。

童真:《狄更斯与中国》,湘潭:湘潭大学出版社 2008 年版。

岳国法:《类型修辞学与伦理叙事:艾丽丝·默多克小说研究》,哈尔滨:黑龙江人民出版社 2008 年版。

尹锡南:《英国文学中的印度》,成都:巴蜀书社 2008 年版。

章燕:《多元·融合·跨越——英国现当代诗歌及其研究》,北京:人民文学出版社 2008 年版。

张丽：《莎士比亚分类研究》，北京：中国社会科学出版社 2009 年版。

曹波：《人性的推求：18 世纪英国小说研究》，北京：光明日报出版社 2009 年版。

邓艳艳：《从批评到诗歌——艾略特与但丁的关系研究》，北京：中国社会科学出版社 2009 年版。

韩加明：《菲尔丁研究》，北京：北京大学出版社 2009 年版。

赖骞宇：《18 世纪英国小说的叙事艺术》，北京：中国社会科学出版社 2009 年版。

李伟民：《中西文化语境里的莎士比亚》，上海：上海外语教育出版社 2009 年版。

李艳梅：《莎士比亚历史剧研究》，北京：中国社会科学出版社 2009 年版。

苏忱：《再现创伤的历史：格雷厄姆·斯威夫特小说研究》，苏州：苏州大学出版社 2009 年版。

申丹：《叙事、文体与潜文本——重读英美经典短篇小说》，北京：北京大学出版社 2009 年版。

孙致礼主编：《中国的英美文学翻译：1949—2008》，南京：译林出版社 2009 年版。

吴刚：《王尔德文艺理论研究》，上海：上海外语教育出版社 2009 年版。

王卫新：《福尔斯小说的艺术自由主题》，上海：复旦大学出版社 2009 年版。

肖明翰：《英语文学传统之形成：中世纪英语文学研究》（上、下），北京：社会科学文献出版社 2009 年版。

杨莉馨：《20 世纪文坛上的英伦百合：弗吉尼亚·伍尔夫在中国》，北京：人民出版社 2009 年版。

殷企平：《推敲"进步"话语——新型小说在 19 世纪的英国》，北京：商务印书馆 2009 年版。

附录二：中国的英国文学研究学术编年（截至2009年）

1913 年

1月，《小说月报》第4卷第1—4号发表孙毓修《欧美小说丛谈》的系列文章，其中有介绍乔叟、班扬、笛福、斯威夫特、理查逊、菲尔丁、哥尔斯密斯、司各特、狄更斯、约翰逊等作家的生平与创作及杰出地位，均为国内首次集中介绍这批英国文学家的文字。另外，7号发表《英国戏曲之发源》；8号发表《马洛之戏曲》《莎士比亚之戏曲》等文字。

1914 年

12月，《若社丛刊》第2期发表周作人的文章《英国最古之诗歌》（署名启明），介绍英国史诗《贝奥武甫》。

1915 年

11月，《世界观杂志》第4卷第1期刊宋诚之译《古今崇拜英雄之概说》（嘉赖儿原著），此为托马斯·卡莱尔（1795—1881）的英雄崇拜论思想引进中国之始。

1916 年

孙毓修《欧美小说丛谈》由上海商务印书馆出版单行本。

1917 年

7 月、8 月、11 月至 1918 年 1 月，朱东润分别在《太平洋》杂志第 1 卷第 5 号、6 号、8 号、9 号发表重要莎评《莎氏乐府谈》（一）、（二）、（三）、（四），这是中国第一篇完整的莎评。

1918 年

1 月，《尚志》月刊第 1 卷第 3 号刊龚自知《英吉利文学变迁谭》，简要评述了英国文学发展的历程，其中提及不少著名作家的作品。

1919 年

2 月 15 日，《尚志》月刊第 2 卷第 3 号刊"英美文学家小传"，有莎士比亚、斯威夫特等英国名家介绍。

2—3 月，《学生杂志》第 6 卷第 2、第 3 号刊登雁冰《萧伯纳》。这是茅盾所写的第一篇外国作家论，也是新文学运动中最早专门评述萧伯纳的一篇分量很重的文章。

12 月，周作人在《少年中国》第 1 卷第 8 期发表《英国诗人勃来克的思想》一文，首次介绍了布莱克诗艺术的特性及其艺术思想的核心。

1920 年

1 月 17 日，《益世报》载韦丛芜《小说家的司各德》，对作为欧洲历史小说之父的司各德介绍颇精炼到位。

6 月，王靖所著《英国文学史》由上海泰东图书局出版，1927 年 5 月再版。

1921 年

5 月，《小说月报》第 12 卷第 5 期刊登《百年纪念祭的济慈》（雁冰）；

第 6 期刊登《伦敦纪念济慈百年纪念展览会》。8 月出版的《东方杂志》第 18 卷第 8 号刊登《英国诗人克次的百年纪念》（愈之）。本年国内多家刊物发表纪念济慈百年忌辰的文章，为这位英国浪漫诗人在中国的传播推波助澜。

5 月，《小说月报》第 12 卷第 5 号刊登沈泽民《王尔德评传》，是最早的一篇王尔德论，全面介绍了王氏之生平和创作活动，以及他的人生观与艺术观。

7 月，袁昌英以论莎士比亚名剧《哈姆雷特》的论文，获苏格兰爱丁堡大学文学硕士学位。因其为中国妇女在英国获得文学硕士学位的第一人，当时路透社为此发了消息，国内各大报纸随即登出。

11 月 21 日，《文学旬刊》20 号刊滕固《爱尔兰诗人夏芝》。此为我国最早介绍爱尔兰大诗人叶芝生平与创作的文字之一。

1922 年

7 月 18 日，《晨报副镌》刊登周作人《诗人席烈的百年忌》（署名仲密）。着重介绍了英国 浪漫诗人雪莱的社会思想方面的状况。

11 月，《小说月报》第 13 卷第 11 号"海外文坛消息"专栏，茅盾撰短文介绍詹姆斯·乔伊斯的新作《尤利西斯》（1922 年巴黎问世）。此为中国大陆对乔伊斯及《尤利西斯》的最早介绍。

12 月 10 日，《东方杂志》第 19 卷第 23 号有阿诺德（1822—1888）诞辰百年纪念专号，此为最集中介绍这位英国著名文学批评家的文字。

1923 年

7 月，《少年中国》第 4 卷第 5 期发表田汉《蜜尔敦与中国》一文，叙述弥尔顿之生平及其与时代之关系，其意欲以弥氏之崇高伟大之精神，"以药今日中国之人心，而拯救我们出诸停污积垢的池沼。"

8 月 27 日，《文学周报》以玄（茅盾）署名的《几个消息》中，谈到英国新办的杂志《Adelphi》时，提到 T．S．艾略特为其撰稿人之一，此为艾略特之名最早由中国读者所知。

9 月 10 日，《创造季刊》第 1 卷第 4 期刊登"雪莱纪念号"。发表张定璜《Shelley》；徐祖正《英国浪漫派三诗人拜伦、雪莱、箕茨》；郭沫若译《雪莱的诗》，成仿吾译《哀歌》；郭沫若撰《雪莱年谱》。后来郭沫若将这些译诗及《雪莱年谱》合成《雪莱诗选》，由泰东书局于 1926 年 3 月出单行本。郭译雪莱诗得到了众多评论者的认可。

12 月 25 日，《创造周刊》第 29 号刊载滕固《诗画家 D. Rossetti》一文，介绍英国唯美主义诗人、画家但丁·罗赛蒂的生平与创作活动。

1924 年

1 月 25 日，《东方杂志》第 21 卷第 2 号刊登徐志摩《汤麦司哈代的诗》一文。徐志摩对哈代十分景仰，曾于 1925 年旅欧时亲到哈代居处拜访，发表过《汤麦士哈代》《谒见哈代的一个下午》《哈代的著作略述》《哈代的悲观》等多篇探讨哈代及其作品的文章。另翻译了哈代诗篇 21 首。

3 月 5 日，《学灯》有周一夔《雪莱传略》；3 月 12—13 日《学灯》刊胡梦华《英国诗人雪莱的道德观》；4 月 10—12 日《学灯》刊李任华《雪莱诗中的雪莱》。这几篇文章对英国浪漫主义诗人雪莱的生活经历与思想道德观介绍颇详。

3 月，商务印书馆出版中学国语文科补充读本《撒克逊劫后英雄略》（司各德原著，林纾、魏易译述，沈德鸿校注）。当时在商务编译所的茅盾校注这部林译小说，阅读了司各特的全部著作，撰写了比较详尽的《司各德评传》，是茅盾关于司各德的最具系统的论述。

4 月 10 日，《小说月报》第 15 卷第 4 号有"诗人拜伦的百年祭"专号。此外，鲁迅曾谈到过的拜伦花布缠头，助希腊独立的肖像《为希腊军司令时的拜伦》（T. Phillips 作），也是在此第一次传入国内。译文中最引人注目的是傅东华翻译的诗剧《曼弗雷特》，是拜伦长篇作品在中国的第一部译作。

《晨报每年纪念增刊号》有"摆仑底百年纪念"专栏。另外，4 月 21 日，《晨报副刊》（文学旬刊）第 32 号刊登"摆仑纪念号"（上）。4 月 28 号。《晨报副刊》（文学旬刊）第 33 号刊登"摆仑纪念号"（下）。以上这些文章及译诗对中国读者认识和接受英国诗人拜伦大有裨益。

6 月 1 日，《晨报副镌》（文学旬刊）37 号刊载《勃劳宁研究》一文。这是最早对英国维多利亚时期大诗人罗伯特·勃朗宁的研究文章。

11月8日,为英国大诗人弥尔顿250周年忌。《少年中国》《小说月报》《文学》等多家刊物发表了纪念文章。

1925 年

3月,郑振铎在《小说月报》第16卷第3号发表《十七世纪的英国文学》,后又在该刊第6号刊载《十八世纪的英国文学》。

1926 年

3月,上海泰东书局出版了郭沫若与成仿吾合译的《雪莱诗选》,列入"辛夷小丛书"。卷末附有《雪莱年谱》。

5月,孙俍工编《世界文学家列传》由中华书局刊行,共介绍了174位世界文学名家的生平与创作。其中涉及莎士比亚、弥尔顿、华兹华斯、司各德、丁尼生、王尔德、吉卜林、高尔斯华绥等20位英国著名作家。

1927 年

7月,上海光华书局出版腾固《唯美派的文学》,介绍18世纪末叶至19世纪英国文学史中的唯美派文学与绘画。此为中国唯一的一本介绍唯美主义文学的专著。

11月,欧阳兰编译《英国文学史》由京师大学文科出版部发行,讲述英国自古代至20世纪20年代的文学史,是编者在河北大学讲授英国文学史时,根据 Howes 的《英国文学》及其他参考书编译而成。

本年是威廉·布莱克去世百年纪念。8月,《小说月报》第18卷第8号发表赵景深《英国大诗人勃莱克百年纪念》和徐霞村《一个神秘的诗人的百年祭》的两篇纪念文章。赵景深又在《文学周报》第188期上写了一篇《诗人勃莱克百年纪念》。徐祖正也在《语丝》上发表长文《骆驼草——纪念英国神秘诗人白雷克》。

1928 年

3月6号,自本日《晨报副刊》开始刊登鹤西《一朵红的红的玫瑰的序》，选译彭斯诗篇 25 首，并附有原诗。在序中作者比较全面地介绍和评介了彭斯的文学地位和诗歌特色。

5 月，但丁·罗赛蒂百年诞辰纪念。多种刊物对罗赛蒂及先拉斐尔派的介绍逞一时之盛。

8 月，曾虚白《英国文学 ABC》（上、下），由世界书局印刷发行。

8 月 16 日，《狮吼》半月刊复活号上，邵洵美发表了《纯粹的诗》一文，对英国唯美主义作家乔治·莫尔（1852—1933）的纯诗理论做了详细介绍。乔治·莫尔能为中国人所认识和接受，主要得力于邵洵美。后者是乔治·莫尔最真心的崇拜者。

11 月 5 日、12 日，《英国诗人兼小说戏剧作者戈斯密诞生二百年纪念》连载于《大公报·文学副刊》。

11 月 10 日出版的《新月》第 1 卷第 9 号刊登梁遇春的纪念文章《高鲁斯密斯的二百周年纪念》。

11 月 26 日，《英国宗教寓言小说作者彭衍诞生三百年纪念》载本日《大公报·文学副刊》。

1929 年

5 月，冯次行翻译的《詹姆斯·朱士的〈优力栖斯〉》（土居光知原著）由上海联合书店出版发行，卷首有乔伊斯画像及译者小引。书中对英国小说家乔伊斯《尤利西斯》的评述让我国读者初识了其独异的特色。

6 月，北平华严书店出版伊人译《科学与诗》（瑞恰慈著），收有瑞恰慈的七篇诗歌理论文章。

10 月，周越然所著《莎士比亚》由商务印书馆出版发行。此为中国第一部比较全面系统地介绍莎士比亚的著述。

11 月，孙席珍编著《雪莱生活》，上海世界书局 1929 年出版。

1930 年

3 月 24 日，《英国小说家兼诗人劳伦斯逝世》载《大公报·文学副刊》。与此同时，《现代文学》创刊号载杨昌溪《罗兰斯逝世》，对劳伦斯评价甚高,认为其作品有广泛的社会性,比乔伊斯、艾略特等更能把握住现实生活,因而也更能吸引读者。

6月,梁遇春译注的英汉对照本《英国诗歌选》(*Some Best English Poems*)一书由上海北新书局出版。该书内收英国16世纪至近代的105首诗歌。

8月,《现代文学》创刊号载梁遇春《谈英国诗歌》,此为《英国诗歌选》(梁遇春译注,北新书局1930年版)的序言,对中世纪英国古民歌以来的历代英国诗歌名家及主要作品评述,是一部简明的英国诗歌发展史。

12月16日,《现代文学》第1卷第6期刊有袁嘉华的文章《女诗人罗赛谛百年纪念》。该文将C.罗赛谛与勃朗宁夫人并称为全部英国文学史上最伟大的诗人。

1931 年

1月30日,南京《文艺月刊》第2卷第1期载费鑑照《夏芝》一文,详细介绍了爱尔兰大诗人叶芝的生平经历和创作特色。

1932 年

9月,《新月月刊》第4卷第1期刊载叶公超《墙上一点痕迹》(吴尔芙夫人)。译者识为中国文坛最先介绍弗吉尼亚·伍尔夫的意识流创作方法的文字。

9月21日,《晨报》发表高克毅《司各脱百年纪念》。《新月》第4卷第4期有费鑑照《纪念司各脱》;《申报月刊》第1卷第4号有张露薇《施各德百年祭》;《微音月刊》第2卷第7、8期载陈易译《关于几本纪念斯各脱百年祭的出版物》。《现代》第2卷第2期亦有"司各特逝世百年祭"专栏,配有相关图片一组。11月24日《国闻周报》第9卷第42期刊黎君亮《斯各德》(百年忌纪念)。

10月1日,《新月》第4卷第3号刊登梁遇春的《斯特里奇评传》,介绍于本年1月21日去世的英国传记学大师斯特拉奇。

12月15—16日,《晨报》刊登季羡林《本年度诺贝尔文学奖金之获得者高尔斯华绥》。18日,载村彬《高尔斯华绥》。

1933 年

2 月,费鉴照著《现代英国诗人》由上海新月书店出版发行,分别介绍梅士斐尔特、哈代、白理基斯、郝思曼、梅奈尔、白鲁克、德拉梅尔、夏芝等 8 位诗人的生平和创作。卷首有闻一多序和著者自序。

3 月,乐雯辑译《萧伯纳在上海》由上海野草书屋刊行。本书辑录上海中外人士关于英国现代戏剧家萧伯纳于 1933 年访问上海的文章和评论等。卷首有鲁迅的序言和辑者的《写在前面》。

12 月,徐名骥著《英吉利文学》由上海商务印书馆刊行。

1934 年

3 月,李安宅的《意义学》一书由商务印书馆出版,此为中国学者研究瑞恰慈批评理论的第一本专著,也就是瑞恰慈建立在心理学基础上的"语义学"批评。

4 月,《清华学报》第 9 卷第 2 期所载叶公超《爱略式的诗》是中国最早系统评述艾略特的论文,涉及对《荒原》主题的理解和对艾略特诗歌技巧的分析。

8 月,味茗(系茅盾的笔名)在《文史》杂志第 1 卷第 3 期上发表《莎士比亚与现实主义》一文,第一次向中国读者介绍了马克思恩格斯对莎士比亚的评价,并介绍了"莎士比亚化"的重要命题。

9 月,肖石君著《世纪末英国文艺运动》由中华书局出版发行。

10 月 20 日,《人间世》第 14 期刊郁达夫《读劳伦斯的小说 Lady Chatterley's Lover》,指出《查泰来夫人的情人》是"一代的杰作","一口气读完,略嫌太短了些"。

12 月,《文艺月刊》第 6 卷第 5、6 期合刊有"柯立奇、兰姆百年祭特辑"。

1935 年

5 月 6 日,《申报·自由谈》刊周立波《詹姆斯乔易斯》:指出《尤利西斯》"是一部怪书……有名的猥亵的小说,也是有名难读的书"。9 月 25 日,上海《读书生活》第 2 卷第 10 期,周立波《选择》一文将乔伊斯称为"现代市民作家":"乔易斯的人物总是猥琐,怯懦,淫荡,犹疑。"

1 月,《人间世》第 19 期刊载林语堂《谈劳伦斯》一文。这篇文章饶有风趣地借两位老人在灯下夜谈,话题便是《却泰来夫人的爱人》。同年,上海施蛰存编《文饭小品》第 5 期刊登南星《谈劳伦斯的诗》及译诗《劳伦斯诗选》。指出"在当代英国诗人中,只有劳伦斯为最有热情最信任灵感的歌吟者"。

1936 年

6 月,吴世昌《吕恰慈的批评学说述评》发表于《中山文化教育馆季刊》上。吴世昌结合了中国古典诗词从价值论、读诗的心理分析、艺术的传达方面来综述瑞恰慈的学说。吴世昌在 20 世纪 30 年代中期以后就将新批评的"细读法"成功地运用到对中国古典诗词的解读上。

1937 年

2 月,金东雷所著《英国文学史纲》由上海商务印书馆出版发行。本书按时代叙述自古代至现代的英国文学史。卷首有吴康、张士一、傅彦长的序文各一篇。蔡元培题封面书名。书末附《英国文学大事表》。

6 月,赵萝蕤译《荒原》由上海新诗社出版,译笔忠于原文,深得各方面好评。叶公超为译诗作序。赵译系应戴望舒之约,以自由诗体将《荒原》译为中国,这开创了将西方现代派诗歌介绍到中国的先河,被誉为"翻译界的'荒原'上的奇葩"(邢光祖语)。

1937 年是狄更斯诞辰一百二十五周年纪念。这一年《译文》新 3 卷第 1 期为此刊发了"迭更斯特辑",翻译介绍了 3 篇文章。另还刊发了有关狄更斯不同时期的肖像、生活、写作及住宅等方面的图片 10 幅。

1938 年

7 月,商务印书馆出版李田意著《哈代评传》,论及哈代的时代及其社会背景、哈代的生平、小说、诗剧、诗歌创作等。

9 月,黄嘉德编译《萧伯纳情书》由上海西风社出版发行。本书选译萧伯纳与英国著名女伶爱兰黛丽的通信共 100 封。书前有译者序文 2 篇及萧伯纳原序。附录"萧伯纳著作一览"。

1939 年

4 月,商务印书馆出版发行方重《英国诗文研究集》一书,展示出其在英国文学研究以及中英文学与文化交流方面的成就。

5 月,上海商务印书馆出版勃兰兑斯《十九世纪文学之主流》(英国的自然主义),侍桁译,该书对 19 世纪英国文学,尤其是浪漫诗人拜伦介绍颇详,影响甚大。

8 月,王希甦著《英诗研究入门》由昆明中华书局出版,略述英国诗歌的形式、音韵、音调、诗节、诗篇和类别等。

1940 年

9 月 1 日,《西洋文学》第 1 期创刊特大号有"拜伦专栏"。
12 月 1 日,《西洋文学》第 4 期有"济慈专栏"。

1941 年

3 月,《西洋文学》第 7 期刊有"乔易士特辑"。
5 月,《西洋文学》第 9 期有"叶芝特辑"。

1942 年

3 月 28 日,郭沫若给青年诗人徐迟复信名为《〈屈原〉与〈厘雅王〉》,信中比较了他自己创作的《屈原》与莎剧《李尔王》。此为中国第一篇以个人创作与莎翁剧作进行比较研究的论文。

8 月,莎士比亚等著,柳无忌译《莎士比亚时代抒情诗》,由重庆大时代书局出版,收入十六、七世纪英国作家马洛、李雷、锡德尼、斯宾塞、莎士比亚、琼森、藤思、弥尔顿等 25 人的抒情诗共 47 首。书前有译者绪言,叙述英国伊丽莎白时代诗歌繁荣的情况以及随后诗歌的发展、各流派的产生及其主要特色。

1943 年

9 月 15 日,《时与潮文艺》第 2 卷第 1 期刊登方重《乔叟和他的康妥波雷故事》(名著介绍)、范存忠《卡莱尔的英雄与英雄崇拜》(名著译介)、谢庆垚《英国女小说家吴尔芙夫人》(介绍),吴景荣《吴尔芙夫人的〈岁月〉》(书评)。

8 月—10 月,梁宗岱于《民族文学》第 1 卷第 2 至第 4 期发表所译莎士比亚十四行诗 30 首,并发表《莎士比亚的商籁》,这是中国最早公开发表的莎士比亚十四行诗的翻译及评论。

1944 年

3 月,曹禺译《柔蜜欧与幽丽叶》由文化生活出版社出版。此前 (1 月 3 日),本剧曾在重庆公演,易名为《铸情》,神鹰社演出,张骏祥导演,曹禺自译自编,金焰、白杨主演,盛况空前,被誉为中国舞台上最成功的一次莎剧演出。另本年度,柳无忌译《该撒大将》、杨晦译《雅典人台满》等均由重庆几家出版社出版。其中,杨晦译本的长序是中国第一篇马列主义式的莎评。

6 月 15 日,《东方杂志》第 40 卷第 11 号刊登茅灵珊《英国女诗人葵称琴娜·罗色蒂的情诗》。

方重应英国文化协会邀请,先后在剑桥、伦敦、爱丁堡等大学讲学,并继续研究乔叟,同时翻译陶渊明的诗文。

1945 年

11 月,《世界文艺季刊》(原《世界文学》) 第 1 卷第 2 期刊登卢式《爱密莱·白朗代及其咆哮山庄》一文,详细介绍了作者艾米莉·勃朗特的家庭身世,评述了这部小说名作。

1946 年

4 月 27 日,《申报·出版界》刊曹未风《莎士比亚全集的出版计划》。曹未风 (1911—1963) 翻译莎剧始于 1931 年。此后陆续译莎剧二十余部。

曹未风是截至 40 年代后半期中国翻译出版莎剧最多者之一,也是我国第一位计划以白话诗体翻译莎剧全集的翻译家。

1947 年

4 月,朱生豪翻译《莎士比亚戏剧全集》(三辑)由上海世界书局出版,收入其所译 27 种莎剧。

12 月,上海商务印书馆出版李祁著《华茨华斯及其序曲》。李祁在牛津的导师戴璧霞女士是专门研究弥尔顿与华兹华斯的专家。他的另一著作《英国文学》于 1948 年由上海华夏图书出版公司发行。

1948 年

1 月,上海商务印书馆出版孙大雨译《黎琊王》(上、下,《李尔王》),并为译作写长篇导言和注解。孙大雨这部莎剧译本中,第一次采用了以"音组"代"步"的传达方式,开创了莎剧诗体翻译的先河。

8 月,《时与文》第 3 卷第 10 期发表林海《咆哮山庄及其作者》一文,称《咆哮山庄》在小说史上是一个"怪胎",它不像小说,尤其不像女人笔下的小说。

1949 年

2 月 24 日,清华大学校委会通过聘燕卜逊为清华兼任教授,授"当代英国诗歌"。

11 月 10 日,《文艺报》第 1 卷第 4 期发表卞之琳《开讲英国诗想到的一些体验》一文。该文对包括华兹华斯在内的英国浪漫诗人颇有微词,原因正在于他们走的是一条脱离现实的道路。

1950 年

4 月 23 日,英国文化协会在上海召开纪念莎士比亚诞生 386 周年纪念会,会后由石挥、丹尼演出《乱世英雄》片段。

6 月,胡风在杭州浙江大学中文系发表演讲,谈及莎士比亚的理解与接受问题。指出"学习莎士比亚,要从作品里理解一个作家的基本精神。应该理解他是怎样地反映了现实而又推动了现实,正是这些给我们以力量来对待今天的现实,帮助我们更成功地创造自己的东西。"

1951 年

本年《翻译通报》还发表了其他几篇关于莎士比亚作品翻译的讨论文章,分别是:朱文振、孙大雨《关于莎士比亚的翻译》(《翻译通报》1951 年第 3 卷第 1 期)、顾绥昌《谈翻译莎士比亚》(《翻译通报》1951 年第 3 卷第 3 期)、《评莎剧〈哈姆雷特〉的三种译本》(《翻译通报》1951 年第 3 卷第 5 期)。专家们对莎士比亚作品翻译进行了比较深刻的讨论,对以后的莎译带来不少启发。

1953 年

7 月,中国青年出版社出版英国女作家伏尼契的长篇小说《牛虻》,由李俍民翻译,据英文原著 Grosset & Dunlap NewYork 版,并参照俄文版译出。这部小说是新中国成立后"十七年"间英国小说在我国发行量最大的一本。译文的大量发行和众多的报刊评论文章使该小说中国式的英国文学"经典"。

1954 年

本年为莎士比亚诞辰 390 周年纪念。作家出版社从 3 月到 8 月陆续出版 12 卷本的《莎士比亚戏剧集》,由朱生豪译本整理,共收录了莎士比亚的 31 种剧作。这是新中国成立以来第一次大规模地出版莎士比亚剧作。为纪念莎士比亚,并配合莎剧结集出版,国内出现介绍和研究莎士比亚的高潮,发表多篇文章,一致把莎士比亚看作是英国文艺复兴最伟大的代表者,认为只有根据马克思主义的观点和方法来解析莎士比亚才能正确地理解他的作品和他创作的伟大成就。

8 月,全国翻译工作会议在北京召开。萧乾在会议小组讨论时发言,认为对劳伦斯这样的作家不能因为写过一本《查泰莱夫人的情人》就把他看作是黄色作家,予以全盘否定。

10 月 27 日晚,在北京首都青年宫举行纪念会隆重纪念菲尔丁逝世 200 周年,把菲尔丁归属于人类历代所有的伟大的文学作家之列。

1955 年

全增嘏在《复旦大学学报》1955 年第 2 期上发表《谈狄更斯》一文,是新中国成立后国内第一篇比较全面介绍和评价狄更斯的文章。

1956 年

1 月,卞之琳在北京大学文学研究所编的《文学研究集刊》第 2 册发表长篇论文《莎士比亚的悲剧〈哈姆雷特〉》。本年度学界发表多篇莎评论文,均从政治角度分析莎士比亚作品及其笔下人物,突出表现莎剧以及莎士比亚创作思想的人民性和阶级性。

7 月,中山大学编《文史译丛》创刊号上刊载《英国文学概要》,由吴志谦根据《苏联大百科全书》"大不列颠"条中关于英国文学的部分译出。这篇长文对英国文学的诸多评价成为我国评价英国文学的标准和参照。

7 月 28 日,中外戏剧界和其他各界人士一千多人在北京集会纪念世界文化名人萧伯纳诞辰 100 周年。

1957 年

袁可嘉的长篇论文《布莱克的诗——威廉·布莱克诞生二百周年纪念》在《文学研究》第 4 期上发表。该文从思想性角度论述了布莱克诗歌的几个主要特点,把布莱克看作是英国革命浪漫主义诗歌的伟大先驱。

1958 年

方重在《上海外国语学院季刊》第 2 期上发表长篇论文《乔叟的现实主义道路》,文中把乔叟定位为近代英国诗的开山鼻祖,是把现实主义的传统在英国文学史上栽下了根的人。

9 月,人民文学出版社出版《论艾米莉·勃朗特的〈呼啸山庄〉》,此为北京大学西语系的青年教师和同学们关于艾米莉·勃朗特的名著《呼啸山庄》的讨论文集,旨在运用马克思主义文艺理论批判地接受外国古典主义文学遗产。

10 月,《文学研究》1958 年第 3 期以"纪念三位世界文化名人专辑"为名发表殷宝书的文章《诗人密尔顿的革命精神》。

12 月,人民文学出版社出版论文集《论夏绿蒂·勃朗特的〈简·爱〉》,本书对简·爱的社会历史局限性做了批判,认为她"对现存社会制度的不满和反抗从未上升为真正的革命精神"。

1959 年

3 月,上海文艺出版社出版彭斯的诗集《彭斯诗抄》,由袁可嘉据英国牛津大学出版社版译出。本书收录彭斯的 89 首诗歌。本年为罗伯特·彭斯诞辰 200 周年,为纪念这位苏格兰著名诗人,国内举办了纪念活动并发表了多篇相关文章。

5 月 27 日,北京首都文化界举行世界文化名人罗伯特·彭斯诞辰 200 周年纪念会,称罗伯特·彭斯是英国和世界文学史上最伟大的诗人之一。

10 月,人民文学出版社出版苏联文学史家阿尼克斯特的《英国文学史纲》,由戴镏龄、吴志谦等人翻译。这部文学史完全按照阶级分析法对英国文学做了梳理评价,体现着马克思主义文论的机械化运用。

1960 年

1 月,《江海学刊》1960 年第 1 期发表范存忠论文《英国浪漫主义的先驱——威廉·布莱克》,这篇文章可以看作是新中国成产以来中国学者介绍和研究布莱克的总结性文章。

9 月,上海文艺出版社出版袁可嘉翻译的《英国宪章派诗选》。这是我国第一次译介英国宪章派文学。

12 月,《文学评论》第 6 期上刊载袁可嘉的文章《托·史·艾略特——美英帝国主义的御用文阀》,称艾略特是第一次世界大战以来美英资产阶级反动颓废文学界一个极为嚣张跋扈的垄断集团的头目,一个死心塌地为美英帝国主义尽忠尽孝的御用文阀。之后我国还发表过许多关于现代主义的文章，对英美现代主义文学均持批判态度。

12 月 13 日，中国人民保卫世界和平委员会、中国人民对外文化协会、中国文学艺术联合会、中国作家协会举行世界文化名人英国作家笛福诞辰 300 周年纪念会。

1962 年

本年是狄更斯诞辰 150 周年，国内发表多篇关于狄更斯及其作品的评述文章，从思想和阶级性层面分析狄更斯的作品。王佐良在 1962 年 12 月 20 日《光明日报》上发表的《狄更斯的特点及其他》则是当时唯一一篇侧重于讨论狄更斯小说艺术的文章。

6 月，北京作家、学者、文艺界人士等 150 多人集会纪念爱尔兰著名作家詹姆斯·乔伊斯诞辰 80 周年。

1963 年

本年是萨克雷逝世 100 周年，国内发表多篇文章以示纪念。

1964 年

为了纪念莎士比亚诞生 400 周年，人民文学出版社请吴兴华、方重、方平等人将朱生豪所译莎剧 31 种进行了校订增补，以《莎士比亚全集》为名重新排版发行。本年国内还发表了许多关于莎士比亚及其作品的文章，均对莎士比亚及其作品做了很高的评价，认为他已经超出了他的时代。

1966 年

9 月，中华书局出版台北国立编译馆刊行的《莎士比亚诞辰四百周年纪念集》（梁实秋主编），书中收录台湾和大陆有关莎士比亚研究的多篇重要论文。

1967 年

梁实秋翻译《莎士比亚戏剧全集》由台湾远东图书公司出版,收入译者37 年间（1930—1967）所译出的莎翁全部戏剧 37 部,成为一部由个人独立完成的真正的莎士比亚全集。

1969 年

3—5 月,郭沫若翻译英国诗歌十首,当时未发表,后载《战地》1980 年第 1 期。

1972 年

曹禺被勒令在北京人民艺术剧院看守传达室。外国报纸遂传出"中国的莎士比亚"正在给剧团看大门的工作的消息。

1973 年

4 月,袁昌英病逝于醴陵乡间。袁昌"文化大革命"期间受到迫害,作为"五类分子"被遣送回湖南农村,仍怀幻想,要为祖国的文化事业尽心尽力,重译莎士比亚戏剧。她带下乡的少数财物中,就有一本 1911 年版的《莎士比亚全集》,篇页中至今留有她用铅笔作下的标记和解释。

1977 年

10 月,当时中国唯一一份翻译介绍外国文学的刊物《世界文学》在停刊十年后复刊。随之而来,《外国文学研究》（1978）《外国文学》（1980）《国外文学》（1981）等相继创刊。为我国包括英国文学在内的外国文学研究提供了重要的学术科研平台。

1978 年

4 月,《莎士比亚全集》分 11 卷由人民文学出版社刊行,这是中国出版的外国作家的第一部全集中译本。

9 月，朱维之在《外国文学研究》创刊号上发表《论〈威尼斯商人〉》，为中国莎评间断十几年之后的第一篇莎评。据统计，本年发表的比较重要的莎评 20 多篇。

1979 年

9 月，范存忠《英国语言文学论集》由南京大学学报编辑部出版，收录了 12 篇讨论英国文学作品、作家、社会问题、翻译问题和中英文化关系的论文，其中绝大部分是在 30 年代国内外学术刊物上发表过的论文。

12 月，杨周翰主编《莎士比亚评论汇编》（上）由中国社会科学出版社出版。"序言"为自本·琼生至 19 世纪末的西方莎评史。本年发表的莎评有 70 多篇。

1980 年

8 月，复旦大学林同济教授参加在斯特拉福举行的第 19 届国际莎士比亚会议，发表论文《应该是"被玷污"的这个词——〈哈姆雷特〉评论之一见》（"Sullied" is the Word--A note is Hamlet Criticism），引起很大反响，这是中国学者第一次参加国际莎学会议。本年发表重要莎评 50 多篇。

12 月，王佐良《英国文学论文集》由北京外国文学出版社出版发行。

1981 年

1 月，范存忠《英国文学论集》由北京外国文学出版社出版发行，该书收录作者在《时与潮文艺》《英国语言文学评论》（RES）《文学研究》《文学评论》《江海学刊》《南京大学学报》等期刊陆续发表的十篇论文。

10 月，孙家琇编《马克思恩格斯与莎士比亚戏剧》由中国戏剧出版社刊行。裘克安参加了在斯特拉福举行的第三届世界莎士比亚大会。

10 月，陈嘉著《英国文学史》（英文版）第二册由商务印书馆出版发行，至 1986 年，出齐 4 卷本，100 余万字，是当时规模最大的英国文学史教材，是作者毕生研究英国文学的精华和结晶。

1982 年

6 月 22 日，首都文艺界人士集会纪念乔伊斯诞辰 100 周年。

6 月，贺祥麟等著《莎士比亚研究文集》由陕西人民出版社刊行。

杨周翰、陆谷孙参加第 20 届国际莎士比亚会议。

1983 年

3 月，范存忠《英国文学史提纲》由四川人民出版社出版，成为新中国成立后在大陆出版的第一部由中国学者撰写的中文版英国文学史。

3 月，中国莎士比亚研究会编《莎士比亚研究》创刊号，由浙江人民出版社出版，曹禺撰写"发刊词"发表了我国一批著名莎评家的论文。

4 月，方平的莎评文集《和莎士比亚交个朋友吧》由四川人民出版社刊行。

11 月，杨静远编选《勃朗特姐妹研究》由中国社会科学出版社刊行，成为一段时间内我国学界研究勃朗特姐妹的重要参考文献。

1984 年

8 月，萧乾《菲尔丁——英国现实主义小说奠基人》由上海译文出版社出版。这是一部全面介绍英国批判现实主义作家菲尔丁生平经历和创作道路及艺术特色的专著，对学术研究具有很重要的参考价值。

12 月 3—5 日，中国莎士比亚研究会在上海举行成立大会暨首届年会，选举曹禺为会长，巴金为基金会董事长。时任上海市市长的江泽民同志为中国莎士比亚研究会题词。

10 月，陆谷孙主编《莎士比亚专辑》由复旦大学出版社刊行。

11 月，孟宪强辑注《马克思恩格斯与莎士比亚》由陕西人民出版社出版，扉页题词为"谨以此书纪念莎士比亚诞辰 420 周年"。

中国的乔伊斯研究在 80 年代起步，12 月，王佐良发表于《世界文学》1984 年第 6 期上的长文《乔伊斯与"可怕的美"》介绍了西方乔学研究的新动态，为中国学者的研究打开了视野。

1985 年

4 月 22 日，中国莎士比亚研究会举行莎士比亚诞辰 421 周年纪念会，副会长张君川做学术报告。

5 月 10 日，中央戏剧学院莎士比亚研究中心，举行莎士比亚诞辰 421 周年纪念会以展示莎士比亚作品为主要活动内容。

8 月，杨周翰《十七世纪英国文学》由北京大学出版社刊行。该书试图从比较文学的角度叙述 17 世纪英国文学史，尝试从中国文学传统的立场去处理外国文学，分辨两者异同，探索其相互影响，以期对两种文学的理解有所助益。

9 月，朱虹编选《奥斯丁研究》由中国文联出版公司出版。

12 月，侯维瑞《现代英国小说史》由上海外语教育出版社出版发行。本书是一本文学发展史评述、作家评传、故事梗概和作品分析四位一体的指导读物。

1986 年

4 月 10—23 日，在北京、上海两地举行了首届中国莎士比亚戏剧节，盛况空前，震动国际莎坛，在中国出现"莎士比亚热"。

5 月，索天章《莎士比亚——他的作品及其时代》由复旦大学出版社出版。

张君川、索天章、任明耀、沈林参加在西柏林举行的每五年一届的第四届世界莎士比亚大会。

1987 年

2 月，张中载《托马斯·哈代——思想和创作》由外语教学与研究出版社出版，代表本时期哈代研究的整体水平。

11 月，梁一三《弥尔顿和他的失乐园》由北京出版社出版。全书的侧重点集中在对《失乐园》及《复乐园》的思想和艺术主题的评析。

1988 年

3 月,裴克安编著中英文对照《莎士比亚年谱》由商务印书馆出版。本书用中国年谱的形式写莎士比亚传略。

4 月,张泗洋主编《莎士比亚的三重戏剧——研究、演出、教学》由东北师范大学出版社出版,该文集为吉林省莎士比亚协会的第一本莎学学刊。

5 月,孙家琇《论莎士比亚四大悲剧》由中国戏剧出版社出版刊行。

8 月,王佐良去英国斯特拉福参加第 23 届国际莎士比亚会议。

1989 年

2 月,瞿世镜《意识流小说家伍尔夫》由上海文艺出版社刊行,全书采用比较文艺学、微观分析和宏观考察三方面融合并命名为"综合性研究方法"。

4 月,黄嘉德《萧伯纳研究》由山东大学出版社出版发行。此为新中国成立以来我国第一部比较全面、系统地研究萧伯纳的专著。

4 月,张泗洋、徐斌、张晓阳合著《莎士比亚引论》(上、下册)由中国戏剧出版社出版,是国内学界全面介绍评述莎士比亚的第一本专著。

4 月,曹树钧、孙福良著《莎士比亚在中国舞台上》由哈尔滨出版社出版,该著填补了中国莎学史上的一个空白。

8 月,吴洁敏、朱宏达著《朱生豪传》由上海外语教育出版社出版,出版后即成为"沪版畅销书"。

12 月,卞之琳《莎士比亚悲剧论痕》由三联书店出版发行。该著是对其 1988 年出版的《莎士比亚悲剧四种》译著的"注脚",展现了卞之琳先生对莎士比亚探索过程的历史留痕。

1990 年

6 月,饶建华编著《英诗概论》由国防科技大学出版社刊行,是国内较早且较为系统地介绍英国诗歌的专业论著。

8 月,涂淦和编《简明莎士比亚辞典》由北京农村读物出版社出版,为中国第一部由个人编写的莎士比亚辞典。

1991 年

3 月，为纪念莎士比亚诞生 427 年，《外国文学》杂志第 2 期编发"莎士比亚作品及研究"专辑。

4 月，范存忠著《中国文化在启蒙时期的英国》由上海外语教育出版社出版发行。本书是我国比较文学影响研究的经典著述。已故南京大学名誉校长匡亚明教授称该书为"研究中英两国文化交流的不朽之作"。

4 月，王佐良著《莎士比亚绪论——兼及其中国莎学》由重庆出版社刊行。该书凸出中国莎学者的立场和贡献，在国际莎学界显示了中国莎学的声音。

4 月，刘宪之等主编《劳伦斯研究》由山东友谊出版社出版发行，收入了 26 位国内外劳伦斯研究专家的研究论文。

5 月，张泗洋、孟宪强主编《莎士比亚在我们的时代》由吉林大学出版社出版。

6 月，张泗洋、徐斌、张晓阳合著《莎士比亚戏剧研究》由时代文艺出版社出版发行。该书以文本阐析为基础，结合莎翁创作的社会历史语境，分析莎士比亚创作的特点，并剖析其所折射出的时代精神。

6 月，赵澧《莎士比亚传论》由中国人民大学出版社出版发行。此为一部知识性与学术性并重的全面介绍莎士比亚及其剧作的著作。

7 月，王佐良《英诗的境界》由三联书店出版。该书为作者译诗、读诗偶感所得的随笔，在点评诗人、翻译诗作的同时精要地点出诗艺。

8 月，王佐良《英国浪漫主义诗歌史》由人民文学出版社出版发行。这本断代诗歌史是"第一部中国学者撰写的英国诗歌史"，奠定了我国英国浪漫主义诗歌批评的基本范式。

11 月，亢西民、薛迪之等编写的《莎士比亚戏剧欣赏辞典》由山西教育出版社出版。

1992 年

3 月，孙家琇主编《莎士比亚辞典》由河北人民出版社出版。

4 月，朱雯、张君川主编《莎士比亚辞典》由安徽文艺出版社出版。

4月18—19日,中国莎士比亚研究会在上海举行朱生豪诞辰80周年学术报告会。

1993 年

6月,王佐良《英国诗史》由译林出版社出版发行。作者在序言中提出写外国文学史六要说:要有中国观点;要以历史唯物主义为指导;要以叙述为主;要有一个总的骨架;要有可读性;要有鲜明个性。

1994 年

1月,国家新闻出版署评奖办公室宣布"第一届国家图书奖名单",《莎士比亚全集》(11卷),荣获"国家图书奖"。

3月,李醒《二十世纪的英国戏剧》由文化艺术出版社出版发行。

7月,王佐良、周珏良主编《英国二十世纪文学史》由外语教学与研究出版社出版发行。本书与其他四卷构成中国第一部比较完备的英国文学史。

8月,孟宪强《中国莎学简史》由东北师范大学出版社出版发行。

8月,王佐良《英国散文的流变》由商务印书馆出版发行。此为我国第一部系统研究英国散文发展流变的著作。

9月20—26日,国际莎士比亚戏剧节在上海举行。

1995 年

黄梅主编《现代主义浪潮下:英国小说研究1914—1945》、文美惠主编《超越传统的新起点:英国小说研究1875—1914》由中国社会科学出版社出版发行。此二著与1997年出版的朱虹主编《英国小说的黄金时代1813—1873》、陆建德主编《现代主义之后:写实与实验》,组成了有关英国小说研究的重要论文集,使中国的英国文学研究上升到一个新水平。

4月19—20日,中国社科院外文所与译林出版社共同举办第一届"乔伊斯与《尤利西斯》国际研讨会",为我国乔学研究走向世界打开了大门。

5月,蒋炳贤编选《劳伦斯评论集》由上海文艺出版社出版。

12月,冯季庆《劳伦斯评传》由上海文艺出版社出版,拉开了国内研究者撰著劳伦斯传记的序幕。

1996 年

2月,赵炎秋《狄更斯长篇小说研究》由社会科学文献出版社出版发行,填补了国内狄更斯研究上缺少真正意义上研究专著的空白。

6月,张中载《当代英国文学论文集》由外语教学与研究出版社出版发行。

9月,王佐良,何其莘《英国文艺复兴时期文学史》,由外语教学与研究出版社出版发行。

10月,王佐良《英国文学史》由商务印书馆出版发行。该书的出版在中国学者叙述和研究英国文学史的学术史上具有划时代的意义,标志着叙述与研究英国文学史的中国学派开始形成。

11月,周小仪英文专著《超越唯美主义:王尔德和消费社会》是我国第一部王尔德研究专著,由北京大学出版社出版发行。

1998 年

1月,阮炜《社会语境中的文本——二战后英国小说研究》由社会科学文献出版社出版发行。本书对第二次世界大战后英国较为突出的小说作家及作品做了评介和研究。

10月,瞿世镜《当代英国小说》由外语教学与研究出版社出版发行。

11月,傅浩《英国运动派诗学》由译林出版社出版发行。

12月,阮炜,徐文博,曹亚军合著《20世纪英国文学史》,由青岛出版社出版发行。

1999 年

5月,侯维瑞主编《英国文学通史》由上海外语教育出版社出版发行。全书以历史进程为顺序,以文学体裁的演化为框架,以流派运动的转换为线索,是古往今来英国文学重要作家作品研讨的集大成者。

2000 年

本年为英国 19 世纪末伟大的唯美主义代表人物奥斯卡·王尔德逝世 100 周年,中国文学出版社隆重推出《王尔德全集》全六卷。

11 月 23—26 日,全国英国文学学会上海研讨会在上海外国语大学召开。

3 月,苏文菁《华兹华斯诗学》由社会科学文献出版社出版发行。

8 月,李维屏《乔伊斯的美学思想和小说艺术》由上海外语教育出版社出版发行。全书高屋建瓴,条分缕析,是一本国内较早介绍与研究乔伊斯的重要著作。

12 月,吴景荣、刘意青主编《英国十八世纪文学史》由外语教学与研究出版社出版发行。

2001 年

2 月,陆建德《破碎思想体系的残编:英美文学与思想史论稿》由北京大学出版社出版发行。

3 月 16—18 日,由广州外语外贸大学和英国文化委员会广州办事处共同发起主办的当代英国文学文化国际研讨会在广州举行。这是改革开放以来在中国举行的第一次有着盛大规模的英国文学和文化研究国际研讨会,会议论文选结集由北京大学出版社出版英文文本。

4 月,蒋洪新《英诗新方向——庞德、艾略特诗学理论与文化批评研究》由湖南教育出版社刊行。

5 月,张中载《二十世纪英国文学:小说研究》由河南大学出版社刊行。

6 月 15 日,中国作家王蒙在爱尔兰詹姆斯·乔伊斯纪念会上做了以"想起了詹姆斯·乔伊斯"为题目的演讲。

9 月,胡家峦《历史的星空:文艺复兴时期英国诗歌与西方传统宇宙论》由北京大学出版社出版发行。

9 月,殷企平、高奋、童燕萍合著《英国小说批评史》由上海外语教育出版社刊行。

10 月,阮炜《二十世纪英国小说评论》由中国社会科学出版社出版发行。

10 月 18—22 日,全国英国文学学会第三届年会暨学术研讨会在湖南湘潭师范学院举行。

2002 年

6 月 1—3 日,21 世纪中国莎学界的首次学术盛会"中国(杭州)莎士比亚论坛"在西子湖畔召开,会议期间代表观摩了绍兴小百花越剧团根据莎剧《麦克白》改编的《马龙将军》和浙江传媒学院学生演出的莎士比亚戏剧片段和莎士比亚十四行诗朗诵,会后出版《莎士比亚与二十一世纪》论文集。

7 月 15 日,《译林》发表周小仪《英国文学在中国的介绍、研究及影响》。

8 月 4 日,为纪念爱尔兰伟大作家詹姆斯·乔伊斯诞辰 120 周年,中国现代文学馆举办"乔伊斯在中国"为主题的讲座。

4 月,刘文荣《19 世纪英国小说史》由中国社会科学出版社出版发行。

9 月,罗良功编著《英诗概论》由武汉大学出版社出版发行。

2003 年

2 月,何功杰编著《英美诗歌》由安徽教育出版社出版发行。

5 月,黄梅《推敲"自我"——小说在 18 世纪的英国》由三联书店出版发行。

5 月,蒋家国《重建人类的伊甸园——劳伦斯长篇小说研究》由湖南大学出版社出版发行。

12 月,陶家俊《文化身份的嬗变——E. M. 福斯特小说和思想研究》由中国社会科学出版社出版发行。

12 月 6—7 日,"纪念范存忠先生诞辰 100 周年暨当代英国文学学术研讨会"在南京大学举行。

2004 年

4 月,阮伟、徐文博、曹亚军合著《20 世纪英国文学史》由青岛出版社出版发行。

6月5—8日,由江西师范大学外国语学院、《外国文学研究》杂志社、江西省外国文学学会联合主办的"中国的英美文学研究:回顾与展望"全国学术研讨会在江西师范大学举行。

6月16日,由爱尔兰文化部、上海市文物管理委员会、上海市文联、上海市作协主办,爱尔兰驻沪总领事馆和上海鲁迅纪念馆承办的"世界的乔伊斯"开幕,主要活动包括为期两周的"乔伊斯和《尤利西斯》"展,以及为期两天的"乔伊斯和他的世界"国际学术研讨会。

7月,张和龙《战后英国小说》由上海外语教育出版社出版发行,以宏观视角历史性地概述了英国第二次世界大战后的小说面貌。

9月,吴笛《比较视野中的欧美诗歌》由作家出版社出版发行。

11月19日—23日,英国文学年会福州研讨会在福建师范大学举行。

11月,张冲编著《莎士比亚专题研究》由上海外语教育出版社出版发行,为高等院校《英语语言文学专业研究生系列教材》之一。

12月,李伟昉《说不尽的莎士比亚》由中国社会科学出版社出版发行。

12月,董洪川《"荒原"之风:T. S. 艾略特在中国》由北京大学出版社出版发行。

12月17—18日,上海复旦大学主办"莎士比亚与中国:回顾与展望"全国研讨会,纪念莎士比亚诞辰440周年,会后出版论文集《同时代的莎士比亚:语境、互文、多种视域》(张冲主编,复旦大学出版社2005年出版)。

2005 年

1月,侯维瑞、李维屏《英国小说史》由译林出版社出版发行。

1月,李伟昉《黑色经典——英国哥特小说论》由中国社会科学出版社出版发行。

1月,戴从容《乔伊斯小说的形式实验》由中国戏剧出版社出版发行。此书将理论阐释与文本分析相结合,是我国学界第一次对乔伊斯小说形式进行如此深入的探讨。

3月,张介明《唯美叙事:王尔德新论》由上海社会科学院出版社出版发行。

3 月,晏奎《生命的礼赞:多恩"灵魂三部曲"研究》由北京大学出版社出版发行。

5 月,谈瀛洲《莎评简史》由复旦大学出版社出版发行。

5 月 27—29 日,由南京大学外国语学院和《当代外国文学》编辑部主办的"当代外国文学学术研讨会"在南京大学举行。

7 月,孙建主编《英国文学辞典·作家与作品》由复旦大学出版社出版发行。

7 月,易晓明《意义与形式——英美作家作品风格生成论》由吉林人民出版社出版发行。

10 月,肖明翰《英语文学之父:杰弗里·乔叟》由社会科学文献出版社出版发行。该书是近年来我国学界较为系统而深入地全面展开乔叟研究的专著。

10 月,申丹、韩加明、王丽亚合著《英美小说叙事理论研究》由北京大学出版社出版发行。该书是国内外第一部将后经典叙事 与传统、现代叙事理论结合起来阐释的专著。

11 月,陆谷孙《莎士比亚研究十讲》由复旦大学出版社出版发行。

2006 年

1 月,王守仁、方杰《英国文学简史》由上海外语教育出版社出版发行。

1 月,常耀信《英国文学简史》由南开大学出版社出版发行。该书是作者继《美国文学简史》之后推出的一部包含丰富文学史料和深层学术观点的优秀著作。

1 月,田民《莎士比亚与现代戏剧——从亨利克·易卜生到海纳·米勒》由中国社会科学出版社出版发行。

2 月,《外国文艺》第 1 期杂志推出 2005 年诺贝尔将获得者英国戏剧家品特专辑。

3 月,蒋承勇《英国小说发展史》由浙江大学出版社出版发行。

4 月,梁工主编《莎士比亚与圣经》由商务印书馆出版发行。

6 月,李伟民《中国莎士比亚批评史》由中国戏剧出版社出版发行。

6月,杜隽《乔治·艾略特小说的伦理批评》由学林出版社出版发行。

6月,高继海《简明英国文学史》由河南大学出版社出版发行。

6月2—5日,"当代英语国家文学研究的文化视角"学术研讨会在南京大学举行。陆建德在发言中澄清了"英语文学(literature in English)"和"英国文学(English literature)"两个概念,他认为"英语文学研究"实质上反映出了当前为学科视野的拓展及学术研究疆域的扩大,并希望把中国文化的视角引入英国文学的研究中。

7月16—20日,由英国文学学会主办,东北师范大学外国语学院承办的"英国文学学会2006年专题研讨会"在东北师范大学举行。

7月,王守仁、何宁《20世纪英国文学史》由北京大学出版社出版发行。

9月,四川外语学院、电子科技大学、西南大学三校共同发起了成都莎学研讨会。会后出版论文集《中国学者眼里的莎士比亚》(冯文坤主编,中国文联出版社2007年出版)。

11月,陈晓兰《城市意象:英国文学中的城市》由广西师范大学出版社出版发行。

2007 年

1月,刘炳善《英国文学简史》(新增订本)由河南人民出版社出版发行。该书原为河南大学外语系英语专业自编英文教材,是目前国内高校使用最广的教材之一。

1月,戴从容《自由之书:〈芬尼根的守灵〉解读》由华东师范大学出版社出版发行。本书推动了国内乔伊斯研究的纵深发展。

1月,肖四新《莎士比亚戏剧与基督教文化》由巴蜀书社出版发行。

2月,聂珍钊《英语诗歌形式导论》由中国社会科学出版社出版发行。本书通过大量的诗歌实例说明英语诗歌形式的理论问题,是我国第一次对英语诗歌的形式进行的全面、系统和深入的研究。

3月,刘洪涛《荒原与拯救——现代主义语境中的劳伦斯小说》由中国社会科学出版社出版发行。

5月,廖昌胤《悖论叙事:乔治·爱略特后期三部小说中的政治现代化悖论》由中国社会科学出版社出版发行。

5 月,张和龙《后现代语境中的自我——约翰·福尔斯小说研究》由上海外语教育出版社出版发行。

6 月,马建军《乔治·艾略特研究》由武汉大学出版社出版发行。

6 月,胡振明《对话中的道德建构——十八世纪英国小说中的对话性》由对外经济贸易大学出版社出版发行。

6 月,李小鹿《〈克拉丽莎〉的狂欢话特点研究》由北京大学出版社出版发行。

9 月,浙江传媒学院与浙江莎学会在杭州举办"中国话剧影视与莎士比亚"学术研讨会。

9 月,徐晗《凯瑟琳·曼斯菲尔德短篇小说现代主义特征研究》由云南大学出版社出版发行。

9 月,程倩《历史的叙述与叙述的历史——拜厄特〈占有〉之历史性的多维研究》由人民文学出版社出版发行。

9 月,祝远德《他者的呼唤——康拉德小说他者建构研究》由人民出版社出版发行。

10 月 11 日晚,2007 年度诺贝尔文学奖桂冠授予 87 岁的英国老太太多丽丝·莱辛,中国各大媒体进行了大量的"莱辛专题"报道。

11 月 20—22 日,朱生豪故居修复开放仪式暨莎士比亚学术研讨会,在其故乡浙江嘉兴隆重举行。

11 月,孙妮《V. S. 奈保尔小说研究》由安徽人民出版社出版发行。

11 月,聂珍钊等著《英国文学的伦理学批评》由华中师范大学出版社出版发行。本书是国内第一次运用特定的批评方法对英国文学进行的批评实践。

12 月,陈才宇《古英语与中古英语文学通论》由商务印书馆出版发行。

2008 年

1 月,李维屏《英国小说人物史》由上海外语教育出版社出版发行。该书的出版填补了国内系统研究英国小说人物的空白。

3月16日,由北京师范大学中国儿童文学研究中心和天津理工大学外国语学院主办的多丽丝·莱辛科幻小说学术研讨会在北京举行。

3月,胡强《康拉德政治三部曲研究》由中国社会科学出版社出版发行。

3月,陈庆勋《艾略特诗歌隐喻研究》由上海人民出版社出版发行。

4月,胡家峦《文艺复兴时期英国诗歌与园林传统》由北京大学出版社出版发行。该书创造性地将西方文学园林与现实园林两大历史传统结合在一起,研究文艺复兴时期英国园林诗歌的渊源与发展,打开了一座文艺复兴时期英国诗歌研究的富矿。

4月,尹锡南《英国文学中的印度》由巴蜀书社出版发行。

4月18—20日,第一届全国英语诗歌学术研讨会在河北石家庄市河北师范大学举行,是我国英语诗歌教学与研究界的学术盛会。

5月15—17日,为期四天的全国莎士比亚研讨会在广西北海市召开。

7月,童真《狄更斯与中国》由湘潭大学出版社出版发行。

8月,刘文荣《英国文学论集》由上海文艺出版社出版发行。

8月,李美华《英国生态文学》由学林出版社出版发行。

9月,章燕《多元·融合·跨越——英国现当代诗歌及其研究》由人民文学出版社出版发行。

10月31日至11月1日,由全国英国文学学会主办、杭州电子科技大学外国语学院承办的全国英国文学学会2008年"英国文学教学"专题研讨会在杭州电子科技大学召开。

11月15—16日,由武汉大学外语学院英语系主办的莎士比亚国际学术研讨会在武汉大学召开。

12月,瞿世镜、任一鸣《当代英国小说史》由上海译文出版社出版发行。

12月,丁世忠《哈代小说伦理思想研究》由巴蜀书社出版发行。

12月,岳国法《类型修辞学与伦理叙事:艾丽丝·默多克小说研究》由黑龙江人民出版社出版发行。

2009 年

3 月,赖骞宇《18 世纪英国小说的叙事艺术》由中国社会科学出版社出版发行。

4 月,苏忱《再现创伤的历史:格雷厄姆·斯威夫特小说研究》由苏州大学出版社出版发行。

4 月,吴刚《王尔德文艺理论研究》由上海外语教育出版社出版发行。

4 月 23—26 日,由复旦大学外文学院举办的"文本与视觉的互动:英美文学电影改编的理论与教学学术研讨会"在复旦大学举办。会议主题是:英美文学经典文本与电影阐释研究。

5 月 7—10 日,"第七届全国英国文学学会第七届年会"在河南大学召开,与会学者围绕年会主题"中国视野下的英国文学"发言。

5 月 22—24 日,由上海外国语大学英语学院主办的"中国英美文学教学与研究 30 年"中国英美文学国际研讨会在上海外国语大学举办。

6 月,王卫新《福尔斯小说的艺术自由主题》由复旦大学出版社出版发行。

6 月,邓艳艳《从批评到诗歌——艾略特与但丁的关系研究》由中国社会科学出版社出版发行。

8 月,李艳梅《莎士比亚历史剧研究》由中国社会科学出版社出版发行。

8 月,韩加明《菲尔丁研究》由北京大学出版社出版发行。

8 月,殷企平《推敲"进步"话语——新型小说在 19 世纪的英国》由商务印书馆出版发行。

9 月,申丹《叙事、文体与潜文本——重读英美经典短篇小说》由北京大学出版社出版发行。

9 月,张丽《莎士比亚分类研究》由中国社会科学出版社出版发行。

10 月,肖明翰《英语文学传统之形成:中世纪英语文学研究》(上、下)由社会科学文献出版社出版发行。该书是国内第一部系统地深入研究中世纪英语文学(7 世纪至 15 世纪)并论述英语文学传统之起源过程的专著。

10 月 17—19 日,"家园意识、种族政治与现当代英语文学的流变"全国学术研讨会在浙江金华浙江师范大学举行。会议围绕家园意识、种族政治和现当代英语文学研究的热点问题展开讨论。

10 月 30 日—11 月 1 日,第七届全国戏剧文学研讨会暨中外戏剧与莎士比亚研究论坛在重庆四川外语学院举行。

11 月 20—22 日,2009 年中国外国文学学会英语文学研究分会首届专题研讨会在苏州大学举行,会议的主题为"20 世纪世界英语文学"。

11 月,李伟民《中西文化语境里的莎士比亚》由上海外语教育出版社出版发行。

11 月,曹波《人性的推求:18 世纪英国小说研究》由光明日报出版社出版发行。

11 月,杨莉馨《20 世纪文坛上的英伦百合:弗吉尼亚·伍尔夫在中国》由人民出版社出版发行。

附录三：中国的英国文学研究博士论文举隅 ①

董洪川：《"荒原"之风：T. S. 艾略特在中国》，四川大学博士论文，2003年。

梅晓云：《文化无根——以奈保尔为个案的移民文化研究》，西北大学博士论文，2003年。

王改娣：《诗人不幸诗之幸：约翰·邓恩与王维比较研究》，河南大学博士论文，2003年。

郎晓玲：《十八、十九世纪中英鬼小说主题学研究》，上海师范大学博士论文，2004年。

朱岩岩：《认同和／或抗拒：凯瑞·丘吉尔剧本的女性性别身份研究》，华东师范大学博士论文，2004年。

赵光旭：《"化身诗学"与意义生成》，上海外国语大学博士论文，2004年。

邓中良：《奈保尔小说的后殖民解读》，上海外国语大学博士论文，2004年。

张春：《〈尤利西斯〉文体研究》，上海外国语大学博士论文，2004年。

① 笔者曾搜索考察过全国高校及科研机构硕士研究生涉及英国文学研究的学位论文，有5千余篇之多，以平均每篇4万字计，竟达2亿多字的体量，其中不乏好的选题视角及优秀之作，拓展了英国文学研究的学术空间。这些学位论文绝大多数无法公开发表，但在中国的英国文学评论史上不能忽视这批论文作者的贡献。考虑到篇幅所限，本附录三仅编选英国文学研究的博士学位论文选题，供读者参考。

高伟光:《英国浪漫主义的乌托邦情结》,北京师范大学博士论文,2004 年。

王小梅:《女性主义重读乔治·奥威尔》,北京外国语大学博士论文,2004 年。

张介明:《王尔德唯美叙事的理论和实践》,上海师范大学博士论文,2004 年。

李伟昉:《英国哥特小说与中国六朝志怪小说比较研究》,四川大学博士论文,2004 年。

吴庆军:《〈尤利西斯〉的叙事艺术》,湖南师范大学博士论文,2005 年。

祝远德:《他者之维》,四川大学博士论文,2005 年。

秦明利:《论艾略特诗歌中的时间与意识》,上海外国语大学博士论文,2005 年。

王珏:《叶芝中期抒情诗中的叙事策略》,上海外国语大学博士论文,2005 年。

曹波:《回到想象界》,上海外国语大学博士论文,2005 年。

宋建福:《〈项狄传〉的狂欢化艺术》,上海外国语大学博士论文,2005 年。

冯建明:《乔伊斯长篇小说人物的变形》,上海外国语大学博士论文,2005 年。

刘丹:《论〈简·爱〉的成长主题》,华中师范大学博士论文,2005 年。

李孟媛:《欧美侦探小说的叙事学研究》,苏州大学博士论文,2005 年。

吴显友:《〈尤利西斯〉的前景化语言特征》,河南大学博士论文,2005 年。

邓颖玲:《康拉德小说的空间艺术》,湖南师范大学博士论文,2005 年。

杜平:《英国文学的异国情调和东方形象研究》,四川大学博士论文,2005 年。

杜吉刚:《西方唯美主义诗学研究》,四川大学博士论文,2005 年。

孙琦:《流沙上的互动》,华东师范大学博士论文,2006 年。

岳国法:《思想修辞化》,河南大学博士论文,2006 年。

尹锡南:《英语世界中的印度书写》,四川大学博士论文,2006 年。

陈茂庆:《戏剧中的梦幻》,华东师范大学博士论文,2006 年。

胡强:《“焦虑时代”中的“道德现实主义”》,浙江大学博士论文,2006 年。

苗福光:《生态批评视角下的劳伦斯》,山东大学博士论文,2006 年。

徐立钱:《穆旦与英国现代主义诗歌》,北京语言大学博士论文,2006 年。

宋庆宝:《拜伦在中国》,北京语言大学博士论文,2006 年。

高照成:《奈保尔笔下的后殖民世界》,苏州大学博士论文,2006 年。

卞丽:《"混沌世界"的隐形秩序》,上海外国语大学博士论文,2006 年。

张昕:《对弗吉尼亚·伍尔夫小说"双性同体"的探索》,上海外国语大学博士论文,2006 年。

叶倩:《莎士比亚五部悲剧中的"死亡"主题研究》,上海外国语大学博士论文,2006 年。

陈广兴:《康拉德小说情节研究》,上海外国语大学博士论文,2006 年。

谢雪梅:《虚构叙事中时间的分形》,浙江大学博士论文,2006 年。

李兆前:《范式转换:雷蒙德·威廉斯的文学研究》,首都师范大学博士论文,2006 年。

李红梅:《伍尔夫小说的叙事艺术》,苏州大学博士论文,2006 年。

廖昌胤:《悖论叙事》,浙江大学博士论文,2006 年。

陈庆勋:《艾略特诗歌隐喻研究》,上海师范大学博士论文,2006 年。

潘纯琳:《论 V. S. 奈保尔的空间书写》,四川大学博士论文,2006 年。

李小青:《永恒的追求与探索:英国乌托邦文学的嬗变》,四川大学博士论文,2006 年。

管南异:《进退之间——本杰明·狄思累利的"青年英格兰"三部曲研究》,浙江大学博士论文,2007 年。

陆钰明:《多恩爱情诗研究》,华东师范大学博士论文,2007 年。

赵光慧:《超越文化政治:走向宗教伦理的批评》,南京师范大学博士论文,2007 年。

田明刚:《化身于操心和欲望的爱——艾丽斯·莫多克小说的后精神分析解读》,上海外国语大学博士论文,2007 年。

潘建:《弗吉尼亚·伍尔夫:性别差异与女性写作研究》,北京语言大学博士论文,2007 年。

胡疆锋:《亚文化的风格:抵抗与收编》,首都师范大学博士论文,2007 年。

李巧慧:《论〈尤利西斯〉中的现代身份》,上海外国语大学博士论文,2007 年。

马弦:《和谐与秩序的诗化阐释》,华中师范大学博士论文,2007 年。

刘丹:《二十世纪初期英语自传体小说叙事策略研究》,北京语言大学博士论文,2007 年。

蒋花:《压抑的自我,异化的人生》,上海外国语大学博士论文,2007 年。

李振中:《追求和谐的完美》,上海外国语大学博士论文,2007 年。

杨跃华:《知识女性的愿景》,上海外国语大学博士论文,2007 年。

申富英:《民族、文化与性别》,山东大学博士论文,2007 年。

李艳梅:《莎士比亚历史剧研究》,上海师范大学博士论文,2007 年。

戴岚:《女性创作与童话模式》,华东师范大学博士论文,2007 年。

虞又铭:《多维的棱镜》,华东师范大学博士论文,2007 年。

谢艳明:《诗歌的叙述模式和程式》,河南大学博士论文,2007 年。

魏新俊:《亨利·詹姆斯的心理现实主义小说及其影响》,河南大学博士论文,2007 年。

周敏:《后殖民身份:V. S. 奈保尔小说研究》,河南大学博士论文,2007 年。

刘进:《"权威"与"经验"之对话》,湖南师范大学博士论文,2007 年。

邓艳艳:《在但丁影响下的 T. S. 艾略特》,上海师范大学博士论文,2007 年。

吴学平:《王尔德喜剧研究》,上海师范大学博士论文,2007 年。

朱源:《李渔与德莱顿戏剧理论比较研究》,苏州大学博士论文,2007 年。

陈亚民:《罗杰·弗莱形式—文化的艺术批评理论研究》,山东大学博士论文,2007 年。

李雪:《戴维·洛奇重要小说中三种现代写作方式研究》,上海外国语大学博士论文,2008 年。

刘毅:《奈保尔的文化身份与叙事语言》,华中科技大学博士论文,2008 年。

刘国清:《从断裂到弥合:泰德·休斯诗歌的生态思想研究》,东北师范大学博士论文,2008 年。

杜娟:《论亨利·菲尔丁小说的伦理叙事》,华中师范大学博士论文,2008年。

肖寒:《革命的政治批评:论伊格尔顿的审美意识形态理论》,首都师范大学博士论文,2008年。

史亚娟:《文化的狂欢:文化诗学视野下的〈坎特伯雷故事〉》,首都师范大学博士论文,2008年。

王卫新:《福尔斯小说的艺术自由主题》,上海外国语大学博士论文,2008年。

曹航:《乔叟〈坎特伯雷故事〉之独创性》,上海外国语大学博士论文,2008年。

周玉忠:《文坛凤凰的斑斓色彩:劳伦斯小说文体研究》,上海外国语大学博士论文,2008年。

施赞聪:《权力与政治:品特戏剧主题研究》,上海外国语大学博士论文,2008年。

张喜华:《超越东方主义:希尔中国题材作品的跨文化研究》,北京语言大学博士论文,2008年。

王刚:《漂游在现实与虚幻之间:奈保尔涉印作品的流散特征研究》,北京语言大学博士论文,2008年。

黄芝:《越界的缪斯:萨尔曼·拉什迪小说创作研究》,苏州大学博士论文,2008年。

方红:《"完整生存":后殖民英语国家女性创作研究》,苏州大学博士论文,008年。

王丽:《乔纳森·多利莫尔的政治文化文学批评思想研究》,山东大学博士论文,2008年。

聂薇:《V.S.奈保尔小说〈抵达之谜〉辩证解读》,上海外国语大学博士论文,2009年。

沈雁:《威廉·戈尔丁后期小说的喜剧模式》,上海外国语大学博士论文,2009年。

罗承丽:《操纵与构建:苏珊·巴斯奈特"文化翻译"思想研究》,北京语言大学博士论文，2009 年。

刘春芳：《英国浪漫主义诗歌情感论》，东北师范大学博士论文，2009 年。

高兰：《利维斯与英国小说传统的重估》，吉林大学博士论文，2009 年。

白利兵：《柯勒律治莎评的有机美学论》，首都师范大学博士论文，2009 年。

黄遥：《兰姆随笔在中国的传播与影响》，福建师范大学博士论文，2009 年。

梁晴：《从毛姆的小说创作看画家高更对其的影响》，暨南大学博士论文，2009 年。

朱桃香：《叙事理论视野中的迷宫文本研究：以乔治·艾略特与翁伯托·艾柯为例》，暨南大学博士论文，2009 年。

龙瑞翠：《英国第二代浪漫主义诗人"交融式"宗教范式研究》，东北师范大学博士论文，2009 年。

戴鸿斌：《缪里尔·斯帕克的后现代主义小说艺术》，上海外国语大学博士论文，2009 年。

王晓华：《乔治·奥威尔创作主题研究》，山东大学博士论文，2009 年。

朱彤：《王尔德在现代中国的传播与接受》，北京语言大学博士论文，2009 年。

罗贻荣：《戴维·洛奇对话小说理论与创作实践》，天津师范大学博士论文，2009 年

李永梅：《"渡河人"对家园的追寻：论卡里尔·菲利普斯作品中的历史叙事》，山东大学博士论文，2009 年。

高奋：《弗吉尼亚·伍尔夫生命诗学研究》，浙江大学博士论文，2009 年。

张亚婷：《母亲与谋杀：中世纪晚期英国文学中的母性研究》，华东师范大学博士论文，2009 年。

戚咏梅：《深陷重围的骑士精神——高文诗人及其〈高文爵士和绿色骑士〉》，华东师范大学博士论文，2009 年。

丁建宁：《超越的可能：作为知识分子的乔叟》，华东师范大学博士论文，2009 年。

庞伟奇：《直面虚无的灵魂救赎：约瑟夫·康拉德创作精神主体研究》，福建师范大学博士论文，2009 年。

邱佳岭:《论汤姆·斯托帕德文人剧》,上海戏剧学院博士论文,2009 年。

张艳花:《毛姆与中国》,复旦大学博士论文,2010 年。

吕爱晶:《菲利浦·拉金的"非英雄"思想》,中山大学博士论文,2010 年。

沈晓红:《伊恩·麦克尤恩主要小说中的伦理困境》,上海外国语大学博士论文,2010 年。

闫建华:《劳伦斯诗歌中的黑色生态意识》,上海外国语大学博士论文,2010 年。

郭海霞:《曼斯菲尔德与乔伊斯短篇小说的比较研究》,上海外国语大学博士论文,2010 年。

郭星:《二十世纪英国奇幻小说研究》,南开大学博士论文,2010 年。

张静波:《女性主义视角下的宗教人格与创作:勃朗特姐妹研究》,南开大学博士论文,2010 年。

张艳蕊:《戴维·洛奇天主教小说的宗教意识》,山东大学博士论文,2010 年。

罗杰鹦:《英国小说中的视觉召唤》,中国美术学院博士论文,2010 年。

周桂君:《现代性语境下跨文化作家的创伤书写》,东北师范大学博士论文,2010 年。

王美萍:《康拉德与浪漫主义批判》,华东师范大学博士论文,2010 年。

许丽青:《钱锺书与英国文学》,复旦大学博士论文,2010 年。

魏晓红:《乔治·艾略特小说的心理描写艺术研究》,上海外国语大学博士论文,2010 年。

刘坚:《康拉德小说的道德主题与现代阐释》,上海外国语大学博士论文,2010 年。

陈莉莎:《王尔德人文主义思想研究》,湖南师范大学博士论文,2010 年。

杨莉:《拜伦叙事诗研究》,浙江大学博士论文,2010 年。

耿潇:《安东尼·特罗洛普小说世界中的欲望主题研究》,东北师范大学博士论文,2011 年。

李文军:《自我、他者、世界:论约瑟夫·康拉德丛林小说中的双重性》,山东大学博士论文,2011 年。

庞荣华:《毛姆异域游记研究》,华东师范大学博士论文,2011 年。

孟祥春:《利维斯文学批评研究》,苏州大学博士论文,2011 年。

徐彬:《劳伦斯·达雷尔〈亚历山大四重奏〉中的自我嬗变》,上海外国语大学博士论文,2011 年。

丁礼明:《劳伦斯现代主义小说中自我身份的危机与重构》,上海外国语大学博士论文,2011 年。

王玉洁:《莎士比亚:原初女性主义者还是厌女主义者?》,上海外国语大学博士论文,2011 年。

李兰生:《詹姆斯·乔伊斯的文化焦虑》,湖南师范大学博士论文,2011 年。

周小娟:《探寻"自我"——夏洛蒂·勃朗特小说主题研究》,南京大学博士论文,2011 年。

孔帅:《瑞恰兹文学批评理论研究》,山东大学博士论文,2011 年。

王萍:《凝视自然的心灵书写:华兹华斯诗歌研究》,吉林大学博士论文,2011 年。

许淑芳:《肉身与符号》,浙江大学博士论文,2011 年。

陈晞:《城市漫游者的伦理衍变:论菲利普·拉金的诗歌》,华中师范大学博士论文,2011 年。

郭启新:《约翰逊及其〈英语词典〉研究》,南京大学博士论文,2012 年。

庄新红:《莎士比亚戏剧的伦理思想研究》,山东师范大学博士论文,2012 年。

金铖:《构筑想象的城堡:四部英国浪漫主义小说研究》,吉林大学博士论文,2012 年。

蔡熙:《当代英美狄更斯学术史研究（1940—2010 年）》,湖南师范大学博士论文,2012 年。

刘白:《英美狄更斯学术史研究（1836—1939 年）》,湖南师范大学博士论文,2012 年。

岳峰:《二十世纪英国小说中的非洲形象研究》,苏州大学博士论文,2012 年。

杜丽丽:《"新维多利亚小说"历史叙事研究》,山东大学博士论文,

2012 年。

马春丽:《镜与灯的诗学:真善美与莎士比亚十四行诗中的教乐传统》,西南大学博士论文,2012 年。

魏丽娟:《简·奥斯丁小说中人际关系的语言解析》,上海外国语大学博士论文,2012 年。

张俊梅:《保罗·斯各特的〈拉吉四部曲〉中的帝国空间》,上海外国语大学博士论文,2012 年。

刘继华:《欢乐中的深刻:莎士比亚喜剧〈爱的徒劳〉、〈仲夏夜之梦〉、〈第十二夜〉研究》,上海外国语大学博士论文,2012 年。

范若恩:《麻木的群氓文学流变视野中的〈裘力斯·恺撒〉群氓场景反思》,复旦大学博士论文,2012 年。

张静:《雪莱在中国(1905—1937)》,复旦大学博士论文,2012 年。

赵丽娟:《罗伯特·骚塞史诗中的二元对立》,上海外国语大学博士论文,2012 年。

沈杨:《科学与文学关系视域下的多恩诗歌研究》,浙江大学博士论文,2012 年。

应璎:《乔治·吉辛作品中的作家生存危机》,浙江大学博士论文,2013 年。

沈岚:《跨文化经典阐释:理雅各〈诗经〉译介研究》,苏州大学博士论文,2013 年。

夏文静:《英国维多利亚时期女性小说文学伦理学批评》,吉林大学博士论文,2013 年。

胡慧勇:《历史与当下危机中的伊恩·麦克尤恩小说》,上海外国语大学博士论文,2013 年。

游巧荣:《〈尤利西斯〉的对话与狂欢化艺术》,上海外国语大学博士论文,2013 年。

高莲芳:《莎士比亚四大悲剧与〈圣经〉的互文性研究》,上海外国语大学博士论文,2013 年。

郑茗元:《〈尤利西斯〉小说诗学研究:理论与实践》,上海外国语大学博士论文,2013 年。

张秀梅：《抗拒现代：生态后现代视域下的华兹华斯研究》，上海外国语大学博士论文，2013 年。

申圆：《伊恩·麦克尤恩小说中的伦敦映像研究》，上海外国语大学博士论文，2013 年。

裴斐：《帝国的男孩与女孩：帝国主义和"黄金时代"儿童小说中的性别模范》，上海外国语大学博士论文，2013 年。

徐畔：《拓扑心理学认知空间下的莎士比亚十四行研究》，上海外国语大学博士论文，2013 年。

陈静：《压制、惩罚、异化：狄更斯主要作品中的空间视角》，上海外国语大学博士论文，2013 年。

朱玉宁：《彼得·谢弗总体戏剧研究》，上海戏剧学院博士论文，2013 年。

唐颖：《理查兹诗歌批评理论研究》，吉林大学博士论文，2013 年。

姜士昌：《人·自然·上帝：R. S. 托马斯诗歌主题研究》，上海外国语大学博士论文，2013 年。

姜仁凤：《莱辛主要小说中的空间与自我》，上海外国语大学博士论文，2013 年。

吴玲英：《基督式英雄：弥尔顿的英雄诗歌三部曲对"内在精神"之追寻》，湖南师范大学博士论文，2013 年。

綦亮：《弗·伍尔夫小说中的民族身份认同主题研究》，华东师范大学博士论文，2013 年。

王艳萍：《格雷厄姆·斯威夫特小说中的历史叙事》，厦门大学博士论文，2013 年。

宋海萍：《文化性与生物性的对抗：生物—文化批评视角下的莎士比亚古希腊罗马剧》，西南大学博士论文，2013 年。

魏艳辉：《斯特恩式协商——18 世纪中叶英国文学场中的劳伦斯·斯特恩小说研究》，北京外国语大学博士论文，2013 年。

沈家乐：《面具、中间境遇与世界图景》，浙江大学博士论文，2013 年。

孙英馨：《沈从文与劳伦斯生命价值书写的比较研究》，吉林大学博士论文，2013 年。

辛雅敏：《20 世纪莎士比亚批评研究》，吉林大学博士论文，2013 年。

李晓岚：《论劳伦斯小说的情感表现》，东北师范大学博士论文，2013 年。

刘红霞：《哈代小说和诗歌的关系研究》，北京外国语大学博士论文，2013 年。

赵晶：《艾略特诗歌中两性关系的异化与重构》，上海外国语大学博士论文，2013 年。

徐明莺：《艾丽丝·默多克小说中女性自我身份的解构与重构》，上海外国语大学博士论文，2013 年。

傅淑琴：《亨利·詹姆斯早期小说的叙事空间研究》，上海外国语大学博士论文，2013 年。

霍盛亚：《英国文学家对英国文学公共领域的建构作用研究》，东北师范大学博士论文，2013 年。

郭德艳：《英国当代多元文化小说研究：石黑一雄、菲利普斯、奥克里》，南开大学博士论文，2013 年。

刘明录：《品特戏剧中的疾病叙述研究》，西南大学博士论文，2013 年。

王江：《影视化想象：早期电影对乔伊斯实验写作的影响》，西南大学博士论文，2013 年。

郭磊：《救赎之道：T. S. 艾略特诗歌中的创伤主题研究》，西南大学博士论文，2013 年。

王永梅：《本·琼森宫廷假面剧与自我作者化研究》，西南大学博士论文，2013 年。

凌喆：《特德·休斯诗学研究》，浙江大学博士论文，2013 年。

俞曦霞：《V. S. 奈保尔后期创作研究》，上海师范大学博士论文，2013 年。

陈勇：《奥威尔批评的思想史语境阐释——以 20 世纪英美知识分子团体为中心》，福建师范大学博士论文，2013 年。

田茫茫：《英国浪漫主义批评研究》，吉林大学博士论文，2014 年。

常远佳：《恶棍英雄：马洛的新型悲剧英雄》，湖南师范大学博士论文，2014 年。

吴虹：《赫伯特宗教诗歌研究》，浙江大学博士论文，2014 年。

陈影:《吉卜林小说研究》,东北师范大学博士论文,2014 年。

张琼:《D. H. 劳伦斯长篇小说矿乡空间研究》,华中师范大学博士论文,2014 年。

张桂珍:《英国短篇小说的空间研究》,福建师范大学博士论文,2014 年。

肖先明:《中世纪至近代早期英国贵族社会地位的变化及其文学形象的嬗变研究》,华中师范大学博士论文,2014 年。

马慧:《叶芝戏剧文学研究》,山东师范大学博士论文,2014 年。

马石子:《英美澳三国小知女性形象的比较研究》,东北师范大学博士论文,2014 年。

林晓筱:《图像、文字文本与灵视诗学》,浙江大学博士论文,2014 年。

侯静华:《威廉·戈尔丁早期小说中的悲观意识》,山东大学博士论文,2014 年。

蒋婉竹:《让他者说话的艺术——默多克书写中的自我与他者》,北京外国语大学博士论文,2014 年。

张琪:《论多丽丝·莱辛太空小说中的文化身份探寻》,湘潭大学博士论文,2014 年。

刘红卫:《哈罗德·品特戏剧伦理主题研究》,华中师范大学博士论文,2014 年。

周颖:《创伤视角下的石黑一雄小说研究》,上海外国语大学博士论文,2014 年。

甄艳华:《道德困境与个人成长:盖斯凯尔社会小说中女主人公心路历程》,上海外国语大学博士论文,2014 年。

王冰青:《从英语语言修辞视角研究莎士比亚四大悲剧中的人物塑造》,上海外国语大学博士论文,2014 年。

汪家海:《多元与对话》,湖南师范大学博士论文,2014 年。

牛宏宇:《空间理论视域下的弗吉尼亚·伍尔夫研究》,天津师范大学博士论文,2014 年。

杨开泛:《从语言到思想:古英语文学中的时间观念研究》,华东师范大学博士论文,2014 年。

王春雨:《英雄史诗〈贝奥武甫〉与英国文化传统研究》,东北师范大学博士论文,2014 年。

陈珍:《民俗学视域下的哈代小说研究》,陕西师范大学博士论文,2014 年。

刘建梅:《帕特·巴克战争小说研究》,南开大学博士论文,2014 年。

汪静:《帝国想象的叙事》,南开大学博士论文,2014 年。

曾早垒:《克里斯托弗·马洛戏剧中的暴力》,西南大学博士论文,2014 年。

罗晨:《程序诗学视阈下英国历史小说文类的发展与嬗变》,福建师范大学博士论文,2014 年。

屈璟峰:《寻找一种声音:玛格丽特·德拉布尔主要作品中的身份建构》,河南大学博士论文,2014 年。

郑理:《翻译、改编与改写:〈鲁滨孙漂流记〉在西方和华人世界的加工与传播》,上海外国语大学博士论文,2014 年。

李岑:《英国文艺复兴时期历史剧研究》,复旦大学博士论文,2014 年。

刘晶:《变形的"房间"》,上海戏剧学院博士论文,2014 年。

颜文洁:《〈金色笔记〉的符号学解读》,南京师范大学博士论文,2014 年。

王华勇:《文化与焦虑:马修·阿诺德诗歌研究》,浙江大学博士论文,2014 年。

魏琼:《语言维度里的哈罗德·品特戏剧》,上海外国语大学博士论文,2014 年。

吴洁:《"语言游戏说"视角下的王尔德作品研究》,上海外国语大学博士论文,2014 年。

曾静:《生命的"逃逸线"》,北京外国语大学博士论文,2015 年。

翟赫:《唤醒对他者的记忆》,北京外国语大学博士论文,2015 年。

邢锋萍:《"我的五官充满活力":乔治·赫伯特〈圣殿〉中的感官意象与新教神学》,浙江大学博士论文,2015 年。

李杉杉:《多丽丝·莱辛非洲题材作品中的"边缘人"研究》,中央民族大学博士论文,2015 年。

刘晓春:《雪莱的灵魂诗学》,西南大学博士论文,2015 年。

丁卓:《乔治·奥威尔三十年代小说研究(1934—1939)》,吉林大学博士论文，2015 年。

朱海峰：《弗吉尼亚·伍尔夫小说中的历史真实与历史撰述》，山东大学博士论文，2015 年。

闵晓萌：《狄更斯后期小说中的个体与制度》，北京外国语大学博士论文，2015 年。

任爱红：《维多利亚时期英国儿童幻想文学研究》，山东师范大学博士论文，2015 年。

姜晓渤：《安吉拉·卡特小说的空间与主体性研究》，北京外国语大学博士论文，2015 年。

艾平：《系统功能语言学观照下的中英古典诗歌研究》，华中师范大学博士论文，2015 年。

李纲：《英国童话的伦理教诲功能研究》，华中师范大学博士论文，2015 年。

郭雯：《科学选择的伦理思考》，华中师范大学博士论文，2015 年。

赵越：《叶芝诗歌中的景观及其意识形态研究》，西南大学博士论文，2015 年。

周亭亭：《T. S. 艾略特诗歌与美国神话》，西南大学博士论文，2015 年。

罗旋：《边界区域中的对抗与对话》，西南大学博士论文，2015 年。

魏媛媛：《济慈长诗中的希腊神话和英国元素》，中国社会科学院研究生院博士论文，2015 年。

郑怡：《英国玄学派诗歌的图像化记忆研究》，西南大学博士论文，2016 年。

刘雅琼：《奥斯丁小说中的音乐与女性意识的形成》北京外国语大学博士论文，2016 年。

黄然：《凯瑟琳·曼斯菲尔德与文学杂志》，北京外国语大学博士论文，2016 年。

黄春燕：《多丽丝·莱辛叙事中的杂糅修辞策略研究》，南京大学博士论文，2016 年。

张涛：《盎格鲁－撒克逊文学中的荒野》，华东师范大学博士论文，2016 年。

孙怡冰：《乔治·奥威尔后期作品中的无政府主义思想》，北京外国语大学博士论文，2016 年。

王冬梅:《百年中国的英国文学史书写研究》,武汉大学博士论文,2016 年。

杨丽:《华兹华斯与英国湖区的浪漫化》,武汉大学博士论文,2016 年。

江玉娥:《20 世纪战后英美学者小说研究》,武汉大学博士论文,2016 年。

和耀荣:《景观书写与身份构建——谢默斯·希尼诗歌研究》,西南大学博士论文,2016 年。

张敏:《人物声音与自我书写》,西南大学博士论文,2016 年。

谭万敏:《多丽丝·莱辛小说中的身体话语研究》,西南大学博士论文,2016 年。

曹莉群:《建构自然:论菲利普·拉金、泰德·休斯和谢默斯·希尼的诗歌》,北京外国语大学博士论文,2016 年。

历伟:《思想史语境中的乔纳森·斯威夫特研究》,福建师范大学博士论文,2016 年。

赵婧:《乔治·艾略特小说的史学意识与民族共同体建构》,福建师范大学博士论文,2016 年。

附录四：用"新的学术眼光"激活
"新的史料"

——访福建师范大学文学院教授、博士生导师葛桂录①

纵观近年来的各类课题立项情况，文献资料整理类的研究项目呈现增长态势，不过，其中不少整理类项目虽挂研究之名，却往往只侧重整理，而忽略理论研究。文献整理是否需要理论，文献整理与理论研究有着怎样的关系？就相关话题，福建师范大学文学院教授葛桂录接受了中国社会科学网记者的采访。

记者：近年来在各类课题项目中，屡屡见到涉及人文学科不同领域的文献资料整理类项目，从学术史和当下哲学社会科学体系建设双重意义上来说，当代学界不同人文学科领域开展的文献资料整理类研究工作有着怎样的价值和必要？

葛桂录：是的。近年来国家社科基金项目、国家出版基金项目、"十三五"国家重点图书出版规划项目等资助了不少大型文献资料整理类的研究项目。我本人已完成的国家社科基金项目《中英文学关系史料学》，国

① 这篇访谈稿发表于2017年5月1日的中国社会科学网（记者：张清俐）。其中部分内容以"文献整理与理论研究相互促进"为题，刊于2017年4月8日《中国社会科学报》。

家出版基金项目《中英文学交流系年》（2卷本）、《英国汉学三大家年谱》等，都侧重于文献资料的整理研究。这样的资助方向是对的，这些成果是学者多年的持续积累，体量较大，需要大量精力与研究经费的投入。要想创立人文科学研究的中国特色和拥有学术研究的国际话语权，必须在文献资料的整理研究方面投入精力。真正从事人文科学研究的学者们坚信：没有史料的调查，就没有发言权；没有史料的支撑，构不成学术的大厦。

文献史料的发现与整理，不仅是重要的基础研究工作，同时也意味着学术创新的孕育与发动，其学术价值不容低估。应该说独立的文献准备，是独到的学术创见的基础，充分掌握并严肃运用文献，是每一个人文科学研究者必须具备的基本素养。

一般而言，在人文学科研究领域内，比较讲究文献资料的提供。由此推论，衡量一部研究论著的学术意义，其中的一个重要标准就是，看你给本领域本学科提供了多少新资料、新文献，进而引发多少新问题，展现多少"新的学术眼光"？ 20世纪初以来，我们各种新学科群的建立，往往得益于极其重要的新史料的发现及新问题的提出。

当然，新材料的发现带有一定偶然性。研究者们更难将自己的研究工作全部寄于新材料的发现上。在新的思路下，有些资料，它会从边缘的、不受重视的角落，变成重要的、中心的资料。于是有些最常见、最一般、最现成的资料，当你用新的观念去阅读时，它便成了新资料，能够给别人提供新的东西，此即钱理群所谓"新的学术眼光"被激活的"新的史料"。

同样，文献史料的搜集、鉴辨、理解与运用，是一切人文科学研究的基础学术工程。它有助于我们清晰地还原人文科学的历史进程，也是建构科学的方法论与良好学术风气的重要保证。只有重视基础学术工程，才能使学术研究真正具有科学性、实证性。因此，追求原典性文献的实证研究仍是研究者不可懈怠的使命。

记者： 有人认为"以做文献资料整理为专长者往往缺乏学术思想"，您如何看待这样的一些观点，在您看来，文献资料整理工作的"思想含量"体现在什么方面？做文献整理是否需要一些当下学术思想、理念、理论的介入？是先有整理才能生长出理论，还是在整理之先就需要理论的支撑？文献资料的整理是否意味着脱离于时代,埋首于故纸堆?

葛桂录:关于文献资料整理与理论建构的关系,文献资料整理为观念创新与理论建构,奠定坚实的基础。文献资料整理—历史图景的激活—历史问题的凸显—问题阐释批评话语的出现—理论建构的可行性,这样的理论建构才是鲜活而有效的。

在一般人文学者眼里,没有人怀疑史料的重要性,但史料工作的学术地位不高,认为史料工作简单而费力、有用而不讨好,只不过是服务于具体的专题研究工作。这样,在片面强调理论创新、多快好省制造成果的学术生态中,史料建设之类的基础工程得不到应有的重视。其实,"史料工作"自古就是"研究工作"的一部分。目录、版本、训诂、考据、校注、辨伪、辑佚、考订等都是重要学问。这样看来,史料工作应该有其独立的学科地位,有其研究范围、治学方法和独立的学术价值。有了一支专业队伍,以"发掘"与"求真"为特征的史料工作才有可能进入"研究"层次。没有翔实的史料占有,研究工作很难游刃有余。

"以做文献资料整理为专长者往往缺乏学术思想",这样的观点有点片面。只有关注文献资料生存的历史语境,并带着问题意识,才能顺利进入文献整理的研究领域之中。学术思想正是在文献资料整理基础上形成的。

做文献整理是否需要一些当下学术思想、理念、理论的介入? 当然需要。当下学术思想、理念、理论,特别是跨文化跨学科的理论方法,可以帮助我们拓展视野,获得新的启示。带着这样的新收获,从事文献整理工作,更有方向感,因为文献整理工作也是为当下学术研究服务的。

是先有整理才能生长出理论,还是在整理之先就需要理论的支撑? 两者很难截然分开,或很难有明显的先后之分。既可以带着一定的理论视野去整理文献,更可以在文献整理基础上生发出新的理论。对研究者个体而言,有的偏重于文献整理,有的侧重于理论总结,但文献与理论的视野均不能少。对一个学者的成长来说,应该是历史路径优先(史料的搜集、考辨,目录学与学术史知识的积累)。因为,先从历史角度进入,会养成一种客观、科学的视角,再转到哲学(文艺理论)层面,会带有批判式的眼光,去看一种理论的来龙去脉,对理论也不会太盲从。假如先从哲学(理论)层面切入,就形成了一种看问题的思维定式（只看到西瓜,丢了大量的芝麻,而这些芝麻的存在,恰恰是学术原动力的发端）,不能再回到历史的考辨场面。于是随着思维的飞升、膨胀,痴人说梦（从业者所谓的"智性的操练"）。然而,当某段时期的学术生态受制于功利主义的诱惑时,研究主体对历史的关注就会大打折扣,姑且不论后现代主义思潮对历史的质疑与颠覆。拓展学术空间,靠资料与观念,而前者必须领先,否则会偏离历史,成为历史的负担。

文献资料的整理是否意味着脱离于时代,埋首于故纸堆？一个真正的学者估计不会如此认知。文献资料的整理是直接面对历史场景的,而历史现场是鲜活的,故纸堆里可能有被埋没的大世界,这是一种发现的乐趣。而且,就人文科学而言,从史料升华为史识的中间环节就是这种"史感"。对研究者而言,"史感"的获得,只有通过对初始的文献史料的触摸才能养成。它是文献史料在研究主体的激活下获得的生命感:以历史沧桑感为基础,同时含有现实感甚至还会有未来感。史料正是因为在研究者的这多重感觉中获得了生命。"史感"与史料是一种互动关系,史料是史感的基础,"史感"赋予史料以生命。通过两者的有机互动,史料才能真正浸入研究者的主体世界,化为研究者精神主体的有机成分。这种"史感"的获得,是一个长期浸入史料之中,既艰辛又愉悦的过程。这样看来,对史料的翻检与整理并非一种枯燥乏味的苦差事,而是一个重构鲜活历史印迹的生命历程。

考据与思想之间,并非有天然的鸿沟。学问家凸显,思想家淡出,这种情况也确实有所存在。我们希望学术研究既能入乎其内,又能出乎其外。没有文献资料为基础,学术理论话语的建构,会显得虚空。但没有广阔的知识视野（包括跨文化的视野）与学术思想的高度,文献资料整理的格局（选择与评判）也会大受影响。

记者: 对于我们广大做资料整理工作者来说,如何在自己的文献整理的研究工作中实现理论的创新？您有什么建议？

葛桂录: 文献整理工作的持续开展,既可以帮助学界同仁便捷使用大量的专题文献资料,也能够拓展新的研究领域,形成集聚的研究话题,并为理论生成与创新提供重要基础。确实,没有文献资料的调查就没有学术的发言权,更无批评理论建构的可能性。学术界确实存在着"资料考证派"与"理论批评派"的分歧与争论,前者讽刺后者"旷然大空"式的宏大叙事与体系建构,而后者则瞧不上资料考证派掉书袋式的钻牛角尖而缺失个人思想。这实际上是学术研究中"知识生产"与"思想生产"的不同价值取向之间的分歧,两者同样重要且相辅相成。

学术研究的切实推进有待于原创性成果的面世。学术原创不是灵光闪现,更非智力的机巧,而是需要有足够扎实的研究资料与学术基础作为支撑。在学术史意义上,没有质料层(包括研究资料、研究素材以及研究者的学术习得与积累)的所谓学术"原创"其实是空疏的,更经不起历史的检验,因为它本身就缺乏历史的维度。

这就是说,致力于学术原创,不断推进理论创新。学术原创有赖于文献整理研究工作的持续开展,还要遵循研究实践中的实学思维,并弘扬中国学术研究重视实证的优良传统。对学术研究而言,离开了历史语境的梳理、分析与体悟,任何宏大理论的演绎与套用,只能让人抓不住那些鲜活的质感,最终会失去学术的生命力。

文献史料的丰富、问题域的确证、研究领域的拓展、观念思考的深入,最终都要受研究者阐释立场的制约。对中国学者来说,就是展现着中国问题意识的中国文化立场。随着我国综合国力的不断增强与中外各领域交流的不断深化,"中国话语"成为学界关注的焦点。我们应该立足于文献整理研究工作,在当下学术话语与跨文化视角的观照下,力求在国际人文科学界发出自己的声音,建设好人类共有的国际性人文学科,并推动更加合理、公正的国际学术新秩序逐步形成。

后　记

本书的撰著以我承担的国家社科基金重大招标项目"新中国外国文学研究60年"（陈建华教授任首席专家）的子课题"英国文学卷"结项成果为基础，将时间上限推到清末民初中国对英国文学的译评与接受，试图构成中国的英国文学百年评论史。

在中国的外国文学研究领域，英国文学的研究队伍庞大、研究实力强大，专著、期刊论文及学位论文等研究成果极其丰厚，弄清楚这一学术领域的家底是拓展与深化英国文学研究的第一步。在撰著过程中，我们通过国内图书馆藏书及各种学术期刊数据库，尽最大努力全面普查国内学者评述英国文学的丰硕学术成果，然后检阅每一项重要成果并作著作提要，构成本项目数十万字的基本资料库，这就为本课题研究的顺利开展提供了资料信息保证。

本书撰著过程中曾参考过学界同仁的相关书评成果，特此致谢。我指导过的博士生冀爱莲、陈勇、赵婧、历伟、蔡乾、朱洪祥，硕士生郑良、唐璐、孙建忠、高国涛、刘少姬、陈维、戴维斯等，参与搜集英国文学研究的学术成果，有的还提供了初步的解读文字，也有的借此确立了他们的学位论文选题。事实上，通过科研项目平台，培养人才也是一个重要指标。他们通过检阅名家著述，在学术视野与方法路径等方面得到了必要的学术训练，几个博士生毕业后即申请获得了国家社科基金或教育部人文社科规划项目以及省级社科规划项目。

在完成课题的过程中,我们也曾搜集汇编过国内英国文学研究领域的数千篇博士与硕士学位论文,包括用汉语与英文撰写的毕业论文,这在英国文学研究成果中占有不小的体量。本书附录三编选了 2003 年以来国内高校及科研机构有关英国文学研究的部分博士学位论文选题,其中有些博士论文已修订正式出版,有些章节也当作单篇学术论文公开发表,当然还有更多的研究生学位论文没有机会公开印行。其中不少论文写作时借鉴欧美学人的著述,在引进新观念、新方法、新视角方面,有所拓展,应成为国内学术史研究的关注对象。中国学术研究的未来,属于这些好学深思、专业基础扎实的年轻人。

本书评述的英国文学研究成果截止到新世纪第一个十年,这也是当初课题设计的时间下限。近几年来国内的英国文学研究界又出版与发表了许多优秀的学术成果,这些新成果在本书中均未及评述。现有论述时段的学术史评述,虽勉励为之,但由于英国文学研究成果极其丰富,特别是海量的论文信息,在具体论述过程中肯定也存在一些遗漏,敬请学界同道及读者诸公批评指正,便于将来有机会修订时补充评述。

学术史研究需要有一个批评的眼光与评述的尺度。本书尽量客观评述相关成果,充分肯定它们在不同层次上的收获,从总体上展示百年来中国学人关于英国文学译介与研究的行行足迹,为将来在更高意义上撰著学术批评史做铺垫。本书的主要评述对象是国内学者的英国文学研究成果,同时也按照惯例将爱尔兰文学的部分研究成果纳入全书框架体系内述评,特此说明。

感谢人民出版社的詹素娟女士及其同事们辛勤而出色的工作,他们的才情与智慧能使拙著生辉。感谢在我问学研习之路上的诸多前辈学者与时贤同仁,他们的丰硕著述与精神人格让我受益匪浅。

中国的英国文学学术史研究是一个亟待开垦的研究领域,尤其是中国学界关于英国文学评述的经验成就、视野方法、问题模式及阐释立场,需要认真总结探讨。本书导论部分对这些问题做了初步思考,希望在跨文化交流视野中总结中国的英国文学研究特点与成就,提示英国文学研究值得研究的问题。本书的撰著试图抛砖引玉,以期待学界同行协同完成这一有学术价值与实践意义的学术工程,为中国文化语境里的英国文学研究提供可资借鉴的观念范式与阐释立场,进而促进中英文学与文化之间的理解交流,感知中国人文学界在社会变革和学术转型中实现世界性与现代性的进程。

葛桂录

2017 年 5 月 18 日于福州